崇文館

中华经典全本译注评

世说新语

译注评

郭　辉　注译

长江出版传媒｜崇文书局

中华经典全本译注评丛书
编委会

前 言

《世说新语》产生于中国南朝宋期间，是一部主要记叙东汉末、三国、两晋时期士族阶层言谈和逸闻轶事的笔记体小说。本书是魏晋南北朝时期笔记体小说的代表作，也是我国最早的一部文言志人小说集。本书原名《世说》，因西汉刘向曾著《世说》（早已亡佚），后人为了将此书与刘向所著相区别，故名本书《世说新语》。

一、编撰者和注解者

《世说新语》由南朝宋临川王刘义庆组织编撰而成。刘义庆（403—444），字季伯，南朝宋彭城（今江苏徐州）人，宋武帝刘裕之侄，长沙王刘道怜次子，十三岁时被封为南郡公，后过继给其叔临川王刘道规，袭封为临川王。刘义庆自幼才华出众，喜爱文学，早期曾任秘书监一职，掌管国家藏书和编校工作，有机会博览群书，为《世说新语》的编撰奠定了良好的基础；后历任尚书左仆射、荆州刺史、江州刺史、南兖州刺史等职。刘义庆在担任江州刺史时，不少文人雅士集其门下，当时名士如袁淑、陆展、何长瑜、鲍照等人，都曾受其礼遇。《世说新语》成书大约即是在此期间，由刘义庆组织门下的文人雅士编撰而成。

《世说新语》流传开来后，影响渐大，成书五十年后，即有南朝齐史敬胤为其作注，可是该注本已佚。现存最早的注本是刘孝标注本。

刘峻(463—521),字孝标,平原(今属山东德州平原)人,南朝梁学者兼文学家,其《世说新语》注不仅辩证是非,纠正了原书的一些谬误,而且征引繁富,引用的书籍达四百余种,为后世的研究者提供了极为可贵的历史资料,具有很高的学术价值。今人对此书注释的版本中,影响较大且评价较好的,有余嘉锡《世说新语笺疏》、徐震堮《世说新语校笺》、杨勇《世说新语校笺》等。

二、本书体例和思想观点

《世说新语》全书原有八卷,刘孝标注本分为十卷,今传本皆作上、中、下三卷。全书共分三十六门,每门有若干则长短不一的故事,全书共有1130则故事。在《世说新语》的三卷三十六门中,上卷有四门,为德行、言语、政事、文学;中卷有九门,为方正、雅量、识鉴、赏誉、品藻、规箴、捷悟、夙惠、豪爽;下卷有二十三门,包括容止、自新、企羡、伤逝、栖逸等。现代出版的《世说新语》一般是以门数来划分的。

《世说新语》成于众人之手,编撰者们把汉末魏晋时代值得称述的旧闻轶事加以编撰润色,并按内容分门别类,站在士族阶级的立场上,对士族名流的生活、思想、情趣、言语等方面作了较多的反映。本书所谈内容,除了从大的方面按特点分为三十六门之外,在每一门类内部并没有再分小类,而是基本以人物、事件出现的时间先后为准来排列顺序。虽然本书一些条目的归类仍有争议之处,但并不影响本书的整体成就。

因本书出自多人之手,全书思想并不统一。书中上卷为德行、言语、政事、文学四门,这正是孔门四科,说明此书的思想倾向有崇儒的一面。同时,道教在当时的社会也影响巨大,门阀士族信奉道教的家族甚多,甚至出现了所谓的道教世家,如南方的琅邪王氏、高平郗氏,北方的清河崔氏、京兆韦氏等。而且,魏晋时期清言谈玄是一时风尚,而玄学正是以道家老庄思想为基础的。甚至在东晋末年,五斗米道士孙恩利用道教发动了暴动。这次暴动虽然最终失败了，但对当时的东晋王朝的统治也是一次很重的打击。另外，佛教虽然在西汉时就已传入我国，但到东汉末三国时代才开始兴盛，至魏晋南北朝时更普遍为民众所接受。故而综观全书，多有谈玄论佛的内容。因此，《世说新语》一书的思想倾向并不那么单纯，而是杂糅了儒家、道家和佛家的思想。

三、本书所反映的时代背景和魏晋风度

从汉末到魏晋，是一个统一王朝消失的时期。这期间阶级矛盾、社会矛盾不断恶化，统治阶级内部相互倾轧，致使社会动荡不安，政局变幻不定。西晋时，统治阶级内部矛盾重重，为了争夺政权，产生了八王之乱，并持续了 16 年，为中国历史上最为严重的皇族内乱之一，并导致了西晋的亡国以及近 300 年的动乱。东晋时，政权南迁，与北方的五胡十六国并存。此时北方外族并起，对东晋朝廷虎视眈眈；东晋内部也是矛盾不断，南北士族之间、不同的利益集团之间相互排挤，掌握军政实权者互相攻战，有的甚至举兵威逼朝廷；加上士族和寒门之间矛盾突出，赋役繁重，阶级矛盾更加尖锐，致使人民群众暴动迭起，东晋王朝终于覆亡。这样的时代背景，虽然不是本书所要表达的内容，但是必然会在书中有所反映，如书中数次提到的避乱江左、王敦谋逆、苏峻之乱等，都是当时的史实。《谗险》一门反映了东晋时奸佞之臣陷害他人的事实，《黜免》一门则记载了在当时动乱的政局中被免官或降职的现象。在这样的时代背景下，为免遭杀身灭门之祸，魏晋士人中就有一部分采取逃避现实的做法，他们或者隐遁山林，不肯出来做官；或者崇尚清谈，不问世事。《世说新语》中单立《栖逸》一门来记载当时的隐士及其隐遁之事。

魏晋时期盛行门阀制度，注重门第，士族和庶族的等级界限森严。士族是统治阶级内部的大姓豪族，当时的政策法令维护了士族

地主在政治、经济、文化、社会生活等各方面的特权；而庶族不能和士族平起平坐，不能通婚。门阀制度在东晋时尤为盛行，东晋政权是司马氏皇族和以王、庾、桓、谢诸大姓为代表的北方士族以及处于非主流地位的江南吴姓士族的联合专政，这种政治格局一直延续到东晋末年，长达一个世纪之久。东晋的士族门阀的势力足以与皇权并立，甚至超越皇权，皇帝都要依赖士族的支持，门阀政治达到鼎盛。这种门阀等级制度，在《世说新语》一书中也时有反映。

从三国时曹魏的何晏、王弼、夏侯玄开始，倡导玄学，遂开一时风气。到晋代时，专谈玄理之风愈演愈烈，士大夫们竞相谈老庄、《周易》。善于清谈者被认为是品性高雅的名士，不仅享有盛名，甚至能换来权势。本书对此现象有大量生动形象的描写。

魏晋时，士族阶层非常重视对人物的品评，这从浅层原因来看，和当时崇尚清谈之风密切相关；深层原因则与魏晋时实行的从汉朝察举制沿袭而来的选举人才的制度，即九品中正制有很大关系。九品中正制，又称九品官人法，是魏晋南北朝时期重要的选官制度，是统治者为了拉拢士族而制定的制度。各州郡设官负责品评当地人物的高低优劣，分为九品，以便选人授官。在这一制度的影响下，士大夫也常聚在一起品评人物。通过品评，统治者可以选拔出想要的人才；士人也借此抬高声誉，作为进身之阶；而擅长品评的人也因此身价倍增。人物品评的内容不一，可以是容貌体形、仪态风度，可以是言谈举止、才情气质、本性能力等。人物品评是本书一个重要内容，《识鉴》《赏誉》《品藻》《容止》等门中有不少涉及人物品评的记载，从中可以看出魏晋名士们的为人处事方式、性格特征等。

魏晋士人生活方式的另一面就是任性放达，不加拘束，其表现方式主要有两点：或是自我麻醉式的狂欢，或是个人行为处事、待人接物等方面的怪诞不堪。前者主要表现在纵酒寻乐，服用五石散；后者则表现在蔑视礼法，放诞不羁，甚至于长啸、学驴叫等等。这也是魏晋风度的重要特征之一,《任诞》《简傲》等篇章对此作了集中的描写。

魏晋时,士族阶层很注重社交场合中言辞的应对表达,即重视辞令,这与当时的清谈之风有一定关联。清谈要求言简意赅,辞锋锐利,见解精辟,寓意深刻。因此士大夫们在待人接物等方面也特别注重风度自如,应对得体,具备高超的语言技巧。他们的言语或含蓄精微,或意境高远,或气势磅礴。本书中记述了很多当时有关辞令的故事和产生的佳句名言,如《言语》《文学》《排调》等门中记载了很多当时的言辞应对,从中可以看出士族名士们才情出众,才华横溢。

《世说新语》一书虽然成于众人之手,但也是有着明确的褒贬态度的。本书很注意记载道德、品行、技能等方面的事,对于忠君敬上,父慈子孝,礼贤下士,为官清正,举止端庄,气量宽宏,为人豪爽,改过自新,技艺精巧,以及妇女的贤淑等等,都给予大力褒扬。如《德行》《政事》《方正》《雅量》《豪爽》《自新》《术解》《巧艺》《贤媛》等门中,记载着编者推崇的人物故事、言行举止和技术技能。而在《轻诋》《假谲》《俭啬》《汰侈》《忿狷》《谗险》《惑溺》《纰漏》《仇隙》等门中,记载了当时一些丑陋的现象或卑劣的品性,比如残暴骄奢,吝啬刻薄,沉湎美色,谗害他人,手段诡诈,性格急躁,肚量狭小等等,可以看出编者对此是持否定态度的。

四、本书成就和后世影响

《世说新语》一书在艺术上具有较高的成就,鲁迅曾夸赞它"记言则玄远冷隽,记行则高简瑰奇"。本书语言文辞优美,简朴隽永,文学价值极高,为魏晋六朝志人小说代表作。书中每则故事文字长短不一,或长达数行,或仅仅三言两语,由此可以看出笔记体小说篇幅短小、内容繁杂、随手而记的特点。本书善于通过富有特征性的细节勾勒人物的性格和精神面貌,使之栩栩如生、气韵生动、跃然纸上;善于把记言、记事相结合;善用对比、比喻等文学技巧。这些艺术手法不仅为后世留下了许多脍炙人口的名言佳句，更为全书增添了无限光彩。

本书除了具有文学欣赏的价值外，对后世小说的发展影响也非常大。自《世说新语》问世以后，模仿其体裁的笔记小说渐多，《唐语林》《续世说》《何氏语林》《今世说》《明语林》等都是仿《世说新语》之作，称为“世说体”。而且本书对后代其他文学作品也有很大影响，书中的人物事迹、文学典故等也多为后世作者所取材、引用，一些小说、戏曲或取材于此，或学习其艺术手法。如书中的谢道韫咏雪、王子猷雪夜访戴安道等故事，成为后世诗文常用的典故；《三国演义》中的黄绢幼妇、击鼓骂曹、七步成诗等情节即取自本书；关汉卿《玉镜台》则直接取材于本书《假谲》门中温峤娶妻的故事。此外，书中还产生了很多沿用至今、耳熟能详的成语，如望梅止渴、管中窥豹、管宁割席、鹤立鸡群等。

另外，《世说新语》一书中所涉三国魏晋时的人物多达六百余人，上至帝王将相，下至士庶僧徒，均有所提及，书中所载均属历史上实有的人物，虽然他们的言论或故事有一部分出于传闻，不尽符合史实，但本书保存了大量史实，真实反映了魏晋时重视门第、盛行清谈和人物品评、饮酒服药等时代风气，从中可以了解当时的政治现状、生活百态、人物风貌及社会习俗，是研究汉末至魏晋时期的重要史料，具有重要的历史和文献价值。

总而言之，《世说新语》为一代又一代的读者呈现了广义的魏晋风度，对了解魏晋时期的历史、文学和语言，都很有价值，值得大家花时间认真品读、细细玩味。

目　录

德行第一

《德行》是《世说新语》第一门，共47则。德行指道德品行，语出《周易》："君子以制数度，议德行。"道德品行历来是人物品评的重要准则之一。本门主要记述了汉末及魏晋士族阶层推崇的各种言行举止和事迹，以及当时名士对具备良好德行的人物的高度评价。本门所赞扬的德行有恪守孝道、孝老敬老，有不问出身、识人善任，有勤俭节约、勤于政事，有品德高尚、处事公正等等，从中可以看出汉末魏晋时代特有的道德观念。当然也有一些与德行没有太多联系的条目，如"王子敬病笃"一则；另"王平子、胡毋彦国"一则中，可以看出编者对放荡不羁的行为是持否定态度的。

1. 陈仲举言为士则①，行为世范，登车揽辔②，有澄清天下之志③。为豫章太守④，至，便问徐孺子⑤所在，欲先看之。主簿白："群情欲府君先入廨⑥。"陈曰："武王式商容之闾⑦，席不暇暖⑧。吾之礼贤，有何不可！"

【注释】

①陈仲举：即陈蕃，字仲举，东汉汝南平舆（今河南平舆北）人，曾任郎中、乐安太守、豫章太守、太尉等职；因多次谏诤时事，屡遭罢免；汉灵帝即位后，为太傅、录尚书事，封高阳乡侯；公元168年，与大将军窦武共同谋划剪除宦官，事败而死。士：指读书人。则：准则，法则。

②辔(pèi)：驾驭牲口用的嚼子和缰绳。登车揽辔：登上车子，拿起缰绳。此指走马上任。

③澄清天下：指平定祸乱，恢复秩序，使天下重归太平。

④豫章：即豫章郡，首府在今江西南昌。

⑤徐孺子：徐稺(zhì)，字孺子，豫章南昌人，东汉时期名士，世称“南州高士”，曾屡次被朝廷及地方征召，终未出仕。

⑥主簿：主管文书、办理事务的官员，魏晋时为将帅重臣的主要僚属，参与机要，总领府事。白：禀报。府君：对太守的称呼，因太守办公的地方称府，故称太守为府君。廨(xiè)：官署，旧时官吏办公处所的通称。

⑦武王：指周武王姬发。式：通“轼”，古时车厢前用作扶手的横木；这里用作动词，指乘车时俯下身子，以手扶轼，是古人表示敬意的方式。商容：商纣时期的主管礼乐的大臣，著名的贤者，因多次劝谏而被纣王废黜，一说因意图用礼乐教化纣王失败，逃入太行山隐居；周武王打败殷商之后，欲封其为三公，推辞不受。闾：里巷的门，这里指商容住的地方。

⑧席：座席，是古人的坐具。暇：空闲。席不暇暖：连座席还没来得及坐热就起来了，形容事务繁忙，连多坐一会儿的时间都没有。

【译文】

陈仲举的言论可以做读书人的准则，行为可以做世人的典范。他初次为官走马上任时，就怀抱着使天下太平安宁的远大志向。后来，他出任豫章太守时，一到地方，就打听当地名士徐孺子的住处，想先去拜访他。主簿禀报说：“大家的意思，是希望府君您先到官署。”陈仲举回答说：“周武王刚攻下朝歌后，连座席都来不及坐暖，就到商容住过的里巷去寻访他。我尊敬贤人，先拜访贤人，又有什么不可以呢！”

2. 周子居①常云：“吾时月不见黄叔度②，则鄙吝③之心已复生矣。”

【注释】

①周子居：周乘，字子居，东汉汝南安城人，曾为泰山太守，在职时有惠政美誉，被称为“治国之器”。

②时月：时日，时间。黄叔度：黄宪，字叔度，号征君，汝南郡慎阳(今河南正阳)人，出身贫寒，有德行，是东汉著名贤士。按：周子居与黄叔度

曾同时举孝廉。

③鄙吝：指粗鄙贪婪。

【译文】

周子居常说："我如果有一段时间见不到黄叔度，粗鄙贪婪的念头就又滋长起来了！"

3．郭林宗[①]至汝南，造袁奉高[②]，车不停轨，鸾不辍轭[③]。诣黄叔度[④]，乃弥日信宿[⑤]。人问其故，林宗曰："叔度汪汪如万顷之陂[⑥]，澄之不清，扰之不浊，其器[⑦]深广，难测量也。"

【注释】

①郭林宗：郭泰，字林宗，太原郡介休县（今属山西）人，东汉时期名士，被誉为"介休三贤"之一。出身寒微，善于品评人物，博学有德，为时人所重。多次拒绝朝廷的征召，为避党祸，闭门教授，弟子达千人。后因陈蕃被害一事，哀恸而逝。

②造：到，去，造访。袁奉高：袁阆（làng），字奉高，汉末汝南郡慎阳（今河南正阳）人，名望极高；曾任汝南郡功曹、太尉属官等职。

③车不停轨，鸾不辍轭：两句意思相同，均指不停下车子，形容下车时间很短暂。轨：车轴的两头，这里指车轮。鸾：装饰在车上的铃铛。辍（chuò）：中止，停止。轭（è）：套在牛马等牲口脖子上的器具。按：鸾铃被悬挂在轭上，拉车的牛马等走动时，鸾铃会发出响声；文中鸾铃不停地响，说明车子并没有停下来，车上的人停留的时间非常短。

④诣：到，旧时特指到尊长那里去。黄叔度：即黄宪，字叔度，详见《德行》第2则注②。

⑤弥日：终日，整天。信宿：连宿两夜，也表示两夜。

⑥陂（bēi）：池塘，湖泊。

⑦器：气度，气量。

【译文】

郭林宗到了汝南郡，去拜访袁奉高，见面不一会儿就走了。去拜访黄叔度时，却在那里停留了两晚。别人问他为什么这样，他说："叔度就如同万顷的湖泊一样广阔幽深，不能被澄清，也不能被搅浑，他的气量深邃宽广，实在是难以测量啊！"

4. 李元礼风格秀整①，高自标持②，欲以天下名教③是非为己任。后进之士，有升其堂者④，皆以为登龙门⑤。

【注释】

①李元礼：李膺，字元礼，东汉颍川郡襄城县（今属河南襄城）人，赵国相李益之子，为人忠诚无私，刚正不阿；历任青州刺史、蜀郡太守、度辽将军、河南尹、司隶校尉等职；后遭遇党锢之祸，被杀。风格秀整：风度出众，品行端正。

②高自标持：自我标榜很高，自视甚高。

③名教：指以儒家所主张的名分与伦常道德为准则的礼教。

④升其堂：登上他的厅堂，指有机会得到他的指点、教诲。

⑤登龙门：比喻得到有名望、有权势者的推荐、提拔而身价大增。

【译文】

李元礼风度出众，品行端正，也自视甚高。他把在全国推行儒家礼教、辨明是非看成是自己的责任。后辈读书人中，有谁能有机会得到他的教诲的，都认为自己登上了龙门。

5. 李元礼尝叹荀淑①、钟皓②曰："荀君清识难尚③，钟君至德可师④。"

【注释】

①李元礼：李膺，字元礼，详见《德行》第4则注①。荀淑：字季和，东汉颍川颍阴人（今河南许昌）人，德行高尚，学识渊博；曾任郎中、当涂长、朗陵侯相等职，莅事明理，被称为"神君"；后辞官返乡，卒于家。

②钟皓：字季明，东汉颍川长社（今河南许昌长葛市）人，曹魏太傅钟

繇曾祖，与同为颍川郡人的荀淑、韩韶、陈寔等皆以清高有德行闻名于世，合称为“颍川四长”；朝廷多次征辟，皆不就，避隐密山，教授门徒千余人，卒于家。

③清识：高见卓识。尚：超过。

④至：极、最。

【译文】

李元礼曾经赞叹荀淑和钟皓两人说：“荀君见识卓越高明，人们很难超越他；钟君道德极其高尚，足以为人师表。”

6.陈太丘诣荀朗陵①，贫俭无仆役。乃使元方将车，季方持杖后从②。长文尚小，载著车中③。既至，荀使叔慈应门④，慈明行酒⑤，余六龙下食⑥。文若⑦亦小，坐著膝前。于时太史奏："真人东行⑧。"

【注释】

①陈太丘：即陈寔(shí)，字仲弓，东汉颍川许(今河南许昌)人，与其子陈纪、陈谌并著高名，时号“三君”，为“颍川四长”之一；曾任郡功曹、闻喜长、太丘长等职，后被大将军窦武征辟为大将军府掾属；两次遭遇党锢之祸，遂隐埘山禁锢二十年，后卒于家中。荀朗陵：即荀淑，字季和，曾任朗陵侯相，详见《德行》第5则注①。

②元方：陈纪，字元方，颍川许(今河南许昌)人，陈寔长子；初累辟不就，董卓入洛阳后，就家拜五官中郎将，不得已到京师，累迁至尚书令，建安元年拜太鸿胪，卒于官。将车：驾车。季方：陈谌(chén)，字季方，陈寔少子，才识博达，与兄长陈纪皆以才德见称于世。

③长文：陈群，字长文，颍川许(今河南许昌)人，陈寔之孙，陈纪之子，“九品中正制”和曹魏律法的主要创始人；早年被刘备辟为豫州别驾，后被曹操辟为司空西曹掾属，后历任参丞相军事、魏国御史中丞、吏部尚书等职，封昌武亭侯；曹丕时为尚书令，晋爵颍乡侯，后为镇军大将军，领中护军，录尚书事；曹叡时，任司空，录尚书事，封颍阴侯；公元237年病

逝，谥靖侯。著(zhe)：助词，表示动作、状态的持续，同“着”。

④叔慈：荀靖，字叔慈，东汉颍川颍阴人(今河南许昌)人，荀淑第三子，称“荀三龙”，少有俊才，以孝著名，不仕，隐居终身，号曰“玄行先生”，年五十而终。应门：照管门户，指应接叩门之意。

⑤慈明：荀爽，一名荀谞，字慈明，东汉颍川颍阴人(今河南许昌)人，荀淑第六子；为了躲避党锢之祸，曾隐遁汉水滨十余年，专心著述，号为“硕儒”；后因董卓强征，出任平原国相，未至京都，又被追拜为光禄勋，在职三天后，升任司空；后与司徒王允共谋除董卓，举事前病卒。行酒：依次斟酒。

⑥余六龙：荀淑有八个儿子，号称“八龙”，余六龙即指其余六个儿子。下食：准备食物。

⑦文若：即荀彧(yù)，字文若，荀淑孙，曹操统一北方的重要谋士，被称为“王佐之才”；曾任司马、侍中、尚书令、光禄大夫等职，封万岁亭侯；后因反对曹操称魏公，为其所忌，调离中枢，在寿春忧郁成病而亡(一说受到曹操暗示而服毒自尽)；死后被追谥为敬侯，后又被追赠太尉。

⑧太史：官名，主要职能是编写史书、起草文书，兼管国家典籍和天文历法等。真人：修真得道的人，此处指德行高洁的人。

【译文】

太丘长陈寔去拜访朗陵侯相荀淑，因为家中贫寒且生活俭朴，没有仆役侍候，就让长子元方驾车，少子季方拿着手杖跟随在车后。孙子长文因为年纪还小，就一起坐在车上。到了荀淑家，荀淑让叔慈迎接客人，慈明给客人斟酒，其余六个儿子负责准备食物。荀淑的孙子文若年龄也还小，就坐在祖父的腿上。当时的太史启奏朝廷说：“有真人往东边去了。”

7. 客有问陈季方：“足下家君太丘①，有何功德而荷天下重名②？”季方曰：“吾家君譬如桂树生泰山之阿，上有万仞之高③，下有不测之深；上为甘露所沾，下为渊泉所润。当斯之时，桂树焉知泰山之高，渊泉之深，不知有功德与无也！”

【注释】

①陈季方：陈谌，字季方，陈寔少子，详见《德行》第6则注②。足下：对平辈或朋友间的敬称。家君：原本用于对他人称呼自己的父亲，这里加上“足下”，则是用来尊称对方的父亲。太丘：即陈寔，字仲弓，曾任太丘长，详见《德行》第6则注①。

②荷(hè)：担负，承受。重名：很高的名望。

③阿(ē)：山的曲折处。仞(rèn)：古代计量单位，一仞等于七尺或八尺。

【译文】

有人问陈季方：“您的父亲陈太丘，有哪些功勋和美德，而能在天下享有崇高的声望呢?”季方说：“我父亲好比是一棵生长在泰山拐角处的桂树，上面有万丈的险峰，下面有深不可测的深渊；上面受到雨露的浇灌，下面受到深泉水的滋润。在这种情况下，桂树怎么知道泰山有多高，深泉有多深呢！我也不知道家父有没有功德啊！”

8.陈元方子长文有英才[①]，与季方子孝先[②]，各论其父功德，争之不能决，咨于太丘[③]。太丘曰：“元方难为兄，季方难为弟。”

【注释】

①陈元方：陈纪，字元方，陈寔长子，详见《德行》第6则注②。长文：陈群，字长文，陈纪之子，详见《德行》第6则注③。

②季方：陈谌，字季方，陈寔少子，详见《德行》第6则注②。孝先：陈忠，字孝先，颍川许(今河南许昌)人，陈谌之子；州辟征辟，皆不就。

③太丘：即陈寔，字仲弓，曾任太丘长，详见《德行》第6则注①。

【译文】

陈元方的儿子陈长文有杰出的才能，他和陈季方的儿子陈孝先分别论述自己父亲的功德，想分辨出两人的高下，但一直争论不出结果，便去询问他们的祖父太丘长陈寔。陈寔说："元方是哥哥，但未必一定胜过弟弟；季方是弟弟，但也未必不如哥哥。两人不相上下啊。"

9. 荀巨伯远看友人疾，值胡贼攻郡①，友人语巨伯曰："吾今死矣，子可去！"巨伯曰："远来相视，子令吾去，败义以求生，岂荀巨伯所行邪？②"贼既至，谓巨伯曰："大军至，一郡尽空，汝何男子，而敢独止？"巨伯曰："友人有疾，不忍委之，宁以我身代友人命。③"贼相谓曰："我辈无义之人，而入有义之国！"遂班军而还，一郡并获全④。

【注释】

①荀巨伯：东汉人，生平不详，因重视友谊而闻名。值：适逢，恰好遇到。胡贼：指北方异族入侵中原的流寇，古时我国西、北部一带少数民族统称为"胡"。

②子：对对方的尊称。败义：损害道义。

③委：丢下，抛弃。宁：情愿。

④班军：班师，把出征的部队调回去。并：全部。

【译文】

荀巨伯远道去探望朋友的病情，正好碰上外族强盗来攻打郡城，朋友对荀巨伯说："我这次是死定了，您还是快走吧！"荀巨伯回答说："我远道来看望您，您却让我离开这里；损害道义来苟且偷生，我荀巨伯岂能做出这样的事！"强盗进了城，对荀巨伯说："我们的大军一到，全城的人都跑光了，你是什么人，竟然敢一个人留下来？"荀巨伯回答说："我的朋友生病了，我不忍心把他一个人丢弃在这里，我愿意用我的生命来换回他的生命。"强盗听了后，互相议论说："我们这些不讲道义的人，却侵犯了有道义的国家！"于是就把军队撤回，全郡上下也因此得以保全。

10. 华歆遇子弟甚整[①]，虽闲室之内，严若朝典[②]。陈元方兄弟恣柔爱之道[③]。而二门之里，两不失雍熙之轨焉[④]。

【注释】

①华歆：字子鱼，汉末魏初时平原高唐（今山东德州）人，曾任豫章太守、侍中、尚书令等职；曹操讨孙权时，以其为军师，后为魏王国御史大夫；曹丕即王位后，拜为相国，封安乐乡侯；曹丕代汉建魏，升为司徒；魏明帝时，为太尉，封博平侯；死后谥敬侯。遇：对待。整：严整、严肃。

②闲室：私室，这里指家中。朝典：朝廷拜见皇帝的礼仪典制。

③陈元方兄弟：指陈纪、陈谌兄弟；陈纪，字元芳，详见《德行》第6则注②。恣：放任，听凭。柔爱：和睦、友爱。

④二门：两家。雍熙：和乐的样子。轨：法则，准则。

【译文】

华歆对待子弟很严肃，即使是在家里，也像在朝廷上那样庄重严肃，注重礼仪。陈元方兄弟倡导和睦友爱。虽然两家采取的方式不同，但是两个家庭内部，都没有失掉和乐升平的治家准则。

11. 管宁、华歆共园中锄菜[①]，见地有片金，管挥锄与瓦石不异，华捉而掷去之[②]。又尝同席读书，有乘轩冕过门者，宁读如故，歆废书出看[③]。宁割席分坐，曰："子非吾友也。"

【注释】

①管宁：字幼安，北海朱虚（今山东安丘东南）人，三国时魏国人，淡泊名利，一生不曾出仕，避乱辽东三十余年，晚年回到中原；早期同邴原、华歆一起在外求学，三人很友好，时人称他们三人为一龙，说华歆是龙头，管宁是龙腹，邴原是龙尾。华歆：字子鱼，详见《德行》第10则注①。

②捉：拿起，拾起。掷：扔掉，抛去。

③席：座席。轩冕：原指古时大夫以上官员的车乘和冕服，后引申为借指官位爵禄，或显贵者，泛指为官；这里"轩冕"为偏义复词，只有"轩"

意,指车。废:放下。

【译文】

管宁和华歆曾经一起在菜园里刨地种菜,看见地上有一小片金子,管宁毫不在意,挥动锄头锄去,像锄掉瓦块石头一样;华歆却把金子捡起来看了看,又扔了出去。还有一次,两人同坐在一张座席上读书,有达官贵人乘车从门前经过,管宁不为所动,仍旧读书;华歆却放下书本跑出去看。管宁就割开座席,分开座位,对华歆说道:"你不是我的朋友。"

12. 王朗每以识度推华歆①。歆蜡日尝集子侄燕饮②,王亦学之。有人向张华说此事③,张曰:"王之学华,皆是形骸之外,去之所以更远④。"

【注释】

①王朗:本名王严,字景兴,汉末东海郯(今山东郯城西北)人,学识渊博,著有《周易传》《春秋传》等,有文集三十四卷;曾任郎中、会稽太守、谏议大夫等职;曹丕继王位时,迁御史大夫,封安陵亭侯;曹丕受禅建魏后,任司空,封乐平乡侯;曹叡继位后,迁司徒,进封兰陵侯;228 年去世,谥号成。识度:见识与气度。推:推崇。华歆:字子鱼,详见《德行》第 10 则注①。

②蜡(zhà):古代一种年终祭祀。集:召集。燕饮:举行宴会饮酒;燕,同"宴"。

③张华:字茂先,范阳方城(今河北固安)人,学识渊博、工于书法,编纂有中国第一部博物学著作《博物志》;在曹魏曾任太常博士、佐著作郎、中书郎等职;西晋建立,拜黄门侍郎,封关内侯,又历任中书令、太常、司空等职;后在八王之乱中被赵王司马伦所杀。

④形骸:原指人的身体,这里指外在的表面的东西。去:相距。

【译文】

王朗总是很推崇华歆的气度和见识。华歆曾经在年终蜡祭那天把子侄们召集到一起,举行宴会饮酒取乐,王朗也学他的做法那样做了。

有人把这件事儿说给张华听，张华说："王朗学华歆，学的都是些表面的东西，所以距离华歆反而越来越远。"

13. 华歆、王朗俱乘船避难，有一人欲依附，歆辄难之[①]。朗曰："幸尚宽，何为不可？"后贼追至，王欲舍所携人。歆曰："本所以疑，正为此耳。既已纳其自托，宁可以急相弃邪？[②]"遂携拯如初[③]。世以此定华、王之优劣。

【注释】

①华歆：字子鱼，详见《德行》第 10 则注①。王朗：字景兴，详见《德行》第 12 则注①。辄(zhé)：便，就。难：认为……难。

②纳其自托：接纳他托付自身的请求，指同意他搭船。宁：岂，难道。

③携拯：携带拯救。

【译文】

华歆、王朗一起乘船逃难，途中有一个人想要搭乘他们的船，华歆当时就表示很为难。王朗说："幸好船里还很宽敞，为什么不可以让他上来呢？"后来有强盗追上来了，王朗想要抛弃刚才携带的那个人。华歆说："先前之所以犹豫不决，正是因为考虑到这种情况了。既然已经接受了他的请求让他上船了，难道因为情况紧急就可以抛弃他吗？"于是还像当初一样携带救助了这个人。世人便通过这件事来评定华歆和王朗的优劣。

14. 王祥事后母朱夫人甚谨[①]。家有一李树，结子殊好，母恒使守之。时风雨忽至，祥抱树而泣。祥尝在别床眠，母自往暗斫之[②]，值祥私起[③]，空斫得被。既还，知母憾之不已，因跪前请死[④]。母于是感悟，爱之如己子。

【注释】

①王祥：字休徵，琅邪临沂(今山东临沂)人，为二十四孝之一"卧冰

求鲤”的主人翁，在东汉末隐居二十年；在曹魏时，先后任县令、大司农、司隶校尉、司空、太尉等职，封爵睢陵侯；西晋建立后，拜太保，进封睢陵公；268年去世，谥号元。谨：郑重，恭敬。

②尝：曾经。斫(zhuó)：用刀、斧等砍劈。

③私起：起来解手。

④憾：失望，遗憾。因：于是。

【译文】

王祥侍奉后母朱夫人一向都非常恭敬。他家有一棵李树，结的李子特别好，后母常常派他去守护李树。有时暴风雨忽然来临，王祥就抱着李子树哭泣。曾经有一次，王祥在另外一张床上睡觉，后母亲自前往，想偷偷砍死他，正好碰上王祥起来解手出去了，就只砍到空被子。王祥回来后，知道后母为这事感到非常遗憾，于是便去跪在后母面前，请求处死自己。后母因此受到感动，醒悟过来，从此就把他当亲生儿子一样疼爱。

15.晋文王[①]称阮嗣宗[②]至慎，每与之言，言皆玄远，未尝臧否[③]人物。

【注释】

①晋文王：即司马昭，字子上，河内温(今河南温县)人，司马懿次子，司马师同母弟，西晋开国皇帝司马炎之父；早年随父抗蜀，多有战功，景初二年，封新城乡侯；曹髦时，为大将军，专揽国政；甘露五年，魏帝曹髦死后，立曹奂为帝；景元四年，派遣钟会、邓艾、诸葛绪三路伐蜀，灭之，封晋公，咸熙元年加为晋王；咸熙二年病逝，谥文王，其子司马炎称帝后，追谥为文帝，庙号太祖。

②阮嗣宗：即阮籍，字嗣宗，陈留(今属河南)尉氏人，三国时期魏人，“竹林七贤”之一，“建安七子”之一阮瑀之子，著有《咏怀》《大人先生传》等；崇奉老庄之学，政治上采取谨慎避祸的态度；曾任尚书郎、从事中郎、散骑常侍、步兵校尉等职，封关内侯。

③臧否(zāng pǐ)：书面用语，褒贬、评定、评论。

【译文】

晋文王司马昭称赞阮嗣宗为人极其谨慎，每次和他交谈，他的言论都很奥妙深远，而且他从不评论别人的优劣。

16.王戎①云："与嵇康②居二十年，未尝见其喜愠之色③。"

【注释】

①王戎：字濬冲，琅邪临沂（今山东临沂）人，"竹林七贤"之一，长于清谈与品鉴；世袭其父王浑的爵位贞陵亭侯，后因参与伐吴有功封安丰县侯，曾任河东太守、荆州刺史、光禄勋、尚书令、司徒等职；死后谥元侯。

②嵇康：字叔夜，谯国铚县（今安徽濉溪）人，"竹林七贤"之一，通晓音律，擅长书法、绘画，著述以散文、四言诗为主，崇尚老庄；娶曹操曾孙女长乐亭主为妻；曾任郎中、中散大夫等职，后因得罪钟会，为其诬陷，被司马昭处死，年仅39岁。

③愠（yùn）：怒，怨恨。

【译文】

王戎说："我和嵇康相处了二十年，从未看见过他有高兴或发怒的神情。"

17.王戎、和峤同时遭大丧①，俱以孝称。王鸡骨支床，和哭泣备礼②。武帝③谓刘仲雄④曰："卿数省王、和不⑤？闻和哀苦过礼，使人忧之。"仲雄曰："和峤虽备礼，神气不损；王戎虽不备礼，而哀毁骨立⑥。臣以和峤生孝，王戎死孝⑦。陛下不应忧峤，而应忧戎。"

【注释】

①王戎：字濬冲，详见《德行》第16则注①。和峤：字长舆，汝南西平（今河南西平）人，曹魏后期至西晋初年大臣；袭父爵上蔡伯，历任太子舍人、颍川太守、中书令等职；晋惠帝即位后，拜其为太子少傅，加散骑常

侍、光禄大夫；公元292年，在任上病死，追赠金紫光禄大夫，谥号简。大丧：父母的丧事。

②鸡骨支床：因亲人离世悲痛过度，形销骨立，疲惫地躺在床席之上。备礼：礼仪周备。

③武帝：即司马炎，字安世，河内温县(今河南温县)人，晋朝开国皇帝，司马懿之孙，司马昭嫡长子，265—290年在位；咸熙二年(265年)袭父爵晋王，数月后逼迫魏元帝曹奂禅位于己，国号晋，建都洛阳；咸宁五年(279年)，命杜预、王濬等人分兵伐吴，于次年灭吴，统一全国；死后谥号武皇帝，庙号世祖，史称晋武帝。

④刘仲雄：刘毅，字仲雄，东莱掖县人，西汉城阳王刘章的后代，为人公正刚直；曹魏末年，被举孝廉，征召为司隶都官从事；晋时，历任尚书郎、司隶校尉、尚书左仆射、州都等职；死后追赠为仪同三司。

⑤数(shuò)：屡次，经常。省(xǐng)：探望。不：通"否"。

⑥哀毁骨立：因为过分悲伤而异常消瘦，身体好像只剩下一副骨架子支撑着。

⑦生孝：指遵守丧礼，且不伤及身体的孝顺之道。死孝：指因父母离世，哀伤过度，几至于死。

【译文】

王戎与和峤同时遭遇大丧之痛，二人都以孝而著称。在这期间，王戎是哀伤过度，形销骨立；和峤则是哀痛哭泣，而且丧事礼仪周全。晋武帝司马炎对刘仲雄说道："你经常去探望王戎、和峤吗？听说和峤因为过于悲伤痛苦，都超出了礼法常规，让人很是为他担忧！"刘仲雄回答说："和峤虽然礼仪周到，但精神元气并没有受到损伤；王戎虽然礼仪不周全，可是因为内心深处悲痛过度，以致伤了身体而骨瘦如柴。臣认为和峤是生孝，虽然丧礼周全，但并没有伤及身体；王戎是死孝，因为哀伤过度而几至于死。陛下不应该为和峤担忧，而应该为王戎担忧啊！"

18. 梁王①、赵王②，国之近属③，贵重当时。裴令公④岁请二国租钱数百万[5]，以恤中表之贫者[6]。或讥之曰[7]："何以乞物行惠？"裴曰："损有余，补不足，天之道也。"

【注释】

①梁王：即司马肜(róng)，字子徽，河内温县(今河南温县)人，晋宣帝司马懿第八子；曹魏时封平乐亭侯，建立五等爵制后改封开平子；西晋建立后，受封梁王，拜北中郎将，之后历任平东将军、征西大将军、尚书令等职；司马伦篡位称帝后，拜太宰，主持朝廷；太安元年(302年)去世，因其曾依附司马伦，谥号为灵，后改为孝。

②赵王：即司马伦，字子彝，晋宣帝司马懿第九子，"八王之乱"中的八王之一；曹魏时封安乐亭侯，后进封东安子，任谏议大夫；西晋建立后，封琅邪郡王，后改封赵王，历任平北将军、征西将军、车骑将军、太子太傅等职；在愍怀太子司马遹被杀后，起兵讨伐并杀死贾后，掌握朝政大权，自封大都督、相国等；301年，逼晋惠帝让位与己，改元建始；不久，被齐王司马冏等起兵讨伐，兵败后被杀。

③近属：血统关系较近的亲属。

④裴令公：裴楷，字叔则，河东闻喜(今山西闻喜县)人，三国曹魏及西晋时期人；曾与贾充等共同制定《晋律》，曾任河内太守、侍中、太子少师、安南将军等职，封临海侯，官至中书令，故尊称为裴令公；元康元年(291年)逝世，享年55岁，谥号元。

⑤二国：指梁王、赵王两人的封国，国是王侯的封地。租钱：作为租税收入的钱。

⑥恤：周济，救济。中表：古代称父系血统的亲戚为内，称父系血统之外的亲戚为外；外为表，内为中，合起来称之为中表。

⑦或：有人。讥：指责，非议。

【译文】

梁王司马肜和赵王司马伦是皇帝的近亲，权高位重，地位非常显赫尊贵。中书令裴楷请求他们两个封国每年拨出几百万赋税钱，去救济皇亲国戚中那些比较贫穷的人。有人指责他说："为什么靠向人乞讨钱财来做好事?”裴楷说:“让富余的破费一些财物,去补助那些有欠缺的,这是天理啊。”

19.王戎[①]云:“太保居在正始中,不在能言之流[②]。及与之言,理中清远,将无以德掩其言[③]!”

【注释】

①王戎:字濬冲,详见《德行》第16则注①。

②太保:即王祥,字休徵,官至太保,详见《德行》第14则注①。正始:三国时魏帝曹芳的第一个年号,自公元240年至249年。能言:指善于清谈。

③理中:恰当的义理,正理。将无:恐怕……吧,用来表示猜测而意思偏于肯定。

【译文】

王戎说:“太保王祥生活在正始年间,不在善于清谈者的行列之中。等到和他谈论起来,便觉得他言谈清雅合理,旨意深远。他不以善于清谈著称,恐怕是因为他高尚的德行掩盖了他的善谈吧!”

20.王安丰遭艰,至性过人[①]。裴令往吊之[②],曰:“若使一恸果能伤人,濬冲必不免灭性之讥[③]。”

【注释】

①王安丰:王戎,字濬冲,曾被封安丰县侯,故称王安丰,详见《德行》第16则注①。艰:指父母亲的丧事。至性:至情至孝的本性。

②裴令:即裴楷,字叔则,官至中书令,故称裴令,详见《德行》第18则注④。吊:吊唁。

③灭性:指因父母过世哀伤过度而毁灭性命。讥:指责,非议。按:《孝经》云:“毁不灭性,圣人之教也。”毁指居丧过于哀痛,如果因为居丧哀伤过度而毁灭性命,古人认为这是不合圣人之教的。

【译文】

安丰侯王戎在服丧期间，他的尽孝之情远远超过一般人。中书令裴楷前去吊唁后，说道："如果极度的悲痛真能伤及人的生命，那么濬冲一定免不了会被指责为因孝伤身。"

21. 王戎父浑有令名①，官至凉州刺史②。浑薨③，所历九郡义故④，怀其德惠，相率致赙数百万⑤，戎悉不受。

【注释】

①王戎：字濬冲，详见《德行》第16则注①。王浑：字长源，曹魏时琅邪临沂（今山东临沂）人，王戎之父；曾任尚书、凉州刺史等职，封贞陵亭侯。令名：好名声。

②凉州：西汉设立的十三刺史部之一，魏晋沿用，但疆域范围有变，因在中国的西部，又称西凉。刺史：晋代全国划分若干个州，州的最高行政长官称刺史。

③薨（hōng）：《礼记》："天子死曰崩，诸侯曰薨。"王浑被封为贞陵亭侯，所以他的死可以称薨。

④九郡：据《晋书·地理志》，凉州管辖八个郡，所以一说这里的九郡应是八郡；另有一说《太平御览》此处引作"州郡"，故"九"是"州"的误字；这里暂从后者。义故：以恩情道义相结识的故交旧友。

⑤相率：相继，一个接一个。赙（fù）：送给别人办丧事的财物。

【译文】

王戎的父亲王浑很有名望，官位做到凉州刺史。王浑死后，他在各州郡做官时以恩情道义相结识的故交旧友，感怀于他昔日的美德和恩惠，相继送来丧事礼金，数额达几百万，王戎一概不收。

22. 刘道真尝为徒①，扶风王骏以五百匹布赎之，既而用为从事中郎②。当时以为美事。

【注释】

①刘道真：刘宝，字道真，西晋山阳郡（今山东邹城）人，出身贫寒，自幼聪颖好学，曾任扶风王司马骏从事中郎、吏部郎、侍中等职，后任安北大将军、领护乌丸校尉、都督幽并州诸军事等职，因戍守边境有功，赐爵关内侯。徒：徒刑，古代刑法名，即拘禁使服劳役。

②扶风王骏：即司马骏，字子臧，河内郡温县（今河南温县）人，晋宣帝司马懿第七子；曾任平南将军、安东将军等职，西晋建立后接连受封汝阴王、扶风王，任镇西大将军，镇守关中，后因功加拜征西大将军，进拜骠骑将军；死后追赠大司马、侍中，谥号武，史称其为“扶风武王”。赎：指用财物来抵销罪责，或免除刑罚。从事中郎：官名，为将帅之幕僚，主管文书、谋划。

【译文】

刘道真曾经因犯罪被罚服劳役，扶风王司马骏用五百匹布来替他赎罪，并免除他的刑罚，不久又任命他为从事中郎。当时人们都认为这是一件值得赞扬的事。

23. 王平子①、胡毋彦国②诸人，皆以任放为达③，或有裸体者。乐广④笑曰：“名教中自有乐地，何为乃尔也⑤！”

【注释】

①王平子：王澄，字平子，琅邪临沂（今山东临沂）人，太尉王衍之弟，司徒王戎堂弟，大将军王敦族弟；有盛名，勇力过人，好清谈，为人举止放诞，不拘礼俗；曾任荆州刺史，永嘉之乱后南渡任琅邪王司马睿的军谘祭酒，途经豫章时被王敦所杀。

②胡毋彦国：姓胡毋，名辅之，字彦国，泰山奉高（今山东泰安东）人，东汉执金吾胡毋班玄孙，河南令胡毋原之子；西晋时名士，有知人之鉴，不拘礼法，嗜酒成性；曾任建武将军、安乐太守、湘州刺史等职。

③任放：放纵任性，指行为放纵，不拘礼法。达：旷达。按：据刘孝标注所引的王隐《晋书》说，这些人“去巾帻，脱衣服，露丑恶，同禽兽。甚者

名之为通，次者名之为达也”。

④乐广：字彦辅，南阳淯阳（今河南南阳）人，西晋时期名士，出身寒门，早年即有重名，善于清谈、书法，有文集二卷；曾任侍中、河南尹、尚书仆射等职，后代王戎为尚书令；303 年，成都王司马颖与长沙王司马乂互攻，乐广因是司马颖岳丈而被司马乂怀疑，次年正月因忧虑而离世。

⑤名教：指儒家礼教。乃尔：竟然如此。

【译文】

王平子、胡毋彦国这些人，都把放纵不羁、不拘礼法当作旷达，有时还有人赤身裸体。乐广笑他们说：“名教中自有令人快乐的境地，为什么竟要如此呢！”

24. 郗公[①]值永嘉丧乱[②]，在乡里甚穷馁[③]。乡人以公名德，传共饴之[④]。公常携兄子迈及外生周翼二小儿往食[⑤]。乡人曰：“各自饥困，以君之贤，欲共济君耳，恐不能兼有所存。”公于是独往食，辄含饭著两颊边，还吐与二儿[⑥]。后并得存，同过江。郗公亡，翼为剡县[⑦]，解职归，席苫于公灵床头[⑧]，心丧终三年[⑨]。

【注释】

①郗公：即郗鉴，字道徽，高平金乡（今山东金乡县）人，博览经籍，以清节儒雅著名；元帝司马睿镇守江左时，任龙骧将军、兖州刺史，后加授为辅国将军、都督兖州诸军事；又以尚书令的身份统领各部平定王敦之乱，封高平侯；明帝驾崩后，受命辅助成帝，迁车骑大将军；平定苏峻之乱有功，拜司空，封南昌县公，后升太尉；死后追赠太宰，谥号文成。

②永嘉丧乱：西晋惠帝时，朝廷腐败，发生八王之乱，永兴元年（304年），匈奴贵族刘渊趁机起兵于离石（今属山西），国号汉；晋怀帝永嘉四年（310 年），刘渊死，其子刘聪继立，次年刘聪遣石勒歼晋军十余万人于苦县宁平城（在今河南鹿邑），并俘杀太尉王衍等人，又遣刘曜破兵洛阳，俘虏怀帝，杀士兵百姓三万余，史称永嘉之乱。

③穷馁(něi):贫穷饥饿。

④传:传递,轮流。饴(sì):通“饲”,拿食物给人吃。

⑤迈:郗鉴的侄子郗迈,字思远,高平金乡(今山东金乡县)人,曾任少府、中护军等职。外生:即外甥,姐妹的儿子。翼:郗鉴外甥周翼,字子卿,陈郡(今河南东南部)人,曾任剡县县令、青州刺史、少府卿等职。

⑥辄(zhé):总是,就。著:同“贮”,贮存。还(huán):返回,回来。按:《晋书·郗鉴传》记载:“于时所在饥荒,州中之士,素有感其恩义者,相与资赡。鉴复分所得以恤宗族及乡曲孤老,赖而全济者甚多。”郗鉴既有能力恤及宗族乡里,应当也能顾及两小儿,本则所言大概是流传有误。

⑦为剡(shàn)县:指做剡县县令;剡县,古属会稽郡(今浙江嵊州市)。

⑧席苫(shān):苫指草帘子,草垫子;席苫指以苫为席,坐、卧于草垫子上,是古代居丧的礼节。

⑨心丧:身无孝子之服而心存孝子之哀悼。按:古时父母死,服丧三年;外亲死,服丧五个月;郗鉴是舅父,是外亲,周翼却守孝三年,所以称心丧。

【译文】

郗鉴碰上永嘉之乱,在家乡避乱,生活十分贫困,还经常挨饿。乡里人因为他德高望重,大家轮流给他提供饭食。郗鉴常常带着侄子郗迈和外甥周翼两个孩子一同去吃饭。乡里人说:“大家也都很饥饿穷困,因为您是贤德君子,才共同想办法一起来周济您,恐怕很难再兼顾到两个孩子活命了。”于是郗鉴就一个人去吃饭,总是在嘴里两颊边含满了饭,回家后再吐出来给两个孩子吃。后来,两个孩子也都因此得以存活下来,一同到了江南。郗鉴去世时,周翼正担任剡县县令,他放弃官职,回到家乡,在郗鉴灵床前铺上居丧用的草垫,尽孝子礼,为郗公守孝整整三年。

25.顾荣①在洛阳,尝应人请,觉行炙人有欲炙之色②,因辍己施焉[3]。同坐嗤之,荣曰:"岂有终日执之,而不知其味者乎?"后遭乱渡江,每经危急,常有一人左右己,问其所以,乃受炙人也。

【注释】

①顾荣:字彦先,吴郡吴县(今江苏苏州)人,东吴丞相顾雍之孙;吴国灭亡后,与陆机、陆云同入洛,号为"洛阳三俊";历任郎中、廷尉正、军咨祭酒等职,后为司马睿安东军司,加散骑常侍;312年卒于官,死后追赠侍中、骠骑将军,谥号元,后又追封公爵。

②尝:曾经。行炙人:做烤肉的人或端着烤肉的仆人。炙:烤肉。

③因:于是。辍(chuò)己:自己放下不吃,让出;辍,停止,放下。施:给。

【译文】

顾荣在洛阳的时候,曾经有次应邀赴宴时,发现做烤肉的下人脸上露出非常想吃烤肉的神情,于是就把自己那一份烤肉让给了他。同座的人都笑话顾荣,顾荣说:"哪有成天端着烤肉,却不知肉味这种道理呢?"后来顾荣遇上战乱,就过江避难,每逢遇到危急情况,常常有一个人在身边保护自己,顾荣便问他为什么这样,原来他就是当年得到烤肉的那个人。

26.祖光禄[1]少孤贫,性至孝,常自为母炊爨作食[2]。王平北[3]闻其佳名,以两婢饷之,因取为中郎[4]。有人戏之者曰:"奴价倍婢。"祖云:"百里奚亦何必轻于五羖之皮邪[5]?"

【注释】

①祖光禄:即祖纳,字士言,范阳遒县(今河北涞水县)人,镇西将军祖逖之兄,有操行,能清言;时因诸王争权,时局动荡,醉心围棋,自称"忘忧",在晋代围棋界影响甚重;曾任中护军、太子中庶子等职,封晋昌公,官至光禄大夫,卒于家。

②炊爨(cuàn):烧火做饭。

③王平北:王乂(yì),字叔元,琅邪郡临沂(今山东临沂市)人,魏幽州刺史王雄之子,司徒王衍之父;曾为相国司马,后升为大尚书、出督幽州诸军事、平北将军。

④饷:赠送。取:任用。中郎:近侍官,其职责为管理车、骑、门户,担任护卫和随从,所以下文被人戏称为奴。

⑤百里奚:姓百里,名奚,字子明,春秋时虞国(今山西平陆北)人,秦穆公时贤臣,著名的政治家、思想家,又称"五羖(gǔ)大夫",是秦穆公用五张黑羊皮从市井之中换回的一代名相。羖:黑色的公羊。

【译文】

光禄大夫祖纳从小就没有了父亲,家境贫寒,他生性最为孝顺,经常亲自给母亲烧火做饭。平北将军王乂听说了他的好名声,就赠送给他两个婢女,并任用他做中郎。有人跟他开玩笑说:"奴仆的身价比婢女高一倍呢。"祖纳反驳说:"百里奚又何尝比五张羊皮轻贱呢!"

27.周镇罢临川郡还都①,未及上,住泊青溪渚②,王丞相③往看之。时夏月,暴雨卒至,舫至狭小,而又大漏,殆无复坐处④。王曰:"胡威之清⑤,何以过此!"即启用为吴兴郡⑥。

【注释】

①周镇:字康时,陈留尉氏(今属河南)人,为人清约寡欲,有政绩,曾任临川太守、吴兴太守等职。临川郡:古代郡名,三国吴置,属扬州,下辖八县,两晋、南朝相沿,隋废;这里以地名指代临川太守的职务。都:京都,这里指东晋都成建康,即今天的江苏南京。

②住泊:停泊。青溪:三国东吴所开凿的河渠,在今江苏南京东南。渚:水中小块陆地。

③王丞相:即王导,字茂弘,小字阿龙,琅邪临沂(今山东临沂市)人,善书法;世袭爵位即丘子,早年与琅玡王司马睿友善,建议其移镇建业,并跟随南渡,帮助稳定政权;东晋建立后,先拜骠骑大将军,封武冈侯,又

进位侍中、司空；后受元帝遗诏辅立明帝，迁司徒；王敦之乱平定后，封为始兴郡公，进位太保；成帝继位初，与外戚庾亮等共同辅政；苏峻之乱平定后，联合郗鉴继续执政；338年，转任中外大都督，进升太傅，又拜丞相；死后谥号文献，葬礼规格为东晋中兴名臣之最。

④卒：通“猝”，突然。舫：船。殆：几乎。无复：不再有，没有。

⑤胡威：字伯武（又作伯虎），一名貔，淮南寿春（今安徽寿县）人，征东将军胡质之子；曾任安丰太守，封南乡侯；后历任徐州刺史、豫州刺史、尚书、青州刺史等职，因功进封平春侯；太康元年（280年）卒，赠使持节、都督青州诸军事、镇东将军，谥曰烈。清：清正廉洁。按：胡威与其父胡质都以廉洁慎重而闻名于世。

⑥吴兴郡：三国东吴设立，下辖九县，相当于今天的浙江省临安至江苏省宜兴一带；这里用来指代吴兴郡太守一职。

【译文】

周镇从临川太守的职务解任后，坐船回到京都，还没来得及上岸，船停泊在青溪渚，丞相王导前往看望他。当时正值夏季，突然下起暴雨来，船舱极其狭窄，而且漏雨漏得厉害，几乎没有可以坐的地方。王导说：“胡威的清廉，又怎么能超过这种情况呢！”于是立刻起用周镇做吴兴郡太守。

28.邓攸始避难[①]，于道中弃己子，全弟子。既过江，取一妾，甚宠爱。历年后讯其所由，妾具说是北人遭乱[②]，忆父母姓名，乃攸之甥也。攸素有德业，言行无玷，闻之哀恨终身，遂不复畜妾[③]。

【注释】

①邓攸（yōu）：字伯道，平阳襄陵（今山西襄汾东北）人；为官正直清明，颇有声誉，为中兴良守；历任吴郡太守、吏部尚书、会稽太守、尚书右仆射等职；326年卒，赠光禄大夫。避难：指避永嘉之乱。按：邓攸之弟早亡，留下一子由邓攸抚养，逃难路上，他带着两个孩子，觉得势难两全，

就舍弃了自己的儿子，保全了弟弟的儿子。

②历年：指经过了一年。讯：问。所由：从所而来，指问其身世。具说：详细述说。

③德业：德行与功业。玷（diàn）：玉上的斑点，喻人的缺点、过失。畜（xù）：养。

【译文】

当初邓攸为了躲避永嘉之乱，在逃难路上抛弃了自己的儿子，保全了弟弟的儿子。过江以后，娶了一个妾，对她非常宠爱。一年以后，邓攸询问起妾的身世，她便详细诉说，告诉邓攸她原是北方人，因遭遇战乱，逃难而来的，回忆起父母的姓名，原来她竟然是邓攸的外甥女。邓攸一向德行高尚，事业有成，言谈举止都没有污点，听了这件事，伤心悔恨了一辈子，从此便不再娶妾。

29. 王长豫为人谨顺①，事亲尽色养之孝②。丞相见长豫辄喜，见敬豫辄嗔③。长豫与丞相语，恒以慎密为端④。丞相还台⑤，及行，未尝不送至车后。恒与曹夫人并当箱箧⑥。长豫亡后，丞相还台，登车后，哭至台门。曹夫人作簏⑦，封而不忍开。

【注释】

①王长豫：即王悦，字长豫，琅邪临沂（今山东临沂）人，丞相王导长子，官至中书侍郎，早亡。谨顺：恭谨和顺。

②事亲：侍奉双亲。色养：指和颜悦色地侍奉父母。

③丞相：即王导，官至丞相，详见《德行》第27则注③。敬豫：即王恬，字敬豫，小字螭虎，王导次子，王悦之弟，擅长隶书、围棋；少时疾学尚武，不被父亲王导喜爱；袭爵即丘子，曾任中书郎、魏郡太守、吴国内史、会稽内史等职；死后追赠中军将军，谥号宪。

④恒：常常。端：首要，根本。

⑤台：官署名，此指尚书省。

⑥曹夫人：彭城曹韶之女，名淑，王导之妻，王悦和王恬之母。并当：

收拾、整理。箱箧(qiè):指大小箱子。

⑦作簏(lù):收拾箱子;簏,竹箱子。

【译文】

王长豫为人恭谨和顺,侍奉双亲和颜悦色,极尽孝道。他的父亲丞相王导看见长豫就高兴,看见他弟弟敬豫就生气。长豫和王导谈话,总是以周密细致为本。王导要去尚书省办公,临走时,长豫没有不送他上车的。长豫常常和母亲曹夫人一起收拾整理大小箱子。长豫死后,王导到尚书省去,上车后,一路哭到尚书省门口;曹夫人收拾箱子时,一直把长豫收拾过的箱子封好,不忍心再打开。

30. 桓常侍①闻人道深公②者,辄曰:"此公既有宿名,加先达知称③,又与先人至交,不宜说之④。"

【注释】

①桓常侍:即桓彝,字茂伦,东晋谯国龙亢(今安徽怀远县)人,桓温之父;曾任中书郎、尚书吏部郎、散骑常侍、宣城内史等职,因平定王敦之乱有功,封为万宁县男;苏峻之乱时,率兵抵抗,兵败被杀;死后追赠廷尉,谥曰简,咸安中改赠太常。

②深公:即竺法深,因为佛教传自印度,印度古名天竺,故当时僧人以竺为姓,而不同于现世以释为姓;名潜,或称道潜,字法深,俗姓王,琅邪郡(今山东临沂北)人,18岁出家,师从名僧刘元真,24岁时便独自登坛讲学,为东晋名僧。

③宿名:素来的名望,久已享有的名望。先达:有德行、学问的前辈。知称:赏识、称赞。

④先人:指已故的父亲。说:议论,谈论。

【译文】

散骑常侍桓彝听到有人谈论竺法深,就说:"这位高僧向来很有名望,而且受到前辈贤达们的赏识和称赞,又和先父是最好的朋友,我不应该去议论他。"

31.庾公[①]乘马有的卢[②],或语令卖去。庾云:"卖之必有买者,即当害其主。宁可不安己而移于他人哉[③]?昔孙叔敖[④]杀两头蛇以为后人,古之美谈,效之,不亦达乎!"

【注释】

①庾公:即庾亮,字元规,颍川鄢陵(今河南鄢陵北)人,其妹庾文君为晋明帝司马绍皇后;曾任散骑常侍、中书监、护军将军等职;明帝驾崩后,庾太后临朝,庾亮辅政,因处事武断,造成苏峻之乱;动乱平定后,外出任平西将军、豫州刺史,后代陶侃为征西将军,兼领江、荆、豫三州刺史、都督七州诸军事;339年,意欲北伐,失败,忧闷成疾,病逝;死后获赠太尉,谥号文康。

②的卢:即的卢马,是额上有白色斑点的马。按:古人认为这种马是凶马,马的主人会有危险;语出伯乐《相马经》:"的卢,马白额入口至齿者,名曰榆雁,一名的卢。奴乘客死,主乘弃市,凶马也。"

③宁可:岂可,难道能够。不安己:不危害自己。移:转移,转嫁。

④孙叔敖:春秋时期为楚国令尹,以贤能闻名于世,辅佐楚庄王成为春秋五霸之一。相传孙叔敖少年时,曾遇两头蛇,当时人们认为见此蛇者必死,他为了不再让旁人看见这条蛇,便将其斩杀,并埋入山丘。

【译文】

庾亮驾车的马中有一匹的卢马,有人告诉他,此马是凶马,马的主人会有危险,让他把马卖掉。庾亮说:"卖它,就必定有买主要买它,那就还要害那个买主,怎么可以为了不危害自己,就将危险转嫁给别人呢!从前孙叔敖为了保护后面的人,就打死了两头蛇,这种行为在古时候都是让人称颂赞扬的,现在我学习效仿他,不也是很旷达的做法嘛!"

32.阮光禄在剡[①],曾有好车,借者无不皆给。有人葬母,意欲借而不敢言。阮后闻之,叹曰:"吾有车而使人不敢借,何以车为?"遂焚之。

【注释】

①阮光禄：即阮裕，字思旷，河南陈留人，阮籍族弟；初任王敦的主簿，因王敦有不臣之心，以酒废职，出为溧阳令，复以公事免官；咸和初，任临海太守、东阳太守、侍中等职，后隐居会稽剡县；后出任散骑常侍，领国子祭酒，又升任金紫光禄大夫；卒年62岁。剡：即剡县，古属会稽郡（今浙江嵊州市）。

【译文】

光禄大夫阮裕在剡县的时候，曾经有过一辆很好的车，不管谁向他借车，没有不借的。有个人要安葬母亲，想向阮裕借车，可是又不敢开口。阮裕后来听说了这件事，叹息道："我有车，可是别人不敢向我借，那我还要车子做什么呢！"于是就把车子烧了。

33.谢奕作剡令[①]，有一老翁犯法，谢以醇酒罚之，乃至过醉[②]而犹未已。太傅[③]时年七八岁，著青布裤，在兄膝边坐，谏曰："阿兄！老翁可念[④]，何可作此！"奕于是改容曰："阿奴[⑤]欲放去邪？"遂遣之。

【注释】

①谢奕：字无奕，陈郡阳夏（今河南太康）人，太常卿谢裒之子、太傅谢安长兄、车骑将军谢玄之父；曾任剡县县令、吏部郎、晋陵太守等职，345年任桓温的安西司马，357年任都督豫司冀并四州诸军事、安西将军、豫州刺史，358年于任内逝世，死后追赠镇西将军。剡令：即剡县县令。

②醇酒：指烈酒。过醉：饮酒过量而大醉。

③太傅：即谢安，字安石，陈郡阳夏（今河南太康）人；初隐居会稽，360年出任桓温征西司马，后历任吴兴太守、侍中、吏部尚书等职；桓温死后，升任尚书仆射，总领吏部事务，加后将军，与尚书令王彪之同执掌朝政；后升任司徒，进封建昌县公；383年，在淝水之战中作为东晋总指

挥，打败前秦军队，进拜太保；384年八月，领兵北伐，收复黄河以南地区；385年，因功名太盛被孝武帝猜忌，自请出镇广陵步丘以避祸；不久因病重返建康，旋即病逝，追赠太傅，谥号文靖，追封庐陵郡公。

④著(zhuó)：附着，穿着，同"着"。可念：可怜。

⑤阿奴：尊长对卑幼者的昵称，此处兄以此称呼弟。

【译文】

谢奕做剡县县令的时候，有一个老头儿犯了法，谢奕就罚他喝烈酒，一直到老头儿饮酒过量，乃至大醉，惩罚却仍未停止。谢安当时只有七八岁，穿一条青色的布裤，在他哥哥谢奕的腿上坐着，劝告说："哥哥，老人家多么可怜，怎么可以这么做呢！"谢奕听了，脸色缓和下来，说道："你是想要我把他放走吗？"于是就把那个老人打发走了。

34.谢太傅[①]绝重褚公[②]，常称："褚季野虽不言，而四时之气亦备[③]。"

【注释】

①谢太傅：即谢安，死后追赠太傅，详见《德行》第33则注③。

②褚公：即褚裒，字季野，河南阳翟(今河南禹县)人，康献皇后褚蒜子之父；初任西阳王掾、吴王文学，328年苏峻之乱时，被司空郗鉴引为参军，事后封都乡亭侯；后历任豫章太守、江州刺史、卫将军兼中书令、兖州刺史兼领琅邪内史等职；晋康帝崩，太后褚蒜子临朝听政，出任卫将军、徐兖二州刺史，镇守京口，后进号征北大将军；349年率军北伐，失利，次年含恨病逝，追赠侍中、太傅，谥号元穆。

③气：气象，指冷热风雨阴晴等现象；此指气质、气蕴。

【译文】

太傅谢安非常敬重褚季野，曾经称赞他说："褚季野虽然嘴上不说，但一年四季里都气蕴生动。"

35.刘尹[①]在郡，临终绵惙，闻阁下祠神鼓舞[②]，正色曰："莫得淫祀[③]！”外请杀车中牛祭神[④]。真长答曰：“丘之祷久矣[⑤]，勿复为烦。”

【注释】

①刘尹：即刘惔（dàn），字真长，东晋沛国相县（今安徽宿州）人，娶晋明帝女庐陵公主；善于清谈，好老庄之学，被称为永和名士；历任司徒左长史、侍中、丹阳尹等职；于丹阳尹任内去世。

②绵惙（chuò）：病情沉重，气息微弱，奄奄一息。阁：供奉神佛的地方。祠：祭祀，这里指为除病祷告。鼓舞：击鼓舞蹈，祭神的一种仪式。

③淫祀：过多、过度祭祀，不该祭祀而祭祀，滥行祭祀。《礼记·曲礼》中说：“非其所祭而祭之，名曰淫祀。淫祀无福。”

④车中牛：驾车的牛。按：晋代常坐牛车，杀驾车的牛来祭祀是常事。

⑤丘之祷久矣：我已经祷告很久了。语出《论语·述而》。一次，孔丘生病，弟子子路向神祷告，孔子知道后说：“丘之祷久矣。”意思是向神祷告无用。按：刘惔喜欢老庄之学，纯任自然，所以不想祭神。

【译文】

丹阳尹刘真长在丹阳郡任内得了重病，临终奄奄一息之时，听见神阁之下正在击鼓、舞蹈，为他做除病祷告祭祀，就态度严肃地说：“不要过度祭祀！”下属请求杀掉驾车的牛来进行祭祀，刘真长回答说：“我早就祷告过了，没有用的，不要再麻烦了！”

36. 谢公夫人教儿[①]，问太傅：“那得初不见君教儿[②]？”答曰：“我常自教儿[③]。”

【注释】

①谢公：即谢安，字安石，死后追赠太傅，详见《德行》第33则注③。谢公夫人：刘氏，沛国刘耽之女，丹阳尹刘惔之妹。

②那得：怎得，怎会，怎能。初不见：全不见，从未见。

③常：经常。自：自身言行。

【译文】

谢安的夫人教导儿子时，问太傅谢安："怎么从来没有见您教导过儿子？"谢安回答说："我经常以自身言行教导儿子。"

37. 晋简文①为抚军时②，所坐床上尘不听拂③，见鼠行迹，视以为佳。有参军见鼠白日行，以手板批杀之，抚军意色不说④。门下起弹⑤，教曰："鼠被害，尚不能忘怀，今复以鼠损人，无乃不可乎⑥？"

【注释】

①晋简文：即晋简文帝司马昱，字道万，晋元帝司马睿幼子；先封琅邪王，后徙封会稽王，曾任散骑常侍、右将军、抚军将军等职；穆帝时，升任抚军大将军、录尚书六条事，与何充共同辅政，后升任司徒；废帝司马奕即位后，再次徙封琅邪王，又进位丞相、录尚书事；372年初，桓温废司马奕后，立其为帝，在位8个月后忧愤而崩，谥号简文皇帝，庙号太宗。

②抚军：即抚军将军，官职名，魏、晋、南北朝时，中军、镇军、抚军三将军，地位仅次于骠骑将军、车骑将军、卫将军；唐始不置。

③床：坐具，坐床。听：听凭，任凭。

④参军：官职名，军府或相府的幕僚，助理政事。手板：即笏(hù)，下属谒见上司时所拿的狭长板子，上面可以记事；魏晋以来习惯执手板。批杀：打死。说：通"悦"，高兴。

⑤门下：州、郡、县长官的属吏，统称门下诸吏，简称门下。弹：弹劾。

⑥教：训导，教导。无乃：恐怕。

【译文】

晋简文帝任抚军将军时，他坐床上的灰尘不让人擦去，看到老鼠在上面跑过留下的痕迹，他认为很好看。有个参军看见老鼠白天出来活动，就拿手板把老鼠打死，抚军为这很不高兴。一个下属站起来弹劾那个参军，抚军训导下属说："老鼠被打死了，我尚且不能忘怀；现在又为了一只老鼠去损伤人，这恐怕不行吧？"

38. 范宣年八岁，后园挑菜[①]，误伤指，大啼。人问："痛邪？"答曰："非为痛，身体发肤，不敢毁伤[②]，是以啼耳！"宣洁行廉约[③]，韩豫章遗绢百匹[④]，不受。减五十匹，复不受。如是减半，遂至一匹，既终不受。韩后与范同载，就车中裂二丈与范[⑤]，云："人宁可使妇无裈邪[⑥]？"范笑而受之。

【注释】

①范宣：字宣子，陈留（今属河南）人，博通典籍，家境清贫，但安贫乐道，朝廷征召为太学博士、散骑郎，都拒而不就，招集生徒，以讲授儒学为业，学徒广众，年五十四卒。挑：挖出来。

②"身体"句：语出《孝经》："身体发肤，受之父母，不敢毁伤，孝之始也。"身：躯干；体：头和四肢；古人认为身体发肤都是父母给予的，无故毁伤，是不孝的行为。

③洁行：品行高洁。廉约：廉洁节约。

④韩豫章：即韩伯，字康伯，颍川长社（今河南长葛）人，殷浩外甥。晋简文帝司马昱在藩镇时，招引为谈客，曾任抚军掾、豫章太守、丹阳尹、吏部尚书、领军将军等职；后改任太常，未及上任便病逝，时年49岁，朝廷追赠为太常。遗（wèi）：赠送。

⑤同载：共同乘坐一辆车。裂：破开。

⑥宁可：岂可，难道能够。裈（kūn）：裤子。

【译文】

范宣八岁那年，有一次在后园挖菜时，不小心弄伤了手指，就大哭起来。别人问道："很痛吗？"他回答说："不是因为痛，而是因为身体发肤受之于父母，不敢无故毁伤，因此才哭的。"范宣为人品行高洁，廉洁节约。有一次，豫章太守韩康伯赠送给他一百匹绢，他不肯收下；减为五十匹，他还是不接受；这样一路减半下来，最后减到一匹，他最终还是不肯接受。后来韩康伯邀范宣一起坐车，在车上撕了两丈绢给范宣，说："一个人怎么可以让老婆没有裤子穿呢？"范宣这才笑着把绢收下了。

39. 王子敬病笃[①]，道家上章，应首过[②]，问子敬："由来有何异同得失？[③]"子敬云："不觉有余事，惟忆与郗家离婚。[④]"

【注释】

①王子敬：王献之，字子敬，小名官奴，祖籍琅邪临沂（今山东临沂），生于会稽山阴（今浙江绍兴），书圣王羲之第七子，与其父王羲之并称为"二王"，与张芝、钟繇、王羲之并称"书中四贤"。病笃（dǔ）：病情很严重。

②道家：这里指五斗米道，又称天师道，东汉末张陵创立，从其道者出米五斗，故世称五斗米道。上章：这里指一种道家祈祷仪式，由道士替病人向上天上奏章，述说病人的过失和罪过，祈求消病减灾。首过：坦承自己的过失和罪过。

③由来：自始以来，历来。异同得失：偏义复词；异同，指异，即和平常不同的；得失，指失，即过失，过错。

④与郗家离婚：王献之先娶舅舅郗昙的女儿郗道茂，后被选为晋简文帝之女新安公主司马道福的驸马，遂与郗道茂离婚，另娶新安公主。

【译文】

王子敬病情很严重，请道士向上天上奏章，祈求消病减灾，奏章里本人应向上天坦承自己的过失，道士于是问子敬："您历来有什么难以释怀的过失？"子敬说："想不起有别的事儿，只记得和郗家离婚的事儿。"

40. 殷仲堪既为荆州[①]，值水，俭食，常五碗盘，外无余肴[②]。饭粒脱落盘席间，辄拾以啖之[③]。虽欲率物，亦缘其性真素[④]。每语子弟云："勿以我受任方州，云我豁平昔时意[⑤]。今吾处之不易。贫者士之常，焉得登枝而捐其本[⑥]？尔曹其存之[⑦]！"

【注释】

①殷仲堪：陈郡长平（今河南西华）人，东晋太常殷融之孙，晋陵太守殷师之子；曾任冠军将军谢玄长史、晋陵太守、太子中庶子等职，深得晋孝武帝宠信。荆州：州名，在湖北境内；这里以地名指代官职，指荆州刺史。

②值水：碰上水灾。俭食：节俭饮食。五碗盘：又叫五盏盘，是南朝、隋唐的流行器具之一，南方地区特有，用来饮酒或饮茶，为一个青瓷圆盘里放上五个小碗，造型精美小巧。

③席：座席。啖（dàn）：吃。

④率物：做众人的表率。缘：因为。真素：真诚朴素。

⑤方州：州郡，这里指州郡长官。豁（huò）：舍弃，抛弃。平昔：往昔，往常。时意：时俗，习惯。

⑥常：常态，本分。登枝：登上高枝，指做官。捐：丢弃。

⑦尔曹：你们。其：表命令、劝告的语气副词，意为还是、要。

【译文】

殷仲堪就任荆州刺史时，荆州正遭遇水灾，于是他就节俭饮食，通常用五碗盘来吃饭，除外没有其他菜肴。饭粒掉在盘里或座席上，他就马上捡起来吃了。这样做，虽然是想给大家做个好榜样，也是因为他的本性真诚朴素。他常常告诫子侄们说：“不要因为我担任了州郡的长官，就认为我把往日的生活习惯抛弃了，现在我的生活习惯并没有改变。安于清贫是读书人的本分，怎么能因为做了官就丢掉做人的根本呢！你们要记住我的话！”

41. 初桓南郡[①]、杨广[②]共说殷荆州[③]，宜夺殷觊南蛮以自树[④]。觊亦即晓其旨，尝因行散，率尔去下舍，便不复还[⑤]。内外无预知者，意色萧然，远同斗生之无愠[⑥]。时论以此多之[⑦]。

【注释】

①桓南郡：即桓玄，字敬道，小字灵宝，谯国龙亢（今安徽怀远）人，大

司马桓温之子，桓楚武悼帝，承袭父爵南郡公；399年，消灭殷仲堪和杨佺期，占据荆州江州，任都督江州及扬州豫州等八郡诸军事、荆州刺史，领江州刺史；402年，消灭司马道子父子，掌握朝权，历任丞相、太尉、大将军等职，封为楚王；403年十二月篡位，在建康建立桓楚，改元永始；404年二月，刘裕等人举义兵讨伐，不敌而逃，在入蜀途中被杀。

②杨广：字德度，弘农华阴（今陕西华阴东）人，杨佺（quán）期兄长，曾任南蛮校尉、淮南太守等职。按：殷仲堪任荆州刺史时，任命杨广的弟弟杨佺期为司马，后来殷仲堪起兵反晋，将军中事务交杨广兄弟管理。

③说（shuì）：游说，劝说。殷荆州：即殷仲堪，官至荆州刺史，详见《德行》第40则注①。

④殷觊（jì）：一作殷颛（yǐ），字伯通，小名阿巢，陈郡长平（今河南西华）人，东晋太常卿殷融之孙，吴兴太守殷康之子，殷仲堪堂兄，性情通达率直，历任中书郎、南蛮校尉等职；因堂弟殷仲堪执意起兵称乱，忧虑而死，追赠冠军将军。树：树立，建立。

⑤因：趁着。行散：魏晋南北朝士大夫好服五石散（一名寒食散），服后须行走以散发药性，叫作行散，也称行药。率尔：贸然，轻率。下舍：私宅，家。

⑥萧然：潇洒坦然的样子。斗生：即斗穀於菟（dòu gòu wū tú），字子文，春秋时期楚国令尹。《论语·公冶长》曰："令尹子文，三仕为令尹，无喜色；三已之，无愠色。"愠（yùn）：怨恨。

⑦多：赞扬。

【译文】

当初，南郡公桓玄和杨广一起去劝说荆州刺史殷仲堪，认为他应该夺取堂兄殷觊治理的南蛮地区来扩大自己的势力。殷觊也马上知晓了他们的意图，一次趁着行散，贸然就离开了家，而且没有再回来，周围也没有人事先知道这件事。他神色坦然，举止洒脱，和古时候的楚国令尹斗子文一样面无怨恨之色。当时的舆论界对殷觊全是一片赞扬声。

42. 王仆射在江州①，为殷、桓所逐②，奔窜豫章③，存亡未测。王绥④在都，既忧戚在貌，居处饮食，每事有降。时人谓为试守孝子⑤。

【注释】

①王仆射(yè)：即王愉，字茂和，太原晋阳人，王坦之次子；曾任骠骑司马，加辅国将军，王恭等讨其弟王国宝时，自请解职；王国宝死后，出为江州刺史、都督豫州四郡，引起原豫州刺史庾楷不满，并和桓玄、殷仲堪推王恭为盟主举兵反帝室，王愉逃至临川时被桓玄抓获，事情解决后任会稽内史；桓玄篡位后，任其为尚书仆射，加前将军；后为刘裕所杀。江州：古代区划名称，东晋始置，辖区在今江西省内，后南朝多次分割，使江州辖境变小；这里以地名指代官职，指江州刺史。

②殷、桓：殷指殷仲堪，详见《德行》第 40 则注①；桓指桓玄，详见《德行》第 41 则注①。

③豫章：古代区划名称，即豫章郡，辖区在今江西省北部。

④王绥(suí)：字彦猷，太原晋阳人，王愉之子，少有令誉，官至中书令、荆州刺史；桓玄败后，与其父王愉谋反，伏诛。

⑤试守：正式任命前试行代理某一职务。按：两汉时，文武官员均有试守之制，时限为一年，即官吏正式任命前，先主持其事以试其才能，即为试守，称职者即可转正；王绥在父亲存亡未明时便做出居丧的样子，所以时人模仿试守制，称他为试守孝子。

【译文】

尚书仆射王愉担任江州刺史时，被殷仲堪、桓玄联合起兵驱逐，逃亡到了豫章，生死未明。他的儿子王绥当时在京都，没有父亲的确切消息，不仅整日面色忧愁，而且在起居饮食各个方面都比以前降低了标准。当时人们称他为试守孝子。

43. 桓南郡既破殷荆州①，收殷将佐十许人②，咨议罗企生③

亦在焉。桓素待企生厚，将有所戮，先遣人语云：“若谢我，当释罪。[④]”企生答曰：“为殷荆州吏，今荆州奔亡，存亡未判，我何颜谢桓公？”既出市[⑤]，桓又遣人问欲何言。答曰：“昔晋文王杀嵇康[⑥]，而嵇绍[⑦]为晋忠臣。从公乞一弟以养老母。”桓亦如言宥之[⑧]。桓先曾以一羔裘与企生母胡，胡时在豫章，企生问至，即日焚裘[⑨]。

【注释】

①桓南郡：即桓玄，承袭父爵南郡公，详见《德行》第 41 则注①。破：攻破。殷荆州：即殷仲堪，官至荆州刺史，详见《德行》第 40 则注①。

②收：收捕，逮捕。将佐：将领及僚属。

③罗企生：字宗伯，豫章人，初任佐著作郎，殷仲堪镇守江陵时，推举其为功曹，后升至武陵太守；未及就任，桓玄攻打殷仲堪，殷仲堪任其为咨议参军，后被桓玄所杀。

④谢我：向我谢罪。释罪：赦免罪行。

⑤出市：到刑场。出：到达某地。市：东市，指刑场，汉代在长安东市处决死刑犯，后来泛称刑场为东市。

⑥晋文王：即司马昭，字子上，死后谥号文王，详见《德行》第 15 则注①。嵇康：字叔夜，详见《德行》第 16 则注②。

⑦嵇绍：字延祖，谯国铚（今安徽淮北）人，嵇康之子；因父亲嵇康被司马氏杀害，被迫退居乡里，后在山涛劝解下被举荐为秘书丞，历任汝阴太守、豫章内史、徐州刺史、平西将军、侍中等职，后为保卫晋惠帝司马衷而死；晋怀帝时追赠侍中、光禄大夫，晋爵弋阳侯，晋元帝司马睿为左丞相时，赠嵇绍太尉，司马睿即位后，赐谥忠穆。

⑧宥（yòu）：宽容，饶恕。

⑨问：消息。

【译文】

南郡公桓玄打败荆州刺史殷仲堪以后，逮捕了殷仲堪手下的将领和僚属十来人，咨议参军罗企生也在其中。桓玄向来待罗企生很好，当他打算杀掉一些人的时候，先派人去告诉罗企生说："如果你向我认罪，我会免你一死。"企生回答说："我是殷荆州手下的官吏，现在他还在逃亡中，生死不明，我有什么脸向桓公谢罪！"企生被押赴刑场后，桓玄又差人问他还有什么话要说，企生答道："从前，晋文王司马昭杀了嵇康，可是嵇康的儿子嵇绍却做了晋室的忠臣；因此我想请求南郡公留下我一个弟弟来奉养我的老母亲。"桓玄也就按他的要求饶恕了他弟弟。桓玄原先曾送给罗企生母亲胡氏一件羔皮袍子，胡氏这时在豫章郡，当罗企生被害的消息传来后，胡氏当天就把那件羔皮袍子烧了。

44. 王恭从会稽还[①]，王大看之[②]。见其坐六尺簟[③]，因语恭："卿东来，故应有此物，可以一领及我。[④]"恭无言。大去后，即举所坐者送之。既无余席，便坐荐上[⑤]。后大闻之甚惊，曰："吾本谓卿多，故求耳。"对曰："丈人不悉恭，恭作人无长物。[⑥]"

【注释】

①王恭：字孝伯，小字阿宁，太原晋阳（今山西太原）人，司徒左长史王濛之孙，会稽内史王蕴之子，孝武定皇后王法慧之兄；390 年，任都督兖、青、冀、幽、并、徐及扬州之晋陵诸军事，前将军，兖、青二州刺史，镇守京口；397 年及 398 年，曾先后两度起兵讨伐朝臣，第二次时兵败被杀；死后家无余资，为时人所惜；桓玄执政时，追赠其为侍中、太保，谥曰忠简。会稽：中国古代郡名，位于长江下游江南一带。

②王大：即王忱（chén），字元达，小字佛大，太原晋阳（今山西太原）人，中书令王坦之第四子，尚书右仆射王国宝之弟，曾任骠骑长史，太元中，出为荆州刺史，都督荆、益、宁三州军事；公元 392 年卒于官，谥曰穆。看：看望。

③簟（diàn）：竹席。

④卿：六朝时长辈对晚辈或同辈熟人间的亲切称呼。东来：从东边来。按：东晋的国都在建康，会稽在建康东南，所以说"东来"。故：通

"固",本来,自然。可:可以。以:拿,把。领:量词。

⑤荐:草席。

⑥丈人:古时晚辈对长辈的尊称。长物:多余的东西。

【译文】

王恭从会稽回来后,王大去看望他。看见他坐在一张六尺长的竹席子上,便对王恭说:"你从东边回来,自然会有这种东西,可以拿一张给我。"王恭没有说什么。王大走后,王恭就拿起所坐的那张竹席送给王大。由于家中没有多余的竹席,王恭后来就坐在草席子上。后来王大听说了这件事,很是吃惊,对王恭说:"我原来以为你有多余的竹席,所以才问你要的。"王恭回答说:"您不了解我,我为人处世,没有多余的东西。"

45.吴郡陈遗,家至孝①。母好食铛底焦饭②,遗作郡主簿,恒装一囊,每煮食,辄贮录焦饭,归以遗母③。后值孙恩贼出吴郡④,袁府君即日便征⑤,遗已聚敛得数斗焦饭,未展归家,遂带以从军⑥。战于沪渎⑦,败。军人溃散,逃走山泽,皆多饥死,遗独以焦饭得活。时人以为纯孝之报也。

【注释】

①吴郡:郡名,治所在原会稽郡的治所吴县(今江苏苏州姑苏区)。陈遗:生平不详,吴郡人,曾任吴郡主簿。家:在家。

②铛(chēng):一种铁锅。焦饭:指锅巴。

③主簿:古代官名,是各级主官属下掌管文书的佐吏。囊(náng):口袋。贮录:贮藏。

④孙恩:字灵秀,琅邪郡(今属山东)人,东晋五斗米道道士和起义军首领;家族世奉五斗米道,是永嘉南渡世族;东晋隆安三年(399),和妹夫卢循起兵反晋,世称"孙恩卢循之乱";元兴元年(402)三月,攻打临海郡时失败,跳海自杀;孙恩海上反乱被称为"中原海寇之始"。出:来到,即侵犯。

⑤袁府君：即袁山松，一作袁崧，字桥孙，陈郡阳夏（今河南太康）人，博学有文章，擅长音乐；曾任琅邪太守、吴郡太守等职；隆安年间，因孙恩进攻沪渎，率军与孙恩作战，兵败战死，部将李祥为之收葬。府君：汉代对郡相、太守的尊称，后代沿用。

⑥聚敛：积攒。未展：未及。

⑦沪渎：古水名，指吴淞江下游近海处一段（今黄浦江下游）。

【译文】

吴郡人陈遗，在家里非常孝顺。他的母亲喜欢吃锅巴，陈遗在郡里做主簿的时候，总是带着一个口袋，每逢煮饭，就把锅巴放到口袋里储存起来，等到回家时，就带给母亲。后来遇上孙恩贼兵侵犯吴郡，吴郡太守袁山松当日便带兵出征讨伐。这时陈遗已经积攒了好几斗锅巴，来不及回家，便带着锅巴随军出征。双方在沪渎一带交战，袁山松被打败了，军队溃散，逃跑到山林沼泽地带，没有吃的，多数人都饿死了，唯独陈遗靠锅巴活了下来。当时人们认为这是上天对他醇厚的孝心的报答。

46.孔仆射①为孝武②侍中，豫蒙眷接③。烈宗山陵④，孔时为太常，形素羸瘦，著重服，竟日涕泗流涟⑤，见者以为真孝子。

【注释】

①孔仆射：即孔安国，字安国，会稽山阴人，车骑将军孔愉之子，历任侍中、太常、尚书、左仆射等职，死后追赠左光禄大夫。

②孝武：即晋孝武帝司马曜，字昌明，晋简文帝司马昱第六子，372—396年在位；曾被封为会稽王，在位期间取得淝水之战胜利，并且由于税赋改革与谢安当国，被称为东晋末年的复兴；在位后期因嗜酒成性，同母弟司马道子当国，东晋政局再度混乱；死后谥号孝武帝，庙号烈宗。

③豫：喜悦，快乐。眷接：恩宠厚遇。

④烈宗：即晋孝武帝，庙号为烈宗。山陵：帝王坟墓，这里指归山陵，帝王驾崩之意。

⑤素：向来。羸(léi)瘦：瘦弱。重服：孝服中之重者，即父母丧时所穿的孝服。竟日：终日，从早到晚。涕泗(sì)：眼泪和鼻涕。

【译文】

仆射孔安国任晋孝武帝司马曜的侍中，得到孝武帝的恩宠礼遇。后来孝武帝驾崩，当时孔安国任太常，他的身体一向瘦弱，穿着重孝服，一天到晚眼泪鼻涕不断，看见他的人都以为他是真正的孝子。

47.吴道助、附子兄弟①，居在丹阳郡后②。遭母童夫人艰，朝夕哭临③。及思至，宾客吊省，号踊哀绝④，路人为之落泪。韩康伯时为丹阳尹，母殷在郡⑤，每闻二吴之哭，辄为凄恻，语康伯曰："汝若为选官⑥，当好料理此人。"康伯亦甚相知。韩后果为吏部尚书。大吴不免哀制⑦，小吴遂大贵达。

【注释】

①吴道助：即吴坦之，字处靖，小字道助，东晋濮阳鄄城人，吴隐之兄长，官至西中郎将功曹。附子：即吴隐之，字处默，小字附子，吴坦之之弟，著名廉吏；曾任尚书郎、御史中丞、广州刺史、太常等职；卒后追赠左光禄大夫，加散骑常侍。

②丹阳郡：行政区域，辖区在江苏、浙江一带，为当时政治经济文化中心；这里指丹阳郡官署。

③艰：指父母逝世。哭临：人死后集众举哀或至灵前吊祭。

④吊省：吊唁慰问。号踊：边哭边顿足。

⑤韩康伯：即韩伯，字康伯，详见《德行》第38则注④。丹阳尹：即丹阳郡最高行政长官。郡：指丹阳郡官府。

⑥选官：主管筛选人才的官，指吏部尚书。

⑦不免哀制：指经受不了丧亲的哀痛而死。按：古时称为父母守丧为守制。

【译文】

吴道助和吴附子兄弟俩住在丹阳郡官署的后面。他们的母亲童夫人逝世，他们不仅在早晚哭吊，而且每当想起母亲，或宾客来吊唁时，也都哭得捶胸顿足，哀痛欲绝，过路的人都因此而感伤落泪。当时韩康伯任丹阳尹，母亲殷氏也一起住在丹阳郡府中，每逢听到吴家兄弟俩的哭声，殷氏总是感到非常哀伤。她对康伯说："你如果进了吏部做了选官，选拔人才时应当妥善照顾这两个人。"韩康伯也和他们结为知己。后来韩康伯果然出任吏部尚书。这时哥哥大吴已经因哀伤过度而过世，弟弟小吴则逐步高升，富贵显达了。

言语第二

《言语》是《世说新语》第二门,共108则。言语指善于辞令应对,语言得体、恰当。本门记载的内容主要可分为两类:首先,本门主要记载了在言辞应对过程中产生的优秀言语;其次,本门直接记载了魏晋名士的一些精彩评论,这些言论,或者是对某个人或某件事的评判,或者是对景色、环境的描写。本门中记载的这些言语,或者文采出众,意境高远;或者充满哲理,给人以启迪;或者灵活机敏,巧妙地解决了当时的困境;或者针锋相对,一语中的;或者巧妙利用古文或典故,使语言含蓄委婉,充满韵味。但篇中也有几则故事,或为卖弄口才,或为吹捧狡辩,并不能算是优秀的言语。

1.边文礼①见袁奉高②,失次序③。奉高曰:"昔尧聘许由④,面无作色⑤,先生何为颠倒衣裳⑥?"文礼答曰:"明府初临⑦,尧德⑧未彰,是以贱民颠倒衣裳耳。"

【注释】

①边文礼:边让,字文礼,东汉末年名士,兖(yǎn)州陈留郡人,博学善辩,能写文章,曾作《章华赋》,名噪一时,官至扬州九江郡太守,初平年间为曹操所杀。

②袁奉高:即袁阆,字奉高,详见《德行》第3则注②。

③失次序:不按顺序来,即举止失当。

④许由:尧舜时代的贤人,上古高士。相传尧想把天下让给许由,他不接受尧的禅让,隐居箕山;后来尧又让他做九州长,他便去颍水边洗耳,表示不愿听到这些世俗浊言。

⑤怍(zuò)色:羞愧、惭愧的神色。

⑥颠倒衣裳:古时上为衣,下为裳,把衣和裳穿颠倒了,形容因匆忙而乱了顺序,即举止失常。

⑦明府:高明的府君,府君是汉魏以来对郡太守的称呼。

⑧尧德:如同尧那般高尚的德行。

【译文】

边文礼拜谒袁奉高时,举止失当。袁奉高说:"古时候,帝尧请许由出来做官,许由不肯,脸上没有一点愧色。今天先生见我,怎么会颠倒衣裳,举止失常呢?"边文礼回答说:"可能是因为明府刚刚到任,崇高的德行还没有显现出来,我才举止失常吧。"

2.徐孺子[①]年九岁,尝月下戏[②]。人语之曰:"若令月中无物,当极明邪[③]?"徐曰:"不然,譬如人眼中有瞳子,无此必不明。"

【注释】

①徐孺子:即徐穉,字孺子,详见《德行》第1则注④。

②尝:曾经。戏:游戏,玩耍。

③邪:通"耶"。按:在神话传说中,月亮里有嫦娥、玉兔、桂树等,故有此一问。

【译文】

徐孺子九岁时,有一次在月光下玩耍。有人对他说:"如果月亮中什么都没有,应当会更明亮吧?"徐孺子回答:"不是这样的,就好像人的眼睛必须要有瞳孔一样,如果没有瞳孔,人一定会什么也看不见。"

3.孔文举[①]年十岁,随父到洛。时李元礼[②]有盛名,为司隶校尉[③],诣门者皆俊才清称及中表亲戚乃通[④]。文举至门,谓吏曰:"我是李府君亲。"既通,前坐。元礼问曰:"君与仆有何亲?[5]”对曰:“昔先君仲尼与君先人伯阳,有师资之尊,是仆与君奕世为通好也。[6]”元礼及宾客莫不奇之。太中大夫陈韪后至[7],人以其语语之。韪曰:“小时了了[8],大未必佳!”文举曰:“想君小时,必当了了!”韪大踧踖[9]。

【注释】

①孔文举:即孔融,字文举,东汉末鲁国(今山东曲阜)人,孔子后人,为“建安七子”之一;历任虎贲中郎将、北海相、将作大匠、少府、太中大夫等职;性好宾客,喜评议时政,言辞激烈,公元208年,因触怒曹操,被其所杀。

②李元礼:李膺,字元礼,详见《德行》第4则注①。

③司隶校尉:官名,是汉至魏晋监督京师和地方的监察官。

④清称:有清高称誉之人。中表:古代称父系血统的亲戚为内,称母系血统的亲戚为外,外为表,内为中,合称“中表”。

⑤仆:男子对自己的谦称。

⑥先君、先人:此处均为祖先之意。仲尼:孔子,名丘,字仲尼。君:对对方的尊称。伯阳:老子,姓李,名耳,字伯阳。师资:师长。按:相传孔子曾向老子问礼,故云有“师资之尊”。奕世:累世,世代。

⑦太中大夫:官名,掌管议论。陈韪(wěi):生平不详。

⑧了了(liǎo liǎo):聪明伶俐,通晓事理。

⑨踧踖(cù jí):恭敬不安的样子,含贬义,形容坐立不安。

【译文】

孔文举十岁时,跟随父亲来到洛阳。当时李元礼颇负盛名,担任司隶校尉一职。登门拜访他的客人,只有杰出的才子、社会名士以及他的亲戚才会被通报。孔文举来到李府门前,对守门人说:“我是李府君的亲戚。”通报之后,孔文举上前入座。李元礼问他:“你和我是什么亲戚?”文举回答道:“从前,我的祖先孔子和你的祖先老子有师生之谊,这样算起来,我和您是世代通家之好啊。”李元礼和宾客听了,没有不感到惊奇的。太中大夫陈韪是后来才到的,有人把孔文举的话告诉了他,陈韪说:“小时候聪明伶俐、通晓事理，长大了未必就一样才能出众。”文举反驳道：“这么说来，想必您小时候一定很聪明伶俐吧。”陈韪听了，感到坐立不安，非常尴尬。

4.孔文举[①]有二子，大者六岁，小者五岁。昼日父眠，小者床头盗酒饮之。大儿谓曰：“何以不拜？[②]”答曰：“偷，那得行礼！”

【注释】

①孔文举：即孔融，字文举，详见《言语》第3则注①。

②拜：古代表敬意的礼节。按：酒是礼仪中必备的东西，所以大儿子认为饮酒前应当行礼；下文小儿子认为偷酒行为是不合乎礼的，而拜是表示敬意的礼节，两者互相矛盾，所以不拜。

【译文】

孔文举有两个儿子，大的六岁，小的五岁。有一次，趁着孔文举白天午休睡着了，小儿子就到他的床头偷酒喝，大儿子问他：“你喝酒前为什么不行礼呢？”小儿子回答说：“这酒是偷来的，偷的哪能行礼呢！”

5.孔融被收，中外惶怖[①]。时融儿大者九岁，小者八岁。二儿故琢钉戏，了无遽容[②]。融谓使者曰：“冀罪止于身，二儿可得全不？[③]”儿徐进曰：“大人岂见覆巢之下，复有完卵乎？[④]”寻亦收至[⑤]。

【注释】

①收：逮捕，指孔融被曹操逮捕。中外：朝廷内外。惶怖：惊惶恐惧。

②故：如故，依旧。琢钉戏：古时的一种儿童游戏。了：完全。遽(jù)容：恐惧的脸色。

③冀：希望。身：本人，本身。不：通“否”。

④大人：对父母或父母辈的尊称，这里指父亲。覆巢：倾毁的鸟巢。

完卵：完整的鸟蛋。

⑤寻：顷刻，不久。

【译文】

孔融被捕，朝廷内外一片恐慌。当时，孔融的大儿子九岁，小儿子八岁。两个儿子仍旧在玩琢钉戏，完全没有害怕的样子。孔融对使者请求说："希望惩罚能到我这里为止，两个儿子的性命能得以保全吗？"他的儿子听到这话，从容地上前说道："父亲难道见过倾覆的鸟巢下面，还有完整的鸟蛋吗？"不久，两个儿子也被抓起来了。

6. 颍川太守髡陈仲弓①。客有问元方："府君何如？②"元方曰："高明之君也。""足下家君何如？③"曰："忠臣孝子也。"客曰："《易》称：'二人同心，其利断金；同心之言，其臭如兰。'何有高明之君而刑忠臣孝子者乎？④"元方曰："足下言何其谬也！故不相答。"客曰："足下但因伛为恭不能答。⑤"元方曰："昔高宗放孝子孝己⑥，尹吉甫放孝子伯奇⑦，董仲舒放孝子符起⑧。唯此三君，高明之君；唯此三子，忠臣孝子。"客惭而退。

【注释】

①髡(kūn)：古代一种剃去男子头发的刑罚。陈仲弓：即陈寔，字仲弓，详见《德行》第6则注①。按：陈仲弓因受党锢之祸牵连，被捕，后遇赦放出。

②元方：即陈寔长子陈纪，字元方，详见《德行》第6则注②。府君：指颍川太守。何如：如何，怎么样。

③足下：下对上或对平辈的敬称。家君：原本用于对他人称呼自己的父亲，这里加上"足下"，则是用来尊称对方的父亲。

④金：金属。臭(xiù)：气味。刑：动词，用刑。"二人"句大意为：两个人如果同一条心，就如同一把锋利的钢刀，能斩断最坚硬的金属；同一个心思说出的话，它的气味像兰花一样清香。按：这两句用来表明高明之

君和忠臣孝子本应是心意相通、行为一致的，客人引用诗句来嘲讽陈仲弓并非忠臣孝子。

⑤但：只是，仅。伛（yǔ）：驼背。按：这句话是说元方回答不了他的问题，却说不值得回答，就如同一个驼背的人本无法挺直腰杆，却假装是因为对他人表示恭敬才弯下腰一样。

⑥高宗：殷代君主高宗武丁，商朝第二十三任君主，在位时期任用贤臣，励精图治，史称"武丁盛世"，庙号高宗。孝己：武丁长子，又称为且己、祖己，是一个孝子，但因母亲早死，父亲武丁听信后妻诽谤，将其流放，被饿死于野外。

⑦尹吉甫：即兮伯吉父，尹是官名，是周宣王的大臣，官至内史，据说是《诗经》的主要采集者，军事家、诗人、哲学家，被尊称为中华诗祖，辅助过三代帝王。伯奇：孝子，尹吉甫长子，母早死，吉甫听信后妻谗言，流放伯奇于野外，后吉甫醒悟过来，并射杀了后妻。

⑧董仲舒：西汉思想家、政治家、教育家，提出"天人感应"、"大一统"学说和"罢黜百家，表彰六经"的主张，对西汉和后代都影响深远。符起：事迹不详。

【译文】

颍川太守把陈仲弓判了髡刑。有人问陈仲弓的儿子元方说："太守这个人怎么样？"元方说："是个高尚明智的人。"又问："您父亲是个什么样的人？"元方说："是个忠臣孝子。"那人又说："《易经》上说：'二人同心，其利断金；同心之言，其臭如兰。'那么，怎么会发生高尚明智的人惩罚忠臣孝子的事呢？"元方说："您的言论怎么这样荒谬呢！所以我不回答你的问题。"那人讥笑说："你就好比是驼背的人本身就无法直起腰来，却装作是因为要对人表示恭敬才弯下腰一样，其实你是回答不了吧。"元方说："从前殷高宗武丁放逐了孝子孝己，周尹吉甫放逐了孝子伯奇，董仲舒放逐了孝子符起。这三个做父亲的，都是高尚明智的人；这三个做儿子的，也都是忠臣孝子。"那人听了，非常羞愧地离开了。

7. 荀慈明与汝南袁阆相见[①]，问颍川人士，慈明先及诸兄。阆笑曰："士但可因亲旧而已乎？[②]"慈明曰："足下相难，依据者何经？"阆曰："方问国士，而及诸兄，是以尤之耳。[③]"慈明曰："昔者祁奚[④]内举不失其子，外举不失其仇，以为至公。公旦《文王》之诗[⑤]，不论尧舜之德，而颂文武者，亲亲之义也[⑥]。《春秋》之义，内其国而外诸夏[⑦]。且不爱其亲而爱他人者，不为悖德乎？"

【注释】

①荀慈明：荀爽，字慈明，详见《德行》第6则注⑤。袁阆：字奉高，详见《德行》第3则注②。

②因：依靠。亲旧：亲戚和故交旧友。

③国士：全国推崇的德才兼备之士。尤：指责，责问。

④祁奚：姬姓，祁氏，名奚，字黄羊，春秋时晋国人，因食邑于祁（今祁县），遂为祁氏。曾任中军尉、公族大夫，为四朝元老，急公好义，誉满朝野，他曾推荐自己的杀父仇人解狐替代自己的职位。

⑤公旦：即周公旦，姓姬名旦，是周文王姬昌第四子，周武王姬发的弟弟，曾两次辅佐周武王东伐纣王，并制作礼乐；因其采邑在周，爵为上公，故称周公，被尊为"元圣"和儒学奠基人。《文王》：指《诗经·大雅·文王之什》，包括《文王》《大明》《绵》等十篇，主要是歌颂文王、武王的功德，其中《文王》一篇，被认为是周公所作。

⑥文武：指周文王和周武王。亲亲：爱自己的亲人。

⑦《春秋》：儒家经典之一，是春秋时代鲁国的史书，也是我国第一本编年体史书。诸夏：华夏民族各诸侯国。

【译文】

荀慈明和汝南郡名士袁阆见面时，袁阆问起颍川郡有哪些德才兼备之人，慈明先就提到自己的几位兄弟。袁阆讥笑他说："德才兼备之人不过是依靠亲朋旧友来扬名的吗？"慈明说："您责备我，是依据什么？"袁阆说："我刚才问的是全国推崇的德才兼备之士，你谈及的却是自己的诸位兄长,因此我才责问你呀!”慈明说:“从前祁奚在推荐人才时,对内不错过自己的儿子,对外不错过自己的仇人,人们认为他是最公正无私的。周公旦作《文王》时,不去叙说帝王尧和舜的德政,却大力歌颂了周文王和周武王,这是符合爱自己的亲人这一大义的。《春秋》记事的原则是:以本国为内,以各诸侯国为外。再说不爱自己的亲人而爱外人,岂不是背离了道德准则?”

8.祢衡①被魏武②谪为鼓吏,正月半试鼓,衡扬桴为《渔阳掺挝》③,渊渊有金石声④,四坐为之改容。孔融曰:“祢衡罪同胥靡,不能发明王之梦。⑤”魏武惭而赦之。

【注释】

①祢衡:字正平,平原郡(今山东德州)人,恃才傲物,和孔融交好,孔融将其推荐给曹操,但他称病不去,曹操封为鼓吏,以示羞辱,却被祢衡裸身击鼓而羞辱;后曹操将其推荐给刘表,态度依然轻慢,于是又被送给江夏太守黄祖,后因和黄祖言语冲突被杀,时年26岁。

②魏武:即曹操,字孟德,沛国谯县(今安徽亳州)人,曹魏政权的缔造者;以汉天子名义征讨四方,对内消灭各割据势力,对外降服南匈奴、乌桓、鲜卑等,统一中国北方,奠定了曹魏立国基础;在世时,曾任东汉丞相,后为魏王,去世后谥号为武王,其子曹丕称帝后,追尊为武皇帝,庙号太祖。

③月半试鼓:《文士传》记载此事时说:“后至八月朝会,大阅试鼓节”。桴(fú):鼓槌。渔阳掺挝(càn zhuā):鼓曲名,也作“渔阳参挝”。掺挝:古代乐器演奏中的一种击鼓之法。

④渊渊:形容鼓声深邃悠远。金石:指钟磬一类的乐器。

⑤胥靡(xū mí):古代服劳役的奴隶或刑徒,亦为刑罚名;这里指商朝名相傅说(fù yuè),他从政之前,身为奴隶,曾在傅岩(今山西平陆东)做苦役。明王之梦:商朝贤明君主武丁梦见上天赐给他一个贤人,就令画工画出其相貌去寻找,找到一个正在服劳役的囚徒,就是后来成为商

代贤相的傅说。

【译文】

祢衡被魏武帝曹操贬做鼓吏，正好遇上八月中试鼓节，在试鼓节上，祢衡挥动鼓槌演奏《渔阳掺挝》，鼓声深邃悠远，有金石之音，满座的人都为之动容。孔融说："祢衡的罪和曾为奴隶的商朝名相傅说相同，只是没有遇到赏识他才华的像商王武丁那样的英明君主啊。"魏武帝听了很惭愧，就赦免了祢衡。

9.南郡庞士元①闻司马德操②在颍川，故二千里候之。至，遇德操采桑，士元从车中谓曰："吾闻丈夫处世，当带金佩紫，焉有屈洪流之量，而执丝妇之事③。"德操曰："子且下车，子适知邪径之速，不虑失道之迷④。昔伯成耦耕，不慕诸侯之荣⑤；原宪桑枢，不易有官之宅⑥。何有坐则华屋，行则肥马，侍女数十，然后为奇？此乃许、父所以慷慨⑦，夷、齐所以长叹⑧。虽有窃秦之爵，千驷之富，不足贵也⑨！"士元曰："仆生出边垂，寡见大义。若不一叩洪钟，伐雷鼓，则不识其音响也。⑩"

【注释】

①庞士元：即庞统，字士元，号凤雏，荆州襄阳（今湖北襄阳）人，曾在周瑜手下任南郡功曹，故称南郡庞士元；东汉末年刘备手下重要谋士，与诸葛亮同拜为军师中郎将，与刘备一同入川，进攻雒县时，不幸中流矢而亡，追赐为关内侯，谥曰靖侯，所葬之处后名为落凤坡。

②司马德操：司马徽，字德操，颍川阳翟（今河南禹州）人，东汉末年名士，精通经学，有"水镜先生"之称；为人清雅，善于识人，曾向刘备推荐诸葛亮、庞统；其才华始终未得施展，一生湮没不彰。

③带金佩紫：带着金印，佩戴着紫绶带，指做大官，地位非常显赫。金印，黄金铸成的印章，只有公卿贵人才能佩带。紫绶(shòu)，就是紫色的丝带，古代用以系佩玉、官印等；绶带的颜色常用以标志不同的身份与

等级，紫绶比较显贵。屈：压抑。执：实行，操持。

④子：古时对人的尊称，也用于称老师或称有道德、有学问的人。适：只。邪径：斜径，小路。失道：失去道路，指迷路。

⑤伯成：即伯成子高，唐尧时人；据说尧做君主时，伯成子高被封为诸侯，后来禹做了君主，伯成认为“德自此衰，刑自此立，后世之乱自此始”，就辞去诸侯，隐居耕种。耦耕：古代的一种耕作方法，即两人各扶一张犁，并肩而耕，后泛指务农。

⑥原宪：字子思，孔子弟子，孔门七十二贤之一；出身贫寒，个性狷介，一生安贫乐道，不肯与世俗合流。桑枢：以桑木为门的转轴，指贫寒之家；枢，门上的转轴。按：据说原宪在鲁国时很穷，住房破烂，用桑树枝做门上的转轴，但照样弹琴唱歌。

⑦许、父：即许由、巢父。许由，详见《言语》第1则注④。巢父，是许由的朋友，传说中的高士，因筑巢而居，人称巢父，尧想让位于他，他不接受，隐居聊城(今属山东)，以放牧为生。

⑧夷、齐：即伯夷、叔齐，商代孤竹君的两个儿子，相传其父遗命要立次子叔齐为继承人，孤竹君死后，兄弟俩互相让位，不肯继承，结果都逃走了；后来周武王统一天下，伯夷和叔齐不满武王身为藩属却讨伐君主，不肯吃周朝的粮食，饿死在首阳山。所以：相当于“……的原因”。

⑨窃秦：指吕不韦用手段窃取秦国政权之事，相传战国末年，吕不韦将一个怀孕的妾献给当时为赵国人质的秦王子楚，生下秦始皇嬴政，后来被封为秦国的相国，并号称“仲父”，专断秦国朝政多年。爵：爵位，官爵。千驷之富：指如同齐景公般富贵至极；驷，指古代同驾一辆车的四匹马，或套着四匹马的车；千驷，指有一千辆车，四千匹马。《论语》中说道：“齐景公有马千驷，死之日，民无德而称焉。伯夷、叔齐饿于首阳之下，民到于今称之。其斯之谓与？”

⑩仆：谦称，意为“我”。边垂：即边陲，边疆。大义：正道之理，大道理。洪钟：大钟。伐：敲打。雷鼓：鼓名，古时祭天神时所用的鼓。

【译文】

南郡功曹庞士元听说司马德操住在颍川，特意走了两千里路去拜访他。到了那里，遇上司马德操正在采桑叶，士元就在车里对德操说："我听说大丈夫为人处世，就应该带着金印，佩戴着紫绶带，当大官做大事；哪有压抑着洪流般的器量，去做蚕妇所做的事呢！"德操说："您姑且先下车来。您只知道走小路的快捷，就没考虑到迷路的危险。从前伯成宁愿回家种地，也不羡慕做诸侯的荣华富贵；原宪宁愿住在破破烂烂的屋子里，也不愿换取大官的豪宅。哪有说住就要住在豪华的住宅里，出门就要肥马快车，身边要有几十个侍女侍候，才算是与众不同呢！这正是许由、巢父感慨的原因，也是伯夷、叔齐长叹的缘由。就算有吕不韦那样显赫的官爵，有齐景公拥有千驷那样的富有，但是没有好的德行，也是不值得推崇的。"士元说："我出生在边远偏僻的地方，很少见识到正道之理。如果不亲自叩击大钟、击打雷鼓，就不会知道它们的音响之深远啊。"

10. 刘公干以失敬罹罪①，文帝问曰："卿何以不谨于文宪？②"桢答曰："臣诚庸短，亦由陛下纲目不疏。③"

【注释】

①刘公干：刘桢，字公干，东平宁阳（今山东宁阳县）人，"建安七子"之一；博学有才，警悟辩捷，颇有文采，后人以其与曹植并举，称为"曹刘"；曾被曹操召为丞相掾属，因在曹丕宴席上平视丕妻甄氏，以不敬之罪服劳役，免罪后降为小吏，后染疾疫而亡。罹（lí）：指遭受苦难或不幸。

②文帝：即曹丕，字子桓，沛国谯（今安徽亳州市）人，曹魏开国皇帝，公元220—226年在位；魏武帝曹操长子，与其父和弟曹植，并称"三曹"；220年初继位为魏王、丞相、冀州牧；同年冬，受禅登基，以魏代汉，改元黄初；去世后庙号高祖，谥为文皇帝。文宪：礼法，法纪。

③庸短：平庸浅陋。纲目不疏：纲目指法令，疏指稀疏，比喻法令细密。

【译文】

刘桢因为失敬而获罪。魏文帝曹丕问他："你为什么在法纪方面不谨慎些呢？"刘桢回答说："臣确实平庸浅陋，但也是由于陛下法令不够稀疏的缘故。"

11. 钟毓①、钟会②少有令誉，年十三，魏文帝③闻之，语其父钟繇④曰："可令二子来。"于是敕见⑤。毓面有汗，帝曰："卿面何以汗？"毓对曰："战战惶惶，汗出如浆。⑥"复问会："卿何以不汗？"对曰："战战栗栗，汗不敢出。"

【注释】

①钟毓（yù）：字稚叔，颍川长社（今河南长葛东）人，三国时期魏国大臣，钟繇长子，钟会之兄；曾任散骑常侍、魏郡太守、御史中丞、青州刺史等职；263 年去世，追赠为车骑将军，谥号惠侯。

②钟会：字士季，钟繇次子，钟毓之弟；在书法上颇有造诣，和父亲钟繇被称为"大小钟"；计谋过人，被比作西汉谋士张良；曾任尚书郎、司隶校尉、镇西将军等职；263 年，主持发动伐蜀之战；灭蜀后，与蜀降将姜维策划谋反，事情败露，被乱箭射死。

③魏文帝：即曹丕，字子桓，详见《言语》第 10 则注②。

④钟繇：字元常，在书法方面颇有造诣，被后世尊为"楷书鼻祖"，与王羲之并称为"钟王"；曾任御史中丞、尚书仆射、司隶校尉等职，因助汉献帝东归有功，封东武亭侯；魏国建立，历任大理、相国等职；曹丕称帝后，任廷尉，封崇高乡侯，后迁太尉，转封平阳乡侯；明帝继位，迁太傅，进封定陵侯；太和四年（230 年）卒，谥号成。

⑤敕（chì）：皇帝的命令。

⑥战战惶惶：因紧张或害怕而发抖。浆：水浆。

【译文】

钟毓、钟会兄弟俩年少时就有好名声。钟毓十三岁时，魏文帝曹丕听说了他们兄弟俩，便对他们的父亲钟繇说："可以叫你的两个儿子来见我!"于是两兄弟奉旨觐见文帝。觐见时，钟毓脸上有汗，文帝问道："你脸上为什么出汗?"钟毓回答说："由于紧张、害怕得发抖，所以汗水像水浆一样流出来。"文帝又问钟会："你为什么不出汗?"钟会回答说："由于恐惧而战栗发抖，所以汗水也不敢冒出来。"

12.钟毓兄弟小时，值父昼寝，因共偷服药酒①。其父时觉，且托寐以观之②。毓拜而后饮，会饮而不拜。既而问毓何以拜，毓曰："酒以成礼，不敢不拜。"又问会何以不拜，会曰："偷本非礼，所以不拜。"

【注释】

①钟毓兄弟：指钟毓和钟会，详见《言语》第11则注①和注②。值：遇到，逢着，碰上。因：趁机。

②觉(jiào)：睡醒。托：假托，假装。寐(mèi)：睡觉。

【译文】

钟毓兄弟俩小时候，一次碰上父亲白天午休，两人趁机一块去偷药酒喝。他们的父亲当时已经睡醒了，就姑且假装还在睡觉，来看他们怎么做。钟毓行过礼才喝酒，钟会却只喝不行礼。后来，他父亲起来后问钟毓为什么要行礼，钟毓说："酒是完成礼仪的必备之品，我不敢不拜。"又问钟会为什么不拜，钟会说："偷酒喝本来就不合于礼，所以我不拜。"

13.魏明帝①为外祖母筑馆于甄氏②。既成，自行视，谓左右曰："馆当以何为名?"侍中缪袭③曰："陛下圣思齐于哲王④，罔极过于曾、闵⑤。此馆之兴，情钟舅氏，宜以'渭阳'为名。⑥"

【注释】

①魏明帝：即曹叡，字元仲，沛国谯县(今安徽亳州)人，魏文帝曹丕长子，母文昭皇后甄氏，善诗文，与曹操、曹丕并称魏氏三祖，226－239

年在位;在位期间指挥曹真、司马懿等人打败吴、蜀多次攻伐,平定鲜卑,攻灭公孙渊,颇有建树,但临终前托孤不当,导致后来朝政动荡;病逝于洛阳,庙号烈祖,谥号明皇帝。

②馆:华丽的房屋。甄氏:魏明帝的生母姓甄,这里指甄家。

③缪袭:字熙伯,东海兰陵(今山东苍山)人,有才学,著有《列女传赞》等;历事曹操、曹丕、曹叡、曹芳四世,曾任侍中、尚书、光禄勋等职。

④圣思:帝王的思虑。哲王:贤明的君主。

⑤罔极:无极,无穷无尽;语出《诗经·小雅·蓼莪》:"欲报之德,昊天罔极",指父母的恩德像天那样无穷无尽,难以报答。曾、闵:指曾子和闵子骞。曾子,名参(shēn),字子舆,孔子弟子,后世尊奉为"宗圣",主张以孝为本,是个孝子;闵指闵子骞,名损,字子骞,尊称闵子,孔子高徒,在孔门中以德行与颜回并称,为七十二贤之一,以孝为人所称道。

⑥钟:集中,专一。渭阳:指渭水北边;语出《诗经·秦风·渭阳》:"我送舅氏,曰至渭阳",意为:我送舅舅,送到渭水北边。按:据《毛诗序》云,这是一首表达甥舅情谊的诗,是春秋时秦康公送别舅舅(晋文公重耳)思念亡母时作的;魏明帝建馆也是为了纪念亡母,因此缪袭认为可以起名"渭阳"。

【译文】

魏明帝曹叡在甄府给外祖母修建了一所华丽的宅子。建成以后,魏明帝亲自前去察看,向左右的人问道:"这所宅子应该起个什么名字呢?"侍中缪袭回答说:"陛下的思虑和贤明的君主一样周全,报恩的孝心超过了曾参、闵子骞。这处宅第的兴建,是因为思念之情集中于舅舅家,应该用'渭阳'来做它的名字。"

14.何平叔[①]云:"服五石散,非唯治病,亦觉神明开朗。[②]"

【注释】

①何平叔:何晏,字平叔,南阳宛(今河南南阳)人,其父早逝,曹操纳其母尹氏为妾,因而被收养,为曹操所宠爱,后娶曹操女金乡公主;好老、

庄之言，为魏晋玄学创始者之一，著有《论语集解》十卷、《老子道德论》二卷；魏文帝曹丕在位时未被授官职，明帝曹叡也只授予他冗官之职，后依附曹爽，官至侍中、吏部尚书，封列侯；249 年，司马懿发动高平陵之变，以谋逆罪将何晏与曹爽等一同诛灭三族。

②五石散：又称寒食散，是一种中药散剂，有壮阳、增强体力的功效，并在服用后可以让人性情亢奋，浑身燥热，要用寒食、喝温酒、脱衣裸袒、运动出汗等方式来发散药力。神明：指人的精神、心思。

【译文】

何平叔说："服用五石散，不只能治病，也让我觉得精神开阔明朗。"

15. 嵇中散语赵景真[1]："卿瞳子白黑分明，有白起之风，恨量小狭。[2]"赵云："尺表能审玑衡之度，寸管能测往复之气[3]。何必在大，但问识如何耳！"

【注释】

①嵇中散：即嵇康，字叔夜，曾任中散大夫，故称嵇中散，详见《德行》第 16 则注②。赵景真：赵至，字景真，后改名浚，字允元，代郡人，寓居在洛阳，出身微贱，曾任辽东从事，善断案，以精审见称。

②瞳子：瞳孔，指眼珠。白起：又称公孙起，战国时期秦国郿县（今陕西眉县）人，中国古代著名的将领、军事家；白起在秦昭王时征战六国，为秦国统一六国做出了巨大的贡献，与廉颇、李牧、王翦并称为战国四大名将。恨：遗憾。量：指眼睛。小：稍微，略微。

③表：古代测日影的标尺。审：知悉，指测定。玑衡："璇玑玉衡"的简称，古人发明的一种天文观测测量仪器，即浑天仪。管：指古代用来校正乐律的竹管。往复之气：指音调的高低。

【译文】

中散大夫嵇康对赵景真说："你的眼珠黑白分明，有战国名将白起那样的风度，遗憾的是你的眼睛稍微小了点。"赵景真说："一尺长的标尺就能测定浑天仪的度数，一寸长的竹管就能测量出音调的高低。何必在乎大不大呢，只要看人的见识怎么样就行了。”

16.司马景王[①]东征，取上党李喜，以为从事中郎[②]。因问喜曰：“昔先公辟君不就，今孤召君，何以来？[③]”喜对曰：“先公以礼见待，故得以礼进退；明公以法见绳，喜畏法而至耳！[④]”

【注释】

①司马景王：即司马师，字子元，河内温县（今河南温县）人；249年，与父亲司马懿谋划诛杀了曹爽，以功封长平乡侯，加卫将军；司马懿死后，任抚军大将军，次年升为大将军，执掌朝廷大权；254年，魏帝曹芳与中书令李丰等密谋除司马师，事情泄露，司马师杀死参与者，废掉魏帝曹芳，立曹髦为帝；次年在率兵平定叛乱途中病死，谥号忠武；其弟司马昭受封晋王，追尊其为晋景王，称帝后，尊其为晋景帝，庙号世宗。

②李喜：字季和，上党铜鞮（今山西沁县南）人，少有高行，博学精研；司马懿为太傅时，辟为属官，称病固辞；司马师辅政后，命为大将军从事郎中，后历任御史中丞、凉州刺史、冀州刺史、司隶校尉等职；晋朝建立后，封祁侯，历任太子太傅、尚书仆射、金紫光禄大夫等职；死后，追赠太保，谥号为成。从事中郎：官名，为将帅之幕僚，参与谋议等事。

③因：于是，就。先公：已经去世的父亲，这里指司马懿。辟：召见并授予官职。不就：不就职，指不接受任命。孤：古代帝王的自称。

④明公：对尊贵者的敬称。绳：约束。

【译文】

晋景王司马师东征的时候，选取上党的李喜担任他的从事中郎。就在李喜到任后，司马师问李喜道：“从前，先父召您来任职时，您不肯到任；现在，我召您来为官，为什么肯来了呢？”李喜回答说：“当年令尊是以礼相待，所以我能按礼节来决定进退；现在明公您用法令来约束我，我害怕违反法令，只好前来就任呀。”

17.邓艾[①]口吃，语称艾艾[②]。晋文王[③]戏之曰：“卿云艾艾，定是几艾?[④]"对曰:"凤兮凤兮,故是一凤。[⑤]"

【注释】

①邓艾:曾名邓范,字士载,义阳棘阳(今河南新野)人,文武全才,深谙兵法;曾任兖州刺史、镇西将军、太尉等职,因功封关内侯,又封邓侯;多年在曹魏西边战线防备蜀汉姜维;263年,与钟会分别率军攻打蜀汉,取得胜利;后因遭到钟会的污蔑和陷害,引起司马昭猜忌而被收押,与其子邓忠一起被卫瓘派遣的武将田续杀害。

②语称艾艾:古人与人谈话时自称其名是表示谦逊和礼貌;邓艾本应自称"艾",因为口吃,就成了"艾艾"。

③晋文王:即司马昭,谥号文王,详见《德行》第15则注①。

④卿:古代对人敬称。定:到底。

⑤凤兮凤兮:语出《论语·微子》,说楚国的接舆走过孔子身旁的时候唱道:"凤兮凤兮,何德之衰",以凤来比喻孔子。按:邓艾引用《论语》来表明虽然说"凤兮凤兮",其实只有一只凤,自己说"艾艾",也只有一个艾罢了。故:仍,还是。

【译文】

邓艾由于说话结巴,和别人交谈时常自称为"艾艾"。晋文王司马昭和他开玩笑说:"你说'艾艾',到底有几个艾?"邓艾回答说:"虽然说'凤兮凤兮',其实仍是一只凤而已。"

18.嵇中散[①]既被诛,向子期举郡计入洛[②],文王引进[③],问曰:"闻君有箕山之志[④],何以在此?"对曰:"巢、许狷介之士[⑤],不足多慕。"王大咨嗟[⑥]。

【注释】

①嵇中散:即嵇康,字叔夜,曾任中散大夫,详见《德行》第16则注②。

②向子期:向秀,字子期,河内怀县(今河南武陕西)人,魏晋"竹林七

贤"之一；雅好读书，喜谈老庄之学，曾注《庄子》，书未成便过世，郭象承其《庄子》余绪，成书《庄子注》；初隐居不仕，嵇康、吕安被司马氏害死后，为避祸计而出仕，历任散骑侍郎、散骑常侍等职，但"在朝不任职，容迹而已"。举：指呈送。郡计：郡的计簿；计是计簿、账簿，记载郡内之事。按：依据汉制，每到年末，郡太守会派遣掾、吏各一人，作为上计簿使，呈送计簿到京都，并进行汇报。

③文王：即司马昭，谥号文王，详见《德行》第15则注①。引进：带领入内，指接见。

④箕(jī)山之志：指归隐之志；箕山：山名，在今河南省登封市东南，尧时巢父、许由曾在箕山隐居。

⑤巢、许：指巢父和许由，尧时隐士；巢父，详见《言语》第9则注⑦；许由，详见《言语》第1则注④。狷(juàn)介：正直孤傲，洁身自好。

⑥咨嗟：赞叹。

【译文】

中散大夫嵇康被杀以后，向子期呈送郡计簿到京都洛阳去，晋文王司马昭接见了他，并问他："听说您有归隐之志，不愿意出来为官，现在为什么到了京城?"向子期回答说："巢父、许由是正直孤傲、洁身自好的人，不值得称赞和羡慕。"文王听了，大为赞叹。

19. 晋武帝始登阼①，探策得"一"②。王者世数，系此多少③。帝既不说④，群臣失色，莫能有言者。侍中裴楷⑤进曰："臣闻天得一以清，地得一以宁，侯王得一以为天下贞。⑥"帝说，群臣叹服。

【注释】

①晋武帝：即司马炎，死后谥号武皇帝，史称晋武帝，详见《德行》第17则注③。登阼(zuò)：登上帝位。阼，大堂前东边的台阶；天子即位时要登上阼阶来主持祭祀大典，所以阼也用来指帝位。

②探策：指占卜求签。策：指古人用以占卜吉凶的蓍(shī)草。

③世数：指帝位传承多少世代的数目。按：此句意思指这次占卜是用来预测帝位能传承多少代的。

④说：同“悦”，高兴。

⑤裴楷：字叔则，曾任侍中，详见《德行》第 18 则注④。

⑥“天得一”句：语出《道德经》三十九章；清：清明；宁：安宁；贞：有的本子“贞”作“正”，二字意义可通，指正中、首领或至尊之意。

【译文】

晋武帝司马炎刚登基的时候，用蓍草来进行占卜，得到数字“一”。要预测本朝帝位能传承多少代，就在于这个占卜结果数目的多少。因为得到的是数字“一”，晋武帝很不高兴，群臣也吓得脸色发白，没人敢出声发言。这时，侍中裴楷上前一步说道：“臣听说，天得到一就清明，地得到一就安宁，侯王得到一就能成为天下至尊。”晋武帝一听，非常高兴，群臣都赞叹、佩服裴楷的回答。

20. 满奋[①]畏风。在晋武帝坐[②]，北窗作琉璃屏，实密似疏，奋有难色。帝笑之。奋答曰：“臣犹吴牛，见月而喘。[③]”

【注释】

①满奋：字武秋，山阳昌邑（今山东巨野）人，生性清静平和，有才识，晋元康年间官至尚书令、司隶校尉。

②晋武帝：即司马炎，谥号武皇帝，详见《德行》第 17 则注③。坐：指侍坐，陪坐。

③吴牛：吴地的牛，即指江、淮一带的水牛。见月而喘：据说水牛怕热，太阳晒着就会喘息，看见月亮会误以为是太阳，也会喘起来，比喻因心生疑心而产生害怕之情。

【译文】

满奋畏寒怕风。一次在晋武帝司马炎旁边侍坐，北窗是琉璃窗，实际上是很严实的，但看起来却像透风似的，满奋就面有难色。晋武帝笑他，满奋回答说：“臣就好比是吴地的牛，看见月亮也会喘起来的。”

21.诸葛靓[①]在吴，于朝堂大会。孙皓[②]问："卿字仲思，为何所思？"对曰："在家思孝，事君思忠，朋友思信，如斯而已。"

【注释】

①诸葛靓(jìng)：字仲思，琅邪阳都(今山东沂南县)人，曹魏征东大将军诸葛诞少子，诸葛诞叛乱后入仕东吴，任右将军；吴亡后投降晋朝，后回到家乡；因其父为司马氏所杀，在晋终身不仕。

②孙皓：字元宗，三国时吴国末代皇帝，孙权之孙，废太子孙和之子；264年被拥立为帝，改元元兴；280年，吴国被灭后，投降西晋，封为归命侯；四年后在洛阳去世。

【译文】

诸葛靓在吴国的时候，一次在朝堂大会上，孙皓问他："你的字是仲思，你思考的都是些什么呢？"诸葛靓回答说："在家时思考的是对父母尽孝，侍奉君主时思考的是对君主尽忠，和朋友交往时思考的是对朋友诚信。不过是这些罢了！"

22.蔡洪赴洛[①]，洛中人问曰："幕府初开，群公辟命，求英奇于仄陋，采贤俊于岩穴[②]。君吴楚之士，亡国之余，有何异才，而应斯举[③]？"蔡答曰："夜光之珠，不必出于孟津之河；盈握之璧，不必采于昆仑之山[④]。大禹生于东夷[⑤]，文王生于西羌[⑥]，圣贤所出，何必常处[⑦]。昔武王伐纣，迁顽民于洛邑[⑧]，得无诸君是其苗裔乎[⑨]？"

【注释】

①蔡洪：字叔开，吴郡(今江苏苏州)人，曾在吴为官，入晋为州从事，太康中举秀才，元康初为松滋令；著有《化清经》十卷，集二卷。洛：洛阳，西晋首都。

②幕府：古时将帅办公的地方，也用来指军政官员的官署。群公：众

位公卿大臣，指朝廷中的众位高官。辟命：征召，任命。求、采：寻求，探访。仄陋：指不为人所注重的社会下层或鄙陋之处，也指有才德而地位卑微的人。岩穴：山中的洞穴，这里指隐居山中的隐士，也可以泛指山野村夫。

③吴楚：春秋时代的吴国和楚国，两国都在南方，所以也泛指南方。亡国：灭亡了的国家，这里指三国时吴国，公元280年为西晋所灭。余：余留，已灭亡国家留下来的后代。斯：这，这个。举：推举，选拔。

④夜光之珠：即夜明珠，是春秋时代隋国国君的宝珠，又叫隋侯珠，或称隋珠；传说春秋时隋侯在隋县溠水救一蛇，后来蛇衔一明珠来报答他。孟津：渡口名，在今河南省孟县南，周武王伐纣时和各国诸侯在这里会盟，是一个有名的地方。盈握：满握，满满一把，用来形容美玉之大。璧：中间有孔的圆形玉器。昆仑：有名的盛产玉石的山。

⑤大禹：夏朝开国君王，是黄帝的玄孙，鲧的儿子，相传禹治理黄河有功，受舜禅让而继承帝位，国号夏。东夷：我国东部的各少数民族。

⑥文王：即周文王姬昌，姬姓，周朝奠基者；其父死后，继承西伯侯之位，故称西伯昌，在位50年，是中国历史上的一代明君；周武王姬发灭商后，追尊为周文王。西羌：我国西部的一个少数民族。

⑦何必：为什么一定要，用反问的语气表示不必、不需要。常处：固定的地方。

⑧武王：即周武王姬发，周文王姬昌次子，西周王朝开国君主，在位13年；因其兄伯邑考被商纣王所杀，得以继位，并建立了西周王朝，是中国历史上的一代明君。迁顽民于洛邑：周武王灭了殷纣以后，把殷的顽固人物迁到洛水边上，派周公修建洛邑安置他们；战国以后，洛邑改为洛阳。

⑨得无：莫非，表示揣测。苗裔(yì)：后代。

【译文】

蔡洪到洛阳后，洛阳的人问他："官府刚刚成立，众位公卿大臣都在征召人才，要在出身卑微的人中寻求才华出众之人，在隐居山林的隐士中寻访俊杰之士。先生是南方人士，亡国的遗民，有什么杰出的才能，来应对这一次的选拔呢？”蔡洪回答说：“夜光珠不一定都出自孟津一带的河中，满满一握那么大的璧玉也不一定都是从昆仑山开采而来。大禹出生在东夷，周文王出生在西羌。圣贤之士的出生地，为什么一定要在某个固定的地方呢！从前周武王打败了殷纣后，把殷代的顽固之士都迁移到了洛邑，莫非诸位先生就是那些顽固之人的后代吗？”

23. 诸名士共至洛水戏。还，乐令[①]问王夷甫[②]曰：“今日戏乐乎？”王曰：“裴仆射善谈名理，混混有雅致[③]；张茂先论《史》《汉》，靡靡可听[④]；我与王安丰[⑤]说延陵[⑥]、子房[⑦]，亦超超玄著[⑧]。”

【注释】

①乐令：即乐广，字彦辅，因曾任尚书令，被后人称为乐令，详见《德行》第23则注④。

②王夷甫：即王衍，字夷甫，琅邪郡临沂县(今山东临沂北)人，善于行书和清谈；曾任太子舍人、河南尹、中书令等职；299年，太子司马遹被贾后诬陷，因女儿当时为太子妃，为避祸，上表请求解除婚约；307年升任司空，次年又任司徒，309年任太尉，兼尚书令，封武陵侯；311年，为石勒所俘，被杀。

③裴仆射：即裴頠，字逸民，河东闻喜(今属山西)人，司空裴秀之子；弘雅有远识，善谈《老子》《周易》，著有《崇有论》《辩才论》等；晋惠帝时为国子祭酒，兼右军将军，因功封武昌侯，后升为尚书左仆射；公元300年，为赵王司马伦所害；后晋惠帝为其反正，追谥成。名理：考核名实、分析是非的道理之学，是魏晋清谈的主要内容。混混：滚滚，形容说话滔滔不绝。雅致：高雅的情趣。

④张茂先：即张华，字茂先，详见《德行》第12则注③。靡靡：娓娓，动听的样子。

⑤王安丰：即王戎，字濬冲，因功封安丰县侯，详见《德行》第16则

注①。

⑥延陵：今江苏武进，这里以地代人，指季札，又称公子札、延陵季子、季子，春秋时吴王寿梦第四子，封于延陵，传为避王位，弃其室而耕种于常州武进焦溪。

⑦子房：即张良，字子房，颍川城父人，秦末汉初杰出的谋士、大臣，与韩信、萧何并称为“汉初三杰”，协助汉高祖刘邦夺得天下，帮助吕后扶持刘盈登上太子之位，死后被封为留侯；后世敬其谋略出众，称其为“谋圣”。

⑧超超玄著：指议论超尘脱俗，奥妙透彻。

【译文】

名士们一起到洛水边游玩，回来的时候，尚书令乐广问王夷甫：“今天玩得高兴吗?”王夷甫说：“尚书仆射裴頠擅长谈论名理，言论滔滔不绝，意趣高雅；张茂先谈起《史记》《汉书》，娓娓动听；我和安丰县侯王戎谈论起延陵、子房，也是极为奥妙透彻，超尘脱俗。”

24. 王武子[①]、孙子荆[②]各言其土地人物之美。王云：“其地坦而平，其水淡而清，其人廉且贞。”孙云：“其山嶵巍以嵯峨[③]，其水浃渫而扬波[④]，其人磊砢而英多[⑤]。”

【注释】

①王武子：王济，字武子，太原晋阳（今山西太原）人，司徒王浑次子，娶司马炎女常山公主；历任中书郎、骁骑将军、侍中等职，后出任河南尹，未及上任，就因鞭打王府官吏获罪免职；生活奢侈，终年46岁，死后被追赠为骠骑将军。

②孙子荆：孙楚，字子荆，太原中都（今山西平遥县西北）人，著有文集六卷；曾任镇东将军石苞的参军，晋惠帝初为冯翊太守；元康三年(293年)，卒于任上。

③嶵(zuì)巍：山险峻的样子。嵯峨(cuó é)：形容山势高峻。

④浃渫(jiā xiè)：水流涌动的样子。扬波：掀起波涛。

⑤磊砢(lěi luǒ):形容性情、才华卓越出众。英多:杰出众多。

【译文】

王武子和孙子荆各自谈论自己家乡的土地、人物的出色之处。王武子说:“我们那里的土地广阔平坦,水清澈透明,人廉洁公正、意志坚定。”孙子荆说:“我们那里的山险峻又巍峨,水势浩浩荡荡,掀起巨波,人才杰出又众多。”

25.乐令女适大将军成都王颖[①]。王兄长沙王执权于洛[②],遂构兵相图[③]。长沙王亲近小人,远外君子,凡在朝者,人怀危惧。乐令既允朝望,加有婚亲,群小谗于长沙[④]。长沙尝问乐令,乐令神色自若,徐答曰:“岂以五男易一女?[⑤]”由是释然,无复疑虑。

【注释】

①乐令:即乐广,字彦辅,因曾任尚书令,被后人称为乐令,详见《德行》第23则注④。适:旧称女子出嫁为适人。成都王颖:指司马颖,字章度,晋武帝司马炎第十六子,“八王之乱”其中一王;289年受封成都王;299年,由于与贾后之弟贾谧结怨,出为平北将军,镇守邺城,后转镇北大将军;301年,因讨伐赵王司马伦有功,被封大将军、都督中外诸军事、录尚书事;304年,除去长沙王司马乂后,被增封二十郡,拜丞相,又立为皇太弟;同年,被河间王司马颙废皇太弟,遣送回藩;306年,被范阳王司马虓长史刘舆矫诏赐死。

②长沙王:指司马乂,字士度,晋武帝司马炎第六子,“八王之乱”其中一王;289年,封为长沙王;291年,受兄司马玮的牵连,被贬为常山王;301年,响应齐王司马冏等三王讨伐赵王司马伦,因功授任抚军大将军,同年七月,升任骠骑将军,复封长沙王;302年,出兵讨杀齐王司马炯,掌管朝政;303年,被河间王司马颙和成都王司马颖出兵攻打,次年在金墉城被捕,并被烧死;晋怀帝即位后,追谥为厉王。

③构兵：双方出兵交战。

④允：确实。朝望：在朝廷中有声望。馋：进谗言。长沙：指长沙王司马乂。

⑤五男：指五个儿子。按：此句意思是指如果依附司马颖，保全了一个女儿，但五个儿子会被杀掉。

【译文】

尚书令乐广的女儿嫁给了大将军成都王司马颖。成都王的哥哥长沙王司马乂在京都洛阳掌管朝政，成都王司马颖于是起兵攻打，企图取代他。长沙王亲近小人，疏远君子；凡是在朝为官的人，心中都感到不安和恐惧。乐广在朝廷中既有很高的威望，又和成都王有姻亲关系，一些小人就在长沙王面前说他的坏话。长沙王曾经向乐广问过此事，乐广神色自然，从容地回答说："我难道会用五个儿子的性命去换取一个女儿的性命？"长沙王从此放下心来，不再怀疑和顾虑他了。

26. 陆机诣王武子①，武子前置数斛羊酪，指以示陆曰："卿江东何以敌此？②"陆云："有千里莼羹，但未下盐豉耳！③"

【注释】

①陆机：字士衡，吴郡吴县（今江苏苏州）人，为孙吴丞相陆逊之孙，与其弟陆云合称"二陆"，与顾荣、陆云并称"洛阳三俊"，与贾谧等结为"金谷二十四友"；在孙吴时曾任牙门将，吴亡后出仕西晋，曾任太傅祭酒、著作郎等职；赵王司马伦掌权时，引为相国参军，封关中侯；司马伦被诛后，因成都王司马颖救免一死，此后便跟随司马颖，为平原内史；303年，任后将军、河北大都督，率军讨伐长沙王司马乂，大败，最终遭谗遇害，被夷三族。王武子：即王济，字武子，详见《言语》第24则注①。

②斛(hú)：古代量器名，一斛是十斗。酪(lào)：乳酪。江东：长江下游南岸地区，又称江左。敌：相当。

③千里：千里湖。莼(chún)羹：用莼菜做的汤；莼，莼菜，一种水草，嫩叶可以做汤。盐豉(chǐ)：把黄豆煮熟发酵后制成，常用以调味。按：这

句意指还没有放盐豉的莼羹味道就同羊酪相当，如果放入盐豉，羊酪就比不上了。

【译文】

陆机去拜访王武子，王武子跟前摆着几斛羊酪，他指着给陆机看，并问道："你们江南有什么名菜能和这个相提并论呢？"陆机说："我们那里有千里湖出产的用莼菜做的汤可以与之相媲美，但是是在还没有放盐豉的时候哦！"

27. 中朝有小儿，父病，行乞药[①]。主人问病，曰："患疟也。"主人曰："尊侯明德君子，何以病疟？[②]"答曰："来病君子，所以为疟耳。[③]"

【注释】

①中朝：指西晋，晋王室南渡后称渡江前的西晋为中朝。行：出行，外出。

②尊侯：尊称对方的父亲。明德：光明的德行。按：当时流传的说法是使人感染疟疾的是疟鬼，形体极小，不敢使大人物得病，所以主人这样问。

③病：使人生病。疟：通"虐"，残暴，残害。

【译文】

西晋时，有个小孩儿，他的父亲生病了，他外出求医问药。主人问他父亲的病情，他说："我父亲患了疟疾。"主人问："令尊是位德行高洁的君子，为什么会患疟疾呢？"小孩儿回答说："正是因为这是一种伤害君子的病，所以才叫疟（虐）呀！"

28. 崔正熊诣都郡[①]。都郡将姓陈[②]，问正熊："君去崔杼几世？[③]"答曰："民去崔杼，如明府之去陈恒。[④]"

【注释】

①崔正熊：崔豹，字正熊，西晋渔阳（今北京市密云县西南）人，撰有

《古今注》三卷；晋惠帝时官至太子太傅丞。都郡：大郡，这里指都郡太守。

②都郡将：以他郡太守兼都督本郡军事，即郡的军事长官。

③去：距离。崔杼(zhù)：又称崔子、崔武子，春秋时齐国大夫，弑杀齐国国君齐庄公，立庄公弟为君，自己为右相。按：这里是拿同姓开玩笑，意在取笑崔正熊是犯有杀君之罪的崔杼的后代。

④明府：对太守的尊称。陈恒：即田常，陈与田古音相近，故又作田恒，因避汉文帝刘恒之讳，《史记》改称田常，春秋时期齐国大臣，弑杀齐国国君齐简公，拥立齐平公，自任相国。按：崔正熊的回答针锋相对，指出都郡将的陈氏祖先也犯有弑君之罪。

【译文】

崔正熊去拜访郡城太守，郡太守姓陈，他问崔正熊："您距离崔杼多少代？"崔正熊回答说："小民距离崔杼的世代，正像明府您距离陈恒的世代一样长。"

29.元帝[1]始过江，谓顾骠骑[2]曰："寄人国土，心常怀惭。[3]"荣跪对曰："臣闻王者以天下为家，是以耿、亳无定处[4]，九鼎迁洛邑[5]。愿陛下勿以迁都为念[6]。"

【注释】

①元帝：即晋元帝司马睿，字景文，东晋开国皇帝，318—323年在位，司马懿曾孙，琅邪恭王司马觐之子；290年袭封琅邪王，曾参与讨伐成都王司马颖，失败后离开洛阳，回到封国；晋惠帝时曾任平东将军，后迁安东将军；307年，偕王导渡江至建业；晋愍帝时为丞相、都督中外军事；晋愍帝被俘后，在晋朝贵族与江东大族的支持下，于317年称晋王，318年即帝位，改元太兴；去世后，谥号元皇帝，庙号中宗。

②顾骠骑：字彦先，吴郡吴县(今江苏苏州)人，死后追赠骠骑将军，详见《德行》第25则注①。

③寄人国土：东晋国都建康原是东吴之地，江东士族的势力很大，所

以元帝有寄人国土之感。按：顾荣是江东士族，名望很大，所以元帝对他说这番话。

④对：答话，回答。耿、亳(bó)：指商代迁都之事；商代成汤迁国都到亳邑，祖乙又迁到耿邑，盘庚再迁回亳邑。无定处：商朝数次迁都，所以说“无定处”。

⑤九鼎：传说夏禹铸九鼎，是传国之宝，权力的象征。迁洛邑：成汤时，迁移九鼎于商邑；周武王时，将九鼎迁到东都洛邑。

⑥迁都：指迁移都城的位置。按：西晋首都为洛阳，东晋迁至建康(今江苏南京)。

【译文】

晋元帝司马睿刚到江南的时候，对骠骑将军顾荣说道：“寄居在他人国土之上，我心中常常感到很惭愧。”顾荣跪着回答说：“臣听说帝王把全天下都看成是自己的家，因此商代的君主或者迁都耿邑，或者迁都亳邑，没有固定的地方；周武王打败了商纣王后，也把九鼎迁移到了洛邑。希望陛下不要再把迁都的事放在心上了。”

30. 庾公①造周伯仁②。伯仁曰：“君何所欣说而忽肥？③”庾曰：“君复何所忧惨而忽瘦？④”伯仁曰：“吾无所忧，直是清虚日来，滓秽日去耳。⑤”

【注释】

①庾公：即庾亮，字元规，详见《德行》第31则注①。

②造：造访，拜访。周伯仁：周顗(yǐ)，字伯仁，汝南安成(今河南汝南县)人，西晋安东将军周浚之子；袭父爵武城侯，曾任尚书吏部郎、荆州刺史、兖州刺史等职；东晋时，历任吏部尚书、太子少傅、尚书左仆射等职；王敦之乱时被杀害，后追赠左光禄大夫，谥号康。

③欣说(yuè)：开心喜悦；说，通“悦”。

④忧惨：忧愁痛苦。

⑤直：通“只”。清虚：清净淡泊。滓秽(zǐ huì)：污浊。

【译文】

庾亮去拜访周伯仁。周伯仁问："您有什么开心喜悦的事儿，怎么忽然胖起来了？"庾亮说："您又在忧伤痛苦些什么，怎么忽然瘦下去了？"伯仁说："我没有什么可忧伤的，只是清静淡泊之志每天都在增加，污浊的思虑每天都在减少罢了！"

31. 过江诸人，每至美日，辄相邀新亭，藉卉饮宴①。周侯中坐而叹曰："风景不殊，正自有山河之异！②"皆相视流泪。唯王丞相愀然变色曰③："当共勠力王室，克复神州，何至作楚囚相对？④"

【注释】

①过江诸人：西晋末年战乱不断，中原人士相继过江避难，"过江诸人"本指这些人，这里指其中的朝廷官员、士族人士。美日：风和日丽的日子。新亭：又名中兴亭，为三国时吴国所建，故址在今南京市西南长江边上。藉(jiè)卉：坐在草地上；藉，垫，引申为坐卧其上。卉：草的总名。

②周侯：即周𫖮(yǐ)，因袭父爵武城侯，故称周侯，详见《言语》第30则注②。不殊：没有区别，一样。山河之异：指当时北方广大地区被少数民族政权占领。

③王丞相：即王导，字茂弘，官至丞相，详见《德行》第27则注③。愀(qiǎo)然变色：指面容神情一时变得严肃或不愉快。

④勠力：协力，通力合作。克复：用武力收复。神州：这里指中原地区，战国时邹衍称中国为赤县神州，后世遂以神州指代中国。楚囚：指囚犯。《左传·成公九年》记载：楚人钟仪为郑人俘获，被献给晋国，"晋侯观于军府，见钟仪，问之曰：'南冠而絷者，谁也？'有司对曰：'郑人所献楚囚也。'"后世即称囚犯为楚囚。

【译文】

到江南避难的那些士族高官名士们，每逢风和日丽的日子，总是互相邀约着到新亭去，坐在草地上摆宴畅饮。一次，武城侯周颢在饮宴的中途叹着气说：“江南的风景和中原没有什么不同，只是这山河的主人不一样了！”大家听了这话，顿时你看我，我看你，潸然泪下。只有丞相王导脸色立刻变得很严肃，说道：“我们大家应该为朝廷齐心合力，收复中原，哪里至于像囚犯似的相对流泪呢！”

32. 卫洗马初欲渡江①，形神惨悴②，语左右云：“见此芒芒，不觉百端交集③。苟未免有情，亦复谁能遣此！④”

【注释】

①卫洗马：即卫玠，字叔宝，河东安邑（今山西夏县北）人，卫瓘之孙，中国古代四大美男之一，清谈名士和玄学家；西晋时曾任太傅西阁祭酒、太子洗马等职。永嘉四年（310年），迁移至江南，27岁时病逝。

②惨悴：忧伤憔悴。

③芒芒：茫茫，形容辽阔没有边际。百端交集：无数感想和思绪交相出现，令人感慨万千。

④苟：如果，假使。未免有情：未能免除有情。亦复：又。遣：排遣，排解。

【译文】

太子洗马卫玠准备渡江南迁，站在江边，面容憔悴，神情忧伤，对随行的人说：“看见这茫茫大江，不觉百感交集，感慨万千。如果不能做到完全无情，谁又能排解得了这种忧伤！”

33. 顾司空未知名，诣王丞相①。丞相小极，对之疲睡②。顾思所以叩会之③，因谓同坐曰：“昔每闻元公道公协赞中宗④，保全江表，体小不安，令人喘息⑤。”丞相因觉，谓顾曰：“此子圭璋特达，机警有锋。⑥”

【注释】

①顾司空：即顾和，字君孝，吴郡吴县（今江苏苏州）人，正直有操守，

深受王导赏识，历任散骑侍郎、吏部尚书、尚书仆射等职；351年，因病重辞职，拜授左光禄大夫，加散骑常侍，尚书令如旧；同年病逝，死后追赠侍中、司空，谥号穆。王丞相：即王导，字茂弘，官至丞相，详见《德行》第27则注③。

②小极：身体困倦不适。疲睡：因疲倦而睡着。

③所以：用来……的方法。叩会：叩问拜会。

④元公：指顾荣，字彦先，是顾和的族叔，顾荣死后，谥号为元，所以称为元公，详见《德行》第25则注①。协赞：协助，辅佐。中宗：指晋元帝司马睿，庙号中宗，详见《言语》第29则注①。

⑤江表：指长江以南地区，从中原看去地处长江之外，故称江表。小：稍微。喘息：因惴惴不安而呼吸急促，比喻焦虑不安。

⑥觉(jiào)：睡醒，醒来。圭璋(guī zhāng)特达：圭和璋是两种贵重的玉制礼器，也作"珪璋"，《礼记注疏》中孔颖达疏云："'圭璋'，玉中之贵也；'特'谓不用他物媲之也。诸侯朝王以圭，朝后执璋，表德特达不加物也。"后用来比喻品德高尚、才能出众。

【译文】

司空顾和还没有出名的时候，去拜访丞相王导。王导当时有点疲乏，对着他打瞌睡。顾和考虑着用怎样的方法能叫醒王导，并向他请教，便对同座的人说："过去常常听到元公顾荣谈论王公辅佐中宗，保全了江南。现在王公身体有点不太舒适，真让人焦虑不安啊。"王导听见这些话，便清醒过来，对在座的人评论顾和说："这个人真是才德出众，为人机警，言辞犀利啊。"

34.会稽贺生①，体识清远②，言行以礼。不徒东南之美③，实为海内之秀。

【注释】

①贺生：指贺循，字彦先，会稽山阴(今浙江绍兴)人，东吴中书令贺邵之子；文采出众，博览群书，有文集五卷；曾任阳羡县令、太子舍人、会

稽国相、吴国内史等职，官至太常，死后追封司空，谥号穆。

②体识：禀性和见识。清远：清朗高远。

③徒：只，仅仅。

【译文】

会稽郡贺循，禀性清朗，见识高远，言语行动都依照礼节。他不仅仅是东南地区的才俊之士，更是国内的英杰之才。

35.刘琨虽隔阂寇戎，志存本朝①，谓温峤②曰："班彪③识刘氏之复兴，马援④知汉光之可辅。今晋阼虽衰，天命未改⑤。吾欲立功于河北，使卿延誉于江南。子其行乎？⑥"温曰："峤虽不敏，才非昔人，明公以桓、文之姿，建匡立之功，岂敢辞命！⑦"

【注释】

①刘琨：字越石，中山魏昌（今河北无极县）人，善文学，通音律，为"金谷二十四友"之一；曾任冠军将军、司徒左长史等职，因功封广武侯；306年任并州刺史，313年封大将军，315年任司空，都督并、冀、幽三州诸军事，前后据守并州近十年，抵御前赵；316年，并州失陷后，投奔幽州刺史段匹磾；西晋灭亡时，其仍在北方，便派下属温峤到建康上表向司马睿劝进；司马睿称帝后，加封其为侍中、太尉；318年，被段匹磾杀害；晋元帝时追赠为侍中、太尉，谥曰愍。寇戎：入侵的外族；戎指我国西部少数民族；西晋末诸王侯争权，互相攻伐，北部和西部各族也乘机侵入中原。存：怀念，思念。

②温峤：字泰真，一作太真，太原祁县（今山西祁县）人；306年任刘琨的参军，后历任从事中郎、上党郡太守、右司马等职，深受刘琨器重；317年，刘琨任其为左长史，派其南下向司马睿劝进；后任散骑常侍、太子中庶子、侍中、中书令等职；324年，因平定王敦之乱有功，封建宁县公，进号前将军；325年，任江州刺史，出镇武昌；329年，因平定苏峻叛乱有功，拜骠骑将军，封始安郡公；同年离世，死后赠侍中、大将军，谥号忠武。

③班彪：字叔皮，扶风安陵（今陕西咸阳东北）人，西汉末期初依附于陇右军阀隗（wěi）嚣，认为汉室必会复兴，竭力劝说隗嚣归依汉室，未能如愿，于是避走河西；后为大将军窦融从事，又劝窦融支持光武帝。

④马援：字文渊，扶风茂陵（今陕西兴平）人，东汉开国功臣之一；新朝期间，曾任新城大尹；新朝灭亡后，受到隗嚣的器重，被任命为绥德将军；后归顺光武帝刘秀，为统一天下立下赫赫战功；官至伏波将军，因功封新息侯。

⑤晋阼（zuò）：指晋朝的国运。天命：上天的意志；旧时认为皇帝、朝代的寿命等是由上天的意志安排的。

⑥河北：黄河以北。延誉：传扬好名声。其：或许，也许。

⑦桓、文：指齐桓公和晋文公，春秋时代诸侯国的霸主。匡立：指辅助帝室，扶立天子。辞命：不接受命令。

【译文】

刘琨虽然被外族入侵者阻隔在黄河以北，心中却总是牵挂着朝廷。他对温峤说："班彪能看出刘氏王室能够复兴，马援知道东汉光武帝值得辅佐。现在晋朝的国运虽然衰微，可是天命还没有改变。我想在黄河以北建功立业，想让你在江南赢得好名声，你也许会愿意去吧？"温峤说："我虽然不够聪明灵活，才能也比不上前人，可是明公您以齐桓、晋文那样的才智，谋划建立辅助帝室、一匡天下的功业，我怎么敢不接受命令呢！"

36. 温峤初为刘琨使来过江[①]。于时江左营建始尔，纲纪未举[②]。温新至，深有诸虑。既诣王丞相，陈主上幽越，社稷焚灭，山陵夷毁之酷，有《黍离》之痛[③]。温忠慨深烈，言与泗俱，丞相亦与之对泣[④]。叙情既毕，便深自陈结，丞相亦厚相酬纳[⑤]。既出，欢然言曰："江左自有管夷吾[⑥]，此复何忧？"

【注释】

①温峤：字太真，详见《言语》第35则注②。刘琨：字越石，详见《言

语》第35则注①。

②营建：创立事业。始尔：开始，“尔”是词缀。纲纪：国家的各项制度、法规。

③王丞相：即王导，字茂弘，官至丞相，详见《德行》第27则注③。陈：陈词，述说。幽越：囚禁流亡。社稷：古代帝王、诸侯所祭的土神和谷神，后借用来泛指国家。山陵：皇帝的坟墓。夷毁：铲平毁坏。《黍离》之痛：指对国家残破、今不如昔的哀叹。《黍离》：出自《诗经·王风》，据说周王室迁到东都洛阳以后，有人到西部，看到原来的宗庙宫室已经毁为平地，种上了黍稷，哀怜周王室日渐衰微，心里忧伤，便作此诗；后来用此表示亡国。按：316年，前赵出兵攻打长安，晋愍帝司马邺战败投降后被押送平阳，封为怀平侯，受尽屈辱，318年被杀。

④忠慨：忠诚愤慨。泗(sì)：鼻涕。

⑤陈结：述说心意，与之结交。酬纳：接纳，采纳。

⑥管夷吾：即管仲，名夷吾，字仲，春秋时期法家代表人物，齐桓公的宰相，辅助齐桓公成为霸王。

【译文】

温峤作为刘琨的使节出使江南。这时，江南的政权刚刚建立，国纪法规还没有制定，社会秩序不稳定。温峤刚到江南，对这些现实情况担心不已。后来他去拜访丞相王导，诉说晋愍帝被囚禁流亡在外，国家灭亡，先帝陵墓被毁坏的残酷现实情况，言辞中表现出了深沉的亡国之悲痛。温峤感情忠诚深厚，言辞愤慨激烈，边说边哭，王导也随着他一起流泪。温峤叙述完实际情况以后，就真诚地诉说了与其结交之意，王丞相也充满深情地接纳了他的心意。出来以后，温峤高兴地说：“江南自有管夷吾那样的人来辅政，这还有什么可担心的呢！”

37.王敦①兄含为光禄勋②。敦既逆谋，屯据南州，含委职奔姑孰③。王丞相诣阙谢④。司徒、丞相、扬州官僚问讯，仓卒不知何辞⑤。顾司空时为扬州别驾⑥，援翰曰：“王光禄远避流言，明公蒙尘路次，群下不宁，不审尊体起居何如？⑦”

【注释】

①王敦：字处仲，琅邪临沂(今山东临沂北)人，丞相王导堂兄，娶晋武帝司马炎女襄城公主为妻；曾任青州刺史、扬州刺史等职，后进位镇东大将军，加都督江、扬等六州诸军事、江州刺史，封汉安侯；东晋建立后，升任大将军、江州牧；后晋元帝重用刘隗等与之抗衡。322年，以诛隗翦恶为名在武昌起兵，攻入建康，朝廷被迫任其为丞相、江州牧，晋爵武昌郡公，还屯武昌，后移镇姑孰，自领扬州牧；324年，晋明帝下令讨伐，王敦以兄王含为元帅，率兵攻建康，后病卒，兵败，被戮尸悬首南桁。

②含：王含，字处弘，王敦兄；晋元帝时为中郎将，助祖逖北伐；曾任庐江太守、徐州刺史、光禄勋等职；后跟随其弟王敦出兵反叛，324年七月，奉王敦命领兵进逼京师，兵败，与子王应投荆州刺史王舒，皆被沉入长江。光禄勋：官名，九卿之一，秦汉负责守卫宫殿门户的宿卫之臣，后逐渐演变为总领宫内事务。

③逆谋：谋反。委职：弃职，辞官。姑孰：又名南州，今安徽当涂。

④王丞相：即王导，字茂弘，官至丞相，王敦堂弟，详见《德行》第27则注③。诣：到。阙：宫阙，皇帝居处，借指朝廷。谢：谢罪。

⑤官僚：官属，官府所统属的官吏。问讯：打听，问候。仓卒(cù)：匆忙。按：司徒、丞相、扬州官僚指王导为官期间的下属官员，但王敦叛变时，王导为司空、扬州刺史，晋明帝时任司徒，晋成帝时任丞相，所以这里说有司徒、丞相府的官僚，应是记载有误。

⑥顾司空：指顾和，字君孝，死后追赠司空，详见《言语》第33则注①。别驾：官名，刺史的属官，跟随刺史外出视察。

⑦援翰：拿起笔来。王光禄：即王含，当时任光禄勋。蒙尘：蒙受风尘，指王导天天诣阙谢罪。路次：路中。群下：僚属，部下。不审：不明白，不知道。起居：指日常生活作息。

【译文】

王敦的哥哥王含任光禄勋。王敦谋反以后，领兵驻扎在南州。王含就抛弃官职，投奔姑孰而去。丞相王导为这事上朝谢罪。这时候，司徒、丞相、扬州府中的官员都来打听消息，但是匆忙间不知应该如何措辞。司空顾和当时任扬州别驾，拿起笔来写道："光禄勋王含远远地躲开了流言，明公您却每天在路上蒙受风尘，下属们心里都很不安，不知贵体日常饮食起居怎么样？"

38. 郗太尉拜司空①，语同坐曰："平生意不在多，值世故纷纭，遂至台鼎②。朱博翰音，实愧于怀③。"

【注释】

①郗太尉：即郗鉴，字道徽，官至太尉，详见《德行》第 24 则注①。拜：举行仪式，授予官职。

②世故：世事。台鼎：指三公，东汉时大尉、司徒、司空合称三公，古称三公为台鼎，如同星之有三台，鼎之有三足。

③朱博：字子元，西汉时人，官至丞相，封阳乡侯；相传他升任丞相一职时，大殿中忽然有一种像钟声的声音响起，一说是因为有名无实的人登上高位，才会发出这种声音；这里是用来自谦名不副实，不应居此高位。翰音：翰指高飞，翰音即飞向高空的声音，比喻徒有虚名。

【译文】

太尉郗鉴被授予司空一职，他和同座的人说："我平生志向不高，却赶上世事纷乱，竟然升到了三公之位。想起朱博就职时空中响起的钟声，我登此高位时，内心实在感到很惭愧。"

39. 高坐道人①不作汉语，或问此意，简文曰："以简应对之烦。②"

【注释】

①高坐道人：西域和尚名，西晋永嘉年间到中国。道人：晋时和尚的称谓。按：刘孝标注引《高坐别传》曰："和尚胡名尸黎密，西域人，……性

主简，不学晋语，诸公与之言，皆因传译。然神领意得，顿在言前。”

②或：某人，有的人。简文：即简文帝司马昱，详见《德行》第37则注①。简：简省。

【译文】

高坐和尚不学说汉语，有人问这是什么意思，晋简文帝司马昱说：“因为这样可以省去很多应对的烦扰。”

40.周仆射雍容好仪形[①]。诣王公，初下车，隐数人，王公含笑看之[②]。既坐，傲然啸咏[③]。王公曰：“卿欲希嵇、阮邪？[④]”答曰：“何敢近舍明公，远希嵇、阮！”

【注释】

①周仆射：周顗(yǐ)，字伯仁，曾任尚书左仆射，详见《言语》第30则注②。仪形：外貌，仪表。

②隐(yìn)：倚靠，靠着。王公：即王导，详见《德行》第27则注③。

③啸咏：啸是吹口哨，咏是歌咏，即吹出曲调，亦称歌啸、吟啸、长啸、讽啸等，在当时被视为是名士风度的一种表现。

④希：仰慕，企羡。嵇、阮：指嵇康、阮籍。嵇康，字叔夜，详见《德行》第16则注②。阮籍，字嗣宗，详见《德行》第15则注②。

【译文】

尚书左仆射周顗举止雍容大方，仪表堂堂。他去拜访王导，刚下车的时候，就要几个人搀扶着，王导含笑看着他。坐下以后，周顗开始旁若无人地吹起口哨来。王导问道：“你是不是很仰慕嵇康和阮籍？”周顗回答说：“我怎么敢舍去近在眼前的明公，去仰慕前代的嵇康、阮籍呢！”

41.庾公尝入佛图[①]，见卧佛，曰：“此子疲于津梁。[②]”于时以为名言。

【注释】

①庾公：即庾亮，字元规，详见《德行》第31则注①。佛图：指佛寺。

②津梁：本意是桥梁，引申为接引、引导之意，这里指普度众生，以脱离苦海。

【译文】

庾亮曾经进入过一座佛寺，在里面看见一尊卧佛，就说："这位佛祖因忙于普度众生而疲劳了。"当时人们认为这句话是名言。

42. 挚瞻[①]曾作四郡太守、大将军户曹参军，复出作内史，年始二十九。尝别王敦[②]，敦谓瞻曰："卿年未三十，已为万石，亦太蚤。[③]"瞻曰："方于将军，少为太蚤[④]；比之甘罗[⑤]，已为太老。"

【注释】

①挚瞻：字景游，京兆长安人，曾任王敦户曹参军及安丰、新蔡、西阳等郡太守，后因与王敦言语不合，被贬为随国内史（王侯封国中的官职，级别与太守相当，但隶属诸侯封国，权力地位明显降低）。

②王敦：字处仲，曾任大将军，详见《言语》第37则注①。

③万石（dàn）：汉代以俸谷多少来表示官职等级，太守是二千石；挚瞻曾作四郡太守，现又作随国内史，共五郡，所以说万石。蚤：通"早"。

④方：相比。将军：指王敦。少：稍，略微。

⑤甘罗：战国时期秦国人，自幼聪明过人，12岁时出使赵国，使计让秦国得到十几座城池，因功得到秦始皇赐任上卿（相当于丞相），封赏田地、房宅，其后事迹史籍无载。

【译文】

挚瞻曾经做过四个郡的太守和大将军户曹参军，现在又调出去做内史，年龄才刚二十九岁。他曾去向王敦告别，王敦对他说："你还没到三十岁，已经做了五任二千石的官，也太早了些吧。"挚瞻回答道："同将军您相比，是稍微早了一些；但同秦时甘罗相比，已经算是太老了啊。"

43. 梁国杨氏子，九岁，甚聪惠。孔君平[①]诣其父，父不在，乃呼儿出，为设果[2]。果有杨梅，孔指以示儿曰："此是君家果。"儿应声答曰："未闻孔雀是夫子家禽。[3]"

【注释】

①孔君平：孔坦，字君平，会稽山阴人，孔子后人；曾任太子舍人、吴郡太守、侍中、廷尉等职；死后赠光禄勋，谥曰简。

②设果：端上水果。

③夫子：对对方的尊称。按：双方应答是利用了同音字，即杨梅首字和杨姓同，孔雀首字和孔姓同。

【译文】

梁国有一家姓杨的，有个儿子才九岁，但很聪明。一次孔君平去拜访他父亲，他父亲不在，这家便叫儿子出来，给孔君平摆上水果。水果里面有杨梅，孔君平便指着杨梅给他看，说道："这是你家的果子。"孩子应声回答说："没听说过孔雀是您家的鸟。"

44.孔廷尉以裘与从弟沈，沈辞不受[1]。廷尉曰："晏平仲之俭，祠其先人，豚肩不掩豆[2]，犹狐裘数十年，卿复何辞此？"于是受而服之[3]。

【注释】

①孔廷尉：即孔坦，字君平，官至廷尉，详见《言语》第43则注①。裘：皮衣。从弟：堂弟。沈：孔沈字德度，会稽山阴人，官至琅邪王文学。

②晏平仲：即晏子，名婴，字仲，谥平，习惯上多称平仲，又称晏子，春秋时代著名政治家、思想家、外交家，齐国大夫，历仕齐灵公、庄公、景公三朝；晏子主张节俭，据说他一件狐裘穿了三十年。祠：祭祀。豚肩：猪肘子。豆：古代盛食物用的器具，一种有圆锥形高座的盘子。

③受：接受。服：作动词，指穿衣服。

【译文】

廷尉孔君平把一件皮衣送给堂弟孔沈，孔沈推辞不肯收下。孔君平说:"晏平仲那么节俭的人,祭祀祖先的时候,供品用的猪肘子连祭祀盘子都没装满,但是他也穿了几十年的狐皮袍子,你又何必不肯收下这件呢!"孔沈这才接受了皮衣,并把它穿上。

45.佛图澄与诸石游①,林公②曰:"澄以石虎③为海鸥鸟④。"

【注释】

①佛图澄:竺佛图澄大师,西域人,本姓帛氏,九岁出家,两度到天竺学法,永嘉四年来到洛阳,时年已79,知见超群,学识渊博并热忱讲导,《高僧传》说他门下受业追随的常有数百,前后门徒几及一万。诸石:指石勒、石虎等人,羯族人;东晋时,石勒侵入中原,大肆杀戮,建立后赵政权。游:交游,交往。

②林公:支遁,字道林,世称支公,也称林公,林道人,别称支硎(xíng),本姓关,陈留(今河南开封市)人,东晋高僧、佛学家、文学家,精通佛理,有诗文传世;25岁出家,曾隐居支硎山,后于剡县修立寺院,僧众百余人;晋哀帝时应诏进京,居东安寺讲道,三年后回剡县;366年卒。

③石虎:后赵武帝石虎,字季龙,羯族,上党武乡(今山西榆社北)人,后赵明帝石勒堂侄,十六国时期后赵君主,334—349年在位;333年,石勒驾崩后由太子石弘继承,第二年,石虎废杀石弘,自称为居摄赵天王;337年,石虎自称天王,349年称帝,同年病逝,死后庙号为太祖,谥号武帝。按:石虎生活荒淫奢侈,施行暴政,但特别厚待佛图澄。

④海鸥鸟:据《列子·黄帝篇》记载,海边有个人喜欢海鸥,天天到海上去跟海鸥玩,一天,他父亲要他捉一只海鸥回来玩,结果他到海上,海鸥"舞而不下";此人初期对海鸥并未掺杂丝毫杂念,故鸥鸟对他也能坦然不疑。这里引用这个故事,是说佛图澄相信待人以诚、人必以诚待之,待石虎为鸥鸟,才能让对方对自己坦然不疑,并对"多行善、少杀生"的忠言不再逆耳。

【译文】

佛图澄和尚同石氏诸人有交往,支道林说:"佛图澄把石虎当做海鸥鸟了。”

46.谢仁祖[①]年八岁,谢豫章将送客[②],尔时语已神悟,自参上流[③]。诸人咸共叹之曰:“年少,一坐之颜回。[④]”仁祖曰:“坐无尼父,焉别颜回?[⑤]”

【注释】

①谢仁祖:谢尚,字仁祖,陈郡阳夏(今河南太康)人,谢安从兄;精通音律,工于书法,擅长清谈;世袭父爵咸亭侯;344年,任西中郎将、豫州刺史,镇守历阳;352年,参与北伐,进号安西将军,兵败,降为建威将军,后征召回朝,任给事中、尚书仆射等职;353年,出任前将军、豫州刺史,不久进号镇西将军,镇守寿春;357年病逝,追赠散骑常侍、卫将军,谥号简。

②谢豫章:谢鲲,字幼舆,陈郡阳夏(今河南太康)人,谢尚之父;善于清谈,为人放达;曾为王敦长史,官至豫章太守,死后追赠为太常,谥号康。将:带领,带着。

③神悟:理解力高超出奇,指领悟神速。参:参与。

④一坐:所有在座的人。坐,同“座”。颜回:字子渊,春秋末期鲁国曲阜人,14岁拜孔子为师,此后终生师事之,以德行著称,是孔子最得意的门生。

⑤尼父(fǔ):即孔子,名丘,字仲尼,尊称为尼父,春秋时期鲁国人,儒家学派创始人。别:区别,辨别。

【译文】

谢仁祖八岁时,他父亲豫章太守谢鲲带着他一起送别客人。那时,他的言谈便显示出惊人的悟性,可以自己参与到上流人士的交谈之中。大家都赞叹不已,称赞他说:“年纪虽小,却是座中的颜回啊!”谢仁祖说:“座中如果没有孔子,怎么能识别出颜回呢!”

47.陶公[①]疾笃,都无献替之言,朝士以为恨[②]。仁祖闻之曰:“时无竖刁③,故不贻陶公话言④。”时贤以为德音。

【注释】

①陶公:即陶侃,字士行(一作士衡),本为鄱阳郡(今江西都昌)人,后徙居庐江寻阳(今江西九江西),出身贫寒;初任县吏,后历任江夏太守、武昌太守、荆州刺史、广州刺史、湘州刺史等职;315年,平定杜弢起义;328年,苏峻之乱爆发,庾亮、温峤共推其为盟主,于次年平定叛乱,因功升任侍中、太尉,封爵长沙郡公;332年,拜为大将军;334年,在病中上表逊位,同年病逝,追赠为大司马,谥号桓。

②都:全。献替:即“献可替否”,简称献替或献可;进献可行者,废去不可行者;指对君主进谏,劝善规过,亦泛指议论国事兴革。朝士:朝廷的官吏。

③仁祖:即谢尚,字仁祖,详见《言语》第46则注①。竖刁:又叫寺人貂、竖貂、竖刁、竖刀、竖貂,春秋时齐桓公的宦官,为了表示对齐桓公的忠心,自行阉割,颇受宠信;桓公病危时,竖刁争权作乱,不给桓公饭菜,使其被活活饿死,后大杀群吏,立公子无亏,齐国因此发生内乱;据《吕氏春秋》记载,管仲病重时,齐桓公问管仲,竖刁可否代替为相,管仲认为此人不能用,但齐桓公未听取管仲遗言。

④贻:遗留。话言:善言,有道理的话,这里指遗言。

【译文】

陶侃病情已经很严重了,可是对有关向君主进谏、朝廷兴利除弊等大事,没有留下一句遗言。朝中的官员对此都觉得很遗憾。谢仁祖听说了这事,就说:“现在朝中没有像竖刁那样的奸臣,所以陶公不用留下什么遗言。”当时众人都认为这是非常有道理的话。

48.竺法深在简文坐①,刘尹问:“道人何以游朱门?②”答曰:“君自见其朱门,贫道如游蓬户。③”或云卞令④。

【注释】

①竺法深:晋代高僧,详见《德行》第30则注②。简文:即晋简文帝

司马昱，详见《德行》第37则注①。

②刘尹：即刘惔，字真长，曾任丹阳尹，故称刘尹，详见《德行》第35则注①。道人：晋时和尚的称谓，《石林燕语》中记载："晋宋间佛教初行，未有僧称，通曰道人。"朱门：红漆的大门，指达官贵人之家。

③蓬户：用蓬草编成的门，指简陋的房屋，穷苦人家。

④卞令：即卞壸(kǔn)，字望之，济阴冤句(今山东菏泽)人；承袭父爵成阳公，曾任广陵相、太子詹事、吏部尚书等职；325年，与王导、庾亮等任顾命大臣，并任右将军，加给事中、尚书令，辅助晋成帝；327年，改拜光禄大夫，加散骑常侍；次年，在苏峻之乱期间，复任尚书令、右将军，率兵奋力抵抗，壮烈殉国；追赠侍中、骠骑将军，谥忠贞。

【译文】

竺法深做了简文帝司马昱的座上客，丹阳尹刘惔问他："和尚为什么同达官贵族相交往？"竺法深回答道："您自己看见的我在与达官贵族相交往，对我来说却像同贫苦人家交往一样。"有人说，这不是刘惔问的，而是尚书令卞壶问的。

49.孙盛为庾公记室参军①，从猎，将其二儿俱行。庾公不知，忽于猎场见齐庄②，时年七八岁。庾谓曰："君亦复来邪？"应声答曰："所谓'无小无大，从公于迈'。③"

【注释】

①孙盛：字安国，博学善清谈，著述颇丰，有《魏氏春秋》《晋阳秋》等书，今仅存轶文；先后担任陶侃、庾亮、庾翼、桓温的僚佐，也曾随桓温灭成汉、北伐收复洛阳，官至长沙太守，封吴昌县侯，晚年官至秘书监、给事中，后世称为孙监。庾公：即庾亮，字元规，详见《德行》第31则注①。记室参军：官名，将军幕府中主管文书的官。

②齐庄：即孙放，字齐庄，太原中都人，孙盛次子，自幼聪慧过人，官至长沙相，有文集十五卷传于世。

③"无小"二句：引自《诗经·鲁颂·泮水》，意思是指无论大小臣子，

都跟着主公一起出游。

【译文】

孙盛担任庾亮的记室参军，一次跟随庾亮去打猎，并带上了自己的两个儿子一起去。庾亮不知道，忽然在猎场看见了孙盛的次子齐庄，当时这孩子只有七八岁，庾亮问他说："你也来了呀？"齐庄应声回答道："是啊，正如《诗经》中所说的'无小无大，从公于迈。'"

50. 孙齐由①、齐庄二人，小时诣庾公。公问："齐由何字？"答曰："字齐由。"公曰："欲何齐邪？"曰："齐许由。②""齐庄何字？"答曰："字齐庄。"公曰："欲何齐？"曰："齐庄周。③"公曰："何不慕仲尼而慕庄周？"对曰："圣人生知，故难企慕。④"庾公大喜小儿对。

【注释】

①孙其由：孙潜，字齐由，太原中都（今山西平遥）人，孙盛长子，官至豫章太守；殷仲堪讨伐王国宝时，逼为咨议参军，固辞不就，后以忧卒。

②许由：尧舜时贤人，详见《言语》第1则注④。

③庄周：即庄子，姓庄，名周，宋国蒙人，先祖是宋国君主宋戴公，战国中期著名的思想家和文学家，继老子之后道家学派的代表人物。

④圣人：才德最高的人，这里指孔子。企慕：仰慕。

【译文】

孙齐由、齐庄兄弟二人，小时候去拜见庾亮。庾亮问："齐由的字是什么？"齐由回答说："我的字就是齐由。"庾公问："你想向谁看齐呢？"齐由说："我想向尧时先贤许由看齐。"庾公又问："齐庄的字是什么？"齐庄回答说："我的字是齐庄。"庾公问他："你想向谁看齐？"齐庄说："我想向道家庄周看齐。"庾亮问："你为什么不仰慕孔子，而仰慕庄周呢？"齐庄回答说："圣人生来就知道一切，所以是很难仰慕到的。"庾亮非常喜欢小儿子齐庄的回答。

51.张玄之[①]、顾敷[②],是顾和中外孙[③],皆少而聪惠。和并知之,而常谓顾胜,亲重偏至,张颇不恹[④]。于时张年九岁,顾年七岁,和与俱至寺中。见佛般泥洹像[⑤],弟子有泣者,有不泣者,和以问二孙。玄谓:"被亲故泣,不被亲故不泣。"敷曰:"不然,当由忘情故不泣,不能忘情故泣。[⑥]"

【注释】

①张玄之:字祖希,吴郡太守张澄之孙,历任吏部尚书、冠军将军、吴兴太守等职,世称张吴兴;与同时的会稽内史谢玄并称二玄,时人论为南北之望。

②顾敷:字祖根,吴郡吴(今江苏苏州)人,顾和之孙,官至著作郎,23岁时早卒。

③顾和:字君孝,详见《言语》第33则注①。中外孙:孙子和外孙。

④知:赏识,欣赏。偏至:偏向,偏颇。不恹:不满意。

⑤般泥洹(bō ní hán):佛教术语,即涅槃、圆寂之意。佛般泥洹像:佛圆寂时的像,即卧佛像。

⑥忘情:即不动情,得失不动于心,喜怒不形于色,这是佛才能达到的境界。

【译文】

张玄之和顾敷分别是顾和的外孙和孙子,两人小时候都很聪明,顾和对他们俩都很欣赏,但是又常常说顾敷更胜一筹,就特别偏爱重视他一些,张玄之对此相当不满。当时张玄之九岁,顾敷七岁。一次,顾和带他们俩一起到寺庙里去,看见一尊卧佛像,旁边弟子们的佛像有的在哭,有的不哭。顾和就问两个孙子为什么会这样。张玄之回答说:"得到佛的亲近与宠爱的,就哭了;没有得到亲近与宠爱的,就没有哭。"顾敷说:"不对,应该是能够达到忘情的,就不哭;不能达到忘情的,就哭了。"

52.庾法畅造庾太尉[①],握麈尾至佳[②]。公曰:"此至佳,那得在?"法畅曰:"廉者不求,贪者不与,故得在耳。"

【注释】

①庾法畅:当作"康法畅",康如同竺法兰之竺,皆以国名,相传西域有个康居国;晋时和尚名,其他不详。庾太尉:即庾亮,字元规,死后获赠太尉,详见《德行》第31则注①。

②麈(zhǔ)尾:拂尘,古人闲谈时执以驱虫、掸尘的一种工具;一说其形状像羽扇,扇柄处扎上麈尾毛;据说,麈是一种大鹿,麈与群鹿同行,麈尾摇动,可以指挥鹿群的行向,麈尾取义于此,有领袖群伦之义。按:古人清谈时习惯手执麈尾,相沿成习,称为名流雅器,不谈时,亦常执于手。

【译文】

庾法畅和尚去拜访太尉庾亮,手中握着的麈尾特别好。庾亮问道:"这东西这么好,怎么还能留在你手里呢?"法畅回答说:"廉洁的人不会向我索求,贪婪的人我也不会给,所以还能留在我手里。"

53.庾稚恭为荆州[①],以毛扇上武帝,武帝疑是故物[②]。侍中刘劭[③]曰:"柏梁云构,工匠先居其下[④];管弦繁奏,钟、夔先听其音[⑤]。稚恭上扇,以好不以新。"庾后闻之曰:"此人宜在帝左右。"

【注释】

①庾稚恭:庾翼,字稚恭,颍川鄢陵(今河南鄢陵)人,庾亮之弟,世称小庾、庾征西、庾小征西;曾任参军、从事中郎、鄱阳太守、西阳太守等职;339年,任南蛮校尉、领南郡太守,镇守江陵,因功封都亭侯;次年,任安西将军、荆州刺史,接替庾亮镇守武昌;后部署诸将,意图北伐,任征西将军、荆州刺史;345年去世,死后赠车骑将军,谥号肃。为荆州:指任荆州刺史。

②武帝:即晋武帝司马炎,详见《德行》第17则注③。按:司马炎和庾翼并不是同一时期之人;据《晋书》记载,献扇一事出于庾翼的哥哥庾

怿，庾怿任豫州刺史时，曾把白羽扇献给晋成帝；毛扇即羽毛扇，据说原产于江南，后来才传入中原一带，所以能进献给皇帝。故物：旧物，前人遗物。

③刘劭：字彦祖，彭城丛亭人，博学好识，善草隶，历任领军参军、侍中、豫章太守等职。

④柏梁：指柏梁台，汉武帝时所筑，在长安城。云构：高耸入云的建筑，大厦。

⑤管弦：各种乐器，管指管类乐器，弦指弦类乐器。繁奏：混在一起演奏，即合奏。钟、夔(kuí)：即钟子期和夔，这里指代精通音乐的人；钟子期是春秋时期楚国人，善听音乐，伯牙弹琴时，意在高山或流水，钟子期都能领会；夔是上古神话传说中的一条腿的怪物，相传为尧、舜时代的乐官。按：这两句意在说明，新的物品从某种意义上来说也是旧的。

【译文】

庾稚恭担任荆州刺史的时候，向晋武帝司马炎进献了一个羽毛扇。晋武帝怀疑这个羽毛扇是用过的旧扇子。侍中刘劭说："柏梁台那样高耸入云的建筑物，是工匠们先待在里面的；管弦乐器的美妙合奏，也是由精通音乐的人和乐官先来审定它的声音的。稚恭向您进献扇子，是因为它好，而不是因为它新。"庾稚恭后来听说了这件事，便说："这个人适合待在皇帝身边。"

54.何骠骑①亡后，征褚公入②。既至石头③，王长史、刘尹同诣褚④。褚曰："真长，何以处我？⑤"真长顾王曰："此子能言。"褚因视王，王曰："国自有周公。⑥"

【注释】

①何骠骑：何充，字次道，庐江郡灊县(今属安徽霍山)人；曾任散骑常侍、丹阳尹、尚书令、中书令等职，封都乡侯；晋康帝和晋穆帝时辅政，晋康帝时，任骠骑将军兼任徐州刺史，镇守京口，晋穆帝时为宰相；346年离世，死后赠司空，谥号为文穆。

②褚公:即褚裒,字季野,当时任徐、兖二州刺史,镇守京口,详见《德行》第34则注②。按:当时因晋穆帝司马聃年幼,太后褚蒜子临朝听政,朝议以为褚裒是褚太后的父亲,宜掌朝政,就征他入朝。

③石头:石头城,在建康附近。

④王长史:王濛,字仲祖,小字阿奴,太原晋阳(今山西太原)人,善于清谈,深得辅政的会稽王司马昱倚重,官至司徒左长史;其女王穆之立为晋哀帝皇后后,被追赠光禄大夫。刘尹:即刘惔,字真长,详见《德行》第35则注①。按:刘惔和王濛同是会稽王司马昱的座上客。

⑤处:处置,安处。

⑥周公:即周公旦,周武王弟弟,周成王的叔父;成王年幼,周公辅佐朝政,平定叛乱,创制礼法;这里用周公比喻会稽王司马昱,当时司马昱任抚军大将军、录尚书事,所以有人劝褚裒把国政交付给他,仍回京口。

【译文】

骠骑将军何充逝世后,朝廷征召褚裒入朝。褚裒到石头城后,司徒左长史王濛和丹阳尹刘真长一起来拜访他。褚裒问道:"真长,朝廷准备怎么安置我呢?"真长回头看看王濛,说:"这一位善于谈论。"褚裒于是看着王濛,王濛说:"朝中已经有周公了。"

55.桓公北征经金城[①],见前为琅邪时种柳,皆已十围[②],慨然曰:"木犹如此,人何以堪!"攀枝执条,泫然流泪[③]。

【注释】

①桓公:桓温,字元子,一作符子,谯国龙亢(今安徽怀远)人,娶晋明帝司马绍之女南康公主;曾任琅邪内史、徐州刺史、荆州刺史、大司马、扬州牧等职,封南郡公;347年,剿灭盘踞在蜀地的成汉政权;354年至369年期间,三次出兵北伐(伐前秦、后秦、前燕),战功累累;独揽朝政十余年,并在371年,废皇帝司马奕为东海王,改立司马昱为帝;373年病逝,死前欲得九锡,因谢安等人借故拖延未能实现;死后朝廷追赠丞相,谥号宣武;其子桓玄建立桓楚后,追尊为楚宣武皇帝,庙号太祖。金城:地名,

南琅邪郡的郡治，即郡守府署所在地。按：桓温在东晋太和四年（369年）伐燕，在咸康七年（341 年）任琅邪国内史镇守金城，中间间隔了将近三十年。

②围：有两种意思，一指两臂合抱，一指两手合围，此处指后者。

③泫（xuàn）然：形容泪珠下滴的样子。

【译文】

桓温北伐的时候，经过金城，看见从前他担任琅邪内史时所种下的柳树，都已经长得有十围那么粗了，不禁感慨地说道：“树木尚且长得这么快，人怎么承受得起岁月的流逝呢！”攀着树枝，抓住柳条儿，眼泪忍不住就流了下来。

56. 简文①作抚军时，尝与桓宣武②俱入朝，更相让在前③。宣武不得已而先之，因曰：“伯也执殳，为王前驱。④”简文曰：“所谓‘无小无大，从公于迈’。⑤”

【注释】

①简文：即简文帝司马昱，曾任抚军将军，详见《德行》第 37 则注①。

②桓宣武：即桓温，谥号宣武，详见《言语》第 55 则注①。

③更：更替，交换。

④“伯也”二句：引自《诗经·卫风·伯兮》，全诗是以思妇的口吻描写对出征的丈夫的赞美和思念之情；伯，兄弟姐妹中年长者称伯，此处指其丈夫；殳（shū），为一种有棱无刃的兵器，长一丈二；诗句大意是：哥哥手持长殳，成为了大王的前锋。

⑤“无小”二句：引自《诗经·鲁颂·泮水》，主要是歌颂鲁僖公之贤；诗句意思是指无论大小臣子，都跟着主公一起前进。

【译文】

晋简文帝司马昱担任抚军将军的时候，有一次和桓温一同上朝，两人多次互相谦让，让对方走在前面。桓温最后不得已只好走在前面，于是一边走一边引用《诗经》自谦道：“伯也执殳，为王前驱。”简文帝也引用

《诗经》回答道："这正是所谓'无小无大，从公于迈'啊。"

57.顾悦与简文同年，而发蚤白①。简文曰："卿何以先白？"对曰："蒲柳之姿，望秋而落②；松柏之质，经霜弥茂。"

【注释】

①顾悦：字君叔，晋陵（今江苏常州）人，初为殷浩扬州别驾，后升至尚书左丞。简文：即简文帝司马昱，详见《德行》第37则注①。蚤：通"早"。

②蒲柳：植物名，即水杨，生长于水边，质性柔弱且树叶早落，所以用来比喻衰弱的体质。姿：通"资"，资质。

【译文】

顾悦和简文帝司马昱同岁，可是头发早已经白了。简文帝问他："你的头发为什么会比我的先白呢？"顾悦回答说："蒲柳的资质差，一到秋天树叶就凋落了；松柏质地坚实，经历了秋霜反而会更加茂盛。"

58.桓公入峡①，绝壁天悬，腾波迅急。乃叹曰："既为忠臣，不得为孝子，如何？②"

【注释】

①桓公：即桓温，字元子，详见《言语》第55则注①。按：桓温在晋永和二年（346年），出兵伐蜀。

②"既为"句：据《汉书·王尊传》载，王阳任益州刺史时，视察到邛僰（qióng bó）的九折坂，叹道："奉先人遗体，奈何数乘此险！"便托病辞官；后来王尊做刺史，到这里时，让车夫继续赶马前进，并说："王阳为孝子，王尊为忠臣。"这里用来表明做忠臣就要忠于职责，不避艰险。

【译文】

桓温率兵进入三峡时，看见陡峭的山崖好像悬挂在天上，波涛汹涌，犹如万马奔腾，就叹息道："既然要做忠臣，就不能做孝子，有什么办法呢!”

59.初,荧惑入太微①,寻废海西②。简文登阼,复入太微,帝恶之③。时郗超为中书在直④。引超入曰:“天命修短,故非所计,政当无复近日事不?⑤”超曰:“大司马方将外固封疆,内镇社稷,必无若此之虑。臣为陛下以百口保之。⑥”帝因诵庾仲初诗曰:“志士痛朝危,忠臣哀主辱。⑦”声甚凄厉。郗受假还东⑧,帝曰:“致意尊公,家国之事,遂至于此!由是身不能以道匡卫,思患预防,愧叹之深,言何能喻?⑨”因泣下流襟。

【注释】

①荧惑:星名,即火星。太微:古人把星空分为若干区域,其中有所谓三垣的分区,即紫微垣、太微垣、天市垣;太微,即太微垣,在北斗星的南面。按:古人视太微为天子之庭,迷信认为荧惑出现在太微中,是帝位不保的征兆。

②海西:海西公司马奕,字延龄,晋成帝司马衍次子,东晋第七位皇帝,365—372年在位,是东晋唯一一位被废黜的皇帝;初被封为东海王,历任散骑常侍、镇军将军、车骑将军等职;361年,兄长晋哀帝司马丕登基后,改封为琅邪王,次年任侍中、骠骑大将军;365年晋哀帝崩,因无子嗣,司马奕即帝位;371年冬为桓温所废,降为东海王,后又降封为海西公;386年过世,终年45岁,史称废帝,又称海西公。

③简文登阼:指简文帝登基。按:公元371年闰十月,荧惑入居太徽垣,十一月大司马桓温废晋帝为东海王,十二月又把他降封为海西县公,并立会稽王司马昱为帝,即简文帝。复入太微:指371年十二月,荧惑又再次逆行进入太微垣。帝恶之:指简文帝鉴于海西公被废,看见荧惑又入太微,害怕再次出现废立之事。

④郗超:字景兴,一字敬舆,小字嘉宾,高平金乡(今山东金乡)人,太尉郗鉴之孙,会稽内史郗愔之子;善于清谈,擅长草书;历任司马昱抚军

府掾、桓温征西府掾、大司马参军、散骑侍郎、中书侍郎、司徒左长史等职；是桓温谋士，桓温听取了他废帝立威的建议；378 年病逝。直：当值。

⑤修：长。政当：只是；政，只是；当，表推测。近日事：指不久前发生的废立之事。

⑥大司马：指桓温，曾任大司马，详见《言语》第 55 则注①。方：正在，正当。封疆：边界，边境。镇：安定。百口：指全家族上百口家人的性命。

⑦庾仲初：庾阐，字仲初，颍川鄢陵（今河南鄢陵北）人，曾任尚书郎、司空参军，官至给事中，领著作事，谥号贞。庾仲初诗：指庾仲初的《从征诗》。诗句大意是：志士因见朝廷出现危难而深感痛心，忠臣因君主遭受屈辱而心怀感伤。

⑧受假还东：指获准请假回去探望父亲郗愔，郗愔当时在会稽，会稽在建康之东。

⑨尊公：对人父亲的敬称，指郗愔。郗愔，字方回，高平金乡（今山东金乡）人，东晋太尉郗鉴长子，王羲之妻弟；承袭父爵南昌县公，曾任黄门侍郎、临海太守，后被司马昱举荐征召为光禄大夫，加散骑常侍；367 年，任平北将军、徐兖二州刺史，镇京口，后转任冠军将军、会稽内史；371 年，任都督浙江东五郡诸军事，进位镇军将军；384 年离世，死后追赠侍中、司空，谥号为文穆。匡卫：纠正和保卫。

【译文】

当初，火星进入了太微区域，不久后晋帝司马奕被废，降为海西公。简文帝司马昱即位后，火星又再次进入太微区域，简文帝对这事感到很厌恶。这时郗超任中书侍郎，正好轮到他当值。简文帝招呼他进里面，说道："国家寿命的长短，本来不是我所能考虑的。只是不会再次出现最近发生的那种事吧？"郗超说："大司马桓温正在对外巩固边疆，对内安定国家，必然没有再次废立的打算。臣可以用家族上百口家人的性命来为陛下担保。"简文帝于是朗诵起庾仲初的两句《从征诗》："志士痛朝危，忠臣哀主辱"。声音非常凄厉。后来郗超请假回东边会稽看望父亲郗愔，简文帝对他说:“请代我向令尊转达我的问候之意。王室和国家的事情,竟然到了这个地步!我不能用正确的主张来纠正错误,保卫国家,在灾难到来之前未能做到防患于未然,我的羞愧、感慨之深,言语怎么能说得清啊!”说完便泪如雨下,打湿了衣襟。

60. 简文在暗室中坐,召宣武①。宣武至,问上何在?简文曰:“某在斯。②”时人以为能③。

【注释】

①简文:即简文帝司马昱,详见《德行》第37则注①。宣武:即桓温,谥号宣武,详见《言语》第55则注①。

②某在斯:出自《论语·卫灵公》:“师冕见,及阶,子曰:‘阶也。’及席,子曰:‘席也。’皆坐,子告之曰:‘某在斯,某在斯。’”说的是盲人乐师冕去见孔子,孔子给他指路,并介绍在座的人,说:“某在斯,某在斯”;斯指这里,“某”原指不明确指出的人,后来也用于自称,代替“我”,简文帝引用这句话,正是利用了这种词义的变化。

③能:指有才能,有才辩。

【译文】

简文帝在暗室里坐着,召桓温进宫。桓温到了,问皇上在哪里。简文帝回答说:“某在斯。”当时人们认为他很有才辩。

61. 简文入华林园①,顾谓左右曰:“会心处,不必在远。翳然林水,便自有濠、濮闲想也②。觉鸟兽禽鱼,自来亲人。”

【注释】

①简文:即简文帝司马昱,详见《德行》第37则注①。华林园:宫苑名,三国时吴建,故址在今南京市鸡鸣山南古台城内。

②翳(yì)然:形容隐蔽,隐没。濠、濮:濠水和濮水,出自《庄子》,指代高人隐居山林以避开世俗纷扰之处所;《庄子·秋水》记载庄子与惠子

游于濠梁之上，见水中鱼出游从容，辩论鱼知乐否；庄子在濮水钓鱼，楚威王派大夫来请他入朝为官，庄子表示宁可做一只在污泥中爬的活龟，也不愿做一只保存在宗庙里的死龟，表达了庄子对远离尘世，回归自然的向往之情。

【译文】

简文帝司马昱进入华林园游玩，回头对随从们说："令人心领神会之处，不一定在很遥远的地方。只要身处树木繁茂、山水掩映之处，悠然自得、远离尘嚣的想法就会在心中油然而生，而且会觉得鸟、兽、禽、鱼自然而然的会来与人亲近。"

62. 谢太傅语王右军曰①："中年伤于哀乐②，与亲友别，辄作数日恶。"王曰："年在桑榆，自然至此，正赖丝竹陶写③。恒恐儿辈觉，损欣乐之趣。"

【注释】

①谢太傅：指谢安，字安石，死后追赠太傅，详见《德行》第33则注③。王右军：即王羲之，字逸少，祖籍琅邪（今属山东临沂），后迁会稽山阴（今浙江绍兴），晚年隐居剡县金庭；曾任秘书郎、临川太守、宁远将军、江州刺史等职，后为会稽内史，领右军将军；死后追赠金紫光禄大夫；其书法兼善隶、草、楷、行各体，自成一家，有"书圣"之称，影响深远，代表作《兰亭序》被誉为"天下第一行书"，在书法史上与其子王献之合称为"二王"。

②哀乐：偏义复词，指"哀"。

③桑榆：指晚年，出自《初学记》："日垂西，影在树端，谓之桑榆。"意思是：太阳下山时，阳光只照到桑树、榆树的树梢，故借用桑榆来比喻黄昏或人的晚年。正：只。丝竹：弦乐器和竹制管乐器的统称，亦指音乐。陶写：陶指陶冶性情；写，通"泻"，指排解忧闷之情，消愁解闷。

【译文】

太傅谢安对右军将军王羲之说："人到中年，常常容易受到哀伤情绪的折磨，和亲友离别后，总是得好几天闷闷不乐。”王羲之说：“人年纪大了，自然会这样，只能依赖音乐来陶冶性情，排解忧闷之情，还常常担心小辈们发觉，减少了他们欢乐的兴趣。”

63．支道林常养数匹马[①]。或言：“道人畜马不韵[②]。”支曰：“贫道重其神骏。[③]”

【注释】

①支道林：支遁，字道林，东晋高僧，详见《言语》第45则注②。

②道人：晋时和尚称谓。畜：畜养。韵：风雅。

③贫道：和尚的谦称。神骏：指良马俊逸雄健的神态。

【译文】

支道林和尚经常养着好几匹马。有人说：“和尚养马不风雅。”支道林说：“我看重的是良马俊逸雄健的神态。”

64．刘尹与桓宣武共听讲《礼记》[①]。桓云：“时有入心处，便觉咫尺玄门。[②]”刘曰：“此未关至极，自是金华殿之语。[③]”

【注释】

①刘尹：即刘惔，字真长，官至丹阳尹，详见《德行》第35则注①。桓宣武：即桓温，谥号宣武，详见《言语》第55则注①。《礼记》：十三经之一，主要记录了战国秦汉间儒家关于礼制的言论，侧重阐明礼的作用和意义。

②咫(zhǐ)尺：很近；咫，古代长度单位，八寸为咫。玄门：奥妙的门径，指高深的境界。

③至极：最高境界。金华殿：西汉宫殿名，郑宽中、张禹曾在金华殿给汉成帝讲解《尚书》《论语》，这里用“金华殿之语”指代没有新意的老生常谈。

【译文】

丹阳尹刘惔和桓温一起听讲《礼记》。桓温说：“当听到有所领悟的地方，便觉得自己离高深境界不远了。”刘惔却说：“这还没有涉及最精妙的境界，只不过是金华殿上的老生常谈罢了。”

65. 羊秉[1]为抚军参军，少亡，有令誉。夏侯孝若为之叙，极相赞悼[2]。羊权为黄门侍郎，侍简文坐[3]。帝问曰：“夏侯湛作《羊秉叙》绝可想[4]。是卿何物？有后不？[5]”权潸然对曰：“亡伯令问夙彰，而无有继嗣[6]。虽名播天听，然胤绝圣世。[7]”帝嗟慨久之。

【注释】

①羊秉：字长达，泰山平阳人，曾任抚军将军（即后来的简文帝司马昱）的参军，卒年32岁。

②夏侯孝若：夏侯湛，字孝若，沛国谯县（今安徽亳州）人，曹魏名将夏侯渊曾孙，淮南太守夏侯庄之子；历任太尉掾、中书侍郎、南阳相、散骑常侍等职；49岁时病逝。叙：作叙文，也就是传记之类。

③羊权：字道舆，泰山南城（今山东泰安）人，徐州刺史羊忱之子，曾任黄门侍郎，官至尚书左丞。黄门侍郎：官名，侍从皇帝，负责传达诏命。简文：简文帝司马昱。

④绝可想：实在让人怀念；绝，极。

⑤何物：何人。后：后人，后代。不：通“否”。

⑥令问：问通“闻”，令闻指美好的名声。夙彰：一向显著；夙，向来，一向；彰，彰显，显著。

⑦天听：皇帝的听闻，是臣下称颂君王之词。名播天听：指名声传到了皇帝的耳朵里。胤（yìn）：后代。圣世：圣代，指当代，这是对皇帝的谀辞。胤绝圣世：是指没有后代领受皇帝的隆恩。

【译文】

羊秉曾担任抚军将军的参军，年纪轻轻就去世了，他生前声誉很好。夏侯孝若给他写了叙文，文中对他极力赞颂，并表达了深切的哀悼之情。

羊权担任黄门侍郎时，一次，陪侍简文帝司马昱时，简文帝问他："夏侯湛写的《羊秉叙》，看了后让人很怀念羊秉。不知他是你的什么人？有后代没有？"羊权流着泪回答说："他是我的亡伯，他的声誉一向很好，可是没有后代。虽然陛下您也听闻了他的名声，可惜他却没有后人来领受圣世的隆恩。"简文帝听了，感叹了很久。

66. 王长史与刘真长别后相见①，王谓刘曰："卿更长进。"答曰："此若天之自高耳。②"

【注释】

①王长史：即王濛，字仲祖，官至司徒左长史，详见《言语》第54则注④。刘真长：即刘惔，字真长，详见《德行》第35则注①。

②"此若"句：语出《庄子·田子方》："至人之于德也，不修而物不能离焉。若天之自高，地之自厚，日月之自明，夫何修焉。"刘惔在这里以天自比，是标榜自己为至人，即道德修养达到最高境界的人。

【译文】

司徒左长史王濛和刘真长两人别后重逢，王濛对刘真长说："你比之前更有长进了。"刘真长答道："这就好像天那样，本来就是那么高的呀！"

67. 刘尹①云："人想王荆产佳，此想长松下当有清风耳。②"

【注释】

①刘尹：即刘惔，字真长，官至丹阳尹，详见《德行》第35则注①。

②王荆产：王徽，字幼仁，小字荆产，琅邪临沂（今山东临沂）人，平北将军王乂之孙，荆州刺史王澄之子，曾任右军司马，个性放诞不羁。按：这一句暗示即使是出身名门，世代官宦的人家，子孙也不一定优秀。

【译文】

丹阳尹刘惔说："人们在想象中认为王荆产人才出众，其实这相当于是认为高大的松树下一定会有清风一样啊！"

68.王仲祖闻蛮语不解[①],茫然曰:“若使介葛卢来朝,故当不昧此语。[②]”

【注释】

①王仲祖:即王濛,字仲祖,详见《言语》第54则注④。蛮语:指少数民族的语言。

②介葛卢:春秋时代,东部一个少数民族国家叫介国,国君名葛卢;据《左传·僖公二十九年》记载,介葛卢能懂得牛的语言。故当:想必,自然。昧:糊涂,不明白。

【译文】

王仲祖听见外族人说话,完全听不懂是什么意思,他茫然若失地说道:“如果介葛卢来此朝见,想必能听懂这种话。”

69.刘真长为丹阳尹,许玄度出都就刘宿[①]。床帷新丽,饮食丰甘。许曰:“若保全此处,殊胜东山。[②]”刘曰:“卿若知吉凶由人,吾安得不保此!”王逸少[③]在坐,曰:“令巢、许遇稷、契,当无此言。[④]”二人并有愧色。

【注释】

①刘真长:即刘惔,字真长,详见《德行》第35则注①。许玄度:许询,字玄度,高阳(今河北蠡县)人,有才藻,好游山水,善析玄理,是当时清谈家的领袖之一;曾被征为议郎、吏部郎、司徒掾等,均坚辞不出任,终生不仕,后隐居永兴西山;曾参加兰亭雅会,是东晋玄言诗的代表人物。出都:到京都。就:走近,到。

②殊:很,甚。东山:山名,指隐居之处。

③王逸少:指王羲之,字逸少,详见《言语》第62则注①。

④巢、许:指巢父和许由,尧舜时贤人,隐士。稷:指后稷,尧舜时期掌管农业之官,周朝始祖,曾经被尧举为“农师”,教民耕种,被称为稷王(也作稷神或者农神)。契(xiè):传说是黄帝之玄孙、帝尧之弟,姓子,名

契，别名阏伯，相传为帝喾后妃简狄吞玄鸟之卵而生，曾助禹治水，后任火正，被后世尊为“火神”；封地为商(今商丘)，是商族部落的始祖。

【译文】

刘真长任丹阳尹的时候，一次，许玄度来到京都，就到他那里借宿。刘真长为他准备的床帐簇新、华丽，饮食丰盛味美。许玄度说：“如果能保全住这个地方，远远胜过隐居东山啊。”刘真长说：“你如果确定福祸是由人来决定的，我怎么会不保全这里呢！”当时王羲之也在座，就说：“如果巢父、许由遇见后稷和契，一定不会说这样的话。”刘、许两人听了，都面有愧色。

70.王右军与谢太傅共登冶城，谢悠然远想，有高世之志①。王谓谢曰：“夏禹勤王，手足胼胝②；文王旰食，日不暇给③。今四郊多垒，宜人人自效。而虚谈废务，浮文妨要，恐非当今所宜。④”谢答曰：“秦任商鞅⑤，二世而亡⑥，岂清言致患邪⑦？”

【注释】

①王右军：即王羲之，字逸少，曾任右军将军，详见《言语》第62则注①。谢太傅：即谢安，死后追赠太傅，详见《德行》第33则注③。冶城：相传为吴王夫差冶铸之地，晋孝武帝时在城中立寺，安帝时改为花园，筑起亭台楼阁，故址在今南京市。高世：高出尘世，指超脱世俗。

②勤王：为王事尽力。手足胼胝(pián zhī)：手掌、脚底因长期劳动摩擦而生的茧子。按：相传大禹治水非常辛苦，三过家门而不入，身体枯瘦，手脚上都起了厚厚的一层老茧。

③旰(gàn)食：天黑了才吃饭，指勤于国事；旰，天色晚，天黑。日不暇给(jǐ)：形容事情繁多，时间不够用；给，足够。按：《尚书·无逸》记载：周文王“自朝至于日中昃，不遑暇食”。

④四郊：这里指国都四郊，即都城郊外。四郊多垒：形容敌情严重，形势危急。自效：指自觉为国效力。废务：荒废了事务。浮文：不切实际的文辞。要：重要的事情。

⑤商鞅：战国时期法家代表人物，卫国国君的后裔，姬姓公孙氏，故又称卫鞅、公孙鞅，后因立功获封商，号为商君，故称之为商鞅；辅佐秦孝公实行变法，秦国因此富强起来，传六代至秦始皇，统一中国。

⑥二世：两代，指秦始皇和秦二世两代。按：秦始皇死后，秦二世胡亥继位，在位三年，因陈胜起义、刘邦起兵，秦朝便灭亡了。

⑦清言：清谈，不务实际，空谈玄学。

【译文】

右军将军王羲之和太傅谢安一起登上冶城，谢安望向远方，悠然遐想，心中不由产生超尘脱俗的志趣。王羲之对他说："夏禹忙于操劳国事，手脚都长了茧子；周文王忙政事忙到天黑才吃上饭，总觉得时间不够用。现在国家战乱频繁，形势危急，人人都应当自觉地为国效力。而空谈会荒废政务，浮夸的言辞会妨害国家要事，恐怕不是当前所应该做的吧！"谢安回答说："秦国任用了商鞅，可是秦朝只传了两代就灭亡了，这难道也是清谈所招致的祸患吗？"

71. 谢太傅寒雪日内集，与儿女讲论文义①。俄而雪骤，公欣然曰："白雪纷纷何所似？"兄子胡儿曰："撒盐空中差可拟。②"兄女曰："未若柳絮因风起。"公大笑乐。即公大兄无奕女③，左将军王凝之④妻也。

【注释】

①谢太傅：即谢安，字安石，死后追赠太傅，详见《德行》第33则注③。内集：家人聚会。文义：文章的内容和义理。

②兄子胡儿：即谢安二哥谢据的儿子谢朗。谢朗，字长度，小名胡儿，陈郡阳夏（今河南周口太康）人，谢安次兄谢据的长子，少有文名，官至东阳太守。差可拟：勉强可以比拟。

③公大兄无奕：即谢安的大哥谢奕，字无奕，详见《德行》第33则注①。无奕女：即谢道韫（yùn），字令姜，陈郡阳夏（今河南太康县）人，谢奕之女，王羲之子王凝之之妻，长于诗文；在孙恩之乱时，丈夫王凝之为会

稽内史，但守备不力，被杀，谢道韫听闻敌至，举措自若，拿刀出门杀敌数人，孙恩因感其节义，赦免道韫及其族人，后在会稽独居，终生未改嫁。

④王凝之：字叔平，王羲之次子，善草书、隶书；历任江州刺史、左将军、会稽内史等职；深信五斗米道，399年，孙恩攻打会稽时，不听手下进言，不设防备，相信请得鬼兵助阵，因而与诸子一同遇害。

【译文】

太傅谢安在一个寒冷的下雪天把家里人聚在一起，和子侄们讲解讨论文章的内容和义理。不一会儿，雪花下得又大又急，谢安兴致盎然地问道："白雪纷纷像什么啊？"谢安二哥的儿子胡儿说道："勉强可以比拟为'撒盐空中'。"谢安大哥的女儿说："不如'柳絮因风起'好。"谢安听了后大笑，非常高兴。这个侄女就是谢安的大哥谢无奕的女儿，左将军王凝之的妻子谢道韫。

72. 王中郎①令伏玄度②、习凿齿③论青、楚人物④。临成，以示韩康伯⑤。康伯都无言，王曰："何故不言？"韩曰："无可无不可。"

【注释】

①王中郎：王坦之，字文度，太原晋阳（今山西太原）人，尚书令王述之子；年轻时与郗超齐名，承袭父爵蓝田侯；曾任司马昱抚军掾属、大司马桓温长史、左卫将军、本周大中正等职，后与谢安等人在朝中抗衡桓温；373年，迁中书令，领丹阳尹，与谢安、王彪之等人共辅幼主；374年，任北中郎将、徐兖二州刺史，镇守广陵；次年病逝，追赠安北将军，谥号为献。

②伏玄度：伏滔，字玄度，青州平昌安丘人，有才学；曾为大司马桓温的参军，太元中，任著作郎，领本州大中正，后升为游击将军，著作如故；卒于官。

③习凿齿：字彦威，荆州襄阳人，博学多闻，著有《汉晋春秋》《襄阳耆旧记》等；曾任桓温别驾，并参与北伐，后因忤逆桓温，被贬为衡阳太守，

不久辞职归乡。

④论青、楚人物：即评论青州、荆楚两地的历代名人。青：青州，古代中国九州之一，大致包括东部和东北部。楚：指荆州；楚国旧号荆，称荆楚，所以这里称荆州为楚。按：这个评论记载于《伏滔集·习凿齿论青楚人物略》，伏玄度与习凿齿曾辩论青楚历代人物的优劣得失，实际上是赞扬各自家乡的佼佼者。

⑤韩康伯：即韩伯，字康伯，详见《德行》第 38 则注④。

【译文】

北中郎将王坦之让伏玄度、习凿齿两人评论青州、荆州两地历代优秀人物。等到两人将评论写成，王坦之拿来给韩康伯看。韩康伯看完后一句话也没说，王坦之问他："为什么不说点什么？"韩康伯说："他们的评论无所谓对，也无所谓不对。"

73. 刘尹云："清风朗月，辄思玄度。①"

【注释】

①刘尹：即刘惔，字真长，官至丹阳尹，详见《德行》第 35 则注①。玄度：即许询，字玄度，详见《言语》第 69 则注①。

【译文】

丹阳尹刘惔说："每逢清风习习、月光明朗的时候，我就不免要想起玄度。"

74. 荀中郎在京口，登北固望海云①："虽未睹三山，便自使人有凌云意②。若秦、汉之君，必当褰裳濡足。③"

【注释】

①荀中郎：荀羡，字令则，颍川郡颍阴人；因娶晋元帝司马睿之女寻阳公主，拜驸马都督，后任秘书丞、义兴太守；348 年，任建威将军、吴国内史；349 年，任北中郎将，徐州刺史，镇守京口；352 年，随殷浩北伐，加领兖州刺史，镇下邳；359 年卒，死后追赠骠骑将军。北固：即北固山，在

京口(今江苏镇江)东北,山上有北固亭,下临长江,古长江入海口离此不远。

②三山:指传说中东海的蓬莱、方丈、瀛洲三座仙山,相传山中有不死药。凌云:直上云霄,这里指脱离尘世,步入仙境。

③秦、汉之君:指秦始皇和汉武帝。褰(qiān)裳濡(rú)足:提起衣裳,沾湿脚。按:相传秦始皇曾遣徐福领数千童男女入海寻仙求药,东巡时又曾从江乘县沿海北上到琅邪,希望遇见仙山;汉武帝在泰山祭天以后也曾到东海,希望能遇见蓬莱山。

【译文】

北中郎将荀羡在京口任职时,一次,登上北固山,远望大海,感叹道:"虽然不曾望见三座仙山,已经让人有脱离尘世、登上仙境的想法。如果是秦始皇和汉武帝看见此情此景,一定会提起衣裳,涉水渡海而去的。"

75.谢公云:"贤圣去人,其间亦迩。[①]"子侄未之许[②]。公叹曰:"若郗超闻此语,必不至河汉。[③]"

【注释】

①谢公:即谢安,字安石,详见《德行》第33则注③。去:距离,差别。间(jiàn):间隔,差别。迩(ěr):近。

②许:赞同。

③郗超:字景兴,详见《言语》第59则注④。河汉:本指银河,语出《庄子·逍遥游》:"吾惊怖其言,犹河汉而无极也。"后比喻夸张而不切实际的空话,又指不相信或忽视某人的话。按:郗超精于义理和玄学,被认为是当时的杰出人物;谢安这句话是说郗超会赞同他的话,不会像子侄们那样不相信。

【译文】

谢安说:"圣贤之人和普通人之间的距离是很近的。"他的子侄们不同意这种看法。谢安叹息说:"如果郗超听见这话,一定不会认为这话是不可信的。"

76.支公好鹤,住剡东岇山①。有人遗其双鹤②。少时翅长欲飞,支意惜之,乃铩其翮③。鹤轩翥不复能飞④,乃反顾翅,垂头。视之如有懊丧意。林曰:“既有凌霄之姿,何肯为人作耳目近玩?⑤”养令翮成,置使飞去。

【注释】

①支公:即支遁,字道林,东晋高僧,详见《言语》第45则注②。剡(shàn):剡县,属会稽郡。岇(áng)山:山名。

②遗(wèi):赠送。

③铩(shā):摧残。翮(hé):羽毛中间的硬管,这里用来指羽毛。

④轩翥(zhù):奋力向上飞的样子;翥,指鸟向上飞。

⑤姿:通“资”,资质的意思。耳目近玩:供耳目娱乐的玩物。

【译文】

支道林喜欢养鹤,住在剡县东面的岇山上。有人给他送了两只鹤。不久,两只鹤的翅膀都长好了,想要高飞,支道林心里舍不得它们,就剪短了它们的翅膀。鹤高举翅膀奋力向上飞,却不能再飞起来了,便回头看看翅膀,低垂着头,看上去好像很懊丧的样子。支道林说:“既然有冲上凌霄的资质,又怎么肯给人做供耳目娱乐的玩物呢!”于是将两只鹤喂养到翅膀又长起来,就放了它们,让它们飞走了。

77.谢中郎①经曲阿后湖②,问左右:“此是何水?”答曰:“曲阿湖。”谢曰:“故当渊注渟著,纳而不流。③”

【注释】

①谢中郎:谢万,字万石,陈郡阳夏(今河南太康)人,太保谢安之弟;早年曾任司徒掾、抚军从事中郎、吴兴太守;358年,任西中郎将、豫州刺史,领淮南太守;359年,与北中郎将郗昙一同北伐前燕,大败而回,被废为庶人;361年病逝,追赠散骑常侍。

②曲阿后湖：即曲阿湖，在江苏丹阳，今名丹阳练湖；据《太康地记》记载，云："曲阿本名云阳，秦始皇以有王气，凿北阬(kēng)山以败其势，截其直道，使其阿曲，故曰曲阿也。"

③故当：本来应当；故，通"固"，原本之意。渟(tíng)：水聚积而不流的样子。渊注渟著：指水流入深渊，停止不流。

【译文】

西中郎将谢万路过曲阿后湖时，向身边的随从问道："这是什么湖？"随从回答说："这是曲阿湖。"谢万就说："本来就应当将湖水聚积储存在此，只流入而不流出。"

78. 晋武帝每饷山涛恒少[①]。谢太傅以问子弟[②]，车骑[③]答曰："当由欲者不多，而使与者忘少。"

【注释】

①晋武帝：晋开国皇帝司马炎，谥号武皇帝，详见《德行》第17则注③。饷：赏赐。山涛：字巨源，河内郡怀县(今河南武陟西)人，"竹林七贤"之一；为人谨慎，生活简朴；早期隐居乡里，后依附司马氏，颇受重用；历任侍中、吏部尚书、太子少傅、光禄大夫、司徒等职，死后谥号康。恒：总是。

②谢太傅：即谢安，字安石，死后追赠太傅，详见《德行》第33则注③。

③车骑：即谢玄，字幼度，小字遏(一说羯)，陈郡阳夏(今河南太康)人，谢奕之子，谢安之侄；早年为大司马桓温掾属，后任征西将军桓豁司马、领南郡相；377年，为抵御前秦，谢安推荐其为建武将军、兖州刺史，领广陵相；379年，因功进号冠军将军，加领徐州刺史；383年，在淝水之战中，任前锋都督，大胜前秦；后因病改任左将军、会稽内史；388年离世，死后追赠车骑将军，谥号献武。

【译文】

晋武帝每次给山涛赏赐东西，总是很少。太傅谢安就这件事问子侄们是什么意思，车骑将军谢玄回答说："应当是因为接受赏赐的人要求不多，才使得赏赐的人不觉得给与的少。"

79. 谢胡儿语庾道季①："诸人莫当就卿谈，可坚城垒②。"庾曰："若文度来，我以偏师待之③；康伯来，济河焚舟④。"

【注释】

①谢胡儿：即谢朗，小名胡儿，详见《言语》第71则注②。庾道季：庾龢(hé)，字道季，庾亮之子，颍川鄢陵人，好学，有文章，官至丹阳尹，兼中领军。

②莫：表揣测，或许，也许，大概。就卿谈：来这里和你清谈。坚：加固。城垒：城墙堡垒。按：这里是把辩论比喻为两军交锋。

③文度：即王坦之，字文度，详见《言语》第72则注①。偏师：在主力军侧翼协助作战的部队。按：这句话是指对方实力较弱，不须主力军上阵，只用偏师就可以了。

④康伯：即韩伯，字康伯，详见《德行》第38则注④。济河焚舟：语出《左传·文公三年》："秦伯伐晋，济河焚舟。"用来比喻不留后路，用尽全力拼到底。

【译文】

谢胡儿告诉庾道季说："大家也许会到这里来和你清谈，你应该加固城池堡垒，注意防守。"庾道季说："要是王文度来，我用部分兵力就能对付他；如果韩康伯来，我就要用尽全力，跟他拼个你死我活。"

80. 李弘度常叹不被遇①。殷扬州②知其家贫，问："君能屈志百里不？③"李答曰："《北门》之叹，久已上闻。穷猿奔林，岂暇择木！④"遂授剡县。

【注释】

①李弘度：李充，字弘度，江夏(今湖北江陵)人；少孤贫，初丞相王导

召他为掾，转记室参军，曾任剡县令、大著作郎，奉命整理典籍，后迁中书侍郎，逝世于任上。不被遇：没有得到君主或上司赏识。

②殷扬州：殷浩，字渊源，陈郡长平(今河南西华)人，善于清谈；曾任征西将军庾亮记室参军、安西将军庾翼司马、司徒左长史等职，后隐居十年不仕；会稽王司马昱执掌朝政时，为和桓温抗衡，任其为建武将军、扬州刺史；350年，升任中军将军、都督扬豫徐兖青五州诸军事；353年，率兵北伐，兵败许昌，被桓温上表弹劾，废为庶人，流放东阳，356年病死于此；后朝廷诏令追复原职。

③屈志：降低自己的意愿。百里：指百里方圆的地方，即一个县。

④《北门》之叹：像《诗经·邶风·北门》里所描述的那样慨叹，诗中描写一个小吏慨叹自己职位底下、生活贫寒，但公务繁忙，家人又不理解的现状；毛诗序称："《北门》刺士不得志也"，后用来比喻士之不遇。穷猿奔林：无路可走的猿猴，急于向山林奔窜，比喻处境困窘的人急于找到栖身之所。

【译文】

李弘度经常慨叹得不到被赏识提拔的机会。扬州刺史殷浩知道他家境贫困，就问他："您是否愿意降低意愿，到一个方圆百里的小地方去任职呢?"李弘度回答说："像《北门》篇那样的慨叹，早就让您听到了。我现在像无路可走的猿猴，急于向山林奔窜，只要能找到栖身之处就满足了，哪里还顾得上去挑选上哪棵树呢!"殷浩于是就委任他做剡县县令。

81.王司州至吴兴印渚中看[1]。叹曰："非唯使人情开涤，亦觉日月清朗。[2]"

【注释】

①王司州：王胡之，字修龄，琅邪临沂(今山东临沂)人；少有令誉，曾任吴兴郡太守、侍中、丹阳尹等职；348年，升为西中郎将、平北将军、司州刺史，未及到任，就病逝了。印渚(zhǔ)：地名，在吴兴郡于潜县。

②开涤(dí)：开朗清爽。

【译文】

司州刺史王胡之到吴兴郡的印渚去游玩赏景。他赞叹地说："这里不只是能让人心情开朗清爽，也让人觉得日月更加清澈、明亮。"

82.谢万作豫州都督，新拜，当西之都邑，相送累日，谢疲顿[①]。于是高侍中往，径就谢坐[②]，因问："卿今仗节方州，当疆理西蕃，何以为政？[③]"谢粗道其意。高便为谢道形势，作数百语。谢遂起坐。高去后，谢追曰："阿酃故粗有才具。[④]"谢因此得终坐。

【注释】

①谢万：字万石，详见《言语》第77则注①。都督：官名，地方军政长官。按：公元358年，谢万为西中郎将，监司、豫、冀、并四州诸军事，豫州刺史。拜：授予官职，任命。西之都邑：向西去到都督的任职所在地；之：去，到。累日：连日。疲顿：疲乏劳累。

②于是：在这时。高侍中：高崧，字茂琰，小字阿酃(líng)，广陵人，曾任中书郎、黄门侍郎、抚军司马、侍中等职，封建昌伯。径就：径直挨着。

③仗节：手持符节；古代大臣出使或大将出师，皇帝授予符节，作为凭证及权力的象征。方州：大州。疆理：治理。西蕃：即西藩，西边的边境地区。

④追：回顾。故：还是。粗：略微。才具：才能。

【译文】

谢万出任豫州都督，刚接受任命，不久就要向西行到都督的任职所在地去，亲友们连日来给他送行，谢万感到特别疲乏劳累。这时，侍中高崧也来为他送行，他径直走到谢万身旁坐下，便问道："你现在被任命管理一个大州，就要去治理西部边境地区了，打算怎样处理政事呢？"谢万就大略向他说出自己的想法。高崧就给他详细分析了当地的政治形势和风土人情，洋洋数百言。谢万于是起身正坐，认真地听他分析。高崧走后，谢万回顾刚才的谈话，感叹道："阿鄙还是有点才能的。"谢万也因此能陪坐到最后。

83. 袁彦伯[①]为谢安南司马[②]，都下诸人送至濑乡[③]。将别，既自凄惘，叹曰："江山辽落，居然有万里之势。[④]"

【注释】

①袁彦伯：袁宏，字彦伯，小字虎，时称袁虎，陈郡阳夏（今河南太康）人，东晋文学家、史学家，著有《后汉纪》《竹林名士传》等；历任建威参军、安南司马记室、大司马桓温府记室、东阳太守等职，卒于官。

②谢安南：即谢奉，字弘道，东晋会稽山阴人，初为佐吏，后任安南将军、广州刺史等职；晋穆帝时，任吏部尚书；后坐事免官。司马：官名，将军府的属官，管理一府之事。

③都下：京都，都城。濑（lài）乡：地名，在江苏溧阳境内，离当时的京都建康（今江苏南京）百余里。

④凄惘：伤感怅惘。辽落：辽阔。居然：竟然。

【译文】

袁彦伯出任安南将军谢奉的司马，京都的友人为他送行，一直送到濑乡。将要分别的时候，他不胜伤感怅惘，感慨地说："江山如此辽阔，竟然有纵横万里的气势。"

84. 孙绰[①]赋《遂初》[②]，筑室畎川，自言见止足之分[③]。斋前种一株松，恒自手壅治之[④]。高世远时亦邻居[⑤]，语孙曰："松树子非不楚楚可怜，但永无栋梁用耳！[⑥]"孙曰："枫柳虽合抱，亦何所施？[⑦]"

【注释】

①孙绰：字兴公，太原中都（今山西平遥）人，后迁会稽（今浙江绍兴）；少以文才著称，史载"温、王、郗、庾诸公之薨，必须绰为碑文"，精于

佛学，善作玄言诗，曾参与兰亭会，并为《兰亭集》作跋；袭父爵为长乐侯，曾任庾亮参军、右军长史、永嘉太守、散骑常侍、著作郎等职，卒年58岁。

②遂初：即《遂初赋》，遂其初愿之意，孙绰早年有隐居山林的愿望。按：孙绰的《遂初赋》不见赋文，只有赋名见诸史载，据《晋书》记载："（孙绰）少与高阳许询俱有高尚之志。居于会稽，游放山水，十有余年，乃作《遂初赋》以致其意。"

③畎（quǎn）川：地名，在会稽附近。见：理解，明白。止足之分（fèn）：指知止知足，安守本分；语出《老子》："知足不辱，知止不殆。"

④斋：房屋，房舍。壅治：培土，整治。

⑤高世远：高柔，字世远，临海郡乐安县（今浙江仙居县）人，曾任司空参军、安固县令等职，罢官后于畎川筑宅隐居，后被尚书令何充召为参军。

⑥楚楚可怜：植物繁茂美好可爱的样子。

⑦合抱：两臂环抱，一般指树木粗大。施：使用，用途。

【译文】

孙绰创作了《遂初赋》，并在畎川修建了房子，住在那里，自己说已经明白了做人要知足知止、安守本分的道理。在房前种了一棵松树，他经常亲手给松树培土、灌溉。高世远这时也居住在畎川，和他是邻居，对他说："小松树不是不茂盛可爱，可是永远不能被用作栋梁之材呀！"孙绰说："枫树、柳树虽然能长得两臂合抱那么粗，但是又有什么用处呢？"

85．桓征西治江陵城甚丽[①]，会宾僚出江津望之，云："若能目此城者有赏。[②]"顾长康时为客[③]，在坐，目曰："遥望层城，丹楼如霞。[④]"桓即赏以二婢。

【注释】

①桓征西：即桓温，曾任征西大将军，详见《言语》第55则注①。江陵：即古之荆州城，今湖北省荆州市，江陵城南临长江，北依汉水，自古为通衢要地。按：史载，桓温据荆州，在公元352年，将江陵新旧二城合二

为一。

②会:会集。宾僚:宾客和僚属。出:到。江津:汉江的汉津渡口。目:名词作动词用,意为看、看待,这里引申为品评、品鉴。

③顾长康:即顾恺之,字长康,小字虎头,晋陵(今江苏常州)人,博学多才,擅诗赋、书法,尤善绘画,时人称之为“三绝”:画绝、文绝和痴绝;曾为桓温及殷仲堪参军、通直散骑常侍等职;409 年离世。

④层城:古代神话中昆仑山上的高城,这里用来比拟江陵城。丹楼:红色的楼。诗句大意是:远远望着高耸的城楼,红色的城墙像彩霞一样绚丽。

【译文】

征西大将军桓温把江陵城修筑得非常雄伟壮丽,完工后,会集宾客僚属,一起到汉江的汉津渡口来远远地观赏城景。桓温说:“谁如果能恰当地品评这座城楼,有奖赏。”顾长康当时是客人,正在座上,就评论道:“遥望层城,丹楼如霞。”桓温当即赏给他两个婢女。

86.王子敬语王孝伯曰①:“羊叔子②自复佳耳,然亦何与人事③?故不如铜雀台上妓。④”

【注释】

①王子敬:即王献之,字子敬,详见《德行》第 39 则注①。王孝伯:即王恭,字孝伯,详见《德行》第 44 则注①。

②羊叔子:羊祜(hù),字叔子,泰山南城人,博学能文,清廉正直,娶夏侯霸之女为妻,其姐为司马师之妻景献皇后;曹魏时,曾任中书侍郎、给事中、相国从事中郎、中领军等职,封爵钜平子;晋代魏后,任中军将军,加散骑常侍,爵位晋封为侯,后升任尚书右仆射、右将军;269 年,都督荆州诸军事,镇守襄阳,管理荆州十余年,深得民心,期间加封为车骑将军、征南大将军;多次奏请伐吴,并在临终前举荐杜预自代,后杜预按其生前的军事部署,一举灭吴;278 年冬病逝,追赠为侍中、太傅。

③与:相关,关涉。人事:指我的事;人,指自己。

④铜雀台：曹操所建，位于河北省邯郸市临漳县城西南。妓：通“伎”，歌女舞女。

【译文】

王子敬对王孝伯说：“羊叔子这个人确实是很出色，可是又与我有什么关系！所以还不如铜雀台上的歌姬舞女。”

87. 林公见东阳长山曰[①]：“何其坦迤![②]”

【注释】

①林公：即支遁，字道林，世称林公，东晋高僧，详见《言语》第45则注②。长山：山名，在东阳郡长山县，因山脉相连长三百余里，所以名叫长山，县因山得名。

②坦迤(yǐ)：形容山势平缓而连绵不断。

【译文】

支道林和尚看见东阳郡的长山，感叹地说道：“山势是多么地平缓又连绵不断啊!”

88. 顾长康[①]从会稽还，人问山川之美，顾云：“千岩竞秀，万壑争流，草木蒙笼其上，若云兴霞蔚。[②]”

【注释】

①顾长康：即顾恺之，字长康，详见《言语》第85则注③。

②岩：高峻的山峰。秀：高出。壑(hè)：山沟，山谷。蒙笼：茂密地笼罩着，形容草木茂盛的样子。云兴霞蔚：云雾升腾，彩霞弥漫，形容景物灿烂绚丽。

【译文】

顾长康从会稽回来，人们问他那里山川的秀美情状，顾长康说：“在那里，千座山峰竞相比高，万座山谷的溪水争相奔流，茂密的草木笼罩在山水之上，如同云雾升腾，彩霞弥漫。”

89.简文崩，孝武年十余岁立[①]，至瞑不临[②]。左右启："依常应临。[③]"帝曰："哀至则哭，何常之有！"

【注释】

①简文：即晋简文帝司马昱，详见《德行》第 37 则注①。孝武：即晋孝武帝司马曜(yào)，司马昱的儿子，详见《德行》第 46 则注②。立：帝王或诸侯即位。

②瞑(míng)：日落，天黑。临：指为丧事而悲痛哭泣。

③常：惯例。

【译文】

简文帝司马昱逝世时，孝武帝司马曜只有十多岁，就登上帝位。在服丧期间，一次，到天黑了他也不去哭丧，侍从向他启奏说："依照惯例，现在应该去哭丧了。"孝武帝说："悲痛的情感到来时，自然就会哭，有什么惯例不惯例的！"

90.孝武将讲《孝经》[①]，谢公兄弟与诸人私庭讲习[②]。车武子难苦问谢[③]，谓袁羊[④]曰："不问则德音有遗，多问则重劳二谢。[⑤]"袁曰："必无此嫌。"车曰："何以知尔？"袁曰："何尝见明镜疲于屡照，清流惮于惠风？[⑥]"

【注释】

①孝武：即孝武帝司马曜，详见《德行》第 46 则注②。讲：研究、讨论。《孝经》：儒家十三经之一，是以孝为中心，阐述儒家伦理的著作，相传为孔子所作。按：据《续晋阳秋》记载："宁康三年九月九日，帝讲《孝经》，仆射谢安侍坐，吏部尚书陆纳、兼侍中卞耽读，黄门侍郎谢石、吏部袁宏兼执经，中书郎车胤、丹阳尹王混摘句。"摘句指摘出疑难之句来问。

②谢公兄弟：指谢安、谢石兄弟。谢石：字石奴，陈郡阳夏(今河南太康)人，谢安之弟；曾任黄门侍郎、尚书仆射等职，383 年，在淝水之战中，因功升中军将军、尚书令，封南康郡公；385 年，迁卫将军、加散骑常侍，

尚书令如故;389年病逝,追赠司空,谥号为襄。私庭:私家庭院,私宅,私邸。讲习:研讨学习。

③车武子:车胤(yìn),字武子,东晋南平新洲(今湖南津市)人,自幼聪颖好学,因家境贫寒,囊萤夜读,为人公正、不畏强权;曾任桓温征西长史、中书侍郎、侍中、太常、丹阳尹、吏部尚书等职,封临湘侯;401年,被会稽王司马道子世子元显逼令自杀,死后追谥忠烈王。难:即难于,不好意思。苦问:多次问,没完没了地问。

④袁羊:袁乔,字彦叔,小字羊,陈郡阳夏(今河南太康)人;承袭父亲爵位长合乡侯,初任佐著作郎,后长期担任桓温属官,并参与晋灭成汉之战,因功升任龙骧将军,封湘西伯;战后不久去世,追赠益州刺史,谥号简。按:袁羊应为袁虎(袁宏,小字虎)之误,袁羊卒于永和年间,与孝武讲经相距二十余年。

⑤德音:精彩的言论,对别人言辞的敬称,这里指谢安兄弟的言论;语出《诗经·邶风·谷风》:"德音莫违,及尔同死。"重:反复,多次。

⑥清流:清澈的流水。惮:害怕。惠风:和风。

【译文】

孝武帝司马曜将要研究讨论《孝经》,谢安、谢石兄弟和众人先在家里研讨学习。车武子因多次来向谢安兄弟请教问题,感到很不好意思,对袁羊说:"不问,怕漏掉精彩的言论;问得多了,又怕反复劳累二谢。"袁羊说:"一定不会引起这种不满。"车武子说:"你怎么知道会是这样呢?"袁羊说:"你什么时候见过明亮的镜子因连续照人而疲劳,清澈的流水因微风吹拂而感到害怕?"

91. 王子敬曰①:"从山阴道上行,山川自相映发,使人应接不暇。②若秋冬之际,尤难为怀。③"

【注释】

①王子敬:即王献之,字子敬,详见《德行》第39则注①。

②山阴:会稽郡山阴县(今浙江绍兴)。映发:互相映衬,互相辉映。

③际：交界或靠边的地方。为怀：忘怀，忘记。

【译文】

王子敬说："在山阴县的路上行走时，一路上只见山川水流交相辉映，使人眼花缭乱，目不暇接。如果是在秋末冬初，风光景色更是令人难以忘怀。"

92.谢太傅问诸子侄："子弟亦何预人事，而正欲使其佳？①"诸人莫有言者，车骑答曰："譬如芝兰玉树，欲使其生于阶庭耳。②"

【注释】

①谢太傅：即谢安，字安石，死后追赠太傅，详见《德行》第33则注③。子弟：泛指子侄辈，尤指家里的男性。预：关，相干。人事：指自己的事。正：总是。

②车骑：即谢玄，字幼度，谢安的侄子，死后追赠车骑将军，详见《言语》第78则注③。芝兰：芝草和兰草，是芳香的草；玉树：传说中的仙树；后来用芝兰玉树比喻有出息的子弟。阶庭：台阶前的庭院，指自家的庭院。

【译文】

太傅谢安问众位子侄："子侄后辈和我有什么相关，但是我为什么总是希望你们成为优秀的人才呢？"大家都没有说话，车骑将军谢玄回答说："这就好比芝草、兰草和玉树，人们总想让它们生长在自家的庭院中啊！"

93.道壹道人好整饰音辞①。从都下还东山，经吴中②。已而会雪下③，未甚寒。诸道人问在道所经④。壹公曰："风霜固所不论，乃先集其惨澹；郊邑正自飘瞥，林岫便已皓然。⑤"

【注释】

①道壹道人：竺道壹，本姓陆，吴地人，东晋高僧；少年出家，东晋太

和年间来到京城，跟从高僧竺法汰学习佛经；离开京都后，隐居于虎丘山，后会稽郡守王荟创建嘉祥寺，请其为僧主；隆安年间因病而卒。整饰：整理修饰。音辞：言辞，辞令。

②都下：京都。还：回到。东山：在会稽上虞。吴中：在今江苏苏州南部。

③已而：不久。会：正好。

④道人：晋时和尚的称谓。

⑤惨澹(dàn)：惨淡，色彩暗淡。郊邑：郊外。飘瞥：迅速飘落或飘过。林岫(xiù)：树林和山峰。皓然：洁白的样子。

【译文】

道壹和尚喜欢修饰言辞。他从京都回东山时，经过吴中。上路不久，正碰上下雪，但天还不是很冷。回来后，和尚们问他在路上有些什么见闻。道壹和尚说："一路的风霜固然不用说了，只见空中先聚集起一大片暗淡的乌云；郊外还只是雪花飘落，树林和山峰就已经白茫茫一片了。"

94. 张天锡为凉州刺史，称制西隅①。既为苻坚所禽，用为侍中②。后于寿阳俱败，至都，为孝武所器③。每入言论，无不竟日④。颇有嫉己者，于坐问张："北方何物可贵？"张曰："桑椹甘香，鸱鸮革响⑤。醇酪养性，人无嫉心⑥。"

【注释】

①张天锡：初字公纯嘏，后改字纯嘏，小字独活，十六国时期前凉最后一位君主；354年，封为长宁王；361年，任中领军，后迁冠军大将军、都督中外诸军事，辅佐朝政；363年，杀君主张玄靓，自称凉州牧、西平公，继承前凉政权；376年，前凉亡，投降前秦，任尚书，封归义侯；383年淝水之战后，归顺东晋，任散骑常侍，恢复西平郡公爵位，又任庐江太守；桓玄专权时，任其为护羌校尉、凉州刺史；398年去世，追赠为金紫光禄大夫。称制：行使皇帝权力之意。西隅：西部地区。

②苻坚：字永固，又字文玉，小名坚头，十六国时期前秦的君主，357—385年在位；在位前期励精图治，重用汉人王猛，消灭北方多个独立政权，统一北方，并攻占了东晋领有的蜀地，与东晋南北对峙；383年发动淝水之战，大败；385年，被羌人姚苌杀害，谥号宣昭帝，庙号世祖。禽：通“擒”。

③寿阳：县名。孝武：即东晋孝武帝司马曜，详见《德行》第46则注②。器：器重。

④言论：言谈，谈论。竟日：终日，从早到晚。

⑤桑椹甘香，鸱鸮革响：比喻被恩义所感化，语出《诗经·鲁颂·泮水》：“翩彼飞鸮，集于泮林。食我桑椹，怀我好音。”鸱鸮（chī xiāo），猫头鹰。革响，改变叫声。

⑥醇酪：味道纯正的奶酪。

【译文】

张天锡曾任凉州刺史，在西部地区称王。被苻坚擒获之后，任用为侍中。后来跟随苻坚攻打晋朝，在寿阳县大败，便投降了晋朝。来到京都后，得到晋孝武帝司马曜的器重。每次入朝谈论，没有不谈上一整天的。很有一些妒忌他的人，在座席中问他：“北方什么东西是最值得珍贵的？”张天锡回答说：“桑葚甘甜芳香，猫头鹰吃了之后都改变了声音；醇香的乳酪怡情养性，人们经常食用便没有妒忌之心。”

95. 顾长康拜桓宣武墓①，作诗云：“山崩溟海竭，鱼鸟将何依！②”人问之曰：“卿凭重桓乃尔，哭之状其可见乎？③”顾曰：“鼻如广莫长风，眼如悬河决溜。④”或曰：“声如震雷破山，泪如倾河注海。⑤”

【注释】

①顾长康：顾恺之，字长康，详见《言语》第85则注④。桓宣武：即桓温，谥号宣武，详见《言语》第55则注①。

②溟海：指大海，溟海是神话传说中的海名，语出《列子·汤问》：“终

北之北有溟海者，天池也。”诗句大意是：高山崩塌了，大海枯竭了，鱼儿鸟儿们将依靠什么呢！

③凭重：倚重。乃尔：如此，这种程度。见：通“现”，显现。按：顾恺之曾任桓温参军，深得其赏识。

④鼻：指鼻息。广莫长风：指北风；《说文解字》云：“风，八风也。东方曰明庶风，东南曰清明风，南方曰景风，西南曰凉风，西方曰阊阖风，西北曰不周风，北方曰广莫风，东北曰融风。”眼：指眼泪。悬河：瀑布，比喻泪水倾泻不止。决溜：指河堤决口，水流奔泻，形容水流很快。

⑤震雷：响雷。注：倒入。

【译文】

顾长康去拜谒桓温的陵墓，并且作诗说：“山崩溟海竭，鱼鸟将何依！”有人问他说：“你倚重桓温到这种程度啊，你痛哭桓温的情状大概可以描述一下吧？”顾长康说：“我的鼻息就像北风一样，呼啸而过；我的眼泪就像瀑布一样，倾泻不止。”又一说是：“我的哭声像响雷阵阵，震破山岳；我的眼泪像江河奔腾，倾泻大海。”

96. 毛伯成既负其才气①，常称：“宁为兰摧玉折，不作萧敷艾荣。②”

【注释】

①毛伯成：毛玄，字伯成，东晋人，官至征西行军参军。既：甚，很。

②兰摧玉折：被摧残的兰草，被打碎的玉石；兰指兰草，一种香草；玉指珍贵的玉石；兰玉用来比喻优秀的人才。萧、艾：指艾蒿一类的野草、臭草。敷、荣：指草木开花，形容草木生长得好，枝繁叶茂。

【译文】

毛伯成对自己的才气很是自负，常常声称：“宁可做被摧残的香兰、被打碎的美玉，也不做枝繁叶茂的艾蒿。”

97. 范甯作豫章①，八日请佛有板②。众僧疑，或欲作答。

有小沙弥在坐末曰："世尊默然，则为许可。[3]"众从其义。

【注释】

①范甯：即范宁，字武子，慎阳县（今河南正阳）人；东晋经学家，著有《春秋谷梁传集解》；曾任余杭县令、临淮太守、中书侍郎、豫章太守等职，封阳遂乡侯；后因公免职，卒于家。豫章：指豫章太守。

②八日请佛：指农历四月初八这一天，请佛像供奉；四月初八又称佛诞节、浴佛节、龙华会、华严会等，是佛教徒纪念释迦牟尼诞辰的一个重要节日。板：写字的木简，请佛时要上文书说明，写在板上。

③沙弥：初出家且未满二十岁的年轻和尚。世尊：佛教徒对释迦牟尼佛的尊称。

【译文】

范宁任豫章太守的时候，在四月初八佛祖诞辰日当天，向寺院里送去文书，请佛像来供奉。众位和尚猜测是否要给一个答复，这时有个坐在末座上的小和尚说："世尊默然不语，就是准许了。"大家都听从了他的意见。

98．司马太傅斋中夜坐[1]，于时天月明净，都无纤翳[2]，太傅叹以为佳。谢景重[3]在坐，答曰："意谓乃不如微云点缀。[4]"太傅因戏谢曰："卿居心不净，乃复强欲滓秽太清邪？[5]"

【注释】

①司马太傅：司马道子，字道子，河内温县人，简文帝司马昱第七子，孝武帝司马曜同母弟；初封琅邪王，后徙封会稽王；385年，任扬州刺史、录尚书事，后加徐州刺史、太子太傅；孝武帝死后，辅政掌权，任用王国宝等宠臣，招来王恭二度发兵讨伐，最终倚靠儿子司马元显平定；402年，任侍中、太傅；后司马元显败于桓玄，被杀，其亦遭流放，不久被毒杀；桓玄之乱平定后，被追赠为丞相，谥号为文孝王。斋：书房。

②都：完全。纤翳（yì）：微小的遮蔽，指云彩。

③谢景重：谢重，字景重，陈郡阳夏人，谢安二哥谢据之孙，司州刺史王胡之之外孙，东阳太守谢朗之子，在东晋官至骠骑长史。

④意谓：意下以为，即我认为。

⑤滓秽：污浊，玷污。太清：天空。

【译文】

一天夜晚，太傅司马道子在书房闲坐，这时天空明净，月光皎洁，没有一点云彩来遮蔽，太傅赞叹不已，认为美极了。当时谢景重也在座，回答说："我认为倒不如有点微云来点缀一下。"太傅便打趣谢景重说："你自己心地不干净，于是也想让这明净的天空变得污浊吗？"

99. 王中郎甚爱张天锡[①]，问之曰："卿观过江诸人，经纬江左，轨辙有何伟异[②]？后来之彦，复何如中原？[③]"张曰："研求幽邃，自王、何以还[④]；因时修制，荀、乐之风。[⑤]"王曰："卿知见有余，何故为苻坚所制？"答曰："阳消阴息，故天步屯蹇[⑥]；否剥成象，岂足多讥？[⑦]"

【注释】

①王中郎：王坦之，字文度，曾任北中郎将，详见《言语》第 72 则注①。张天锡：前凉君主，详见《言语》第 94 则注①。按：余嘉锡《世说新语笺疏》中说："程炎震云：'坦之卒于宁康三年（即公元 375 年），天锡以淝水败（发生于公元 383 年）来降，不及见矣。此王中郎，盖别是一人。'"

②经纬：原指织物的纵线和横线，这里作动词用，筹划、治理之意。江左：即江东，长江以东地区，古人习惯以东为左，以西为右，东西与左右常可互相替代。轨辙：原指车轮碾过的痕迹，引申为业绩、事迹。伟异：特别的不同之处。

③彦：俊彦，指有才学的人。中原：这里指西晋都城洛阳一带。

④研求：研究探求。幽邃：幽深、深奥，这里指代玄学。王、何：指王弼与何晏，魏晋玄学的创始人之一。王弼，字辅嗣，三国曹魏山阳郡（今

山东巨野)人;与何晏、夏侯玄等同倡玄学清谈,为人高傲,少有文名,著有《老子注》《周易注》和《论语释疑》等;曾任尚书郎,24岁时病逝。何晏,详见《言语》第14则注①。还:后退,退步。

⑤修制:制定礼乐制度。荀:指荀顗、荀勖(xù)。荀顗,字景倩,颍川颍阴人,曹魏太尉荀彧第六子;魏时历任散骑侍郎、侍中、仆射、司空等职;晋受禅,晋爵为临淮郡公,拜司徒;后任太尉、加侍中,代理太子太傅;博学多闻,通"三礼",识朝廷大仪,曾和羊祜、任恺共同修订晋朝礼法;274年卒,谥曰康。荀勖,字公曾,颍川颍阴(今河南许昌市)人,东汉司空荀爽曾孙;初仕于魏,为大将军曹爽掾属,后历任安阳令、骠骑从事中郎、廷尉正等职;司马昭即位晋王后,任侍中,封爵安阳子;司马炎代魏后,封济北郡侯,拜为中书监,加侍中,领著作事,与贾充等人共同制定律令,并负责编撰整理典籍,撰成《中经新簿》;官至光禄大夫,守尚书令;289年卒,追赠司徒,谥号成。乐:指乐广,详见《德行》第23则注④,但他并不曾制定法制。

⑥阳消阴息:阳气消减,阴气增长。天步:指国运。屯蹇(jiǎn):《周易》中卦名,卦象象征艰难险阻。

⑦否剥:《周易》中卦名,否卦象征天地不相交,剥卦象征阴盛阳衰,后多用来指时运乖舛。

【译文】

北中郎将王坦之很喜爱张天锡,问他:"你看过江而来的这些人,他们治理江东的业绩,有什么不同的地方?这些后起之秀,和中原人士相比又怎么样?"张天锡说:"说到研究探求深奥的玄学,水平自然在王弼、何晏之下;至于根据时势制定礼乐制度,则有着荀顗、荀勖和乐广的遗风。"王坦之说:"你很有远见卓识,为什么会被苻坚制服呢?"张天锡回答说:"阳气消减,阴气增长,所以国运不昌,遇到艰难险阻;时运乖舛,非人力所能为,难道这也值得大加讽刺吗?"

100.谢景重女适王孝伯儿①,二门公甚相爱美②。谢为太傅长史,被弹[3];王即取作长史,带晋陵郡。太傅已构嫌孝伯,不欲使其得谢,还取作咨议[4]。外示絷维,而实以乖间之[5]。及孝伯败后,太傅绕东府城行散,僚属悉在南门要望候拜[6]。时谓谢曰:“王宁异谋,云是卿为其计。[7]”谢曾无惧色,敛笏对曰:“乐彦辅有言:‘岂以五男易一女?’[8]”太傅善其对,因举酒劝之曰:“故自佳!故自佳!”

【注释】

①谢景重:即谢重,字景重,详见《言语》第98则注③。王孝伯:即王恭,字孝伯,小字阿宁,所以下文称王宁,详见《德行》第44则注①。适:旧称女子出嫁为适人。

②门公:指亲家公。相爱美:互相很赞赏、推重。

③太傅:指司马道子,曾任太傅,详见《言语》第98则注①。长史:官名,这里指司马道子的骠骑长史。弹:弹劾。

④构嫌:结怨,有矛盾。咨议:官名,指王府的咨议参军。按:晋孝武帝时,司马道子辅政,当时王恭担任前将军,兖、青二州刺史,假节,镇守京口,直言敢谏,与司马道子间产生矛盾;397年及398年,王恭两次以声讨王国宝、司马尚之兄弟(均为司马道子心腹)为名起兵反帝室,于398年九月败死。

⑤絷(zhí)维:絷指绊马足,维指拴马缰,原是挽留客人之意,这里指挽留人才。乖间:离间。

⑥东府:司马道子的府第。城:城墙,围墙。行散:魏晋南北朝士大夫好服五石散(一名寒食散),服后须行走以散发药性,叫作“行散”,也称行药。要望:迎候。

⑦王宁:即王恭,小字阿宁。异谋:谋反。

⑧曾:表示加强否定语气的副词。敛笏:收起手板。乐彦辅:即乐广,字彦辅,详见《德行》第23则注④。“乐彦辅”句:参看《言语》第25则。

【译文】

谢景重的女儿嫁给了王孝伯的儿子，两位亲家公互相推重。谢景重任太傅司马道子的长史时，被弹劾了。王孝伯就把谢景重请去做他的长史，并兼管晋陵郡。太傅司马道子跟孝伯之间早就有了矛盾，不想让他得到谢景重，于是就又安排谢做咨议参军。表面上显示自己要挽留人才，实际上是用这种做法来离间他们两人。王孝伯起兵失败以后，一次，太傅绕着东府的围墙行散，众僚属们都在南门迎候参拜。当时司马道子对谢景重说："王宁谋反，听说是你给他出的主意。"谢景重听后毫无惧色，从容地收起手板，回答说："乐彦辅有句话：'难道会用五个儿子去换一个女儿吗？'"太傅认为他回答得好，便举起杯来向他劝酒，并且说："这样当然很好！这样当然很好！"

101. 桓玄义兴还后①，见司马太傅②。太傅已醉，坐上多客，问人云："桓温来欲作贼，如何？③"桓玄伏不得起④。谢景重⑤时为长史，举板答曰："故宣武公黜昏暗，登圣明⑥，功超伊、霍⑦。纷纭之议，裁之圣鉴。⑧"太傅曰："我知！我知！"即举酒云："桓义兴，劝卿酒。"桓出谢过⑨。

【注释】

①桓玄：详见《德行》第41则注①。按：桓玄是桓温之子，曾出任义兴郡太守，不久离职，还京都。

②司马太傅：指司马道子，曾任太傅，详见《言语》第98则注①。

③桓温：桓玄之父，详见《言语》第55则注①。来：应为"晚来"，余嘉锡《世说新语笺疏》中引用李慈铭语云："案桓温下当有一'晚'字，《晋书》作'桓温晚涂欲做贼'可证。"作贼：作乱，造反。按：桓温晚年向朝廷求九锡（皇帝赐给诸侯、大臣有殊勋者的九种礼器，是最高礼遇的表示），谢安趁其病重，一直拖着未给。

④伏：趴下。

⑤谢景重:即谢重,字景重,详见《言语》第98则注③。

⑥故宣武公:已故的宣武公,指桓温,谥号为宣武。黜昏暗,登圣明:指桓温在公元371年废晋帝为海西县公,并立司马道子的父亲司马昱为帝,即简文帝。

⑦伊、霍:伊尹、霍光。伊尹,伊姓,名挚,“尹”不是名字,而是“右相”之意,为中国商朝初年名相,辅助商汤灭夏朝,汤死后,又辅佐其孙太甲;历事商朝五代五十余年,为商朝的强盛立下汗马功劳。霍光,字子孟,河东平阳(今山西临汾)人,大司马霍去病异母弟,汉昭帝皇后上官氏外祖父,汉宣帝皇后霍成君之父;历经汉武帝、汉昭帝、汉宣帝三朝,官至大司马大将军;受汉武帝遗诏辅佐昭帝,昭帝死,迎立宣帝,期间曾主持废立昌邑王。霍光常被人和伊尹并提,称为伊霍,后世往往以“行伊霍之事”代指权臣摄政废立皇帝。

⑧圣鉴:帝王的鉴识,这里指太傅的鉴识。

⑨谢过:即谢罪,承认过错。

【译文】

桓玄从义兴郡回到京都后,去拜谒太傅司马道子。这时太傅已经喝醉了,在座的还有很多客人,太傅就问大家说:“桓温晚年想要作乱,有这回事儿吗?”桓玄听了这话,深深地拜伏在地不敢起来。谢景重当时任长史,拿起手板来回答说:“已故的宣武公废黜昏庸之人,并扶助圣明君主登上帝位,功劳超过伊尹、霍光。至于那些众多而杂乱的议论,只有靠太傅英明的鉴识来裁决了。”太傅说:“我知道!我知道!”随即举起酒杯,说:“桓义兴,敬你一杯!”桓玄起身离开座位向太傅谢罪。

102.宣武移镇南州,制街衢平直[①]。人谓王东亭[②]曰:“丞相初营建康,无所因承,而制置纡曲,方此为劣。[③]”东亭曰:“此丞相乃所以为巧。江左地促,不如中国;若使阡陌条畅,则一览而尽。[④]故纡余委曲,若不可测。[⑤]”

【注释】

①宣武：指桓温，字元子，谥号为宣武，详见《言语》第55则注①。移镇：古时地方军政长官改换辖地，亦泛指官员调任。南州：即姑孰，因在建康以南，故又称南州。街衢：四通八达的道路。

②王东亭：王珣，字元琳，小字法护，琅邪临沂（今山东临沂）人，丞相王导之孙，中领军王洽之子；曾任桓温主簿，因功封东亭侯，后历任给事黄门侍郎、秘书监、侍中、吴国内史、尚书仆射、尚书令等职；400年病卒，追赠车骑将军，谥号献穆，后改赠司徒。

③丞相：指王导，官至丞相，王东亭祖父，详见《德行》第27则注③。营：营建，筹划，建设。因乘：因袭继承。制置：规划，处理。纡（yū）曲：迂回曲折。方：比。

④江左：即江东，长江以东地区，古人有以左代东的习惯。促：狭小。中国：指中原地区。阡陌：田间小路，这里指街道。条畅：通畅，畅达。

⑤纡余委曲：指道路迂回曲折。

【译文】

桓温改换辖地，去镇守南州，他在南州规划修建的街道四通八达，且平坦笔直。有人对东亭侯王珣说："丞相当初筹划修筑建康城的街道时，没有什么模板可以因袭效仿，所以把街道规划得迂回曲折，和南州相比就显得差些。"王珣说："这正是丞相规划得巧妙的地方。江东地域狭窄，比不上中原地区。如果街道笔直通畅，就会一眼看到底。所以特意将街道修建得迂回曲折，就给人一种幽深莫测的感觉。"

103.桓玄诣殷荆州[①]，殷在妾房昼眠，左右辞不之通[②]。桓后言及此事，殷云："初不眠，纵有此，岂不以'贤贤易色'也。[③]"

【注释】

①桓玄：详见《德行》第41则注①。殷荆州：即殷仲堪，官至荆州刺史，详见《德行》第40则注①。

②辞不之通：推辞不去为他通报。

③初：本来。贤贤易色：大意为尊重贤德之人，更改好色之心；易，更改，改变；语出《论语·学而》："子夏曰：'贤贤易色；事父母，能竭其力；事君，能致其身；与朋友交，言而有信。虽曰未学，吾必谓之学矣。'"按：殷仲堪将原意歪曲为"把尊重贤德变成了沉溺女色"，用以自嘲，以缓解尴尬之局面。

【译文】

桓玄去拜访荆州刺史殷仲堪，殷正在侍妾的房里睡午觉，手下的人谢绝为他通报。桓玄后来和殷仲堪谈起这件事，殷仲堪说："我本来就不睡午觉。如果有这样的事，那我岂不是把尊重贤德之心变成贪恋美色之欲了吗！"

104.桓玄问羊孚[①]："何以共重吴声？[②]"羊曰："当以其妖而浮。[③]"

【注释】

①羊孚：字子道，泰山南城（今山东费县西南）人，才华横溢，善于文章；曾任太学博士、兖州别驾、桓玄的太尉记室参军等职。

②吴声：指古乐府清商曲中的吴声歌曲，也泛指吴地（今苏州一带）民间歌曲。

③妖：娇美，妩媚。浮：轻柔。

【译文】

桓玄问羊孚："为什么大家都爱听吴地的歌曲？"羊孚说："应该是因为它既娇媚动听又婉转轻柔吧。"

105.谢混问羊孚[①]："何以器举瑚琏？[②]"羊曰："故当以为接神之器。[③]"

【注释】

①谢混：字叔源，小字益寿，陈郡阳夏（今河南太康）人，太保谢安之

孙，会稽内史谢琰之子，娶晋陵公主为妻；袭爵望蔡县公，历任中书令、中领军、尚书左仆射等职；义熙八年(412年)，因党同北府军将领刘毅，被刘裕(南朝刘宋开国皇帝)诛杀。羊孚：字子道，详见《言语》第104则注①。

②举：推举，推重。瑚琏：古代宗庙礼器，祭祀时盛粮食的器皿，后用以比喻治国安邦之人才；据《论语·公冶长》记载："子贡问曰：'赐也何如？'子曰：'女器也。'曰："何器也？"曰："瑚琏也。"子贡，即端木赐，字子贡，孔子弟子；这里孔子把子贡比喻成瑚琏。

③故当：当然是。

【译文】

谢混问羊孚："为什么说到器皿，大家就都推举瑚琏？"羊孚说："当然是因为它是用来迎接神灵的器皿啊。"

106. 桓玄既篡位，后御床微陷，群臣失色[①]。侍中殷仲文进曰[②]："当由圣德渊重，厚地所以不能载。[③]"时人善之。

【注释】

①桓玄篡位：晋安帝元兴元年(402年)，桓玄造反，攻入建康，杀会稽王司马道子，总揽朝政；403年，桓玄称帝，国号楚，改元永始，废晋安帝为平固王；404年，被刘裕等起兵讨伐，兵败被杀。御床：皇帝的坐具。

②殷仲文：字仲文，陈郡长平(今河南西华)人，少有才华；初被堂兄殷仲堪推荐，任会稽王司马道子的骠骑参军、谘议参军等职；402年，桓玄作乱，因妻子是桓玄之姐，被降为新安太守，后依附桓玄，深受宠信，任证议参军，总领诏命，又升任侍中兼左卫将军；桓玄失败后，上表请罪，被徙任东阳太守；义熙三年(407年)，被刘裕所杀。进：进言。

③渊重：深重。厚地：指大地。

【译文】

桓玄篡夺了皇位，不久后皇帝的宝座稍微塌陷下去一点，大臣们大惊失色。侍中殷仲文上前进言说："这是由于皇上的德行太深厚了，以至于大地都承受不住。”当时的人都很赞赏他的应对之词。

107.桓玄既篡位，将改置直馆①，问左右：“虎贲中郎省，应在何处？②”有人答曰：“无省。”当时殊忤旨③。问：“何以知无？”答曰：“潘岳④《秋兴赋叙》曰：‘余兼虎贲中郎将，寓直散骑之省。⑤’”玄咨嗟称善。

【注释】

①改置：另行设置。直馆：值班用的馆舍。

②省：古代官署名。虎贲中郎省：虎贲中郎将的官署，虎贲中郎将是统领近卫军的将军。

③殊：特别，很。忤：忤逆，违背。

④潘岳：即潘安，字安仁，巩县（今河南巩义）人，与陆机并称“潘江陆海”，为“金谷二十四友”之一，主要作品有《闲居赋》《秋兴赋》《悼亡诗》等；潘安之名始于杜甫《花底》诗“恐是潘安县，堪留卫玠车”，后世遂以潘安称；美姿仪，相传他出门时掷果盈车；初任河阳县令，有政绩，后太傅杨骏引为主簿，杨骏被诛后，与石崇等谄事贾太后侄贾谧，升为黄门侍郎；因曾得罪孙秀，300年孙秀当宰相后，诬陷其造反，被夷灭三族。

⑤寓直：寄宿于别的署衙当值，后泛称夜间在官署值班。散骑：官名，即散骑常侍，以士人任职，入则规谏过失，备皇帝顾问，出则骑马散从。

【译文】

桓玄篡取皇位以后，将要另行设置值班官署，就问手下的人：“虎贲中郎省应该设置在哪里？”有人回答说：“没有这个省。”这个回答在当时是特别忤逆旨意的。桓玄问：“你怎么知道没有这个省？”那个人回答说：“潘岳在《秋兴赋叙》里说过：‘余兼虎贲中郎将，寓直散骑之省。’（意为我兼任着虎贲中郎将，寄宿在散骑省值班。）”桓玄赞叹不已，夸奖他说得好。

108.谢灵运好戴曲柄笠[①],孔隐士[②]谓曰:“卿欲希心高远,何不能遗曲盖之貌?[③]”谢答曰:“将不畏影者未能忘怀。[④]”

【注释】

①谢灵运:原名公义,字灵运,小名客儿,世称谢客,祖籍陈郡阳夏(今河南太康县),生于会稽始宁(今浙江嵊州),谢玄之孙,秘书郎谢瑍之子;工诗善文,其诗与颜延之齐名,并称“颜谢”,开创山水诗派,通史学,擅书法,曾翻译佛经,并奉诏撰《晋书》;东晋时世袭为康乐公,曾出任大司马行军参军、抚军将军记室参军、太尉参军等职;刘宋代晋后,降封康乐侯,历任永嘉太守、秘书监、临川内史等职;元嘉十年(433年),被以叛逆罪杀害。曲柄笠:一种斗笠状的帽子,外形与曲盖相像。

②孔隐士:即孔淳之,字彦深,鲁郡人,喜游山玩水,爱好书籍,品行高尚,终生不仕,后隐居虞山。

③希心:心里仰慕追求。高远:指德行高尚,志向远大。遗:抛弃。曲盖:古代官员出行时,仪仗队所持有曲柄的篷盖,如伞状,柄弯曲。按:孔淳之因为曲柄笠和曲盖相像,就借以讽刺谢灵运不能忘掉富贵。

④将不:莫不、也许,也作“将无”。畏影者:害怕影子的人;典出《庄子·渔夫》:“人有畏影恶迹而去之走者,举足逾数而迹逾多,走逾疾而影不离,自以尚迟,疾走不休,绝力而死。”按:谢灵运用此典故是说只有心中不忘富贵的人才会在意这些外在的东西,以此讽刺孔隐士才是不能忘怀于富贵的人。

【译文】

谢灵运喜欢戴曲柄的斗笠,隐士孔淳之对他说:“你既然内心仰慕德行高尚、志向远大的人,为什么就不能抛开这类似曲盖形状的斗笠呢?”谢灵运回答说:“恐怕是害怕影子的人还未能忘记影子吧!”

政事第三

《政事》是《世说新语》第三门，共26则。政事指政府的行政事务。本门记载的故事主要可以分为两类：首先，主要记载了汉末魏晋时期一些名士们处理政事的具体事迹，通过具体言行展示了值得推崇的处理政事的方式方法；其次，本门记载了名士们关于政事的言辞应对，通过语言直接表达本人或他人对于处理政事的理念和态度。从本门所记载的故事可以看出，编者比较推崇采用宽松、仁德的方式治理国家，但针对一些原则性问题，如违背忠孝伦理和国家法令，则主张从严治理。

1.陈仲弓为太丘长①，时吏有诈称母病求假。事觉，收之，令吏杀焉②。主簿请付狱，考众奸③。仲弓曰："欺君不忠，病母不孝；不忠不孝，其罪莫大。考求众奸，岂复过此！"

【注释】

①陈仲弓：即陈寔(shí)，字仲弓，详见《德行》第6则注①。长：县的最高行政长官，汉法令规定，人口万户以上的县，长官称"令"；人口万户以下的县，长官称"长"。

②觉：被发觉。收：拘捕。

③主簿：官名，是各级主官属下掌管文书、办理事务的佐吏。狱：司法机关。考：查究，审查。众奸：指诸多犯法的事。

【译文】

陈仲弓任太丘县县长，当时有个小官吏诈称母亲有病请假，事情被发觉，陈仲弓就拘捕了他，并命令狱吏处死他。主簿请求将小吏交给司法机关，查究他是否还有其他犯罪事实。陈仲弓说："欺骗君主就是不忠，诅咒母亲生病就是不孝；不忠不孝，没有比这个罪状更大的了。即使查究出其他罪状，难道还能超过这件吗！”

2. 陈仲弓为太丘长，有劫贼杀财主，主者捕之①。未至发所，道闻民有在草不起子者，回车往治之②。主簿曰：“贼大，宜先按讨。③”仲弓曰：“盗杀财主，何如骨肉相残！④”

【注释】

①陈仲弓：即陈寔，字仲弓，详见《德行》第6则注①。劫贼：强盗，土匪。财主：财货的主人。主者：主管事务的官吏。

②发所：出事地点。道：在半道上。在草：指妇女分娩，生孩子；草指孕妇临产时垫的草褥子。不起子：生了孩子不养育，指溺杀婴儿。治：治理，处理。

③按讨：审查办理。

④骨肉相残：指父母溺杀婴儿之事。

【译文】

陈仲弓任太丘县县长时，有强盗劫持了货物，杀害了货主，主管官吏抓捕了强盗。陈仲弓前去处理此事，还没到出事地点，在半道上听说有一家人生下孩子却不肯养育，便让车子掉头，先去处理这件事。主簿说：“强盗杀人的事大，应该先审查办理。”仲弓说：“强盗劫货杀人，怎么比得上骨肉相残这件事重大！”

3. 陈元方年十一时，候袁公①。袁公问曰：“贤家君在太丘，远近称之，何所履行？②”元方曰：“老父在太丘，强者绥之以德，弱者抚之以仁，恣其所安，久而益敬。③”袁公曰：“孤往者尝为邺令，正行此事。不知卿家君法孤，孤法卿父？④”元方曰：“周公、孔子，异世而出，周旋动静，万里如一⑤；周公不师孔子，孔子亦不师周公。”

【注释】

①陈元方：陈纪，子元方，陈仲弓的长子，详见《德行》第6则注②。候：看望，问候。袁公：一说指袁绍，但据史料记载，陈纪比袁绍年长近二十岁，与此文记载内容不符。

②家君：对他人称自己的父亲；在前加称呼对方的敬词，如"贤"、"足下"、"卿"之类后，则指称对方父亲。何所履行：实行的是什么政策。

③绥：安抚。恣：听任，放手。

④孤：古代王侯的自称。往者：过去，从前。法：效法。

⑤周公：周文王的儿子姬旦，详见《言语》第7则注⑤。周旋：指应酬、揖让一类的礼节活动。动静：行止，行动止息。

【译文】

陈元方十一岁时，有一次去看望袁公。袁公问他："你的父亲在太丘县担任县长时，远近的人都称颂他，他治理太丘时，实行的是什么政策呢?"元方说："我父亲在太丘任职时，对强者就用恩德来安抚他，对弱者就用仁爱来抚慰他，放手让他们安居乐业。时间久了，人们对他的敬重就越来越多了。"袁公说："我过去曾经做过邺县县令，正是用的这种政策。不知道是你父亲效法我呢，还是我效法你父亲?"元方说："周公、孔子出生在两个不同的时代，他们的礼仪礼态、行为举止，虽然相隔很远，却也如出一辙。周公没有效法孔子，孔子也没有效法周公。"

4.贺太傅作吴郡①，初不出门。吴中诸强族轻之②，乃题府门云："会稽鸡，不能啼。"贺闻，故出行，至门反顾，索笔足之③曰："不可啼，杀吴儿。"于是至诸屯邸，检校诸顾、陆役使官兵及藏逋亡④，悉以事言上，罪者甚众。陆抗⑤时为江陵都督，故下请孙皓⑥，然后得释。

【注释】

①贺太傅：贺邵，字兴伯，会稽山阴（今浙江绍兴）人，三国时期吴国

人；吴景帝时任中郎、散骑中常侍、吴郡太守等职；吴末帝孙皓时，任左典军，升任中书令，兼太子太傅；后被孙皓枉杀，其家族被流放到临海郡。作吴郡：指任吴郡太守。

②吴中：吴郡的政府机关所在地。强族：指当地的豪门大族。轻：看轻，轻视。

③反顾：回头看。足：使之足，意为补充，补足。

④屯邸：庄园。检校(jiào)：审查核对。顾、陆：指顾、陆两大家族，为当时吴郡豪门大族。逋亡：指逃亡的人。按：战乱之时，为躲避赋税徭役，贫民多逃亡到豪门大族中藏匿，给他们做劳役，官府也不敢前往查处。

⑤陆抗：字幼节，吴郡吴县(今江苏苏州)人，被誉为吴国最后的名将，陆逊次子，孙策外孙；245 年，袭父爵为江陵侯，任建武校尉，后升为立节中郎将、镇军将军等；孙皓为帝时，任镇军大将军，领益州牧，都督西陵、信陵等地诸军事，驻乐乡(今湖北江陵西南)；272 年，击退晋将羊祜进攻，并攻杀叛将西陵督步阐；273 年，拜大司马、荆州牧；次年病逝，死后不久吴国为晋所灭。

⑥下：当时陆抗在江陵，居上游，孙皓在建业，居下游，故说“下”。孙皓：吴国末代皇帝，孙权之孙，详见《言语》第 21 则注②。

【译文】

太子太傅贺邵任吴郡太守，到任之初，一直没有走出过太守府。吴中的豪门大族都很轻视他，竟在太守府大门上写上“会稽鸡，不能啼”的字样。贺邵听说后，故意外出，走出门口后，回过头来看了看，向下人要来笔，在原句下面又补上了一句：“不可啼，杀吴儿。”于是来到吴郡各豪门大族的庄园，重点审查核对顾姓、陆姓两大家族奴役官兵和窝藏逃亡人口的情况，然后把情况全部报告给了朝廷，因此而获罪的人非常多。当时陆抗正任江陵都督，也受到了牵连，不得不亲自从江陵来到建业，请求吴帝孙皓帮助，事情才得以了结。

5.山公以器重朝望，年逾七十，犹知管时任①。贵胜年少，若和、裴、王之徒，并共言咏②。有署阁柱曰③："阁东有大牛，和峤鞅④，裴楷鞦⑤，王济剔嬲不得休。⑥"或云潘尼作之⑦。

【注释】

①山公：即山涛，字巨源，详见《言语》第78则注①。器：才能，才干。朝望：在朝廷中有声望。知管：主管。时任：当时的重任。按：所谓知管时任，是指山涛当时担任吏部尚书一职，亲自主持官吏的选拔、调动、升降等工作。

②贵胜：尊贵而有权势者，即权贵。年少：年轻人。和、裴、王：指和峤、裴楷、王济等人。言咏：用言语来吟咏，指称颂，歌颂。

③署：题词。阁柱：这里指尚书省的廊柱；阁指台阁，即尚书台。

④和峤：字长舆，详见《德行》第17则注①。鞅：驾车时套在牛、马脖子上的皮套子。

⑤裴楷：字叔则，详见《德行》第18则注④。鞦(qiū)：驾车时拴在牛、马屁股后的皮带。

⑥王济：字武子，详见《言语》第24则注①。剔嬲(tī niǎo)：纠缠。按：和峤、裴楷、王济都是辅助山涛做事的重要人物，题词中大牛比喻的是山涛，后三句是在比喻三人围绕着山涛，忙前忙后，四句皆有讥讽意。

⑦潘尼：字正叔，荥阳中牟人(在今河南境内)，潘岳之侄；少有才，与潘岳俱以文章知名，并称"两潘"；曾任太常博士、散骑常侍、侍中、秘书监、中书令、太常寺卿等职，封为安昌公；永嘉之乱期间病逝。按：潘尼在太康六年(285年)入朝为官，但山涛于283年已离世，故此题词应不是潘尼所为；据《晋书·潘岳传》记载，潘岳才名冠世，而不得志，又看见王济、裴楷为皇帝所宠爱，便题阁道说："阁道东，有大牛，王济鞅，裴楷鞦，和峤刺促不得休。"刺促，形容忙碌急促的样子。

【译文】

山涛凭借才干在朝廷中受到器重，并且很有威望，年纪已过七十岁，还依旧在朝中担任吏部尚书，亲自主持着官员的选拔、升降等重要工作。

一些权贵家的年轻子弟，如和峤、裴楷、王济等人，都很尊崇他，对他称颂不已。有人在尚书台的廊柱上题道："阁东有大牛，和峤鞅，裴楷鞦，王济剔嬲不得休。（大意为：台阁东边有一头大牛，和峤走在牛前，裴楷跟在牛后，王济在中间忙活不停，不得休息。）"有人说这是潘尼干的。

6. 贾充初定律令[①]，与羊祜共咨太傅郑冲[②]。冲曰："皋陶严明之旨，非仆闇懦所探[③]。"羊曰："上意欲令小加弘润[④]。"冲乃粗下意[⑤]。

【注释】

①贾充：字公闾，平阳襄陵（今山西襄汾东北）人，其女儿贾褒及贾南风分别嫁予司马炎弟司马攸及子司马衷（晋惠帝）；曹魏时，曾任大将军司马、廷尉、中护军、卫将军等职；260年，参与弑杀魏帝曹髦，后进封安阳乡侯，加散骑常侍；晋时历任尚书仆射、司空、太尉等职，封鲁郡公；279年，为使持节、大都督，总统六军，征讨吴国；282年病逝，死后追赠太宰，谥号武。律令：法令，指《晋律》；由于《魏律》内容繁杂，早在司马昭执政时，即命贾充、羊祜等人修编新法律，267年完成，次年颁行，因于泰始年间颁行，又称《泰始律》。

②羊祜：字叔子，详见《言语》第86则注②。郑冲：字文和，荥阳开封（今河南开封）人，儒学家；曹魏时，历任陈留太守、光禄勋、司空、司徒、太保等职，封寿光侯；西晋建立后，拜太傅，晋爵寿光公；273年上表辞官，次年离世，追赠太傅，谥号成。

③皋陶（gāo yáo）：又作咎陶、咎繇，亦作"皋陶"、"皋繇"或"皋繇"，是与尧、舜、禹齐名的"上古四圣"之一，曾经被舜任命为掌管刑法的"理官"，以正直闻名天下，主要功绩有制定刑法和教育，帮助尧舜禹推行"五刑"、"五教"，被奉为中国司法鼻祖，后常为狱官或狱神的代称。严明：严肃而公正。仆：古时的谦称，相当于"我"。闇（àn）懦：愚昧懦弱。

④小：稍微，略微。弘润：扩充润色。

⑤下意：提出意见，发表看法。

【译文】

贾充刚刚制定出法令，就和羊祜一起去咨询太傅郑冲的意见。郑冲说："皋陶制定法令的那种严肃而公正的宗旨，不是我这种愚昧懦弱的人所能探求到的。"羊祜说："圣上想要让你对新法令稍微加以补充润色。"郑冲这才粗略地提出了自己的意见。

7. 山司徒前后选，殆周遍百官，举无失才①；凡所题目②，皆如其言。唯用陆亮③，是诏所用，与公意异，争之，不从。亮亦寻为贿败。

【注释】

①山司徒：即山涛，字巨源，官至司徒，详见《言语》第78则注①。前后选：指两次担任吏部尚书一职。殆：几乎，近于。周遍：遍及。举：推举，举荐。按：山涛在曹魏时曾任尚书吏部郎，到晋武帝时又曾任吏部尚书，吏部是负责选拔任免官吏的，山涛曾两次担任此职，所以说前后选。

②题目：品评。按：《晋书·山涛传》载，山涛两次任选职共十多年，每一官缺，就拟出几个人，由皇帝挑选；凡所奏甄拔人物，都各作品评。

③陆亮：字长兴，太常陆乂兄，贾充亲信。按：当时吏部郎出现空缺，山涛推荐阮咸，贾充则推荐自己的亲信陆亮；晋武帝选用了陆亮，山涛反对无效；后来陆亮因接受贿赂被撤职。

【译文】

司徒山涛前后两次担任过吏部官员，几乎考察遍了朝廷内外百官，向上举荐时一个人才也没有漏掉；凡是他品评过的人物，都正如他所说过的那样。只有任用陆亮是皇帝的诏令决定的，和山涛的意见不同，他为这事与皇帝力争过，但皇帝没有听从他的意见。不久，陆亮果然因为受贿而被免职。

8. 嵇康被诛后①，山公举康子绍为秘书丞②。绍咨公出处[3]，公曰："为君思之久矣。天地四时，犹有消息，而况人乎！[4]"

【注释】

①嵇康：字叔夜，"竹林七贤"之一，是山涛的好友，因遭钟会诬陷，被司马昭处死，详见《德行》第16则注②。

②山公：即山涛，字巨源，详见《言语》第78则注①。举：举荐，推荐。康子绍：嵇康的儿子嵇绍，字延祖，详见《德行》第43则注⑦。秘书丞：秘书省的属官，掌管图书典籍。

③咨：商议，询问。出处：出世和退隐。按：嵇绍之父嵇康是被司马昭杀害的，山涛把嵇绍推荐给晋武帝司马炎（司马昭之子），嵇绍必定会有所顾虑，故向山涛咨询意见。

④四时：指四季。消息：消退和增长，指盛衰变化。

【译文】

嵇康被杀以后，山涛推荐嵇康的儿子嵇绍入朝做秘书丞。嵇绍去和山涛商量是出仕还是隐退，山涛回答说："我替你考虑很久了。天地间一年四季，也还有阴阳寒暑交替变化的时候，何况是人呢！"

9. 王安期为东海郡[1]，小吏盗池中鱼，纲纪推之[2]。王曰："文王之囿，与众共之[3]。池鱼复何足惜！"

【注释】

①王安期：王承，字安期，太原晋阳（今山西太原）人，西晋汝南太守王湛之子，东晋尚书令王述之父，被誉为东晋初年第一名士；曾任骠骑参军、司空从事中郎、东海王司马越记室参军、东海太守等职，封蓝田侯。东海郡：指东海郡太守。

②纲纪：这里指的是州郡主簿一类的官。推：推问查究，追查。

③文王：指周文王。囿：养动物的园子。共：共同使用。按：据《孟子·梁惠王下》记载，周文王有个方圆七十里的园囿，人们可以到那里去

打柴、打猎。

【译文】

王安期任东海郡太守时，有个小吏偷了池塘中的鱼，主簿要追查这件事。王安期说："周文王的猎场还是和百姓共同使用的呢。这池塘里的几条鱼又有什么值得吝惜的！"

10. 王安期作东海郡，吏录一犯夜人来[①]。王问："何处来？"云："从师家受书还[②]，不觉日晚。"王曰："鞭挞宁越以立威名[③]，恐非致理之本[④]。"使吏送令归家。

【注释】

①王安期：即王承，字安期，详见《政事》第9则注①。录：拘捕。犯夜：触犯了夜行禁令，即宵禁令。按：《晋律》有宵禁令，即禁止夜间通行。

②受书：接受文化教育，指学习。

③宁越：人名，战国时人，学习特别刻苦，这里指代读书人。

④致理：应为"致治"，即使国家在政治上安定清平；余嘉锡《世说新语笺疏》中说："'治理'当作'致治'，唐人避讳改之耳。"

【译文】

王安期任东海郡太守时，一次，有个小吏抓了一个违反宵禁令的人来。王安期审问他："你从哪里来的？"那个人回答说："从老师家学完功课回来，不知不觉中时间已经太晚了。"王安期听后说："鞭打一个像宁越一样勤奋的读书人来树立威名，恐怕不是使社会安定清平的根本办法。"于是就派小吏送他出去，让他回家。

11. 成帝在石头[①]，任让[②]在帝前戮侍中钟雅[③]、右卫将军刘超[④]。帝泣曰："还我侍中！"让不奉诏，遂斩超、雅。事平之后，陶公与让有旧，欲宥之[⑤]。许柳儿思妣者至佳[⑥]，诸公欲全之。若全思妣，则不得不为陶全让，于是欲并宥之。事奏，帝曰："让是杀我侍中者,不可宥!”诸公以少主不可违⑦,并斩二人。

【注释】

①成帝:即晋成帝司马衍,字世根,晋明帝司马绍之子,东晋第三位皇帝,325—342 年在位;即位时年仅四岁,由母亲庾太后临朝听政,王导与庾亮辅政,因庾亮疑忌大臣,327 年引起苏峻之乱;342 年病逝,庙号显宗。石头:指石头城,在建康的西面。按:晋成帝咸和二年(327 年),苏峻起兵反帝室,咸和三年攻陷建康,并把晋成帝迁到石头城,不久苏峻败死,其弟苏逸立为主;咸和四年正月,钟雅、刘超二人密谋将成帝救出,被发觉,苏逸便派部将任让领兵入宫杀了钟、刘;后叛乱被陶侃、温峤起兵平定,苏逸败死。

②任让:乐安人,苏逸部将,跟随苏峻作乱,兵败被杀,其余不详。

③钟雅:字彦胄,颍川长社人,曾任汝阳令、佐著作郎、御史中丞、骁骑将军、侍中等职,后在苏峻之乱中被害,乱平后追赠光禄勋。

④刘超:字世瑜,琅邪临沂人,汉城阳景王刘章的后代,为人忠谨清慎;曾任安东府舍人、中书舍人、骑都尉、右卫将军等职,封原乡亭侯;苏峻之乱时被害,乱平后追赠卫尉,谥号忠。

⑤陶公:即陶侃,详见《言语》第 47 则注①。有旧:有老交情。宥:宽恕,赦免。

⑥许柳:字季祖,高阳人,妻为祖逖孙女;苏峻约豫州刺史祖约(祖逖之弟)一起作乱,祖约派遣其率兵与苏峻会合;苏峻攻陷建康后,任其为丹阳尹;苏峻乱平后,被杀。思妣(bǐ):即许永,字思妣,许柳之子,其他不详。

⑦少主:指晋成帝司马衍。按:成帝即位时,年仅 4 岁,到这时也只有七八岁,故称少主。

【译文】

苏峻之乱中,晋成帝司马衍被迁到石头城,叛军将领任让在晋成帝面前要杀掉侍中钟雅和右卫将军刘超。成帝哭着说:“把侍中还给我!”任让没有听从皇上的命令,还是杀了刘超和钟雅。叛乱平定以后,陶侃因为和任让有老交情，就想赦免他。另一个叛将许柳有个儿子叫思妣，人品非常好，大臣们也想保全他。可是要想保全思妣，就不得不为陶侃保全任让，于是就想让两个人一起被赦免。当把处理办法上奏成帝后，成帝说："任让是杀害我侍中的人，不能赦免！"大臣们认为成帝的旨意不能违逆，就把两人都杀了。

12.王丞相拜扬州①，宾客数百人并加沾接，人人有说色②。唯有临海一客姓任及数胡人为未洽③。公因便还到过任边，云："君出，临海便无复人。"任大喜说④。因过胡人前，弹指云："兰阇，兰阇！⑤"群胡同笑，四坐并欢。

【注释】

①王丞相：即王导，字安石，曾任扬州刺史，官至丞相，详见《德行》第27则注③。拜扬州：任命为扬州刺史；拜，授予官职，任命。

②沾接：款待，接见。说色：高兴的神色；说，通"悦"。

③胡人：此处指胡僧。洽：指受到款待。

④因便：顺便。还(xuán)：通"旋"，转到。临海：指临海郡。喜说：喜悦。

⑤弹指：搓手指出声，在佛经中也用来表示欢喜、许诺等意思。兰阇(shé)：亦作"兰奢"，梵语音译，为褒赞之辞。

【译文】

丞相王导出任扬州刺史，几百名前来道贺的宾客都得到了热情款待，大家脸上都露出了高兴的神色。只有临海郡一位任姓的客人和几位胡僧还没有招呼到，王导便找机会转到了任氏身边，对他说："您一出来，临海郡就不再有人才了。"任氏听了，非常高兴。王导于是又走到胡僧们面前，弹着手指说："兰阇，兰阇！"胡僧们都笑了，四周的人也都很高兴。

13.陆太尉诣王丞相咨事①，过后辄翻异②。王公怪其如此，后以问陆。陆曰："公长民短③，临时不知所言，既后觉其不可耳。"

【注释】

①陆太尉：陆玩，亦作陆琉，字士瑶，吴郡吴县(今江苏苏州)人，东晋时期士族重臣、书法家，东吴丞相陆逊侄孙；曾任侍中、吏部尚书、尚书左仆射、尚书令、司空等职，因功封兴平伯；341年离世，死后获赠太尉，谥号康。王丞相：指王导，字茂弘，官至丞相，详见《德行》第27则注③。按：在陆玩任尚书左仆射时，王导为司徒、录尚书事，总揽朝政，所以他遇事儿要去请示王导。

②翻异：事后改变主意。

③公长民短：您名高位尊，我名低位卑。按：王导兼任扬州刺史，陆玩是扬州吴郡人，所以谦称为"民"。

【译文】

太尉陆玩到丞相王导那里去请示事情，过后常常改变主意。王导奇怪他为什么这样，后来就这件事问陆玩，陆玩回答说："王公您名高位尊，而我名低位卑，当时不知该说什么，过后就觉得那样做是不可以的。"

14.丞相尝夏月至石头看庾公①。庾公正料事，丞相云："暑，可小简之。②"庾公曰："公之遗事，天下亦未以为允！③"

【注释】

①丞相：指王导，字茂弘，官至丞相，详见《德行》第27则注③。石头：指石头城。庾公：指庾亮，字元规，详见《德行》第31则注①。

②料事：料理公务。小：稍微。简：简省，简化。

③遗事：弃置不管世事。允：公平得当。按：晋成帝初，王导、庾亮共同参辅朝政。王导处理政务以仁厚宽恕为主，注意协调各方矛盾；庾亮处理政务则繁细苛刻；本则故事体现了两人为政理念的不同。

【译文】

丞相王导曾经在夏季到石头城探望庾亮。庾亮当时正在处理公事，王导说："天气热，处理事务时可以稍微简略一些。"庾亮说："您现在不多管世事，天下人也并不以为是公平得当的！"

15. 丞相末年，略不复省事[①]，正封箓诺之[②]。自叹曰："人言我愦愦，后人当思此愦愦[③]。"

【注释】

①丞相：即王导，字茂弘，官至丞相，详见《德行》第27则注③。末年：晚年。略：完全。省(xǐng)事：处理政事，办理公事。

②正：只。封箓：文书，指奏章、公文、簿籍等。诺：画诺，签字，表示同意照办。按：王导历仕三朝，为政宽和得众，事从简易，晚年更是如此。

③愦愦：糊涂，昏乱。按：晋室东渡，在江东建立东晋政权，王导位居宰辅，既需要争取江东士族的认可和支持，又必须调和南渡后的中原士族和江东士族之间的矛盾，所以为政不得不仁厚宽恕，使矛盾趋于缓和，这正是他用心良苦之处。

【译文】

王导到了晚年，完全不再处理政事，只是在奏章上画诺批示，表示同意照办。他自己叹息道："大家都说我糊涂，后人应当会想念这种糊涂吧！"

16. 陶公性检厉，勤于事[①]。作荆州时，敕船官悉录锯木屑，不限多少，咸不解此意[②]。后正会[③]，值积雪始晴，听事前除雪后犹湿[④]，于是悉用木屑覆之，都无所妨。官用竹皆令录厚头[⑤]，积之如山。后桓宣武伐蜀，装船，悉以作钉[⑥]。又云：尝发所在竹篙，有一官长连根取之，仍当足[⑦]。乃超两阶用之[⑧]。

【注释】

①陶公：即陶侃，字士行，详见《言语》第47则注①。检厉：方正严肃。

②作荆州：指担任荆州刺史。敕(chì)：命令。录：收录，收藏。咸：全，都。

③正会：指元旦(即正月初一)皇帝朝会群臣，接受朝贺的礼仪；封疆大臣也在这一大会见僚属。

④听事：处理政事的大堂。除：台阶。

⑤厚头：指厚的竹根。

⑥桓宣武：即桓温，谥号宣武，详见《言语》第55则注①。装船：组装战船。按：西晋惠帝时(304年)，李雄据蜀(今四川)建立割据政权，国号成，后改为汉，史称成汉或后蜀；346年桓温兴兵伐蜀，347年3月攻占成都，成汉亡。

⑦发：征发，征调。所在：指所辖区域内。竹篙：撑船用的长竹竿。仍：于是，就。当足：当作竹篙的铁足。按：撑船用的竹篙，为了避免篙头被磨损或破裂，常在篙的下端安装铁箍、铁尖和铁钩，就是铁足；这个官长用竹根代替铁足，既善于取材，又节省了铁足。

⑧两阶：两个等级；晋代把官阶分为九个等级，叫作九品。

【译文】

陶侃性格方正严肃，处理事务十分勤勉。他担任荆州刺史时，吩咐负责建造船只的官员把锯木屑全都收藏起来，多少都不限。当时大家都不明白这是什么用意。后来到正月初一朝会群臣时，正碰上连日下雪，天气刚刚转晴，厅堂前的台阶在雪后还是湿漉漉的，于是全用锯木屑铺上，就一点也不妨碍出入了。官府用的竹子，陶侃让把竹根都收集起来，堆积如山。后来桓温讨伐后蜀，要组装战船，这些竹根就都用来做了竹钉了。又有一说是陶侃曾经征收过所辖地区的竹篙，有一个官员把竹子连根砍下，就用根部当作竹篙的铁足。陶侃知道了，便将此人连升两级来重用他。

17. 何骠骑①作会稽，虞存弟謇作郡主簿②，以何见客劳损，欲白断常客，使家人节量，择可通者③。作白事成，以见存④。

存时为何上佐[5]，正与謇共食，语云："白事甚好，待我食毕作教。[6]"食竟，取笔题白事后云："若得门庭长如郭林宗者，当如所白[7]。汝何处得此人！"謇于是止。

【注释】

①何骠骑：即何充，字次道，曾任会稽内史、骠骑将军，详见《言语》第54则注①。

②虞存：字道长，会稽山阴人，历任卫军长史、尚书吏部郎等职。虞謇：字道真，虞存弟，官至郡功曹。

③劳损：指过度劳累，而使身心受到损伤。白：禀报，报告。断：断绝。节量：限量，适量。

④白事：即白事书，下对上陈述意见的呈文，报告。

⑤上佐：高级佐官的通称，如别驾、治中、长史等。按：据余嘉锡《世说新语笺疏》考证，虞存当时任治中，主管州郡的文书，是要职；因为主管文书，虞謇要先见虞存，而虞存也能在白事后题字。

⑥教：上对下的教诲，即指示、批示。

⑦门庭长：当作门亭长，主管守门的官，掌管传达之事。郭林宗：郭泰，字林宗，品评人物很准确，详见《德行》第3则注①。按：虞謇认为见客太多，会过于劳累；虞存认为，若要限制来客数量，当如何甄别取舍；如果没有一个公正而可行的标准，则宁可劳累也不应错过一个人。

【译文】

骠骑将军何充任会稽内史时，虞存的弟弟虞謇任会稽郡主簿，他认为何充见客太多，过度劳累，想禀告何充谢绝那些常客，让手下人酌量选择重要的来客才通报。他拟好一份呈文，便先拿来给虞存看。虞存当时担任何充的高级属官，正和虞謇一起吃饭，告诉他说："这个呈文写得很好，等我吃完饭再作批示。"吃过了饭，拿起笔在呈文后面签上意见说："如果能找到一个像郭林宗那样善于甄别人选的人做门亭长，就按照所你所陈述的意见办。可是你到哪里去找到这样的人！"虞謇于是放弃了这个建议。

18．王、刘与林公共看何骠骑[1]，骠骑看文书，不顾之。王谓何曰："我今故与林公来相看，望卿摆拨常务，应对玄言，那得方低头看此邪！[2]"何曰："我不看此，卿等何以得存！"诸人以为佳。

【注释】

①王、刘：指王濛和刘惔，两人都是当时有名的清谈家。王濛，字仲祖，详见《言语》第 54 则注④；刘惔，字真长，详见《德行》第 35 则注①。林公：支遁，字道林，世称林公，东晋高僧，善谈老庄，详见《言语》第 45 则注②。何骠骑：即何充，字次道，曾任骠骑将军，详见《言语》第 54 则注①。

②故：故意，特意。摆拨：摆脱，撇开。玄言：也称玄谈或清谈，指魏晋间崇尚老庄玄理的言谈。方：只是，仅仅。

【译文】

王濛、刘惔和支道林一起去看望骠骑将军何充，何充正在看公文，没有回头理会他们。王濛便对何充说："我们今天特意和林公一起来拜访你，希望你能撇开日常事务，和我们一起谈论玄学，哪能还只是低着头看文书呢！"何充说："我不看这些文书，你们怎么能生存下去呢！"大家都认为何充这话说得很好。

19．桓公在荆州[1]，全欲以德被江、汉，耻以威刑肃物[2]。令史受杖，正从朱衣上过[3]。桓式年少[4]，从外来，云："向从阁下过，见令史受杖，上捎云根，下拂地足。[5]"意讥不著。桓公云："我犹患其重。[6]"

【注释】

①桓公：即桓温，字元子，详见《言语》第 55 则注①。按：桓温在晋穆帝永和元年(345 年)都督荆、司、雍、梁、益、宁六州诸军事，兼任荆州刺史；荆州包括长江、汉水流域部分地区。

②被：覆盖，施加。江、汉：长江和汉水，指荆州地区。肃物：威慑百姓。

③令史：官名，掌管文书。正：只，仅仅。朱衣：红色官服。

④桓式：桓歆，字叔道，小字式，桓温第三子，官至尚书。

⑤向：刚才。阁：官署。捎、拂：意思相近，为轻轻擦过。

⑥患：担心。

【译文】

桓温担任荆州刺史的时候，想全部用恩德的方法来对待江、汉地区的百姓，把用威严的刑罚来治理人民看成是可耻的。有一次，一位令史犯错，受杖刑时，木棒只从令史的红色官衣上擦过。当时桓温的三儿子桓式年纪还小，从外面进来，对桓温说："我刚才从官署门前走过，看见令史在接受杖刑，木棒子举起来时擦着云边，落下时拂过地面。"意思是讥讽桓温根本没有打到令史身上。桓温说："我还担心打重了呢。"

20. 简文为相，事动经年[①]，然后得过。桓公甚患其迟[②]，常加劝勉。太宗曰："一日万机，那得速！[③]"

【注释】

①简文：即晋简文帝司马昱，庙号太宗，详见《德行》第 37 则注①。按：司马昱在公元 366 年任丞相，录尚书事，在公元 371 年登上帝位。动：动辄，动不动。

②桓公：即桓温，详见《言语》第 55 则注①。迟：迟缓。

③太宗：简文帝的庙号。万机：指日常处理的政务之多。

【译文】

简文帝司马昱担任丞相的时候，一件政务动不动就要整年的时间才能得以处理。桓温很担心他办事太慢了，经常对他加以劝说鼓励。简文帝说："一天有成千上万件政事要处理，哪里能快得了呢！"

21. 山遐去东阳[①]，王长史就简文索东阳[②]，云："承藉猛政，故可以和静致治。③”

【注释】

①山遐：字彦林，河内怀县(今河南武陟西)人，山涛之孙，山简之子；曾任余姚令、武陵王友，官至东阳郡太守，处事严厉，多用刑杀，郡境肃然，后卒于任上。去：离开，去职。

②王长史：王濛，字仲祖，曾任司徒左长史，详见《言语》第54则注④。简文：即简文帝司马昱，详见《德行》第37则注①。东阳：指东阳太守一职。

③乘藉：继承，承接。和静：温和清净。致治：达到安定清平。

【译文】

山遐离任东阳太守一职后，司徒左长史王濛到简文帝司马昱那里请求出任东阳太守，他说：“承接前任严厉苛刻的政策，所以我可以采用温和清净的措施，使得社会达到安定清平。”

22. 殷浩始作扬州①，刘尹行②，日小欲晚，便使左右取襆③。人问其故，答曰：“刺史严，不敢夜行④。”

【注释】

①殷浩：字渊源，曾任扬州刺史，详见《言语》第80则注②。作扬州：指担任扬州刺史。按：殷浩在永和二年(346年)出任扬州刺史，次年，因父亲殷羡病故，离职守孝，服丧期满后，再次出任扬州刺史。

②刘尹：即刘惔，字真长，官至丹阳尹，详见《德行》第35则注①。行：出行。

③小：稍微。襆(fú)：包袱，行李。

④不敢夜行：晋代法律中有宵禁令，禁止夜间出行，夜行者犯禁。

【译文】

殷浩初次担任扬州刺史的时候，一次，丹阳尹刘惔要到外地去，太阳稍微偏西，接近傍晚，便叫随从拿出包袱，准备住下。有人问他什么原因，他回答说：“刺史管理很严厉，我不敢夜间出行。”

23.谢公[①]时，兵厮逋亡，多近窜南塘下诸舫中[②]。或欲求一时搜索[③]，谢公不许，云："若不容置此辈，何以为京都！[④]"

【注释】

①谢公：即谢安，字安石，详见《德行》第33则注③。

②兵厮：士兵和仆役。逋(bū)亡：逃跑，逃亡。南塘：南岸，指秦淮河南岸。舫：船。

③或：有的人。一时：同时，一齐。

④容置：宽容赦免。按：当时因战乱频繁，赋役繁重，阶级矛盾严重，逃亡者众多，谢安主张施行宽松的德政以缓和矛盾，不同意搜捕这些人。

【译文】

谢安辅政时，时常有士兵和仆役逃亡的事情发生，这些人大多就近逃窜到秦淮河南岸下的船只中躲藏。有人想请求谢安同时对所有船只进行搜查，谢安不答应。他说："如果不能宽容赦免这些人，又怎么能治理好京都！"

24.王大为吏部郎[①]，尝作选草[②]；临当奏，王僧弥[③]来，聊出示之[④]。僧弥得便以己意改易所选者近半，王大甚以为佳，更写即奏[⑤]。

【注释】

①王大：即王忱，小名为佛大，因此称王大，详见《德行》第44则注②。吏部郎：官名，主管官吏任免、考课、升降、调动等事。

②选草：举荐授官的人员名单初稿。

③王僧弥：王珉，字季琰，小字僧弥，琅邪临沂(今山东临沂)人，丞相王导之孙，中领军王洽之子，车骑将军王珣之弟；曾任著作郎、黄门侍郎、侍中、中书令等职；卒后追赠太常。

④聊：聊且，姑且，随便。

⑤更：更改，重写。

【译文】

王大任吏部郎时，曾经起草过一份举荐官员的名单。临到要上奏的时候，王僧弥来了，王大就随手拿出来给他看。王僧弥看了之后，就按自己的意见改换了其中将近半数的人员名单，王大认为改得非常恰当，就重新誊写了一份，然后就立即上奏朝廷了。

25.王东亭与张冠军善①。王既作吴郡，人问小令②曰："东亭作郡，风政何似？③"答曰："不知治化何如，唯与张祖希情好日隆耳。④"

【注释】

①王东亭：即王珣，字元琳，封东亭侯，详见《言语》第 102 则注②。张冠军：即张玄之，字祖希，曾封冠军将军，详见《言语》第 51 则注①。善：友好，亲善。

②作吴郡：指任吴郡内史。小令：指王珉，字季琰，王珣的弟弟，因接替王献之担任中书令，时人称王献之为"大令"，称王珉为"小令"，详见《政事》第 24 则注③。

③风政：政绩。何似：如何，怎么样。

④治化：指治理国家，教化人民。情好：感情，交情。按：张玄之（字祖希）很有才学，名望很高，仅次于谢玄，当时称两人为"南北二玄"；这里王珉通过表明哥哥与张玄之的关系，间接肯定了他的政绩。

【译文】

东亭侯王珣和冠军将军张玄之交情很好。王珣担任吴郡内史以后，有人问王珣的弟弟中书令王珉说："东亭侯担任吴郡内史后，政绩怎么样？"王珉回答说："我不了解政绩教化怎么样，只是看到他和张祖希的交情一天比一天深厚起来。"

26.殷仲堪当之荆州[①]，王东亭问曰："德以居全为称，仁以不害物为名[②]。方今宰牧华夏，处杀戮之职，与本操将不乖乎[③]？"殷答曰："皋陶造刑辟之制，不为不贤[④]；孔丘居司寇之任，未为不仁[⑤]。"

【注释】

①殷仲堪：官至荆州刺史，详见《德行》第40则注①。当：将。之：到……去。按：孝武帝于392年任命殷仲堪都督荆、益、宁三州军事，振威将军，荆州刺史，镇江陵。

②王东亭：即王珣，字元琳，曾封东亭侯，详见《言语》第102则注②。居全：指具有完美无缺的德行。称：称号，名称。害物：指伤害他人。

③宰牧：掌管，治理。华夏：中国古称华夏，这里指晋朝的中部地区。本操：原本的操守。将：岂，难道。乖：背离。按：据《晋书·殷仲堪传》记载，殷仲堪主张"弘之以道德，运之以神明，隐心以及物，垂理以禁暴"，故王珣有此疑问。

④皋陶：舜时掌管刑法的"理官"，被奉为中国司法鼻祖，详见《政事》第6则注③。造：制定。刑辟：刑法，法律。

⑤孔丘：即孔子，名丘，字仲尼。司寇：官名，掌管司法、纠察；孔子曾任鲁国司寇。

【译文】

殷仲堪将要到荆州去担任荆州刺史，东亭侯王珣问他："具有完美无缺的德行称之为德，不伤害他人称之为仁。现在你要去治理中部地区，处在掌管生杀大权的职位上，这岂不是和你原本的操守相违背了吗？"殷仲堪回答说："舜时的理官皋陶制订了刑法，不能说他就不贤德了；孔子担任了司寇的官职，也不能说他就不仁爱了。"

文学第四

《文学》是《世说新语》第四门，共104则。文学指辞章修养，包括文辞文采、学术修养、博学多闻等内容。德行、政事、文学、言语，被视为"孔门四科"，分别位于本书前四门，可以看出魏晋时代虽然老庄思想和佛教盛行，但也有尊崇儒家思想的一面。

此门记载的内容主要可以分为四类：首先，记载了汉末至魏晋时期名士们对儒、释、道三家经典著作的注解行为和辨析、宣讲活动；其次，记载了当时盛行的清谈活动，这也是本门中记载最多内容的部分，清谈内容包含名理之学、老庄玄理、佛教经义等等，这在当时形成了一种文学风气，甚至会影响到人的仕途和身体；再次，记载了对经典诗句的点评；再次，记载了当时名士们的文学创作活动和表现。

1. 郑玄①在马融②门下，三年不得相见，高足弟子传授而已③。尝算浑天不合④，诸弟子莫能解。或言玄能者，融召令算，一转便决，众咸骇服⑤。及玄业成辞归，既而融有"礼乐皆东"之叹，恐玄擅名而心忌焉⑥。玄亦疑有追，乃坐桥下，在水上据屐⑦。融果转式逐之⑧，告左右曰："玄在土下水上而据木，此必死矣。"遂罢追。玄竟以得免⑨。

【注释】

①郑玄：字康成，北海高密（今山东高密）人，东汉末年的经学大师，精通历算；曾入太学学习，又跟从张恭祖、马融学习经学，后边耕种边授课，弟子达数千人；党锢之祸起时，遭禁锢十余年，杜门注疏，潜心著述，

达百万余言，世称“郑学”，为汉代经学的集大成者；汉献帝曾征为大司农，世人称为郑司农。

②马融：字季长，扶风茂陵（今陕西兴平）人，东汉时期著名经学家，长于古文经学，门人常有千人之多，一生注书甚多，皆已散佚，后人有辑录；历任校书郎、郡功曹、议郎、大将军从事中郎、南郡太守等职；166年离世。

③高足弟子：指优秀的门生、弟子。

④浑天：浑天仪，古代测量天体位置的仪器。不合：违背，不符合。

⑤一转：指转动一次栻盘；栻盘是古代占卜时日的器具，又称星盘。骇服：惊讶诚服。

⑥既而：不久。礼乐皆东：这里是指郑玄已掌握了儒学礼乐的精髓，随着他东归，东方将成为讲授礼乐的中心。擅名：指独享名声。

⑦据：依靠、凭着。

⑧转式：指转动栻盘；式，通“栻”，即栻盘；旋转栻盘推演吉凶，是一种占卜的方法。

⑨竟：终于，到底。

【译文】

郑玄在马融门下求学，过了三年也没见着马融，只是由马融的高才弟子为他传授学问而已。马融曾用浑天仪测算天体位置，结果不相符合，弟子们也没有谁能解答的。有人说郑玄能演算，马融便叫他来演算，郑玄转动一次栻盘就推算出了准确的结果，大家都是又惊奇又佩服。后来，郑玄学业完成，告辞东归返乡。刚离开不久，马融就有了“礼和乐都将要转移到东方去了”的感叹，担心郑玄会独享盛名，心里很是忌惮。郑玄也猜测马融会派人来追杀他，便坐到桥底下，凭借脚上穿着的木屐踏着水面。马融果然旋转栻盘，用占卜的方法追寻郑玄的踪迹，然后告诉身边的人说：“郑玄在土下、水上，靠着木头，这表明他必死无疑。”便决定停止追赶。郑玄终于因此得以免于一死。

2.郑玄欲注《春秋传》[①],尚未成。时行,与服子慎遇[②],宿客舍,先未相识。服在外车上,与人说己注《传》意;玄听之良久,多与己同。玄就车与语曰[③]:“吾久欲注,尚未了;听君向言[④],多与吾同,今当尽以所注与君。”遂为服氏注[⑤]。

【注释】

①郑玄:字康成,东汉著名经学家,详见《文学》第1则注①。《春秋传》:指《春秋左氏传》,即《左传》。

②服子慎:服虔,字子慎,初名重,又名祇,后更名虔,河南荥阳东北人,东汉著名经学家;曾入太学受业,历任尚书郎、高平令、九江太守等职。

③就:靠近。

④向:刚才。

⑤服氏注:指服虔注解《左传》的著作《春秋左氏传解谊》。

【译文】

郑玄打算注解《左传》,还没有完成。这时有事到外地去,在途中和服子慎相遇,两人住宿在同一家客店里。两人之前并不认识对方。服子慎在店外的车子上,跟别人谈起自己注解《左传》的想法,郑玄在一旁听了很久,觉得服子慎的见解多数和自己相同。于是郑玄就走近车子,对服子慎说道:“我早就想要注解《左传》,但还没有完成。听了您刚才的言论,大多数观点和我相同,现在我应当把我已作的注全部送给您。”于是就有了服氏注解的《春秋左氏传解谊》。

3.郑玄家奴婢皆读书,尝使一婢,不称旨,将挞之[①]。方自陈说,玄怒,使人曳著泥中[②]。须臾,复有一婢来,问曰:“胡为乎泥中?[③]”答曰:“薄言往愬,逢彼之怒。[④]”

【注释】

①郑玄:字康成,东汉著名经学家,详见《文学》第1则注①。称旨:

称心。挞(tà):用鞭、棍等打人。

②方:仍然,还。曳著:拖着,拉着;著,通“着”。

③“胡为”句:引自《诗经·邶风·式微》,意为:为什么会在泥水中。

④“薄言”句:引自《诗经·邶风·柏舟》,意为:我去诉说缘由时,正赶上他发火。薄、言:皆为助词,无实义。愬(sù):同“诉”,告诉,诉说。

【译文】

郑玄家里的奴婢都读书。一次曾使唤一个婢女,事情干得不称心,郑玄准备要鞭打她。她还在为自己分辩,郑玄生气了,叫人把她拉到泥水里去。一会儿,又有一个婢女走来,用《诗经》中的一句问道:“胡为乎泥中?(你为什么在泥水中)”这个婢女也用《诗经》中的话回答道:“薄言往愬,逢彼之怒。(我去诉说缘由时,正赶上他发火)”

4. 服虔既善《春秋》,将为注,欲参考同异[①]。闻崔烈集门生讲传[②],遂匿姓名,为烈门人赁作食[③]。每当至讲时,辄窃听户壁间[④]。既知不能逾己,稍共诸生叙其短长[⑤]。烈闻,不测何人,然素闻虔名,意疑之。明蚤往,及未寤[⑥],便呼:“子慎!子慎!”虔不觉惊应,遂相与友善。

【注释】

①服虔:字子慎,东汉著名经学家,详见《文学》第2则注②。善:擅长,长于。《春秋》:是鲁国的一部编年体史书,这里指《春秋左氏传》。同异:偏义复词,即“异”,指差异,不同。

②崔烈:字威考,东汉幽州涿郡安平县(今河北安平)人,幽州名士,善于《左传》;历任太守、司徒、太尉等职;190年被董卓逮捕入狱,192年出狱后担任城门校尉;同年六月,在与李傕与郭汜率领的凉州军作战中壮烈殉国。门生:指学生。传:注解经义的文字,这里指《左传》。

③门人:门生,弟子。赁:做雇工。作食:做饭。

④户壁间:指门外。

⑤稍：渐渐，逐渐。短长：指优缺点。

⑥蚤：通“早”。寤(wù)：睡醒。

【译文】

服虔对《左传》很有研究，将要给它做注解，想参考一下不同的意见。他听说崔烈召集学生讲授《左传》，便隐姓埋名，去给崔烈的学生做雇工，为他们做饭。每到崔烈讲课的时候，他就躲在门外偷听。等他了解到崔烈不能超过自己以后，便渐渐地和崔烈的那些学生讲述崔烈所讲内容的优缺点。崔烈听说后，不能确定这个人是谁，可是一向听说过服虔的名声，心里便怀疑是他。第二天一大早就来到服虔的住处，趁他还没睡醒的时候，便突然叫道：“子慎！子慎！”服虔猛然惊醒，并不自觉地就答应了一声。于是两人就结为了知交好友。

5. 钟会撰《四本论》始毕[①]，甚欲使嵇公一见[②]。置怀中，既定，畏其难，怀不敢出，于户外遥掷，便回急走[③]。

【注释】

①钟会：字士季，详见《言语》第11则注②。《四本论》：论及才、性同异离合的文章，四本指的是才性同、才性异、才性合、才性离。按：才性之学是一种名理之学，是魏晋之际品评人物的标准和原则的学说，也是魏晋玄学的一部分；才指人的才能，性指的是决定人的才能的内在品质。

②甚：很。嵇公：指嵇康，字叔夜，详见《德行》第16则注②。

③既定：到了那里之后。难：问难，质疑。走：跑。

【译文】

钟会撰写了《四本论》，刚刚完成，很想让嵇康看一看。他把文章揣在怀里，来到嵇康家门口，又怕嵇康质疑问难，揣着不敢拿出来，从门外远远地将文章扔进去，便转身急急忙忙地跑开了。

6. 何晏[①]为吏部尚书，有位望，时谈客盈坐[②]。王弼未弱冠[③]，往见之。晏闻弼名，因条向者胜理[④]，语弼曰：“此理仆以为极,可得复难不?[5]”弼便作难,一坐人便以为屈[6]。于是弼自为客主数番[7],皆一坐所不及。

【注释】

①何晏:字平叔,擅长清谈,喜谈名理,详见《言语》第14则注①。

②位望:地位和声望。盈坐:满座;坐,通“座”。

③王弼:字辅嗣,能言善辩,是魏晋玄学的主要开创者,详见《言语》第99则注④。弱冠:男子20岁称弱冠,年满20行冠礼,即戴上表示已成人的帽子,以示成年,但体犹未壮,还比较年少,故称“弱”。

④条:分条列出。向者:以前,刚才。胜理:精妙高深的玄理。

⑤仆:谦称,我。难:辩驳,诘难。

⑥坐:通“座”。屈:理屈。

⑦自为客主:自己既做提问的一方,也做答辩的一方;即自问自答。

【译文】

何晏担任吏部尚书时,享有很高的地位和声望,当时来他府中清谈的宾客常常满座。王弼当时还不到二十岁,前去拜会他。何晏听到过王弼的名声,便分条列出刚才清谈时那些精妙的玄理,告诉王弼说:“这些玄理,我认为是谈得最透彻的了,你还能再辩驳吗?”王弼便提出了反驳,满座的人都觉得何晏理屈。于是王弼又自己担任辩论的主、客双方,自问自答数个来回,所谈玄理都是在座之人赶不上的。

7.何平叔注《老子》始成,诣王辅嗣[1],见王注精奇,乃神伏[2],曰:“若斯人,可与论天人之际矣![3]”因以所注为《道》《德》二论。

【注释】

①何平叔:即何晏,字平叔,详见《言语》第14则注①。《老子》:相传是春秋时代老聃所著,分为《道经》和《德经》两篇,后世又称为《道德经》,所以下文又有“《道》《德》二论”之名。王辅嗣:即王弼,字辅嗣,著有《老

子注》《老子指略》等书，详见《言语》第99则注④。

②精奇：精微独到。神伏：即神服，从心底里佩服。

③天人之际：指天道和人事的关系。

【译文】

何平叔给《老子》做注解刚刚完成，去拜会王辅嗣，看见王辅嗣的《老子注》见解精微独到，于是心里佩服不已，说："像这样的人，可以和他讨论天道和人事关系的问题啊！"于是把自己所作的注解改成《道论》、《德论》两篇。

8.王辅嗣弱冠诣裴徽[①]，徽问曰："夫无者，诚万物之所资，圣人莫肯致言，而老子申之无已，何邪？[②]"弼曰："圣人体无，无又不可以训，故言必及有[③]；老、庄未免于有，恒训其所不足。"

【注释】

①王辅嗣：即王弼，字辅嗣，详见《言语》第99则注④。弱冠：指男子20岁左右。裴徽：字文季，三国时河东闻喜人，阳吉平侯裴茂之子，尚书令裴潜之弟，善谈玄理；官至冀州刺史，金紫光禄大夫，封兰陵武公。

②资：凭借。圣人：指孔子。致言：发表言论。申：申述，述说。

③体：本体，意动用法，即以之为本体。训：解释，注解。

【译文】

王弼年轻时去拜访裴徽，裴徽问他："无，确实是万物的根源，可是圣人不肯对它发表意见，老子却反复地陈述它，这是为什么？"王弼说："圣人认为'无'是本体，可是'无'又不能被解释清楚，所以言谈间必定涉及'有'；老子、庄子不能去掉'有'，所以要经常去解释他们还掌握得不充分的'无'。"

9.傅嘏善言虚胜[①]，荀粲谈尚玄远[②]。每至共语，有争而不相喻[③]。裴冀州[④]释二家之义，通彼我之怀，常使两情皆得，彼此俱畅。

【注释】

①傅嘏(gǔ):字兰硕(一字昭先),曹魏时北地泥阳(今甘肃宁县)人;弱冠时便已知名于世,被司空陈群辟为掾属,后历任尚书郎、黄门侍郎、河南尹、尚书等职,封阳乡侯;255年逝世,追赠太常,谥元侯。虚胜:指虚无的精微境界;虚即虚无,道家用来指道的本体。

②荀粲:字奉倩,颍川颍阴县人,三国时期曹魏著名玄学家,东汉名臣荀彧幼子;聪颖过人,善谈玄理;娶曹洪之女为妻,生活美满,后因妻子病故,悲痛过度而亡,年仅29岁。尚:崇尚。玄远:指道的玄妙幽远。

③喻:晓喻,明白。

④裴冀州:即裴徽,字文季,曾任冀州刺史,详见《文学》第8则注①。

【译文】

傅嘏擅长谈论"道"的虚无的精微境界,荀粲崇尚谈论"道"的玄妙高远。每当两人到一起谈论的时候,总会发生争论,互相不能理解对方。冀州刺史裴徽能够解释清楚两家的道理,沟通彼此的心意,常使双方都感到满意,彼此心情都很舒畅。

10.何晏注《老子》未毕[①],见王弼自说注《老子》旨[②],何意多所短,不复得作声,但应诺诺[③]。遂不复注,因作《道德论》。

【注释】

①何晏:字平叔,东汉著名经学家,著有《老子道德论》两卷,详见《言语》第14则注①。未毕:未完成。

②王弼:字辅嗣,东汉著名经学家,著有《老子注》,详见《言语》第99则注④。旨:意旨,想法。

③意:感到,觉得。短:不足。诺诺:连声答应,表示同意。

【译文】

何晏注释《老子》,还没完成时,一次听王弼谈论他注释《老子》的意旨,对比之下,何晏觉得自己的见解多有不足,就没有再多说什么,只是连声答应着"是"。于是何晏就不再注释《老子》,改作了《道德论》。

11. 中朝时有怀道之流[①],有诣王夷甫咨疑者[②],值王昨已语多,小极[③],不复相酬答,乃谓客曰:"身今少恶,裴逸民亦近在此,君可往问。[④]"

【注释】

①中朝:指西晋,晋南渡以后,称渡江前为中朝。怀道之流:指倾慕道家学说的一类人。

②王夷甫:即王衍,字夷甫,好老庄之学,详见《言语》第 23 则注②。

③值:碰上,遇上。小极:身体不适,困倦。

④身:本身,本人。少:通"稍",稍微。恶:不好,不适。裴逸民:即裴頠(wěi),字逸民,善谈名理,详见《言语》第 23 则注③。

【译文】

西晋时有一些非常倾慕道家学说的人,其中有一位登门向王夷甫请教疑难问题,正碰上王夷甫前一天已经谈论了很久,身体有些不适,不想再应酬答对客人,便对客人说:"我现在有点不舒服,裴逸民就住在这附近,您可以去请教他。"

12. 裴成公作《崇有论》[①],时人攻难之,莫能折[②]。唯王夷甫来,如小屈[③]。时人即以王理难裴,理还复申[④]。

【注释】

①裴成公:即裴頠,谥号成,故称裴成公,详见《言语》第 23 则注③。《崇有论》:是裴頠所著的哲学著作。按:裴逸民抨击了当时的"贵无"思想,著有《崇有论》,认为世界的根本是"有",不是"无"。

②折:折服,屈服。

③王夷甫:即王衍,字夷甫,详见《言语》第 23 则注②。小屈:稍微有些受挫。

④申：展开。

【译文】

裴逸民写了《崇有论》，当时的人攻击驳难他的“崇有”观点，可是没有谁能驳倒他，使他屈服。只有王夷甫来和他辩论，他才稍微有点受挫。当时的人就用王夷甫的理论来反驳他的理论，可是这时他的理论又还是能展开论述，轻易驳倒对方了。

13. 诸葛厷年少不肯学问[①]，始与王夷甫谈，便已超诣[②]。王叹曰：“卿天才卓出，若复小加研寻，一无所愧。[③]”厷后看《庄》《老》，更与王语[④]，便足相抗衡。

【注释】

①诸葛厷：字茂远，一作诸葛宏，琅邪阳都人，才能出众，西晋时官至司空主簿。学问：学习，做学问。

②王夷甫：即王衍，字夷甫，详见《言语》第23则注②。超诣：造诣超然卓群。

③卓出：卓越杰出。小：稍微。研寻：研究探索。一：全，都。

④《庄》《老》：指《庄子》和《老子》。更：再，又。

【译文】

诸葛厷年少的时候不肯认真学习，可是一开始和王夷甫清谈，便已经显示出他的造诣超然卓群。王夷甫感叹地说：“你很聪明，才智卓越出众，如果再稍加研究探索，就不会愧对任何人了。”诸葛厷后来学习了《庄子》《老子》，再来和王夷甫谈论，便完全可以和他不相上下了。

14. 卫玠总角时[①]，问乐令[②]“梦”，乐云：“是想。”卫曰：“形神所不接而梦，岂是想邪？[③]”乐云：“因也[④]。未尝梦乘车入鼠穴，捣齑啖铁杵[⑤]，皆无想无因故也。”卫思“因”，经日不得，遂成病。乐闻，故命驾为剖析之，卫既小差[⑥]。乐叹曰：“此儿胸中当必无膏肓之疾![⑦]”

【注释】

①卫玠:字叔宝,详见《言语》第32则注②。总角:未成年的人,头发扎成抓髻,叫总角,借指幼年。

②乐令:即乐广,曾任尚书令,故称乐令,详见《德行》第23则注④。

③形神:人的身体和精神。接:接触。

④因:原因,依据。

⑤捣齑(jī):把葱、蒜、姜等捣碎。啖(dàn):吃。

⑥命驾:吩咐人驾车,即坐车前往。既:不久,随即。小差:疾病小愈;差,同“瘥”(chài),病愈,病情好转。

⑦膏肓(huāng):心尖脂肪叫膏,心脏和膈膜之间叫肓,古人认为这是药力达不到的地方,病入膏肓就无药可治了。按:膏肓之疾是很难治愈的疾病,而心病一般也很难医治,卫玠喜欢探究到底,有疑惑就要弄个清楚明白,因此乐广认为他不会因心病而积忧成疾。

【译文】

卫玠小时候,问尚书令乐广“梦”是什么,乐广回答说:“梦就是心中所想。”卫玠说:“人的身体和精神都不曾接触过的东西,却在梦里出现了,这怎么能是心中所想呢?”乐广说:“那是有原因的。人们不曾梦见坐车进老鼠洞,或者捣碎姜蒜时把铁杵也吃下去,这都是因为心中不会有这些想法,没有依据的缘故。”卫玠便认真思索这个梦形成的因由问题,成天思索也没有得出答案,最终病倒了。乐广听说后,特意吩咐人驾车,前去为他深入剖析了这个问题,卫玠的病情马上有了好转。乐广感慨地说:“这孩子心里一定不会得无法医治的心病!”

15.庾子嵩[①]读《庄子》,开卷一尺许便放去[②]。曰:“了不异人意。[③]”

【注释】

①庾子嵩:庾敳(ái),字子嵩,颍川鄢陵(今河南鄢陵北)人;历任陈

留相、吏部郎、太傅东海王司马越从事中郎、军谘祭酒等职；永嘉五年(311年)，被石勒俘虏，不久遇害。

②开卷一尺许：展开书卷，读了一尺左右的篇幅；卷，指书卷，魏晋时书籍为竹简或帛书，有长度，可以卷起来；许，左右，表示约略估计的数量。放：放弃，搁置。

③了：全。

【译文】

庾子嵩读《庄子》，展开书卷，读了一尺左右的篇幅后，就把书放下了，说道："和我的想法完全没有什么不同。"

16. 客问乐令"旨不至"者①，乐亦不复剖析文句，直以麈尾柄确几曰②："至不？"客曰："至。"乐因又举麈尾曰："若至者，那得去？"于是客乃悟服③。乐辞约而旨达④，皆此类。

【注释】

①乐令：即乐广，曾任尚书令，故称乐令，详见《德行》第23则注④。旨不至：旨同"指"，出自《庄子·天下》，原文为"指不至，至不绝"，大意指接触到了一个物体也并不能达到它的实质，就算达到了也不能穷尽它，这是用一种辩证的相对主义观点来看待问题；乐广后面用麈尾到达桌面又离开的例子，让客人明白"到达"只是相对的。

②直：只是。麈(zhǔ)尾：魏晋名士清谈时用的雅器。确：同"搉"，敲击。几：几案。

③悟服：领悟信服。

④约：简约，简要。达：畅通，明白。

【译文】

有位客人问尚书令乐广"旨不至"这句话的意思，乐广也不再分析这句话的词句，只是用麈尾柄敲着几案，问道："到达了没有？"客人回答说："到达了。"乐广于是又举起麈尾，问说："如果达到了，又怎么能离开呢？"这时客人才领悟过来，对乐广的解释信服不已。乐广解释问题时言辞简明扼要，意思通畅明了，都和上面这个例子类似。

17. 初，注《庄子》者数十家，莫能究其旨要[①]。向秀于旧注外为解义，妙析奇致，大畅玄风[②]。唯《秋水》《至乐》二篇未竟而秀卒。秀子幼，义遂零落，然犹有别本[③]。郭象者，为人薄行，有俊才[④]。见秀义不传于世，遂窃以为己注，乃自注《秋水》《至乐》二篇，又易《马蹄》一篇，其余众篇，或定点文句而已[⑤]。后秀义别本出，故今有向、郭二《庄》，其义一也。

【注释】

①《庄子》：道家经典著作之一，是战国时代的庄周以及他的后学所作，本则中的《秋水》《至乐》《马蹄》，都是其中的篇名；晋代的向秀、郭象等都曾给《庄子》作注，现存的只有郭注本。旨要：同“指要”，要领，主要用意。

②向秀：字子期，详见《言语》第18则注②。解义：解释词义或文义。妙析奇致：分析精确，意趣新奇。

③别本：为同书同一来源之另一本子，亦称“副本”。

④郭象：字子玄，洛阳人，官至黄门侍郎、太傅主簿；好老庄，善清谈，继承向秀《庄子解义》，成书《庄子注》。薄行：品行不端，轻薄无行。

⑤易：改变，更改。或：稍微。定点：点定，改正。

【译文】

起初，给《庄子》作注解的有几十家，可是没有一家能探索到它的要领。向秀舍弃旧注，另外做了新的解义。他的解义分析精确，意趣新奇，使《庄子》玄妙的意旨大为通畅显达。其中只有《秋水》《至乐》两篇的注还没来得及完成，向秀就离世了。这时向秀的儿子还很小，所以向秀的解义慢慢就四散零落了，可是还留有一个副本。郭象这个人，品行不好，但是才智出众。他看到向秀所作的《庄子》的解义在当时没有流传开，便偷来当作自己的注解。于是自己注释了《秋水》《至乐》两篇，又改换了

《马蹄》一篇的注，其余各篇的注只是稍微改变一下文句罢了。后来向秀解义的副本也刊出了，所以现在有向秀、郭象两个版本的《庄子注》，但其中的义理是一样的。

18. 阮宣子有令闻①，太尉王夷甫②见而问曰："老、庄与圣教同异？③"对曰："将无同。④"太尉善其言，辟之为掾，世谓"三语掾"⑤。卫玠嘲之曰："一言可辟，何假于三！⑥"宣子曰："苟是天下人望，亦可无言而辟，复何假一！⑦"遂相与为友。

【注释】

①阮宣子：阮修，字宣子，陈留尉氏人，无神论者，喜欢《老子》《周易》，善谈玄理；曾任鸿胪丞、太傅行参军、太子洗马等职，死于永嘉之乱中。令闻：美好的声誉。按：据《资治通鉴·晋纪四·孝惠皇帝》记载，本则所记之事中人物为阮瞻和司徒王戎。

②王夷甫：即王衍，字夷甫，曾任太尉，详见《言语》第23则注②。

③圣教：圣人的教化，指儒学。

④将无：表揣测、怀疑的语气词，即恐怕，莫非。

⑤善：认为好。辟：征召，调用。掾(yuàn)：属官。三语掾：指借助三个字当上属官。

⑥卫玠：字叔宝，详见《言语》第32则注②。假：借助，凭借。

⑦苟：如果，假使。人望：众人所仰望的人。

【译文】

阮宣子有很好的声誉，太尉王夷甫见到他时问道："老子、庄子的学说和儒家思想有什么异同？"阮宣子回答说："恐怕都差不多吧！"太尉认为他回答得很好，就征辟他来做自己的下属。世人称他为"三语掾"。卫玠嘲讽他说："只说一个字就可以征辟，何必要借助三个字呢！"宣子说："如果是众人所仰望的人，也可以一个字不说就被征辟，又何必要借助一个字呢！"于是两人就结为朋友。

19.裴散骑娶王太尉女[①]。婚后三日,诸婿大会,当时名士,王、裴子弟悉集。郭子玄在坐,挑与裴谈[②]。子玄才甚丰赡,始数交,未快[③]。郭陈张甚盛,裴徐理前语,理致甚微,四坐咨嗟称快[④]。王亦以为奇,谓诸人曰:"君辈勿为尔,将受困寡人女婿。[⑤]"

【注释】

①裴散骑:裴遐,字叔道,河东郡闻喜(今山西运城)人,长水校尉裴绰之子;善谈名理,谈吐风雅,娶王衍的第四个女儿;曾任司空掾、散骑郎,东海王司马越主簿,后为越子司马毗所害。王太尉:即王衍,字夷甫,详见《言语》第23则注②。

②郭子玄:即郭象,字子玄,详见《文学》第17则注④。挑:挑头。

③丰赡(shàn):丰富,充足,这里指才识渊博。数:几次。快:畅快,痛快。

④陈张:铺陈,陈说。徐理:慢慢地梳理。理致:义理和情致。微:精微,精妙。四坐:即四座。咨嗟:赞叹。

⑤寡人:王侯的谦称,王夷甫身居宰辅之位,也可以自称寡人。

【译文】

散骑郎裴遐娶太尉王夷甫的女儿为妻。婚后三天,王家邀请诸位女婿聚会,当时的名士和王、裴两家的子弟都到了。郭子玄也在座,挑头和裴遐谈论玄理。子玄才识很渊博,开始交锋几个回合,还觉得不够畅快。郭子玄把玄理铺陈得很充分,裴遐则慢慢地梳理郭子玄前面的话语,语言中包含的义理和情致都很精妙,满座宾客都赞叹不已,表示听得很痛快。王夷甫也认为很奇妙,对大家说:"你们不要再辩论了,不然就要被我女婿困住了。"

20.卫玠始度江,见王大将军[①]。因夜坐,大将军命谢幼舆[②]。玠见谢,甚说之,都不复顾王,遂达旦微言[③],王永夕不得豫[4]。玠体素羸，恒为母所禁，尔夕忽极，于此病笃，遂不起[5]。

【注释】

①卫玠：字叔宝，详见《言语》第32则注②。度江：即渡江，度通“渡”；西晋末期，皇室南渡过江，于建康（今江苏南京）建立东晋政权，北方士族大都随之渡江避难。王大将军：即王敦，字处仲，曾任大将军，善谈名理，详见《言语》第37则注①。

②命：招来。谢幼舆：谢鲲，字幼舆，曾在王敦手下任长史，详见《言语》第46则注②。

③说：通“悦”。都：完全。达旦：整整一夜，一直到天亮。微言：精微之言，即玄谈。

④永夕：通宵，整夜。豫：通“与”，参加。

⑤素：平素，向来。尔夕：那一夜。极：极度疲累。不起：比喻疾病不能痊愈。

【译文】

卫玠刚渡江到江南不久，去拜见大将军王敦。因为准备在夜里坐谈玄理，大将军便召谢幼舆前来作陪。卫玠一见到谢幼舆，就非常喜欢他，完全不再顾及王敦了，于是两人一直交谈到第二天早晨，王敦整夜都不能参与其中。卫玠平素身体一向很虚弱，常常被他母亲禁止与人长谈，这一夜忽然极度劳累，因此病情加重，卧床不起，后来病逝了。

21.旧云：王丞相过江左，止道声无哀乐、养生、言尽意三理而已[1]。然宛转关生，无所不入[2]。

【注释】

①王丞相：即王导，字茂弘，官至丞相，详见《德行》第27则注③。江左：即江东，古人习惯以东为左。止：仅，只。声无哀乐：嵇康著有《声无哀乐论》，提出了“声无哀乐”，即音乐为客观存在的声音，哀乐是人的精神被触动后产生的感情，两者并无因果关系。养生：嵇康著有《养生论》，讨论养生之道，主张养生要形神共养、尤重养神，要见微知著、持之以恒。

言尽意：晋代欧阳建著有《言尽意论》，和当时盛行的“言不尽意”论形成对抗，认为语言能够表达清楚人们的心意。

②宛转：曲折。关生：指关联派生。

【译文】

过去有种说法：丞相王导到江东以后，也只是谈论声无哀乐、养生和言尽意这三方面的道理而已，可是这三个方面能婉转派生出很多观点，是能渗透到每一个方面的。

22.殷中军为庾公长史，下都①，王丞相为之集②，桓公、王长史、王蓝田、谢镇西并在③。丞相自起解帐带麈尾，语殷曰：“身今日当与君共谈析理。”既共清言，遂达三更。丞相与殷共相往反，其余诸贤略无所关④。既彼我相尽，丞相乃叹曰：“向来语，乃竟未知理源所归。至于辞喻不相负，正始之音，正当尔耳！⑤”明旦，桓宣武语人曰：“昨夜听殷、王清言，甚佳。仁祖亦不寂寞，我亦时复造心⑥；顾看两王掾，辄翣如生母狗馨。⑦”

【注释】

①殷中军：即殷浩，字渊源，曾任中军将军，详见《言语》第80则注②。庾公：即庾亮，字元规，详见《德行》第31则注①。下都：到京都去。按：咸和九年(334年)，庾亮都督江、荆、豫、益、梁、雍六州诸军事，兼领江、荆、豫三州刺史，镇守武昌；武昌地处长江上游，殷浩从武昌赴京，所以叫下都。

②王丞相：即王导，字茂弘，官至丞相，详见《德行》第27则注③。集：聚集，召集。

③桓公：即桓温，字元子，详见《言语》第55则注①。王长史：王濛，字仲祖，官至司徒左长史，详见《言语》第54则注④。王蓝田：王述，字怀祖，太原晋阳(今山西太原市)人；承袭父爵蓝田侯，曾任宛陵县令、临海太守、会稽内史、扬州刺史、尚书令等职；死后追赠侍中、骠骑将军，谥号

为穆，又因避晋穆帝谥号，改为简。谢镇西：谢尚，字仁祖，曾任镇西将军，详见《言语》第46则注①。

④共相往反：反通"返"，指来回反复辩难。略：全。关：参与。

⑤辞喻不相负：指言辞、譬喻不相违背。正始之音：正始年间王弼、何晏等人清谈的情形；正始是三国时魏齐王曹芳的年号，当时王弼、何晏等人倡导玄学，开魏晋谈玄之风。

⑥桓宣武：即桓温，谥号为宣武。造心：进到心里，指心有所得。

⑦顾：回头。两王掾：指王濛和王述，两人当时都是王导的属官。翣(shà)：用羽毛做的扇子，此处意指插着羽毛扇子。馨：一样，这样。

【译文】

中军将军殷浩任庾亮属下的长史时，有一次来到京城，丞相王导为了他把大家聚集在一起，桓温、左长史王濛、蓝田侯王述、镇西将军谢尚都在座。丞相亲自离座去解下挂在帐带上的拂尘，对殷浩说："我今天要和您一起谈论辨析玄理。"两人于是一起谈论，一直谈到三更时分。丞相和殷浩来回反复辩论驳难，其他贤达全都没能参与进去。彼此尽情辩论以后，丞相便叹道："一向谈论玄理，竟然还不知道玄理的本源在什么地方。至于言辞和譬喻不能互相违背，正始年间的清谈，正是这样的呀！"第二天早上，桓温告诉别人说："昨天夜晚听殷、王两人清谈，感觉非常好。仁祖也没有感到寂寞，我也时时觉得心有所得；回头看那两位王姓属官，就活像身上插着漂亮羽毛扇的活母狗一样。"

23. 殷中军见佛经①，云："理亦应阿堵上。②"

【注释】

①殷中军：即殷浩，字渊源，曾任中军将军，详见《言语》第80则注②。

②理：指玄理，魏晋玄学推崇的哲理。阿堵：六朝人口语，犹这，这个。

【译文】

中军将军殷浩看了佛经，说："玄理也应当在这里面。"

24.谢安年少时[①]，请阮光禄道《白马论》[②]，为论以示谢。于时谢不即解阮语，重相咨尽[③]。阮乃叹曰："非但能言人不可得，正索解人亦不可得![④]"

【注释】

①谢安：字安石，详见《德行》第33则注③。

②阮光禄：即阮裕，字思旷，曾任光禄大夫，擅长论证疑难的问题，详见《德行》第32则注①。道：讲解。《白马论》：战国时公孙龙著《白马论》，提出了"白马非马"论，他认为"马"是指形体，"白"是指颜色，而形体不等于颜色，所以白马非马。

③于时：在当时。重相咨尽：一再询问而求尽晓其义。

④非但：不但。正：这样，这么。索解：寻求解释，探索意义。

【译文】

谢安年轻的时候，请光禄大夫阮裕讲解《白马论》，于是阮裕写了一篇论说文给谢安看。当时谢安不能立即理解阮裕的文章，就一再向他询问，以求尽晓其义。阮裕于是赞叹道："不但能够解释明白的人难得，这样寻求透彻了解的人也很难得啊!"

25.褚季野语孙安国云[①]："北人学问，渊综广博。[②]"孙答曰："南人学问，清通简要。[③]"支道林闻之[④]，曰："圣贤固所忘言[⑤]。自中人以还，北人看书，如显处视月；南人学问，如牖中窥日。[⑥]"

【注释】

①褚季野：即褚裒(chǔ póu)，字季野，详见《德行》第34则注②。孙安国：即孙盛，字安国，详见《言语》第49则注①。

②北人：指黄河以北的人。渊综：深厚透彻，且融会贯通。

③南人：指黄河以南的人。清通：清明通达。按：褚季野是河南阳翟(今河南禹县)人，在黄河以南；孙安国是太原中都(今山西平遥)人，在黄

河以北。两人互相推重,赞美对方。

④支道林:支遁,字道林,东晋高僧,详见《言语》第45则注②。

⑤忘言:指心中领会,不须用言语来说明。

⑥中人:中等人,指具有中等才质的人。以还:以下。显处视月:在视野开阔处看月亮,比喻治学的范围广博,但不精深。牖(yǒu)中窥日:牖即窗户,指从窗户中看太阳,比喻做学问很专一透彻,但视野不开阔,见识不广。

【译文】

褚季野对孙安国说:"北方人做学问,深厚广博而且融会贯通。"孙安国回答说:"南方人做学问,清明通达而且简明扼要。"支道林听到后说:"对于圣贤,自然不需要用言语来评说。对于中等才质以下的人来说,北方人读书,像是在视野开阔的地方看月亮,广而不深;南方人做学问,如同是从窗户里看太阳,深而不广。"

26.刘真长与殷渊源谈[①],刘理如小屈[②],殷曰:"恶,卿不欲作将善云梯仰攻?[③]"

【注释】

①刘真长:即刘惔,字真长,详见《德行》第35则注①。殷渊源:即殷浩,字渊源,详见《言语》第80则注②。

②小屈:稍稍有些理亏。

③恶(wū):疑问代词,为何,怎么。作将:同义复词,制作。云梯:古代攻城的工具。按:文中是把清谈的主客双方比喻成战场对垒的敌我双方。

【译文】

刘真长和殷渊源清谈,刘真长似乎稍微有点占下风,殷渊源便说:"怎么,你没想到建造一架好的云梯来仰攻吗?"

27.殷中军云[①]:"康伯未得我牙后慧。[②]"

【注释】

①殷中军：即殷浩，字渊源，曾任中军将军，详见《言语》第80则注②。

②康伯：即韩伯，字康伯，殷浩外甥，详见《德行》第38则注④。牙后慧：指言辞之外的义理情趣。按：殷浩善清谈，这里是说韩伯不善于谈玄。

【译文】

中军将军殷浩说："康伯远还没有领悟到我言辞之外的义理情趣。"

28. 谢镇西少时，闻殷浩能清言，故往造之①。殷未过有所通，为谢标榜诸义，作数百语②；既有佳致，兼辞条丰蔚，甚足以动心骇听③。谢注神倾意，不觉流汗交面④。殷徐语左右："取手巾与谢郎拭面。"

【注释】

①谢镇西：指谢尚，字仁祖，曾任镇西将军，详见《言语》第46则注①。殷浩：字渊源，详见《言语》第80则注②。造：拜访。

②过：过多，过分。通：陈述，阐发。标榜：揭示，提示。

③佳致：指优美高雅的情趣。辞条：文辞的条目，指辞藻。丰蔚：指文辞丰富多彩。骇听：骇人听闻，使人听起来惊讶。

④交面：在脸上交织。

【译文】

镇西将军谢尚年轻时，听说殷浩擅长清谈，特意去拜访他。殷浩没有做过多的阐发，只是给谢尚揭示了各条义理，说了有好几百句话；不但有优美高雅的情趣，而且辞藻丰富多彩，非常扣人心弦，令人震惊。谢尚听得全神贯注，倾心向往，不知不觉中汗流满面。殷浩从容地吩咐手下人："拿手巾来给谢郎擦擦脸。"

29.宣武集诸名胜讲《易》,日说一卦①。简文欲听,闻此便还,曰:"义自当有难易,其以一卦为限邪!②"

【注释】

①宣武:即桓温,谥号为宣武,详见《言语》第55则注①。名胜:名流,名士。《易》:即《易经》,又名《周易》,相传为周文王姬昌所作,内容包括《经》和《传》两个部分。

②简文:即晋简文帝司马昱,详见《德行》第37则注①。其:同"岂"。

【译文】

桓温聚集许多名士们讲解《周易》,每天讲解一卦。简文帝本来也想去听,一听说是这样讲,就回来了,说:"卦的内容自然应当是有难有易的,怎么能以每天只讲一卦作为限定条件呢!"

30.有北来道人好才理,与林公相遇于瓦官寺,讲《小品》①。于时竺法深、孙兴公悉共听②。此道人语,屡设疑难,林公辩答清析,辞气俱爽,此道人每辄摧屈③。孙问深公:"上人当是逆风家,向来何以都不言?④"深公笑而不答。林公曰:"白旃檀非不馥,焉能逆风!⑤"深公得此义,夷然不屑⑥。

【注释】

①道人:晋时和尚的称谓。才理:才气和文思。林公:即支遁,字道林,东晋高僧,详见《言语》第45则注②。瓦官寺:始建于东晋,在陶官旧地以建寺,故称瓦官寺,位于南京市集庆门附近。《小品》:指佛教经典《小品般若波罗密经》。

②竺法深:东晋名僧,详见《德行》第30则注②。孙兴公:即孙绰,字兴公,详见《言语》第84则注①。

③摧屈:指受挫而窘迫或收敛。

④上人:佛教用语,称有上德的人,也用来尊称僧人。向来:刚才,方才。按:这一句指深公本不在林公之下,应当逆风而上,而不应甘拜

下风。

⑤白旃(zhān)檀:白檀香树。馥:香气浓郁。按:此句是说这种树的香味只有顺风才能闻到,逆风之下香味就吹没了,意指深公也不是自己的对手。

⑥夷然:泰然,坦然。不屑:不在意,不理会。

【译文】

有位从北方过江来的和尚很有才气和文思,与支道林和尚在瓦官寺相遇,两人一起探讨佛教经典《小品》。当时竺法深和尚、孙兴公等人都去听。这位和尚在谈论中,屡次设下疑难问题,但支道林的辨析和回答都很清晰透彻,言辞气度也很爽朗。这位和尚每次都被驳倒,深感受挫。孙兴公就问竺法深说:"上人应该是逆风而上的高人,刚才为什么一句话也不说呢?"竺法深笑笑,没有回答。支道林接口说:"白檀香树并不是不香,但在逆风之下怎能闻到香味呢!"竺法深明白这句话的含义,但坦然自若,毫不在意。

31.孙安国往殷中军许共论,往反精苦,客主无间①。左右进食,冷而复暖者数四②。彼我奋掷麈尾,悉脱落,满餐饭中③。宾主遂至莫忘食④。殷乃语孙曰:"卿莫作强口马,我当穿卿鼻!⑤"孙曰:"卿不见决鼻牛,当穿卿颊!⑥"

【注释】

①孙安国:即孙盛,字安国,详见《言语》第49则注①。殷中军:即中军将军殷浩,详见《言语》第80则注②。许:处所。往反:即往返,指辩论双方来回辩难。精苦:精勤刻苦。无间:没有空隙、漏洞。

②进食:进奉食物。数四:再三,三番四次。

③奋掷:用力甩动。麈(zhǔ)尾:是魏晋清谈家经常用来拂秽清暑,显示身份的一种道具。

④莫:通"暮"。

⑤强口马:争食的马,比喻嘴硬,不服输。穿卿鼻:穿过鼻子,戴上鼻

环。按:马戴嚼子(嚼子是横放在马嘴里的小铁链或其他形状的铁制品,两端连在笼头或缰绳上),牛穿鼻环,这是常识;殷浩说孙盛是"抢口马",却要穿其鼻子,这是一个疏忽。

⑥决鼻牛:挣脱鼻环的牛。穿卿颊:穿过脸颊,戴上嚼子。按:孙盛的回答把自己比喻成牛,殷浩比喻成马,意思是自己不仅能"决鼻"而逃,还要给殷浩带上嚼子,因此孙盛的还击占了上风。

【译文】

孙安国到中军将军殷浩的住处一起清谈,两人来回辩驳,精勤刻苦,宾主双方的言辞都没有任何漏洞。到吃饭的时候,在旁边伺候的人端上了饭菜,他们也顾不得吃,饭菜凉了又热,热了又凉,这样已经好几遍了。双方清谈时,都奋力甩动着手中的麈尾,以至于麈尾上的毛全部脱落,饭菜上都落满了。宾主双方竟然到傍晚也没想起吃饭的事儿。殷浩便对孙安国说:"你不要做嘴硬的马了,我会刺穿你的马鼻子,给你戴上鼻环的!"孙安国接口说:"你没见过挣破鼻环的牛吗?当心,我会穿透你的腮帮子,给你戴上嚼子的!"

32.《庄子·逍遥》篇①,旧是难处,诸名贤所可钻味,而不能拔理于郭、向之外②。支道林在白马寺中③,将冯太常共语④,因及《逍遥》。支卓然标新理于二家之表,立异义于众贤之外,皆是诸名贤寻味之所不得⑤。后遂用支理。

【注释】

①《逍遥》:即《逍遥游》,是《庄子》中的第一篇,大意为只有忘却物我之分,达到无己、无功、无名的境界,才能真正地逍遥自得。

②可:应作"共",余嘉锡《世说新语笺疏》中说:"案'可'字误,通行删节本作'共'。"钻味:钻研体味。拔:突出,超出。郭、向:郭象、向秀,两人都曾为《庄子》作注,可参见本门第17则。

③支道林:支遁,字道林,东晋高僧,详见《言语》第45则注②。

④将:与,和。冯太常:冯怀,字祖思,长乐安平(今陕西石泉)人,历

任太常、护国将军等职。

⑤之表：之外，以外。寻味：深入探求，仔细体味。

【译文】

《庄子·逍遥游》一篇，历来是个难点，诸位名士们对这篇文章都有钻研体味，可是对它的义理的阐述却没有能超出郭象和向秀的。有一次，支道林在白马寺里，和太常冯怀一起清谈，谈到了《逍遥游》。支道林在郭、向两家的见解之外，卓越地揭示出新颖的义理，提出了和众位名人贤士们都不同的见解，这是诸名士探求体味良久也未能得到的。后来注解《逍遥游》的，都普遍采用了支道林阐明的义理。

33.殷中军尝至刘尹所清言①。良久，殷理小屈，游辞不已，刘亦不复答②。殷去后，乃云："田舍儿，强学人作尔馨语！③"

【注释】

①殷中军：即殷浩，字渊源，曾任中军将军，详见《言语》第80则注②。刘尹：即刘惔，字真长，曾任丹阳尹，详见《德行》第35则注①。所：处所。清言：即清谈。

②小屈：稍稍有些理亏，处于下风。游辞：不切实际的躲躲闪闪的言辞，浮辞。

③田舍儿：庄稼汉、乡巴佬儿之意，含有轻蔑意。尔馨：这样，如此。

【译文】

中军将军殷浩曾到丹阳尹刘惔那里去清谈。谈了很久后，殷浩稍微有点处于下风了，就不停地用些浮辞来应对，刘惔也不再和他辩论下去。殷浩走了以后，刘惔就说："乡巴佬儿，硬要学别人作这样的清谈！"

34.殷中军虽思虑通长，然于才性偏精①。忽言及《四本》，便若汤池铁城，无可攻之势②。

【注释】

①殷中军：即殷浩，字渊源，曾任中军将军，详见《言语》第80则注

②。通长：通达深远。才性：才能和本性，指才、性的含义及其关系。

②《四本》：即《四本论》，涉及才、性的异同离合四种关系，钟会所著，可参见本篇第5则。汤池铁城：流着沸水的护城河和铁造的城墙，比喻非常坚固。

【译文】

中军将军殷浩虽然才思通达深远，但是对于才能和本性的关系问题最为精通。即使突然和他谈论起《四本论》，他也像汤池铁城一样毫无破绽，使人找不到可以进攻的地方。

35. 支道林造《即色论》，论成，示王中郎，中郎都无言[①]。支曰："默而识之乎？[②]"王曰："既无文殊，谁能见赏！[③]"

【注释】

①支道林：支遁，字道林，东晋高僧，详见《言语》第45则注②。造：撰写。《即色论》：支遁的《即色游玄论》，在书中提出了"即色本空"的思想。王中郎：即王坦之，字文度，曾任北中郎将，详见《言语》第72则注①。都：全。

②默而识之：把它默记在心，语出《论语·述而》。识(zhì)，记住。

③文殊：指文殊菩萨。见赏：赏识我，被赏识，指理解我的意思。按：《维摩诘经》中记载，文殊菩萨问维摩诘："何者是菩萨入不二法门(指直接入道不可言传的法门)？"维摩诘默然无言，文殊叹道："善哉！善哉！乃至无有文字语言，是真入不二法门也。"王坦之意指文殊能从维摩诘的默然无言中领悟到其真正用意。他对支道林的著作不置可否，其实是不欣赏，不赞同。

【译文】

支道林和尚撰写了《即色论》，写好了后，拿给北中郎将王坦之看。王坦之看后一句话也没说。支道林说："你是在把它默记在心吧？"王坦之说："既然没有文殊菩萨在这里，谁又能理解我默然无言的用意呢！"

36.王逸少作会稽，初至，支道林在焉[①]。孙兴公谓王曰："支道林拔新领异，胸怀所及，乃自佳，卿欲见不?[②]"王本自有一往隽气，殊自轻之[③]。后孙与支共载往王许，王都领域，不与交言[④]。须臾支退。后正值王当行，车已在门，支语王曰："君未可去，贫道与君小语。[⑤]"因论《庄子·逍遥游》。支作数千言，才藻新奇，花烂映发。王遂披襟解带，留连不能已[⑥]。

【注释】

①王逸少：即王羲之，字逸少，曾任会稽内史，详见《言语》第62则注①。作会稽：任会稽内史。支道林：支遁，字道林，东晋高僧，详见《言语》第45则注②。

②孙兴公：即孙绰，字兴公，详见《言语》第84则注①。拔新领异：指创立新意，提出独特的见解。

③一往：一向。隽(jùn)气：同"俊气"，才智出众的气概。殊：特别，很。

④共载：指同乘一辆车。许：住处。领域：动词，指心中存有界限。

⑤小语：短暂交谈。

⑥披襟解带：即宽衣解带，指脱下外出时穿的礼服。

【译文】

王逸少出任会稽内史，刚刚到任，当时支道林也在会稽郡。孙兴公对王逸少说："支道林的观点新颖，对问题有独到的见解，胸中的见解确实很高妙，你想见见他吗?"王逸少本来一向才智出众，有些傲气自负，就很轻视支道林。后来孙兴公和支道林一起坐车到王逸少那里，王逸少总是心不在焉，不和支道林交谈。不一会儿支道林就告退了。后来有一次正好碰上王逸少要出行，车子已经在门口等着，支道林对王逸少说："请您先不要离开，我想和您短暂交流一下。"于是就谈到《庄子·逍遥游》。支道林一谈起来，洋洋数千言，才气不凡，辞藻新奇，像繁花灿烂，交映生辉。王逸少于是脱下外衣，不再出门，对这次谈话留恋不已。

37. 三乘佛家滞义，支道林分判，使三乘炳然①。诸人在下坐听，皆云可通②。支下坐，自共说，正当得两，入三便乱③。今义弟子虽传，犹不尽得。

【注释】

①三乘：佛教用语，即三种交通工具，比喻运载众生渡越生死到涅槃彼岸的三种法门，包括声闻乘（小乘），缘觉乘（中乘）、菩萨乘（大乘）。滞义：晦涩难懂、不易解释的内容。分判：辨别剖析。炳然：明白，明显。

②下坐：坛下落座。通：懂得，明了。

③自共说：自己互相说解。正当：正确恰当。

【译文】

三乘的教义是佛教中晦涩难懂、很难讲解的，支道林登坛宣讲，对三乘的教义详加辨别剖析，使三乘的内容显然明了。大家在坛下落座听讲之后，都说能够理解三乘的教义了。支道林离开讲坛，坐在坛下，让大家自己互相说解，结果只能正确恰当地解释两乘，进入三乘便混乱了。现在的三乘教义，弟子们虽然是通过传承来学习的，仍然不能全部理解。

38. 许掾年少时，人以比王苟子，许大不平①。时诸人士及林法师并在会稽西寺讲②，王亦在焉。许意甚忿，便往西寺与王论理，共决优劣。苦相折挫，王遂大屈③。许复执王理，王执许理，更相覆疏④，王复屈。许谓支法师曰：“弟子向语何似？⑤”支从容曰：“君语佳则佳矣，何至相苦邪？岂是求理中之谈哉！⑥”

【注释】

①许掾：即许询，字玄度，曾被召为司徒掾，详见《言语》第69则注①。比：并列。王苟子：王修，字敬仁，小字苟子，司徒左长史王濛之子；善隶行书，号曰“流奕清举”；历任著作佐郎、琅邪王文学、中军司马等职，24岁时病逝。

②林法师：一说作“支法师”，均指东晋高僧支遁，字道林；法师是对

和尚的尊称。西寺:即光相寺,在会稽城西。

③苦:极力,竭力。折挫:挫败。大屈:指被彻底驳倒。

④更:再次,再度。覆疏:反复论辩。

⑤弟子:佛教或道教信徒与和尚、道人谈话时的自称。何似:如何,怎么样。

⑥苦:困扰,使处于困境。理中:合适的、正确的道理,即真理。

【译文】

司徒掾许询年轻时,人们把他和王苟子相提并论,许询非常不服气。当时许多名士和支道林法师一起在会稽的西寺讲论,王苟子也在那里。许询心里很生气,便到西寺去找王苟子辩论玄理,要较量出个高下来。许询极力要挫败对方,于是王苟子被彻底驳倒。接着许询又反过来用王苟子的观点,王苟子用许询的观点,再度互相反复论辩,王苟子又被驳倒。许询就问支道林法师说:"弟子刚才的谈论怎么样?"支道林从容地回答说:"你的谈论好是很好的,但是何至于非要让对方处于困境呢?这哪里是探求真理的辩论啊!"

39.林道人诣谢公[①],东阳时始总角,新病起,体未堪劳,与林公讲论,遂至相苦[②]。母王夫人在壁后听之,再遣信令还,而太傅留之[③]。王夫人因自出,云:"新妇少遭家难,一生所寄,唯在此儿。[④]"因流涕抱儿以归。谢公语同坐曰:"家嫂辞情慷慨,致可传述,恨不使朝士见![⑤]"

【注释】

①林道人:即东晋高僧支遁,字道林,下文又称林公。谢公:即谢安,字安石,死后追赠太傅,故下文又称其太傅,详见《德行》第33则注③。

②东阳:指谢朗,字长度,谢安之侄,官至东阳太守,详见《言语》第71则注②。总角:古时汉族男未冠,女未笄时的发型,头发梳成两个发髻,如头顶两角,后代称儿童时代。新:新近,不久。起:病愈。相苦:相

互困扰，困住。

③王夫人：谢据之妻，谢朗之母，太康王韬之女，名绥。信：信使，这里指传话的人。

④新妇：妇女谦称。家难：家里遭遇不幸，这里指丈夫死了。按：《晋书·谢朗传》记载："父据早卒。"谢据是谢安的二哥。

⑤致：同"至"，最。传述：传扬称颂。恨：遗憾。见：听到。

【译文】

支道林和尚去拜访谢安，当时东阳太守谢朗还年幼，病刚好不久，身体还禁不起劳累，和支道林一起研讨、辩论玄理，终于弄到互相困住的地步。他的母亲王夫人在隔壁房中听到了，就一再派人传话，让他回去，可是太傅谢安把他留住了。王夫人于是只好亲自出来，说："我年轻时家中遭遇不幸，一辈子的寄托，都只在这孩子身上了。"于是流着泪把儿子抱回去了。谢安告诉同座的人说："家嫂言辞情意都很慷慨激昂，非常值得传扬称颂，遗憾的是没能让朝廷上的官员听见！"

40. 支道林、许掾诸人共在会稽王斋头①，支为法师，许为都讲②。支通一义，四坐莫不厌心③；许送一难，众人莫不抃舞④。但共嗟咏二家之美，不辩其理之所在⑤。

【注释】

①支道林：支遁，字道林，东晋高僧。许掾：即许询，字玄度，曾被召为司徒掾，详见《言语》第69则注①。会稽王：指晋简文帝司马昱，8岁时袭封为会稽王，详见《德行》第37则注①。斋头：指书斋。

②法师、都讲：魏晋以后，佛家开讲佛经时，一人唱经，一人解释；唱经者称都讲，解释者称法师。

③厌心：满足，满意。

④送：提出。抃(biàn)舞：高兴得手舞足蹈，比喻非常高兴。

⑤嗟咏：赞颂。

【译文】

支道林和司徒掾许询等人一同在会稽王司马昱的书斋里讲解佛经，支道林为主讲法师，许询做都讲。支道林每阐明一个义理，满座的人没有不满意的；许询每提出一个疑难问题，大家也都高兴得手舞足蹈。大家只是一齐赞颂两家言辞的精妙，并不去辨别两家义理表现在什么地方。

41. 谢车骑在安西艰中，林道人往就语，将夕乃退①。有人道上见者，问云："公何处来？"答云："今日与谢孝剧谈一出来。②"

【注释】

①谢车骑：即谢玄，字幼度，死后追赠车骑将军，故称谢车骑，详见《言语》第78则注③。安西：即谢奕，字无奕，曾任安西将军，简称安西，谢玄之父，详见《德行》第33则注①。艰：旧时指父母亲丧事，这里指父亲的丧事。林道人：即东晋高僧支道林。退：即告退，离去。

②谢孝：即谢玄，因其在服丧期间，等于称谢孝子。剧谈：畅谈，畅所欲言。一出：一番，一次。来：语气词。

【译文】

车骑将军谢玄在服父丧期间，一次，支道林和尚去他家和他谈玄，太阳快下山了才告辞离开。有人在路上碰见支道林，问道："林公从哪里来的呀？"支道林回答说："今天和谢孝子尽情畅谈了一番呢。"

42. 支道林初从东出，住东安寺中①。王长史宿构精理，并撰其才藻，往与支语，不大当对②。王叙致作数百语，自谓是名理奇藻③。支徐徐谓曰："身与君别多年，君义、言了不长进。④"王大惭而退。

【注释】

①支道林：支遁，字道林，东晋高僧。从东出：支道林原居会稽，在京

都建康东部，公元362年，晋哀帝派人把他接到建康，所以说"从东出"。

②王长史：即王濛，字仲祖，官至司徒左长史，详见《言语》第54则注④。宿构：预先构思，草拟。精理：精微的义理。撰：编撰，撰写。才藻：才思文采。当对：对等，匹敌。

③叙致：叙述事理，陈述道理。

④身：本身，指本人。了不：完全没有，完全不。按：支道林到建康时，王濛已经去世，这则故事所记可能有误。

【译文】

支道林刚从会稽来到建康时，住在东安寺里。司徒左长史王濛事先构思好精微的义理，并且用富有文采的言辞整理好，然后去和支道林清谈，可是还与支道林的谈论不大匹敌。王濛用了数百句语言长篇大论地来陈述道理，自以为讲的是至理名言，辞藻绮丽。支道林听后，语速缓慢地对他说道："我和您分别多年，看来您在义理、言辞两方面全都没有长进啊！"王濛非常惭愧地告辞离开了。

43.殷中军读《小品》①，下二百签，皆是精微，世之幽滞②。尝欲与支道林辩之，竟不得③。今《小品》犹存。

【注释】

①殷中军：即殷浩，字渊源，曾任中军将军，详见《言语》第80则注②。《小品》：指佛教经典《小品般若波罗密经》。

②下：放入，使用。签：书签或标注，指在读书有疑难处或有心得时，夹上字条做标记。精微：精深微妙。幽滞：深奥难解。

③支道林：即支遁，字道林，东晋高僧。不得：指未能如愿；据《高逸沙门传》记载："殷浩能言名理，自以有所不达，欲访之于遁。遂邂逅不遇，深以为恨。"

【译文】

中军将军殷浩研读佛经经典《小品》，在书中放入了二百多张书签来作标记，这些都是佛经中精深微妙的地方，当时的人都觉得深奥难解。

殷浩曾经想和支道林一起辩明这些问题，竟然未能如愿。现在《小品》仍然还保存下来了。

44.佛经以为祛练神明，则圣人可致[①]。简文云："不知便可登峰造极不？然陶练之功，尚不可诬。[②]"

【注释】

①祛(qū)练神明：佛教用语，指去除尘念、修炼智慧；神明，精神，智慧。圣人：指佛。按：刘孝标注云："释氏经曰：'一切众生皆有佛性，但能修智慧，断烦恼，万行具足，便成佛也。'"

②简文：即晋简文帝司马昱，详见《德行》第37则注①。登峰造极：比喻修养、造诣达到最高境地。陶练：陶冶修炼之意；陶指烧制陶器，练指熬煮生丝。功：功效。诬：抹杀。

【译文】

佛经认为去除了尘念、修炼了智慧，就可以成佛。简文帝司马昱说："不知这样是否就可以达到最高的境界？然而，陶冶修炼的功效，还是不可以抹杀的。"

45.于法开始与支公争名[①]，后情渐归支，意甚不忿，遂遁迹剡下[②]。遣弟子出都，语使过会稽，于时支公正讲《小品》[③]。开戒弟子："道林讲，比汝至，当在某品中。[④]"因示语攻难数十番[⑤]，云："旧此中不可复通。"弟子如言诣支公，正值讲，因谨述开意。往反多时，林公遂屈，厉声曰："君何足复受人寄载来！[⑥]"

【注释】

①于法开：晋代僧人，曾隐居于剡县(今浙江嵊州)，精于医术及佛释之道，其余不详。支公：即支遁，字道林，东晋名僧，世称支公，也称林公，详见《言语》第45则注②。

②情：这里指群情，大家的心意。遁迹：避世，隐居，使人不知踪迹。

剡(shàn)下：指剡县，属会稽郡。按：支道林当时住在会稽郡的首府山阴县，剡县在山阴县东南。

③出都：到京都去。《小品》：指佛教经典《小品般若波罗密经》。

④戒：告诫，告诉。比：及，等到。

⑤攻难：质疑诘难。

⑥往反：指来回辩论。屈：理屈，即辩论输了。寄载：本指搭乘车船之意，这里指传递别人的言论。

【译文】

于法开和尚起初和支道林争名，后来大家的心意逐渐倾向于支道林，他心里非常不服气，便到剡县隐居起来。有一次，于法开派弟子到京都去，吩咐弟子要经过会稽郡山阴县，当时支道林正在那里宣讲佛经《小品》。于法开告诉他的弟子说：“道林在讲《小品》，等你到达那里时，应该就在讲某品了。”于是给弟子示范，告诉他来回数十个回合的质疑诘难的问题，并且说：“过去这里面的问题他一直讲解得不通畅。”弟子照他的吩咐去拜访支道林。正好碰上支道林宣讲到那一品，便谨慎地陈述于法开的见解。两人来回辩论了很久，支道林终于辩输了，于是他厉声说道：“您何苦又传递别人的言论来为难我呢！”

46.殷中军问：“自然无心于禀受，何以正善人少，恶人多？①”诸人莫有言者。刘尹答曰：“譬如写水著地，正自纵横流漫，略无正方圆者。②”一时绝叹，以为名通③。

【注释】

①殷中军：即殷浩，字渊源，曾任中军将军，详见《言语》第80则注②。禀受：承受，指人所承受于自然的天性。正：正好，恰好。

②刘尹：即刘惔，字真长，曾任丹阳尹，详见《德行》第35则注①。写：通“泻”，倾泻。著：同“着”。纵横流漫：四处流淌，到处弥漫。略无：全无，毫无。

③名通：名言通论，指解释通达合理。

【译文】

中军将军殷浩问道："本来大自然并非存心赋予人类什么样的天性的，为什么世上恰好是好人少，坏人多？"在座的人没有谁回答得了。只有丹阳尹刘惔回答说："这就好比把水倾泻在地上，水只是四处流淌，完全没有恰好流成方形或圆形的。"当时大家对这一回答极度叹服，认为是解释通达合理的名言。

47.康僧渊初过江[①]，未有知者，恒周旋市肆，乞索以自营[②]。忽往殷渊源许，值盛有宾客，殷使坐，粗与寒温，遂及义理[③]。语言辞旨，曾无愧色；领略粗举，一往参诣[④]。由是知之。

【注释】

①康僧渊：东晋名僧，祖先为西域人，生于长安；晋成帝时，与康法畅、支敏度等渡江游化，因和殷浩论及佛经义理，名声始扬；后于豫章山建寺，学徒众多。

②周旋：活动，盘桓。市肆：市场，集市的店铺。乞索：乞讨。自营：自己谋生活。

③殷渊源：即殷浩，字渊源，详见《言语》第 80 则注②。许：住处，处所。粗：略微。寒温：即寒暄。义理：探究经义和名理的学问。

④辞旨：文辞或话语所表达出的意趣。曾：简直，表示加强语气。领略：领会。粗举：指基本要义。一往参诣：指一概能参悟到要旨。

【译文】

康僧渊刚到江南的时候，还没有人知道他，他经常在街市上活动，靠乞讨来养活自己。一次，他突然到殷渊源家去，正碰上那里有很多宾客在座，殷渊源让他坐下，和他稍微寒暄了几句，便谈及探究经义和名理的学问。康僧渊的言语表达能力和文辞中包含的意趣，和殷渊源相比竟然也毫不逊色；只要领会了基本要义，就一概能参悟到要旨。正是由于和殷渊源的这次清谈，大家才知道了他。

48.殷、谢诸人共集[①]。谢因问殷："眼往属万形，万形来入眼不？[②]"

【注释】

①殷：指殷浩，字渊源，详见《言语》第80则注②。谢：指谢安，字安石，详见《德行》第33则注③。集：指集会，聚会。

②因：趁机。属：通"瞩"，看。万形：万物。

【译文】

殷浩、谢安等人在一起聚会。谢安趁机问殷浩："是人们用眼睛去看世间万物，还是世间万物自己进入到眼睛里呢？"

49.人有问殷中军："何以将得位而梦棺器，将得财而梦矢秽？[①]"殷曰："官本是臭腐，所以将得而梦棺尸；财本是粪土，所以将得而梦秽污。"时人以为名通[②]。

【注释】

①殷中军：即殷浩，字渊源，曾任中军将军，详见《言语》第80则注②。得位：得到官位或爵位，即晋升。棺器：棺材。矢：通"屎"。

②名通：名言通论。

【译文】

有人问中军将军殷浩："为什么将要得到官爵就会梦见棺材，将要得到钱财就会梦见粪便？"殷浩回答说："官位、爵位本来就是腐臭的东西，因此将要得到它时就会梦见棺材尸体；钱财本来就是粪土，因此将要得到它时就会梦见肮脏的东西。"当时的人认为这是名言通论。

50.殷中军被废东阳，始看佛经[①]。初视《维摩诘》，疑"般若波罗密"太多[②]；后见《小品》，恨此语少[③]。

【注释】

①殷中军：即殷浩，字渊源，曾任中军将军。按：晋穆帝永和九年

(353年),殷浩被任命为中军将军,率师北伐,大败;桓温上表弹劾,殷浩被废为庶人,流放东阳郡信安县。

②《维摩诘》:指《维摩诘经》,是大乘佛教的佛经,以维摩诘居士命名,以辩论的方式来详细说明大乘佛教与小乘佛教在教义上的分别,集中讨论不二论。般若波罗密:梵文,意思是众生都在生死苦海的此岸,要用真心修行来渡过苦海到达彼岸,成就大道;般若(bō rě),大智慧,或是真心;波罗,此岸彼岸,假定一条生死河,众生在苦恼的此岸,要度过到清净的彼岸,用来比喻,不是真有此岸彼岸;密,到的意思。

③《小品》:指佛教经典《小品般若波罗密经》。

【译文】

中军将军殷浩被免除官职,流放到东阳郡,这才开始看佛经。开始看《维摩诘经》,怀疑"般若波罗密"这句话太多了;后来看《小品》,这时已经了解了这句话的意旨,又遗憾这样的话太少了。

51.支道林、殷渊源俱在相王许[①]。相王谓二人:"可试一交言。而才性殆是渊源崤、函之固,君其慎焉![②]"支初作,改辙远之[③];数四交,不觉入其玄中。相王抚肩笑曰:"此自是其胜场,安可争锋![④]"

【注释】

①支道林:支遁,字道林,东晋高僧。殷渊源:即殷浩,字渊源。相王:指晋简文帝司马昱,未登帝位时,以会稽王身份任丞相,所以称相王,详见《德行》第37则注①。许:处所。

②交言:交谈,论辩。才性:才能与禀性的关系,是汉魏之际评论人物的标准和原则的学说。殆:表示肯定,相必定、当然之意。崤(xiáo)、函:崤山和函谷关,今陕西潼关以东至河南新安县境一带,是秦国的险要关塞;这里以崤、函之固形容殷渊源善谈才性,无懈可击,难以攻入。其:表示祈使语气,相当于"可"、"还是"。

③改辙:改道,比喻改变方向、话题。

④胜场：稳操胜券的地方，杰出之处。

【译文】

支道林、殷渊源都在相王府中，相王司马昱对两人说道："你们可以试着辩论一下。可是才能与禀性的关系问题必然是殷渊源无懈可击的险固堡垒，你可要谨慎啊！"支道林刚开始论述问题时，便改变方向，远远避开才、性问题；可是辩论了几个回合后，便不自觉进入了殷渊源的玄理之中。相王拍着他的肩膀笑道："这本来就是他稳操胜券的地方，你怎么能和他争出个胜负呢！"

52.谢公因子弟集聚，问："《毛诗》何句最佳？①"遏称曰："昔我往矣，杨柳依依；今我来思，雨雪霏霏。②"公曰："讦谟定命，远猷辰告。③"谓此句偏有雅人深致④。

【注释】

①谢公：即谢安，字安石，详见《德行》第33则注③。《毛诗》：即《诗经》，是周代的一部诗歌总集，现在流传下来的是由毛亨作传的，又称毛诗。

②遏：指谢玄，字幼度，小字遏，谢安之侄，详见《言语》第78则注③。"昔我"两句：出自《诗经·小雅·采薇》，大意是：当初我离家出征时，杨柳随风轻轻摆动；如今我回到家乡，雪花纷飞漫天飘扬。思：语末助词。

③"讦谟（xū mó）"句：出自《诗经·大雅·抑》，大意是：以宏伟的谋略来制定政令，把长远的打算及时宣告于众。讦谟：远大宏伟的谋划。远猷：长远的打算。辰：及时。

④偏：很，最，特别。雅人：高尚文雅的人。深致：深远的意趣。按：谢安和谢玄分别是从政治角度和文学角度来评判诗句的；谢安非常注重对子侄们的培养，这里应有抑制谢玄过于文学化的情怀，培养其政治家气概的意图。

【译文】

谢安趁子侄们聚会在一起的时候，问道："你们觉得《诗经》里面哪一句最好？”谢玄称赞说：“我觉得最好的一句是‘昔我往矣，杨柳依依；今我来思，雨雪霏霏。’”谢安说：“最好的一句应该是‘讦谟定命，远猷辰告’。”他认为这一句最有高尚文雅之士的深远意趣。

53. 张凭举孝廉，出都，负其才气，谓必参时彦①。欲诣刘尹，乡里及同举者共笑之②。张遂诣刘，刘洗濯料事，处之下坐，唯通寒暑，神意不接；张欲自发，无端③。顷之，长史诸贤来清言，客主有不通处，张乃遥于末坐判之；言约旨远，足畅彼我之怀，一坐皆惊④。真长延之上坐，清言弥日，因留宿⑤。至晓，张退，刘曰：“卿且去，正当取卿共诣抚军。⑥”张还船，同侣问何处宿，张笑而不答。须臾，真长遣传教觅张孝廉船，同侣惋愕⑦。即同载诣抚军，至门，刘前进谓抚军曰：“下官今日为公得一太常博士妙选。⑧”既前，抚军与之话言，咨嗟称善，曰：“张凭勃窣为理窟。⑨”即用为太常博士。

【注释】

①张凭：字长宗，吴郡人，历任太常博士、吏部郎、御史中丞、司空长史等职；著有文集五卷。孝廉：指孝顺父母、品行端正的人；汉武帝时令郡国每年考察并推荐孝、廉各一人，魏晋沿用此制。出都：到京都去。负：依仗，依恃。参：加入，参与。时彦：当时有才德名望的人。

②刘尹：即刘惔，字真长，时任丹阳尹，即京都地方长官，详见《言语》第 80 则注②。同举者：指一同被举荐的人。

③洗濯料事：处理事务，亦特指处理政事。通寒暑：即与之寒暄，双方见面时礼节性地相互问候。神意：神态和心意。无端：没有理由。

④长史：指王濛，字仲祖，官至司徒左长史，详见《言语》第 54 则注④。末坐：指末座。判：分辨，分析。畅：通畅。

⑤延：引进，请。弥日：终日。

⑥退：告退，告辞离去。取卿：带你。抚军：指简文帝司马昱，曾任抚

军大将军，故称抚军，详见《德行》第37则注①。

⑦传教：主管宣布教令的郡吏。同侣：同伴。惋愕：惊愕，因吃惊而发愣。

⑧太常博士：官名，是礼官，专管仪礼。

⑨咨嗟：赞叹。韶窣（sū）：形容才华横溢。理窟：义理的聚集处，指头脑中富于义理。

【译文】

张凭被举荐为孝廉后，到京都去，他认为凭借着自己的才气，必定能跻身于当时的社会名流之中去。他想去拜访丹阳尹刘真长，他的同乡和一同被举荐的人都笑话他。张凭还是去拜访了刘真长，这时刘真长正在处理一些事务，就把他安排到下座，只是和他礼节性地寒暄了一下，神态和心意都没有注意到他。张凭想自己找个话题谈谈，又没有理由。不久，司徒左长史王濛等诸位名士来这里和刘惔一起清谈，主客间有不能沟通的地方，张凭便远远地在末座上给他们分析评判，语言简约，旨意深远，而且足以让双方的心意彼此通畅，满座的人都很惊奇。刘真长就把他请到上座坐下，和他清谈了一整天，因此就留他住了一夜。第二天早上，张凭告退，刘真长说："你暂时先回去，我回头将邀你一起去谒见抚军大将军。"张凭回到船上，同伴们问他在哪里过的夜，张凭笑笑，没有回答。不一会儿，刘真长派传教来找张孝廉坐的船，同伴们都惊愕不已。刘真长随即和他一起坐车去谒见抚军大将军司马昱。进门后，刘真长上前走到抚军面前，说："下官今天给您找到一个太常博士的最佳人选。"张凭走到抚军面前，抚军和他谈话后，赞叹不已，连声说好，并说："张凭才华横溢，头脑中富于义理。"于是就立即任用他为太常博士。

54. 汰法师云[①]："六通、三明同归，正异名耳。[②]"

【注释】

①汰法师：竺法汰，东莞（今山东沂水）人，东晋高僧；年少时与道安、竺法雅等师事佛图澄；佛图澄圆寂后，以师礼事道安；后到京都，住瓦官

寺，深得晋简文帝敬重；著有《无本论》《中论疏记》等。

②六通、三明：佛教术语，即六种神通和三种智慧。六种神通，天眼通（能看到世上一切力量）、天耳通（能听到并分辨一切）、身通（能变化自由）、他心通（能知众生心中所想）、宿命通（能知前世今生）、漏尽通（能消除一切烦恼）；三种智慧，能知道过去、现在、未来的三种智慧，即宿命明、漏尽明、天眼明。同归：同样的意思，指六通、三明是殊名同归。正：只，仅。

【译文】

竺法汰法师说："六通和三明旨意相同，只是名称不同罢了。"

55. 支道林、许、谢盛德，共集王家①。谢顾谓诸人："今日可谓彦会。时既不可留，此集固亦难常，当共言咏，以写其怀。②"许便问主人有《庄子》不，正得《渔父》一篇③。谢看题，便各使四坐通④。支道林先通，作七百许语，叙致精丽，才藻奇拔，众咸称善。于是四坐各言怀毕。谢问曰："卿等尽不？"皆曰："今日之言，少不自竭。"谢后粗难，因自叙其意，作万余语，才峰秀逸，既自难干，加意气拟托，萧然自得，四坐莫不厌心⑤。支谓谢曰："君一往奔诣，故复自佳耳！⑥"

【注释】

①支道林：即支遁，字道林，东晋名僧，详见《言语》第 45 则注②。许：指许询，字玄度，详见《言语》第 69 则注①。谢：指谢安，字安石，详见《德行》第 33 则注③。王：指王濛，字仲祖，详见《言语》第 54 则注④。

②彦会：才能杰出之人的聚会。言咏：畅谈吟咏。写：通"泄"，倾泻，宣泄。

③正：只。《渔父》：指《庄子·杂篇·渔父》，全文写了孔子及其弟子见到渔父以及和渔父对话的全过程，批评孔子的"服忠信、形仁义、饰礼乐、选人伦"，是"苦心劳形以危其真"，主张"法天、贵真、不拘于俗"。

④四坐:四座。通:陈述义理。

⑤粗难:粗略地提出问题。才峰:比喻才能突出。秀逸:秀美洒脱,不同凡俗。干:触犯,这里指赶上。拟托:比拟寄托。萧然:悠闲潇洒的样子。厌心:心服,倾倒。

⑥一往奔诣:一语中的,直奔最高境界。诣,学问等所达到的境地。

【译文】

支道林、许询、谢安这几位品德高尚的人士,一起到王濛家聚会。谢安环顾左右对大家说:"今天可以说是名士聚会啊。时光既然不可挽留,这样的聚会固然也难常有,我们应该一起畅谈吟咏,以宣泄我们的情怀。"许询便问主人王濛:"有没有《庄子》这部书?"王濛只找到《渔父》一篇。谢安看了题目,便叫大家各自陈述其义理。支道林先来讲述,说了有七百来句,阐述的义理精妙优美,才思文辞新奇拔俗,大家都称赞不已。于是在座的人各自谈完了自己的体会。这时谢安问道:"你们都尽兴了没有?"大家都说:"今天的清谈,都无所保留,没有不尽意的了。"谢安粗略地提出一些问题,然后便陈述自己的见解,足有洋洋万余言,才思突出,不同凡俗,这已经是他人难以企及的境界了,再加上他寓意深远,潇洒自如,满座的人无不为之倾倒。支道林对谢安说:"您一语中的,直奔佳境,所以实在太妙了呀!"

56.殷中军、孙安国、王、谢能言诸贤,悉在会稽王许①。殷与孙共论《易象妙于见形》②,孙语道合,意气干云③。一坐咸不安孙理,而辞不能屈④。会稽王慨然叹曰:"使真长来,故应有以制彼。⑤"即迎真长,孙意已不如。真长既至,先令孙自叙本理。孙粗说己语,亦觉殊不及向⑥。刘便作二百许语,辞难简切,孙理遂屈。一坐同时拊掌而笑,称美良久。

【注释】

①殷中军:即殷浩,字渊源,曾任中军将军,详见《言语》第 80 则注

②。孙安国：即孙盛，字安国，详见《言语》第49则注①。王：指王濛，详见《言语》第54则注④。谢：指谢尚，谢安从兄，详见《言语》第46则注①。会稽王：即简文帝司马昱，曾袭封会稽王，详见《德行》第37则注①。许：处所。

②"殷与"句：据《晋书》记载，孙安国撰写了《易象妙于见形论》，会稽王司马昱让殷浩来进行诘难，未能辩赢孙安国。

③干云：冲上云霄。

④安：安于，满意。屈：使之屈服，即驳倒。

⑤真长：即刘惔，字真长，详见《言语》第80则注②。

⑥粗：粗略，大致。殊不及向：远不如刚才所讲。

【译文】

中军将军殷浩、孙安国、王濛、谢尚等擅长清谈的名士，全都在会稽王司马昱官邸聚会。殷浩和孙安国两人一起辩论《易象妙于见形论》一文，孙安国把它和道家思想结合起来谈论，显得意气高昂，气势逼人。满座的人都不满意孙安国的道理，可是在言辞上又不能驳倒他。会稽王司马昱感慨地叹息道："如果让刘真长来这里，他自然会有制服孙安国的方法。"随即派人去接刘真长，孙安国觉得自己会辩不过他。刘真长来后，先叫孙安国自己谈谈原先的理论。孙安国大致复述了一下自己的观点，也觉得远不如刚才所讲的好。刘真长便陈述了二百多句话，言辞和质疑都很简明、贴切，孙安国的理论于是便被驳倒了。满座的人同时拍手大笑，对刘惔赞美不已。

57.僧意在瓦官寺中，王苟子来，与共语，便使其唱理[①]。意谓王曰："圣人有情不？"王曰："无。"重问曰："圣人如柱邪？"王曰："如筹算，虽无情，运之者有情。[②]"僧意云："谁运圣人邪？"苟子不得答而去。

【注释】

①僧意：东晋僧人，其余不详。王苟子：即王修，字敬仁，小字苟子，

王濛之子，详见《文学》第38则注①。唱理：讲述玄理。

②筹算：指刻有数字的竹筹；古代用刻有数字的竹筹来计算数目，是古代计算方法之一。运：运用，使用。

【译文】

僧意住在瓦官寺中，王荀子来到这里，和他一起谈论，请他讲述玄理。僧意问王荀子："圣人有感情没有？"王说："没有。"僧意又问道："那么圣人像柱子一样吗？"王说："圣人如同筹算，虽然筹算本身是没有感情的，可是运用它进行计算的人是有感情的。"僧意又问："那么，谁来运用圣人呢？"王荀子回答不出来，就走了。

58. 司马太傅问谢车骑①："惠子其书五车，何以无一言入玄？②"谢曰："故当是其妙处不传。"

【注释】

①司马太傅：指司马道子，司马昱之子，曾任太傅，详见《言语》第98则注①。谢车骑：即谢玄，字幼度，死后追赠为车骑将军，详见《言语》第78则注③。

②惠子：名施，战国中期宋国（今河南商丘）人，著名的政治家、哲学家，名家学派代表人物，合纵抗秦的最主要的组织人和支持者；《庄子·天下》说："惠施多方，其书五车。"惠施所著的书可以装满五车（极言著书之多）。入玄：指涉及玄理。

【译文】

太傅司马道子问车骑将军谢玄："惠子所著的书有五车之多，为什么没有一句话涉及玄理？"谢玄回答说："这应当是因为玄言精深微妙，难以言传的原因吧。"

59. 殷中军被废，徙东阳，大读佛经，皆精解，唯至"事数"处不解①。遇见一道人，问所签，便释然②。

【注释】

①殷中军：即殷浩，曾任中军将军，因北伐失利，被废为庶人，流放至东阳郡，详见《言语》第80则注②。徙：流放。事数：佛教用语，指一切事物的名相（耳可闻者为名，眼可见者为相）。

②道人：晋时和尚的称谓。签：即签条，记读书时的疑难点或心得。释然：形容疑难排除后心里安宁的样子。

【译文】

中军将军殷浩被罢官废为庶人后，流放到东阳郡，他在那里大量阅读佛经，都能精通其义理，只有读到"事数"处理解不了，便用签条标注上。后来遇见了一个和尚，就把标注的问题拿出来向他请教，疑惑便都解决了。

60.殷仲堪精核玄论[①]，人谓莫不研究。殷乃叹曰："使我解《四本》，谈不翅尔！[②]"

【注释】

①殷仲堪：详见《德行》第40则注①。精核：精通，深通。玄论：指道家学说。

②解：讲明白，解说清楚。《四本》：即《四本论》，钟会所著，论及才、性同异离合的文章。不翅：同"不啻"，不仅，不止。

【译文】

殷仲堪精通道家的学说，人们认为他没有哪方面不研究的。殷仲堪却叹息地说："如果我能解说清楚《四本论》，言谈就不只是现在这样了！"

61.殷荆州曾问远公[①]："《易》以何为体？[②]"答曰："《易》以感为体。[③]"殷曰："铜山西崩，灵钟东应，便是《易》耶？[④]"远公笑而不答。

【注释】

①殷荆州：即殷仲堪，曾任荆州刺史，详见《德行》第40则注①。远

公：即释惠远，俗姓贾氏，山西代县人，佛教宗派净土宗开山祖师；师从名僧道安法师，后率弟子来到庐山，居东林寺，三十余年不曾出山，卒年83岁。

②《易》：指《易经》，即《周易》，儒家经典之一，包括《经》《传》两个部分。体：指本体。按："体"与"用"是中国古典哲学的一对范畴，指"本体"和"作用"；一般认为"体"是最根本的、内在的，"用"是"体"的外在表现。

③感：感应。

④"铜山"二句：据《汉书·东方朔传》，孝武帝时，未央宫前殿的铜钟无故长鸣，东方朔就解释说："铜者山之子，山者铜之母，以阴阳气类言之，子母相感，山恐有崩弛者，故钟先鸣。"三日后南郡大守上书说山崩。另有《樊英别传》记载，东汉顺帝时宫殿里铜钟自鸣，樊英解释为蜀山将崩，因山于铜为母，母崩子鸣；后来果然蜀地山崩。

【译文】

荆州刺史殷仲堪问惠远和尚："《周易》用什么做本体？"惠远回答说："《周易》用感应做本体。"殷仲堪又问："西边的铜山崩塌了，东边的灵钟就有感应，这就是《周易》吗？"惠远笑着没有回答。

62. 羊孚弟娶王永言女①。及王家见婿，孚送弟俱往。时永言父东阳尚在，殷仲堪是东阳女婿，亦在坐②。孚雅善理义，乃与仲堪道《齐物》③。殷难之，羊云："君四番后当得见同。④"殷笑曰："乃可得尽，何必相同！⑤"乃至四番后一通⑥。殷咨嗟曰："仆便无以相异！"叹为新拔者久之⑦。

【注释】

①羊孚：字子道，详见《言语》第104则注①。羊孚弟：指羊辅，字幼仁，泰山人，官至卫军功曹。王永言：王讷，字永言，琅邪人，东阳太守王临之之子，历任尚书左丞、御史中丞等职。

②东阳：指王临之，琅邪人，光禄大夫王彪之之子，御史中丞王讷之

父，曾任东阳太守。殷仲堪：详见《德行》第40则注①。按：殷仲堪娶王临之女，字英彦。

③雅：很，颇。理义：即名理之学，魏晋时期盛行的辨名析理的学问。《齐物》：即《齐物论》，是《庄子》中的一篇。

④难：辩驳，争辩。四番：四个回合。见同：见解相同。

⑤乃：可是，然而。

⑥一：竟，竟然。通：贯通，表示看法一致。

⑦新拔者：相当于后起之秀。

【译文】

羊孚的弟弟羊辅娶王永言的女儿为妻。当王家要接待女婿的时候，羊孚送他弟弟一起到王家去。当时王永言的父亲东阳太守王临之还在世，殷仲堪是王临之的女婿，也在座。羊孚很擅长辨析名理，便和殷仲堪谈论《庄子·齐物论》。殷仲堪对羊孚的观点提出了辩驳，羊孚说："您经过四个回合后，应当会和我的见解相同。"殷仲堪笑着说："可是只要辩论透彻就行，何必要见解相同？"等到四个回合的辩论后，两人见解竟然相通了。殷仲堪赞叹地说："我现在没有什么见解跟你不同了！"并且长久地赞叹羊孚确实是后起之秀。

63.殷仲堪云[①]："三日不读《道德经》，便觉舌本间强。[②]"

【注释】

①殷仲堪：详见《德行》第40则注①。

②《道德经》：又称《道德真经》《老子》，相传为老子所作。舌本：舌根。强(jiàng)：生硬，僵硬。

【译文】

殷仲堪说："我三天不读《道德经》，就会觉得舌根发硬，言谈就不流畅了。"

64.提婆初至，为东亭第讲《阿毗昙》[①]。始发讲，坐裁半，僧弥便云②："都已晓。"即于坐分数四有意道人，更就余屋自讲③。提婆讲竟，东亭问法冈道人曰："弟子都未解，阿弥那得已解？所得云何？④"曰："大略全是，故当小未精核耳。⑤"

【注释】

①提婆：梵语的音译，意译为天，这里指僧伽提婆，又称华言众天，本姓瞿昙氏，北印度罽宾人，佛教僧人，译经师；东晋时在长安、洛阳、庐山、建康等地游历，并翻译了多部佛教经典；学通三藏，尤精于《阿毗昙心论》。东亭：即王珣，字元琳，曾因功封东亭侯，详见《言语》第102则注②。第：宅邸。《阿毗昙》：指《阿毗昙心论》，佛经名，僧伽提婆曾翻译此书。

②发讲：初讲，宣讲开始。裁：通"才"，刚刚。僧弥：王珣的弟弟王珉，字季琰，小名僧弥，详见《政事》第24则注③。

③数四：三四个，四五个，表约数。有意道人：指也有此意的和尚。更：更换。

④竟：终了，完毕。法冈道人：东晋僧人，其余不详。弟子：佛教或道教信徒与和尚、道人谈话时的自称。阿弥：即王珉。云何：如何，怎么样。

⑤小：稍微。精核：精辟翔实。

【译文】

僧伽提婆刚到京都建康不久，就被请到东亭侯王珣家讲解佛经《阿毗昙经》。宣讲开始了，座上的人才到一半，王珣的弟弟僧弥就说："我已经全都懂了。"于是，僧弥就和几个也有此意的和尚，换到别的房间里去自己宣讲。提婆讲完后，王珣问法冈和尚说："弟子还没有完全理解，阿弥哪能已经理解了呢？他所理解的怎么样？"法冈和尚回答说："他大体上理解的都是对的，只是稍微不够精辟翔实罢了。"

65. 桓南郡与殷荆州共谈，每相攻难①。年余后，但一两番，桓自叹才思转退，殷云："此乃是君转解。②"

【注释】

①桓南郡：即桓玄，承袭父爵南郡公，世称桓南郡，详见《德行》第 41 则注①。殷荆州：即殷仲堪，曾任殷州刺史，详见《德行》第 40 则注①。攻难：质疑诘难。

②但：只。转退：逐渐倒退。转解：逐渐领悟。

【译文】

南郡公桓玄和荆州刺史殷仲堪在一起畅谈玄理，每每互相质疑诘难。一年多以后，两人之间辩论少了，只有一两次，于是桓玄感慨自己的才思逐渐倒退了，殷仲堪说："这其实是您逐渐领悟的更多了。"

66. 文帝尝令东阿王七步中作诗，不成者行大法[①]。应声便为诗曰："煮豆持作羹，漉菽以为汁[②]。其在釜下燃，豆在釜中泣[③]。本自同根生，相煎何太急[④]！"帝深有惭色。

【注释】

①文帝：魏文帝曹丕，谥号为文皇帝，故称文帝，详见《言语》第 10 则注②。东阿王：即曹植，字子建，沛国谯（今安徽亳州）人，曹丕同母弟，与曹操、曹丕合称为"三曹"；早年随父西征，因功被封为临淄侯；曹丕即位后将其数次徙封，被封安乡侯、鄄城侯、雍丘王、东阿王、陈王等；232 年病逝，谥号思。大法：大刑，重刑，这里指死刑。

②羹：有浓汁的食品。漉（lù）：过滤。菽（shū）：豆类的总称。诗句大意是：把豆子煮熟做成豆羹汤，把豆渣滤掉做成豆汁。

③萁：豆秸，豆茎。釜（fǔ）：铁锅。诗句大意是：豆秸在锅下燃烧，而豆子在锅中哭泣。

④诗句大意是：豆子和豆秸本来是同根所生，豆秸又何必如此急迫地煎熬豆子！

【译文】

魏文帝曹丕曾经命令东阿王曹植在七步之内作成一首诗，作不出来的话，就要被处死。曹植应声便作成一诗："煮豆持作羹，漉菽以为汁。

萁在釜下燃，豆在釜中泣。本自同根生，相煎何太急！”魏文帝听了，深感惭愧。

67. 魏朝封晋文王为公，备礼九锡[①]。文王固让不受。公卿将校当诣府敦喻[②]，司空郑冲驰遣信就阮籍求文[③]。籍时在袁孝尼家[④]，宿醉扶起，书札为之，无所点定，乃写付使[⑤]。时人以为神笔。

【注释】

①晋文王：即司马昭，死后谥为文王，详见《德行》第15则注①。九锡(cì，通“赐”)：中国古代皇帝赐给诸侯、大臣有特殊功勋者的九种礼器，这些礼器通常是天子才能使用，是最高礼遇的表示。按：甘露三年，魏帝曹髦被迫封司马昭为晋公(公是五等爵位的第一等)，他推辞没有接受；到魏元帝景元年间，又封其为晋公，加九锡，他又辞让，于是公卿将校皆诣府喻旨，于是受命。

②固：执意，坚决地。让：谦让，推辞。公卿将校：指朝廷中高级文武官吏；公卿是三公九卿的简称，将校是武职中的将军、校尉。敦喻：劝勉晓谕，恳切劝说。

③郑冲：字文和，曾任司空，详见《政事》第6则注②。信：指信使。阮籍：字嗣宗，“竹林七贤”之一，详见《德行》第15则注②。

④袁孝尼：袁准，字孝尼，陈郡阳夏人，以儒学著名；仕魏未详，晋武帝泰始中，官至给事中；著有《仪礼丧服经注》《袁子正论》《正书》等。

⑤札(zhá)：古代写字用的小木片。点定：修改。

【译文】

魏朝封晋文王司马昭为晋公，准备好了加九锡的礼物，司马昭坚决推辞，不肯接受。朝中的高级文武官员将要前往司马昭的府第，恳切地劝说他接受魏王的封赏。这时司空郑冲赶紧派遣信使到阮籍那里，请他写一篇劝进文。阮籍当时在袁孝尼家，因为头天喝酒过量，还在醉酒中未醒，被人喊醒扶起来后，在木札上直接写起劝进文来，写完后，不作任何改动，就将文章交给了来使。当时人们称他为神笔。

68. 左太冲作《三都赋》初成，时人互有讥訾，思意不惬①。后示张公，张曰："此二京可三②。然君文未重于世，宜以经高名之士。"思乃询求于皇甫谧③。谧见之嗟叹，遂为作叙。于是先相非贰者，莫不敛衽赞述焉④。

【注释】

①左太冲：左思，字太冲，齐国临淄（今山东淄博）人，西晋文学家，著有《三都赋》《齐都赋》等；晋武帝时，因妹左棻被选入宫，举家迁居洛阳，依附权贵贾谧，为"金谷二十四友"之一，任秘书郎；贾谧被诛后，回归乡里，专心著述，后病逝于家。《三都赋》：三都指魏、蜀、吴三国国都。讥訾（zǐ）：讥笑非议。惬：满意，舒服。

②张公：指张华，字茂先，详见《德行》第 12 则注③。二京：指东汉班固的《两都赋》和张衡的《二京赋》；两都、二京指汉代的东都（东京）洛阳和西都（西京）长安。二京可三：指《三都赋》可以和《两都赋》《二京赋》鼎足而立，三者齐名。

③询求：请教，征求意见。皇甫谧（mì）：字士安，自号玄晏先生，安定郡朝那县（今甘肃省灵台县）人，后徙居新安（今河南新安县），三国西晋时期学者、医学家、史学家；一生以著述为业，其著作《针灸甲乙经》是中国第一部针灸学专著，被誉为"针灸鼻祖"，另著有《历代帝王世纪》《高士传》《逸士传》《列女传》等书。

④非贰：非议、怀疑。敛衽：整理衣襟，指表示敬意。赞述：称赞传述。

【译文】

左太冲写了《三都赋》，刚刚写成，当时的人交相对此讥笑非议，左思心里很不舒服。后来他把文章拿给张华看，张华说："这篇《三都赋》可以和班固的《两都赋》、张衡的《二京赋》鼎足而立，三者齐名啊。可是你的文章还没有受到世人重视，最好通过有威望的名士来向世人推荐。"左思便去向皇甫谧征求对文章的意见。皇甫谧看了这篇《三都赋》，赞叹不已，就为这篇赋写了一篇序文。于是先前非议、怀疑这篇赋的人，又都怀着敬意来赞美传扬它了。

69. 刘伶著《酒德颂》，意气所寄①。

【注释】

①刘伶：字伯伦，沛国（治今安徽宿州）人，魏晋时期文学家，"竹林七贤"之一，放荡不羁，以嗜酒著名；曾为建威将军王戎幕府参军，晋武帝泰始初被罢免；著有《酒德颂》《北芒客舍》等。意气：志趣，志向和情趣。

【译文】

刘伶写了一篇《酒德颂》，这是他自己志向和情趣的寄托。

70. 乐令善于清言，而不长于手笔①。将让河南尹，请潘岳为表②。潘云："可作耳，要当得君意。③"乐为述己所以为让，标位二百许语④。潘直取错综，便成名笔⑤。时人咸云："若乐不假潘之文，潘不取乐之旨，则无以成斯矣。⑥"

【注释】

①乐令：即乐广，字彦辅，曾任尚书令，故称乐令，详见《德行》第23则注④。手笔：执笔写作，即写文章。

②让：辞让。河南尹：河南郡的行政长官。潘岳：即潘安，字安仁，善于文章，详见《言语》第107注④。表：给皇帝的奏章。

③要当：自当，应当。

④标位：阐述，列举。许：大约，左右。

⑤错综：交错综合，指进行综合整理编排。名笔：名作。

⑥假：凭借，借助。

【译文】

尚书令乐广擅长清谈，可是不擅长写文章。他想辞去河南尹职务，便请潘岳替他写篇奏章。潘岳说："我可以写的，不过应当先了解您的心意。"乐广便给他说明自己决定让位的原因，详细阐述了有大约二百来句话。潘岳在文章中径直把他的话拿来用，只是重新进行了一番整理编排，便成了一篇名作。当时的人都说："如果乐广不借助潘岳的文辞，潘岳不采取乐广的意旨，就无法写成这样优美的文章了。"

71. 夏侯湛作《周诗》成[1]，示潘安仁[2]，安仁曰："此非徒温雅，乃别见孝悌之性。[3]"潘因此遂作《家风诗》。

【注释】

①夏侯湛：字孝若，详见《言语》第65则注②。《周诗》：《诗经·小雅》里"鹿鸣之什"中的《南陔》《白华》《华黍》，"南有嘉鱼之什"中的《由庚》《崇丘》《由仪》等六篇，诗已失传，只存篇名，夏侯湛用其篇名作成诗，因《诗经》是周代诗歌，故称为《周诗》。

②潘安仁：即潘岳，字安仁，详见《言语》第107则注④。

③徒：只，仅仅。温雅：温润典雅。孝悌(tì)：孝顺父母，敬爱兄长。

【译文】

夏侯湛写成了《周诗》，拿去给潘安仁看，潘安仁说："这些诗写得不仅仅是温润典雅，另外也能从中看出孝顺父母、敬爱兄长的性情。"潘安仁也因此写了《家风诗》。

72. 孙子荆除妇服，作诗以示王武子[1]。王曰："未知文生于情，情生于文！览之凄然，增伉俪之重。[2]"

【注释】

①孙子荆：孙楚，字子荆，详见《言语》第24则注②。除妇服：按照礼俗为妻子服丧期满，脱去丧服。王武子：王济，字武子，详见《言语》第24则注①。

②伉俪：夫妻。重：珍重，重视。

【译文】

孙子荆为妻子服丧期满后，作了一首悼亡诗，拿给王武子看。王武子看后说："真不知是文章因思念之情而产生，还是思念之情因文章而产生！看了你的诗心中感到非常凄凉，也增加了我对夫妻情谊的珍重。"

73. 太叔广甚辩给①，而挚仲治长于翰墨②，俱为列卿③。每至公坐，广谈，仲治不能对；退著笔难广，广又不能答④。

【注释】

①太叔广：姓太叔，名广，字季思，东平（今属山东）人，有辩才，位至列卿。辩给：有口才，能言善辩。

②挚仲治：挚虞，字仲治，京兆长安（今陕西西安）人，西晋著名谱学家；历任闻喜县令、秘书监、光禄勋、太常卿等职；后饿死于永嘉之乱中；著有《族姓昭穆》《文章志》等。翰墨：笔墨，借指文章、文辞。

③列卿：即位列九卿；卿是古代高级官名。

④公坐：公众场合。著笔：写文章。难：反驳。

【译文】

太叔广很有口才，能言善辩；而挚仲治擅长写文章，文辞优美。两人都位列九卿。每次在公众场合，太叔广侃侃而谈，仲治都不能自如应对；仲治回去后写成文章来反驳太叔广的观点，太叔广也不能应答。

74. 江左殷太常父子并能言理①，亦有辩讷之异②。扬州口谈至剧③，太常辄云："汝更思吾论。"

【注释】

①殷太常：即殷融，字洪远，陈郡长平（今河南西华）人，光禄勋殷羡之弟；有文集十卷，善于清言；曾任司徒左西属、吏部尚书、太常卿等职。太常，九卿之一，主管祭祀礼乐。父子：叔侄，六朝时叔侄通称为父子。按：殷太常父子指殷融和殷浩，殷浩是殷羡之子，殷融之侄，两人都善于

清谈，据《晋中兴书》记载："（殷融）每与浩谈，有时而屈，退而著论，融更居长。"

②辩讷之异：善辩与不善言谈之区别。讷，说话迟钝。

③扬州：指殷浩，字渊源，曾任扬州刺史，详见《言语》第80则注②。至剧：最厉害。

【译文】

东晋时，太常殷融和侄儿殷浩两人都擅长谈玄理，但是也有能言善辩和不善于言谈的区别。扬州刺史殷浩的口头辩论是最厉害的，殷融辩不过他的时候，总是说："你再想想我的道理。"

75. 庾子嵩作《意赋》成[①]。从子文康见[②]，问曰："若有意邪，非赋之所尽；若无意邪，复何所赋？[③]"答曰："正在有意无意之间。"

【注释】

①庾子嵩：庾敳（ái），字子嵩，详见《文学》第15则注①。按：据《晋书·庾敳传》记载："敳见王室多难，终知婴祸，乃作《意赋》以豁情。"

②从子：侄子。文康：庾亮，字元规，谥号文康，详见《德行》第31则注①。

③意：指心意感情。赋：一种文体，讲究文采、韵律，兼具诗歌和散文性质，字数不限。何所赋：即"所赋者何"，所赋的是什么；赋，创作，作赋。

【译文】

庾子嵩写成了《意赋》。他的侄儿庾亮看见了，问道："如果有那样的心意感情，那不是赋体所能说尽的；如果没有那样的心意情感，又写赋做什么？"庾子嵩回答说："正是在有意和无意之间。"

76. 郭景纯诗云[①]："林无静树，川无停流。[②]"阮孚云[③]："泓峥萧瑟，实不可言。每读此文，辄觉神超形越。[④]"

【注释】

①郭景纯：郭璞，字景纯，河东郡闻喜县（今山西闻喜）人，精天文、历算、卜筮、诗赋，是游仙诗祖师和两晋时最著名的方术士；西晋末为宣城太守殷祐参军，晋元帝拜著作佐郎，与王隐共撰《晋史》；后为王敦记室参军，以卜筮不吉阻敦谋反，被杀，后追赠弘农太守。

②林无静树，川无停流：出自郭璞的《幽思篇》，诗句大意是：山林中没有静止不动的树，江河中没有停滞不前的水流。

③阮孚：字遥集，阮咸之子，西晋陈留尉氏（今属河南）人，"兖州八伯"之一；曾任散骑常侍、侍中、吏部尚书、丹阳尹等职，因功赐爵南安县侯。

④泓：形容水深而广的样子。峥：形容山高峻的样子。萧瑟：形容风吹树木的声音。神超形越：指身心超逸，不同凡俗。

【译文】

郭景纯的《幽思篇》中有两句诗为："林无静树，川无停流。"阮孚评价这两句诗说："水深而广，山高又峻，风吹树木萧瑟作响，诗句的意境实在是妙不可言。每当读到这两句，总觉得心身都超尘脱俗了。"

77．庾阐始作《扬都赋》①，道温、庾云②："温挺义之标，庾作民之望③。方响则金声，比德则玉亮④。"庾公闻赋成，求看，兼赠贶之⑤。阐更改"望"为"俊"，以"亮"为"润"云⑥。

【注释】

①庾阐：字仲初，颍川鄢陵（今河南鄢陵北）人；曾任尚书郎、彭城内史、散骑侍郎、零陵太守、给事中等职，因功封吉阳县男；卒年54岁，谥号贞。扬都：指建康，是扬州的首府，晋元帝建都于此。

②温：指温峤，字太真，详见《言语》第35则注②。庾：指庾亮，字元规，详见《德行》第31则注①。

③标：榜样。望：仰望之人。温挺义之标，庾作民之望：温峤树立起道义的榜样，庾氏成为百姓仰望的对象。

④方、比：两字同义，比拟之意。方响则金声，比德则玉亮：他们的声音就像铜钟一样铿锵作响，他们的品德就像宝玉一样晶莹发亮。

⑤赠贶(kuàng)：赠送。

⑥以“亮”为“润”：为了避开庾亮的名讳，所以改“亮”字为“润”字；为了前后押韵，又将“望”字改为“俊”字。

【译文】

庾阐当初写了《扬都赋》，赋中称赞温峤和庾亮说：“温挺义之标，庾作民之望。方响则金声，比德则玉亮。”庾亮听说赋已经写好了，就要求看看，同时希望能送给自己。于是庾阐又把其中的“望”字改为“俊”字，把“亮”字改为“润”字。

78. 孙兴公作《庾公诔》[①]。袁羊曰：“见此张缓。[②]”于时以为名赏[③]。

【注释】

①孙兴公：指孙绰，字兴公，详见《言语》第84则注①。庾公：指庾亮，字元规，详见《德行》第31则注①。诔(lěi)：叙述死者生平事迹并表示哀悼的一种文体。

②袁羊：即袁乔，字彦叔，小名为羊，详见《言语》第90则注④。张缓：紧张和松弛，一张一弛，即张弛有度。

③名赏：有名的鉴赏之语。

【译文】

孙兴公写了《庾公诔》，袁羊看了以后说：“从诔文中能看出为人处世要张弛有度。”在当时，人们认为这是著名的鉴赏之语。

79. 庾仲初作《扬都赋》成，以呈庾亮[①]。亮以亲族之怀，大为其名价，云：“可三《二京》，四《三都》。[②]”于此人人竞写，都下纸为之贵。谢太傅云：“不得尔，此是屋下架屋耳，事事拟学，而不免俭狭。[3]”

【注释】

①庾仲初:即庾阐,字仲初,和太尉庾亮是同宗族,详见《文学》第77则注①。庾亮:字元规,详见《德行》第31则注①。

②二京:指班固的《两都赋》和张衡的《二京赋》。三都:指左思的《三都赋》。三、四:指并列为三,并列为四。

③谢太傅:即谢安,字安石,死后被追赠为太傅,详见《德行》第33则注③。屋下架屋:在屋子里再建屋子,比喻结构、内容重复,这里指与《二京》《三都》重复。拟学:模仿。俭狭:内容贫乏,眼界狭隘。

【译文】

庾仲初写完了《扬都赋》,把它呈送给庾亮看。庾亮出于同宗族的情分,大力抬高这篇赋的身价,说:“这篇赋可以和班固的《两都赋》、张衡的《二京赋》三足鼎立,可以和前两篇以及左思的《三都赋》四文并列。”从此人人争相传抄《扬都赋》,京都建康的纸张也因此涨价了。太傅谢安说:“不能这样写,这是在屋子里面再造屋呀!如果写文章处处都模仿别人,就免不了内容贫乏,眼界狭隘了。”

80.习凿齿史才不常,宣武甚器之,未三十,便用为荆州治中[1]。凿齿谢笺亦云:“不遇明公,荆州老从事耳![2]”后至都见简文,返命,宣武问:“见相王何如?[3]”答云:“一生不曾见此人。”从此忤旨,出为衡阳郡,性理遂错[4]。于病中犹作《汉晋春秋》,品评卓逸。

【注释】

①习凿齿:字彦威,详见《言语》第72则注③。史才:编撰史书的才学。不常:不寻常。宣武:即桓温,谥号为宣武,详见《言语》第55则注①。治中:官名,是州郡的高级佐官,主管文书。按:桓温曾任荆州刺史,后来逐渐总揽朝政大权,怀有篡夺之志,故有下文所叙之事。

②谢笺：答谢信。遇：遇合，指得到权贵的赏识。明公：对尊贵者的敬称，这里指桓温。从事：指从事史，官名，州郡长官的下属。

③简文、相王：指晋简文帝司马昱，他未登帝位时，以会稽王身份任丞相，故又称相王，详见《德行》第37则注①。返命：复命，执行命令后回来报告。

④出：指外调。为衡阳郡：指任衡阳郡太守。性理：情绪和理智。按：关于"衡阳郡"，余嘉锡《世说新语笺疏》中说："程炎震云：宋本'衡'作'荥'，《晋书·习凿齿传》亦作'荥'，与宋本同。然荥阳属司州，自穆帝末以陷没，至太元间始复。温时不得置守，亦别无侨郡，当作衡阳为是。"

【译文】

习凿齿编撰史书的才学很不寻常，桓温非常器重他，还没到三十岁，就任用他为荆州治中。习凿齿在给桓温的答谢信里也说道："如果不是受到您的赏识，我可能活到老也只是荆州的一个老从事罢了！"后来桓温派他到京都去见丞相司马昱，回来复命的时候，桓温问："你见了相王，觉得他怎么样？"凿齿回答说："从来不曾见过这样的人。"由此触犯了桓温，被降职，出任衡阳郡太守，从此神志就有些错乱了。他在病中还坚持写了《汉晋春秋》，对人物和史实的品评见解卓越。

81.孙兴公①云："三都、二京②，五经鼓吹③。"

【注释】

①孙兴公：即孙绰，字兴公，详见《言语》第84则注①。

②三都：左思的《三都赋》。二京：班固的《两都赋》和张衡的《二京赋》。

③五经：五部儒家经典著作，指《周易》《诗经》《尚书》《仪礼》《春秋》。鼓吹：本指器乐合奏，这里指宣扬、羽翼之物。刘孝标注云："言此五赋是经典之羽翼。"

【译文】

孙兴公说："《三都赋》《两都赋》和《二京赋》，相当于是五经的羽翼。"

82.谢太傅问主簿陆退[①]:"张凭何以作母诔,而不作父诔?[②]"退答曰:"故当是丈夫之德,表于事行;妇人之美,非诔不显。[③]"

【注释】

①谢太傅:即谢安,字安石,死后追赠为太傅,详见《德行》第33则注③。陆退:字黎民,吴郡人,张凭之婿,官至光禄大夫。

②张凭:详见《文学》第53则注①。诔:叙述死者生平、表示哀悼的一种文体。

③丈夫:男子。

【译文】

太傅谢安问主簿陆退:"张凭为什么只作悼念母亲的诔文,而不作悼念父亲的诔文?"陆退回答说:"这应当是因为男子的美德已经在他的事迹和行动中表现出来了;而妇女的美德,不用诔文追述就不能显扬于世了。"

83.王敬仁年十三,作《贤人论》[①],长史送示真长[②],真长答云:"见敬仁所作论,便足参微言。[③]"

【注释】

①王敬仁:王修,字敬仁,王濛之子,详见《文学》第38则注①。

②长史:指王濛,字仲祖,官至司徒左长史,详见《言语》第54则注④。真长:即刘惔,字真长,详见《德行》第35则注①。

③参:参悟,领悟。微言:精微的言辞,这里指玄言。

【译文】

王敬仁十三岁写了《贤人论》一文,他父亲司徒左长史王濛送去给刘真长看,刘真长看了之后评价说:"看了敬仁所写的文章,就知道他能够参悟玄言了。"

84.孙兴公①云:“潘文烂若披锦,无处不善②;陆文若排沙简金,往往见宝③。”

【注释】

①孙兴公:即孙绰,字兴公,详见《言语》第84则注①。

②潘:指潘岳,字安仁,详见《言语》第107则注④。烂:灿烂,色彩绚丽,指文采斑斓。披锦:展开着的锦绣,比喻文章言辞华美。

③陆:指陆机,字士衡,详见《言语》第26则注①。排沙简金:拨开沙子来挑选金子,比喻从大量的事物中挑选精华;简,选择。见:通“现”,发现。

【译文】

孙兴公说:“潘岳的文章文采斑斓,好像展开着的锦绣一样,没有一处不好;陆机的文章好像拨开沙子来挑选金子,常常能从中发现瑰宝。”

85.简文称许掾云①:“玄度五言诗,可谓妙绝时人。②”

【注释】

①简文:即晋简文帝司马昱,详见《德行》第37则注①。许掾:即许询,字玄度,曾被召为司徒掾,详见《言语》第69则注①。

②绝:独一无二,无人能比。

【译文】

简文帝司马昱称赞司徒掾许玄度说:“玄度的五言诗可以说精彩绝妙,当今之人都不能与之相比。”

86.孙兴公作《天台赋》成,以示范荣期①,云:“卿试掷地,要作金石声。②”范曰:“恐子之金石,非宫商中声。③”然每至佳句,辄云:“应是我辈语。④”

【注释】

①孙兴公:即孙绰,字兴公,详见《言语》第84则注①。范荣期:范

启，字荣期，南阳顺阳（今河南内乡县）人，官至黄门侍郎，著有文集五卷。

②金石：指用金属和玉、石制成的钟磬之类乐器。按：这句是自夸文辞优美，掷地有声。

③宫商：古代音律中的宫音与商音，后用其泛指音乐、音律。

④“应是”句：范荣期以文才自负，把自己和孙兴公看成一类人，即善于写文之人。

【译文】

孙兴公写成了《天台赋》，拿去给范荣期看，并且说：“你试着把它扔到地上，一定会发出金石般的声音。”范荣期说：“恐怕你的金石声，是不符合音律的金石声。”可是每当看到优美的句子，就会说道：“这正该是我们这些人的语言。”

87.桓公见谢安石作简文谥议[1]，看竟，掷与坐上诸客曰：“此是安石碎金。[2]”

【注释】

①桓公：指桓温，字元子，详见《言语》第55则注①。谢安石：即谢安，字安石，详见《德行》第33则注③。简文：即简文帝司马昱，详见《德行》第37则注①。谥议：古代帝王、贵族、大臣等死后，交由礼官评议其生平事迹，依据谥法拟定谥号，奏请钦定，即为谥议。

②竟：终了，完毕。碎金：零碎的金子，这里比喻精美简短的诗文。按：桓温独霸朝政多年，并曾废帝立威，他本希望简文帝临终后禅位给自己，或让其摄政，事皆不成，心怀怨愤，故有“掷与坐上诸客”的举动。

【译文】

桓温看见谢安石所作的给简文帝司马昱拟定谥号的奏议，看完了，就扔给座上的宾客说：“这是谢安石的精美的短文。”

88.袁虎少贫，尝为人佣载运租[1]。谢镇西经船行，其夜清风朗月，闻江渚间估客船上有咏诗声[2]，甚有情致；所诵五言，又其所未尝闻，叹美不能已。即遣委曲讯问[3]，乃是袁自咏其所作《咏史诗》。因此相要，大相赏得[4]。

【注释】

①袁虎：袁宏，字彦伯，小名叫虎，详见《言语》第 83 则注②。佣：雇用。载运：指用船只运载。租：指租粮。

②谢镇西：谢尚，字仁祖，曾任镇西将军，详见《言语》第 46 则注①。江渚(zhǔ)：江边。估客：商贩。

③委曲：事情的经过，底细。

④要(yāo)：邀请。赏得：赞赏投合。

【译文】

袁虎年轻时家里很穷，曾经被雇用替人用船只运送租粮。镇西将军谢尚坐船出游，那一夜风轻月明，忽然听见江边商船上有吟诗声，很有情致；所吟诵的五言诗，又是自己过去未曾听到过的，不由赞叹不已。谢尚随即派人去打听清楚底细，原来是袁虎吟咏自己创作的《咏史诗》。因此谢尚便邀请袁虎过来相见，对他非常欣赏，而且彼此也十分投合。

89．孙兴公云："潘文浅而净，陆文深而芜。[1]"

【注释】

①孙兴公：即孙绰，字兴公。潘：指潘岳，字安仁，详见《言语》第 107 则注④。陆：指陆机，字士衡，详见《言语》第 26 则注①。芜：指芜杂，杂乱。

【译文】

孙兴公说："潘岳的文章浅显，可是纯净；陆机的文章深刻，可是杂乱。"

90．裴郎作《语林》[1]，始出，大为远近所传。时流年少，无不传写，各有一通[2]。载王东亭作《经王公酒垆下赋》，甚有才情[③]。

【注释】

①裴郎：裴启（一说裴荣），字荣期，东晋和东闻喜（今山西运城东）人，喜好论古今人物，撰写《语林》数卷，内容与《世说新语》类似，原书已佚。

②时流：时人，一般人。一通：一份，一本。

③王东亭：即王珣，曾封东亭侯，详见《言语》第102则注②。王公酒垆：参考《伤逝》第2则、《轻诋》第24则原文及刘孝标注解，应为"黄公酒垆"。

【译文】

裴启写了《语林》一书，刚刚面世，远近的人就广为传看。当时的世俗之辈和后生年少，没有谁不争相传抄的，人人手执一本。其中有记载东亭侯王珣作《经王公酒垆下赋》一事，很有才情。

91.谢万作《八贤论》，与孙兴公往反，小有利钝[①]。谢后出以示顾君齐[②]，顾曰："我亦作，知卿当无所名。[③]"

【注释】

①谢万：字万石，详见《言语》第77则注①。孙兴公：即孙绰，字兴公，详见《言语》第84则注①。往反：指互相来回辩论。利钝：这里指胜负。按：谢万的《八贤论》评述了渔父、屈原、贾谊等八个贤人，认为隐处者较优，出仕者为劣；孙兴公反驳此论，认为不能以此定优劣，认为体玄识远者，出、处同归。

②顾君齐：顾夷，字君齐，吴郡（今江苏苏州）人，曾被征辟为州主簿，不就任。

③无所名：名即命名，指无法给文章命此名了。按：顾君齐这样说是表示不同意《八贤论》的观点。

【译文】

谢万写了《八贤论》，并就其内容和孙兴公互相辩论了好几个来回，稍有胜负。谢万后来把文章拿出来给顾君齐看，顾君齐说："如果我也写这几个人，你这篇文章就没法这样命名了。"

92. 桓宣武命袁彦伯作《北征赋》[①]，既成，公与时贤共看，咸嗟叹之。时王珣在坐，云："恨少一句，得'写'字足韵，当佳。[②]"袁即于坐揽笔益云："感不绝于余心，溯流风而独写。[③]"公谓王曰："当今不得不以此事推袁。"

【注释】

①桓宣武：即桓温，字元子，谥号为宣武，详见《言语》第55则注①。袁彦伯：即袁宏，字彦伯，详见《言语》第83则注①。按：据《续晋阳秋》记载："宏从温征鲜卑，故作《北征赋》，宏文之高者。"桓温在公元369年率师北伐鲜卑族慕容氏，后让袁宏作赋记其事，袁宏当时任桓温的记室参军，跟随桓温北伐。

②王珣：详见《言语》第102则注②。足韵：赋体为中间可换韵的韵文，换韵一般是在叙述完一事再叙另一事时；若某一韵中所叙之事未尽，可以另加几句来补足，叫足韵。

③益：增加。溯：追溯，回想。流风：遗风。写：抒发情怀。诗句大意为：我内心的感慨绵延不绝，追溯前人的遗风来抒发自己的情怀。

【译文】

桓温叫袁彦伯创作一篇《北征赋》，赋写好以后，桓温和在座的诸位贤士们一起阅读，大家都赞叹写得好。当时王珣也在座，说："遗憾的是少了一句，如果用'写'字足韵，应该会更好。"袁彦伯在座位上立刻拿起笔，在赋后面增加了一句："感不绝于余心，溯流风而独写。"桓温对王珣说："从这件事看，当今不能不推重袁彦伯啊。"

93. 孙兴公道曹辅佐[①]："才如白地明光锦，裁为负版绔，非无文采，酷无裁制。[②]"

【注释】

①孙兴公：即孙绰，字兴公，详见《言语》第84则注①。曹辅佐：曹毗（pí），字辅佐，谯国（今安徽亳州）人；历任著作郎、太学博士、下邳太守、光禄勋等职；善写辞赋，被称为“中兴之时秀”，作品今存《涉江赋》《秋兴赋》《篸篌赋》等。

②白地：白底子。明光锦：一种明洁闪光的织锦。负版：背负着版插的人，指差役、体力劳动者。绔（kù）：同“裤”。酷：非常，太。裁制：裁剪制作，比喻写文章时的取舍安排。

【译文】

孙兴公谈论到曹辅佐时说：“他的文才就像一幅白底子的明光锦，却被裁剪成了差役穿的裤子。他不是没有文采，只是写文章时太不会取舍安排了。”

94. 袁彦伯作《名士传》成[①]，见谢公，公笑曰：“我尝与诸人道江北事，特作狡狯耳[②]，彦伯遂以著书！”

【注释】

①袁彦伯：即袁宏，字彦伯，详见《言语》第83则注①。按：袁彦伯的《名士传》主要记载了魏晋名士的逸闻轶事，包括《正始名士传》《竹林名士传》《中朝名士传》三部分，此书已佚，仅存佚文。

②谢公：指谢安，详见《德行》第33则注③。江北事：指晋室南渡以前的事；当时国都为洛阳，在江北。特：但，只。狡狯（kuài）：戏言，随便说说。

【译文】

袁彦伯写成了《名士传》，带去见谢安，谢安笑着说：“我曾经和大家讲过南渡之前在江北时期的事情，但那不过是随便说说罢了，彦伯竟拿来写成书了！”

95. 王东亭到桓公吏[①]，既伏阁下，桓令人窃取其白事[②]。

东亭即于阁下更作，无复向一字③。

【注释】

①王东亭：即王珣，字元琳，被封为东亭侯，详见《言语》第102则注②。到：到职，到任。桓公：即桓温，详见《言语》第55则注①。按：王珣曾在大司马桓温手下任主簿。

②伏阁下：在官署里，阁是官署。白事：给上级的一种报告，是文书的一种。

③更：重新。复：重复。向：刚才。

【译文】

东亭侯王珣就任桓温的属官，在官署里，桓温叫人偷偷拿走了他写好的文书。王珣立即在官署里重新写了一份文书，没有一个字和前一份文书是重复的。

96. 桓宣武北征，袁虎时从，被责免官①。会须露布文，唤袁倚马前令作②。手不辍笔，俄得七纸，殊可观。东亭在侧，极叹其才③。袁虎云："当令齿舌间得利。④"

【注释】

①桓宣武：即桓温，字元子，谥号为宣武，详见《言语》第55则注①。袁虎：即袁宏，字彦伯，小名叫虎，详见《言语》第83则注②。按：公元369年，桓温自姑孰北伐前燕，途中袁宏顶撞了桓温，被责免官，大概是因为此事；可参看《轻诋》篇第11则。

②会须：恰巧需要。露布文：军中不封口的文书，多指征讨的檄文或捷报。

③东亭：即东亭侯王珣，详见《言语》第102则注②。

④当令齿舌间得利：指官运不顺，但文才能得到王珣的口头赞赏，也算是在齿舌间得到点好处。

【译文】

桓温带兵北伐，当时袁虎也跟随着一起出征，因事受到桓温的责备，被免了官职。正好急需写一份不封口的文书，桓温便命令袁虎在马的前面立刻起草文书。袁虎便靠在马旁，手不停笔，一会儿就写了七张纸，写得非常好。当时东亭侯王珣也在旁边，极力赞赏他的才华。袁虎说："也应当让我从口舌中得到一点好处了。"

97.袁宏始作《东征赋》，都不道陶公①。胡奴诱之狭室中，临以白刃，曰："先公勋业如是，君作《东征赋》，云何相忽略？②"宏窘蹙无计，便答："我大道公，何以云无？③"因诵曰："精金百炼，在割能断④。功则治人，职思靖乱⑤。长沙之勋，为史所赞⑥。"

【注释】

①袁宏：字彦伯，详见《言语》第83则注②。都：完全。陶公：即陶侃，字士行，详见《言语》第47则注①。按：袁宏的《东征赋》，在篇末称颂了东晋诸名流。

②胡奴：陶范，字道则，小名胡奴，陶侃之子，曾任乌程令、尚书、秘书监等职。狭室：内室，密室。临：威胁。白刃：锋利的刀。先公：亡父。勋业：功勋业绩。

③窘蹙(cù)：窘迫，局促，非常为难。大道：大力地称道。

④精金：精炼的金属，亦指纯金。在割：指所有的切割。诗句大意为：真金经过了千锤百炼，任何东西都能被切割断。

⑤功：事情，工作，事业。职：职责。靖乱：平息祸乱。诗句大意为：他的事业就是使人安居乐业，他的职责就是平定祸乱。

⑥长沙：指陶侃，他被封为长沙郡公。诗句大意是：长沙郡公的功勋，是史家所赞美的。

【译文】

袁宏起初写《东征赋》的时候，文中完全没有提到陶侃。陶侃的儿子胡奴就把他骗到一个密室里，拔出刀来威胁他，问道："我父亲的功勋业绩这样突出，你写《东征赋》，为什么把他忽略了？”袁宏很是窘迫局促，无计可施，便回答说：“我大力地称道了陶公，怎么说没有写呢？”于是就朗诵道：“精金百炼，在割能断。功则治人，职思靖乱。长沙之勋，为史所赞。”

98. 或问顾长康：“君《筝赋》何如嵇康《琴赋》？[①]”顾曰：“不赏者，作后出相遗；深识者，亦以高奇见贵。[②]”

【注释】

①顾长康：即顾恺之，字长康，详见《言语》第85则注④。嵇康：字叔夜，“竹林七贤”之一，详见《德行》第16则注②。

②相遗：遗弃它，抛弃它。见贵：以我为贵，推崇我。

【译文】

有人问顾长康：“您的《筝赋》和嵇康的《琴赋》相比，哪一篇更好？”顾长康回答说：“不会欣赏的人，会把《筝赋》作为后出的文章而遗弃它；见识深远的人，会因为《筝赋》高妙新奇而重视它。”

99. 殷仲文天才宏赡，而读书不甚广博[①]。亮叹曰[②]：“若使殷仲文读书半袁豹[③]，才不减班固[④]。”

【注释】

①殷仲文：详见《言语》第106则注②。宏赡：宏大而充裕。

②亮：指傅亮，字季友，北地灵州（今宁夏吴忠市）人；晋时曾任散骑侍郎、黄门侍郎、侍中、中书令等职；宋武帝刘裕受禅后，升太子詹事，中书令如故，封建城县公，后任中书监、尚书令、左光禄大夫等职，晋爵始兴郡公；元嘉三年（426年）因罪遭诛；原有集三十一卷，已佚，明人辑有《傅光禄集》。

③袁豹：字士蔚，陈郡阳夏人；好学博闻，历任著作佐郎、太尉长史、御史中丞、丹阳尹等职，卒于官；有文集八卷。

④班固：字孟坚，扶风安陵（今陕西咸阳东北）人，著有《汉书》《两都赋》《白虎通义》等；公元89年，跟随大将军窦宪北伐匈奴，任中护军，参议军机大事；92年，受窦宪株连被捕入狱，同年死于狱中，时年61岁。

【译文】

殷仲文天赋宏大而丰富，可是读书不是很广博。傅亮感叹说："如果殷仲文读的书能有袁豹读的书的一半那么多，才华就会不次于班固。"

100. 羊孚作《雪赞》云[①]："资清以化，乘气以霏[②]。遇象能鲜，即洁成辉[③]。"桓胤遂以书扇[④]。

【注释】

①羊孚：字子道，详见《言语》第104则注①。

②资：依凭。霏：飘洒，飞扬。诗句大意是：雪花依凭清冷的天气而成形，乘着流动的空气而飞扬。

③象：指各种景象。即：靠近。诗句大意是：各种景象接触到雪花就变得鲜艳夺目，洁白的物体靠近雪花就显得熠熠生辉。

④桓胤：字茂远，德行高洁，以恬淡见称，桓嗣之子，桓玄之侄；承袭父爵丰城县公，历任秘书丞、秘书监、中书令等职；桓玄篡位称帝后，任吏部尚书，桓玄败死后，被流放到新安郡；后卷入殷仲文谋反事件，被杀。

【译文】

羊孚写了一篇《雪赞》，其中说："资清以化，乘气以霏。遇象能鲜，即洁成辉。"桓胤很喜欢，便把这几句诗写在他的扇子上。

101. 王孝伯在京[①]，行散至其弟王睹户前[②]，问："古诗中何句为最？"睹思未答，孝伯咏："'所遇无故物，焉得不速老！[③]'此句为佳。"

【注释】

①王孝伯：王恭，字孝伯，详见《德行》第44则注①。

②行散：服用五石散（一名寒食散）后行走以散发药性。王睹：王爽，字季明，小名睹，王恭四弟，官至侍中；王恭起兵败死后，被诛，桓玄执政后追赠太常。

③“所遇”句：出自《古诗十九首·回车驾言迈》。作者不详；大意是一路上看到的都不是过去的景物，人哪能不很快就老了呢！

【译文】

王孝伯在京城的时候，一次行散走到他弟弟王睹门前，问王睹：“古诗中哪一句最好？”王睹仍在思考中，还没有回答，孝伯就吟咏道：“‘所遇无故物，焉得不速老！’这句是最好的。”

102. 桓玄尝登江陵城南楼，云：“我今欲为王孝伯作诔。①”因吟啸良久，随而下笔②。一坐之间，诔以之成③。

【注释】

①桓玄：字敬道，详见《德行》第41则注①。王孝伯：王恭，字孝伯，详见《德行》第44则注①。诔：叙述死者生平事迹并表示哀悼的一种文体。按：王恭曾两次联合桓玄、殷仲堪等人讨伐朝臣，因此在他死后，桓玄为他作了诔文。

②吟啸：吟咏和吹口哨。

③一坐：坐一下，表示时间短暂。

【译文】

有一次，桓玄登上江陵城城墙的南楼，说道：“我现在想给王孝伯写一篇诔文。”于是先吟咏歌啸了很长时间，然后开始动笔。只一会儿的工夫，诔文便写成了。

103. 桓玄初并西夏，领荆、江二州，二府、一国①。于时始雪，五处俱贺，五版并入②。玄在听事上，版至，即答版后，皆粲然成章，不相揉杂③。

【注释】

①桓玄：字敬道，详见《德行》第41则注①。西夏：《资治通鉴·宋纪》注云："江左六朝以荆楚为西夏。"大概泛指西部一带。领：兼任。按：桓玄是桓温之子，才华出众，文笔优美；桓温死后，袭封为南郡公，封国在广州，即为一国；后又受任都督荆、司、雍、秦、梁、益、宁七州。二府指都督府和后将军府；任荆州刺史，兼任江州刺史，即为二州。

②五处：指上文的二州、二府、一国。版：书写用的木简，这里指贺信，即初雪的贺信。

③听事：官署中的大厅。揉杂：混杂，混同。

【译文】

桓玄刚刚开始同时管辖西部一带，同时兼任荆、江两州刺史，担任都督府和后将军府两个府的长官，并袭封了一个侯国。这一年初次下雪时，五处官府都来祝贺，五封贺信一起送到。当时，桓玄正在官署的厅堂之上，贺信一到，就在信后开始批复，每封信都文采斑斓，下笔成章，而且都不相混同。

104.桓玄下都，羊孚时为兖州别驾[①]，从京来诣门，笺云："自顷世故睽离，心事沦蕴[②]。明公启晨光于积晦，澄百流以一源[③]。"桓见笺，驰唤前，云："子道，子道，来何迟！"即用为记室参军[④]。孟昶为刘牢之主簿[⑤]，诣门谢，见云："羊侯，羊侯，百口赖卿。[⑥]"

【注释】

①下都：指攻下都城建康。羊孚：字子道，详见《言语》第104则注①。别驾：官名，为州刺史的佐官，因其地位较高，出巡时不与刺史同车，别乘一车，故名别驾，总理众务。按：公元402年，晋帝下诏讨伐桓玄，桓玄于是率兵东下，并攻下京都建康。

②笺：信笺，书信。顷：不久前。世故：世事变乱。睽离：分离，离散。

沦蕴:消沉郁结。

③积晦:久暗,长夜,比喻当时的世道。澄:澄清。

④记室参军:官名,主管文书工作。

⑤孟昶(chǎng):字彦达,平昌人,为人庄重严肃,志向高远;曾任丹阳尹、尚书左仆射等职,死于孙恩卢循之乱。刘牢之:字道坚,彭城(今江苏徐州)人,曾任北府军参军、广陵相、彭城内史等职,封武冈县男;397年跟随王恭讨伐朝臣,任司马,次年背叛王恭,在其死后接管兖、青等七州及晋陵军务;402年,拜前锋都督、征西将军,兼江州刺史,讨伐桓玄,却再次倒戈;桓玄掌权后,被削兵权,任会稽太守,后自缢而死。

⑥谢:谢罪。羊侯:对羊孚的敬称。百口赖卿:全家的性命依靠你来保护;百口,比喻人口众多。

【译文】

桓玄率兵东下攻下京都,当时羊孚任兖州别驾,从京都前来登门拜访,他给桓玄的求见信上说:"自从不久前因为战乱与您分别后,我意志消沉,心情郁结。明公您给漫漫长夜送来了阳光,用一源清水澄清了百条河流。"桓玄见到信后,赶紧把他请上前来,对他说:"子道,子道,你怎么来得这么晚啊!"立即任用他做记室参军。当时孟昶在刘牢之手下任主簿,登门来向桓玄谢罪,看到羊孚就说:"羊侯,羊侯,我一家百口就拜托你了。"

方正第五

《方正》是《世说新语》第五门，共66则。方正指人的行为、品性正直无邪。德行方正是也我们民族一贯看重的优良品德，汉文帝时，诏令“举贤良方正能直言极谏者”，以德行方正作为取士的主要标准，后成为制科之一。本门主要记载了在对待政事、性格特征、遵守礼制等方面表现出来的方正品质。首先，在对待政事时，要能够做到不畏强权，敢于直谏，坚持正确的观点；要不慕权势，远离奸佞，忠君爱国，不畏死亡。其次，在性格特征上，德行方正表现在为人诚实、性情刚直、疾恶如仇、不畏鬼神等各个方面。再次，在遵守礼制方面，坚持特定时代的道德规范和行为礼节，也是德行方正的一个重要表现，主要表现在：面对失礼的挑衅行为，要勇于还击；注重交往对象和交往礼仪；注重维护魏晋时期的门阀制度，等等。

当然，本门中记载的部分内容可以看出鲜明的时代特征，主要体现在遵守礼制部分，人际交往时，士族与庶族，豪门与寒门界限分明，士族阶层不与常人、小人（即平民百姓）交往，过度注重交往礼仪，从现在的观点来看，这些也被编纂者看成方正，是不太合适的。而且，本门中的有些内容，与方正关联不大。

1．陈太丘与友期行，期日中，过中不至，太丘舍去，去后乃至①。元方时年七岁，门外戏②。客问元方：“尊君在不？”答曰：“待君久不至，已去。”友人便怒，曰：“非人哉！与人期行，相委而去！③”元方曰：“君与家君期日中④。日中不至，则是无信；对子骂父，则是无礼。”友人惭，下车引之，元方入门不顾⑤。

【注释】

①陈太丘：即陈寔，字仲弓，曾任太丘长，详见《德行》第6则注①。期：约定时间。日中：日到中天，中午。舍：舍弃，不管。

②元方：陈纪，字元方，陈寔长子，详见《德行》第6则注②。戏：玩耍。

③委：抛弃。

④家君：对他人称呼自己的父亲。

⑤引：招引，拉。顾：回头。

【译文】

太丘长陈寔和朋友约好一同外出，约定的时间是中午，过了中午，朋友还没有来，陈寔不再等他，自己先走了。他走了以后，那位朋友才到。当时陈寔的大儿子元方才七岁，正在门外玩耍。那个客人问元方："你父亲在家吗？"元方回答说："我父亲等了您很久，见您不来，已经先走了。"那位朋友便生起气来，说道："真不是人呀！和别人约好一起走，却把别人扔下不管，自己先走了！"元方说："您跟我父亲约定的时间是中午。到了中午还不来，这是没有信用；对着别人的儿子骂他的父亲，这是没有礼貌。"那位朋友听了后感到很惭愧，就下车来招呼他。元方掉头就进家门了，根本没回头看他一眼。

2. 南阳宗世林①，魏武同时，而甚薄其为人，不与之交②。及魏武作司空，总朝政③，从容问宗曰："可以交未？"答曰："松柏之志犹存。④"世林既以忤旨见疏，位不配德⑤。文帝兄弟每造其门，皆独拜床下⑥，其见礼如此。

【注释】

①宗世林：宗承，字世林，南阳安众人，以德行为世所重，曾任汉中太守、直谏大夫等职。

②魏武：即曹操，曾为魏王，谥号为武王，故称魏武，详见《言语》第8

则注②。薄：鄙薄，轻视。

③司空：官名，三公之一。按：汉献帝建安元年(196 年)，曹操升任司空，总揽朝政。

④松柏之志：指坚贞不屈的志节。

⑤见疏：被疏远。位不配德：指曹操后来在礼节上厚待宗世林，但是压低他的官职。

⑥文帝兄弟：指曹操的儿子曹丕、曹植等；曹丕谥号为文皇帝，故称文帝。造：即造访，前往，到。拜：指行拜礼，表致敬之礼。床：指坐床，坐榻。

【译文】

南阳郡人宗世林，和魏武帝曹操是同时代的人，他很瞧不起曹操的为人，不肯和曹操结交。后来曹操做了司空，总揽朝廷大权的时候，曾经悠闲地问宗世林道："现在可不可以和我结交呢?"宗世林回答说："我的松柏一样的意志还没有改变。"宗世林因为忤逆了曹操的旨意被疏远，他的官职很低，和他的德行不相匹配。但是曹丕兄弟每次登门拜访，都在他的坐床前行拜见礼。他受到的礼遇就像这样。

3. 魏文帝受禅[①]，陈群有戚容[②]。帝问曰："朕应天受命，卿何以不乐?[③]"群曰："臣与华歆服膺先朝，今虽欣圣化，犹义形于色。[④]"

【注释】

①魏文帝：即曹丕，谥号为文皇帝，故称魏文帝，详见《言语》第 10 则注②。受禅：接受禅让帝位，指曹丕登位称帝。按：公元 220 年底，汉献帝刘协被迫禅让，曹丕称帝，改元黄初，封刘协为山阳公。

②陈群：字长文，陈寔之孙，陈纪之子，曹魏重臣，详见《德行》第 6 则注③。戚容：忧伤的神色。

③应天受命：顺应天道，承受天命；这里指登上帝位。

④华歆：字子鱼，详见《德行》第 10 则注①。服膺先朝：指不忘前朝；

服膺，牢牢地记在心中。欣：欣喜。圣化：圣人的教化，这里指盛世。义形于色：仗义不平之气在脸上流露出来。按：陈群和华歆都当过汉朝的臣子。

【译文】

魏文帝曹丕接受禅让称帝后，陈群面上带有忧伤的神色。魏文帝问他："朕顺应天命登上帝位，你为什么不高兴？"陈群回答说："臣和华歆都把先朝牢牢地记在心里，现在虽然处于盛世也很欣喜，但是怀念前朝恩义的神情，还是不免要流露出来。"

4.郭淮作关中都督，甚得民情，亦屡有战庸①。淮妻，太尉王凌之妹，坐凌事，当并诛②。使者征摄甚急，淮使戒装，克日当发③。州府文武及百姓劝淮举兵，淮不许。至期遣妻，百姓号泣追呼者数万人④。行数十里，淮乃命左右追夫人还，于是文武奔驰，如徇身首之急⑤。既至，淮与宣帝书曰⑥："五子哀恋，思念其母。其母既亡，则无五子。五子若殒，亦复无淮。"宣帝乃表，特原淮妻⑦。

【注释】

①郭淮：字伯济，太原阳曲（今山西太原）人；汉时，曾任平原府丞、丞相兵曹议令史、镇西长史等职，封关内侯；曹丕称帝，升雍州刺史，封射阳亭侯；249年，升征西将军，都督雍州凉州诸军事；次年，任车骑将军，都督如故，封阳曲侯；255年卒，追赠大将军，谥贞侯。都督：官名，地方军政长官。战庸：战功；庸即功劳、功勋。

②王凌：字彦云，太原祁（今山西祁县）人，东汉司徒王允之侄；汉时曾任骁骑主簿、中山太守、丞相掾属等职；曹魏时，曾任兖州刺史、扬州刺史、征东将军、车骑将军、司空、太尉等职，封南乡侯；后与其甥令孤愚谋废曹芳，事泄被捕，服毒自尽，时年79岁。坐凌事：因王凌事而获罪；坐，即连坐，古时因他人犯罪而使与犯罪者有一定关系的人连带受刑的

制度。

③征摄：收捕，缉捕。戒装：准备行装。克日：约定或限定日期。

④遣：打发，遣送。

⑤徇：谋求。身首：自身的脑袋，自己的性命。

⑥宣帝：指司马懿，字仲达，河内郡温县（今河南焦作）人；曾任曹魏的大都督、大将军、太尉、太傅，辅佐魏国四代帝王，后期掌控魏国朝政；善谋奇策，战功显著，曾率大军成功对抗诸葛亮北伐和远征平定辽东；73岁去世，谥号宣文；其子司马昭封晋王后，追封为宣王，后追尊为宣皇帝。

⑦表：上表。原：赦免。

【译文】

郭淮出任关中都督期间，很得民心，也多次立有战功。郭淮的妻子，是太尉王凌的妹妹，因为王凌预谋废立魏帝之事受到株连，应当一起被处死。派来逮捕她的官吏要人要得很急，郭淮让妻子准备好行装，限定日子就要她上路。州和都督府的文武官员和百姓都劝说郭淮起兵反抗，郭淮不同意。到了约定日子，就打发妻子上路，一路跟随着号啕痛哭、呼唤不舍的老百姓有几万人。走了几十里路后，郭淮还是叫手下的人去把夫人追回来，于是文武官员飞跑着去传递命令，好像是救自己的性命那么急。夫人追回来以后，郭淮写了封信给宣帝司马懿说："我的五个孩子哀痛欲绝，恋恋不舍，思念他们的母亲。如果他们的母亲死了，我就会失去我的五个孩子。我的五个孩子如果死了，也就不再有我郭淮了。"司马懿于是上表魏帝，特别赦免了郭淮的妻子。

5.诸葛亮之次渭滨，关中震动[①]。魏明帝深惧晋宣王战[②]，乃遣辛毗为军司马[③]。宣王既与亮对渭而陈，亮设诱谲万方[④]。宣王果大忿，将欲应之以重兵。亮遣间谍觇之，还曰："有一老夫，毅然仗黄钺，当军门立，军不得出。[⑤]"亮曰："此必辛佐治也。"

【注释】

①诸葛亮：字孔明，号卧龙(也作伏龙)，徐州琅邪(今山东临沂)人，三国时期蜀汉丞相，在世时被封为武乡侯，234年在五丈原(今陕西宝鸡岐山境内)逝世，追谥忠武侯。次：驻扎军队。渭滨：渭水之滨，渭水边上，在今陕西宝鸡一带。关中：指今陕西一带。按：公元234年二月，诸葛亮出兵于渭水南五丈原，攻打魏国，魏大将军司马懿领兵防御，屯兵据守不出；同年八月，诸葛亮病死后，蜀兵退回。

②魏明帝：曹叡，魏文帝曹丕之子，谥号明皇帝，详见《言语》第13则注①。晋宣王：即司马懿，死后被追封为宣王，详见《方正》第4则注⑥。

③辛毗(pí)：字佐治，颍川阳翟人，为人刚直；早期跟随其兄事袁绍及其长子袁谭，后投降曹操，任议郎、侍中等职；曹丕称帝后，任侍中，赐关内侯，后赐广平亭侯；魏明帝时，封颍乡侯，任卫尉；死后谥肃侯。军司马：将军府的官员，平时总理事务，作战时负参谋之责。按：据《晋阳秋》记载："亮善抚御，又戎政严明，且侨军远征，粮运艰涩，利在野战。朝廷每闻其出，欲以不战屈之。高祖(即司马懿)亦以为然。"诸葛亮为激司马懿出战，送他妇女戴的头巾，为防止司马懿愤怒下出兵迎战，魏明帝派辛毗为军司马，持君命前来阻止。

④陈：通"阵"，排列布阵。诱谲(jué)：诱惑、欺诈之计。万方：各种方法。

⑤觇(chān)：偷偷地查看，侦查。老夫：老年男子。黄钺(yuè)：用黄金装饰的斧，为帝王专用，或赐给主管征伐的重臣，这里表明辛毗奉命监军。当：对着。

【译文】

诸葛亮亲自带兵攻打魏国，军队驻扎在渭水边上，关中地区人心震动。魏明帝曹叡非常害怕晋宣王司马懿率军出战，便派遣辛毗去担任军司马。司马懿和诸葛亮隔着渭水排兵布阵，坚守阵地，不肯应战，于是诸葛亮使用了各种方法想诱骗他出战，司马懿果然被激怒了，就打算用重兵来迎战诸葛亮。诸葛亮派间谍去侦察他的行动，间谍回来后报告说：

"有一个老人,拿着黄钺,坚定地面对着军营的门口站着,军队都出不来。"诸葛亮说:"这一定是辛佐治呀。"

6.夏侯玄既被桎梏①,时钟毓为廷尉②,钟会先不与玄相知,因便狎之③。玄曰:"虽复刑余之人,未敢闻命。④"考掠初无一言,临刑东市,颜色不异⑤。

【注释】

①夏侯玄:字太初(一作泰初),沛国谯(今安徽亳州)人,夏侯尚之子、夏侯霸之侄;世袭父爵昌陵乡侯,曾任黄门侍郎、散骑常侍、征西将军、大鸿胪、太常等职;254年二月,因卷入谋杀大将军司马师事件,被杀,时年46岁。桎梏:中国古代的刑具,在足曰桎,在手曰梏,类似于现代的手铐、脚镣;这里用作动词,指拘捕。

②钟毓:字稚叔,详见《言语》第11则注①。廷尉:官名,九卿之一,掌管诉讼刑狱之事。

③钟会:字士季,钟毓之弟,详见《言语》第11则注②。因便:顺便,趁机。狎(xiá):亲近而不庄重。按:钟会因夏侯玄为名士,曾经想与他结交,被拒绝了。

④刑余之人:受过刑的人。未敢闻命:指不愿与其交往。闻命,听从命令。

⑤考掠:拷打。初无:全无。东市:行刑的地方,法场;汉代在长安东面的市场行刑,故后代通称法场为东市。

【译文】

夏侯玄被戴上了手铐、脚镣关进监牢,当时钟毓任廷尉,他弟弟钟会之前和夏侯玄不是互相知心的朋友,这时趁机对夏侯玄表示亲近之情,态度很不庄重。夏侯玄说:"我虽然是罪人,但也不敢遵从您的命令。"他经受刑讯拷打时,自始至终不出一声,等到押赴法场行刑时,也依然是面不改色。

7.夏侯泰初与广陵陈本善①。本与玄在本母前宴饮,本弟骞行还,径入,至堂户②。泰初因起曰:“可得同,不可得而杂。③”

【注释】

①夏侯泰初:即夏侯玄,字太初(一作泰初),详见《方正》第6则注①。陈本:字休元,广陵东阳(今安徽天长)人,司徒陈矫之子、大司马陈骞之兄;袭父爵东乡侯,历任郡守、廷尉、镇北将军等职。善:友好。

②陈骞(qiān):字休渊,西晋“开国八公”之一;曹魏时历任中山太守、御史中丞、安东将军、豫州刺史、征南大将军等职,封郯侯;西晋建立后,迁车骑将军,封高平郡公,后历任大将军、太尉、大司马等职;281年离世,死后追赠太傅,谥号武。

③杂:指混杂在一起。按:据《名士传》记载:“玄以乡党贵齿,本不论德位,年长者为拜。与陈本母前饮,骞来而出,其可得同,不可得而杂者也。”夏侯玄的意思是陈骞违礼了,他因为和陈本友好而去拜见其母,当时陈骞的年龄、德位都不如夏侯玄,如果想和夏侯玄交往,就应该先登门拜访,而此时在家中和夏侯玄如此相见,不合乎礼;于是陈骞就退出来了。

【译文】

夏侯泰初和广陵郡人陈本两人关系很好。一次,陈本和夏侯玄在陈本母亲面前一起宴饮时,陈本的弟弟陈骞从外面回来了,他直接从大门进来,一直走到了堂屋门口。于是泰初站起来说:“相同的人可以一起,不同的人不能混杂在一起。”

8.高贵乡公薨,内外喧哗①。司马文王问侍中陈泰曰:“何以静之?②”泰云:“唯杀贾充以谢天下。③”文王曰:“可复下此不?”对曰:“但见其上,未见其下。”

【注释】

①高贵乡公:即曹髦(máo),字彦士,魏文帝曹丕之孙,东海定王曹

髦之子，曹魏第四任皇帝，公元 254—260 年在位；244 年，被封为郯县高贵乡公；254 年，司马师废齐王曹芳后，立其为新君；在位期间，司马昭继承哥哥司马师之职，专国政；260 年，曹髦想除掉司马昭，被其知晓，在司马昭心腹贾充的指使下，被武士成济所弑，年仅 20 岁。

②司马文王：指司马昭，谥号为文王，详见《德行》第 15 则注①。陈泰：字玄伯，颍川许昌(今河南许昌东)人，司空陈群之子；袭颍阴侯爵位，初历任散骑侍郎、游击将军、并州刺史、尚书等职，在司马懿政变之时劝曹爽投降，为司马氏所信任，后历任雍州刺史、征西将军、尚书仆射、司空等职；260 年，魏帝曹髦被杀后，过于悲痛，不久病亡，谥曰穆侯。

③贾充：字公闾，详见《政事》第 6 则注①。谢：谢罪。

【译文】

高贵乡公曹髦被杀，朝廷内外群情激愤，一片哗然。文王司马昭问侍中陈泰："怎么样才能使舆论平静下来呢?"陈泰回答说："只有杀掉贾充，以此来向天下人谢罪。"司马昭问："可不可以再考虑一个比这轻一些的处理办法呢?"陈泰回答说："我只看得到比这更重的方法，看不到比这更轻的方法。"

9.和峤为武帝所亲重[①]，语峤曰："东宫顷似更成进，卿试往看。[②]"还，问何如，答云："皇太子圣质如初。[③]"

【注释】

①和峤：字长舆，详见《德行》第 17 则注①。武帝：即司马炎，谥号武皇帝，史称晋武帝，详见《德行》第 17 则注③。

②东宫：太子居住的宫室，这里用来称太子司马衷。顷：近来。成进：成熟、有长进。按：太子司马衷资质平庸，和峤担心其不能继承大业，曾多次向晋武帝谈及此事。

③圣质：即资质；"圣"字是敬辞。

【译文】

和峤是晋武帝司马炎所亲近、器重的人，有一次晋武帝对和峤说：

"太子近来似乎更加成熟，有长进了，你试着去看看是不是这样。"和峤去看了太子后回来了，武帝问他怎么样，和峤回答说："皇太子资质还同以前一样。"

10. 诸葛靓后入晋，除大司马，召不起[①]。以与晋室有仇，常背洛水而坐。与武帝有旧，帝欲见之而无由，乃请诸葛妃呼靓[②]。既来，帝就太妃间相见。礼毕，酒酣，帝曰："卿故复忆竹马之好不？[③]"靓曰："臣不能吞炭漆身，今日复睹圣颜。[④]"因涕泗百行。帝于是惭悔而出。

【注释】

①诸葛靓(jìng)：字仲思，曹魏征东大将军诸葛诞之子，其父叛乱后入仕东吴，吴亡后投降晋朝，因其父为司马氏所杀，故在晋终身不仕，详见《言语》第21则注①。除：授官，任命。大司马：官名，八公之一。起：出任。

②武帝：即晋武帝司马炎，详见《德行》第17则注③。有旧：指有旧交情、老交情。诸葛妃：指司马懿的儿子琅邪王的王妃，是晋武帝的婶母，诸葛靓的姐姐。

③竹马之好：比喻儿童时代的交情；竹马，儿童用来当马骑的竹竿。

④吞炭漆身：吞炭弄坏嗓子、把漆涂在身体上，使声音变哑、外形改变，再去报仇；这里比喻为父报仇。按：据《史记·刺客列传》记载，春秋末年，晋国大夫赵襄子杀了智伯，智伯的家臣豫让要杀赵襄子给智伯报仇，为了不让别人认出，他用漆涂身，使身上长癞疮，以改变形貌；后谋刺未遂，为赵襄子所捕，临死时，求得赵襄子衣服，拔剑击斩其衣，以示为主复仇，然后伏剑自杀。

【译文】

诸葛靓后来归属了晋朝，被任命为大司马，他不肯应召赴任。因为和晋王室有杀父之仇，常常背对着洛河的方向（即朝廷所在的方向）坐着。他和晋武帝司马炎有旧交情，晋武帝很想见他，却又找不到理由，就请婶母诸葛太妃招呼诸葛靓前来。来后，武帝到诸葛太妃那里和他见面。行礼完毕后开始喝酒，喝到痛快的时候，晋武帝问："你还记得我们小时候的交情吗?"诸葛靓说："臣不能做到像豫让那样吞炭漆身，今天又看到圣上了。"说完便痛哭不止。武帝于是既惭愧又懊悔地退了出去。

11.武帝语和峤曰："我欲先痛骂王武子，然后爵之。[①]"峤曰："武子俊爽，恐不可屈。"帝遂召武子，苦责之，因曰："知愧不?"武子曰："'尺布斗粟'之谣，常为陛下耻之[②]。它人能令疏亲，臣不能使亲疏[③]。以此愧陛下。"

【注释】

①武帝：晋武帝司马炎，详见《德行》第17则注③。和峤：字长舆，详见《德行》第17则注①。王武子：王济，字武子，娶司马昭之女常山公主，详见《言语》第24则注①。按：公元282年，晋武帝命弟弟齐王司马攸离开京都回到封国，王济极力劝谏，触怒了武帝，被责骂，并降职为国子祭酒。

②"尺布斗粟"之谣：比喻兄弟不和；据《史记·淮南衡山列传》记载，淮南王刘长谋反，汉文帝刘恒把他流放到蜀郡，途中刘长绝食而死，后来流传了一首民歌："一尺布，尚可缝；一斗粟，尚可舂。兄弟二人，不能相容。"王济引用这首民谣来讽谏晋武帝驱逐兄弟齐王离开京都一事。

③使亲疏：据余嘉锡《世说新语笺疏》中云："《晋书·(王)济传》作'他人能亲疏，臣不能使亲亲'。"相比此处，更为合理。

【译文】

晋武帝司马炎告诉和峤说："我想先痛骂王武子一顿，然后再给他封个爵位。"和峤说："王武子才智出众，性情直爽，恐怕这样不能使他屈服。"武帝还是召见了王武子，狠狠地责骂了他一通，然后问道："你现在知道羞愧了吗?"王武子说："想起'尺布斗粟'的民谣，我常常替陛下感到羞愧。别人能让关系疏远的人变得亲近起来，臣却不能让亲近的人变得更加亲近。就因为这个原因觉得有愧于陛下。”

12. 杜预之荆州[1]，顿七里桥，朝士悉祖[2]。预少贱，好豪侠，不为物所许[3]。杨济既名氏雄俊，不堪，不坐而去[4]。须臾，和长舆来，问：“杨右卫何在？”客曰：“向来，不坐而去。[5]”长舆曰：“必大夏门下盘马。[6]”往大夏门，果大阅骑，长舆抱内车，共载归，坐如初[7]。

【注释】

①杜预：字元凯，京兆杜陵（今陕西西安）人，娶司马懿女高陆公主；历任曹魏尚书郎、西晋河南尹、秦州刺史、镇南大将军、司隶校尉等职，封当阳县侯，参与伐蜀、伐吴；博学多通，并参与制定晋律，著有《春秋左氏经传集解》《春秋释例》等；死后追赠征南大将军，谥成侯。按：咸宁四年（278年）十一月，杜预任镇南大将军，都督荆州诸军事。

②顿：停留。七里桥：在洛阳城东，当时京都士人送往迎来常在此处。祖：出行时祭路神，引申为送行。

③少贱：指小时候贫贱。物：指人。许：称许，赞许。按：余嘉锡《世说新语笺疏》云：“预为杜延年十一世孙，系出名家。祖、父仕魏，亦皆贵显。而谓之少贱者，据《晋书·（杜）预传》言‘其父与宣帝（即司马懿）不相能，遂以幽死。预久不得调，故少长贫贱’。”

④杨济：字文通，弘农华阴人，晋武帝武悼皇后杨芷之叔父；历任右卫将军、镇南将军、征北将军、太子太傅等职；后因其兄杨骏专权被贾后所杀，受其牵连，亦被杀。

⑤向来：刚才来了；向，刚才、方才之意。

⑥和长舆：即和峤，字长舆，详见《德行》第17则注①。大夏门：洛阳的一座城门楼。盘马：骑马盘旋驰骋，指骑马。

⑦抱内：抱持放入；内，通“纳”。

【译文】

杜预要到荆州去上任，停驻在七里桥，朝廷的官员全都来到这里给他送行。杜预年轻时家境贫贱，喜欢豪侠人士，这种行为不被大家所赞许。杨济既是名门望族中的杰出人物，忍受不了给这种出身寒门的人送行，到了后没有落座就走了。一会儿，和长舆也来了，问："杨右卫在哪里？"有位客人说："刚才来了，没有坐下就走了。"和长舆说："一定是到大夏门下骑马游玩去了。"于是便到大夏门去，果然看到杨济在那里观看兵马操练。长舆便搂住他，把他拉到车上，然后一起坐车回到七里桥，好像刚刚才来到那里一样，入座。

13. 杜预拜镇南将军，朝士悉至，皆在连榻坐[①]。时亦有裴叔则[②]。羊稚舒后至，曰："杜元凯乃复连榻坐客！[③]"不坐便去。杜请裴追之，羊去数里住马，既而俱还杜许[④]。

【注释】

①杜预：字元凯，详见《方正》第12则注①。拜：授予官职，任命。连榻：可以坐数人的坐具。按：一个人的坐具叫独榻。独榻待客有尊敬之意。

②裴叔则：即裴楷，字叔则，详见《德行》第18则注④。

③羊稚舒：羊琇，字稚舒，泰山南城（今山东新泰）人，为司马师景献皇后羊徽瑜的从父弟，西晋名将羊祜堂弟；曹魏时，任抚军参军、左卫将军等职，封甘露亭侯；西晋建立后，任中护军，加散骑常侍，参预机密；死后追赠为辅国大将军，谥号威。

④住马：停住了马。许：处所。

【译文】

杜预被任命为镇南将军，朝廷的官员都来庆贺，大家都在连榻上坐着。当时在座的也有裴叔则。羊稚舒是后来才到的，说："杜元凯竟然用连榻来招待客人！"于是没有落座就走了。杜预请裴叔则去把他追回来，羊稚舒骑马走了几里地，就停下了马，后来就和裴叔则一起又回到了杜预家。

14. 晋武帝时，荀勖为中书监，和峤为令①。故事，监、令由来共车②。峤性雅正，常疾勖谄谀③。后公车来，峤便登，正向前坐，不复容勖。勖方更觅车，然后得去④。监、令各给车，自此始。

【注释】

①晋武帝：即司马炎，详见《德行》第17则注③。荀勖(xù)：字公曾，详见《言语》第99则注⑤。和峤：字长舆，详见《德行》第17则注①。中书监、令：曹魏和两晋时设中书监和中书令，是中书省的长官，掌管机要；中书监与中书令职务相等，但位次略高。

②故事：前代的制度，惯例。由来：历来，向来。

③雅正：非常正直；雅，极，甚。疾：厌恶，憎恨。谄谀：谄媚、阿谀奉承。

④方：又，还。

【译文】

晋武帝时，荀勖任中书监，和峤任中书令。按照惯例，中书监和中书令向来是同乘一辆车的。和峤品性非常正直，一向憎恨荀勖那种阿谀奉承的作风。后来官车来接他们时，和峤便先登上车，脸对着正前方，坐在车子正中间，没有给荀勖留出位子。荀勖还得另外找到一辆车，然后才能离开。中书监和中书令各自配给官车，就是从这时候开始的。

15. 山公大儿著短帢，车中倚①。武帝欲见之，山公不敢辞，问儿，儿不肯行②。时论乃云胜山公③。

【注释】

①山公：指山涛，字巨源，“竹林七贤”之一，详见《言语》第78则注①。大儿：即山该，字伯伦，河内郡怀县(今河南武陟西)人，山涛长子，官至太子左率卫，死后追赠长水校尉。短帢(qià)：古代士人戴的一种丝织的便帽；戴帢帽见客，是种不合礼节的做法。

②武帝:即晋武帝司马炎。辞:推辞。

③胜山公:胜过山涛;山公大儿戴的是便帽,因不合礼法,所以拒绝去见皇帝,而山涛却不敢替他推辞,时论便认为他儿子更优胜一筹。

【译文】

山涛的大儿子戴着一顶便帽,依靠在车上。晋武帝想召见他,山涛不敢拒绝武帝的旨意,就过来问他儿子的意见,他儿子不肯去见武帝。当时的舆论就认为这个儿子胜过山涛。

16. 向雄为河内主簿①,有公事不及雄,而太守刘淮横怒,遂与杖遣之②。雄后为黄门郎,刘为侍中,初不交言③。武帝闻之,敕雄复君臣之好④。雄不得已,诣刘,再拜曰:"向受诏而来,而君臣之义绝,何如?"于是即去。武帝闻尚不和,乃怒问雄曰:"我令卿复君臣之好,何以犹绝?"雄曰:"古之君子,进人以礼,退人以礼;今之君子,进人若将加诸膝,退人若将坠诸渊。臣于刘河内不为戎首,亦已幸甚,安复为君臣之好!⑤"武帝从之。

【注释】

①向雄:字茂伯,河内山阳人;曾任郡主簿、黄门侍郎、秦州刺史、御史中丞、河南尹等职,赐爵关内侯;为人正直有节概,后因晋武帝逼迫齐王司马攸归藩国之事愤懑而死。河内主簿:河内郡的主簿;河内郡在今河南省黄河以北一带。

②及:涉及,牵连。刘淮:字君平,沛国杼秋人;以清正著称,历任河内太守、侍中、尚书仆射、司徒等职。横怒:震怒,暴怒。遣:遣归,即免职令归。按:刘孝标注云:王隐、孙盛《不与故君相闻议》曰:"昔在晋初,河内温县领校向雄,送御牺牛,不先呈郡,辄随比送洛。值天大热,郡送牛多暍死。台法甚重,太守吴奋召雄与杖,雄不受杖,曰:'郡牛者亦死也,呈牛者亦死也。'奋大怒,下雄狱,将大治之。会司隶辟雄都官从事,数年,为黄门侍郎。奋为侍中,同省,相避不相见。武帝闻之,给雄酒礼,使

诣奋解，雄乃奉诏。”此则非刘淮也。

③黄门郎：官名，也称黄门侍郎，职责为侍从皇帝，传达诏命；与侍中同为宫中近侍官，管理门下省众事。初：全。

④武帝：晋武帝司马炎。敕：皇帝下的命令。君臣之好：上下级的和睦关系。

⑤“古之”两句：出自《礼记·檀弓下》：“穆公问于子思曰：‘为旧君反服，古邪？’子思曰：‘古之君子，进人以礼，退人以礼，故有旧君反服之礼；今之君子，进人若将加诸膝，退人若将坠诸渊。无为戎首，不亦善乎，又何反服之有？’”反服，指已脱离隶属关系的臣下，仍为旧君服丧。君子：指达官贵人。进：推荐，提拔。退：贬黜，降职，免职。刘河内：即刘淮，曾任河内太守。戎首：挑起争端的主谋、祸首，这里指主动挑起事端。

【译文】

向雄担任河内郡的主簿时，有件公事本来和他没有关系，可是郡太守刘淮当时为此事大为震怒，便对他施加了杖刑，并革职遣退了他。向雄后来升任黄门侍郎，刘淮当时任侍中，两人虽同为宫中近侍官，彼此却完全没有交流。晋武帝司马炎听说了这件事，便命令向雄要恢复两人上下级的和睦关系。向雄迫不得已，就到刘淮那里，拜了两拜，说：“刚才是奉皇上的命令而来见你，可是我们之间的上下级情义已经断绝了，还能怎么样呢？”说完后，立即就离去了。晋武帝听说两人还是不和，就生气地责问向雄说：“我命令你恢复你们俩上下级的和睦关系，为什么两人还在断绝交往？”向雄说：“古时候的君子，按礼法举荐他人，也按礼法贬黜他人；现在的君子，提拔他人时亲近得就像是可以把人抱到自己膝上，贬黜他人时狠毒得就像要把人推下深渊。臣下对刘河内，能够不去主动挑起事端，那就已经是万幸了，怎么还能恢复和睦的上下级关系呢！”晋武帝听从了他的意见，没有再勉强他了。

17.齐王冏为大司马①辅政，嵇绍为侍中，诣冏咨事②。冏设宰会，召葛旟、董艾等共论时宜③。旟等白冏：“嵇侍中善于丝竹，公可令操之。[4]”遂送乐器，绍推却不受。冏曰：“今日共为欢，卿何却邪？”绍曰：“公协辅皇室，令作事可法。绍虽官卑，职备常伯，操丝比竹，盖乐官之事，不可以先王法服，为伶人之业[5]。今逼高命，不敢苟辞，当释冠冕，袭私服[6]。此绍之心也。”旟等不自得而退[7]。

【注释】

①齐王冏：即司马冏，字景治，河内温县（今河南温县）人，晋文帝司马昭之孙，“八王之乱”其中一王；在其父司马攸死后，袭爵齐王；300年与赵王司马伦废杀皇后贾南风，任游击将军，后升镇军大将军；次年，反叛司马伦，迎晋惠帝复位，拜大司马；302年立清河王司马覃为太子，自为太子太师，因专权引发战乱，兵败被杀；晋怀帝即位后，为其平反，追谥武闵。

②嵇绍：字延祖，嵇康之子，详见《德行》第43则注⑦。

③设宰会：安排官吏们聚会；宰指官吏。葛旟（yú）：字虚旟，曾任齐王从事中郎、长史，司马冏任大司马后，封其为牟平公，司马冏失败后，被诛杀。董艾：字叔智，弘农人，曾为新汲令，司马冏起兵时任右将军；司马冏失败后，被诛杀。时宜：当时的需要，这里指时政。

④白：禀告。丝竹：弦乐器与竹管乐器之总称，亦泛指音乐。操：弹奏。

⑤备：备用，是谦辞表示自己不称职。常伯：官名，西周时设立，君主左右管理民事的大臣，后用来称天子左右的近臣，如侍中、散骑常侍等。操丝比竹：指吹拉弹唱，演奏乐器。乐官：掌管音乐的官吏。先王法服：先王制定的官服；古代统治阶级按尊卑等级制定了五等服式，即天子、诸侯、卿、大夫、士之服。伶人：指乐工。

⑥高命：尊者发出的命令。苟：随便，轻率。冠冕：古代帝王、官员所戴的帽子，这里指代官服。袭：穿上。私服：日常穿的便服。

⑦自得：自己感到舒适或得意。

【译文】

齐王司马冏任大司马，辅佐朝政，嵇绍当时任侍中，到司马冏那里请示事情。司马冏安排了一个官员们的聚会，招来葛旟、董艾等人一起讨论当前政务。葛旟等人禀告司马冏说："嵇侍中擅长演奏乐器，您可以叫他演奏一下。"于是便把乐器送了上来，嵇绍推却不肯接受。司马冏说："今天大家一起饮酒作乐，你为什么要推却呢？"嵇绍说："您协助辅佐皇室，下令做的事情应当符合礼法。我虽然官职卑微，但也毕竟忝居天子近侍之位。吹拉弹唱本是乐官的事情，我不能穿着先王制定的官服来做乐工的事。我现在迫于尊者发出的命令，不敢随便推辞，可是演奏时应该先脱下官帽官服，穿上家常的便服。这是我的心愿。"葛旟等人觉得没趣，就退了下去。

18. 卢志于众坐问陆士衡①："陆逊、陆抗是君何物？②"答曰："如卿于卢毓、卢珽。③"士龙失色④。既出户，谓兄曰："何至如此！彼容不相知也。⑤"士衡正色曰："我父、祖名播海内，宁有不知？鬼子敢尔！⑥"议者疑二陆优劣，谢公以此定之⑦。

【注释】

①卢志：字子道，范阳涿（今河北保定涿州）人；成都王司马颖重要谋士，曾任邺县令、咨议参军、散骑常侍、中书监等职，受封武强侯，司马颖兵败后，亦被免官；后任军谘祭酒、卫尉、尚书等职；永嘉之乱中被河内王刘粲所掳，次年被杀。陆士衡：即陆机，字士衡，详见《言语》第26则注①。

②陆逊：字伯言，吴郡吴县（今江苏苏州）人，东吴名将，娶孙策之女，陆抗之父，陆机、陆云祖父；219年，参与夺取荆州之战，因功升右护军、镇西将军，封娄侯；221年，任大都督，大败刘备亲率的东吴军队；229年，任上大将军，统领吴国军政十余年；244年，拜为丞相，兼荆州牧、右都护；次年因卷入立嗣之争，忧愤而死；景帝时追谥为昭侯。陆抗：三国时吴国名将，陆逊次子，陆机、陆云之父，详见《政事》第4则注⑤。何物：什

么人。

③卢毓：字子家，涿郡涿县(今河北涿州)人，卢珽之父，卢志祖父；仕曹魏五代君主，历任丞相法曹议令史、黄门侍郎、广平太守、侍中、吏部尚书、尚书仆射等职，官至司空，晋爵容城侯；死后谥成侯。卢珽(tǐng)：字子笏，涿郡涿县(今河北涿州)人，卢毓之子，卢志之父，曾任魏任泰山太守，入晋任卫尉卿，官至尚书。

④士龙：陆云，字士龙，吴郡吴县(今江苏苏州)人，陆逊之孙，陆抗第五子，与其兄陆机合称“二陆”；曾任尚书郎、太子中舍人、中书侍郎、清河内史等职；陆机死于“八王之乱”后，被牵连，遇害。失色：因为受惊或害怕而改变脸色。

⑤容：或许，可能。按：魏晋人重视避讳，不能当面说出对方长辈的名字；这里卢志看不起南方来的陆机兄弟，当中说出其祖父和父亲的名字，是一种很无礼的行为，所以陆机用同样的方式果断地进行了还击，陆云对此大惊失色。

⑥宁：岂，难道。鬼子：鬼的子孙。按：刘孝标注引用孔氏《志怪》，记载了卢氏的远祖卢充曾因打猎而入鬼府，与崔少府的亡女结婚而生子，陆机因此骂卢志是鬼的子孙。

⑦谢公：指谢安，字安石，详见《德行》第33则注③。按：谢安认为陆士衡为优。

【译文】

卢志在大庭广众中问陆士衡道：“陆逊、陆抗是您的什么人?”陆士衡回答说：“正像你和卢毓、卢珽的关系一样。”陆士龙听了大惊失色。出门以后，士龙就对哥哥士衡说：“哪至于要弄到这种地步呢！或许，他是真的不知道真实情况呀。”士衡很严厉地说：“我们的父亲、祖父都名扬天下，他怎么可能不知道的？一个鬼的子孙而已，竟敢这样无礼！”舆论对陆家两兄弟的优劣一向难于确定，谢安则根据这件事判定了两人的优劣。

19. 羊忱性甚贞烈①。赵王伦为相国，忱为太傅长史，乃版以参相国军事②。使者卒至，忱深惧豫祸，不暇被马，于是帖骑而避③。使者追之，忱善射，矢左右发，使者不敢进，遂得免。

【注释】

①羊忱(chén)：一名羊陶，字长和，东晋泰山郡南城县(今平邑南武城)人，善书法，历任太傅长史、徐州刺史、侍中等职。

②赵王伦：即赵王司马伦，"八王之乱"中的其中一王，详见《德行》第18则注②。版：指版授，不经朝廷任命而用白版授予官职或封号。参相国军事：官名，在相国府中任事。按：永康元年(300年)，赵王司马伦杀皇后贾氏、司空张华等，自为大都督、相国，羊忱因此不愿在他手下做官，怕得祸。

③卒：通"猝"，突然。豫：通"与"，涉及，牵扯到。被马：给马备好马鞍。帖骑：贴身于马上，指骑着没有备鞍的马。

【译文】

羊忱的性格非常坚贞刚烈。赵王司马伦自任相国的时候，羊忱任太傅府长史，司马伦便自行任命他为参相国军事。传达任命的使者突然来到，羊忱非常害怕被牵连到祸事中去，匆忙间来不及给马备好马鞍，于是就骑着没有马鞍的马匆忙避开。使者去追他，羊忱擅长射箭，不断向使者左右开弓，于是使者不敢再追了，这才得以逃脱。

20. 王太尉不与庾子嵩交①，庾卿之不置②。王曰："君不得为尔。③"庾曰："卿自君我，我自卿卿④；我自用我法，卿自用卿法。"

【注释】

①王太尉：指王衍，字夷甫，曾任太尉，故称王太尉，详见《言语》第23则注②。庾子嵩：庾敳(ái)，字子嵩，详见《文学》第15则注①。交：指深交。

②卿：对官爵、辈分低于自己的人或同辈之间的亲热、不拘礼节的称呼。不置：不止，不停。按：庾子嵩官至豫州长史，职位在太尉之下，不应用“卿”来称呼王太尉。

③君：相当于“您”，对对方的尊称。按：王太尉对庾子嵩原是可以称呼“卿”的，可是他用了尊称的词。

④君我：称呼我为“君”；君，动词，称呼为君。卿卿：称呼你为“卿”；前一个卿为动词，称呼为卿；后一个卿，代词，你。

【译文】

太尉王夷甫和庾子嵩交情不深，可是庾子嵩却不停地用“卿”来称呼他。王夷甫说：“您不应该这样称呼我。”庾子嵩回答说：“你可以称呼我为‘君’，我自然可以称呼你为‘卿’；我用我自己的叫法，你用你自己的叫法。”

21.阮宣子伐社树，有人止之①。宣子曰：“社而为树，伐树则社亡；树而为社，伐树则社移矣。②”

【注释】

①阮宣子：即阮修，字宣子，不信鬼神，且长于清谈，详见《文学》第18则注①。社：土地神或者土地庙。

②社而为树：土地庙是为了社树而建立的。树而为社：社树是为了土地庙而种的。

【译文】

阮宣子要砍掉土地庙的树，有人不让他砍。宣子说：“如果土地庙是为了社树而建立，那么砍了社树，土地神就不存在了；如果社树是为了土地庙而种的，那么砍了社树，土地神也就迁走了。”

22.阮宣子论鬼神有无者①。或以人死有鬼，宣子独以为无，曰：“今见鬼者云著生时衣服②，若人死有鬼，衣服复有鬼邪?"

【注释】

①阮宣子:即阮修,字宣子,阮籍之侄,无神论者,详见《文学》第 18 则注①。

②著:通"着"。生时:活着的时候,生前。

【译文】

阮宣子与人谈论鬼神的有无问题。有人认为人死后会变成鬼,唯独宣子认为没有鬼,他说:"现在有自称看见过鬼的人,说鬼还穿着活着时候的衣服,如果人死了会变成鬼,那么衣服也会变成鬼吗?"

23.元皇帝既登阼①,以郑后之宠②,欲舍明帝而立简文③。时议者咸谓舍长立少,既于理非伦,且明帝以聪亮英断,益宜为储副④。周、王诸公并苦争恳切⑤,唯刁玄亮独欲奉少主,以阿帝旨⑥。元帝便欲施行,虑诸公不奉诏,于是先唤周侯、丞相入,然后欲出诏付刁。周、王既入,始至阶头,帝逆遣传诏,遏使就东厢⑦。周侯未悟,即却略下阶⑧。丞相披拨传诏,径至御床前,曰:"不审陛下何以见臣。⑨"帝默然无言,乃探怀中黄纸诏裂掷之,由此皇储始定⑩。周侯方慨然愧叹曰:"我常自言胜茂弘,今始知不如也!"

【注释】

①元皇帝:指晋元帝司马睿,318 年登基,详见《言语》第 29 则注①。登阼:登上帝位。

②郑后:郑阿春,河南荥阳人,安丰太守郑恺长女,司马睿妃子,简文帝司马昱生母;少时父母双亡,先嫁渤海人田氏,田氏死后守寡;司马睿任丞相时娶其为妻,称帝后,封为夫人;死后追封为会稽太妃,后晋孝武帝追尊其为简文太后,谥号宣。按:因死后被追尊为太后,故此处称郑后。

③明帝：晋明帝司马绍，字道畿，司马睿长子，司马昱异母兄，东晋第二位皇帝；322 年即位，324 年出兵讨伐并平定王敦叛乱，在位期间重用王导，稳定东晋朝局；325 年病逝，谥号明皇帝，庙号肃祖。简文：即晋简文帝司马昱，司马睿与郑阿春之子，详见《德行》第 37 则注①。

④伦：顺序。储副：国之副君，指太子。按：在古代，确立储君一般要立嫡子、立长子，否则就不合伦理。

⑤周：指周顗，字伯仁，袭父爵武城侯，故文中又称周侯，详见《言语》第 30 则注②。王：指王导，字茂弘，官至丞相，故文中又称丞相，详见《德行》第 27 则注③。

⑥刁玄亮：刁协，字玄亮，渤海饶安人；曾任濮阳王文学、太常博士、颍川太守等职，后南渡跟随晋元帝，历任军咨祭酒、尚书左仆射、尚书令、金紫光禄大夫等职；322 年，死于王敦之乱中。少主：年少之君，这里指司马昱，晋元帝登基时，司马昱只有两岁。阿(ē)：迎合。

⑦阶头：台阶上面。逆：预先。传诏：传达皇帝命令的官吏。遏：阻拦。就：到。

⑧却略：倒着往后退，表恭敬。

⑨披拨：推开。审：知道。

⑩探：取出。裂：裂开，撕开。皇储：已确定的皇位继承人，即皇太子。

【译文】

晋元帝司马睿登上帝位以后，因为郑后得宠，就想废掉太子司马绍，而改立幼子司马昱为太子。当时朝廷的舆论都说："舍弃长子而立幼子，不但在道理上来说不符合确立储君的顺序，而且司马绍聪明睿智，英明果断，更适合做太子。"周顗、王导诸位大臣都竭力争辩，言辞恳切，只有刁玄亮一人想尊奉少主司马昱，来迎合晋元帝的心意。晋元帝就想直接付诸实施，又担心大臣们不接受诏令，于是先召唤武城侯周顗和丞相王导入朝，然后就想把诏书交给刁玄亮去发布。周、王两人进来后，才走到台阶上面，晋元帝已经预先派传诏官迎着他们，拦住不让入内，请他们到东厢房去。武城侯周顗还没领悟过来，就倒着退下台阶。王导推开传诏官，径直走到晋元帝的御座前，说道："不知道陛下为什么要召见臣。"晋元帝默然无语，从怀里取出黄纸诏书来撕碎，扔掉。由此太子才算最终确定下来了。周顗这才惭愧地感叹道："我常常自以为胜过茂弘，现在才知道比不上他啊！"

24. 王丞相初在江左，欲结援吴人，请婚陆太尉[①]。对曰："培塿无松柏，薰莸不同器[②]。玩虽不才，义不为乱伦之始[③]。"

【注释】

①王丞相：指王导，字茂弘，官至丞相，故称丞相，详见《德行》第27则注③。结援：结交攀附。吴人：指江左的世家大族。陆太尉：陆玩，吴郡人，死后获赠太尉，故称陆太尉，详见《政事》第13则注①。

②培塿(lóu)：小土丘。薰：香草。莸(yóu)：臭草。器：指容器。

③伦：人伦，人与人之间的尊卑等道德关系。按：余嘉锡《世说新语笺疏》中分析陆玩不愿联姻的原因是："王、陆先世，各有名臣，而功名之盛，王不如陆。过江之初，王导勋名未著，南人方以北人为伧父，故玩托词以拒之。其言虽谦，而意实不屑也。"此说法很有道理。

【译文】

丞相王导刚到江左的时候，想结交攀附江左的世家大族，就向太尉陆玩提出结成儿女亲家。陆玩回答说："小土丘上长不了松柏那样的大树，香草和臭草不能放置在同一个容器里。我虽然没有才能，可是按道义来说，不能带头来做破坏人伦的事情。"

25. 诸葛恢大女适太尉庾亮儿，次女适徐州刺史羊忱儿[①]。亮子被苏峻害[②]，改适江虨[③]。恢儿娶邓攸女[④]。于时谢尚书求其小女婚[⑤]，恢乃云："羊、邓是世婚，江家我顾伊，庾家伊顾我，不能复与谢裒儿婚。[⑥]"及恢亡，遂婚。于是王右军往谢家看新妇，犹有恢之遗法，威仪端详，容服光整[7]。王叹曰："我在遣女裁得尔耳！[8]"

【注释】

①诸葛恢：字道明，琅邪阳都（今山东沂南）人，曹魏司空诸葛诞之孙；八王之乱时南渡江东，历任镇东参军、会稽太守、中书令、吏部尚书、尚书令等职；342 年，受晋成帝遗诏为顾命大臣，辅佐朝政，晋康帝继位后，加任侍中、金紫光禄大夫；345 年去世，追赠左光禄大夫，谥号敬。庾亮：字元规，死后获赠太尉，详见《德行》第 31 则注①。羊忱（chén）：字长和，曾任徐州刺史，详见《方正》第 19 则注①。按：庾亮子庾会，娶诸葛恢长女，名文彪；羊忱儿羊楷，娶诸葛恢次女，名不详。

②苏峻：字子高，长广郡掖县（今属山东）人；曾任郡主簿、鹰扬将军、淮陵内史、兰陵相等职；因协助平定王敦谋反，升冠军将军、历阳内史，加散骑常侍，封邵陵公；327 年，庾亮想解除其兵权，征为大司农，召入京，苏峻以讨庾亮为名，起兵反晋，后被温峤、陶侃起兵讨伐，兵败被杀。按：苏峻之乱期间，庾亮的儿子庾会被杀。

③江虨（bīn）：字思玄，陈留圉（今河南通许）人，曾任尚书左仆射、护军将军、国子祭酒等职，卒于官，著有文集五卷。

④邓攸（yōu）：字伯道，详见《德行》第 28 则注①。按：诸葛恢幼子诸葛衡，娶邓攸女，名不详。

⑤谢尚书：即谢裒（póu），字幼儒，陈郡阳夏（今河南太康）人，谢安之父；八王之乱后，与家族一起南下，历任参军、太常卿、吏部尚书等职。

⑥世婚：世代联姻的人家。伊：他，第三人称代词。按：诸葛家是士族，当时谢家功业不显，不被认为是世家，所以诸葛恢不肯与他结亲；诸葛恢死后，谢家兴起，诸葛氏渐衰微，才肯嫁女给谢家；谢裒的儿子谢石，娶诸葛恢小女，名文熊。

⑦王右军：即王羲之，字逸少，曾任右军将军，故称王右军，详见《言语》第 62 则注①。威仪：严肃的容貌和庄重的举止。按：看新妇是古代习俗。《南史·齐·顾协传》："晋、宋以来，初婚三日，妇见舅姑，众宾皆

列见。”舅姑指公婆。

⑧在：在世。遣：送走，这里指嫁女儿。裁：通“才”，仅仅。

【译文】

诸葛恢的大女儿嫁给太尉庾亮的儿子，二女儿嫁给了徐州刺史羊忱的儿子。庾亮的儿子在苏峻之乱中被杀死了，诸葛恢的大女儿又改嫁给江虨。诸葛恢的儿子娶了邓攸的女儿为妻。当时，尚书谢裒请求诸葛恢把小女儿嫁到谢家。诸葛恢就说：“羊家、邓家和我们诸葛家是世代的姻亲，江家是我家照顾他家，庾家是他家照顾我家，我不能再和谢裒的儿子结亲。”等到诸葛恢死了以后，两家终于结成亲家。结婚时，右军将军王羲之到谢家去看新娘，看到新娘还保存着诸葛恢旧有的礼法风范，行为举止端庄安详，容貌服饰光艳整洁。王羲之感叹道：“我在世时嫁女儿，也仅仅能做到这样啊！”

26.周叔治作晋陵太守[①]，周侯[②]、仲智[③]往别。叔治以将别，涕泗不止。仲智恚之[④]，曰：“斯人乃妇女，与人别，唯啼泣。”便舍去。周侯独留，与饮酒言话，临别流涕，抚其背曰：“奴好自爱！[⑤]”

【注释】

①周叔治：周谟，字叔治，汝南安成（今河南汝阳）人，安东将军周浚第三子，周顗(yǐ)之弟；曾任晋陵太守、丹杨尹、侍中、中护军等职，封西平侯；卒赠金紫光禄大夫，谥曰贞。

②周侯：周顗，字伯仁，周浚长子，袭父爵武城侯，故称周侯，详见《言语》第30则注②。

③仲智：周嵩，字仲智，周浚次子，周顗之弟；曾任新安太守、御史中丞等职，后为王敦所诬害。

④恚(huì)：生气。

⑤奴：即阿奴，尊对卑、兄对弟的爱称。

【译文】

周叔治要出任晋陵太守,他的两个哥哥武城侯周伯仁和周仲智来给他送别。叔治因为与兄弟们就要分别了,哭个不停。二哥仲智很生气,说:“你这个人怎么像个妇女,和家人告别,只会哭哭啼啼。”说完便不理他,走了。大哥伯仁就独自留下来,陪他喝酒说话,临别时流着眼泪,拍着他的后背说:“阿奴,你要好好地爱惜自己!”

27.周伯仁为吏部尚书,在省内夜疾危急①。时刁玄亮为尚书令,营救备亲好之至,良久小损②。明旦,报仲智,仲智狼狈来③。始入户,刁下床对之大泣,说伯仁昨危急之状。仲智手批之,刁为辟易于户侧④。既前,都不问病,直云:“君在中朝,与和长舆齐名,那与佞人刁协有情!⑤”径便出。

【注释】

①周伯仁:周𫖮(yǐ),字伯仁,详见《言语》第30则注②。省:指尚书省,官署名。

②刁玄亮:刁协,字玄亮,详见《方正》第23则注⑥。备:周到。小损:指病情稍微好转。

③仲智:周嵩,字仲智,周伯仁的弟弟,详见《方正》第26则注③。

④批:用手掌打。辟易:退避,多指受惊吓后控制不住而离开原地。户侧:门边。

⑤中朝:指西晋,晋南渡以后,称渡江前为中朝。和长舆:和峤,字长舆,详见《德行》第17则注①。佞(nìng)人:惯于用花言巧语奉承、讨好别人的人。

【译文】

周伯仁任吏部尚书时,有一天夜里在官署里得了病,情况很危急。当时刁玄亮任尚书令,积极抢救,照顾得很周到,表现得亲密又友好。过了很久,周伯仁的病情才稍为好转了些。第二天早晨,把情况通知了周伯仁的弟弟仲智，仲智慌慌张张地赶来。仲智刚进门，刁玄亮就离开座位对着他大哭，述说伯仁昨天夜里病情危急的状况。仲智抬手给他一巴掌，刁玄亮被打得惊退到门边。仲智走到伯仁跟前，完全都不问病情，直截了当地说：“你在西晋时，跟和长舆名望相当，现在怎么会跟谄佞的人刁协有交情！”说完就径直走出去了。

28. 王含作庐江郡，贪浊狼籍[①]。王敦护其兄，故于众坐称：“家兄在郡定佳，庐江人士咸称之。[②]”时何充为敦主簿[③]，在坐，正色曰：“充即庐江人，所闻异于此。”敦默然。旁人为之反侧，充晏然，神意自若[④]。

【注释】

①王含：字处弘，是王敦的哥哥，详见《言语》第 37 则注②。作庐江郡：指任庐江郡太守，以地名代官位。贪浊：贪污。狼籍：同“狼藉”，指行为不检，名声不好。

②王敦：字处仲，详见《言语》第 37 则注①。

③何充：字次道，详见《言语》第 54 则注①。

④反侧：身体翻来覆去，形容心情惶恐不安。晏然：安宁，安适，心情平静的样子。

【译文】

王含任庐江郡太守时，贪赃枉法，声名狼藉。王敦袒护他哥哥，一次特意在大家面前赞扬他说：“我哥哥在郡内一定政绩很好，庐江人士都称颂他。”当时何充在王敦手下任主簿，也在座，他严肃地说：“我就是庐江人，我所听到的和您说的不一样。”王敦听了，沉默不语。旁人都替何充感到惶恐不安，但何充却心情平静，坦然自若。

29. 顾孟著尝以酒劝周伯仁，伯仁不受[①]。顾因移劝柱，而语柱曰：“讵可便作栋梁自遇！[②]”周得之欣然，遂为衿契[③]。

【注释】

①顾孟著：顾显，字孟著，吴郡（今江苏苏州）人，骠骑将军顾荣之侄，少有名望，泰兴中为散骑侍郎，早卒。周伯仁：周顗，字伯仁，详见《言语》第30则注②。

②讵（jù）：岂，怎。自遇：自己看待自己。

③衿契（jīn qì）：意气相投的朋友。

【译文】

顾孟著有一次向周伯仁劝酒，但周伯仁不肯喝。顾孟著便转到柱子旁边，向柱子劝酒，并且对柱子说："怎么可以自己把自己看成栋梁呢！"周伯仁听到这话很高兴，两人便成了意气相投的好朋友。

30.明帝在西堂，会诸公饮酒，未大醉，帝问："今名臣共集，何如尧、舜？①"时周伯仁为仆射，因厉声曰："今虽同人主，复那得等于圣治！②"帝大怒，还内，作手诏满一黄纸，遂付廷尉令收，因欲杀之③。后数日，诏出周。群臣往省之，周曰："近知当不死，罪不足至此。④"

【注释】

①明帝：晋明帝司马绍，详见《方正》第23则注③。西堂：东晋皇宫太极殿的西厅。诸公：指群臣。按：据《晋书·周顗传》记载，此事发生在晋元帝太兴初年于西堂大宴群公时，且明帝登位时周顗已被王敦杀害，可知此事记载有误。

②周伯仁：周顗，字伯仁，详见《言语》第30则注②。仆射（yè）：官名，是尚书省的长官。人主：君主。圣治：指太平盛世；用"圣"字来称颂帝王的功绩。

③廷尉：官名，主管刑狱。收：逮捕，拘捕。

④省：看望，探望。近：先前，当初。

【译文】

晋明帝司马绍在西堂召集众大臣举行宴会，还没有大醉的时候，明帝问道："今天名臣们都聚集在一起，和尧、舜时相比，怎么样？"当时周伯仁任尚书仆射，便严肃的高声回答道："现在圣上和尧、舜虽然同是君主，可是又怎么能和那个太平盛世相等同呢？"明帝大怒，回到内宫后，亲自写了满满一张黄纸的诏令，交付给廷尉，命令逮捕周伯仁，想就此杀掉他。过了几天，明帝又下诏令释放了周伯仁。众大臣去探望周伯仁，周伯仁说："我当初就知道自己不会死，因为我的罪状还不足以到这个地步。"

31. 王大将军当下，时咸谓无缘尔①。伯仁曰："今主非尧、舜，何能无过！且人臣安得称兵以向朝廷②！处仲狼抗刚愎，王平子何在？②"

【注释】

①王大将军：即王敦，字处仲，曾任大将军，详见《言语》第 37 则注①。下：指出兵东下，攻打建康。缘：缘由，借口。按：晋元帝时，重用刘隗、刁协等人，以抑制声名太盛的琅邪王氏，引起当时任大将军、荆州刺史的王敦的不满，永昌元年(322 年)正月，王敦从荆州起兵，以诛刘隗为名进攻建康，三月东下攻入石头城(建康西边的军事要塞)。

②伯仁：周顗，字伯仁，详见《言语》第 30 则注②。人臣：臣下，臣子。称兵：指兴兵，采取军事行动。

③狼抗：狂妄自大，性情暴戾。刚愎(bì)：倔强执拗，固执己见。王平子：王澄，字平子，王敦族弟，详见《德行》第 23 则注①。按：王敦任江州刺史时，王澄前去拜访，因轻侮王敦，被王敦杀害；这里是以王平子为例说明王敦的为人。

【译文】

大将军王敦就要率兵东下，攻打京都建康，当时人们都认为他没有缘由起兵。周伯仁说："现在的君主不是尧、舜，怎么可能没有过失！作为臣子怎么能兴兵来指向朝廷！王处仲狂妄自大，性情暴戾，又刚愎自用，想想看王平子人现在又在哪里？"

32. 王敦既下，住船石头，欲有废明帝意①。宾客盈坐，敦知帝聪明，欲以不孝废之。每言帝不孝之状，而皆云："温太真所说。温尝为东宫率，后为吾司马，甚悉之。②"须臾，温来，敦便奋其威容，问温曰："皇太子作人何似?"温曰："小人无以测君子。"敦声色并厉，欲以威力使从己，乃重问温："太子何以称佳?"温曰："钩深致远，盖非浅识所测③；然以礼侍亲，可称为孝。"

【注释】

①王敦：字处仲，详见《言语》第37则注①。石头：指石头城。明帝：即晋明帝司马绍，此时尚是太子，详见《方正》第23则注③。按：王敦在公元322年三月攻入石头城，因皇太子司马绍有勇略，为朝野所向，意图诬陷其不孝而废掉，于是大会百官。

②温太真：温峤，字太真，详见《言语》第35则注②。尝：曾经。东宫率：官名，分左右卫率，是太子属官。按：《晋书》记载，温峤曾任太子中庶子（即太子的近侍官），未曾做过东宫率；温峤出任王敦左司马，是在明帝即位以后；此文记载内容有误。

③钩深致远：探取深处的、使远处的到来，语出《周易·系辞上》："探赜索隐，钩深致远"，后用来指学识精深广博。

【译文】

王敦出兵东下，攻入石头城后，把船停在石头城，有废掉太子司马绍之意。于是大会百官，当时宾客满座，王敦知道太子司马绍聪明有谋略，就想以"不孝"的罪名废掉他太子之位。每次说到太子不孝的情况，都说："这是温太真说的。他曾经做过东宫的卫率，后来在我手下担任司马，非常熟悉太子的情况。"一会儿，温太真来了，王敦便摆出威严的神色，问温太真："皇太子为人怎么样?"温太真回答说："小人是没法估量君子的。"王敦声色俱厉，想靠威力来迫使温太真顺从自己的意思，便重新问道："太子以什么为他人所称赞?"温太真说："太子的才识广博精深，似乎不是我这种认识浅薄的人所能估量的；可是他能按照礼法来侍奉双亲，可以称其为孝。”

33.王大将军既反，至石头，周伯仁往见之[①]。谓周曰：“卿何以相负？[②]”对曰：“公戎车犯正，下官忝率六军，而王师不振，以此负公。[③]”

【注释】

①王大将军：王敦，字处仲，曾任大将军，详见《言语》第37则注①。石头：即石头城。周伯仁：周顗(yǐ)，字伯仁，详见《言语》第30则注②。

②相负：辜负我。按：《资治通鉴》卷九十二《晋纪》胡注云：“愍帝建兴元年，顗为杜弢所困，投敦于豫章，故敦以为德。”周顗曾被蜀地贼寇杜弢所困，陶侃派遣部将吴寄领兵相救，周顗才得以平安，于是到豫章投奔王敦，王敦收留了他，所以王敦认为周顗辜负了他。

③戎车犯正：指举兵谋反；戎车，指兵车。忝(tiǎn)：谦辞，表示有愧，不敢承当。六军：天子所统领的军队，指国家的军队，即下文的王师。不振：不振作，指打败了。按：王敦攻陷石头城，晋元帝命刁协、刘隗、周顗等领兵攻石头城，结果都大败。

【译文】

大将军王敦反叛朝廷以后，率兵攻陷了石头城，周伯仁去见他。王敦问周伯仁：“你为什么辜负了我？”周伯仁回答说：“你举兵谋反，下官惭愧，奉命率领国家的军队与你交战，可是军队战败了，因此辜负了你。”

34.苏峻既至石头，百僚奔散，唯侍中钟雅独在帝侧[①]。或谓钟曰：“见可而进，知难而退，古之道也[②]。君性亮直，必不容于寇仇。何不用随时之宜，而坐待其弊邪？[③]”钟曰：“国乱不能匡，君危不能济，而各逊遁以求免，吾惧董狐将执简而进矣！[④]”

【注释】

①苏峻：字子高，详见《方正》第25则注②。石头：指石头城。钟雅：

字彦胄，详见《政事》第 11 则注③。帝：指晋成帝司马衍，详见《政事》第 11 则注①。按：公元 327 年，苏峻起兵反叛，攻入建康后，闻陶侃等已起兵讨伐，便退守石头城，并逼晋成帝司马衍迁到石头城。

②或：有人。“见可”句：指做事应该衡量实力，量力而行；语出《左传·宣公十二年》：“见可而进，知难而退，军之善政也。”

③亮直：忠诚正直。随时之宜：随着不同时机，采取合适的措施，即因时制宜，采用权宜之计。弊：通“毙”，死。

④匡(kuāng)：匡正。济：帮助，救助。逊遁：退避，退让。董狐：春秋晋国太史(即史官)，亦称史狐，以记事不加隐讳、秉笔直书著名。按：此句意思是指担心史官将其事记于史籍而遗臭万年。

【译文】

苏峻率领叛军占领了石头城后，朝廷百官纷纷逃散，只有侍中钟雅独自留在晋成帝司马衍身边。有人对钟雅说：“看到情况允许前进就前进，知道困难就后退，量力而行，这是自古以来的道理。您本性忠诚正直，一定不会被敌寇所宽容。为什么不采取权宜之计，却要坐着等死呢？”钟雅说：“国家有乱而不能加以匡正，君主有危险而不能加以救助，却各自逃避以求免祸，我怕董狐就要拿着竹简上朝来啦！”

35.庾公临去，顾语钟后事，深以相委①。钟曰：“栋折榱崩，谁之责邪？②”庾曰：“今日之事，不容复言，卿当期克复之效耳！③”钟曰：“想足下不愧荀林父耳！④”

【注释】

①庾公：即庾亮，字元规，详见《德行》第 31 则注①。顾：回头。钟：指钟雅，字彦胄，详见《政事》第 11 则注③。按：此则和上则相接；晋成帝即位时年纪尚幼，庾亮与王导等参辅朝政，庾亮执政后严厉任法，且一意孤行召苏峻进京任职，造成苏峻之乱；苏峻攻入建康后，庾亮等人逃往寻阳投奔温峤，“庾公临去”即指此事；次年，陶侃和温峤、庾亮等人一起平定了苏峻之乱。

②栋折榱(cuī)崩：正梁和椽子都毁坏了，即房子要塌了，比喻国家危亡；榱，椽子，放在房檩上支持屋面和瓦片的木条。

③克复：用武力收复。效：成效，效果。

④足下：对对方的尊称，相当于“您”。荀林父：春秋中期晋国正卿，中军元帅，名将。按：钟雅此句意思是希望庾亮搬来救兵，平定苏峻之乱，因荀林父也曾大败，但后面多次获胜，打败敌国。据《左传·宣公十二年》载，荀林父曾率军与楚国交战，结果大败；晋侯听从士贞子劝言，仍让他官复原职；后多次获胜，并打败了赤狄，灭了潞国。

【译文】

庾亮将要出逃，回头向钟雅交代自己走后的事，把朝廷重任托付给他。钟雅说：“国家危在旦夕，这是谁的责任呢?”庾亮说：“今日之事，不容许再多说了，你应该放眼将来，期望用武力收复京城、迎帝还都这样的结果啊!”钟雅说：“想必您不会有愧于荀林父啊!”

36.苏峻时[①]，孔群在横塘为匡术所逼[②]。王丞相保存术，因众坐戏语，令术劝酒，以释横塘之憾[③]。群答曰：“德非孔子，厄同匡人[④]。虽阳和布气，鹰化为鸠，至于识者，犹憎其眼。[⑤]”

【注释】

①苏峻：字子高，详见《方正》第25则注②。苏峻时：指苏峻起兵叛乱期间。

②孔群：字敬休，会稽山阴人，孔愉堂弟，官至御史中丞，卒于官。横塘：古堤名，三国吴时修建，修筑于在今南京南秦淮河南岸。匡术：曾任阜陵令，327年，跟随苏峻一起反叛，苏峻攻入建康后，令其守苑城(即成帝所居的宫城)，后率城投降。逼：逼迫，威胁。

③王丞相：即王导，字茂弘，官至丞相，故称王丞相，详见《德行》第27则注③。保存：保护着使之活下来。因：趁着。释：消除，消散。憾：怨恨，不满。

④厄：困苦，灾难。匡：地名。按：孔子到宋国去，经过匡地，匡简子

派甲士围攻，孔子和弟子子路一起唱歌，以示礼义教化，结果匡人解围。

⑤阳和：春天和暖之气。布：散布。鹰化为鸠：鸠即布谷鸟，老鹰变成布谷鸟，比喻恶人放下屠刀；语出《礼记·月令》："仲春之月，鹰化为鸠"，指一个节气时的现象，古人分二十四节气，每一节气分为三候，每一候记载着应时出现的现象，惊蛰的三候是桃始华（桃开花）、仓庚鸣（黄鹂叫）、鹰化为鸠；古人大概是因为惊蛰节气前后，鹰躲起来繁育后代，鸠开始鸣叫求偶，没看到鹰，而鸠多起来，便误以为鹰化为鸠。

【译文】

苏峻叛乱期间，孔群在横塘受到了匡术的威胁。苏峻之乱平定后，丞相王导把匡术保全了下来，并且趁着大家坐在一起谈笑时，叫匡术给孔群敬酒，来消除孔群对横塘一事的不满。孔群回答说："我的德行不能和孔子相比，可是灾难却同孔子一样，遇到了匡人。虽然春天充满了和暖的气息，鹰也变成了布谷鸟，但是有识之士还是厌恶它的眼睛。"

37. 苏子高事平[①]，王、庾诸公欲用孔廷尉为丹阳[②]。乱离之后，百姓凋弊。孔慨然曰："昔肃祖临崩，诸君亲升御床，并蒙眷识，共奉遗诏[③]。孔坦疏贱，不在顾命之列[④]。既有艰难，则以微臣为先，今犹俎上腐肉，任人脍截耳![⑤]"于是拂衣而去。诸公亦止。

【注释】

①苏子高：即苏峻，字子高，详见《方正》第 25 则注②。事平：指苏峻之乱被平息。

②王：指王导，字茂弘，详见《德行》第 27 则注③。庾：指庾亮，字元规，详见《德行》第 31 则注①。孔廷尉：孔坦，字君平，曾任廷尉，故称孔廷尉，详见《言语》第 43 则注①。为丹阳：指任丹阳尹，以地名指代官名。

③肃祖：指晋明帝司马绍，庙号为肃宗，详见《方正》第 23 则注③。眷识：眷爱识拔，知遇。按：晋明帝临终时，召司徒王导、护军将军庾亮、

丹阳尹温峤、尚书令卞壶等受遗诏，辅佐太子司马衍。

④顾命：君主临终时的命令，亦即遗诏。

⑤俎（zǔ）：砧板。脍（kuài）截：细细地切割。

【译文】

苏子高的叛乱平定以后，王导、庾亮等诸位大臣想任用廷尉孔坦来担任丹阳尹一职。经过因战乱引起的颠沛流离之后，老百姓的生活困顿不堪。孔坦激愤地说："当日先帝临终之时，诸位大臣亲自来到御床前，一起受到先帝的眷爱识拔，共同接受了先帝的遗诏。我孔坦才学不高，官职卑微，不在接受遗诏之列。你们有了困难，就把我推到前面，我现在像是砧板上的臭肉，任人细细地切割罢了！"说完就拂袖而去。诸位大臣们也就不再提起这事儿了。

38. 孔车骑与中丞共行[①]，在御道逢匡术，宾从甚盛，因往与车骑共语[②]。中丞初不视，直云[③]："鹰化为鸠，众鸟犹恶其眼。"术大怒，便欲刃之。车骑下车抱术曰："族弟发狂，卿为我宥之！"始得全首领[④]。

【注释】

①孔车骑：即孔愉，字敬康，会稽山阴（今浙江绍兴）人；因讨伐华轶有功，被封为余不亭侯，曾任司徒左长史、吴兴太守、御史中丞、尚书仆射、会稽内史等职，死后追赠车骑将军，谥号贞。中丞：指孔群，孔愉的堂弟，官至御史中丞，故简称中丞，详见《方正》第36则注②。

②御道：皇帝通行的道路。匡术：详见《方正》第36则注②。

③初：全，完全。直：通"只"，只是。

④宥：宽恕，原谅。首领：头颅，代指性命。按：本则和第36则所记有相同之处，都有"鹰化为鸠"之言，大概本则记在苏峻失败之前，第36则记在失败之后。

【译文】

车骑将军孔愉和御史中丞孔群一起出行，在御道上遇见了匡术，后面跟随的宾客、侍从很多，匡术便前去和孔愉说话。孔群却完全不看他，只是说："就算鹰变成了布谷鸟，所有的鸟还是讨厌它的眼睛。"匡术听了大怒，便想杀掉孔群。孔愉赶紧下车，紧紧地抱住匡术说："我的族弟发疯了，请您看在我的面上饶恕他吧！"孔群这才得以保全性命。

39. 梅颐尝有惠于陶公[①]。后为豫章太守，有事，王丞相遣收之[②]。侃曰："天子富于春秋，万机自诸侯出，王公既得录，陶公何为不可放！[③]"乃遣人于江口夺之。颐见陶公，拜，陶公止之。颐曰："梅仲真膝，明日岂可复屈邪！"

【注释】

①梅颐：字仲真，汝南西平人，曾任豫章内史、领军司马等职。陶公：即陶侃，详见《言语》第47则注①。按：邓粲《晋纪》云："初，有赞侃于王敦者，乃以从弟廙代侃为荆州，左迁侃广州。侃文武距廙而求侃，敦闻大怒。及侃将莅广州，过敦，敦陈兵欲害侃。敦咨议参军梅陶谏敦，乃止，厚礼而遣之。"王敦想杀陶侃，梅颐的弟弟梅陶劝阻了王敦，使陶侃得以幸免，后来陶侃借放梅颐来报答梅陶；这里说的梅颐有惠于陶公，恐属传闻有误。

②王丞相：指王导，官至丞相，详见《德行》第27则注③。收：逮捕。

③富于春秋：指年轻。万机：万事，指当政者处理的各种重要事务。诸侯：指掌握军政大权的地方长官，权臣。录：逮捕。

【译文】

梅颐曾经有恩于陶侃。后来梅颐任豫章郡太守时，犯了罪，丞相王导派人去逮捕了他。陶佩说："天子还年轻，各种重要的政务都是由权臣来决断；王公既然能逮捕人，我陶公为什么就不能放人！"于是派人到江口把梅颐夺了过来。梅颐来见陶侃，对他下拜，陶侃拦住他不让拜。梅颐说："我梅仲真的膝盖，以后怎么可能再向人跪拜！"

40.王丞相作女伎，施设床席①。蔡公先在坐，不说而去，王亦不留②。

【注释】

①王丞相：指王导，字茂弘，官至丞相，详见《德行》第27则注③。女伎：歌女，舞女；伎，通“妓”。施设：安排布置。床席：指坐卧用具。

②蔡公：蔡谟（mó），字道明，陈留考城（今河南民权）人；因苏峻之乱中有功，赐爵济阳男，历任吴国内史、吏部尚书、徐州刺史、左光禄大夫、扬州刺史等职；死后赠侍中、司空，谥号文穆。说：通“悦”。

【译文】

丞相王导安排了歌妓舞女的表演，还安排布置了床榻座席。蔡谟先已在座，看见这种做法，很不高兴，就走了，王导也不挽留他。

41.何次道、庾季坚二人并为元辅①。成帝初崩，于时嗣君未定②。何欲立嗣子，庾及朝议以外寇方强，嗣子冲幼，乃立康帝③。康帝登阼，会群臣，谓何曰：“朕今所以承大业，为谁之议？”何答曰：“陛下龙飞，此是庾冰之功，非臣之力④。于时用微臣之议，今不睹盛明之世。”帝有惭色。

【注释】

①何次道：何充，字次道，详见《言语》第54则注①。庾季坚：即庾冰，字季坚，颍川鄢陵（今河南鄢陵）人，中书令庾亮之弟，明穆皇后庾文君之兄；曾任司徒左长史、吴国内史、会稽内史等职，339年，任中书监、扬州刺史，掌管朝政；342年，促成晋成帝传位给弟弟晋康帝，并辅政；康帝即位后，任车骑将军，领江州刺史，镇武昌；死后赠侍中、司空，谥忠成。元辅：重臣，这里指辅政大臣。

②成帝：即晋成帝司马衍，详见《政事》第11则注①。嗣君：继位的君主，帝位继承人。

③嗣子：嫡长子。冲幼：年幼。康帝：晋康帝司马岳，字世同，晋明帝

司马绍次子，晋成帝司马衍同母弟，母明穆皇后庾文君，东晋第四位皇帝，342—344年在位；在其兄晋成帝继位后，受封吴王，后改封琅邪王，历任散骑常侍、骠骑将军、侍中、司徒等职；342年继位，344年去世，终年23岁，谥号康皇帝。按：342年，晋成帝离世时，长子司马丕只有两岁左右。

④龙飞：神龙飞腾，比喻君王即位。

【译文】

何次道、庾季坚两人一起受命为辅政大臣。晋成帝司马衍刚去世，在那个时候，帝位继承人还没有确定下来。何次道主张立皇长子司马丕，庾季坚和朝臣们都认为外敌正强大，而皇长子太年幼，于是就立晋成帝的弟弟司马岳为帝。晋康帝司马岳登上帝位后，会见群臣时问何次道："朕今天能继承国家大业，是谁的建议？"何次道回答说："陛下登上帝位，这是庾冰的功劳，不是我的力量。那个时候如果采纳了我的建议，那么今天就看不到这样的太平盛世了。"康帝听了，面有愧色。

42. 江仆射年少，王丞相呼与共棋①。王手尝不如两道许，而欲敌道戏，试以观之②。江不即下，王曰："君何以不行？"江曰："恐不得尔。"傍有客曰："此年少戏乃不恶。"王徐举首曰："此年少非唯围棋见胜。③"

【注释】

①江仆射：江虨（bīn），字思玄，曾任尚书左仆射，故称江仆射，详见《方正》第25则注③。王丞相：即王导，字茂弘，官至丞相，详见《德行》第27则注③。

②手：指下围棋的技艺。两道：两子。许：表示约数。敌道：对等地下棋，不饶子儿。戏：这里指下围棋。

③举首：抬起头。见胜：见长，略胜一筹。

【译文】

尚书左仆射江虨年轻时，丞相王导招呼他来一起下棋。王导的棋艺比起江虨来有两子左右的差距，可是想和他对等地下棋，不让子儿，试图拿这事来观察他的为人。江虨并不马上下子儿，王导问："你为什么不走棋？"江虨说："恐怕不能这样下。"旁边有位客人说："这年轻人的下棋技术不错啊。"王导慢慢抬起头来说："这年轻人不只是围棋胜我一筹啊。"

43. 孔君平疾笃，庾司空为会稽，省之，相问讯甚至，为之流涕①。庾既下床，孔慨然曰："大丈夫将终，不问安国宁家之术，乃作儿女子相问！②" 庾闻，回谢之，请其话言③。

【注释】

①孔君平：孔坦，字君平，详见《言语》第 43 则注①。庾司空：庾冰，字季坚，庾亮弟，死后赠司空，详见《方正》第 41 则注①。为会稽：指任会稽郡内史。省：看望。问讯：问候。甚至：至极，到达顶点。

②乃：竟然。儿女子：指妇孺之辈。

③谢：道歉。话言：有益的话。

【译文】

孔君平病得很重，司空庾冰当时任会稽郡内史，前去探望他，态度万分殷勤地问候病情，并因为他的病情而伤心流泪。庾冰离座告辞时，孔君平感慨地说道："大丈夫都快要死了，也不问问使国家安宁的计策，竟然只像妇道人家一样来问候我的病情！"庾冰听见了，便返回向他道歉，请他留下教诲之言。

44. 桓大司马诣刘尹，卧不起①。桓弯弹弹刘枕，丸迸碎床褥间。刘作色而起曰："使君如馨地，宁可斗战求胜！②"桓甚有恨容。

【注释】

①桓大司马：即桓温，字元子，曾任大司马，详见《言语》第 55 则注①。刘尹：即刘惔，字真长，官至丹阳尹，详见《德行》第 35 则注①。

②作色：现出怒色。使君：对州郡长官的称呼；桓温曾任徐州刺史，刘惔是徐州人，便称桓温为使君。如馨地：晋宋时俗语，犹如此、这样。宁可：岂可，难道能够。斗战：指战斗。

【译文】

大司马桓温去探望丹阳尹刘惔，刘惔当时躺着还没起床。桓温拉开弹弓去弹刘惔的枕头，弹丸在床和被褥之间迸碎了。刘惔生气地起了床，说道："使君怎么这样？难道这样就能够在战斗中获胜！"桓温听了，脸上出现了非常愤恨的神色。

45.后来年少多有道深公者[1]。深公谓曰："黄吻年少，勿为评论宿士[2]。昔尝与元、明二帝，王、庾二公周旋。[3]"

【注释】

①道：谈论，议论。深公：竺法深，东晋名僧，详见《德行》第30则注②。

②黄吻：即黄口，吻指嘴边，刚出生的小鸟嘴边是黄的，后用来比喻年少无知的孩童。宿士：老成博学之士，资深人士。

③元、明二帝：指晋元帝司马睿、晋明帝司马绍，东晋的第一和第二任皇帝。王、庾二公：指王导和庾亮，当时的名公重臣。周旋：交往，打交道。

【译文】

后辈的年轻人多有谈论竺法深的。竺法深告诉他们说："年幼无知的少年们，不要随意评论老前辈的事儿。以前我曾经和晋元帝、晋明帝两位皇帝，王导、庾亮两位名公打过交道呢。"

46.王中郎年少时，江虨为仆射，领选，欲拟之为尚书郎[1]。有语王者，王曰："自过江来，尚书郎正用第二人，何得拟我！[2]"江闻而止。

【注释】

①王中郎：王坦之，字文度，曾任北中郎将，详见《言语》第72则注①。江虨(bīn)：字思玄，曾任尚书左仆射，详见《方正》第25则注③。领选：兼管荐举官吏之事，指兼任吏部尚书；领，兼任；选，指选部，官署名，即吏部。尚书郎：官名，尚书省属官，管文书起草等事务。

②正：仅，只。第二人：第二流的人，指家世贫寒的人。按：余嘉锡《世说新语笺疏》中云："尚书诸曹郎，主文书起草，无吏部之权势，而有刀笔之烦，固名士之所不屑。惟出身寒素者为能黾勉奉公，不以簿书期会为耻，选曹亦乐得而用焉。"晋人注重门第，王坦之是世家子弟，所以这样说。

【译文】

北中郎将王坦之年轻时，江虨任尚书左仆射，同时兼任吏部尚书职务，他准备选用王坦之担任尚书郎。有人把这事告诉了王坦之，王坦之说："自从过江以来，尚书郎只用第二流的人担任，怎么能考虑我呢！"江虨听说后，就打消了这个念头。

47.王述转尚书令，事行便拜①。文度曰："故应让杜许。②"蓝田云："汝谓我堪此不？"文度曰："何为不堪！但克让自是美事，恐不可阙。③"蓝田慨然曰："既云堪，何为复让？人言汝胜我，定不如我。"

【注释】

①王述：字怀祖，承袭父爵蓝田侯，故下文又称蓝田，详见《文学》第22则注③。转：调动官职，指升官。事行：事情实现，指诏命下达。拜：接受官职。

②文度：即王坦之，字文度，王述之子，详见《言语》第72则注①。让：谦让。杜许：事迹未详。

③堪：能，足以，指胜任。克让：谦让。

【译文】

王述升任尚书令时，诏命下达后就接受了官职。他的儿子王文度说："你应该先把职位谦让给杜许。"王述说："你认为我能胜任这个职务吗?"文度说："怎么可能不胜任！不过先谦让一下总是好事，而且这在礼节上恐怕不可缺少。"王述感慨地说："既然说我能胜任此职，为什么又要谦让呢？人家都说你胜过我，我看绝对不如我啊。"

48.孙兴公作《庾公诔》，文多托寄之辞①。既成，示庾道恩②。庾见，慨然送还之，曰："先君与君，自不至于此。③"

【注释】

①孙兴公：孙绰，字兴公，详见《言语》第84则注①。庾公：指庾亮，详见《德行》第31则注①。诔：古时叙述死者生平，表示哀悼之情的文体。托寄：指寄托情谊。

②庾道恩：庾羲，字叔和，小字道恩，颍川鄢陵人，庾亮第三子，曾任吴国内史、建威将军。

③先君：已故的父亲。

【译文】

孙兴公写了《庾公诔》，文中有很多寄托情谊的言辞。文章写好了，拿去给庾道恩看。庾道恩看了以后，气愤地送还给他，说："先父和您的交情，还不至于达到这一步。"

49.王长史求东阳①，抚军不用②。后疾笃，临终，抚军哀叹曰："吾将负仲祖于此。"命用之。长史曰："人言会稽王痴，真痴。"

【注释】

①王长史：王濛，字仲祖，官至司徒左长史，详见《言语》第54则注④。求东阳：指请求出任东阳太守一职。

②抚军：指晋简文帝司马昱，登上帝位前，曾任抚军将军，被封为会稽王，所以下文称其为会稽王，详见《德行》第37则注①。按：这一则与《政事》第21则可前后照应。

【译文】

司徒左长史王仲祖曾请求出任东阳太守一职，当时，抚军将军司马昱没有让他担任此职。后来王仲祖病重，快要去世了，司马昱哀叹说："我会在这件事上对不起仲祖啊。"便下令委任他为东阳太守。王仲祖说："人们说会稽王痴，确实痴啊。"

50．刘简作桓宣武别驾，后为东曹参军，颇以刚直见疏[①]。尝听记，简都无言[②]。宣武问："刘东曹何以不下意？[③]"答曰："会不能用。[④]"宣武亦无怪色。

【注释】

①刘简：字仲约，南阳人，官至大司马参军。宣武：即桓温，谥号宣武，详见《言语》第55则注①。见疏：被疏远。

②听记：指处理公文；记指类似文告的一种公文。都：全。

③下意：出主意，指提出意见。

④会：一定，必然。

【译文】

刘简在桓温手下任别驾，后来又任东曹参军，因为性格刚强正直，很是被桓温所疏远。有一次处理公文时，刘简一句话也没有说。桓温问他："刘东曹为什么不提出意见？"刘简回答说："因为一定不会被采纳的。"桓温听了，脸上也没有出现一点责怪的神色来。

51．刘真长、王仲祖共行，日旰未食[①]。有相识小人贻其餐，肴案甚盛，真长辞焉[②]。仲祖曰："聊以充虚，何苦辞！"真长曰："小人都不可与作缘。[③]"

【注释】

①刘真长:刘惔,字真长,详见《德行》第35则注①。王仲祖:王濛,字仲祖,官至司徒左长史,详见《言语》第54则注④。旰(gàn):天色晚。

②小人:指平民百姓。贻:赠送。肴案:指菜肴;案,食盘。

③作缘:结缘,结交,即交朋友。

【译文】

刘真长、王仲祖一起外出,天色晚了还没有吃饭。有个认识他们的平民百姓送来饭食给他们吃,菜肴很丰盛,刘真长辞谢了。王仲祖说:"暂且用它们来充饥啊,何苦要推辞掉!"刘真长说:"跟平民百姓都不可以交朋友的。"

52.王修龄尝在东山,甚贫乏①。陶胡奴为乌程令,送一船米遗之②。却不肯取,直答语:"王修龄若饥,自当就谢仁祖索食,不须陶胡奴米。③"

【注释】

①王修龄:王胡之,字修龄,详见《言语》第81则注①。东山:山名,在会稽郡,是隐居的地方。

②陶胡奴:陶范,字道则,小名胡奴,陶侃之子,详见《文学》第97则注②。乌程:县名,即今浙江省湖州市吴兴区。遗:赠送。

③却:推却,推辞。直:通"只"。谢仁祖:谢尚,字仁祖,谢安从兄,详见《言语》第46则注①。按:余嘉锡《世说新语笺疏》中分析:"疑因陶氏本出寒门,士行虽立大功,而王、谢家儿不免犹以老兵视之。"王、谢两家是显赫的士家大族,王修龄拒绝赠米,大概是出于门第之见。

【译文】

王修龄曾经在东山隐居,生活非常穷困。陶胡奴当时任乌程县令,就运一船米去送给他。王修龄推辞了,不肯收下,只是回话说:"我王修龄如果挨饿,自然会到谢仁祖那里索要食物,不需要陶胡奴的米。"

53.阮光禄赴山陵，至都[1]，不往殷、刘许，过事便还[2]。诸人相与追之。阮亦知时流必当逐己，乃遄疾而去，至方山不相及[3]。刘尹时为会稽[4]，乃叹曰："我入，当泊安石渚下耳，不敢复近思旷傍[5]。伊便能捉杖打人，不易。"

【注释】

①阮光禄：阮裕，字思旷，曾任光禄大夫，详见《德行》第32则注①。山陵：原指帝王陵墓，这里指帝王的葬礼。按：公元342年，晋成帝司马衍崩，葬于兴平陵，阮裕家居会稽剡县，有隐居之志，听闻成帝死讯，前去参加葬礼。

②殷：指殷浩，字渊源，详见《言语》第80则注②。刘：指刘惔，字真长，官至丹阳尹，故下文又称刘尹，详见《德行》第35则注①。许：处所，住处。

③相与：共同。时流：世俗之辈。遄(chuán)疾：急速。方山：地名，在丹阳郡江宁县东。相及：赶上，达到。

④为会稽：一本作"索会稽"，即索求会稽太守一职，更为合理。按：程炎震《世说新语笺证》中云："'刘尹时为会稽'，为宋本作'索'，是也。我入云云，是自揣到官后之词，若已为会稽，则不作是语矣。康帝之初，何充当国，与惔好尚不同，或求而不得，故《晋书·(刘)惔传》不言为会稽也。"

⑤安石：谢安，字安石，详见《德行》第33则注③。渚：水中的小块陆地，即小岛。按：谢安是刘惔的妹夫，当时正在会稽东山隐居。

【译文】

光禄大夫阮思旷前去参加晋成帝司马衍的葬礼，到京都后，没有前往殷浩、刘惔的住所，事情办完后就返回了。众人知道了，一起去追赶他。阮思旷也知道这些世俗之辈一定会来追赶自己，便急速地离开了，一直走到方山，他们赶不上为止。丹阳尹刘惔当时正请求出任会稽太守，便叹息说："我如果到了会稽，要停泊在谢安石隐居的岛上，不敢靠近阮思旷身旁。他会拿起木棒子打人，不会改变的。"

54.王、刘与桓公共至覆舟山看[①]。酒酣后,刘牵脚加桓公颈,桓公甚不堪,举手拨去。既还,王长史语刘曰:"伊讵可以形色加人不![②]"

【注释】

①王:指王濛,字仲祖,官至司徒左长史,故下文称王长史,详见《言语》第54则注④。刘:指刘惔,字真长,详见《德行》第35则注①。桓公:指桓温,详见《言语》第55则注①。覆舟山:山名,现称九华山,位于今南京市玄武区。

②伊:他。讵(jù):岂,怎。按:魏晋风尚以喜怒不形于色为上,王濛和刘惔是当时的清谈名士,而桓温是个武将,王濛的话中有对桓温的轻视之意。

【译文】

王濛、刘惔和桓温一起到覆舟山去观赏游玩。喝酒喝得畅快淋漓以后,刘惔把脚放到桓温脖子上,桓温很是受不了,抬起手把他的脚拨开。回来以后,司徒左长史王濛对刘惔说:"他怎么可以对人流露不快的神色呢!"

55.桓公问桓子野[①]:"谢安石料万石必败,何以不谏?[②]"子野答曰:"故当出于难犯耳。"桓作色曰:"万石挠弱凡才,有何严颜难犯![③]"

【注释】

①桓公:指桓温,字元子,详见《言语》第55则注①。桓子野:桓伊,字叔夏,小字子野(一作野王),谯国铚县(今安徽濉溪)人,丹阳尹桓景之子;为人谦素,善吹笛,有"笛圣"之称;历任大司马参军、淮南太守、豫州刺史、江州刺史、护军将军等职;封永修县侯,死后追赠右将军,加散骑常侍,谥号烈。

②谢安石：即谢安，字安石，详见《德行》第33则注③。万石：即谢万，字万石，谢安的弟弟，详见《言语》第77则注①。谏：直言规劝。按：358年，谢万升任西中郎将、豫州刺史，监司豫冀并四州军事，次年受命北伐前燕，结果未遇敌而兵溃，使许昌、颍川等相继失陷，谢万单骑狼狈逃还，被废为庶人。

③挠弱：衰弱、软弱。凡才：平庸的人。严颜：威严的面孔。

【译文】

桓温问桓子野："谢安石已经估计到他弟弟谢万石一定会失败，为什么不对他直言规劝呢？"子野回答说："这个应当是由于难以触犯吧。"桓温神情变得很严肃，生气地说："谢万石是个软弱的庸才，有什么威严，还不敢触犯！"

56.罗君章曾在人家[1]，主人令与坐上客共语[2]，答曰："相识已多，不烦复尔。"

【注释】

①罗君章：罗含，字君章，号富和，衡阳郡耒阳县（今湖南耒阳）人；历任征西参军、散骑常侍、廷尉、侍中、长沙相等职；年老辞官归乡，加封中散大夫；著有《更生论》《答孙安国书》等。

②共语：一起谈话。

【译文】

罗君章曾经在别人家里作客，主人叫他和在座的客人一起讲讲话，他回答说："大家相识已经很久了，不用这么麻烦这么客气的。"

57.韩康伯病，拄杖前庭消摇[1]。见诸谢皆富贵，轰隐交路[2]，叹曰："此复何异王莽时！[3]"

【注释】

①韩康伯：韩伯，字康伯，详见《德行》第38则注④。消摇：同"逍

遥”,安闲自得。

②诸谢:指谢安一家。轰隐交路:指车马、仪仗、仆从往来于路;轰隐,指很多车行驶的声音。

③王莽:字巨君,西汉孝元皇后王政君之侄;公元8年十二月,代汉建新,为新始祖,也称建兴帝或新帝,后宣布推行新政,史称“王莽改制”,统治末期天下大乱,公元23年死于乱军之中,新朝是中国历史上短命朝代之一。按:《晋书》云:“王莽宗族凡十侯,五大司马。”王氏家族是西汉最显贵的外戚家族;东晋时谢安任尚书仆射、中书令,弟弟谢石、侄儿谢玄屡建战功,兄弟叔侄皆升官受封,显赫一时;韩伯和谢家不相投,见此不满,故以王莽比之,含有贬低之意。

【译文】

韩康伯生病在家,拄着拐杖在前院里闲庭漫步,悠然自得。看见谢家的人个个富贵显赫,车子进出不停,轰鸣于路,便感叹道:“这和王莽那时又有什么分别呢!”

58.王文度为桓公长史时,桓为儿求王女,王许咨蓝田[①]。既还,蓝田爱念文度,虽长大,犹抱著膝上。文度因言桓求己女婚。蓝田大怒,排文度下膝,曰:“恶见文度已复痴,畏桓温面!兵,那可嫁女与之![②]”文度还报云:“下官家中先得婚处。”桓公曰:“吾知矣,此尊府君不肯耳。[③]”后桓女遂嫁文度儿。

【注释】

①王文度:即王坦之,字文度,王述之子,详见《言语》第72则注①。桓公:指桓温,字元子,详见《言语》第55则注①。许:答应。蓝田:即王述,字怀祖,承袭父爵蓝田侯,故称蓝田,详见《文学》第22则注③。

②排:推开。痴:傻。

③尊府君:指令尊,府君是对男子的尊称。按:余嘉锡《世说新语笺疏》云:“盖温虽为桓荣之后,桓彝之子,而彝之先世名位不昌,不在名门

贵族之列。故温虽位极人臣，而当时士大夫犹鄙其地寒，不以士流处之。于此可见门户之严。”虽然桓温官位很高，但因不是士族名门，王述不肯把孙女嫁到他家，而寒族之女却可嫁到名门，所以桓温之女可嫁到王家。

【译文】

王文度在桓温手下任长史时，桓温为儿子求娶王文度的女儿，文度答应回去后和父亲蓝田侯王述商量此事。回家后，王述因为喜爱文度，虽然文度已经长大了，也还是把他抱到腿上坐着。文度便说起桓温为儿子求娶自己女儿的事。王述非常生气，把文度从腿上推下去，说道：“我不喜欢看见文度又犯傻，你是害怕桓温那副面孔吗！他一个当兵的，你怎么可以把女儿嫁到他家！”文度于是回复桓温说：“下官家里已经给我女儿找好婆家了。”桓温说：“我知道了，这是令尊大人不答应吧。”后来桓温便把女儿嫁给了文度的儿子。

59. 王子敬数岁时，尝看诸门生樗蒲①，见有胜负，因曰：“南风不竞。②”门生辈轻其小儿，乃曰：“此郎亦管中窥豹，时见一斑。③”子敬瞋目曰：“远惭荀奉倩，近愧刘真长。④”遂拂衣而去。

【注释】

①王子敬：王献之，字子敬，详见《德行》第 39 则注①。门生：依附士族权贵的寒士，门客。樗蒲（chū pú）：古代一种游戏，类似后代的掷骰子，因游戏中用于掷采的投子最初是用樗木制成，故称樗蒲。

②南风不竞：指竞争对手力量不强，这里指坐在南边的要输；语出《左传·襄公十八年》：“楚伐郑，师旷曰：‘南风不竞，多死声，楚必无功。’”意为南方的曲调不强劲，象征死亡的声音多，比喻楚国的军队士气不振，楚国一定不能建功。

③郎：古称所尊敬的青少年为郎，门生、僮仆也称主人之子为郎。管中窥豹，时见一斑：从竹管的小孔里看豹，只看到豹身上的一块斑纹；比喻只看到事物的一部分，指所见不全面或略有所得。

④瞋目：发怒时睁大眼睛。荀奉倩：荀粲，字奉倩，详见《文学》第 9

则注②。刘真长：刘惔，字真长，详见《德行》第35则注①。按：此句是说荀奉倩和刘真长二人严于择交，不与常人及小人结交，而王子敬看门生赌博，又轻易发言，反被小人耻笑，非常后悔。

【译文】

王子敬只有几岁的时候，曾经观看一些门生玩樗蒱游戏，看见他们要出现输赢的时候，便说："南边的要输了。"门生们因他是小孩子，看不起他，就说："这小孩也是管中窥豹，时见一斑罢了，哪里能看得全面！"子敬气得瞪大了眼睛，说："往远了比，我愧对荀奉倩；往近了比，我愧对刘真长。"于是起身，一甩袖子就走了。

60.谢公闻羊绥佳，致意令来，终不肯诣①。后绥为太学博士，因事见谢公，公即取以为主簿②。

【注释】

①谢公：指谢安，字安石，详见《德行》第33则注③。羊绥：字仲彦，泰山人，官至中书侍郎。致意：转达倾慕之意。

②太学博士：太学的教官；太学是官府设在京师的最高教育机构。主簿：各级主官属下掌管文书的佐吏，常参机要，总领府事。

【译文】

谢安听说羊绥很优秀，就派人向他致意并且请他来见面，可是羊绥始终不肯上门拜见。后来，羊绥任太学博士时，一次因为有事去见谢安，谢安就马上把他调来担任自己的主簿。

61.王右军与谢公诣阮公①，至门，语谢："故当共推主人。"谢曰："推人正自难。②"

【注释】

①王右军：即王羲之，曾任右军将军，故称王右军，详见《言语》第62则注①。谢公：即谢安，字安石，详见《德行》第33则注③。阮公：阮裕，

字思旷，详见《德行》第32则注①。

②推：推崇，推重。正自：恰好是。

【译文】

右军将军王羲之和谢安去看望阮裕，走到门口时，王羲之对谢安说："我们应当要一同推尊主人。"谢安说："推尊别人恰恰是最难的事儿啊。"

62. 太极殿始成，王子敬时为谢公长史，谢送版，使王题之①。王有不平色，语信云："可掷著门外。②"谢后见王，曰："题之上殿何若？昔魏朝韦诞诸人亦自为也。③"王曰："魏阼所以不长。④"谢以为名言。

【注释】

①太极殿：晋孝武帝修筑的新宫室，名叫太极殿。王子敬：王献之，字子敬，详见《德行》第39则注①。谢公：指谢安，字安石，详见《德行》第33则注③。版：指做匾额用的木板。

②不平色：愤慨、不满的神色。信：指信使，送信人。按：余嘉锡《世说新语笺疏》中说道："李慈铭《晋书札记四》曰：'是则献之特以谢不先语之，径使书，故有不平。及谢举韦事，献之意犹歉然，故有此对。'"王献之生气大概是因为谢安没有提前告知此事。

③韦诞：字仲将，魏京兆(今陕西西安)人，三国魏书法家、制墨家，精于题署匾额；曾任武都太守，官至侍中。按：据传魏明帝筑陵云殿时，由于疏忽，字还没写上，就把匾钉上去了，只好让侍中韦诞坐在筐里，用轱辘拉到高处，悬空题匾，韦诞题完后，须发全白。

④魏阼：魏朝的帝位。按：公元220年，魏文帝曹丕废汉称帝，建立魏朝，到公元265年，为晋所灭，前后不足五十年。

【译文】

太极殿刚建成，王子敬当时任谢安的长史，谢安派人送块匾额给他，让他在匾上题字。子敬露出不满的神色，告诉送信人说："可以把它扔在门外放着。”谢安后来看见王子敬，就说：“登上大殿直接在匾上题字，怎么样？从前魏朝韦诞等人也这样写过。”王子敬说：“这就是魏朝帝位不能长久的原因。”谢安认为这是名言。

63. 王恭欲请江卢奴为长史[1]，晨往诣江，江犹在帐中。王坐，不敢即言，良久乃得及。江不应，直唤人取酒[2]，自饮一碗，又不与王。王且笑且言：“那得独饮！”江云：“卿亦复须邪？”更使酌与王。王饮酒毕，因得自解去[3]。未出户，江叹曰：“人自量，固为难！[4]”

【注释】

①王恭：字孝伯，详见《德行》第44则注①。江卢奴：江敳(ái)，字仲凯，济阳人，小名卢奴，江虨(bīn)之子，曾任黄门侍郎、骠骑咨议等职。长史：官名，丞相、将军或边郡太守府的属官，相当于现在的秘书长或幕僚长。按：太元十五年(390年)，王恭升任前将军，青、兖二州刺史，持节，故得置长史。

②直：通“只”，只是。

③自解：指自我解围。

④自量：指自己衡量自己，即自知之明。

【译文】

王恭想请江卢奴担任自己的长史，早晨就去拜访江卢奴，江卢奴还在帐子里没起床。王恭坐下来，不敢马上开口，过了很久才有机会说到这件事。江卢奴也不回答，只是让人拿酒来，自己喝了一碗，也不给王恭喝。王恭一边笑一边说：“哪能一个人喝酒呢！”江卢奴说：“你也要喝酒吗?”就再叫人来给王恭斟酒。王恭喝完酒，算是趁机替自己解了围，就告辞离去。王恭还没有走出门，江卢奴就叹息着说道：“人要有自知之明，这确实是很难啊！”

64.孝武问王爽："卿何如卿兄？①"王答曰："风流秀出，臣不如恭，忠孝亦何可以假人！②"

【注释】

①孝武：即东晋第九任皇帝司马曜(yào)，死后谥号孝武帝，详见《德行》第46则注②。王爽：字季明，王恭四弟，以忠孝正直知名，详见《文学》第101则注②。

②风流：风雅洒脱。秀出：才能出众。假人：授予人，给予人。

【译文】

晋孝武帝司马曜问王爽："你比起你哥哥怎么样？"王爽回答说："风雅洒脱，才能出众，这些方面我比不上我哥哥王恭；至于忠孝的名号，我又怎么可以让给别人呢！"

65.王爽与司马太傅饮酒，太傅醉，呼王为"小子"①。王曰："亡祖长史，与简文皇帝为布衣之交；亡姑、亡姊，伉俪二宫②。何小子之有！"

【注释】

①王爽：字季明，王恭四弟，详见《文学》第101则注②。司马太傅：指会稽王司马道子，曾任太傅，简文帝司马昱第七子，孝武帝司马曜同母弟，详见《言语》第98则注①。小子：尊对卑之称，有轻慢之意，指年幼的人、后生小子。

②亡祖：已故的祖父，指王濛，官至司徒左长史，详见《言语》第54则注④。简文皇帝：即晋简文帝司马昱，司马道子之父。布衣之交：平民之间的交情，这里指没有发达时的交情；布衣，古时平民的衣着。伉俪(kàng lì)：配偶，夫妻。按：王爽的亡姑是王穆之，晋哀帝司马丕的皇后；亡姊是王法慧，晋孝武帝司马曜的皇后。

【译文】

王爽和太傅司马道子在一起喝酒，太傅喝醉了，称呼王爽为"小子"。

王爽说："我的先祖司徒左长史王濛，和简文皇帝是布衣之交；我已故的姑母、已故的姐姐是哀帝、孝武帝两宫的皇后。我怎么能被称为小子呢！"

66. 张玄与王建武先不相识①，后遇于范豫章许②，范令二人共语。张因正坐敛衽，王熟视良久，不对③。张大失望，便去，范苦譬留之，遂不肯住④。范是王之舅，乃让王曰："张玄，吴士之秀，亦见遇于时，而使至于此，深不可解。⑤"王笑曰："张祖希若欲相识，自应见诣。⑥"范驰报张，张便束带造之，遂举觞对语，宾主无愧色⑦。

【注释】

①张玄：即张玄之，字祖希，与谢玄并称二玄，详见《言语》第 51 则注①。王建武：即王忱（chén），字元达，曾任建武将军，详见《德行》第 44 则注②。

②范豫章：即范宁，又作范甯，曾任豫章太守，详见《言语》第 97 则注①。许：处所。

③敛衽：整理衣襟，表示恭敬。熟视：指注目细看。不对：不答，不交谈。

④苦譬：苦苦地解释。遂：到底，终于。

⑤让：责备。见遇于时：被时人所赏识。

⑥见诣：到我这里来。

⑦驰：快跑，这里指赶快。束带：扎好衣带，指穿好礼服。造：拜访。觞（shāng）：古代酒器。

【译文】

张玄之和建武将军王忱两人原先不认识，后来在豫章太守范宁家相遇。范宁让两人一起交谈一下。张玄之便整理衣襟，恭恭敬敬地坐好，王忱认真注视他好久，却不答话。张玄之非常失望，便告辞离去。范宁苦苦地解释并挽留他，他到底还是不肯留下。范宁是王忱的舅舅，就责怪王忱说："张玄是吴地名士中的优秀人物，又是当代名流所看重的人物，你却让他处在这种状况下，真是让我很难理解啊。"王忱笑着说："张祖希如果想认识我，自然应该上门来拜访我。"范宁赶紧把这话告诉张玄之，张玄之便穿好礼服去拜访王忱。两人于是一边喝酒一边谈论，宾主双方的脸上都没有惭愧的神色。

雅量第六

《雅量》是《世说新语》的第六门，共42则。雅量指豁达宽宏的气度。魏晋时期，士族名士特别推重雅量，由此雅量成为当时人物品藻的一个重要尺度。本门所记载的就是魏晋名士们的雅量，主要表现在以下几个方面：首先，在对情绪的把握与控制上，主要表现为喜怒哀乐不形于色，即不论遇到任何事情，都能做到神色自若，不异于常。其次，在心态上，主要表现为宽容平和、善于忍耐。再次，在面对危险和突发状况时，能坦然面对，不惧死亡。再次，在人物品性上，具有率真的本性、为人真诚、不为外物所累等特点，也被看作是有雅量。

1.豫章太守顾劭①，是雍之子②。劭在郡卒，雍盛集僚属，自围棋③。外启信至，而无儿书。虽神气不变，而心了其故；以爪掐掌，血流沾褥。宾客既散，方叹曰："已无延陵之高④，岂可有丧明之责⑤！"于是豁情散哀，颜色自若⑥。

【注释】

①顾劭：字孝则，吴郡吴县（今江苏苏州）人，丞相顾雍长子，娶孙策女为妻；博览群书，少年时与舅父陆绩齐名，27岁时任豫章太守，在任五年后去世。

②顾雍：字元叹，吴郡吴县（今江苏苏州）人，少时受学于蔡邕，历任合肥长、上虞令、尚书令、太常等职，225年任丞相、平尚书事，进封醴陵侯，243年去世，谥肃侯。

③在郡：指在郡守之位。自：指亲自。

④延陵：本为地名，这里指延陵季子，即季札，春秋时吴王寿梦第四

子，曾受封于延陵，故称延陵季子；传为避王位，“弃其室而耕”于常州武进焦溪的舜过山下；他熟悉礼制，儿子死后，葬丧都合乎礼，孔子曾赞扬他说：“延陵季子之于礼也，其合乎矣！”

⑤丧明：因悲伤过度而失明，古人认为这是不合乎礼的；据《礼记·檀弓上》记载，孔子弟子子夏因儿子死了，哭瞎了眼睛，孔子的另一弟子曾子为此责备他，认为这是子夏的罪过之一。

⑥豁情：敞开胸怀，心情开朗。

【译文】

豫章太守顾劭，是顾雍的儿子。顾劭在豫章太守任内去世，当时顾雍在和僚属们一起聚会，正在亲自和别人下围棋。外面禀报说豫章有送信人到，但是没有他儿子的书信。顾雍虽然神态不变，可是心里已经明白其中的缘故；他用指甲紧紧掐住自己的手掌，以至于血都流了出来，沾湿了座褥。直到宾客全部散去之后，才叹气说：“我已经不可能有延陵季子那样的高风亮节，怎么可以像子夏那样因丧子就哭瞎眼睛，从而遭受世人的指责呢！”于是就敞开胸怀，放松心情，以驱散哀痛之情，很快就神色自若了。

2. 嵇中散临刑东市，神气不变，索琴弹之，奏《广陵散》①。曲终，曰：“袁孝尼尝请学此《散》，吾靳固不与，《广陵散》于今绝矣！②”太学生三千人上书，请以为师，不许。文王亦寻悔焉③。

【注释】

①嵇中散：嵇康，字叔夜，官至曹魏中散大夫，世称嵇中散，详见《德行》第16则注②。东市：行刑的地方，法场；汉代在长安东面的市场行刑，故后代通称法场为东市。广陵散：古琴曲。按：嵇康曾得罪司隶校尉钟会，后因好友吕安被捕受到牵连，遭到钟会诬陷，被司马昭处死。

②袁孝尼：袁准，字孝尼，详见《文学》第67则注④。靳(jìn)固：吝惜，不肯给予。绝：绝迹，失传。

③文王：指司马昭，生前曾封晋王，死后谥文王，其子司马炎称帝后，

追谥为文帝，详见《德行》第15则注①。寻：不久，很快。

【译文】

中散大夫嵇康被押赴刑场，将要被处决，但他依然神色不变，索要琴来弹奏，弹奏的曲子是《广陵散》。弹奏完后，他说："袁孝尼曾经请求学这支曲子，我因为舍不得，就不肯传给他，《广陵散》从今以后就要失传了！"当时，三千名太学生一起上书，请求拜嵇康为师，朝廷不准许。嵇康被杀后，晋文王司马昭很快就后悔了。

3.夏侯太初尝倚柱作书①，时大雨，霹雳破所倚柱，衣服焦然，神色无变，书亦如故②。宾客左右皆跌荡不得住。

【注释】

①夏侯太初：夏侯玄，字太初，详见《方正》第6则注①。作书：指写作。

②霹雳：又急又响的雷。焦然：形容烧焦的样子。

【译文】

夏侯太初有一次靠着柱子写文章，当时下着大雨，突然，雷电击坏了他正靠着的柱子，衣服也被烧焦了，但是他的神色没有任何改变，照样写文章。宾客和随从却都是跌跌撞撞，站立不稳的样子。

4.王戎七岁，尝与诸小儿游，看道边李树多子折枝，诸儿竞走取之，唯戎不动①。人问之，答曰："树在道边而多子，此必苦李。"取之，信然②。

【注释】

①王戎：字濬冲，"竹林七贤"之一，详见《德行》第16则注①。折枝：使树枝弯曲。竞走：争先而走。

②信然：确实这样。

【译文】

王戎七岁的时候，有一次和一些小孩儿一起游玩，看见路边的李树上结了很多李子，把树枝都压弯了，小孩儿们争先恐后地跑去摘李子，只有王戎站着不动。别人问他为什么不去摘李子，他回答说："李子树就长在路边，树上却还有这么多李子，这一定是苦的李子。"把李子拿过来一尝，果真是苦的。

5. 魏明帝于宣武场上断虎爪牙，纵百姓观之①。王戎七岁，亦往看。虎承间攀栏而吼，其声震地，观者无不辟易颠仆②。戎湛然不动，了无恐色③。

【注释】

①魏明帝：曹魏第二任皇帝曹叡，曹丕长子，谥号为明皇帝，故称魏明帝，详见《言语》第13则注①。宣武场：场地名，在洛阳城北。纵：听凭。

②承间：同"乘间"，趁着空子。辟易：退避，避开。颠仆：跌倒，跌落。

③湛然：形容安然的样子。了无：完全没有，一点也没有。

【译文】

魏明帝曹叡在宣武场上弄断老虎的爪子和牙齿，任凭百姓随意观看。王戎当时七岁，也去看老虎。老虎乘着空子攀住栅栏大声吼叫，吼声惊天动地，围观的人全都吓得远远避开，有的还跌倒在地。王戎却仍安然地站在那里，一动不动，一点也没有害怕的样子。

6. 王戎为侍中，南郡太守刘肇遗筒中笺布五端①，戎虽不受，厚报其书②。

【注释】

①王戎：字濬冲，曾任侍中，详见《德行》第16则注①。刘肇：事迹未详。遗：赠送。筒中笺布：一种细布，卷作筒形，价格昂贵。端：二丈为一端。

②不受：不接受。厚报：指很诚挚地回报。书：书信。

【译文】

王戎任侍中的时候，南郡太守刘肇送给他十丈筒中笺布，王戎虽然没有接受布匹，还是诚挚地给他写了一封回信。

7.裴叔则被收①，神气无变，举止自若。求纸笔作书，书成，救者多，乃得免。后位仪同三司②。

【注释】

①裴叔则：裴楷，字叔则，详见《德行》第18则注④。被收：被抓捕。按：公元290年，晋惠帝司马衷继位，太傅杨骏辅政，第二年皇后贾氏杀害杨骏，掌握朝政，裴楷因和杨骏是儿女亲家，也被逮捕。

②仪同三司：非三司而仪制同于三司，即不是三公却给予和三公同等的待遇；三司，又称三公，汉时称太尉、司徒、司空为三公。

【译文】

裴叔则被逮捕时，神态气色不变，举止如常。他要来纸笔写信给亲朋好友，向他们求救。书信发出后，营救他的人有很多，于是得以免罪。后来官位升至仪同三司。

8.王夷甫尝属族人事，经时未行①。遇于一处饮燕，因语之曰："近属尊事，那得不行？②"族人大怒，便举樏掷其面③。夷甫都无言，盥洗毕，牵王丞相臂，与共载去④。在车中照镜，语丞相曰："汝看我眼光乃出牛背上。⑤"

【注释】

①王夷甫：王衍，字夷甫，详见《言语》第23则注②。属（zhǔ）：通"嘱"，嘱托，委托。经时：经历很长时间。

②饮燕：同"饮宴"。那得：何以能够，怎么。

③樏（lěi）：古代一种盛食物的食盒，像盘子，中间有隔挡。

④都：全，完全。王丞相：即王导，官至丞相，详见《德行》第27则注

③。共载：同乘一辆车。

⑤眼光乃出牛背上：眼光往牛背之上看；驾驶牛车时，牛背是挨鞭打之处，眼光往牛背之上看，即不看受鞭打之处，王衍的意思是指自己心胸宽广，不去计较刚才挨打受辱之类的小事。

【译文】

王夷甫曾经嘱托族人帮忙办件事，过了很长时间族人还没办。后来两人在一次聚会喝酒时碰到了，王夷甫便问那位族人："原先托付您办的事，怎么还不去办呢？"族人非常生气，就举起食盒扔到了他脸上。王夷甫一句话都没有说，去清洗干净后，挽着丞相王导的手臂，和他一起坐车走了。王夷甫在车里照着镜子来查看脸上的伤情，并对王导说："你看，我的眼光是往牛背之上看呢。"

9.裴遐在周馥所，馥设主人①。遐与人围棋，馥司马行酒②。遐正戏，不时为饮，司马恚，因曳遐坠地③。遐还坐，举止如常，颜色不变，复戏如故。王夷甫问遐④："当时何得颜色不异？"答曰："直是暗当故耳！⑤"

【注释】

①裴遐：字叔道，详见《文学》第19则注①。周馥：字祖宣，汝南安成人，曾任河南尹、司隶校尉、平东将军、镇东将军等职，因功封永宁伯；后因拒绝东海王司马越征召，被讨伐，为新蔡王司马确所拘，忧愤中病亡。所：处所。设主人：以主人身份备办酒食。

②馥司马：周馥手下的司马；周馥当时任平东将军，司马为将军府下属官，主管兵事。行酒：在宴会上主持行酒令、斟酒劝饮等事。

③不时：不及时。恚(huì)：恼怒。因：于是，就。曳：拉，拽。

④王夷甫：即王衍，字夷甫，详见《言语》第23则注②。

⑤直：通"只"，只是。暗当：默默承受。

【译文】

裴遐在周馥家中做客，周馥以主人身份宴请大家。裴遐和人下围棋，周馥的司马负责劝酒。当时裴遐正在下棋，没有及时把酒喝掉，司马很生气，于是就把他拽倒在地上。裴遐爬起来回到座位上，举止如常，脸色不变，照样下棋。后来王夷甫问他："当时怎么能做到神色不变呢？"他回答说："只不过是默默忍受着罢了！"

10. 刘庆孙①在太傅②府，于时人士多为所构，唯庾子嵩纵心事外，无迹可间③。后以其性俭家富，说太傅令换千万，冀其有吝，于此可乘④。太傅于众坐中问庾，庾时颓然已醉，帻堕几上，以头就穿取⑤，徐答云："下官家故可有两娑千万，随公所取。⑥"于是乃服。后有人向庾道此，庾曰："可谓以小人之虑，度君子之心。"

【注释】

①刘庆孙：刘舆，字庆孙，中山魏昌（今河北无极县）人，司空刘琨之兄；曾任散骑侍郎、中书侍郎、颍川太守、魏郡太守、太傅左长史等职，封定襄侯；死后追赠骠骑将军，谥曰贞。

②太傅：指司马越，字元超，河内温县（今河南温县）人，高密文献王司马泰长子，"八王之乱"参与者之一；封东海王，曾任尚书右仆射、中书令、司空、太傅等职；晋怀帝司马炽继位后，任丞相，辅政期间内忧外患不断，公元 311 年，病死于讨伐石勒途中，八王之乱终结；东晋年间追谥孝献。

③构：罗织罪状陷害人。庾子嵩：庾敳（ái），字子嵩，详见《文学》第 15 则注①。纵心：放开心思，不关心事情。间：离间。

④俭：节俭，节省。换：借。

⑤颓然：形容精神不振的样子。帻（zé）：又称巾帻，古代汉族男子包裹鬓发、遮掩发髻的巾帕。几：坐时靠着或放物品的小桌子。

⑥娑（suō）：大概为晋时方言，指三。

【译文】

刘庆孙在太傅府任职，在这期间，他罗织罪状陷害了很多人，只有庾子嵩超然世外，使他没有机会可以挑拨离间。后来就抓住庾子嵩生性节俭而家境富裕这点，说服太傅司马越向庾子嵩借千万钱，希望他表现吝啬不肯借出钱来，然后在这里找到可乘之机。于是太傅就在大庭广众中间向庾子嵩借钱，这时庾子嵩已经喝得酩酊大醉了，头巾掉落在几案上，他把头伸进头巾里戴上，慢慢地回答说："下官家产大约有两三千万，随您取多少都行。"刘庆孙这才心服口服了。后来有人告诉了庾子嵩这件事，庾子嵩说："这可以说是以小人之心，度君子之腹。"

11.王夷甫与裴景声志好不同[①]，景声恶欲取之，卒不能回[②]。乃故诣王，肆言极骂，要王答已，欲以分谤[③]。王不为动色，徐曰："白眼儿遂作。[④]"

【注释】

①王夷甫：即王衍，字夷甫，详见《言语》第23则注②。裴景声：裴邈，字景声，河东闻喜人，少有通才，善于清谈，历任太傅从事中郎、左司马，监东海王军事。

②恶：讨厌。取：选取，任用；指王衍打算任用他。卒：最终，终于。回：改变。

③肆言：肆无忌惮地说。要：要挟，强迫。分谤：分担受到的非议。

④白眼儿：翻白眼儿的人，指裴景声。作：发作。

【译文】

王夷甫和裴景声两人志趣、爱好不同，裴景声讨厌王夷甫打算任用自己，可是最终也没法改变王夷甫的主意。于是裴景声就故意去拜访王夷甫，对他肆意攻击，极力痛骂一番，想迫使王夷甫也回骂自己，用这种办法使王夷甫和他一起分担别人的非议。王夷甫却始终不动声色，只是从容地说道："白眼儿终于发作了。"

12.王夷甫长裴成公四岁[①]，不与相知。时共集一处，皆当时名士，谓王曰："裴令令望何足计！[②]"王便卿裴，裴曰："自可全君雅志。[③]"

【注释】

①王夷甫：即王衍，字夷甫，详见《言语》第23则注②。裴成公：即裴頠（wěi），字逸民，谥号为成，故称裴成公，详见《言语》第23则注③。

②裴令：指裴楷，字叔则，任中书令，是裴頠的叔父，详见《德行》第18则注④。令望：美好的声望。

③卿裴：称裴为"卿"。君：对人的尊称。按：卿是对下级、小辈或对比较亲近的朋友的称呼；王夷甫称裴頠为"卿"，是把他看成小辈、不讲礼法的称呼。

【译文】

王夷甫比裴成公大四岁，两人不是互相知心的朋友。有一次，两人聚会在一起，在座的都是当时的名士，有人对王夷甫说："尚书令裴楷的名望哪里值得考虑！"王夷甫就用对小辈的称呼向裴頠打招呼，称呼裴頠为"卿"，裴頠说："我自然可以成全您的高雅情趣。"

13. 有往来者云："庾公有东下意。[①]"或谓王公："可潜稍严，以备不虞。[②]"王公曰："我与元规虽俱王臣，本怀布衣之好[③]。若其欲来，吾角巾径还乌衣，何所稍严[④]！"

【注释】

①往来者：指往返于京都和武昌的行人或使者。庾公：庾亮，字元规，详见《德行》第31则注①。东下意：指从武昌起兵，沿长江而下，攻入首都建康的意图。按：庾亮在苏峻之乱后，外出任征西将军，兼领江、荆、豫三州刺史、都督六州诸军事，镇守武昌，因朝中王导辅政过于宽松，庾亮曾想起兵东下，废黜王导，因郗鉴不同意，作罢。

②或：有人。王公：即王导，字茂弘，详见《德行》第27则注③。潜：暗中，秘密地。严：戒备。虞：预料。

③布衣之好：平民之间的友谊。

④角巾：有棱角的头巾，是平民或隐士所常戴的；这里指戴上角巾，即辞官退隐之意。乌衣：指建康城内的乌衣巷；东晋时王导、谢安两家豪门大族的宅邸都在这里。按：这句话指弃官返家。

【译文】

有往来京都与武昌之间的人说："庾公有起兵东下夺权的意图。"有人对王导说："应该暗中稍加戒备，以防备有不可预料的事件发生。"王导说："我和元规虽然都是朝廷大臣，但是本来就有平常人之间的情谊。如果他想回朝廷来掌权，我就辞去官职，戴上角巾，径直回到我乌衣巷的家中，哪里需要稍作戒备！"

14.王丞相主簿欲检校帐下[1]，公语主簿："欲与主簿周旋，无为知人几案间事。[2]"

【注释】

①王丞相：即王导，字茂弘，官至丞相，详见《德行》第27则注③。检校：检查核对。帐下：幕府中，这里指幕僚。

②周旋：交往，交际酬答。无为：不要，不必。几案间事：指官府文书、文牍案卷等事；几案，指桌子。

【译文】

丞相王导的主簿希望王导去检查幕僚们的工作，王导对他说："我只想和主簿交往，不必去了解文牍案卷上的事。"

15.祖士少好财[1]，阮遥集好屐，并恒自经营[2]。同是一累，而未判其得失[3]。人有诣祖，见料视财物；客至，屏当未尽，余两小簏，著背后，倾身障之，意未能平[4]。或有诣阮，见自吹火蜡屐，因叹曰："未知一生当著几量屐！[5]"神色闲畅。于是胜负始分[6]。

【注释】

①祖士少:祖约,字士少,范阳遒县(今河北涞水)人;初任成皋县县令、从事中郎、侍中等职,在兄长祖逖死后接任其豫州刺史一职,并接掌其部众;公元 327 年,与苏峻一同起兵反叛,兵败后投奔后赵;公元 330 年,被石勒诛杀。

②阮遥集:阮孚,字遥集,详见《文学》第 76 则注③。屐:木板鞋,鞋底下多有二齿。经营:料理。

③累:毛病。得失:高下,优劣。

④料视:检点查看。屏当:收拾,整理。簏(lù):竹箱子。障:阻隔,遮挡。意未能平:心神还不能平静,指有点慌张。

⑤蜡屐:用蜡涂在屐上,使它滑润。几量:指几双。

⑥胜负:指高下,优劣。

【译文】

祖士少喜欢钱财,阮遥集喜欢木屐,两人常常都是亲自料理这些东西。两人同样都有一种嗜好,都是一种毛病,可是还不能从此判定两人的高下。有人去拜访祖士少,看见他正在检点查看财物。客人到的时候,他还没有收拾整理完,剩下两个小箱子,他就放在背后,侧身挡着,还有点心神不宁的样子。也有人到阮遥集家,正看见他亲自点火给木屐打蜡,还叹息说:"不知这一辈子还能穿几双木屐!"说话时神态悠闲舒畅。于是两人的高下才见分晓。

16. 许侍中、顾司空俱作丞相从事[①],尔时已被遇,游宴集聚,略无不同[②]。尝夜至丞相许戏,二人欢极[③]。丞相便命使入己帐眠。顾至晓回转,不得快孰[④];许上床便咍台大鼾[⑤]。丞相顾诸客曰:"此中亦难得眠处。"

【注释】

①许侍中:许璪(zǎo),字思文,义兴阳羡人,曾任从事、侍中,官至吏

部侍郎。顾司空:即顾和,字君孝,死后追赠侍中、司空,故称顾司空,详见《言语》第33则注①。从事:官名,是三公和州郡长官的属官。按:王导任扬州刺史时,任许、顾二人为其从事。

②遇:赏识。略无:全无。

③丞相:指王导,详见《德行》第27则注③。许:处所。

④回转:辗转反侧。孰:通"熟",指熟悉、习惯。

⑤哈(hāi)台:睡觉时的打鼾声。

【译文】

侍中许璪和司空顾和一起在丞相王导手下任从事,那时两人都已经受到王导的赏识,凡是游乐、宴饮、聚会,两人都参加,完全没有什么不同。有一次两人晚上到王导家玩儿,二人玩得都很尽兴。王导便叫他们到自己的床上睡。顾和一直到天亮还在辗转反侧,不能很快习惯;而许璪一上床就睡着了,鼾声如雷。王导回头对宾客们说:"这里是个很难入睡的地方啊。"

17. 庾太尉风仪伟长,不轻举止,时人皆以为假①。亮有大儿数岁,雅重之质,便自如此,人知是天性②。温太真尝隐幔怛之,此儿神色恬然,乃徐跪曰:"君侯何以为此?③"论者谓不减亮。苏峻时遇害④。或云:"见阿恭,知元规非假。"

【注释】

①庾太尉:庾亮,字元规,死后追赠太尉,详见《德行》第31则注①。风仪:风度、仪容。伟长:奇伟超群。

②大儿:指庾会,庾亮长子,字会宗,小字阿恭,死于苏峻之乱。雅重之质:高雅稳重的气质。

③温太真:温峤,字太真,详见《言语》第35则注②。幔(màn):帷帐。怛(dá)之:使他害怕,惊吓他。恬然:安静、无动于衷的样子。君侯:对列侯和地方高级官吏的尊称。

④苏峻:字子高,详见《方正》第25则注②。苏峻时:指苏峻发动叛

乱期间。

【译文】

太尉庾亮风度仪容奇伟出众，举止稳重，当时人们都认为这是一种伪装出来的假象。庾亮的大儿子阿恭，只有几岁，天生具备高雅稳重的气质，生来便是如此，人们知道这是天性。温太真曾经藏在帷帐后面吓唬他，但这个孩子神色安详，不为所动，只是慢慢地跪下问道："君侯为什么要这么做？"舆论认为他的气质不比庾亮差什么。他在苏峻叛乱时被杀害了。有人说："看见阿恭，就知道元规的气质不是伪装出来的。"

18. 褚公于章安令迁太尉记室参军[①]，名字已显而位微，人未多识。公东出，乘估客船，送故吏数人，投钱唐亭住[②]。尔时吴兴沈充为县令，当送客过浙江，客出，亭吏驱公移牛屋下[③]。潮水至，沈令起彷徨，问牛屋下是何物，吏云："昨有一伧父来寄亭中，有尊贵客，权移之。[④]"令有酒色，因遥问："伧父欲食饼不？姓何等？可共语。"褚因举手答曰："河南褚季野。"远近久承公名，令于是大遽，不敢移公，便于牛屋下修刺诣公，更宰杀为馔，具于公前[⑤]。鞭挞亭吏，欲以谢惭[⑥]。公与之酌宴，言色无异。状如不觉。令送公至界。

【注释】

①诸公：褚裒，字季野，河南阳翟人，详见《德行》第34则注②。记室参军：官名，掌管文书。

②估客船：商船。送故：指长官离任时属吏赠钱远送，是当时的风气。钱唐亭：钱唐县的驿亭；驿亭是供旅客留宿的公家客店。

③沈充：吴兴人，事迹未详。出：多，超员。亭吏：钱唐亭小吏，负责住宿的人。牛屋：牛棚子。

④彷徨：徘徊，走来走去，此处指散步。何物：何人。伧父：指粗俗、鄙贱之人，当时南方人称呼北方人为伧父，类似北方佬，有鄙视之意。

寄：寄宿，投宿。权：权且，姑且。

⑤承：闻知，听说。遽：惊惧，惶恐。修刺：指置备名帖，作通报姓名之用。具：陈设，摆放。

⑥鞭挞（tà）：鞭打。谢惭：因过失而惭愧，表示道歉，请求原谅。

【译文】

褚季野从章安县令升任太尉记室参军，当时他的名声已经很大，可是官位低，很多人还不认识他。褚季野坐着商船往东边去上任，把几位来送行的章安县的属吏送走后，到钱唐亭投宿。这时，吴兴人沈充任钱唐县令，正好要送客过浙江，因住宿钱唐亭的客人太多，亭吏就把褚季野驱赶到牛棚子里住宿。夜晚江水涨潮，沈县令起来在驿亭外散步，问牛棚子里住的是什么人，亭吏回答说："昨天有个北方佬来驿亭中寄宿，因为有尊贵客人，就姑且把他挪到这里。"沈县令这时已有几分酒意，便远远地问道："北方佬想吃饼吗？你姓什么？可以出来一起聊聊天儿。"褚季野便拱手回答道："我是河南褚季野。"远近的人都听说过褚季野的大名，沈县令于是大为惶恐，又不敢让他移动出来，便自己去到牛棚子，呈上名片拜谒褚季野，另外宰杀牲畜，准备酒食，摆放在褚季野面前。并且鞭打亭吏，想用这些做法来道歉，请求他的原谅。褚季野和县令对饮，语言神色没有什么异样，好像对这一切都没在意似的。后来沈县令把他一直送到县界。

19. 郗太傅在京口，遣门生与王丞相书，求女婿[①]。丞相语郗信："君往东厢，任意选之。"门生归，白郗曰："王家诸郎亦皆可嘉，闻来觅婿，咸自矜持，唯有一郎在东床上坦腹卧，如不闻。[②]"郗公云："正此好！"访之，乃是逸少[③]，因嫁女与焉。

【注释】

①郗太傅：郗鉴，字道徽，曾任徐州刺史，镇守京口，官至太傅，详见《德行》第24则注①。王丞相：即王导，官至丞相，详见《德行》第27则注③。

②白：禀告。矜持：拘谨。坦腹：敞开上衣，露出腹部。按：所以后来称人女婿为东床或令坦。

③逸少：王羲之，字逸少，是王导的侄儿，详见《言语》第62则注①。

【译文】

太傅郗鉴在京口的时候，派门生给丞相王导送信，想在他家挑个女婿。王导告诉郗鉴派来的人说："您到东厢房去，随意挑选吧。"门生回去禀告郗鉴说："王家的那些公子都挺不错，听说是来挑女婿，就都拘谨起来，只有一位公子还在东边床上袒胸露腹地躺着，好像没有听见一样。"郗鉴说："正是这个好！"后来一查访，原来是王逸少，便把女儿嫁给他了。

20. 过江初，拜官，舆饰供馔①。羊曼拜丹阳尹，客来蚤者，并得佳设②。日晏渐罄，不复及精，随客早晚，不问贵贱③。羊固拜临海，竟日皆美供④。虽晚至，亦获盛馔⑤。时论以固之丰华，不如曼之真率。

【注释】

①舆：都，皆。饰：通"饬"，整饬，整治。供馔（zhuàn）：指宴饮时所陈设的食品。

②羊曼：字延祖，泰山南城人，阳平太守羊暨之子；性放纵，好饮酒，为中兴名士；西晋末年避难渡江，历任黄门侍郎、尚书吏部郎、晋陵太守、丹阳尹等职；死于苏峻之乱中，后追赠太常。蚤：通"早"。并：全，全都。佳设：美味佳肴。

③晏：迟，晚。罄（qìng）：空，尽。

④羊固：字道安，泰山南城人，著名书法家；曾任黄门侍郎、临海太守，死后追赠大鸿胪。竟日：整日，从早到晚。美供：精美的酒宴。

⑤盛馔：精美的酒食。

【译文】

晋室过江南渡初期，新官接受任命时，都要准备宴席招待前来祝贺的人。羊曼出任丹阳尹时，客人来得早的，都能吃到丰盛的美味佳肴。来晚了，准备的东西逐渐吃完了，就不能再吃上精美的食物了，饮食随客人来得早晚而不同，不管官位高低贵贱。羊固出任临海太守时，从早到晚都备有精美的美酒佳肴。虽然有到得很晚的，也能吃上精美的酒食。当时的舆论认为羊固的宴席虽然丰盛、精美，但是为人比不上羊曼的真诚直率。

21. 周仲智饮酒醉，瞋目还面谓伯仁曰①："君才不如弟，而横得重名！②"须臾，举蜡烛火掷伯仁，伯仁笑曰："阿奴火攻，固出下策耳！③"

【注释】

①周仲智：周嵩，字仲智，周颤(yǐ)之弟，详见《方正》第26则注③。还面：回头，扭头。伯仁：周颤，字伯仁，详见《言语》第30则注②。

②横：意外，无缘无故。重名：指盛名，美名。

③阿奴：长对幼以及夫妻间的昵称，这里指他的弟弟周仲智。

【译文】

周仲智喝酒喝醉了，瞪着眼睛扭头对他哥哥伯仁说："您的才能比不上我，却无缘无故地获得了盛名！"接着，举起点着的蜡烛扔到伯仁身上，伯仁笑着说："阿奴，你用火攻，这实在是下策啊！"

22. 顾和始为扬州从事，月旦当朝，未入，顷停车州门外①。周侯诣丞相，历和车边，和觅虱，夷然不动②。周既过，反还，指顾心曰："此中何所有？"顾搏虱如故，徐应曰："此中最是难测地。"周侯既入，语丞相曰："卿州吏中有一令仆才。③"

【注释】

①顾和：字君孝，王导任扬州刺史时，调他做从事，后官至尚书令，详见《言语》第33则注①。月旦：农历每月初一。朝：下属进见长官。顷：

刚刚，刚才。

②周侯：周顗(yǐ)，字伯仁，袭父爵武城侯，世称周侯，详见《言语》第30则注②。丞相：指王导，官至丞相，详见《德行》第27则注③。历：经过。夷然：安然。

③令仆才：指能作尚书令和尚书仆射的人才。

【译文】

顾和当初任扬州府从事的时候，到初一该拜见长官了，他还没有进府，刚刚在州府门外把车停下。这时武城侯周顗也来拜见丞相王导，从顾和的车子旁边经过，顾和正在抓虱子，安闲自在，没有和他打招呼。周顗已经从他身边走过去了，又折转回来，指着顾和的心脏位置问道："这里面有些什么？"顾和仍然继续抓着虱子，慢吞吞地回答说："这里面是最难揣测的地方。"周顗进府后，告诉丞相王导说："你扬州府的下属里有一个可做尚书令或尚书仆射的人才。"

23.庾太尉与苏峻战，败，率左右十余人乘小船西奔[①]。乱兵相剥掠，射，误中舵工，应弦而倒，举船上咸失色分散[②]。亮不动容，徐曰："此手那可使著贼！[③]"众乃安。

【注释】

①庾太尉：庾亮，字元规，死后追赠太尉，详见《德行》第31则注①。苏峻：字子高，详见《方正》第25则注②。

②剥略：劫掠，抢劫。射：指庾亮身边的人以箭射敌。举：全。

③手：身手，技艺，此处指射技。著贼：指射中叛贼；著，通"着"。按：因庾亮手下人射贼时，流矢乱发，不知何人误射中舵工，所以人人自危，恐怕受到惩处，所以庾亮只是淡淡地责备了一句，使众人安下心来。

【译文】

太尉庾亮率领军队和苏峻作战，被打败了，带着十几个随从坐小船往西边逃去。这时那些叛乱的士兵正在抢劫百姓，小船上的随从们用箭射那些贼兵，混乱中失手射中舵工，舵工随即倒下了，船上的人全都吓得脸色发白，想四下逃散。庾亮神色不变，慢慢地说道："这样的身手怎么可以射中叛贼！"大家这才安定下来。

24. 庾小征西尝出未还[1]。妇母阮，是刘万安妻，与女上安陵城楼上[2]。俄顷翼归，策良马，盛舆卫[3]。阮语女："闻庾郎能骑，我何由得见？"妇告翼，翼便为于道开卤簿盘马[4]，始两转，坠马堕地，意色自若。

【注释】

①庾小征西：即庾翼，字稚恭，详见《言语》第53则注①。按：庾翼和兄长庾亮均曾担任征西将军，故称庾翼为小征西，以别于庾亮。

②妇母：指岳母。刘万安：刘绥，字万安，高平人，官至骠骑长史。

③俄顷：片刻，一会儿。策：用鞭棒驱赶骡马等，引申为驾驭。舆卫：车舆与卫士。

④卤簿：古代跟随帝王出巡的仪仗队，自汉以后亦用于后妃、太子、王公大臣。盘马：指骑马盘旋驰骋。

【译文】

征西将军庾翼有一次外出还没有回来。他的岳母阮氏，是刘万安的妻子，和女儿一起上安陵城楼观望等候。一会儿，庾翼回来了，骑着高头大马，身后跟着声势浩大的车马和卫队。阮氏对女儿说："听说庾郎马骑得很好，我怎么才能见识一下呢？"庾翼的妻子于是将此事告诉庾翼，庾翼就为她在道上摆开仪仗，骑着马开始绕圈，刚转了两圈，却从马上摔下来了，可是他神态自若，完全不在意。

25. 宣武与简文、太宰共载，密令人在舆前后鸣鼓大叫[1]。卤簿中惊扰，太宰惶怖，求下舆[2]。顾看简文，穆然清恬[3]。宣武语人曰："朝廷间故复有此贤。"

【注释】

①宣武：即桓温，字元子，谥号宣武，详见《言语》第55则注①。简

文：即晋简文帝司马昱，详见《德行》第37则注①。太宰：指司马晞，字道叔，司马睿第四子，司马绍异母弟、司马昱异母兄；过继给堂伯叔父武陵王司马喆为嗣子，袭封武陵王，历任散骑常侍、侍中、镇军大将军、太宰等职；后因受大司马桓温忌恨，被废黜官职，流放新安郡，于流放地去世；后孝武帝司马曜追封为新宁郡王，赐谥号威。

②卤簿：仪仗队。惶怖：惶恐，恐惧。

③顾：回头。穆然：镇静的样子。清恬：清净安适。

【译文】

桓温和简文帝司马昱、太宰司马晞共同乘坐在一辆车上，桓温暗中叫人在车前车后敲起鼓来，大喊大叫。仪仗队伍受到惊吓，骚乱起来，太宰司马晞神色惊惶恐惧，要求下车。桓温回头看简文帝司马昱，依然镇定自若，清净安适。后来桓温告诉别人说："朝廷里仍然有这样的贤能人才。"

26.王劭、王荟共诣宣武[①]，正值收庾希家[②]。荟不自安，逡巡欲去；劭坚坐不动，待收信还，得不定，乃出[③]。论者以劭为优。

【注释】

①王劭(shào)：字敬伦，小字大奴，琅邪临沂(今山东临沂)人，王导第五子；曾任东阳太守、司徒左长史、丹杨尹、尚书仆射、吴国内史等职；死后赠车骑将军，谥号为简。王荟：字敬文，小字小奴，王导第六子，善行书；历任吏部郎、侍中、吴国内史、会稽内史等职，进号镇军将军；死于任上，追赠卫将军。宣武：即桓温，谥号宣武，详见《言语》第55则注①。

②收：逮捕。庾希：字始彦，颍川鄢陵(今河南鄢陵北)人，司空庾冰之子，庾亮之侄；曾任司徒左长史、黄门侍郎、侍中、吴国内史等职，362年，任北中郎将、徐兖二州刺史，后被免官；371年，因庾氏被大司马桓温诬陷谋反而出逃；次年，在京口(今江苏镇江)举兵讨伐桓温，兵败被俘，兄弟子侄五人被杀。

③逡(qūn)巡:有所顾虑而徘徊不敢前进。得不定:得与不得成为定局。

【译文】

王劭、王荟兄弟俩一起去拜访桓温,恰好碰上桓温派人逮捕庾希一家。王荟心中有所顾虑,徘徊不定,想赶紧离开;王劭却坚持坐着不动,一直等到派去抓捕的官吏回来,知道事情的结果后才告辞退出。评论者认为王劭比王荟强。

27. 桓宣武与郗超议芟夷朝臣,条牒既定,其夜同宿[①]。明晨起,呼谢安、王坦之入,掷疏示之[②]。郗犹在帐内。谢都无言,王直掷还,云:"多!"宣武取笔欲除,郗不觉窃从帐中与宣武言。谢含笑曰:"郗生可谓入幕宾也。[③]"

【注释】

①桓宣武:即桓温,字元子,谥号为宣武,详见《言语》第 55 则注①。郗超:字景兴,深为桓温所器重,详见《言语》第 59 则注④。芟(shān)夷:裁减,删削。条牒(dié):分项的文书。

②谢安:字安石,详见《德行》第 33 则注③。王坦之:字文度,详见《言语》第 72 则注①。疏:给皇帝的奏议。

③入幕宾:幕指蚊帐,郗超正在帐中,所以谢安这样嘲讽他;后因称参与机密的幕僚为"入幕宾",亦称"入幕"。

【译文】

桓温和郗超商议撤换朝廷大臣的事,上报名单的文书拟定后,当晚两人一起歇息。第二天早上桓温起来后,就传呼谢安和王坦之进来,把拟好的奏疏扔给他们看。当时郗超还在帐子里没起床。谢安看了奏疏,一句话也没说,王坦之径直扔回给桓温,说:"撤换的人太多了!"桓温拿起笔想删去一些,这时郗超不自觉就偷偷地从帐子里和桓温说话。谢安笑着说:"郗生可以说是入幕之宾呀。"

28. 谢太傅盘桓东山，时与孙兴公诸人泛海戏①。风起浪涌，孙、王诸人色并遽，便唱使还②。太傅神情方王，吟啸不言③。舟人以公貌闲意说，犹去不止④。既风转急，浪猛，诸人皆喧动不坐⑤。公徐云："如此，将无归？"众人即承响而回⑥。于是审其量，足以镇安朝野。

【注释】

①谢太傅：谢安，字安石，死后追赠太傅，故称谢太傅，详见《德行》第33则注③。盘桓：徘徊，逗留。孙兴公：孙绰，字兴公，详见《言语》第84则注①。泛海：坐船出海。按：谢安在出任官职前，曾在会稽郡的东山隐居，时常和孙兴公、王羲之、支道林等畅游山水。

②孙：即孙绰，字兴公，详见《言语》第84则注①。王：指王羲之，字逸少，详见《言语》第62则注①。并：全，全都。遽：惊惧、慌张。唱：提议。

③神情：精神兴致。王：通"旺"。吟啸：吟咏长啸。

④说：通"悦"，愉快。

⑤喧动：喧哗骚动，不宁静。

⑥将无：莫非。承响：应声。

【译文】

太傅谢安在东山隐居期间，时常和孙兴公等人坐船到海上游玩。有一次出游时，海上起了大风，浪涛汹涌，孙兴公、王羲之等人全都惊慌失色，就提议掉转船头回去。谢安这时精神振奋，兴致正高，对着大海高声吟咏长啸，不说要回去的话。船夫因为谢安神态安闲，心情舒畅，便没有停下来，仍然向前划着船。一会儿，风势更急，波浪更猛，大家都叫嚷骚动起来，坐不住了。谢安慢条斯理地说："这样看来，莫非是该回去了吧？"大家立即响应赞同，于是船就回去了。从这件事里人们看出了谢安的气度，认为他完全能够安定朝廷内外。

29.桓公伏甲设馔，广延朝士，因此欲诛谢安、王坦之[①]。王甚遽，问谢曰："当作何计?"谢神意不变，谓文度曰："晋阼存亡，在此一行。[②]"相与俱前，王之恐状，转见于色；谢之宽容，愈表于貌[③]。望阶趋席，方作洛生咏，讽"浩浩洪流"[④]。桓惮其旷远，乃趣解兵[⑤]。王、谢旧齐名，于此始判优劣。

【注释】

①桓公：即桓温，字元子，详见《言语》第55则注①。甲：甲士，披铠甲的士兵。馔(zhuàn)：酒食。延：邀请。谢安：字安石，详见《德行》第33则注③。王坦之：字文度，详见《言语》第72则注①。按：据《晋安帝纪》记载，晋简文帝死时，遗诏让桓温辅政，没有满足他的篡位野心，桓温认为是谢安和王坦之的主意，所以想杀掉二人。

②阼：皇位，这里指国家。

③见：同"现"，显现，表现。宽容：宽舒从容。表：表现。

④望阶趋席：指到了台阶上就疾行就座。方作：通"仿作"，仿效。洛生咏：指洛下书生的讽咏声，音色重浊；东晋士大夫多为中原旧族，故盛行洛生咏。讽：不看着书本念，即背书。浩浩洪流：这是嵇康《赠秀才入军》诗中的句子，大意指大河浩浩荡荡。

⑤旷远：旷达，心胸宽阔。趣(cù)：通"促"，急促，快速。解兵：解除武装，停止战争，这里指撤走甲士。

【译文】

桓温埋伏好甲士，安排好酒宴，邀请朝中官员前来赴宴，想趁此机会杀掉谢安和王坦之。王坦之感到非常恐惧，问谢安："应该采取什么办法?"谢安神色态度不变，对王坦之说："晋王朝的存亡，取决于我们这一次去的结果。"两人一起前去赴宴，王坦之内心的惊恐，转而表现在他的脸色上；谢安内心的宽舒从容，也在神色上表现得更加清楚。谢安到了台阶上就快步入座，模仿洛阳书生读书的声音，朗诵起"浩浩洪流"的诗篇。桓温慑服于他那种旷达的气度，便快速地撤走了埋伏的甲士。最初王坦之和谢安名望相当，通过这件事就分出了高低。

30. 谢太傅与王文度共诣郗超，日旰未得前[①]。王便欲去，谢曰："不能为性命忍俄顷？[②]"

【注释】

①谢太傅：即谢安，字安石，死后追赠为太傅，详见《德行》第33则注③。王文度：即王坦之，字文度，详见《言语》第72则注①。郗超：字景兴，详见《言语》第59则注④。日旰(gàn)：天色晚，日暮。

②俄顷：片刻，一会儿。按：郗超得到桓温的器重，手中握有生杀大权，所以谢安会如此说。

【译文】

太傅谢安和王文度一起去拜见郗超，一直等到天色晚了还不能上前见面。王文度就准备离去了，谢安说："你就不能为了性命再忍耐一会儿？"

31. 支道林还东，时贤并送于征虏亭[①]。蔡子叔前至，坐近林公；谢万石后来，坐小远[②]。蔡暂起，谢移就其处。蔡还，见谢在焉，因合褥举谢掷地，自复坐[③]。谢冠帻倾脱，乃徐起，振衣就席，神意甚平，不觉瞋沮[④]。坐定，谓蔡曰："卿奇人，殆坏我面。[⑤]"蔡答曰："我本不为卿面作计。[⑥]"其后二人俱不介意。

【注释】

①支道林：支遁，字道林，东晋高僧，详见《言语》第45则注②。征虏亭：亭名，太安中征虏将军谢安所立，后成为当时的一个送客之处。按：支道林在晋哀帝时应诏进京，居东安寺讲道，这时要从京都建康回到东边的会稽郡。

②蔡子叔：蔡系，字子叔，司徒蔡谟幼子，有才学，官至抚军将军长史。谢万石：谢万，字万石，谢安之弟，详见《言语》第77则注①。小：通

"稍"。

③褥：坐垫。

④冠帻(zé)：头巾。振衣：抖衣服。瞋沮(chēn jǔ)：既愤怒又沮丧的样子。

⑤奇人：怪人。殆：几乎，差点儿。

⑥作计：指谋划、考虑或出主意。

【译文】

支道林要回到东边去了，当时的名士一起到征虏亭为他送行。蔡子叔先到，就坐到支道林身旁；谢万石后到，坐得稍微远点。后来，蔡子叔暂时起来了一下，谢万石就移到他的座位上坐着。蔡子叔回来后，看见谢万石坐在自己位子上，就把坐垫和谢万石一起举起来扔到地上，自己又坐回原位。谢万石的头巾都跌掉了，便慢慢地爬起来，抖了抖衣服，回到自己座位上去，神色很平静，也不觉得愤怒沮丧。谢万石坐好了后，对蔡子叔说："你真是个怪人，差点儿摔坏了我的脸。"蔡子叔回答说："我本来也没有考虑过你的脸。"然后两个人就都没有再介意这件事情了。

32. 郗嘉宾钦崇释道安德问①，饷米千斛，修书累纸，意寄殷勤②。道安答直云："损米，愈觉有待之为烦。③"

【注释】

①郗嘉宾：郗超，字景兴，小名嘉宾，详见《言语》第59则注④。钦崇：钦佩推崇。释道安：东晋时高僧，本姓卫，常山抚柳(今河北冀州)人，拜佛图澄为师，后在襄阳、长安等地总结佛教学说，整理经典，编纂目录，确立戒规，主张僧侣以"释"(释迦牟尼)为姓，培养出慧远、慧持等高僧。

②饷：馈饷，馈赠。斛(hú)：十斗为一斛。修书：写信。累纸：一张纸叠一张纸。意寄：所寄托的心意。

③直：通"只"，只是。损米：破费对方的米，客套语。有待：有所待，有依靠的东西。

【译文】

郗嘉宾很钦佩推崇释道安的品德和学问，馈赠了他一千斛米，并且给他写了一封书信，长达好几页，信中所寄托的情意恳切深厚。道安的回信只是说："送我这么多米，让你破费了，也更加让人觉得有所依靠是烦恼的。"

33. 谢安南免吏部尚书还东[①]，谢太傅赴桓公司马出西[②]，相遇破冈。既当远别，遂停三日共语。太傅欲慰其失官，安南辄引以它端。虽信宿中涂，竟不言及此事[③]。太傅深恨在心未尽，谓同舟曰："谢奉故是奇士。"

【注释】

①谢安南：谢奉，字弘道，曾任安南将军，详见《言语》第 83 则注②。按：谢奉是会稽郡山阴县人，这里所说的还东，大概是指回到会稽。

②谢太傅：谢安，字安石，死后追赠为太傅，详见《德行》第 33 则注③。桓公：即桓温，字元子，详见《言语》第 55 则注①。出西：往西边去。按：谢安早期隐居在会稽郡东山，不肯出仕，后来谢氏家族于朝中之人尽数逝去，征西大将军桓温请他出任司马，谢安才赴召。

③信宿：连住两夜。中涂：中途，半路。

【译文】

安南将军谢奉被免去吏部尚书的官职后，回东边老家去，太傅谢安因为应召出任桓温的司马，往西去，两人在破冈相遇。既然就要远别了，两人便停留了三天，一起畅谈。对丢官一事，谢安想多劝慰谢奉几句，谢奉却总是另起话题以避开这个问题。虽然两人在半路上同住了两夜，竟然始终没有谈到这件事。谢安因为关切的心意还没有表达出来，深为遗憾，就对同船的人说："谢奉确实是个奇特的人啊！"

34. 戴公从东出，谢太傅往看之[①]。谢本轻戴，见，但与论琴书[②]。戴既无吝色，而谈琴书愈妙[③]。谢悠然知其量[④]。

【注释】

①戴公：戴逵，字安道，谯郡铚县(今安徽濉溪)人，居会稽郡剡县，终生不仕，有清高之名，曾就学于名儒范宣，博学多才，擅长棋琴书画和雕刻。东出：从东边的会稽郡出来。谢太傅：即谢安，死后追赠为太傅，故称谢太傅。

②但：只是。琴书：指琴法和书法。

③吝色：为难的神色，不乐意的神色。

④悠然：徐缓的样子，慢慢地。量：气量，度量。

【译文】

戴逵从会稽来到京都，太傅谢安去看望他。谢安原来有些轻视他，见了面，只是和他谈论琴法、书法。戴逵不但没有不乐意的表情，而且谈起琴法、书法来更加精妙。谢安也慢慢地了解到了戴逵的度量。

35.谢公与人围棋，俄而谢玄淮上信至[①]，看书竟，默然无言，徐向局[②]。客问淮上利害，答曰："小儿辈大破贼。[③]"意色举止，不异于常。

【注释】

①谢公：即谢安，字安石，详见《德行》第33则注③。俄而：不久，一会儿。谢玄：谢安的侄子，字幼度，详见《言语》第78则注③。淮上：淮水上，指战场上。按：公元383年，前秦苻坚企图灭晋，发动淝水之战，军队号称有百万之众，屯驻淮水、淝水间；当时谢安以征讨大都督的身份负责军事，派他弟弟谢石、侄儿谢玄和谢琰等率军在淝水抵抗苻坚军队，获得大胜。

②竟：终了，完毕。向局：面向棋局。

③利害：指战争的胜负。小儿辈：指子侄一辈，晚辈们；因谢玄是谢安侄子，所以谢安称为"小儿辈"。

【译文】

谢安和客人下围棋，一会儿谢玄从淮水战场上派出的信使到了，谢安看完信，默不作声，又慢慢地转向棋局下起棋来。客人问他战场上的胜败情况，谢安回答说："晚辈们已经大破贼兵。"说话间，神色举止和平时没有两样。

36. 王子猷、子敬曾俱坐一室，上忽发火①。子猷遽走避，不惶取屐②；子敬神色恬然，徐唤左右，扶凭而出，不异平常③。世以此定二王神宇④。

【注释】

①王子猷：王徽之，字子猷，王羲之第五子，善于书法，历任车骑参军、大司马参军、黄门侍郎等职，后弃官东归，居于山阴（今浙江绍兴）。子敬：王献之，字子敬，王羲之第七子，详见《德行》第39则注①。上：指房顶上。发火：起火，着火。

②遽：匆忙，仓促。不惶：没有时间；惶，通"遑"，空闲，闲暇。

③扶凭：扶持，搀扶。

④神宇：神态器宇，气度。

【译文】

王子猷和王子敬兄弟俩曾经同坐在一个房间里，房顶上忽然起火了。子猷急忙逃避，匆忙间连木板鞋也没有时间穿上；子敬却神色安然，从容地叫来随从，搀扶着走出房去，就跟平时一样。世人从这件事上判定出二王神态器宇的高下。

37. 苻坚游魂近境①，谢太傅谓子敬曰："可将当轴，了其此处。②"

【注释】

①苻坚：十六国时期前秦的君主，详见《言语》第94则注②。游魂：

游荡的魂魄，是对敌寇的憎称，类似鬼子。

②谢太傅：即谢安，字安石，死后追赠为太傅。子敬：王献之，字子敬，详见《德行》第39则注①。将：作为将领。当轴：指执掌主要权力者，朝廷中的当权人物。了：了结，消灭。

【译文】

苻坚率领的鬼子兵逼近边境，太傅谢安对王子敬说："可以任用一个当权人物作为将领，率领军队将敌人消灭于此地。"

38．王僧弥、谢车骑共王小奴许集①。僧弥举酒劝谢云："奉使君一觞。②"谢曰："可尔。"僧弥勃然起，作色曰："汝故是吴兴溪中钓碣耳，何敢诪张③！"谢徐抚掌而笑曰："卫军④，僧弥殊不肃省，乃侵陵上国也⑤。"

【注释】

①王僧弥：王珉，字季琰，小名僧弥，王导之孙，详见《政事》第24则注③。谢车骑：即谢玄，字幼度，小字羯，一说遏，死后追赠车骑将军，详见《言语》第78则注③。王小奴：王荟，字敬文，小字小奴，王导第六子，王珉的叔父，详见《雅量》第26则注①。许：处所。集：聚会。

②使君：对州郡长官的尊称；谢玄曾任兖州刺史、徐州刺史等职，故称之为使君。觞(shāng)：古代酒器，相当于酒杯。

③勃然：盛怒的样子。钓碣：意为钓鱼的羯奴。诪(zhōu)张：欺骗，胡说。按：余嘉锡《世说新语笺疏》中说："盖羯、碣通用……故王珉就其小字生义，诋为吴兴溪中钓碣，言汝不过钓鱼之羯奴耳。"羯族是当时北方少数民族，有野蛮嗜杀之名，流落南方的多为家奴，称为羯奴；谢玄叔父谢安，曾任吴兴太守，当时谢玄年少，曾随叔父住在吴兴，且谢玄喜欢钓鱼，故王珉称谢玄为吴兴溪中钓碣，这里既直称他的小名，又蔑视地称他为垂钓贱民。

④卫军：指王荟，曾任镇军将军，死后追赠卫将军。按：这里谢玄以卫军称呼王荟，似不妥当，应当称其为镇军。

⑤肃省：严肃、明白。侵陵：同“侵凌”，侵犯、欺凌。上国：指春秋时中原各国，是相对周围的夷狄等部族而言，这里谢玄用来指代自己。按：因为佛教是从印度传入中国，王珉小名为“僧弥”，和尚之意，谢玄也是利用他的小名，开玩笑称他非中原人士；僧弥以谢对他不礼貌而生气，当面称谢为垂钓贱民，而谢则以玩笑对待，可谓有雅量。

【译文】

王僧弥和车骑将军谢玄一起到王小奴家聚会，僧弥举起酒杯向谢玄劝酒说：“敬使君您一杯酒。”谢玄说：“可以这样。”僧弥生气地站起来，满脸怒色地说：“你原先不过是吴兴山溪里垂钓的碣奴罢了，怎么敢这样胡言乱语！”谢玄慢慢拍着巴掌笑道：“卫军，你看你侄子僧弥，太不庄重，太不懂事了，竟敢侵犯欺凌上国的人呀。”

39. 王东亭为桓宣武主簿[1]，既承藉，有美誉，公甚欲其人地为一府之望[2]。初，见谢失仪[3]，而神色自若，坐上宾客即相贬笑。公曰：“不然，观其情貌，必自不凡。吾当试之。”后因月朝阁下伏，公于内走马直出突之，左右皆宕仆，而王不动[4]。名价于是大重，咸云：“是公辅器也。[5]”

【注释】

①王东亭：即王珣，字元琳，丞相王导之孙，曾因功封东亭侯，故称王东亭，详见《言语》第 102 则注②。桓宣武：即桓温，字元子，谥号为宣武，详见《言语》第 55 则注①。

②承藉：指继承、凭借祖先的福荫。人地：人品和门第。望：指被仰望，仰望的榜样。

③谢：询问。仪：礼节。

④月朝：指每月初一下属进见上司。阁：指官署。走马：骑马疾走。宕仆：摇摆跌倒，七倒八歪；宕，同“荡”。

⑤名价：名声身价。公辅器：指相当于三公、辅助大臣一类的人才，

也指可以做宰相的人才。

【译文】

东亭侯王珣担任桓温的主簿，既受到祖辈的福荫，又有美好的声誉，桓温很希望他在人品和门第上都能成为整个官府所敬仰的榜样。当初，他回答桓温问话时，有失礼之处，但是仍神色自若，在座的宾客就贬低嘲笑他。桓温说："不是这样的，看他的神情面貌，他一定不平凡。我要试试他。"后来趁着初一僚属们聚在官署等着进见上司，王珣也在大厅里的时候，桓温就突然从后院骑着马直冲出来，手下的人都给吓得七倒八歪的，王珣却安然不动。于是王珣的名声和身价大为提高，大家都说："这是能做三公、宰辅一类的人才呀！"

40. 太元末，长星见，孝武心甚恶之①。夜，华林园中饮酒，举杯属星云②："长星，劝尔一杯酒。自古何时有万岁天子！"

【注释】

①太元：晋孝武帝时的年号，公元 375—396 年。长星：古星名，类似彗星，有长形光芒。见：同"现"。孝武：指晋孝武帝司马曜，谥号孝武帝，详见《德行》第 46 则注②。按：据记载，太元二十年（395 年）九月出现蓬星（即这里说的长星），古人认为蓬星出现是不吉利的，多预示兵灾，或预示帝王将死。

②华林园：宫苑名，在建康台城，本是吴国的宫苑，东晋时又修整过。属（zhǔ）：通"嘱"，劝说。

【译文】

太元末年，长星出现，晋孝武帝司马曜心里非常厌恶它。当天夜里，他在华林园里饮酒，举杯向长星劝酒说："长星，劝你一杯酒。从古到今，什么时候有过活到万岁的天子！"

41. 殷荆州有所识①，作赋，是束皙慢戏之流②。殷甚以为有才，语王恭："适见新文，甚可观。"便于手巾函中出之③。王读，殷笑之不自胜[4]。王看竟，既不笑，亦不言好恶，但以如意帖之而已[5]。殷怅然自失。

【注释】

①殷荆州：即殷仲堪，官至荆州刺史，故称殷荆州，详见《德行》第40则注①。

②束皙：字广微，阳平元城（今河北大名东）人，西晋文学家、文献学家，博学多闻，善为文辞；曾任著作佐郎、博士、尚书郎等职，后归乡教授门徒，年四十而卒；其作品文笔幽默，撰有《五经通论》《七代通记》《晋书纪志》《三魏人士传》等，明人辑有《束广微集》。慢戏：轻慢戏谑，不庄重，开玩笑。

③王恭：字孝伯，详见《德行》第44则注①。函：盒子，套子。

④自胜：自制，克制自己。

⑤如意：一种象征祥瑞的器物，用金、玉、竹、骨等制作，头灵芝形或云形，柄微曲，供指划用或玩赏。帖：通“贴”，压着。

【译文】

荆州刺史殷仲堪有了点感想，就写成一篇赋，是束皙那种轻慢戏谑一类的文章。殷仲堪自认为很有才华，告诉王恭说：“我刚见到一篇新作，很值得看一看。”说着便从手巾盒子里拿出文章来。王恭读的时候，殷仲堪笑个不停。王恭看完后，既不笑，也不说文章好坏，只是拿个如意压着它罢了。殷仲堪心中觉得怅然若失。

42. 羊绥第二子孚，少有俊才，与谢益寿相好[1]。尝蚤往谢许，未食[2]。俄而王齐、王睹来，既先不相识，王向席有不说色，欲使羊去[3]。羊了不眄，唯脚委几上，咏瞩自若[4]。谢与王叙寒温数语毕，还与羊谈赏[5]，王方悟其奇，乃合共语。须臾食下，二王都不得餐，唯属羊不暇[6]。羊不大应对之，而盛进食，食毕便退。遂苦相留，羊义不住，直云：“向者不得从命，中国尚虚。[7]”

二王是孝伯两弟[8]。

【注释】

①羊绥：字仲彦，泰山人，官至中书侍郎。羊孚：字子道，详见《言语》第 104 则注①。谢益寿：即谢混，字叔源，小字益寿，谢安之孙，详见《言语》第 105 则注①。

②蚤：同“早”。许：处所。

③王齐：王熙，字叔和，小字齐，太原晋阳（今山西太原）人，王恭的二弟，娶鄱阳公主，曾任太子洗马，早卒。王睹：王爽，字季明，小名睹，王恭的四弟，详见《文学》第 101 则注②。向席：走到座位上，入座。说：同“悦”。

④了：完全。眄（miǎn）：斜看。委：放。几：几案，小桌子。咏瞩：吟咏、顾盼。

⑤谈赏：谈论品评。

⑥须臾：片刻。属（zhǔ）：劝酒。

⑦直：通“只”，只是。中国：指腹中。虚：空。

⑧孝伯：王恭，字孝伯，详见《德行》第 44 则注①。

【译文】

羊绥的第二个儿子羊孚，少年时就才智出众，和谢益寿关系很好。有一次，他一大早就到谢家去，还没有吃早饭。一会儿王齐、王睹两兄弟也来了。他们原先不认识羊孚，落了座，脸色就有点不高兴，想让羊孚离开。羊孚完全不看他们俩，只是把脚搭放在小几案上，毫不拘束地吟咏，四处顾盼。谢益寿和王家兄弟寒暄了几句后，回头仍旧和羊孚谈论、品评不已；王家兄弟方才体会出他的不同一般，这才和他一起说话。一会儿饭菜摆上来，二王一点也顾不上吃，只是不停地劝羊孚吃喝。羊孚也不大和他们说话，只是大口大口地吃，吃完便告辞。二王苦苦地挽留，羊孚坚持不肯留下，只是说：“刚才我没有顺从你们的心意马上离开，是因为我的肚子还是空的。”二王是王孝伯的两个弟弟。

识鉴第七

《识鉴》是《世说新语》第七门，共28则。识鉴指有见地和洞察力，具备鉴赏人物的能力。魏晋时代，注重人物品评，而进行人物品评的前提，是要具备识鉴能力。本门主要记载了魏晋时代具备识鉴能力的人物以及他们的言行，主要可以分为以下两类：首先，主要记载了对人物具备识鉴能力、并做出准确预判的人物及其言行，他们通过言行举止、风采面貌、品德才能等，对人物做出准确的鉴赏，或对其将来的成就做出正确的预测，如乔玄、羊祜、卫瓘等。其次，本门还记载了对事件发展具有识鉴能力的人物及其言行，他们具备敏锐的洞察力和预见性，能够见微知著，预见国家的兴亡、世事的得失，如山涛、石勒、王蕴等。

1. 曹公少时见乔玄①，玄谓曰："天下方乱，群雄虎争，拨而理之，非君乎！然君实乱世之英雄，治世之奸贼②。恨吾老矣，不见君富贵，当以子孙相累。③"

【注释】

①曹公：即曹操，详见《言语》第8则注②。乔玄：字公祖，梁国睢阳县(今河南商丘)人，东汉时期名臣，不畏权势，善于识人；历任汉阳太守、将作大匠、度辽将军、河南尹、司空、司徒、尚书令、光禄大夫、太尉等职；卒于184年。

②拨：治理，整顿。治世：太平盛世。

③累：拖累，指把子孙托付给他。

【译文】

曹操年轻时去拜见乔玄，乔玄对他说："天下正动乱不定，各路豪雄如猛虎般激烈相争，能整顿乱象、治理国家的人，难道不是您吗！但是您确实是乱世中的英雄，盛世中的奸贼啊。遗憾的是我老了，看不到您富贵的那一天，我想要把我的子孙托付给您。”

2. 曹公问裴潜曰①：“卿昔与刘备共在荆州，卿以备才如何？②”潜曰：“使居中国，能乱人，不能为治③；若乘边守险，足为一方之主。④”

【注释】

①曹公：即曹操，字孟德，详见《言语》第 8 则注②。裴潜：字文行，河东闻喜（今山西闻喜）人，善于识人；曾任丞相府军参谋、沛国相、兖州刺史、魏郡太守、荆州刺史、河南尹、尚书令、光禄大夫等职，封清阳亭侯；死后追封太常，谥号贞侯。

②刘备：字玄德，幽州涿郡（今河北涿州）人，蜀汉开国皇帝；早期颠沛流离，投靠过多个诸侯，221 年，在成都称帝，国号汉，史称蜀或蜀汉；223 年，病逝于白帝城，谥号昭烈皇帝，庙号烈祖（一说太宗）。按：裴潜曾避乱荆州，投奔刘表，刘备也曾依附刘表，曹操指的就是此事。

③中国：指中原一带。治：指社会安定。

④乘边：指防守边境。方：地区，地域。

【译文】

曹操问裴潜道：“你过去和刘备一起都在荆州，你认为刘备的才干怎么样？”裴潜说：“如果让他治理中原地带，会扰乱百姓，不能达到社会安定太平；如果让他防守边疆，防守险要地区，就完全能够成为一个地域的霸主。”

3. 何晏、邓飏、夏侯玄并求傅嘏交，而嘏终不许①。诸人乃因荀粲说合之②，谓嘏曰：“夏侯太初，一时之杰士，虚心于子，而卿意怀不可交。合则好成，不合则致隙③。二贤若穆，则国之休[④]。此蔺相如所以下廉颇也。[⑤]”傅曰：“夏侯太初，志大心劳，能合虚誉，诚所谓利口覆国之人[⑥]。何晏、邓飏，有为而躁，博而寡要，外好利而内无关龠，贵同恶异，多言而妒前[⑦]。多言多衅，妒前无亲[⑧]。以吾观之，此三贤者，皆败德之人耳，远之犹恐罹祸，况可亲之邪！[⑨]”后皆如其言。

【注释】

①何晏：字平叔，详见《言语》第14则注①。邓飏（yáng）：字玄茂，南阳宛人，为人贪财，曾任中书郎、侍中、尚书等职，后因党附曹爽，被诛。夏侯玄：字太初，详见《方正》第6则注①。傅嘏（gǔ）：字兰硕，详见《文学》第9则注①。按：何晏等三人在当时名位都很高，傅嘏那时名位未显，三人不一定会和傅嘏结交，此则故事未必属实。

②因：通过。荀粲：字奉倩，详见《文学》第9则注②。

③好成：指有了交谊。致隙：产生裂痕。

④穆：和睦。休：吉庆、福禄。

⑤下：在下，指退让。按：蔺相如是战国时赵国人，因为完璧归赵和渑池相会的功劳，被拜为上卿，地位在大将廉颇之上，廉颇不服，总想羞辱他，他以国家利益为重，不愿做两虎相争之事，总是回避廉颇；廉颇听说后，很受感动，向他负荆请罪。

⑥心劳：心思劳累，即用尽心思。虚誉：虚假的名声。利口覆国：用锋利的言辞来倾覆国家；语出《论语·阳货》：“恶利口之覆邦家者。”

⑦有为：有作为。寡要：指不得要领。关龠（yuè）：门闩、锁钥，这里指检点约束。妒前：嫉妒比自己优秀的人。

⑧衅：祸患，祸乱。

⑨罹祸：遭受灾祸。

【译文】

何晏、邓飏、夏侯玄都希望和傅嘏结交为朋友，可是傅嘏始终没有答应。他们便通过荀粲去说合。荀粲对傅嘏说：“夏侯太初是一代的俊杰之士，虚心地希望能与你结交，而你心里却不愿意和他交往。如果你们能结交，两人就有了情谊；如果不行，彼此间就会产生裂痕。两位贤人如果能和睦相处，就是国家的福禄。这就是蔺相如之所以对廉颇退让的原因。”傅嘏说：“夏侯太初志向远大，会用尽心思去达到自己的目的，很能迎合虚假的名声的需要，确实是所说的那种能用锋利的言辞来倾覆国家的人。何晏和邓飏，有作为却很急躁，知识广博却不得要领，对外喜欢得到好处，对自己却不加检点约束，重视和自己意见相同的人，讨厌意见不同的人，好发表言论，却忌妒比自己优秀的人。发表的言论多，容易招致的祸患也多；忌妒别人胜过自己，就会没有人愿意亲近自己。依我看来，这三位贤人，都不过是败坏道德的人罢了，离他们远远的还怕遭受遭祸，何况是去亲近他们呢！”后来事实果然都像傅嘏所说的那样。

4. 晋武帝讲武于宣武场，帝欲偃武修文，亲自临幸，悉召群臣①。山公谓不宜尔，因与诸尚书言孙、吴用兵本意，遂究论，举坐无不咨嗟②。皆曰：“山少傅乃天下名言。”后诸王骄汰，轻遘祸难，于是寇盗处处蚁合，郡国多以无备不能制服，遂渐炽盛，皆如公言③。时人以谓山涛不学孙、吴，而暗与之理会④。王夷甫亦叹云：“公暗与道合。⑤”

【注释】

①晋武帝：司马炎，谥号武皇帝，史称晋武帝，详见《德行》第 17 则注③。讲武：讲授并练习武艺。宣武场：操场名，在洛阳宣武观北面。偃武修文：停止武事，振兴文教。临幸：特指帝王亲自到达某处。

②山公：即山涛，字巨源，曾任太子少傅，故下文称山少傅，详见《言语》第 78 则注①。孙、吴：指孙武、吴起，都是擅长兵法的人；孙武是春秋时期齐国人，著名军事家，尊称“兵圣”，所著《孙子兵法》被誉为“兵学圣典”；吴起是战国初期军事家，卫国人，历仕鲁、魏、楚三国，现存《吴子兵法》六篇；后世将《孙子兵法》和《吴子兵法》合称为《孙吴兵法》，将两人并

称为“孙吴”。究论：研究讨论。咨嗟：赞叹。

③诸王：帝王给同族人封爵的最高一级称“王”，诸王分封的土地，称为国或王国。骄汰：骄恣放纵。轻遘祸难：轻率地造成祸乱，指造成了“八王之乱”；遘，通“构”，构成，造成。蚁合：像蚂蚁般纷纷集结，形容集结者之多。无备：缺乏武装力量和武器装备。按：西晋开国之初大封宗室，分封二十七个同姓王，以郡为国，诸王手握封国的军政大权，晋武帝死后，诸王为夺权互相攻杀，内讧达十六年，史称“八王之乱”。

④以谓：以为，认为。理会：理合，道理上相合。

⑤王夷甫：王衍，字夷甫，详见《言语》第23则注②。

【译文】

晋武帝司马炎命令军队在宣武场讲授并练习武艺，他想停止武事，振兴文教，所以亲自到场，并且把群臣都召集来了。山涛认为不宜这样做，便和诸位尚书谈论孙武、吴起用兵的本意，他认真地和大家研究探讨，满座的人听了他的言论没有不赞叹的。大家都说：“山少傅所谈论的才是天下的名言。”后来诸王骄恣放纵，轻率地造成祸乱，于是兵匪盗贼到处像蚂蚁一样纷纷聚合起来，各个郡国多数因为缺乏武装力量和武器装备而不能制服他们，终于逐渐猖獗蔓延开来，正像山涛所说的那样。当时人们认为山涛虽然不学孙、吴兵法，可是和他们的见解自然而然地相暗合了。王夷甫也慨叹道：“山公所说的和常理相契合。”

5. 王夷甫父乂为平北将军，有公事，使行人论，不得①。时夷甫在京师，命驾见仆射羊祜、尚书山涛②。夷甫时总角，姿才秀异，叙致既快，事加有理，涛甚奇之③。既退，看之不辍，乃叹曰：“生儿不当如王夷甫邪？”羊祜曰：“乱天下者，必此子也。”

【注释】

①王夷甫：王衍，字夷甫，详见《言语》第23则注②。王乂（yì）：字叔元，详见《德行》第26则注③。行人：指使者，奉命执行任务的人。论：陈述，这里指向上陈述。

②羊祜：字叔子，曾任尚书左仆射，详见《言语》第 86 则注②。山涛：字巨源，曾任尚书，详见《言语》第 78 则注①。

③总角：指未成年时；据《晋书·王衍传》记载，当时王衍 14 岁。叙致：叙述事例。

【译文】

王夷甫的父亲王乂，担任平北将军，曾经有件公事，派人去上报，但没找到合适的人来办理。当时王夷甫在京都，就坐车去拜见尚书左仆射羊祜和尚书山涛。王夷甫当时还是少年，风姿才华均优于常人，不但叙述事情干脆利落，而且说明事理时理由充分，所以山涛认为他很不寻常。王夷甫告退后，山涛还是一直不停地看着他，感叹地说："生儿子难道不该像王夷甫吗？"羊祜却说："扰乱天下的一定是这个人。"

6.潘阳仲见王敦小时[①]，谓曰："君蜂目已露，但豺声未振耳[②]。必能食人，亦当为人所食。[③]"

【注释】

①潘阳仲：潘滔，字阳仲，荥阳人，初为愍怀太子洗马，后被东海王司马越引为心腹，与刘舆、裴邈合称"越府三才"，官至河南尹，死于永嘉之乱。王敦：字处仲，详见《言语》第 37 则注①。

②蜂目：眼睛像胡蜂，形容相貌凶悍。豺声：声音像豺狼的声音，比喻凶恶残忍者的声音。振：扬起。按：刘孝标注曰："《春秋传》曰：'楚令尹子上谓世子商臣，蜂目而豺声，忍人也。'"忍人，指心肠残忍的人。

③"必能"句：指会杀害别人，也会被人杀掉。

【译文】

潘阳仲看见王敦小时候的样子，就对他说："你已经显露出了胡蜂一样的眼神，只是还没有发出豺狼般的声音。你将来一定能吃掉他人，也会被他人吃掉。"

7.石勒不知书，使人读《汉书》[①]。闻郦食其劝立六国后，刻

印将授之，大惊曰："此法当失，云何得遂有天下！[2]"至留侯谏[3]，乃曰："赖有此耳！"

【注释】

①石勒：字世龙，小字匐勒，羯族，上党武乡（今山西榆社）人，十六国时期后赵建立者，史称后赵明帝；319 年称赵王，都襄国；330 年自称大赵天王，行皇帝事，九月正式称帝；333 年病逝，享年 60 岁，庙号高祖，谥号明皇帝。知书：有知识，这里指识字。《汉书》：东汉班固撰，记载西汉王朝主要事迹的史书。

②郦食其：是汉高祖刘邦的谋士，以其三寸之舌游说列国，为刘邦的统一天下做出重大贡献，尤其是在楚汉战争后期，成功游说齐国归顺。按：楚汉之争中，项羽把刘邦困在荥阳，郦食其向刘邦献计，大封战国时代六国的后代，想以此壮大自己的势力，阻挠项羽的扩张；刘邦马上下令刻印章，准备加封六国之后。云何：为何，为什么。

③留侯：张良，字子房，刘邦谋士，死后被封为留侯，详见《言语》第 23 则注⑦。

【译文】

石勒不认识字，让别人读《汉书》给他听。当他听到郦食其劝刘邦把六国的后代立为王侯，而且刘邦马上下令雕刻印章，将要授予六国王族后代爵位时，大惊失色，说道："这种做法会失去天下，为什么他最终又得到天下了呢！"当听到留侯张良劝阻刘邦这样做时，便说："幸亏有这个人呀！"

8. 卫玠年五岁，神衿可爱[1]。祖太保曰："此儿有异，顾吾老，不见其大耳！[2]"

【注释】

①卫玠：字叔宝，详见《言语》第 32 则注②。神衿（jīn）：神情气度。

②祖太保：指卫玠的祖父卫瓘（guàn），字伯玉，河东安邑（今山西夏

县北)人,善隶书及章草;曹魏时,历任散骑常侍、侍中、廷尉、镇东将军等职,封菑阳侯;西晋建立后,晋爵菑阳公,历任青州刺史、幽州刺史、尚书令、司空、太保等职;291 年,贾后唆使楚王司马玮矫诏诛杀卫瓘一门,享年 72 岁。顾:但是,不过。

【译文】

卫玠五岁时,神情气度很是可爱。他的祖父,太保卫瓘说:"这孩子与众不同,不过我老了,看不到他将来的成就了!"

9.刘越石云①:"华彦夏识能不足,强果有余。②"

【注释】

①刘越石:刘琨,字越石,详见《言语》第 35 则注①。

②华彦夏:华轶,字彦夏,平原高唐人,曹魏太尉华歆曾孙;曾任博士、散骑常侍、留府长史、江州刺史等职;公元 311 年,因不服司马睿指挥而被讨伐,兵败被杀。识能:指见识和才能。强果:指倔强和果敢。

【译文】

刘越石说:"华彦夏见识和才能有所不足,倔强和果敢则有多余。"

10.张季鹰辟齐王东曹掾①,在洛,见秋风起,因思吴中菰菜羹、鲈鱼脍②,曰:"人生贵得适意尔,何能羁宦数千里以要名爵!③"遂命驾便归。俄而齐王败,时人皆谓为见机④。

【注释】

①张季鹰:张翰,字季鹰,吴郡吴县(今江苏苏州)人,性格放纵不拘,时人比之为阮籍,号"江东步兵";齐王司马冏执政时,辟为大司马东曹掾,后以思乡为由,辞官而归。齐王:即司马冏,袭封齐王,"八王之乱"中的一王,晋惠帝时任大司马,辅政,公元 302 年,在诸王的讨伐中被杀,详见《方正》第 17 则注①。东曹:官名,主管二千石长史的调动等事。掾:副官佐或官署属员。

②菰(gū)菜羹:《晋书·张翰传》和《太平御览》均作“菰菜、莼羹”,菰菜、莼羹和鲈鱼脍都为吴中名菜。

③羁宦:寄居在外地做官。要(yāo):求取。

④俄而:不久。见机:看机会,辨形势,洞察事情的苗头。

【译文】

张季鹰担任齐王司马冏的东曹属官,在京都洛阳,他看见秋风起了,便想念起家乡吴中的菰菜、莼羹和鲈鱼脍,说道:“人生最可贵的就是能够顺从心意,怎么能寄居在远离家乡几千里外的地方做官,来求取名声和爵位呢!”于是坐上车就辞官归家乡了。不久齐王司马冏兵败身亡,当时人们都认为张季鹰能洞察事情的苗头。

11.诸葛道明初过江左,自名道明,名亚王、庾之下①。先为临沂令,丞相谓曰:“明府当为黑头公。②”

【注释】

①诸葛道明:诸葛恢,字道明,曾任临沂令,后渡江避难,详见《方正》第25则注①。亚:较差,次一等。王:指王导,字茂弘,官至丞相,即下文称丞相,详见《德行》第27则注③。庾:指庾亮,字元规,详见《德行》第31则注①。

②明府:汉代称太守为明府,晋以后称县令也为明府;王导是临沂人,所以称曾任临沂令的诸葛恢为明府。黑头公:年轻而居高位者,指人极其年少有为。

【译文】

诸葛道明初到江左时,自己起名叫道明,名望仅在王导和庾亮之下。他先前担任临沂县令时,王导就曾对他说:“明府将会在年纪轻轻时就居于高位啊。”

12.王平子素不知眉子①,曰:“志大其量,终当死坞壁间。②”

【注释】

①王平子：王澄，字平子，详见《德行》第23则注①。不知：不相知，没有情谊。眉子：王玄，字眉子，琅邪郡临沂（今山东临沂）人，王衍之子，王澄之侄；曾任东海王司马越掾属、陈留太守等职，后为坞人所害。

②坞（wù）壁：古时为防御而修建的小城堡，又称坞堡。

【译文】

王平子一向对王眉子没有好感，他说："王眉子的志向大过他的气量，终究会死在一个小型城堡里。"

13. 王大将军始下[①]，杨朗苦谏，不从，遂为王致力[②]。乘中鸣云露车径前[③]，曰："听下官鼓音，一进而捷。"王先把其手曰："事克，当相用为荆州。[④]"既而忘之，以为南郡[⑤]。王败后，明帝收朗，欲杀之[⑥]。帝寻崩，得免。后兼三公，署数十人为官属[⑦]。此诸人当时并无名，后皆被知遇[⑧]。于时称其知人。

【注释】

①王大将军：指王敦，字处仲，曾任大将军，详见《言语》第37则注①。按：本句指晋明帝时王敦起兵反叛、东下京都一事。

②杨朗：字世彦，弘农人，有器识有才量，曾任南郡太守，官至雍州刺史。致力：尽力，竭力。

③中鸣云露车：古代战车的一种，又叫楼车，车上有望楼，用以窥探敌人的虚实。中鸣，指战车中设置鼓锣，以指挥军队进退。

④把：握着。克：攻克，战胜。为荆州：指为荆州刺史。

⑤以为南郡：以其为南郡太守。

⑥明帝：晋明帝司马绍，详见《方正》第23则注③。收：逮捕。

⑦三公：官名，指三公曹尚书，主管典选。署：任命。官属：官府属官。按：三公曹尚书是西晋时官职，东晋时已经撤销，杨朗是东晋人，似不可能任三公曹尚书。

⑧知遇：赏识，厚待。

【译文】

大将军王敦刚要进军京都的时候，杨朗极力劝阻他，他没有听从劝告，杨朗最终为他尽力做事。在进攻时，杨朗坐着中鸣云露车径直到王敦面前，说："听下官的鼓声，一旦进攻就能获得胜利。"王敦握住他的手，预先告诉他说："战事胜利了，我要任用你为荆州刺史。"很快王敦就忘了这话，把杨朗派到南郡做太守。王敦失败后，晋明帝司马绍下令逮捕了杨朗，想杀掉他。但不久晋明帝就死了，杨朗才得到赦免。后来杨朗兼任三公曹尚书，任用了几十人做属官。这些人在当时都没有什么名气，后来又都得到他的赏识并被重用。当时人们称赞他善于识别人才。

14.周伯仁母冬至举酒赐三子曰[①]："吾本谓度江托足无所，尔家有相，尔等并罗列吾前，复何忧![②]"周嵩起，长跪而泣曰[③]："不如阿母言。伯仁为人志大而才短，名重而识暗，好乘人之弊，此非自全之道。嵩性狼抗，亦不容于世。唯阿奴碌碌，当在阿母目下耳。[④]"

【注释】

①周伯仁：周顗(yǐ)，字伯仁，详见《言语》第30则注②。冬至：二十四节气之一，也是中华民族的一个传统节日，古人重视冬至节，有"冬至大如年"之说，这一天要举行祭祖、家宴、庆贺往来等活动。

②度：通"渡"。有相：有吉相，有福相。

③周嵩：周顗二弟，字仲智，详见《方正》第26则注③。长跪：古人坐时臀部放在脚后跟上，跪时伸直腰和大腿，挺直上身跪着，叫长跪，表示尊敬。

④狼抗：亦作"狼伉"、"狼亢"，傲慢、暴戾。阿奴：尊长对卑幼者以及夫妻间的昵称，这里指他们的三弟周谟。碌碌：平庸的样子，平平常常。

【译文】

周伯仁的母亲在冬至那天的家宴上赐酒给三个儿子，对他们说："我本来以为渡江避难以后没有个立足的地方，好在你们周家有福气，你们几个都在我眼前，我还有什么可担忧的呢！”这时老二周嵩起身，长跪在母亲面前，流着泪说：“并不像母亲说的那样。大哥伯仁为人志向远大而才能欠缺，名声很大而见识短浅，喜欢利用别人的毛病来达到自己的目的，这不是保全自己的做法。我本性傲慢暴戾，也难以受到世人的宽容。只有三弟平平常常，应当会一直在母亲的眼前吧。”

15.王大将军既亡①，王应②欲投世儒③，世儒为江州；王含欲投王舒，舒为荆州④。含语应曰：“大将军平素与江州云何，而汝欲归之！⑤”应曰：“此乃所以宜往也。江州当人强盛时，能抗同异，此非常人所行；及睹衰危，必兴愍恻⑥。荆州守文，岂能作意表行事！⑦”含不从，遂共投舒，舒果沉含父子于江。彬闻应当来，密具船以待之；竟不得来，深以为恨⑧。

【注释】

①王大将军：指王敦，字处仲，曾任大将军，详见《言语》第37则注①。按：本句指王敦起兵造反失利，后病死。

②王应：字安期，琅邪临沂（今山东临沂）人，王敦之侄；王敦无子，以其为嗣，为武卫将军；王敦兵败后，和父亲王含一起投奔王舒，被杀。

③世儒：王彬，字世儒，尚书郎王正之子，荆州刺史王廙之弟，王敦和王导的堂弟；曾任侍中、豫章太守、江州刺史、光禄勋、尚书右仆射等职，赐爵关内侯；卒于官，年五十九，追赠特进、卫将军，加散骑常侍，谥号肃。

④王含：王敦的哥哥，王应的父亲，详见《言语》第37则注②。王舒：字处明，侍御史王会之子，王导和王敦的堂弟；历任北中郎将、廷尉、荆州刺史、湘州刺史、尚书仆射等职，封彭泽县侯；死后赠车骑大将军，谥号穆。

⑤江州：指江州刺史王彬。云何：如何，怎么样。按：据《晋书·王彬传》记载，王敦杀害周顗后，王彬因与周顗亲近友善，前去哭悼，并指责王

敦:“抗旌犯上,杀戮忠良!”后来王敦准备再次起兵时,王彬苦谏不已,王敦因是亲人而再次容忍。

⑥同异:偏义词,指“异”。愍恻:怜悯,恻隐。

⑦荆州:指荆州刺史王舒。守文:遵守成文之法,守法。意表:意料之外。行事:做事,办事。

⑧具:准备,备有。

【译文】

大将军王敦死后,王应想去投奔叔父王世儒,王世儒当时任江州刺史。王含想去投奔堂弟王舒,王舒当时任荆州刺史。王含对儿子王应说:“大将军平时和世儒的关系怎么样,而你却想去投靠他!”王应说:“这才是应该去的原因。江州刺史王彬在伯父王敦强大的时候,能够坚持不同意见,这不是普通人所能做到的;现在看见我们衰败危急时的状况,就一定会产生怜悯恻隐之心。荆州刺史王舒奉公守法,怎么能按意料之外的做法办事呢!”王含没有听他的意见,于是两人便一起投奔荆州刺史王舒,王舒果然把王含父子沉入了长江。王彬听说王应会来,暗地里准备好了船只来等候他们,他们竟然没能来,王彬深感遗憾。

16.武昌孟嘉作庾太尉州从事,已知名[①]。褚太傅有知人鉴,罢豫章还,过武昌[②],问庾曰:“闻孟从事佳,今在此不?”庾云:“试自求之。”褚眄睐良久,指嘉曰:“此君小异,得无是乎?[③]”庾大笑曰:“然。”于时既叹褚之默识,又欣嘉之见赏。[④]”

【注释】

①孟嘉:字万年,江夏郡鄳县(今湖北孝昌)人,娶陶侃第十女,陶渊明外祖父;早年便名扬京师,曾任庐陵郡从事、江州别驾、征西参军等职。庾太尉:庾亮,字元规,死后获赠太尉,详见《德行》第31则注①。按:公元334年,庾亮任征西将军,都督江、荆、豫等六州诸军事,兼领江、荆、豫三州刺史,出镇武昌,征召孟嘉为其所部庐陵郡的从事。

②褚太傅:褚裒,字季野,死后赠太傅,详见《德行》第34则注②。

③眄睐(miǎn lài):观察,打量,目光左右环视。小:通"稍",稍微。得无:莫非,岂不。

④默识:在不言中识别人物。见赏:被赏识。

【译文】

武昌的孟嘉担任太尉庾亮手下的州从事时,已经很有名气了。太傅褚裒有识别他人的能力,他免去豫章太守回家时,路过武昌,去见庾亮,问庾亮道:"听说孟从事很有才华,现在在这里吗?"庾亮说:"在这里,你试着自己找找看。"褚裒目光左右环视观察了很久,指着孟嘉说:"这一位稍微有所不同,莫非就是他吧?"庾亮大笑道:"对的。"当时庾亮既叹服褚裒这种在不言语中识别人物的才能,又高兴孟嘉受到了赏识。

17.戴安道年十余岁,在瓦官寺画①。王长史见之②,曰:"此童非徒能画,亦终当致名。恨吾老,不见其盛时耳!③"

【注释】

①戴安道:戴逵,字安道,详见《雅量》第34则注①。

②王长史:王濛,字仲祖,官至司徒左长史,详见《言语》第54则注④。

③徒:只,仅仅。致名:得到名望。盛时:指盛年,青壮年,即指富贵显达之时。

【译文】

戴安道十几岁时,在京都的瓦官寺画画。司徒左长史王濛看见他,说:"这孩子不只是能画画,将来也会很有名望。遗憾的是我年纪大了,见不到他声名远扬的时候了!"

18.王仲祖、谢仁祖、刘真长俱至丹阳墓所省殷扬州,殊有确然之志①。既反,王、谢相谓曰:"渊源不起,当如苍生何!②"深为忧叹。刘曰:"卿诸人真忧渊源不起邪?"

【注释】

①王仲祖：王濛，字仲祖，详见《言语》第54则注④。谢仁祖：谢尚，字仁祖，详见《言语》第46则注①。刘真长：刘惔，字真长，详见《德行》第35则注①。省(xǐng)：探望，问候。殷扬州：殷浩，字渊源，曾任扬州刺史，故称殷扬州，详见《言语》第80则注②。殊：特别，很。确然：刚强、坚定。按：殷浩年轻时名声就很大，但是隐居长达十年左右，拒绝了多次朝廷的征聘，直至346年才接受征召，出任建武将军、扬州刺史。

②反：通"返"。相谓：交谈，互相谈论。不起：指不出仕。

【译文】

王仲祖、谢仁祖、刘真长三人一起到丹阳郡殷氏墓地去探望扬州刺史殷渊源，谈话中知道他退隐的志向非常坚定不移。回来以后，王仲祖和谢仁祖互相议论说："渊源不愿意出仕，天下苍生该怎么办呢！"两人感到非常忧虑和叹惜。刘真长说："你们这些人真的担心渊源不会出仕吗？"

19. 小庾临终①，自表以子园客为代②。朝廷虑其不从命，未知所遣，乃共议用桓温③。刘尹曰："使伊去，必能克定西楚，然恐不可复制。④"

【注释】

①小庾：指庾翼，字稚恭，庾亮之弟，详见《言语》第53则注①。

②自表：亲自上奏章，自己上表呈请。园客：庾爰(yuán)之，字仲真，小字园客，颍川鄢陵(今河南鄢陵)人，庾翼次子；行事有庾翼之风，后为桓温所废，与兄长庾方之均被流放至豫章，年三十六而卒。按：庾翼当时任征西将军、荆州刺史，后来病重，上奏章推荐二儿子庾爰之接替自己，担任荆州刺史一职。

③从命：遵命，服从命令。桓温：详见《言语》第55则注①。

④刘尹：指刘惔，字真长，官至丹阳尹，详见《德行》第35则注①。克定：安定，平定。西楚：一个区域，各时代所指具体地区不一致，这里指晋

国西部地区。复制：再次控制住。按：庾翼死后，桓温被任为安西将军、荆州刺史，桓温后来独揽朝政达十余年，并操纵了废立之事。

【译文】

庾翼临死时，亲自上奏章推荐自己的儿子园客接任自己荆州刺史一职。朝廷担心庾园客将来可能会不肯服从朝廷的命令，不知该派谁去接任好，于是一同商议用桓温来接任荆州刺史。丹阳尹刘惔说："派他去，一定能安定西部地区，可是恐怕以后就再也控制不住他了。"

20. 桓公将伐蜀①，在事诸贤咸以李势在蜀既久②，承藉累叶，且形据上流，三峡未易可克③。唯刘尹云："伊必能克蜀。观其蒲博，不必得，则不为。④"

【注释】

①桓公：即桓温，字元子，详见《言语》第 55 则注①。按：公元 346 年桓温率军伐蜀，当时蜀国，也即成汉，国君是李势；347 年桓温攻入成都，李势投降，蜀国灭亡。

②在事：居官任事。李势：字子仁，成汉昭文帝李寿长子，十六国时期成汉最后一位皇帝；343 年即位，改元太和；347 年，因东晋大司马桓温率军讨伐蜀国，攻入成都，兵败投降，成汉灭亡；后被迁往晋都建康，封为归义侯，于 361 年去世。

③承藉：同"承籍"，继承先人的仕籍。累叶：累世，好几代。克：攻克。按：自李特起兵反，传至李势，已经六世，四十多年。

④刘尹：即刘惔，字真长，官至丹阳尹，详见《德行》第 35 则注①。伊：他。蒲博：古代的一种博戏，亦泛指赌博。必得：指必胜。

【译文】

桓温将要出兵讨伐蜀地，当时居官任事的贤明人士都认为李势在蜀地已经很久，继承了好几代的基业，而且地理形势又居于上游，长江三峡不是轻易能够攻克的。只有丹阳尹刘真长说："他一定能攻克蜀地。从他进行蒲博游戏时就可以看出，没有必胜的把握，他是不会干的。"

21. 谢公在东山畜妓[1]，简文曰："安石必出。既与人同乐，亦不得不与人同忧。[2]"

【注释】

①谢公：指谢安，字安石，详见《德行》第33则注③。妓：歌女、舞女。按：谢安石隐居会稽郡的东山时，常纵情于山水间，每次出游时，都带着歌舞伎。

②简文：晋简文帝司马昱，详见《德行》第37则注①。出：指出仕。

【译文】

谢安在东山隐居时，还养着歌妓舞妓，简文帝司马昱说："谢安石一定会出仕的。他既会和人同乐，也就不得不和人同忧。"

22. 郗超与谢玄不善[1]。苻坚将问晋鼎[2]，既已狼噬梁、岐[3]，又虎视淮阴矣[4]。于时朝议遣玄北讨，人间颇有异同之论[5]。唯超曰："是必济事。吾昔尝与共在桓宣武府，见使才皆尽，虽履屐之间，亦得其任[6]。以此推之，容必能立勋。[7]"元功既举，时人咸叹超之先觉，又重其不以爱憎匿善[8]。

【注释】

①郗超：字景兴，详见《言语》第59则注④。谢玄：字幼度，详见《言语》第78则注③。不善：不好。

②苻坚：十六国时期前秦的君主，详见《言语》第94则注②。问晋鼎：指夺取晋室政权；传说夏代铸九鼎，后来鼎便成为作为国家权力的象征。

③狼噬：像狼一样吞噬，比喻凶残的侵占。狼噬梁、岐：指晋孝武帝宁康元年(373年)，前秦苻坚攻占梁州、益州之事；岐，可能是"益"字之误。

④虎视淮阴：虎视眈眈地注视着淮阴地区。淮阴，县名，属徐州广陵

郡，在今江苏省淮安县西北。按：公元379年，苻坚再次南犯，沿淮水的各郡县多沦陷；公元383年又大举南侵，企图灭晋；虎视淮阴，即指此期间事。

⑤间：悄悄地，私下里。异同：偏义词，指“异”。

⑥济事：成事。桓宣武：即桓温，谥号宣武，详见《言语》第55则注①。使才：使用人才。履屐之间：比喻小事儿；履屐，指鞋子。

⑦容：容或，或许，也许。立勋：建立功勋。按：郗超曾任桓温的征西府掾，后改任大司马参军，谢玄也曾任桓温的掾属。

⑧元功：大功。先觉：有预见。善：长处。

【译文】

郗超和谢玄关系不好。苻坚打算出兵夺取晋室政权，已经占据了梁州等地，又虎视眈眈地注视着淮阴地区。当时朝廷商议派遣谢玄带兵去北伐苻坚，人们私下里很有些不赞成的论调。只有郗超赞同，他说：“这个人一定能成事。我过去曾经和他一起在桓宣武的军府共事，发现他用人都能让人尽其才，即使是小事儿，也能使各人得到适当的安排。从这里推断，或许他一定能建立功勋。”大功告成以后，当时的人们都赞叹郗超有先见之明，又敬重他不因为个人的爱憎之情而埋没别人的长处。

23. 韩康伯与谢玄亦无深好①。玄北征后，巷议疑其不振②。康伯曰：“此人好名，必能战。”玄闻之甚忿，常于众中厉色曰：“丈夫提千兵，入死地，以事君亲，故发，不得复云为名。③”

【注释】

①韩康伯：韩伯，字康伯，详见《德行》第38则注④。谢玄：字幼度，详见《言语》第78则注③。

②不振：不能振作，不能奋力作战，指打败仗。

③常：通“尝”，曾经。厉色：说话急躁，脸色严厉，形容对人发怒说话时的神情。丈夫：犹言大丈夫，指有所作为的人。提：率领。死地：比喻危险的境地，这里指战场。君亲：君和亲，偏指君主。发：出兵。

【译文】

韩康伯和谢玄也没有什么深的交情。谢玄北上讨伐苻坚后，街谈巷议都怀疑他会打败仗。韩康伯说："这个人重视自己的名声，一定能奋力战胜对方的。"谢玄听到这话非常生气，曾经在众人面前严厉地说道："大丈夫率领千军万马进入战场出生入死，是为了报效君主，所以才出征的，不能再说是为了一己之名。"

24.褚期生少时①，谢公甚知之，恒云："褚期生若不佳者，仆不复相士！②"

【注释】

①褚期生：褚爽，字茂弘，小字期生，河南阳翟（今河南禹县）人，太傅褚裒之孙，好老庄之言；曾任中书郎、义兴太守等职，早卒，因是晋恭帝恭思皇后之父，追赠金紫光禄大夫。

②谢公：指谢安，字安石，详见《德行》第33则注③。仆：谦称，指"我"。相士：观察士人的命相以鉴别人才。

【译文】

褚期生年少的时候，谢安就很赏识他，经常说："褚期生如果将来表现不出众，我就不再鉴别人才了！"

25.郗超与傅瑗周旋①。瑗见其二子，并总发②，超观之良久，谓瑗曰："小者才名皆胜，然保卿家，终当在兄。"即傅亮兄弟也③。

【注释】

①郗超：字景兴，详见《言语》第59则注④。傅瑗：字叔玉，北地灵州（今宁夏吴忠市）人，历任护军长史、安城太守等职。周旋：交际应酬，这里指交往。

②见：引见。总发：即总角，指童年、少年。

③傅亮兄弟：指傅迪和傅亮。傅迪，字长猷，傅瑗长子，傅亮兄长，官至五兵尚书，死后追赠太常。傅亮，字季友，傅瑗幼子，曾任中书令、尚书令等职，后以罪伏诛，详见《文学》第99则注②。

【译文】

郗超和傅瑗有交往。一次，傅瑗叫他两个儿子出来见郗超，两个儿子当时都还是少年，郗超观察兄弟两人很久，对傅瑗说："小的这一个将来才学、名望都要胜过他哥哥，可是保全你们一家的，终究是哥哥。"所说的这两人就是傅亮兄弟俩。

26. 王恭随父在会稽，王大自都来拜墓，恭暂往墓下看之①。二人素善，遂十余日方还。父问恭何故多日②，对曰："与阿大语，蝉连不得归。③"因语之曰："恐阿大非尔之友，终乖爱好。④"果如其言。

【注释】

①王恭：字孝伯，详见《德行》第44则注①。王大：即王忱（chén），字元达，小字佛大，故称王大，详见《德行》第44则注②。

②父：指王蕴，字叔仁，太原晋阳人，司徒左长史王濛之子，晋孝武帝皇后王法慧和王恭之父；历任吴兴太守、徐州刺史、尚书左仆射、丹阳尹、会稽内史等职；384年去世，追赠左光禄大夫。

③蝉连：连续不断。

④尔：你，你的。乖：断绝，隔绝。爱好：感情融洽，这里指友情。按：王忱与王恭后因会稽王司马道子亲信袁悦之离间，关系破裂。

【译文】

王恭跟随他父亲住在会稽郡，王大从京都来会稽扫墓，王恭到墓地去看望他一下。两人一向很要好，王恭索性住了十多天才回家。他父亲王蕴问他为什么住了这么多天，王恭回答说："和阿大谈话，谈起来就停不下来了，没法回来。"他父亲就告诉他说："恐怕阿大不是你的朋友，你们两人终究是要断绝友情的。”后来事实果然和他父亲说的一样。

27.车胤父作南平郡功曹[①],太守王胡之避司马无忌之难,置郡于酆阴[②]。是时胤十余岁,胡之每出,尝于篱中见而异焉。谓胤父曰:“此儿当致高名。”后游集,恒命之[③]。胤长,又为桓宣武所知,清通于多士之世,官至选曹尚书[④]。

【注释】

①车胤:字武子,详见《言语》第90则注③。父:指车育,南平郡(今湖南津市)人,曾任南平郡主簿。功曹:官名,郡守的属官,主管人事,参与政务。

②王胡之:字修龄,详见《言语》第81则注①。司马无忌之难:南郡、河东二郡太守司马无忌的父亲司马承原为湘州刺史,在王敦起兵叛乱时被俘,押送途中,王敦派王廙在半道上把他杀害了;王胡之是王廙的儿子,怕司马无忌为父报仇,故想避开司马无忌。

③游集:游玩、聚会。

④长:长大。桓宣武:即桓温,谥号为宣武,详见《言语》第55则注①。清通:清廉通达。多士:人才众多。选曹尚书:即吏部尚书;吏部在东汉时代称为吏部曹,末期改称选部曹,魏晋以后又称吏部。按:桓温任安西将军、荆州刺史时,召车胤为从事,后来渐渐升任主簿、别驾、征西长史等职,名显于朝廷。

【译文】

车胤的父亲任南平郡的功曹,郡太守王胡之为了避开司马无忌的报复,就把郡的首府设置在酆阴。这时车胤才十多岁。王胡之经常外出,有一次隔着篱笆看见了车胤,觉得他异于常人。王胡之对车胤的父亲车育说:“这孩子将会得到很高的声望。”后来遇有游玩、聚会等事,经常命令车胤一起来参加。车胤长大后,又受到桓温的赏识,在当时那个人才众多的时代里,以清廉通达而知名,官职做到吏部尚书。

28.王忱死,西镇未定,朝贵人人有望[①]。时殷仲堪在门下,虽居机要,资名轻小,人情未以方岳相许[②]。晋孝武欲拔亲近腹心,遂以殷为荆州[③]。事定,诏未出,王珣问殷曰:"陕西何故未有处分?[④]"殷曰:"已有人。"王历问公卿,咸云非[⑤]。王自计才地必应在己[⑥],复问:"非我邪?"殷曰:"亦似非。"其夜诏出用殷。王语所亲曰:"岂有黄门郎而受如此任!仲堪此举,乃是国之亡征。[⑦]"

【注释】

①王忱:字元达,详见《德行》第44则注②。西镇:指荆州,是当时的西部重镇。有望:指寄存希望。按:王忱原任荆州刺史,因为荆州地理位置重要,历来都是派重臣镇守,所以大家都想得到这一职位。

②殷仲堪:详见《德行》第40则注①。门下:官署名,即门下省。机要:机密重要的职务。方岳:四岳,指四方诸侯国,这里指方镇,即镇守一方的长官。按:殷仲堪当时为太子中庶子,职责如同侍中,又兼任黄门侍郎,黄门侍郎是门下省官员。

③晋孝武:指晋孝武帝司马曜,详见《德行》第46则注②。拔:提拔。为荆州:指任荆州刺史。

④王珣:字元琳,当时任尚书左仆射,详见《言语》第102则注②。陕西:指荆州。处分:处理,安排。按:据盛宏《荆州记》云:"自晋室东迁,王居建业,则以荆、扬为京师根本之所寄。荆楚为重镇,上流之所,总拟周之分陕,故有西陕之号焉。"周朝的周公、召公辅佐王室,两人所管辖的地区以王畿陕地分界,周公管陕地以东,召公管陕地以西;而在东晋,护卫首都的两个重镇是西部的荆州和东部的扬州,所以就用周公、召公分陕而治一事来比拟,称荆州为陕西或西陕。

⑤历:逐个。公卿:三公九卿,大官。

⑥自计:犹自忖,自己估量。才地:才能和门第;地,通"第"。

⑦举:提拔。征(zhēng):预兆,迹象。

【译文】

荆州刺史王忱死了，西部重镇荆州新的地方长官的人选还没有决定，朝廷显贵人人都对这个官位寄存着希望。当时殷仲堪在门下省任职，虽然处在机要位置，但是资历较浅，名望微小，大家的心意还不赞成把镇守一方的地方长官的重任交给他。可是晋孝武帝司马曜想要提拔自己的亲信心腹，就委任殷仲堪为荆州刺史。事情已经决定了，但诏令还没有发出。王珣问殷仲堪："荆州刺史一职为什么还没有安排人选？"殷仲堪说："已经有了人选。"王珣就逐个列举朝中高官们的名字，一个个问遍了，殷仲堪都说不是。王珣估量着自己的才能和门第，认为一定是自己了，又问："不是我吧？"殷说："也好像不是。"当天夜里，诏书下达，任用殷仲堪为荆州刺史。王珣对他的亲信说："黄门侍郎哪里能担负起这样的重任！对殷仲堪的这种提拔，就是国家灭亡的预兆啊！"

赏誉第八

《赏誉》是《世说新语》第八门，共156则，也是本书记事则数最多的一门。赏誉指鉴赏并赞誉人物。魏晋时期盛行对人物的品评，本门主要记载了汉末魏晋时对当时人士的鉴赏赞誉。评论的主体，多为当时的名士，他们对评论的客体往往非常熟悉和了解；或者没有明确指向，只谓时人、世人、谚等，指当时大家公认的舆论评价。评论的客体，则为当时的名士。从所收录的评语看，他们所品评的内容大致可以分为四个方面：第一，品德性情；第二，仪态风度；第三，识见才能；第四，为人处世。文中用简练优美的言辞评论名士们的高下优劣，从中可以看出魏晋士族阶层的追求和审美标准。

1. 陈仲举尝叹曰①："若周子居者，真治国之器②。譬诸宝剑，则世之干将。③"

【注释】

①陈仲举：即陈蕃，字仲举，详见《德行》第1则注①。尝：曾经。

②周子居：周乘，字子居，详见《德行》第2则注①。器：人才。

③譬诸：譬之于，譬如，打个比方。干将：传说中的宝剑，相传春秋时吴人干将铸成雌雄双剑，雄剑叫干将，雌剑叫莫邪。

【译文】

陈仲举曾经赞叹说："像周子居这个人，的确是治国的人才。拿宝剑来打个比方，他就是一代宝剑中的干将。"

2. 世目李元礼①："谡谡如劲松下风。②"

【注释】

①目：品评，即评价、评论。李元礼：即李膺，字元礼，详见《德行》第4则注①。

②谡谡（sù sù）：象声词，形容风声强劲有力。劲松：苍劲挺拔的松树。

【译文】

世人评论李元礼说："像苍劲挺拔的松树下强劲有力的疾风。"

3. 谢子微[1]见许子将兄弟[2]，曰："平舆之渊，有二龙焉。"见许子政弱冠之时，叹曰："若许子政者，有干国之器[3]。正色忠謇，则陈仲举之匹[4]。伐恶退不肖，范孟博之风。[5]"

【注释】

①谢子微：谢甄，字子微，汝南邵陵（今河南漯河）人，东汉名士，高才远识，善于人物品鉴，曾任豫章从事。

②许子将兄弟：指许虔和许劭。许虔，字子政，东汉末年汝南平舆（今河南平舆县）人，许劭兄长，兄弟二人被合称为"平舆二龙"。许劭，字子将，著名人物评论家，评价曹操为"清平之奸贼，乱世之英雄"；曾任郡功曹，后南渡投靠扬州牧刘繇，并随其逃往豫章，在豫章去世。

③弱冠：男子20岁称弱冠，指年轻时。干（gàn）国：治国。器：才能，才干。

④正色：态度严肃，神态庄重。忠謇（jiǎn）：亦作"忠蹇"，忠诚正直。陈仲举：即陈蕃，字仲举，详见《德行》第1则注①。匹：匹敌，相当，比得上。

⑤伐：查究，处治。退：罢免斥退。范孟博：范滂（pāng），字孟博，东汉汝南征羌（今河南漯河）人，有肃清天下之志，曾任清诏使、光禄勋主事、汝南郡功曹等职，后死于党锢之争。风：风度，风范。

【译文】

谢子微看见许子将、许子政兄弟俩，便说："平舆县的深潭里有两条龙啊。”他看见许子政年轻时的样子，赞叹说：“像许子政这个人，有治国的才能。态度严肃，忠诚正直，这方面和陈仲举相当；处治坏人，罢免斥退品行不端的人，这方面又有范孟博的风范。”

4.公孙度[①]目邴原[②]：“所谓云中白鹤，非燕雀之网所能罗也。[③]”

【注释】

①公孙度：字升济，辽东襄平（今辽宁辽阳）人，东汉末年辽东地区割据军阀；少时随父迁居玄菟郡，历任玄菟小吏、尚书郎、冀州刺史、辽东太守等职；后因中原地区董卓乱起，各地军阀无暇东顾，趁机自立为辽东侯、平州牧；204年病逝。

②邴(bǐng)原：字根矩，东汉末北海朱虚（今山东临朐东）人，家贫早孤，曾避乱辽东，历任东阁祭酒、丞相征事、五官将长史等职；后随曹操征吴，于途中去世。

③罗：原义是捕鸟的网，这里指张网捕捉。按：邴原避乱辽东时，受到辽东太守公孙度的礼遇，想回家乡时，被公孙度禁止，后偷偷溜走，吏役想去追回他，公孙度说他是云中白鹤，是无法挽留的。

【译文】

公孙度评论邴原说：“他就是所说的云中白鹤，不是用捕捉燕雀的网所能捕捉到的。”

5.钟士季目王安丰“阿戎了了解人意”[①]，谓“裴公之谈，经日不竭”[②]。吏部郎阙，文帝问其人于钟会[③]，会曰：“裴楷清通，王戎简要，皆其选也。[④]”于是用裴。

【注释】

①钟士季：钟会，字士季，详见《言语》第11则注②。王安丰：王戎，字濬冲，因功封安丰县侯，故称王安丰，详见《德行》第16则注①。了了：

指心里明白，清清楚楚，通达。

②裴公：指裴楷，字叔则，详见《德行》第18则注④。

③文帝：即司马昭，其子司马炎称帝后，追谥为文帝，详见《德行》第15则注①。

④清通：清廉通达。简要：简约扼要。

【译文】

钟士季评论安丰侯王戎说："阿戎清清楚楚地懂得别人的心意。"又评论裴楷说："裴公善谈，可以说一整天也说不完。"吏部郎这个职位空出来了，晋文帝司马昭问钟会谁是适当的人选，钟会回答说："裴楷为人清廉通达，王戎言谈处事简约扼要，都是适当的人选。"于是文帝选用了裴楷。

6. 王濬冲、裴叔则二人总角诣钟士季，须臾去后，客问钟曰："向二童何如？[①]"钟曰："裴楷清通，王戎简要。后二十年，此二贤当为吏部尚书。冀尔时天下无滞才。[②]"

【注释】

①王濬冲：王戎，字濬冲，详见《德行》第16则注①。裴叔则：指裴楷，字叔则，详见《德行》第18则注④。总角：指儿童时期。诣：造访，拜访。钟士季：钟会，字士季，详见《言语》第11则注②。须臾：不久，一会儿。向：刚才。

②冀：希望。尔时：到那个时候。滞才：被遗漏的人才。按：吏部掌管官吏的任免、考课、升降、调动等事务。

【译文】

王戎、裴楷两人在童年时去拜访钟士季，一会儿就走了。他俩走后，有位客人问钟士季说："刚才那两个小孩怎么样？"钟士季说："裴楷清廉通达，王戎简约扼要。二十年以后，这两位贤才应当会升到吏部尚书一职。希望那时候天下没有被遗漏的人才。"

7.谚曰[①]:"后来领袖有裴秀。[②]"

【注释】

①谚:在群众间流传的谚语。

②裴秀:字季彦,魏晋时期河东闻喜(今山西闻喜县)人;世袭父爵清阳亭侯,少有名气,曾任黄门侍郎、廷尉正、散骑常侍、尚书仆射、尚书令等职,封济川侯;西晋建立后,加任左光禄大夫,封钜鹿郡公,后升任司空;271年离世,谥号元;著有文集三卷,所作《禹贡地域图》,开创了中国古代地图绘制学。

【译文】

谚语说:"后辈中成长起来的领袖人物有裴秀。"

8.裴令公目夏侯太初[①]:"肃肃如入廊庙中,不修敬而人自敬。[②]"一曰:"如入宗庙,琅琅但见礼乐器。[③]""见钟士季,如观武库,但睹矛戟[④]。见傅兰硕,江廧靡所不有[⑤]。见山巨源,如登山临下,幽然深远。[⑥]"

【注释】

①裴令公:裴楷,字叔则,曾任中书令,故称裴令公,详见《德行》第18则注④。夏侯太初:夏侯玄,字太初,详见《方正》第6则注①。

②肃肃:形容恭敬。廊庙:指殿下屋和太庙,后指代朝廷。修敬:恭敬有礼。按:"肃肃"句:源自《礼记·檀弓下》:"社稷宗庙之中,未施敬于民而民敬",大意是:并未让人们致敬意,而人们肃然起敬;这里用了原文之意。

③宗庙:古代天子或诸侯祭祀祖先的地方。琅琅(láng):形容金石撞击的声音,这里指玉石的光彩。礼乐器:礼器和乐器,用于祭祀、行礼、奏乐等。

④钟士季:钟会,字士季,详见《言语》第11则注②。武库:武器仓库。但:只,仅,只是。矛戟:矛和戟,这里指代兵器。

⑤傅兰硕：傅嘏，字兰硕，详见《文学》第9则注①。江廧（qiáng）：当作汪翔，《晋书·裴楷传》作"傅嘏汪翔靡所不见"，翔、廧，音近借用，即汪洋，广博，浩大。

⑥山巨源：山涛，字巨源，详见《言语》第78则注①。幽然：形容深远。

【译文】

中书令裴楷评论夏侯太初说："看到他就好像是进入了朝堂一样，恭恭敬敬的，他并没有让人们对他恭敬有礼，人们却自然会对他肃然起敬。"另一种说法是："看到他就好像是进入了宗庙之中，只见全是礼器和乐器，琳琅满目。"又评论说："看见钟士季，好像是在参观武器仓库，满眼的矛和戟，全是兵器。看见傅兰硕，就像是看到一片汪洋大海，浩浩荡荡，无所不有。看见山巨源，就好像是登上山顶往下看，幽然深远啊！"

9.羊公还洛[①]，郭奕为野王令，羊至界，遣人要之，郭便自往[②]。既见，叹曰："羊叔子何必减郭太业！[③]"复往羊许，小悉还，又叹曰："羊叔子去人远矣！[④]"羊既去，郭送之弥日，一举数百里，遂以出境免官[⑤]。复叹曰："羊叔子何必减颜子！[⑥]"

【注释】

①羊公：羊祜，字叔子，详见《言语》第86则注②。

②郭奕：字太业（或泰业），晋太原阳曲（今山西太原）人，郭淮之弟郭镇之子，刘琨的舅父；曾为野王令，官至雍州刺史、尚书，封平陵县男，死后谥曰简。野王：县名，在今河南沁阳。要（yāo）：邀请。自：亲自。

③何必：未必。减：不如，次于。

④许：处所。小悉：少顷，不多久。去人：离开别人，超过别人。

⑤弥日：终日，整天。以：因。

⑥颜子：颜回，孔子最得意的学生。

【译文】

羊祜回洛阳去，路过野王县，当时郭奕任野王县令，羊祜到了野王县的县界，派人去请郭奕来见面，郭奕便亲自前往。见面后，郭奕赞叹说："羊叔子未必不如我郭太业啊！"后来又前往羊祜的住所，不多久便回去了，又赞叹道："羊叔子远远超过一般人啊！"羊祜要离开野王县了，郭奕为他送行，送了一整天，一送就送了几百里，于是因为出了本县地界而被免官。他又赞叹道："羊叔子未必比颜子差啊！"

10. 王戎目山巨源①："如璞玉浑金，人皆钦其宝，莫知名其器。②"

【注释】

①王戎：字安丰，详见《德行》第 16 则注①。山巨源：山涛，字巨源，详见《言语》第 78 则注①。

②璞玉浑金：未经雕琢的玉石和未经提炼的金子，比喻人的品质真纯质朴。钦：敬佩，看重。名：命名。

【译文】

王戎评论山巨源说："山涛就像是未经雕琢的玉石和未经提炼的金子，人人都看重它是宝物，可是没有谁知道该给它取个什么名字。"

11. 羊长和父繇与太傅祜同堂相善，仕至车骑掾，蚤卒①。长和兄弟五人，幼孤。祜来哭，见长和哀容举止，宛若成人，乃叹曰："从兄不亡矣！②"

【注释】

①羊长和：羊忱，字长和，详见《方正》第 19 则注①。羊繇（yáo）：字堪甫，泰山人，羊忱之父，官至车骑掾。太傅祜：即羊祜，字叔子，死后追赠太傅，故称太傅祜，详见《言语》第 86 则注②。同堂：同一祖父。相善：彼此交好。掾：佐助之意，后为副官佐或官署属员的通称。蚤：通"早"。

②哭：指哭丧，儒家礼仪之一。宛：仿佛。从兄：同祖伯叔之子年长于己者，即堂兄。

【译文】

羊长和的父亲羊繇和太傅羊祜是堂兄弟，两人关系很好，羊繇做官做到车骑将军府的属官，死得很早。长和兄弟五人，年纪很小就成了孤儿。羊祜前来哭丧，看见长和那种悲痛的神情举止，仿佛是个成年人，便叹道："堂兄后继有人了！"

12．山公举阮咸为吏部郎①，目曰："清真寡欲，万物不能移也。②"

【注释】

①山公：即山涛，字巨源，曾任吏部尚书，详见《言语》第78则注①。举：推举，举荐。阮咸：字仲容，西晋时期陈留尉氏（今河南开封尉氏县）人，"竹林七贤"之一，阮籍之侄，与阮籍并称为"大小阮"；曾任散骑侍郎、始平太守等职；生平放浪不羁，精通音律，作有《三峡流泉》一曲。

②清真：纯真质朴。移：改变，变动。

【译文】

山涛推荐阮咸出任吏部郎，评论阮咸说："品性纯真质朴，没有多少私欲，任何事物也改变不了他的志向。"

13．王戎目阮文业①："清伦有鉴识，汉元以来未有此人。②"

【注释】

①王戎：字安丰，详见《德行》第16则注①。阮文业：阮武，字文业，陈留尉氏（今河南开封尉氏县）人，阮籍族兄，曾任曹魏清河太守。

②清伦：品行高洁，通晓伦理。鉴识：审察辨识的能力。汉元：汉初；元，开始，开头。

【译文】

王戎评论阮文业说："品行高洁，通晓伦理，有审察辨识的能力，从汉初以来还没有这样的人。"

14.武元夏目裴、王曰[①]:“戎尚约,楷清通。”

【注释】

①武元夏:武陔(gāi),字元夏,沛国竹邑(今安徽宿州市北)人;曾任下邳太守、司隶校尉、太仆卿等职,封薛县侯;西晋成立后,任尚书、左仆射、左光禄大夫等职;谥号定。裴:指裴楷,字叔则,详见《德行》第18则注④。王:指王戎,字安丰,详见《德行》第16则注①。

②尚:注重,尊崇。清通:清廉通达。

【译文】

武元夏评论裴楷、王戎两人说:“王戎注重简约,裴楷清廉通达。”

15.庾子嵩目和峤[①]:“森森如千丈松,虽磊砢有节目,施之大厦,有栋梁之用。[②]”

【注释】

①庾子嵩:庾敳(ái),字子嵩,详见《文学》第15则注①。和峤:字长舆,详见《德行》第17则注①。

②森森:高耸的样子。磊砢:形容众多、堆积的样子。节目:树木枝干交接的地方称之为“节”,树木纹理纠结不顺的地方称之为“目”。栋梁:能做房屋大梁的木材,比喻能担当国家重任的人。

【译文】

庾子嵩评论和峤说:“好像千丈青松那样的高耸入云,虽然枝节众多,且枝干上有纠结不顺的地方,可是用它来盖高楼大厦,还是可以起到栋梁的作用。”

16.王戎云:“太尉神姿高彻,如瑶林琼树,自然是风尘外物。[①]”

【注释】

①王戎:字安丰,详见《德行》第16则注①。太尉:指王衍,字夷甫,

官至太尉，详见《言语》第23则注②。神姿：风姿，风度仪态。高彻：超凡脱俗，奇特明秀。瑶林琼树：仙境中美好洁净的玉树，比喻品行高洁、气度不凡的人。风尘：尘世，世俗。

【译文】

王戎说："太尉王衍的风度仪态超凡脱俗，奇特明秀，好像仙境中美好洁净的玉树，自然是尘世之外的人物。"

17. 王汝南既除所生服，遂停墓所①。兄子济每来拜墓，略不过叔，叔亦不候②。济脱时过，止寒温而已③。后聊试问近事，答对甚有音辞，出济意外，济极惋愕，仍与语，转造精微④。济先略无子侄之敬，既闻其言，不觉懔然，心形俱肃⑤。遂留共语，弥日累夜。济虽俊爽，自视缺然，乃喟然叹曰⑥："家有名士，三十年而不知！"济去，叔送至门。济从骑有一马，绝难乘，少能骑者⑦。济聊问叔："好骑乘不？"曰："亦好尔。"济又使骑难乘马，叔姿形既妙，回策如萦，名骑无以过之⑧。济益叹其难测非复一事。既还，浑问济："何以暂行累日？⑨"济曰："始得一叔。"浑问其故，济具叹述如此。浑曰："何如我？"济曰："济以上人。"武帝每见济，辄以湛调之，曰："卿家痴叔死未？⑩"济常无以答。既而得叔，后武帝又问如前，济曰："臣叔不痴。"称其实美。帝曰："谁比？"济曰："山涛以下，魏舒以上。⑪"于是显名，年二十八始宦。

【注释】

①王汝南：即王湛，字处冲，西晋太原晋阳（今山西太原）人，司徒王浑之弟；历任秦王文学、太子洗马、尚书郎、太子中庶子、汝南内史等职，295年去世。除所生服：为父母守孝期满，脱去孝服。所生，父母，这里指父亲。停：停留，暂时居住。

②兄子济：即王浑之子王济，字武子，司马炎之婿，详见《言语》第24

则注①。略:忽略,省去。过:过访,探望。按:王湛青少年时,少言语,大家以为他是痴呆,王济也瞧不起他,不把他当叔父看待。

③脱:或许,偶尔。止:仅,只。寒温:寒暄。

④聊:姑且。音辞:言谈辞令。惋愕:怅叹惊愕。造:达到。精微:指精深微妙,也指精微之处。

⑤略无:全无,毫无。懔然:形容令人敬畏的神态。心形:心态和举止。肃:恭敬、庄重。

⑥俊爽:才华出众,性格豪爽。缺然:有所不足。喟(kuì)然:长叹的样子。

⑦从骑:骑马的随从。绝:极其,最。乘:骑。

⑧策:马鞭子。萦:围绕盘旋。

⑨浑:即王浑,字玄冲,王济父亲,王湛兄长,太原晋阳(今山西太原)人;承袭父亲京陵侯之位,曹魏时,历任怀县县令、散骑常侍、越骑校尉等职;西晋建立后,历任徐州刺史、豫州刺史、征东大将军、尚书左仆射、司徒等职,晋爵为京陵公;297年逝世,谥号为元公。累日:数日。

⑩武帝:指晋开国皇帝司马炎,谥号武皇帝,史称晋武帝。详见《德行》第17则注③。调:调侃,开玩笑。

⑪山涛:字巨源,详见《言语》第78则注①。魏舒:字阳元,任城樊县(今山东兖州)人;历任渑池县长、相国参军、散骑常侍、冀州刺史、尚书左仆射、司徒等职,封剧阳子,后因年迈逊位,于290年逝世,谥号康。

【译文】

汝南内史王湛守孝期满,脱下孝服后,便留在墓地旁边暂时居住下来。他哥哥王浑的儿子王济每次来扫墓,一般不去看望叔叔,叔叔也不等待他来。王济有时偶尔去看望一下叔叔,也只是寒暄几句罢了。后来姑且试着问问近来的事,王湛回答起来言谈辞令都很不错,让王济感觉出乎意料,他非常惊愕,就继续和他谈论,王湛的言论渐渐达到了精深微妙的境界。王济原先对叔叔完全没有一点晚辈的敬意,听了叔叔的言论后,不觉肃然起敬,神情举止都变得严肃恭谨了。于是王济便留下来和叔叔谈论，一连多日，没日没夜地谈论。两人相处下来，王济虽然才华出众，性情豪爽，却也觉得自己缺少点什么，于是感慨地叹息说："家中有名士，可是近三十年来却一直不知道！"王济要走了，叔叔送他到门口。王济的随从骑的马中有一匹烈马，极难驾驭，很少有人能骑它。王济随口问他叔叔："喜欢骑马吗？"他叔叔说："也喜欢呀。"王济又让叔叔骑那匹难驾驭的烈马，他叔叔不但骑马的姿势美妙，而且甩动起鞭子来也回旋自如，就是著名的骑手也没法超过他。王济更加感叹，叔叔难以估量的长处绝不只有一处。王济回家后，他父亲王浑问他："为什么本来是短时间外出，却出去了好几天？"王济说："我刚刚得到一个叔叔。"王浑问是什么意思，王济就详细地一边赞叹不已，一边述说这几天的情况。王浑问："和我相比怎么样？"王济说："是在我之上的人。"以前晋武帝司马炎每逢见到王济，总是拿王湛来跟他开玩笑，说道："你家的傻子叔叔死了没有？"王济常常没话回答。现在已经了解了这个叔叔，后来晋武帝又像以前那样问他，王济就说："我的叔叔不傻。"并且称赞叔叔各方面都很优秀。武帝问道："可以和谁相比？"王济说："在山涛之下，魏舒之上。"于是王湛的名声就传扬开来，在二十八岁那年才开始做官。

18. 裴仆射，时人谓为言谈之林薮①。

【注释】

①裴仆射：指裴頠，字逸民，曾任尚书左仆射，详见《言语》第 23 则注③。林薮（sǒu）：草木丛聚的地方，比喻事物聚集的处所。

【译文】

尚书左仆射裴頠，当时的人认为他是清谈的聚集地。

19. 张华见褚陶①，语陆平原曰②："君兄弟龙跃云津，顾彦先凤鸣朝阳，谓东南之宝已尽，不意复见褚生。③"陆曰："公未睹不鸣不跃者耳！"

【注释】

①张华：字茂先，详见《德行》第12则注③。褚陶：字季雅，吴郡钱塘（今浙江杭州）人，聪慧好学，藏书多达八千余卷，历任尚书郎、九真太守、中尉等职，年五十五卒。

②陆平原：即陆机，字士衡，吴郡人，曾任平原内史，故称陆平原，详见《言语》第26则注①。

③君兄弟：指陆机和陆云两兄弟。云津：指银河。顾彦先：顾荣，字彦先，吴郡人，与陆机、陆云同时入洛阳，号为“三俊”，详见《德行》第25则注①。东南之宝：指东南方的人才。

【译文】

张华见到褚陶以后，告诉平原内史陆机说：“您兄弟两人像是飞跃银河的神龙，顾彦先像是迎着朝阳鸣叫的凤凰，我以为东南方的人才已经全在这里了，没想到又见到褚生。”陆机说：“这是因为您没有看见过不鸣不跃的人才啊！”

20.有问秀才：“吴旧姓何如?[1]”答曰：“吴府君，圣王之老成，明时之俊乂[2]。朱永长，理物之至德，清选之高望[3]。严仲弼，九皋之鸣鹤，空谷之白驹[4]。顾彦先，八音之琴瑟，五色之龙章[5]。张威伯，岁寒之茂松，幽夜之逸光[6]。陆士衡、士龙，鸿鹄之裴回，悬鼓之待槌[7]。凡此诸君，以洪笔为锄耒，以纸札为良田，以玄默为稼穑，以义理为丰年，以谈论为英华，以忠恕为珍宝[8]。著文章为锦绣，蕴五经为缯帛，坐谦虚为席荐，张义让为帷幕，行仁义为室宇，修道德为广宅。[9]”

【注释】

①秀才：指蔡洪，字叔开，吴郡（今江苏苏州）人，详见《言语》第22则注①。吴旧姓：吴地的世家大族。

②吴府君：吴展，字士季，下邳（今江苏睢宁县）人，在东吴时曾任广

州刺史、吴郡太守等职，故称府君；吴亡后，回到下邳，闭门自守，不交宾客。老成：年高有德之人。明时：政治清明的时代。俊乂(yì)：指才德出众的人。

③朱永长：朱诞，字永长，吴郡人；东吴时官至议郎，吴亡后归家。理物：治理人民。至德：德行最高的人。清选：公开地选拔官员。高望：声望很高的人。

④严仲弼：严隐，字仲弼，吴郡人，东吴时任宛陵令，吴亡后离职。九皋：曲折深远的沼泽，语出《诗经·小雅·鹤鸣》“鹤鸣于九皋，声闻于天”，这里借指名声传得很高很远。白驹：白色骏马，比喻贤人、隐士；语出《诗经·小雅·白驹》“皎皎白驹，在彼空谷”，《疏》云：“贤者隐居，必当潜处山谷。”

⑤顾彦先：顾荣，字彦先，详见《德行》第25则注①。八音：古代对乐器的统称，通常为金、石、丝、竹、匏(páo)、土、革、木八种不同质材所制。琴瑟：乐器，古人认为琴瑟是雅乐正声。五色：青、赤、白、黑、黄五种颜色，古代以此五者为正色；这里指五色交错而成的花纹。龙章：龙纹，章指花纹。

⑥张威伯：张畅，字威伯，吴郡人，禀性坚明，志行清朗。幽夜：漆黑的夜晚。逸光：指四射的光芒。

⑦陆士衡：陆机，字士衡，详见《言语》第26则注①。士龙：陆云，字士龙，陆机的弟弟，详见《方正》第18则注④。鸿鹄：天鹅。裴回：通“徘徊”。悬鼓：悬挂在架上的鼓。槌：敲打。

⑧锄耒(chú lěi)：锄和耒，泛指农具；锄，锄头；耒，古代的一种翻土农具，形如木叉，上有曲柄，下面是犁头，用以松土，可看作犁的前身。札：用来写字的木片。玄默：指清静无为。稼穑：农业劳动。英华：原指美好的花木，这里指美好的声誉。忠恕：一种道德规范，忠指尽心为人，恕指推己及人。

⑨锦绣：花纹色彩精美鲜艳的丝织品。蕴：储藏，积聚。缯帛(zēng bó)：丝绸的统称。席荐：席子和草荐，泛指铺垫物。义让：发扬道义谦

让。帷幕：帐幕，帷幔。室宇：房屋，屋子。

【译文】

有人问秀才蔡洪："吴地的世家大族怎么样？"洪回答说："吴府君，是圣明君主的德高望重的贤臣，政治清明时代的才德出众的人才。朱永长，是治理百姓的官员中德行最高尚的人，公开选拔的官员中声望很高的人。严仲弼，像生活在深远的沼泽中引颈长鸣的白鹤，像隐藏于空旷、深邃的山谷中的白色骏马。顾彦先，像乐器中的琴瑟，五色花纹中的龙纹。张威伯，是寒冬时节里枝繁叶茂的青松，漆黑的深夜里四射的光芒。陆士衡、士龙兄弟，是在高空中盘旋的天鹅，是悬挂在架上等待敲击的大鼓。所有这些名士，把大笔当农具，拿纸张当良田；把清静无为当农业劳动，把掌握义理当丰收；把善于清谈当美好的声誉，把尽心为人、推己及人的道德规范当珍宝。把著述文章当作精美的丝织品，把精通五经当作丝绸；把对人谦虚当作草席，把发扬道义礼让当作帷幕；把推行仁义当作房屋，把加强道德修养当作宽广的宅院。"

21. 人问王夷甫："山巨源义理何如？是谁辈？①"王曰："此人初不肯以谈自居，然不读《老》《庄》，时闻其咏，往往与其旨合。②"

【注释】

①王夷甫：王衍，字夷甫，详见《言语》第 23 则注②。山巨源：山涛，字巨源，详见《言语》第 78 则注①。辈：同一类，同一等级。

②初：全，完全。往往：处处。

【译文】

有人问王夷甫："山巨源谈义理谈得怎么样？是和谁等级相当的？"王夷甫说："这个人完全不肯以清谈家自居，可是他虽然不读《老子》《庄子》，常常听到他的言论，倒是处处和老庄思想相符合的。"

22. 洛中雅雅有三嘏①：刘粹字纯嘏，宏字终嘏，漠字冲嘏，是亲兄弟[2]，王安丰甥，并是王安丰女婿[3]。宏，真长祖也[4]。洛中铮铮冯惠卿，名荪，是播子[5]。荪与邢乔俱司徒李胤外孙，及胤子顺并知名[6]。时称："冯才清，李才明，纯粹邢。[7]"

【注释】

①洛中：洛阳。雅雅：指风雅人士众多。

②三嘏：刘粹，字纯嘏，沛国（今安徽亳州）人，曾任侍中、南中郎将等职；刘宏，字终嘏，曾任秘书监、光禄大夫等职；刘漠，字冲嘏，曾任相国右长史、襄州刺史等职。按：刘氏三兄弟在当时都很有名，西晋首都是洛阳，所以说"洛中雅雅有三嘏"。

③王安丰：王戎，字濬冲，曾因功封安丰县侯，故称王安丰，详见《德行》第16则注①。并：全，全都。按：据刘孝标注云："刘氏谱：刘邠妻，武周女，生粹、宏、漠。非王氏甥。"

④真长：即刘惔，字真长，详见《德行》第35则注①。

⑤铮铮：金属撞击时的响亮声音，用来比喻声名显赫。冯惠卿：冯荪(sūn)，字惠卿，长乐人，少有才名，官至侍中，后为长沙王司马乂所害。播：即冯播，字友声，长乐人，冯荪之父，官至大宗正。

⑥邢乔：字曾伯，河间（今河北沧州）人，有才学，官至司隶校尉。李胤：字宣伯，辽东襄平（今辽宁辽阳）人，魏时曾任安丰太守、御史中丞、西中郎将、河南尹等职，封广陆伯；西晋建立后，晋爵广陆侯，历任吏部尚书、尚书仆射、太子少傅、司隶校尉、司徒等职；282年去世，谥号成。顺：即李顺，字曼长，李胤之子，官至太仆卿。

⑦清：清雅。明：明达。纯粹：纯正完美。

【译文】

洛阳众多的风雅人士中有"三嘏"：刘粹，字纯嘏；刘宏，字终嘏；刘漠，字冲嘏；这三个人是亲兄弟，是安丰侯王戎的外甥，又都是王戎的女婿。其中刘宏就是刘真长的祖父。洛阳声名显赫的人士中有冯惠卿，名荪，是冯播的儿子。冯荪和邢乔都是司徒李胤的外孙，这两人和李胤的儿子李顺都很有名。当时的人称赞说："冯荪才学清雅，李顺才识明达，纯正完美的是邢乔。”

23.卫伯玉为尚书令，见乐广与中朝名士谈议①，奇之，曰："自昔诸人没已来，常恐微言将绝，今乃复闻斯言于君矣！②"命子弟造之，曰："此人，人之水镜也，见之若披云雾睹青天。③"

【注释】

①卫伯玉：卫瓘(guàn)，字伯玉，详见《识鉴》第8则注②。乐广：字彦辅，详见《德行》第23则注④。中朝：指西晋，晋南渡以后，称渡江前为中朝。

②诸人：指何晏、邓飏等清谈家。没(mò)：离世。已来：以来。

③造：造访，拜访。水镜：明澈的镜子，比喻能明察秋毫。青天：指碧蓝的天空。按：王隐《晋书》曰："卫瓘有名理，及与何晏、邓飏等数共谈讲，见广奇之，曰：'每见此人，则莹然犹廓云雾而睹青天。'"

【译文】

卫伯玉任尚书令时，看见乐广和西晋的名士们清谈，认为他不寻常，说道："自从当年何晏、邓飏等那些名士逝世到现在，常常怕清谈就要绝迹，今天竟然从您这里听到这种清谈了！"便叫自己的子侄们去拜访乐广，对子侄们说："这个人，是人们的镜子，看到他，就好像拨开云雾看见碧蓝的天空一样。"

24.王太尉①曰："见裴令公精明朗然，笼盖人上，非凡识也②。若死而可作，当与之同归。③"或云王戎语④。

【注释】

①王太尉：指王衍，字夷甫，官至太尉，详见《言语》第23则注②。

②裴令公：裴楷，字叔则，曾任中书令，故称裴令公，详见《德行》第18则注④。精明：精细明察，聪明。朗然：清澈的样子，明白、明了的样子。笼盖：笼罩，超越。按：裴楷任中书令时，王衍还只是黄门侍郎，所以

称裴楷为令公;王衍为太尉时,裴楷已离世。

③作:起立,这里指死而复生。

④王戎:字濬冲,详见《德行》第16则注①。

【译文】

太尉王衍说:“我认为裴令公精细明察,洞悉世事,超越众人之上,不是见识一般的人呀。如果人死了还能再复活,我要和他为同一目标而努力。”有人说这是王戎说的话。

25.王夷甫自叹:“我与乐令谈,未尝不觉我言为烦。[①]”

【注释】

①王夷甫:指王衍,字夷甫,善于清谈,详见《言语》第23则注②。乐令:乐广,字彦辅,曾任尚书令,故称乐令,详见《德行》第23则注④。按:乐广亦颇善于清谈,且言辞简约,义理深远。

【译文】

王夷甫自己感叹说:“我和乐令清谈时,未尝不觉得我自己的话太烦琐了。”

26.郭子玄有俊才,能言老、庄[①]。庾敳尝称之,每曰:“郭子玄何必减庾子嵩![②]”

【注释】

①郭子玄:郭象,字子玄,详见《文学》第17则注④。

②庾敳(ái):字子嵩,详见《文学》第15则注①。尝:曾经。每:经常,常常。何必:用反问的语气表示未必。减:不足,不到,不如。

【译文】

郭子玄才智出众,善于谈论老庄思想,庾敳曾经称赞过他,而且常常说:“郭子玄未必在我庾子嵩之下!”

27. 王平子目太尉："阿兄形似道，而神锋太俊。[①]"太尉答曰："诚不如卿落落穆穆。[②]"

【注释】

①王平子：王澄，字平子，王衍之弟，详见《德行》第23则注①。太尉：指王衍，字夷甫，官至太尉，详见《言语》第23则注②。道：此处为平和之意。俊：出众，突出。

②落落穆穆：形容豁达大度、举止温和。

【译文】

王平子评论兄长太尉王衍说："哥哥看上去好像很平和，可是为人处世锋芒太突出了。"王衍回答说："我确实比不上你那样豁达大度、举止温和。"

28. 太傅府有三才[①]：刘庆孙长才[②]，潘阳仲大才[③]，裴景声清才[④]。

【注释】

①太傅：指东海王司马越，字元超，306年升任太傅，录尚书事，详见《雅量》第10则注②。

②刘庆孙：刘舆，字庆孙，详见《雅量》第10则注①。长才：指才于综合考核的人才。

③潘阳仲：潘滔，字阳仲，详见《识鉴》第6则注①。大才：指才学广博的人才。

④裴景声：裴邈，字景声，详见《雅量》第11则注①。清才：指品行方正高洁的人才。按：刘孝标注云："《八王故事》曰：'刘舆才长综核，潘滔以博学为名，裴邈强力方正，皆为东海王所昵，俱显一府。'"

【译文】

太傅司马越的府中有三个人才：刘庆孙是个长于综合考核的人才，潘阳仲是个才学广博的人才，裴景声是个品行方正高洁的人才。

29. 林下诸贤，各有俊才子[①]。籍子浑，器量弘旷[②]。康子绍，清远雅正[③]。涛子简，疏通高素[④]；咸子瞻，虚夷有远志[⑤]；瞻弟孚，爽朗多所遗[⑥]。秀子纯、悌，并令淑有清流[⑦]。戎子万子，有大成之风，苗而不秀[⑧]。唯伶子无闻。凡此诸子，唯瞻为冠，绍、简亦见重当世[⑨]。

【注释】

①林下诸贤：指"竹林七贤"，魏时山涛、阮籍、嵇康、向秀、刘伶、阮咸、王戎七人，常常在竹林下聚会，饮酒抒怀，世称"竹林七贤"。

②籍子浑：阮浑，字长成，陈留尉氏(今河南开封)人，阮籍之子，官至太子中庶子，著有文集三卷。弘旷：宏大宽广。

③康子绍：嵇绍，字延祖，嵇康之子，详见《德行》第43则注⑦。清远雅正：志向高洁远大，本性正直。

④涛子简：山简，字季伦，河内怀县(今河南武陟)人，山涛第五子；性格温润典雅，历任太子舍人、青州刺史、侍中、吏部尚书、雍州刺史、尚书左仆射、征南将军等职；312年去世，追赠征南大将军。疏通高素：通达俊爽、高尚清俭。

⑤咸子瞻：阮瞻，字千里，陈留尉氏(今属河南)人，阮咸之子；曾任东海王记室参军、太子舍人等职。虚夷：恬淡寡欲。

⑥瞻弟孚：阮孚，字遥集，阮咸之子，阮瞻之弟，详见《文学》第76则注③。多所遗：指政务多所忽略。按：《晋书·阮孚传》载，阮孚"蓬发饮酒，不以王务婴心"。

⑦秀子纯、悌：即向纯、向悌。向纯，字长悌，向秀长子，官至侍中。向悌，字叔逊，向秀次子，向纯之弟，官至御史中丞。令淑：善良文雅。清流：比喻德行高洁。

⑧戎子万子：即王绥，字万子，王戎之子，曾辟太尉掾，不就，年十九卒。大成：即集大成，集中各个方面达到完备的程度。苗而不秀：庄稼生长了，却未能抽穗开花，语出《论语·子罕》；王戎的儿子王万子人才出众，却在19岁就死了，所以比喻为苗而不秀。

⑨见重：受到重视。

【译文】

竹林七贤中的每个人都有才能出众的儿子。阮籍的儿子阮浑，气量宏大宽广。嵇康的儿子嵇绍，志向高洁远大，本性正直。山涛的儿子山简，通达俊爽，且高尚清俭。阮咸的儿子阮瞻，恬淡寡欲，志向远大。阮瞻的弟弟阮孚，个性爽朗，不受政务牵累。向秀的儿子向纯、向悌，都很善良文雅，德行高洁。王戎的儿子王万子，有集大成的风度，可惜英年早逝了。只有刘伶的儿子默默无闻。在所有这些人里面，唯独阮瞻可居于首位，嵇绍和山简在当时也很受重视。

30.庾子躬有废疾，甚知名①。家在城西，号曰城西公府②。

【注释】

①庾子躬：庾琮(cóng)，字子躬，颍川人，官至太尉掾。废疾：指有残疾不能做事。

②公府：本指三公的府第，庾子躬是太尉(三公之一)的属官，他的住宅也被称为公府。

【译文】

庾子躬身有残疾，可是很有名望。他的住宅在城西，被称为城西公府。

31.王夷甫语乐令①："名士无多人，故当容平子知。②"

【注释】

①王夷甫：指王衍，字夷甫，详见《言语》第23则注②。乐令：乐广，字彦辅，曾任尚书令，故称乐令，详见《德行》第23则注④。

②平子：王澄，字平子，王衍之弟，详见《德行》第23则注①。知：知道，了解，这里指品评，评论。按：王夷甫很看重他弟弟王平子，王平子品评过的人士，王夷甫便不再评论。

【译文】

王夷甫告诉尚书令乐广说："名士没有很多，自然任凭我弟弟王平子来评议。"

32. 王太尉云："郭子玄语议如悬河写水，注而不竭。①"

【注释】

①王太尉：指王衍，字夷甫，官至太尉，详见《言语》第23则注②。郭子玄：郭象，字子玄，详见《文学》第17则注④。语议：言谈议论。悬河：河床比两岸地势高的河流，这里指瀑布。写：通"泻"。注：倒下，流下。

【译文】

太尉王衍说："郭子玄的言谈议论就好像是瀑布倾泻下来，滔滔不绝。"

33. 司马太傅府多名士，一时俊异①。庾文康云："见子嵩在其中，常自神王。②"

【注释】

①司马太傅：指东海王司马越，字元超，曾任太傅，详见《雅量》第10则注②。俊异：异常杰出的人。

②庾文康：即庾亮，字元规，谥号文康，详见《德行》第31则注①。子嵩：庾敳，字子嵩，详见《文学》第15则注①。神王：神清气旺；王，通"旺"。

【译文】

司马越的太傅府里有很多名士，都是当时异常杰出的人物。庾文康说："我觉得子嵩在这些人里面，常常神清气旺。"

34. 太傅东海王镇许昌，以王安期为记室参军，雅相知重①。敕世子毗曰②："夫学之所益者浅，体之所安者深③。闲习礼度，不如式瞻仪形④。讽味遗言,不如亲承音旨⑤。王参军人伦之表,汝其师之⑥。”或曰:“王、赵、邓三参军,人伦之表,汝其师之。”谓安期、邓伯道、赵穆也⑦。袁宏作《名士传》,直云王参军⑧。或云赵家先犹有此本⑨。

【注释】

①太傅东海王:指东海王司马越,曾任太傅,详见《雅量》第10则注②。王安期:王承,字安期,详见《政事》第9则注①。雅:极,甚。知重:赏识,看重。按:306年冬,晋怀帝即位,司马越辅政,因怀帝亲理政事,司马越不能专权,便请求镇守许昌。

②敕:告诫。世子:帝王公卿之子,是地位或爵位的继承人。司马毗:司马越之子,后在永嘉之乱中被石勒所杀。

③安:安置,保留。

④闲习:熟习,掌握熟练;闲,通“娴”。礼度:礼仪法度。式瞻:瞻仰,观看。仪形:仪式。

⑤讽味:讽诵玩味,即背诵和体会。遗言:圣人先贤流传下来的话。音旨:言辞和旨意。

⑥人伦:人类,这里指有才学的人,人才。表:表率,榜样。其:表祈使,可以,应当。师:效仿,学习。

⑦邓伯道:邓攸(yōu),字伯道,详见《德行》第28则注①。赵穆:字季子,汲郡(今河南卫辉市)人,曾任尚书郎、太傅参军、冠军将军、吴郡太守等职,封南乡侯。

⑧袁宏:字彦伯,详见《言语》第83则注①。直:只。

⑨赵家:赵穆家。本:指抄本,副本。

【译文】

太傅东海王司马越镇守许昌的时候,任用王安期做记室参军,非常看重他。司马越告诫自己的儿子司马毗说:“通过学习书本所得到的益处比较浅显,通过体验生活所保留的感受非常深刻。熟练地掌握礼仪法度,不如去好好观看礼节仪式。背诵体味前人的遗训,不如亲自接受贤人的教诲。王参军是人们的榜样，你可以好好向他学习。”有人认为是这样说的：“王、赵、邓三位参军是人们的榜样，你要向他们学习。”这里所说的三位参军，是指王安期、邓伯道、赵穆。袁宏写《名士传》的时候，只说到王参军。有人说赵穆家原先还有这个抄本。

35. 庾太尉少为王眉子所知①。庾过江，叹王曰：“庇其宇下，使人忘寒暑。②”

【注释】

①庾太尉：指庾亮，字元规，死后获赠太尉，详见《德行》第 31 则注①。王眉子：王玄，字眉子，详见《识鉴》第 12 则注①。

②宇下：屋檐下。寒暑：气候的冷和热，即冷暖。

【译文】

太尉庾亮年轻时得到王眉子的赏识。后来庾亮过江避难，赞扬王眉子说：“在他的房檐下得到庇护，使人忘了冷暖。”

36. 谢幼舆①曰：“友人王眉子清通简畅②，嵇延祖弘雅劭长③，董仲道卓荦有致度④。”

【注释】

①谢幼舆：谢鲲，字幼舆，详见《言语》第 46 则注②。

②王眉子：王玄，字眉子，详见《识鉴》第 12 则注①。清通：清廉通达。简畅：简约畅快。

③嵇延祖：嵇绍，字延祖，详见《德行》第 43 则注⑦。弘雅：宽宏高雅。劭长：指德行高尚。

④董仲道：董养，字仲道，博学多识，后隐居蜀山。卓荦(luò)：卓越，杰出。致度：神采气度。

【译文】

谢幼舆说：“我的朋友王眉子清廉通达，简约畅快；嵇延祖宽宏高雅，德行高尚;董仲道见识卓越,很有风采气度。”

37.王公目太尉[①]:“岩岩清峙,壁立千仞。[②]”

【注释】

①王公:指王导,字茂弘,详见《德行》第27则注③。太尉:指王衍,字夷甫,官至太尉,详见《言语》第23则注②。

②岩岩:形容高峻。清峙(zhì):寂静地耸立。仞:古代长度单位,周制八尺,汉制七尺。

【译文】

王导评论太尉王衍说:“安静地耸立在那里,看上去高峻又陡峭,像千仞那么高的石壁一样屹立着。”

38.庾太尉在洛下,问讯中郎[①]。中郎留之,云:“诸人当来。”寻温元甫、刘王乔、裴叔则俱至[②],酬酢终日[③]。庾公犹忆刘、裴之才俊,元甫之清中[④]。

【注释】

①庾太尉:指庾亮,字元规,死后获赠太尉,详见《德行》第31则注①。洛下:指洛阳。问讯:问候,看望。中郎:指庾敳,字子嵩,曾任太傅从事中郎,详见《文学》第15则注①。

②寻:顷刻,不久。温元甫:温几,字元甫,太原人,历任司徒左长史、湘州刺史等职,卒于官。刘王乔:刘畴(chóu),字王乔,彭城(今江苏徐州)人,少有美誉,善谈名理;永嘉中,官至司徒左长史,永嘉之乱中为豫州刺史阎鼎所杀。裴叔则:裴楷,字叔则,详见《德行》第18则注④。

③酬酢(chóu zuò):原指宾主互相敬酒,这里指交谈应对。终日:整日,从早到晚。

④才俊:才能出众。清中:清婉平和。

【译文】

太尉庾亮在洛阳的时候,有一次,去探望从事中郎庾敳。庾敳挽留他，说："大家都要来的。"过了一会儿，温元甫、刘王乔、裴叔则都来了，大家清谈应对了一整天。庾亮后来还能回忆起当时刘王乔、裴叔则两人才华出众的样子，温元甫的清婉平和的情状。

39. 蔡司徒在洛，见陆机兄弟住参佐廨中①，三间瓦屋，士龙住东头，士衡住西头。士龙为人，文弱可爱；士衡长七尺余②，声作钟声，言多慷慨。

【注释】

①蔡司徒：蔡谟，字道明，曾任司徒，详见《方正》第 40 则注②。陆机兄弟：兄陆机，字士衡，详见《言语》第 26 则注①；弟陆云，字士龙，详见《方正》第 18 则注④。参佐：属官。廨(xiè)：官署。

②七尺：古代一尺只有现代六七寸长，指成年人应有的身高。

【译文】

司徒蔡谟在洛阳的时候，看见陆机、陆云两兄弟住在官署的僚属办公处里，官署有三间瓦屋，陆士龙住在东头，陆士衡住在西头。陆士龙为人文雅，纤弱可爱；陆士衡身高七尺有余，声音像钟声般洪亮，说话的大多时候都是慷慨激昂。

40. 王长史是庾子躬外孙①，丞相目子躬云："入理泓然，我已上人。②"

【注释】

①王长史：指王濛，字仲祖，官至司徒左长史，故称王长史，详见《言语》第 54 则注④。庾子躬：庾琮(cóng)，字子躬，颍川(今河南许昌)人，官至太尉掾。

②丞相：指王导，官至丞相，详见《德行》第 27 则注③。入理：指深入玄理之中。泓然：深邃的样子。

【译文】

司徒左长史王濛是庾子躬的外孙，丞相王导评论庾子躬说："他深刻地领会了玄理,是在我以上的人。”

41. 庾太尉目庾中郎[①]:“家从谈谈之许。[②]”

【注释】

①庾太尉:指庾亮,字元规,死后获赠太尉,详见《德行》第31则注①。庾中郎:指庾敳,字子嵩,曾任太傅从事中郎,详见《文学》第15则注①。

②家从:家从父,叔父。谈谈:指言论深邃。许:处所,这里指境界。按:太尉庾亮的父亲庾琛和庾敳同一祖父,庾敳是庾亮的堂叔父。

【译文】

太尉庾亮评论中郎庾敳说:“家叔的言论达到了深邃的境界。”

42. 庾公目中郎:“神气融散,差如得上。[①]”

【注释】

①庾公:指庾亮,字元规,详见《德行》第31则注①。中郎:指庾敳,庾亮的叔父,曾任太傅从事中郎,详见《文学》第15则注①。神气:神情,神态。融散:安适闲散。差如:大致上。

【译文】

庾亮评论中郎庾敳说:“他的神态安适闲散,大致上还能算出众。”

43. 刘琨称祖车骑为朗诣[①],曰:“少为王敦所叹。[②]”

【注释】

①刘琨:字越石,详见《言语》第35则注①。祖车骑:指祖逖,字士稚,范阳遒县(今河北涞水)人;早年曾任大司马掾、太子中舍人等职,西晋末年率众避乱于江淮,历任徐州刺史、军谘祭酒等职,313年任奋威将军、豫州刺史,率部北伐,数年间收复黄河以南大片土地,进封镇西将军,后因朝廷忌惮,在321年忧愤而死,追赠车骑将军。朗诣:通达,豁达。

②王敦：字处仲，详见《言语》第37则注①。叹：叹服，赞叹。

【译文】

刘琨称赞车骑将军祖逖是开朗豁达的人，说："他年轻时受到王敦的赞赏。"

44.时人目庾中郎："善于托大，长于自藏。①"

【注释】

①庾中郎：指庾敳，字子嵩，曾任太傅从事中郎，详见《文学》第15则注①。托大：把高位当作寄身之所。自藏：即不露锋芒，明哲保身；藏，收敛，隐藏。

【译文】

当时人们评论中郎庾敳说："善于把高位当作寄身之所，长于自我收敛、不露锋芒。"

45.王平子迈世有俊才，少所推服①。每闻卫玠言，辄叹息绝倒②。

【注释】

①王平子：王澄，字平子，详见《德行》第23则注①。迈世：指超越世俗。推服：推重佩服。

②卫玠：字叔宝，详见《言语》第32则注②。绝倒：倾倒，折服，佩服之至。

【译文】

王平子有超越世俗的卓越才华，很少有让他推重佩服的人。但是每当听到卫玠谈论，总不免为之赞叹不已，感到佩服之至。

46.王大将军与元皇表云①："舒风概简正，允作雅人，自多于邃，最是臣少所知拔②。中间夷甫、澄见语③：'卿知处明、茂弘④。茂弘已有令名，真副卿清论，处明亲疏无知之者⑤。吾常以卿言为意，殊未有得，恐已悔之！’臣慨然曰：‘君以此试。顷来始乃有称之者⑥。’言常人正自患知之使过，不知使负实。⑦”

【注释】

①王大将军：即王敦，字处仲，曾任大将军，详见《言语》第37则注①。元皇：即晋元帝司马睿，谥号元皇帝，详见《言语》第29则注①。表：奏章。

②舒：指王舒，字处明，王敦的堂弟，详见《识鉴》第15则注④。风概：风度气概。简正：简约正直。允：确实。雅人：风雅之士，品德高尚的人。多：超过，胜过。邃：王邃，字处重，琅邪临沂(今山东临沂)人，王舒之弟，王敦和王导的堂弟；善书法，曾任中领军、尚书左仆射等职。知拔：赏识提拔。

③夷甫：即王衍，字夷甫，王敦堂兄，详见《言语》第23则注②。澄：即王澄，字平子，王衍之弟，王敦堂弟，详见《德行》第23则注①。

④处明：即王舒，字处明。茂弘：王导，字茂弘，也是王敦的堂弟，详见《德行》第27则注③。

⑤令名：美名。副：相配，相称。清论：公正的评论。

⑥顷来：近来。称：称赞。

⑦常人：一般人。负实：失实。按：据《晋书·王舒传》记载，王舒“以天下多故，不营当时名，恒处私门，潜心学植”，所以不为人所知，后避难过江，才开始做官。

【译文】

大将军王敦向晋元帝司马睿上奏章说：“王舒很有风度气概，为人简约正直，确实称得上高雅的人，自然胜过他弟弟王邃，他是臣少有的最赏识并且乐于提拔的人。在这期间，王衍、王澄两兄弟告诉我说：‘你了解处明(王舒)和茂弘(王导)。茂弘已经有了美名，确实和你公正的评论很相符，处明却是无论亲疏远近都没有人了解他。我常常把你的话放在心上，去了解处明，却始终毫无所获，恐怕你对自己说过的话已经感到后悔了吧!'臣感慨地说:'您试着再了解了解处明,看和我说过的是不是一致。果然近来开始有人称赞处明。'这说明一般人只是担心称赞人过了头,而不担心对其实际才能了解得不够以至于失实。"

47. 周侯于荆州败绩还,未得用①。王丞相与人书曰:"雅流弘器,何可得遗!②"

【注释】

①周侯:周顗(yǐ),字伯仁,袭父爵武城侯,世称周侯,详见《言语》第30则注②。败绩:溃败,指打了败仗。用:起用,任用。按:周顗在晋元帝时任宁远将军、荆州刺史,刚到任就遇上叛军,大败,前往豫章郡投奔王敦,后受召回到京都建康。

②王丞相:即王导,字茂弘,官至丞相,详见《德行》第27则注③。雅流:风雅的人物。弘器:大器,有大才的人。遗:遗弃,抛弃。

【译文】

武城侯周顗在荆州打了败仗后,回到京都,未能得到朝廷的起用。丞相王导给别人写信说:"周顗是风雅的人物,有大才能的人,怎么能把他抛弃呢!"

48. 时人欲题目高坐而未能①,桓廷尉以问周侯②,周侯曰:"可谓卓朗。③"桓公曰:"精神渊箸。④"

【注释】

①题目:品评,评论。高坐:即高坐道人,西域和尚,西晋永嘉年间到中国,详见《言语》第39则注①。

②桓廷尉:桓彝,字茂伦,死后追赠廷尉,详见《德行》第30则注①。周侯:周顗(yǐ),字伯仁,袭父爵武城侯,世称周侯,详见《言语》第30则注②。

③卓朗:卓越清朗。

④桓公：即桓温，详见《言语》第55则注①。渊箸(zhù)：深沉清朗。

【译文】

时人想要评论高坐和尚，还没有想出恰当的言辞，廷尉桓彝就这事请教武城侯周顗，周顗说："可以说是卓越清朗。"桓温说："精神深沉而清朗。"

49. 王大将军称其儿云[①]："其神候似欲可。[②]"

【注释】

①王大将军：即王敦，字处仲，曾任大将军，详见《言语》第37则注①。其儿：即王应，字安期，王敦之侄，王敦无子，以王应为嗣，详见《识鉴》第15则注②。

②神候：神情，气宇。可：可心，合意。

【译文】

大将军王敦称赞他的嗣子王应，说："看他的神情气宇好像还可以。"

50. 卞令目叔向[①]："朗朗如百间屋。[②]"

【注释】

①卞令：即卞壶(kǔn)，字望之，曾任尚书令，故称卞令，详见《言语》第48则注④。叔向：大概是指其叔父卞向，生平事迹不详。

②朗朗：形容特别宽敞明亮。

【译文】

尚书令卞壶评论叔父卞向说："他的气度宽广，如同是有上百个敞亮房间的大屋。"

51. 王敦为大将军，镇豫章[①]。卫玠避乱，从洛投敦，相见欣然，谈话弥日[②]。于时谢鲲为长史，敦谓鲲曰："不意永嘉之中，复闻正始之音[③]。阿平若在，当复绝倒。[④]"

【注释】

①王敦：字处仲，曾任大将军，详见《言语》第37则注①。镇：镇守，驻军防守。

②卫玠：字叔宝，永嘉期间移居江南，详见《言语》第32则注②。弥日：终日。

③谢鲲：字幼舆，曾为王敦长史，详见《言语》第46则注②。永嘉：西晋怀帝的年号，自公元307年到313年。正始：曹魏第三任皇帝曹芳的年号，自公元240年到249年。正始之音：指魏晋时盛行的谈玄的风气；出现于三国魏正始年间，当时以何晏、王弼为首，以老庄思想糅合儒家经义，谈玄析理，世称正始之音。

④阿平：王澄，字平子，王敦堂弟，详见《德行》第23则注①。复：又，再。按：余嘉锡在《世说新语笺疏》中说道："以'王平子迈世有俊才'条及此条注合而观之，知此二事同出于卫玠别传。先言平子闻玠之语议，辄绝倒于坐；后言阿平若在，当复绝倒。"

【译文】

王敦任大将军时，镇守豫章。卫玠为了躲避战乱，从洛阳来到豫章投奔王敦，两人一见面都很高兴，清谈了一整天。当时谢鲲在王敦手下任长史，王敦对谢鲲说："想不到在永嘉年间，又听到了正始年间的那种清谈。如果阿平在这里，就一定又会佩服得五体投地。"

52.王平子与人书，称其儿"风气日上，足散人怀[①]"。

【注释】

①王平子：王澄，字平子，详见《德行》第23则注①。称：称赞。风气：风采气度。

【译文】

王平子给友人写信，称赞自己的儿子"风采和气度一天比一天长进，足以让人心怀舒畅"。

53. 胡毋彦国吐佳言如屑，后进领袖[①]。

【注释】

①胡毋彦国：胡毋辅之，字彦国，详见《德行》第23则注②。如屑：如同锯木时的木屑，表示语言连绵不断。后进：后辈。

【译文】

胡毋彦国言谈中吐出的优美言辞就像锯木时的木屑一样连绵不断，他是后辈中的领袖人物。

54. 王丞相云[①]："刁玄亮之察察[②]，戴若思之岩岩[③]，卞望之之峰距[④]。"

【注释】

①王丞相：即王导，字茂弘，官至丞相，详见《德行》第27则注③。

②刁玄亮：刁协，字玄亮，详见《方正》第23则注⑥。察察：指明辨是非。

③戴若思：戴俨，字若思，广陵人，官至征西将军，后为王敦所害，追赠左光禄大夫。岩岩：高大，高耸，威严。

④卞望之：即卞壶(kǔn)，字望之，详见《言语》第48则注④。峰距：《晋书·卞壶传》作"峰岠"，高峰耸立的样子，比喻人品高洁刚正。

【译文】

丞相王导说："刁玄亮是那样的明辨是非，戴若思是那样的高大威严，卞望之是那样的高洁刚正。"

55. 大将军语右军[①]："汝是我佳子弟，当不减阮主簿。[②]"

【注释】

①大将军：指王敦，字处仲，曾任大将军，详见《言语》第37则注①。右军：王羲之，字逸少，曾任右军将军，是王敦的堂侄，详见《言语》第62则注①。

②减：不如，次于。阮主簿：阮裕，字思旷，曾任王敦的主簿，详见《德行》第32则注①。

【译文】

大将军王敦对右军将军王羲之说："你是我们王家的优秀子弟，应当不会次于阮主簿。"

56. 世目周侯："嶷如断山。①"

【注释】

①周侯：周顗(yǐ)，字伯仁，袭父爵武城侯，世称周侯，详见《言语》第30则注②。嶷(nì)：高耸。断山：指悬崖峭壁。

【译文】

世人评论武城侯周顗："像悬崖绝壁一样高耸、陡峭。"

57. 王丞相招祖约夜语，至晓不眠①。明旦有客，公头鬓未理，亦小倦②。客曰："公昨如是，似失眠。"公曰："昨与士少语，遂使人忘疲。"

【注释】

①王丞相：即王导，字茂弘，详见《德行》第27则注③。祖约：字士少，详见《雅量》第15则注①。

②明旦：第二天早上。小：稍微。

【译文】

丞相王导邀祖约晚上来清谈，两人一直谈到天亮，没有睡觉。第二天早上有客人前来拜访，王导出来见客时，还没有梳头，身体也稍微有点困倦。客人问道："您昨天夜里好像失眠了。"王导说："昨晚和士少清谈了整夜，就让人忘记了疲倦。"

58. 王大将军与丞相书，称杨朗曰①："世彦识器理致，才隐明断[2]。既为国器，且是杨侯淮之子，位望殊为陵迟[3]。卿亦足与之处。”

【注释】

①王大将军：指王敦，字处仲，王导堂兄，曾任大将军，详见《言语》第37则注①。丞相：即王导，字茂弘，详见《德行》第27则注③。杨朗：字世彦，详见《识鉴》第13则注②。

②识器：识见和气量。理致：义理和情趣。隐：精深，微妙。明断：清明而果断。

③国器：足以主持国政的人才。杨侯淮：杨淮，应为杨准，字始立，弘龙华阴人，杨朗之父，西晋元康末年任冀州刺史。位望：地位和名望。殊：特别，很。陵迟：衰败、衰微。

【译文】

大将军王敦给丞相王导写信，称赞杨朗说："世彦很有识见和气量，言谈富有义理和情趣，才学精深，为人清明而果断。既是足以治理国家的人才，又是杨侯淮的儿子，可是地位和名望却很是衰微。你也值得和他相处。”

59.何次道往丞相许[1]，丞相以麈尾指坐，呼何共坐[2]，曰："来，来，此是君坐。”

【注释】

①何次道：何充，字次道，详见《言语》第54则注①。丞相：即王导，字茂弘。许：处所。

②麈尾：古人闲谈时执以驱虫、掸尘的一种工具，是显示身份的一种道具。按：何充是王导妻姐之子，明穆皇后的妹夫，且历任显官，非常受王导器重，王导有意让何充辅助并接任自己，所以才这样说；此则与下则皆为此意。

【译文】

何次道到丞相王导那里去，王导手中拿麈尾，指着自己的座位，招呼他同坐，说："来，来，这是您的座位。"

60. 丞相治扬州廨舍，按行而言曰[①]："我正为次道治此尔！[②]"何少为王公所重，故屡发此叹。

【注释】

①丞相：即王导，字茂弘，下文中的王公。治：修筑，修建。廨舍：官署。按行：巡视，巡行。

②次道：即何充，字次道，详见《言语》第54则注①。

【译文】

丞相王导主持修建扬州的官署，他在视察修建情况时说："我只是替次道修建这个官署罢了！"何次道年轻时就受到王导的重视，所以王导屡次发出这样的感叹。

61. 王丞相拜司徒而叹曰[①]："刘王乔若过江，我不独拜公。[②]"

【注释】

①王丞相：即王导，字茂弘，官至丞相。司徒：官名，与司空、太尉号称三公，是最高级别的官。按：公元323年，东晋明帝即位，王导辅政，升任司徒。

②刘王乔：刘畴，字王乔，详见《赏誉》第38则注②。拜：授予官职，任命。按：刘畴名望很高，官至司徒左长史，永嘉之乱中被害，当时有人认为他是司徒的合适人选。

【译文】

丞相王导升任司徒时叹息道："如果刘王乔也过江了，就不会只有我一个人被授予司徒之位了。"

62. 王蓝田为人晚成，时人乃谓之痴[①]。王丞相以其东海子，辟为掾[2]。常集聚，王公每发言，众人竞赞之[3]。述于末坐曰："主非尧、舜，何得事事皆是！[4]"丞相甚相叹赏。

【注释】

①王蓝田：王述，字怀祖，承袭父爵蓝田侯，故称王蓝田，详见《文学》第22则注③。按：王述生性内敛，不喜交往，据《晋阳秋》记载，他"体道清粹，简贵静正，怡然自足，不交非类"，所以到30岁时还没有名望，有人就认为他痴呆。

②王丞相：即王导，字茂弘，官至丞相。东海：指王承，字安期，王述之父，曾任东海太守，详见《政事》第9则注①。辟：召来授予官职。掾：属官。

③常：通"尝"，曾经。集聚：聚会。

④主：僚属称上司为主。

【译文】

蓝田侯王述为人处世，取得成就的时间比较晚，当时人们竟认为他痴傻。丞相王导因为他是东海太守王承的儿子，就召他来做自己的属官。有一次聚会，王导每次讲话，大家都争相赞美。坐在末座的王述说："主公又不是尧、舜，怎么可能事事都对呢！"王导听了赞叹不已，非常欣赏他。

63. 世目杨朗："沉审经断。[1]"蔡司徒云："若使中朝不乱，杨氏作公方未已。[2]"谢公云："朗是大才。[3]"

【注释】

①杨朗：字世彦，详见《识鉴》第13则注②。沉审：沉稳明察。经断：条理清晰，处事决断。

②蔡司徒：即蔡谟，字道明，曾任司徒，详见《方正》第40则注②。中朝：指西晋，晋南渡以后，称渡江前为中朝。杨氏：指杨朗六兄弟。按：杨朗有兄弟六人，皆有美名，时论认为他们都有担任丞相的能力。

③谢公：指谢安，字安石，详见《德行》第33则注③。大才：堪当重任之才。

【译文】

世人评论杨朗："个性沉稳，明察事理，条理清晰，处事决断。"司徒蔡谟说："如果西晋不乱，杨氏家族中担任三公的人选将会接连不断。"谢安说："杨朗是堪当重任之才。"

64. 刘万安即道真从子①。庾公所谓"灼然玉举"②。又云："千人亦见，百人亦见。③"

【注释】

①刘万安：刘绥，字万安，高平人，官至骠骑长史。道真：刘宝，字道真，详见《德行》第22则注①。从子：伯父或叔父之孙，即侄子。

②庾公：指庾琮，字子躬，颍川人，官至太尉掾。灼然：鲜明的样子。玉举：玉立，比喻人物风姿秀美。

③见：同"现"，显现，显露。

【译文】

刘万安就是刘道真的侄子，是庾琮所说的鲜明出众、风姿秀美的人物。庾琮又评价刘万安说："他在千人中也能显露出来，在百人中也能显露出来。"

65. 庾公为护军，属桓廷尉觅一佳吏，乃经年①。桓后遇见徐宁而知之，遂致于庾公②，曰："人所应有，其不必有；人所应无，已不必无。真海岱清士。③"

【注释】

①庾公：指庾亮，字元规，详见《德行》第31则注①。护军：护军将军，是掌握中央军权的；庾亮在晋明帝时升任护军将军。桓廷尉：即桓彝，字茂伦，死后追赠廷尉，详见《德行》第30则注①。乃：竟然。

②徐宁：字安期，东海郯（今山东郯城）人，初为舆县令，后经桓彝推荐给庾亮，历任吏部郎、左将军、江州刺史等职。知：赏识。

③海岱：今山东省渤海至泰山之间的地带；海指渤海，岱指泰山。清士：公正廉洁的人士。按：徐宁是东海郡人，东海郡包括江苏、山东东部一带。

【译文】

庾亮担任护军将军的时候，委托廷尉桓彝代找一个优秀的属官，过了一年竟然还没有找到。桓彝后来遇见徐宁，很赏识他，于是就把他推荐给庾亮，介绍说："人们应该有的，他不一定有；人们应该没有的，他则不一定没有。他确实是海岱一带的公正廉洁的人士。"

66. 桓茂伦云："褚季野皮里阳秋。①"谓其裁中也②。

【注释】

①桓茂伦：即桓彝，字茂伦，详见《德行》第30则注①。褚季野：即褚裒，字季野，详见《德行》第34则注②。皮里阳秋：应作"皮里《春秋》"，是为了避晋简文帝母亲的名讳（郑阿春），改为"皮里阳秋"；指肚里有《春秋》笔法，即表面上不作评论，内心却自有褒贬。

②裁中：裁于中，内心有裁决。

【译文】

桓茂伦说："褚季野肚子里有《春秋》笔法。"这指的是他嘴上不作评论，但心中自有裁决。

67. 何次道尝送东人，瞻望①，见贾宁在后轮中②，曰："此人不死，终为诸侯上客。③"

【注释】

①何次道：何充，字次道，详见《言语》第54则注①。东人：指从建康以东来的人。瞻望：远望。

②贾宁：字建宁，长乐人，初依附王敦嗣子王含，后任苏峻的参军，随

苏峻起兵反叛帝室，苏峻战败后投降，官至新安太守。后轮：后车。

③诸侯：指所分封的王侯。上客：尊客，贵宾。

【译文】

何次道有一次送走从东来的客人，远远望去，看见贾宁坐在后面的车上，就说："这个人如果不死，终究是要做王侯的尊贵宾客的。"

68. 杜弘治墓崩，哀容不称①。庾公顾谓诸客曰："弘治至羸，不可以致哀。②"又曰："弘治哭不可哀。"

【注释】

①杜弘治：杜乂，字弘治，京兆（今陕西西安）人，成恭皇后之父，镇南将军杜预之孙，尚书左丞杜锡之子；袭封当阳侯，初辟公府掾，后为丹阳丞，早卒；咸康初，追赠金紫光禄大夫，谥曰穆。不称：不相称。按：这句话指他表情不够悲伤。

②庾公：指庾亮，字元规，详见《德行》第31则注①。至羸（léi）：极度瘦弱。致哀：极其哀痛。

【译文】

杜弘治家的祖坟崩塌了，他的悲伤表情和这件事不相称。庾亮环顾众宾客，对他们说："弘治身体极其瘦弱，不可以太过悲伤。"又说："弘治不能哭得太伤心。"

69. 世称"庾文康为丰年玉，稚恭为荒年谷"①。庾家论云："是文康称'恭为荒年谷，庾长仁为丰年玉'。②"

【注释】

①庾文康：即庾亮，字元规，谥号文康，详见《德行》第31则注①。丰年玉：丰年的美玉，比喻太平盛世的人才，这里用来指庾亮是能锦上添花的治国人才。稚恭：庾翼，字稚恭，庾亮弟，详见《言语》第53则注①。荒年谷：灾荒年间的稻谷，比喻能救人于水火之中，这里用来指庾翼是能够

雪中送炭的人才。

②恭：即庾翼。庾长仁：庾统，字长仁，小字赤玉，颍川（今河南鄢陵）人，庾亮之侄；少有美名，曾任会稽王司马、寻阳太守等职，卒年29岁。

【译文】

世人称颂说："庾文康像丰年的美玉，能够锦上添花；庾稚恭像灾荒年间的稻谷，能够雪中送炭。"庾家内部的评论则说："是文康称赞'稚恭像灾荒年头的粮食，庾长仁像丰年的美玉'。"

70.世目杜弘治标鲜[①]，季野穆少[②]。

【注释】

①杜弘治：杜乂，字弘治，详见《赏誉》第68则注①。标鲜：风姿俊美。

②季野：即褚裒，字季野，详见《德行》第34则注②。穆少：温和、要求少，即性格温和、淡泊名利。

【译文】

世人评论说，杜弘治风姿俊美，褚季野品格温和、淡泊名利。

71.有人目杜弘治："标鲜清令，盛德之风，可乐咏也。[①]"

【注释】

①杜弘治：杜乂，字弘治，详见《赏誉》第68则注①。标鲜：风姿俊美。清令：高洁美好。盛德：高尚的道德。乐咏：歌颂，赞颂。

【译文】

有人评论杜弘治："风姿俊美，高洁美好，具备高尚品德的风范，是值得赞颂的。"

72.庾公云："逸少国举。[①]"故庾倪为碑文云："拔萃国举。[②]"

【注释】

①庾公：指庾亮，字元规，详见《德行》第31则注①。逸少：即王羲之，字逸少，详见《言语》第62则注①。国举：全国所推崇的人。

②庾倪：庾倩，字少彦，小字倪，庾冰之子，庾亮之侄，官至太宰长史；后被桓温使人诬陷谋反，被杀。拔萃：即出类拔萃的人。

【译文】

庾亮说："逸少是全国所推崇的人。"所以庾倪给王羲之写碑文时就写上："拔萃国举(出类拔萃、举国推崇)。"

73.庾稚恭与桓温书①，称："刘道生日夕在事，大小殊快②。义怀通乐既佳，且足作友，正实良器③。推此与君，同济艰不者也④。"

【注释】

①庾稚恭：庾翼，字稚恭，庾亮弟，详见《言语》第53则注①。桓温：字元子，详见《言语》第55则注①。

②刘道生：应是刘惔，字真长，详见《德行》第35则注①。按：刘孝标注云："刘恢，字道生。"余嘉锡《世说新语笺疏》考证后指出："真长之名，则一作恢，一作惔，其官又同为丹阳尹。然则恢之与惔，即是一人，无疑也。"日夕：白天和晚上。殊：特别，很。快：快意，指称心如意。

③义怀：仁义心怀。通乐：豁达和乐。正：确实。良器：指大器，比喻杰出的人才。

④同济：同乘一条船渡河，指同渡难关。艰不(pǐ)：艰难困苦；不，通"否"，阻塞不通。

【译文】

庾稚恭写信给桓温，称赞说："刘道生白天、晚上都在处理政事，大小事情都处理得非常称心如意。他不仅在胸怀仁义、豁达和乐这些方面很好，而且很值得结交为朋友，确实是杰出的人才。现在把他推荐给您，和您一起度过艰难困苦的日子吧。"

74.王蓝田拜扬州，主簿请讳[①]。教云：“亡祖、先君，名播海内，远近所知[②]。内讳不出于外，余无所讳[③]。”

【注释】

①王蓝田：王述，字怀祖，承袭父爵蓝田侯，故称王蓝田，永和年间，升任扬州刺史，详见《文学》第22则注③。拜：接受官职，就任。讳：指家讳，避忌说出一家内长辈的名字。按：晋人重视家讳，不能当面说出与对方长辈名字相同或同音的字；所以新官上任，下属要请求指出应该避忌的名讳，以免无意中触犯。

②教：教诲，训导，这里指做出批示。亡祖：已故的祖父，即王湛，字处冲，王承之父，详见《赏誉》第17则注①。先君：已故的父亲，即王承，字安期，王述之父，详见《政事》第9则注①。

③内讳：也就是“妇讳”，指避忌家内妇女的名字。按：《礼记》曰：“妇人之讳不出门。”

【译文】

蓝田侯王述就任扬州刺史时，州府的主簿向他请示需要避忌的名讳。王述做出批示，说：“先祖、先父，他们的名声传遍全国，远远近近都知道他们的名字。需要避忌的家中妇女的名字是不能向外人说出的，此外没有什么要避忌的了。”

75.萧中郎，孙丞公妇父[①]。刘尹在抚军坐，时拟为太常[②]。刘尹云：“萧祖周不知便可作三公不？自此以还，无所不堪。[④]”

【注释】

①萧中郎：萧轮，字祖周，乐安人，有才学，曾任散骑常侍、国子博士、从事中郎等职。孙丞公：孙统，字丞公（一说承公），太原中都人，有文集十卷，历任鄞令、吴宁令、余姚令等职，为人诞任不羁，不专于政务，遍游名胜。

②刘尹：即丹阳尹刘惔，字真长，详见《德行》第35则注①。抚军：指简文帝司马昱，即位前曾为抚军将军，详见《德行》第37则注①。太常：是九卿之一，主管祭祀礼乐；九卿在三公之下，是中央行政机关的长官。

③三公：古代三种最高官衔的合称，东汉魏晋时以太尉、司徒、司空为三公。以还：以下。堪：能胜任。

【译文】

从事中郎萧祖周是孙丞公的岳父。丹阳尹刘惔在抚军将军司马昱那里做客时，商议提拔萧祖周来担任太常。刘真长说："萧祖周不知道可不可以提升为三公？但三公以下的职位，他没有不能胜任的。"

76. 谢太傅未冠，始出西[①]，诣王长史，清言良久[②]。去后，苟子问曰："向客何如尊？[③]"长史曰："向客亹亹，为来逼人。[④]"

【注释】

①谢太傅：指谢安，字安石，死后追赠太傅，详见《德行》第33则注③。未冠(guàn)：还没有成年；古代男子20岁行冠礼，表示到了成年。出西：指到首都建康。按：谢安当时住在东部的会稽郡，从会稽往西去建康，就叫出西。

②王长史：即王濛，字仲祖，官至司徒左长史，故称王长史，详见《言语》第54则注④。

③苟子：王修，字敬仁，小字苟子，王濛之子，详见《文学》第38则注①。向：刚才。尊：称呼父亲。

④亹亹(wěi wěi)：孜孜不倦的样子，勤勉不倦的样子。

【译文】

太傅谢安还没有成年时，刚刚到京都建康，就到司徒左长史王濛家去拜访，和王濛清谈了很久。谢安走了以后，王苟子问他父亲王濛："刚才那位客人和父亲相比，怎么样？"王濛说："刚才那位客人勤勉不倦，谈论起来咄咄逼人。"

77.王右军语刘尹："故当共推安石。[1]"刘尹曰："若安石东山志立，当与天下共推之。[2]"

【注释】

①王右军：王羲之，字逸少，曾任右军将军，详见《言语》第62则注①。刘尹：即丹阳尹刘惔，字真长，详见《德行》第35则注①。安石：指谢安，字安石，详见《德行》第33则注③。按：谢安曾隐居会稽郡山阴县的东山，官府多次征召都不出任，四十多岁时，才应桓温的邀请出任司马。

②东山志：指隐居的心愿。

【译文】

右军将军王羲之对丹阳尹刘惔说："我们应当要一起推动安石出来做官。"刘惔说："如果安石有隐居之志，我们应该和天下人一起推动他出来做官。"

78.谢公称蓝田："掇皮皆真。[1]"

【注释】

①谢公：指谢安，字安石，详见《德行》第33则注③。蓝田：指王述，字怀祖，承袭父爵南田侯，详见《文学》第22则注③。掇（duō）：通"剟"，削去，除去。真：指真实。按：刘孝标注云："徐广《晋纪》曰：'述贞审，真意不显。'"贞审，忠贞而审慎之意。

【译文】

谢安称赞蓝田侯王述说："只有除去外皮，真正的用意才会全部显露出来。"

79.桓温行经王敦墓边过，望之云："可儿！可儿！[1]"

【注释】

①桓温：字元子，详见《言语》第55则注①。王敦：字处仲，详见《言语》第37则注①。可儿：相当于可人，使人可意的人，称人心意的人。

按：桓温和王敦有颇多相似之处，同样生性豪爽，同为皇室驸马，同样手握重兵，甚至同有谋反之心，桓温对王敦应有惺惺相惜之感，所以称赞他。

【译文】

桓温出行，从王敦的墓旁经过，他望着王敦的坟墓，连连称赞道："称人心意的人儿啊！称人心意的人儿！"

80．殷中军道王右军云[①]："逸少清贵人，吾于之甚至，一时无所后。[②]"

【注释】

①殷中军：指殷浩，字渊源，曾任中军将军，详见《言语》第 80 则注②。王右军：即王羲之，字逸少，曾任右军将军，详见《言语》第 62 则注①。

②清贵：清高尊贵。于：厚爱，喜爱。甚至：至极，达到顶点。所后：后来人，指没有人能比得上他。

【译文】

中军将军殷浩评论右军将军王羲之说："逸少是个清高尊贵的人，我对他喜欢到极点，一时是没有人能比得上他的。"

81．王仲祖称殷渊源："非以长胜人，处长亦胜人。[①]"

【注释】

①王仲祖：王濛，字仲祖，详见《言语》第 54 则注④。殷渊源：指殷浩，字渊源，详见《言语》第 80 则注②。长：指长处。处长：处理自己的长处。

【译文】

王仲祖称赞殷渊源说："他不但自己的长处胜过别人，而且在处理自己的长处上也胜过别人。"

82.王司州与殷中军语[①],叹云:“己之府奥,蚤已倾写而见[②]。殷陈势浩汗,众源未可得测[③]。”

【注释】

①王司州:字修龄,曾任司州刺史,故称王司州,详见《言语》第81则注①。殷中军:指殷浩,字渊源,曾任中军将军,详见《言语》第80则注②。

②府奥:肺腑,比喻内心的见解。蚤:通“早”。倾写:同“倾泻”。见:通“现”,显现,表现出来。

③浩汗:同“浩瀚”,广大辽阔、浩浩荡荡的样子。

【译文】

司州刺史王胡之和中军将军殷浩一起清谈,王胡之赞叹说:“我自己内心的见解,早已经倾吐一空,全部表现出来。而殷浩才刚摆开清谈的阵势,气势浩浩荡荡,他的言谈的各个源头是没法估量的。”

83.王长史谓林公[①]:“真长可谓金玉满堂。[②]”林公曰:“金玉满堂,复何为简选?[③]”王曰:“非为简选,直致言处自寡耳。[④]”

【注释】

①王长史:即王濛,字仲祖,官至司徒左长史,故称王长史,详见《言语》第54则注④。林公:指支遁,字道林,东晋高僧,详见《言语》第45则注②。

②真长:即刘惔,字真长,详见《德行》第35则注①。金玉满堂:金银珠宝堆满屋子,比喻学识丰富,这里指刘真长清谈时的玄理丰富多彩。

③简选:选择、选用,指对语言进行挑选、润色,以达到言简义丰。

④直:只,仅仅。致言:用语言表达。

【译文】

司徒左长史王濛对支道林说:“真长的言谈可以说是金玉满堂,包含的玄理丰富多彩。”支道林说:“既然是金玉满堂,为什么又要挑选、润色言辞?”王濛说:“不是因为经过挑选、润色才言简义丰的,只是他的言辞本来就不多呀。”

84.王长史道江道群[①]:“人可应有,乃不必有[②];人可应无,己必无。”

【注释】

①王长史:即王濛,字仲祖,官至司徒左长史,详见《言语》第54则注④。江道群:江灌,字道群,陈留圉(今河南开封)人,个性方正,蔑视权贵,曾任吏部郎、御史中丞、吴兴太守、尚书、吴郡太守等职。

②可应有:指应该具备的各个方面。不必:不一定。

【译文】

司徒左长史王濛评论江道群说:“人们应该有的,他不一定有;人们应该没有的,他自己一定没有。”

85.会稽孔沈、魏颉、虞球、虞存、谢奉并是四族之俊,于时之杰[①]。孙兴公目之曰[②]:“沈为孔家金,颉为魏家玉,虞为长、琳宗,谢为弘道伏。[③]”

【注释】

①孔沈:字德度,会稽山阴(今浙江绍兴)人,官至琅邪王文学。魏颉:字长齐,会稽人,很有气量,不擅长文章和清谈,官至山阴令。虞球:字和琳,会稽余姚人,官至黄门侍郎。虞存:字道长,详见《政事》第17则注②。谢奉:字弘道,会稽山阴人,详见《言语》第83则注②。并:全,全都。

②孙兴公:孙绰,字兴公,详见《言语》第84则注①。

③宗:尊重,推崇。伏:通“服”,敬佩,佩服。

【译文】

会稽郡的孔沈、魏颉、虞球、虞存、谢奉五人全都是四个家族的俊杰之才，当时的杰出人物。孙兴公评论他们说："孔沈是孔家的金子，魏颢是魏家的宝玉，虞家所推崇的是长齐、和琳，谢家所佩服的是弘道。"

86. 王仲祖、刘真长造殷中军谈，谈竟，俱载去①。刘谓王曰："渊源真可。②"王曰："卿故堕其云雾中。③"

【注释】

①王仲祖：王濛，字仲祖，详见《言语》第 54 则注④。刘真长：刘惔，字真长，详见《德行》第 35 则注①。造：造访，拜访。殷中军：指殷浩，字渊源，曾任中军将军，详见《言语》第 80 则注②。竟：完。

②可：可心，合人心意。

③故：仍，还是。云雾：指云和雾，比喻遮蔽或阻碍物，让人难以看透本质，这里指让人深陷其中的谈论。

【译文】

王仲祖和刘真长两人到中军将军殷渊源家清谈，谈完了，两人就一起坐一辆车走了。刘真长对王仲祖说："渊源的言论真合人心意。"王仲祖说："你还是掉进了他设下的迷雾中，难以自拔。"

87. 刘尹每称王长史云："性至通，而自然有节。①"

【注释】

①刘尹：即刘惔，字真长，官至丹阳尹，详见《德行》第 35 则注①。王长史：即王濛，字仲祖，官至司徒左长史，详见《言语》第 54 则注④。至：极，最。节：节操。

【译文】

丹阳尹刘真长常常称赞司徒左长史王濛说："本性最为通达，而且为人自然有节操。"

88. 王右军道谢万石："在林泽中，为自遒上。①"叹林公："器朗神俊。[2]”道祖士少：“风领毛骨，恐没世不复见如此人。[3]”道刘真长：“标云柯而不扶疏。[4]”

【注释】

①王右军：即王羲之，字逸少，曾任右军将军，详见《言语》第62则注①。谢万石：谢万，字万石，谢安之弟，详见《言语》第77则注①。林泽：山林湖泽，指隐居的地方。遒(qiú)上：雄健超群。

②林公：支遁，字道林，东晋高僧，详见《言语》第45则注②。器朗：胸襟宽广。神俊：资质不凡。

③祖士少：祖约，字士少，祖逖之弟，详见《雅量》第15则注①。风：风度。领：引领，指超过。毛骨：指人的骨相容貌。没世：终生。

④刘真长：刘惔，字真长。标云柯：高耸入云的树枝；标，高，突出；柯，树枝。扶疏：枝叶茂盛，高低疏密有致。按：刘真长名望很高，官位显赫，且是晋明帝之婿，但性格闲静自守，淡泊名利，所以王羲之如此评价他。

【译文】

右军将军王羲之评论谢万石说：“在山林湖泽这种隐居的地方，自然是雄健超群。”赞叹支道林说：“胸襟宽广，资质不凡。”评论祖士少说：“风度比容貌更出众，恐怕我这辈子不会再见到这样的人。”评论刘真长说：“像高耸入云的大树，虽然枝叶并不繁茂。”

89.简文目庾赤玉：“省率治除。[1]”谢仁祖云：“庾赤玉胸中无宿物。[2]”

【注释】

①简文：即晋简文帝司马昱，详见《德行》第37则注①。庾赤玉：庾统，字长仁，小字赤玉，详见《赏誉》第69则注②。省率：坦率豁达。治除：去除不好的品行或习气，指修身养性，洁身自好。

②谢仁祖：谢尚，字仁祖，详见《言语》第46则注①。胸中无宿物：比

喻为人坦率，不抱成见，不存芥蒂。宿物，指存留之物。

【译文】

简文帝司马昱评论庾赤玉说："坦率豁达，修身养性，洁身自好。"谢仁祖说："庾赤玉心里没有成见，不存芥蒂。"

90. 殷中军道韩太常曰①："康伯少自标置，居然是出群器。及其发言遣辞，往往有情致。②"

【注释】

①殷中军：即殷浩，字渊源，曾任中军将军，详见《言语》第 80 则注②。韩太常：韩伯，字康伯，殷浩外甥，官至太常，详见《德行》第 38 则注④。

②少：很少。标置：标举品第和地位。居然：显然。出群：卓越出众。器：指人才。情致：意趣风致，情趣韵味。

【译文】

中军将军殷浩称道太常韩康伯说："康伯很少标榜自己的品第和地位，但显然是卓越出众的人才。当他发表言论时，他的言谈辞藻往往都富有情趣韵味。"

91. 简文道王怀祖①："才既不长，于荣利又不淡②。直以真率少许，便足对人多多许。③"

【注释】

①简文：即晋简文帝司马昱，详见《德行》第 37 则注①。王怀祖：王述，字怀祖，详见《文学》第 22 则注③。

②荣利：指功名利禄。淡：淡泊。按：《晋书·王述传》载："初述家贫，求试宛陵令，颇受赠遗而修家具。为州司所检，有一千三百条。王导使谓之曰：'名父之子，不患无禄，屈临小县，甚不宜耳。'答曰：'足自当止。'"因此说他"于荣利又不淡"。

③直:同“只”。少许:一点儿。对:对当,相等。多多许:极言其多。

【译文】

简文帝司马昱评价王怀祖说:“才能既不突出,对功名利禄又不淡泊。但是只凭着他那少许的真诚直率,就足以抵得上别人很多方面了。”

92.林公谓王右军云[①]:“长史作数百语,无非德音,如恨不苦。[②]”王曰:“长史自不欲苦物。[③]”

【注释】

①林公:支遁,字道林,世称林公,东晋高僧,详见《言语》第45则注②。王右军:即王羲之,字逸少,曾任右军将军,详见《言语》第62则注①。

②长史:即王濛,字仲祖,官至司徒左长史,详见《言语》第54则注④。无非:无一不是。德音:犹德言,指合乎仁德的言语、教令。如:而,却。苦:指使别人无话可说,陷入困境。

③物:指人。

【译文】

高僧支道林对右军将军王羲之说:“司徒左长史王濛说上几百句话,无一不是合乎仁德的言辞,但遗憾的是不能困住对方。”王羲之说:“长史本来就不想困住对方。”

93.殷中军与人书,道谢万:“文理转遒,成殊不易。[①]”

【注释】

①殷中军:即殷浩,字渊源,曾任中军将军,详见《言语》第80则注②。谢万:字万石,谢安之弟,详见《言语》第77则注①。文理:文辞义理。遒:雄健有力。成:指成就。殊:很,特别。

【译文】

中军将军殷浩给友人写信,称道谢万说:“文辞和义理变得雄健有力了，他取得这样的成就，也很不容易。”

94. 王长史云：“江思悛思怀所通，不翅儒域。①”

【注释】

①王长史：指王濛，字仲祖，官至司徒左长史，详见《言语》第 54 则注④。江思悛（quān）：江惇（dūn），字思悛，晋陈留圉（今河南杞县）人，尚书仆射江彪之弟；孤傲好学，儒道兼综，数次被征召出仕，皆不就，卒年 49 岁。思怀：胸中的学识。不翅：不啻，不止，不仅。儒域：儒学的领域。

【译文】

司徒左长史王濛说：“江思悛胸中的学识丰富，所融会贯通的，不止是儒学。”

95. 许玄度送母，始出都①。人问刘尹：“玄度定称所闻不？②”刘曰：“才情过于所闻。”

【注释】

①许玄度：许询，字玄度，详见《言语》第 69 则注①。出都：到京都来。

②刘尹：即刘惔，字真长，官至丹阳尹，详见《德行》第 35 则注①。定：到底，究竟。称：相称。

【译文】

许玄度为送他母亲，初到京都来。有人问丹阳尹刘惔：“玄度究竟和传闻所讲的相称不相称？”刘真长说：“他的才华超过了传闻。”

96. 阮光禄①云：“王家有三年少：右军、安期、长豫。②”

【注释】

①阮光禄：即阮裕，字思旷，曾任光禄大夫，故称阮光禄，详见《德行》第 32 则注①。

②右军：即王羲之，字逸少，曾任右军将军，详见《言语》第62则注①。安期：即王应，字安期，详见《识鉴》第15则注②。长豫：即王悦，字长豫，详见《德行》第29则注①。

【译文】

光禄大夫阮裕说："王家有三位杰出的少年：逸少、安期和长豫。"

97. 谢公道豫章①："若遇七贤，必自把臂入林。②"

【注释】

①谢公：指谢安，字安石，详见《德行》第33则注③。豫章：指谢鲲，字幼舆，官至豫章太守，详见《言语》第46则注②。

②七贤：指阮籍、嵇康等竹林七贤。把臂：拉着手，表示亲密的意思。按：谢鲲个性放荡不羁，为人放达，喜好老易，这句话指谢鲲和'竹林七贤'是一类的人。

【译文】

谢安评价豫章太守谢鲲说："如果遇到'竹林七贤'，他一定会和七贤手拉手地进入竹林。"

98. 王长史叹林公①："寻微之功，不减辅嗣。②"

【注释】

①王长史：指王濛，字仲祖，官至司徒左长史，详见《言语》第54则注④。林公：即支遁，字道林，世称林公，东晋高僧，详见《言语》第45则注②。

②寻微：探索深奥微妙的玄理。减：次于，亚于。辅嗣：王弼，字辅嗣，详见《言语》第99则注④。

【译文】

司徒左长史王濛赞赏支道林说："探索深奥微妙的玄理的功力，不亚于王辅嗣。"

99.殷渊源在墓所几十年[①]。于时朝野以拟管、葛，起不起，以卜江左兴亡[②]。

【注释】

①殷渊源：殷浩，字渊源，详见《言语》第80则注②。几：接近。按：殷浩曾隐居在祖坟的陵园中，将近十年。

②管、葛：管指管仲，春秋时人，辅助齐桓公成为霸主；葛指诸葛亮，两人都是古代名相。起不起：指出来做官还是坚持退隐。江左：指东晋，因东晋统治地区大部分在江东，古称江左，因此以江左代指东晋。

【译文】

殷渊源在陵园中住了将近十年。在这期间，朝廷内外的人士都把他比做管仲和诸葛亮一样重要的人物，用他的出仕或者退隐，来预测东晋政权的兴衰存亡。

100.殷中军道右军："清鉴贵要。[①]"

【注释】

①殷中军：即殷浩，字渊源，曾任中军将军，详见《言语》第80则注②。右军：即王羲之，字逸少，曾任右军将军，详见《言语》第62则注①。清鉴：指清雅、有鉴识。贵要：指人品可贵、语言简要。

【译文】

中军将军殷浩评价右军将军王羲之说："清雅有鉴识，人品可贵，语言简要。"

101.谢太傅为桓公司马[①]。桓诣谢，值谢梳头，遽取衣帻[②]。桓公云："何烦此！"因下共语至暝[③]。既去，谓左右曰："颇曾见如此人不？"

【注释】

①谢太傅：指谢安，字安石，死后追赠太傅，详见《德行》第33则注

③。桓公：指桓温，详见《言语》第55则注①。按：谢安曾隐居会稽多年，多次拒绝朝廷征辟，直至四十多岁时，才出任征西大将军桓温的司马。

②遽(jù)：匆忙，急速。帻(zé)：古时的头巾。

③下：指下堂到谢安梳头的地方去。暝(míng)：日落，天黑。

【译文】

太傅谢安出任桓温手下的司马。有一次，桓温到谢安那里去，正碰上谢安在梳头，谢安就匆忙去取衣服和头巾来穿戴。桓温说："何必这么麻烦！"便下堂走到谢安梳头的地方去，和他一直谈论到天黑。桓温离开后，谢安问左右的人说："你们可曾见过这样的人吗？"

102. 谢公作宣武司马，属门生数十人于田曹中郎赵悦子①。悦子以告宣武，宣武云："且为用半。"赵俄而悉用之，曰："昔安石在东山，缙绅敦逼，恐不豫人事②。况今自乡选，反违之邪③？"

【注释】

①谢公：指谢安，字安石，详见《德行》第33则注③。宣武：指桓温，字元子，谥号为宣武，详见《言语》第55则注①。属：通"嘱"，托付、委托之意。田曹中郎：掌管农事的官。赵悦子：赵悦，字悦子，下邳(今江苏睢宁)人，曾任大司马参军、左卫将军等职。

②俄而：不久。悉：全部。缙绅：原意是插笏(朝会时官宦所执的手板)于带，旧时官宦的装束，转用为官宦的代称。缙，也写作搢，插。绅，束在衣服外面的大带子。敦逼：敦促逼迫。豫：参与。人事：指仕途。

③乡选：指从家乡选出人才。

【译文】

谢安出任桓温的司马时，把几十个门生托付给田曹中郎赵悦子，让他帮忙安排职位。赵悦子把这事告诉了桓温，桓温说："姑且用他一半人。"赵悦子不久就把这些人全部录用了，他说："过去谢安石在东山隐居时，郡县的官员敦促逼迫他出来做官，唯恐他不参与政事。况且现在是他自己从家乡挑选出来的人，怎么反而要违背他的意愿呢？”

103. 桓宣武表云①：“谢尚神怀挺率，少致民誉。②”

【注释】

①桓宣武：即桓温，字元子，谥号为宣武，详见《言语》第55则注①。表：奏章。

②谢尚：谢尚，字仁祖，详见《言语》第46则注①。神怀挺率：指胸怀正直坦率。民誉：民众的称誉，即众人的称誉。

【译文】

桓温上奏章说：“谢尚胸怀正直坦率，年轻时就得到众人的称誉。”

104. 世目谢尚为令达①，阮遥集云：“清畅似达。②”或云：“尚自然令上。③”

【注释】

①目：品评，评论。谢尚：字仁祖，详见《言语》第46则注①。令达：指人品美好，心胸旷达。

②阮遥集：阮孚，字遥集，阮咸之子，详见《文学》第76则注③。清畅：指高尚通达。

③令上：美好卓越。

【译文】

世人评论谢尚是人品美好，心胸旷达。阮遥集评价谢尚说：“高尚通达，类似旷达。”又有人说：“谢尚是自然坦率，美好卓越。”

105. 桓大司马病，谢公往省病，从东门入①。桓公遥望，叹曰：“吾门中久不见如此人！”

【注释】

①桓大司马：即桓温，字元子，曾任大司马，详见《言语》第55则注

①。谢公:即谢安,字安石,详见《德行》第33则注③。省(xǐng)病:探望病人。按:公元360年,谢安应征西大将军桓温之邀,担任他帐下的司马,次年离开桓温幕府;公元363年,朝廷加授桓温侍中、大司马。

【译文】

大司马桓温生病了,谢安前去探望病情,从东门进去。桓温远远望见了谢安,就叹息着说:"我家里已经很久不曾见到这样的人了!"

106. 简文目敬豫为朗豫[①]。

【注释】

①简文:即晋简文帝司马昱,详见《德行》第37则注①。敬豫:即王恬,字敬豫,王导次子,详见《德行》第29则注③。朗豫:指性格开朗,心情愉悦。

【译文】

简文帝司马昱评价王敬豫是性格开朗、心情愉悦。

107. 孙兴公为庾公参军,共游白石山,卫君长在坐[①]。孙曰:"此子神情都不关山水,而能作文。[②]"庾公曰:"卫风韵虽不及卿诸人,倾倒处亦不近。[③]"孙遂沐浴此言[④]。

【注释】

①孙兴公:孙绰,字兴公,详见《言语》第84则注①。庾公:指庾亮,字元规,详见《德行》第31则注①。卫君长:卫永,字君长,成阳人,官至左军长史。

②关:关心,关注。

③风韵:风度韵味。倾倒:心服,佩服。近:浅显,平常。

④沐浴:指反复体味、浸润其中。

【译文】

孙兴公任庾亮的参军时,和庾亮一起去白石山游玩,卫君长也在场。

孙兴公说："此君神情一点也不关心山水风景，却善于写文章。"庾亮说："卫君长风度韵味虽然比不上你们这些人，可是令人佩服的地方也很突出啊。"孙兴公反复体味这句话，感觉很有道理。

108. 王右军目陈玄伯："垒块有正骨。①"

【注释】

王右军：即王羲之，字逸少，曾任右军将军，详见《言语》第62则注①。陈玄伯：陈泰，字玄伯，详见《方正》第8则注②。垒块：积砌成堆的土块，比喻心中郁积的愤慨不平之气。正骨：正直刚毅的气质。

【译文】

右军将军王羲之评价陈玄伯说："胸中有愤慨不平之气，为人正直刚毅。"

109. 王长史云："刘尹知我，胜我自知。①"

【注释】

①王长史：即王濛，字仲祖，官至司徒左长史，详见《言语》第54则注④。刘尹：即刘惔，字真长，官至丹阳尹，详见《德行》第35则注①。按：《晋书·王濛传》记载，王濛和刘惔互相欣赏，"惔常称濛性至通，而自然有节"，王濛听到后，就有了此言。

【译文】

司徒左长史王濛说："丹阳尹刘惔了解我，胜过我对自己的了解。"

110. 王、刘听林公讲①，王语刘曰："向高坐者，故是凶物。②"复更听，王又曰："自是钵釪后王、何人也。③"

【注释】

①王：指王濛，字仲祖。刘：指刘惔，字真长。林公：支遁，字道林，又称林公，东晋高僧，详见《言语》第45则注②。

②高坐：坐于上座，指坐在讲坛上。凶物：凶恶的人，指违背佛法的人。

③钵釪(bō yú)：同"钵盂"，和尚用的饭碗，这里指佛教徒。王、何：指王弼、何晏。按：王弼、何晏二人倡导玄学，热衷清谈，为魏晋玄学的创始者；支道林也善谈玄理，所以把他比做王、何。

【译文】

王濛、刘惔在听高僧支道林宣讲，王濛对刘惔说："在讲坛上宣讲的这个人，原来是个违背佛法的人。"再接着听下去，王濛又说："原来是佛门后世中的王弼、何晏一类的人物啊。"

111. 许玄度言①："《琴赋》所谓'非至精者，不能与之析理'，刘尹其人②；'非渊静者，不能与之闲止'，简文其人③。"

【注释】

①许玄度：许询，字玄度，详见《言语》第69则注①。

②《琴赋》：嵇康所作。刘尹：即刘惔，字真长，官至丹阳尹。

③渊静：性情沉静恬淡。闲止：闲居，安居无事。简文：即晋简文帝司马昱，详见《德行》第37则注①。按：据《晋书·简文帝纪》载，简文"清虚寡欲，尤善玄言"。

【译文】

许玄度说："《琴赋》里说的'不是最精通的人，不能同他一起辨析事理'，刘尹就是这样最精通玄理的人；'不是性情沉静恬淡的人，不能同他一起安居'，简文帝司马昱就是这样的沉静恬淡的人。"

112. 魏隐兄弟，少有学义①。总角诣谢奉，奉与语，大说之②，曰："大宗虽衰，魏氏已复有人。③"

【注释】

①魏隐兄弟：指魏隐和魏逷。魏隐，字安时，会稽上虞人，历任义兴

太守、御史中丞等职。魏遢，魏隐弟，官至黄门侍郎。学义：学识。

②总角：指小时候。谢奉：字弘道，详见《言语》第83则注②。说：通“悦”。

③大宗：尊称宗族。

【译文】

魏隐兄弟俩年轻时就很有学识。小时候两人去拜见谢奉，谢奉和他们交谈后，非常高兴，说：“魏氏宗族虽然已经衰微，但是又有了继承人了。”

113.简文云：“渊源语不超诣简至，然经纶思寻处，故有局陈。①”

【注释】

①简文：指晋简文帝司马昱，详见《德行》第37则注①。渊源：即殷浩，字渊源，详见《言语》第80则注②。超诣：造诣很高。简至：简练，简要。经纶：原意为整理丝线编成绳子，比喻筹划、治理，这里指斟酌用词。思寻：寻思，思忖。局陈：布局，安排。

【译文】

简文帝司马昱说：“殷渊源的清谈造诣不高，也不简练，可是他认真斟酌、思考过说出的话，的确也很有章法、布局合理。”

114.初，法汰北来，未知名，王领军供养之①。每与周旋，行来往名胜许，辄与俱②。不得汰，便停车不行。因此名遂重。

【注释】

①法汰：东晋高僧，详见《文学》第54则注①。王领军：王洽，字敬和，琅邪临沂（今山东临沂）人，王导第三子，历任散骑、中书郎、司徒左长史、吴郡内史、中领军等职。供养：赡养，侍奉。

②周旋：交际应酬。行来：来往。名胜：此指社会名流。许：处所，地方。

【译文】

当初，法汰和尚刚从北方避乱来到南方的时候，还不出名，由中领军王洽供养着。王洽常常带他一起去应酬，与当时名流交往，也总是和他一起去。如果法汰没有来，王洽就停车不走。因此法汰的声望便渐渐大起来了。

115. 王长史与大司马书①，道渊源："识致安处，足副时谈。②"

【注释】

①王长史：即王濛，字仲祖，官至司徒左长史，详见《言语》第 54 则注④。大司马：指桓温，字元子，曾任大司马，详见《言语》第 55 则注①。

②渊源：即殷浩，字渊源，详见《言语》第 80 则注②。识致：识见情趣。安处：安定闲适地生活。副：相配，相称。时谈：时人的评论。

【译文】

司徒左长史王濛给大司马桓温一封信，评论殷渊源说："为人有见识、情趣，生活安定闲适，足以和时人对他的评论相匹配。"

116. 谢公云："刘尹语审细。①"

【注释】

①谢公：指谢安，字安石，详见《德行》第 33 则注③。刘尹：即刘惔，字真长，官至丹阳尹，详见《德行》第 35 则注①。推：推重，推崇。审细：周密细致。

【译文】

谢安说："丹阳尹刘惔的言论周密细致。"

117. 桓公语嘉宾①："阿源有德有言，向使作令仆，足以仪刑百揆②。朝廷用违其才耳③！"

【注释】

①桓公：即桓温，字元子，详见《言语》第55则注①。嘉宾：郗超，字景兴，小字嘉宾，详见《言语》第59则注④。

②阿源：指殷浩，字渊源，详见《言语》第80则注②。向使：假使，假令。令仆：指尚书令与仆射，亦泛指股肱重臣，是文职。仪刑：仪式法则，这里指做榜样。百揆(kuí)：百官。

③用违其才：指没有按照他的才能任用他。按：殷浩好老庄之学，善于清谈，本非将才，但朝廷任他为中军将军、都督五州军事，率军北伐，结果大败。

【译文】

桓温对郗嘉宾说："阿源德行高洁，善于清谈，当初如果让他做尚书令和尚书仆射一类的股肱重臣，足以成为百官的榜样。只是朝廷没有按他的才能任用他啊！"

118. 简文语嘉宾[①]："刘尹语末后亦小异，回复其言，亦乃无过。[②]"

【注释】

①简文：指晋简文帝司马昱，详见《德行》第37则注①。嘉宾：指郗超，小字嘉宾，详见《言语》第59则注④。

②刘尹：指刘惔，字真长，官至丹阳尹，详见《德行》第35则注①。末后：指后来，最后。回复：指回味。

【译文】

简文帝司马昱对郗嘉宾说："丹阳尹刘惔的言论到后来也和以前稍有不同，但是反复回味他的话，却也没有错。"

119. 孙兴公、许玄度共在白楼亭，共商略先往名达[①]。林公既非所关，听讫，云："二贤故自有才情。[②]"

【注释】

①孙兴公:孙绰,字兴公,详见《言语》第84则注①。许玄度:许询,字玄度,详见《言语》第69则注①。白楼亭:古亭名,故址在今浙江省绍兴市。商略:品评,评论。先往:过往,先前。名达:有名望的贤达。

②林公:支遁,字道林,世称林公,东晋高僧,详见《言语》第45则注②。讫:完结,结束。才情:才思,才华。

【译文】

孙兴公、许玄度一起在白楼亭上,共同品评先前的有名望的贤达们。既然不是支道林所关心的事,听完后,他只是说:"你们这两位贤人的确很有才华!"

120. 王右军道东阳:"我家阿林,章清太出。[①]"

【注释】

①王右军:即王羲之,字逸少,曾任右军将军,详见《言语》第62则注①。东阳:指东阳太守,即下文的阿林,"林"应是"临",指王临之,字仲产,琅邪人,仆射王彪之子,官至东阳太守,与王羲之是同一家族。章清:彰明、高尚;章通"彰",彰明、明显、显著。

【译文】

右军将军王羲之评论东阳太守王临之说:"我们家族的阿临,个性彰明,品格高尚,特别突出。"

121. 王长史与刘尹书[①],道渊源:"触事长易。[②]"

【注释】

①王长史:即王濛,字仲祖,曾任司徒左长史,详见《言语》第54则注④。刘尹:刘惔,字真长,官至丹阳尹,详见《德行》第35则注①。

②渊源:殷浩,字渊源,详见《言语》第80则注②。触事:遇事。长:经常,总是。易:平易,平和。

【译文】

司徒左长史王濛给丹阳尹刘惔写信，评论殷渊源说：“他遇到事情时，心态总是很平和。”

122. 谢中郎云[①]：“王修载乐托之性，出自门风。[②]”

【注释】

①谢中郎：谢万，字万石，曾任西中郎将，故称谢中郎，详见《言语》第77则注①。

②王修载：王耆(qí)之，字修载，琅邪人，荆州刺史王廙(yì)第三子，历任中书郎、鄱阳太守、给事中等职。乐托：同“落拓”，放荡不羁，不拘小节。门风：犹家风，指一家或一族世代相传的道德准则和处世方法。

【译文】

西中郎将谢万说：“王修载那种豪放不羁、不拘小节的性格，源自他的家风。”

123. 林公云：“王敬仁是超悟人。[①]”

【注释】

①林公：支遁，字道林，世称林公，东晋高僧，详见《言语》第45则注②。王敬仁：王修，字敬仁，王濛之子，详见《文学》第38则注①。超悟：超脱、有悟性。

【译文】

支道林说：“王敬仁是个超脱、有悟性的人。”

124. 刘尹先推谢镇西，谢后雅重刘[①]，曰：“昔尝北面。[②]”

【注释】

①刘尹：刘惔，字真长，官至丹阳尹，详见《德行》第35则注①。推：推崇。谢镇西：指谢尚，字仁祖，曾任镇西将军，详见《言语》第46则注

①。雅重：非常器重，非常敬重。

②北面：脸朝北，表示师事对方，语出《汉书·于定国传》："北面，备弟子礼。"

【译文】

丹阳尹刘惔先推重镇西将军谢尚，谢尚后来也非常敬重刘惔，说："过去我曾经向他学习过。"

125. 谢太傅称王修龄曰："司州可与林泽游。[①]"

【注释】

①谢太傅：谢安，字安石，死后追赠太傅，详见《德行》第33则注③。王修龄：王胡之，字修龄，朝廷曾召为司州刺史，未及到任就病逝了，故下文称他为司州，详见《言语》第81则注①。林泽：林木与山泽，指隐居的地方。

【译文】

太傅谢安称赞王修龄说："司州刺史王胡之这个人，可以和他一起隐居于林木与山泽之间。"

126. 谚曰："扬州独步王文度，后来出人郗嘉宾。[①]"

【注释】

①独步：指超出同类之上，没有可以相比的。王文度：王坦之，字文度，详见《言语》第72则注①。出人：超出众人。郗嘉宾：郗鉴，字景兴，一字敬舆，小字嘉宾，详见《言语》第59则注④。

【译文】

谚语说："扬州独一无二的人才是王文度，超越常人的后起之秀是郗嘉宾。"

127. 人问王长史江虨兄弟群从[①]，王答曰："诸江皆复足自生活。②”

【注释】

①王长史：即王濛，字仲祖，曾任司徒左长史，详见《言语》第 54 则注④。江虨（bīn）：字思玄，详见《方正》第 25 则注③。群从：指堂房兄弟子侄辈。按：据史书记载，江虨和弟弟江惇、堂弟江灌都有德行，知名于世。

②生活：生存，活着。

【译文】

有人问司徒左长史王濛关于江虨兄弟和堂兄弟的情况，王濛回答说：“江氏诸兄弟都完全能够自立于世。”

128. 谢太傅道安北①：“见之乃不使人厌，然出户去不复使人思。②”

【注释】

①谢太傅：谢安，字安石，死后追赠太傅，详见《德行》第 33 则注③。安北：指王坦之，字文度，死后追赠安北将军，详见《言语》第 72 则注①。

②出户：出门，离开。

【译文】

太傅谢安评论安北将军王坦之说：“见到他也不让人生厌，可是离开以后也不再让人思念他。”

129. 谢公云：“司州造胜遍决。①”

【注释】

①谢公：指谢安，字安石，详见《德行》第 33 则注③。司州：指王胡之，字修龄，善于清谈，曾被召为司州刺史，详见《言语》第 81 则注①。造胜：指造访胜境，能进入优美的境界。遍决：指解决所有的辩难。

【译文】

谢安说：“司州刺史王胡之的清谈能让人进入优美的境界，能解决所有的辩难。”

130. 刘尹云：“见何次道饮酒，使人欲倾家酿。[①]”

【注释】

①刘尹：刘惔，字真长，官至丹阳尹，详见《德行》第35则注①。何次道：何充，字次道，详见《言语》第54则注①。按：《晋书·何充传》说何充能饮酒，“能温克也”；温克，指醉酒后仍很温和，能控制自己。

【译文】

丹阳尹刘惔说：“看见何次道喝酒，就让人想把家里酿造的美酒全部拿出来，倒给他喝。”

131. 谢太傅语真长：“阿龄于此事故欲太厉。[①]”刘曰：“亦名士之高操者。[②]”

【注释】

①谢太傅：指谢安，字安石，死后追赠太傅，详见《德行》第33则注③。真长：即刘惔，字真长，详见《德行》第35则注①。阿龄：指王胡之，字修龄，详见《言语》第81则注①。

②高操：高尚的德操。

【译文】

太傅谢安告诉刘真长说：“阿龄对这件事要求太严格了。”刘真长说：“他也是名士里面有高尚德操的人啊。”

132. 王子猷说：“世目士少为朗，我家亦以为彻朗。[①]”

【注释】

①王子猷：王徽之，字子猷，王羲之第五子，详见《雅量》第36则注①。士少：祖约，字士少，祖逖之弟，详见《雅量》第15则注①。我家：意为家父，指王羲之。彻朗：指心地清澈，为人爽朗；彻，通“澈”。

【译文】

王子猷说："世人评论祖士少为人爽朗，我父亲也认为他心地清澈，为人爽朗。"

133. 谢公云："长史语甚不多，可谓有令音。[①]"

【注释】

①谢公：指谢安，字安石，详见《德行》第 33 则注③。长史：指王濛，字仲祖，官至司徒左长史，善于清谈，详见《言语》第 54 则注④。令音：优美的言辞。

【译文】

谢安说："司徒左长史王濛的话语虽然不多，但可以说是言辞优美。"

134. 谢镇西道敬仁[①]："文学镞镞，无能不新。[②]"

【注释】

①谢镇西：谢尚，字仁祖，曾任镇西将军，详见《言语》第 46 则注①。敬仁：王修，字敬仁，王濛之子，详见《文学》第 38 则注①。

②文学：辞章才学。镞镞(zú zú)：形容突出。

【译文】

镇西将军谢尚评论王敬仁，说："辞章才学高超出众，没有哪一种才能不是新颖的。"

135. 刘尹道江道群："不能言而能不言。[①]"

【注释】

①刘尹：刘惔，字真长，官至丹阳尹，详见《德行》第 35 则注①。江道群：江灌，字道群，详见《赏誉》第 84 则注①。能不言：指能以不言胜人。

【译文】

丹阳尹刘惔称赞江道群说："虽不擅长言辞，却能以不言而胜人。"

136. 林公云:"见司州警悟交至,使人不得住,亦终日忘疲。①"

【注释】

①林公:支遁,字道林,世称林公,东晋高僧,详见《言语》第45则注②。司州:指王胡之,字修龄,曾被召为司州刺史,故称为司州,详见《言语》第81则注①。警悟:机敏和悟性。

【译文】

支道林说:"听到王司州的清谈,言辞中机敏和悟性交替出现的时候,使人不愿意停下来,而且听一整天也不觉得疲劳。"

137. 世称苟子秀出,阿兴清和①。

【注释】

①苟子:王修,字敬仁,小字苟子,王濛之子,详见《文学》第38则注①。秀出:美好突出。阿兴:王蕴,字叔仁,小名阿兴,王修之弟,详见《识鉴》第26则注②。清和:清静平和。

【译文】

世人称赞苟子是美好杰出,他的弟弟阿兴则是清静平和。

138. 简文云:"刘尹茗柯有实理。①"

【注释】

①简文:指晋简文帝司马昱,详见《德行》第37则注①。刘尹:指刘惔,字真长,官至丹阳尹,详见《德行》第35则注①。茗柯:应为"茗艼",即酩酊、懵懂、迷迷糊糊之意。按:这句是说刘惔表面像是胡涂,而清谈时的道理却很充分。

【译文】

简文帝司马昱说:"丹阳尹刘惔表面看起来像是糊里糊涂,清谈时的言论却有很充分的道理。"

139.谢胡儿作著作郎，尝作《王堪传》[1]。不谙堪是何似人，咨谢公[2]。谢公答曰："世胄亦被遇[3]。堪，烈之子，阮千里姨兄弟，潘安仁中外[4]。安仁诗所谓'子亲伊姑，我父唯舅。[5]'是许允婿[6]。"

【注释】

①谢胡儿：字长度，小名胡儿，谢安之侄，详见《言语》第71则注②。王堪：字世胄(zhòu)，东平寿张人，曾任尚书左丞、车骑将军；永嘉之乱中为石勒所害，后追赠太尉。按：晋时著作郎任职时，要撰写一篇名臣传，所以谢朗写了《王堪传》。

②谙：熟悉。何似：何如，怎么样。谢公：指谢安，字安石，详见《德行》第33则注③。

③被遇：蒙受恩遇，指被君主重用。

④王烈：字阳秀，王堪之父，早知名，魏朝为治书御史。阮千里：阮瞻，字千里，阮咸之子，详见《赏誉》第29则注⑤。潘安仁：即潘安，字安仁，见《言语》第107则注④。中外：中表，指中表兄弟，这里指姑表兄弟。

⑤子亲伊姑，我父唯舅：大意指你的母亲是我的姑母，我的父亲是你的舅舅。子，对对方的尊称，相当于"您"。伊、唯，加强肯定的助词。按：诗句出自潘岳《北芒送别王世胄诗》："微微发肤，受之父母。峨峨王侯，中外之首。子亲伊姑，我父唯舅。昆同瓜瓞，志齐执友。"

⑥许允：字士宗，高阳(治今河北高阳)人，三国时期曹魏官员、名士；曾任尚书选曹郎、吏部郎、中书令、镇北将军等职；后被司马师流放到乐浪郡，途中去世。

【译文】

谢胡儿担任著作郎一职时，曾经写过一篇《王堪传》。他不知道王堪是什么样的人，就去问谢安。谢安回答说："王世胄也曾得到过君主的重用。王堪是王烈的儿子，是阮千里的姨表兄弟，潘安仁的姑表兄弟。就是潘安仁在《北芒送别王世胄诗》里所说的'子亲伊姑，我父唯舅'。他是许允的女婿。"

140. 谢太傅重邓仆射①,常言:"天地无知,使伯道无儿。②"

【注释】

①谢太傅:即谢安,字安石,死后追赠太傅,详见《德行》第33则注③。邓仆射:邓攸(yōu),字伯道,官至尚书右仆射,详见《德行》第28则注①。

②无知:没有知觉。按:邓攸在渡江逃难途中,舍弃了自己的儿子,保全了弟弟的儿子,以至绝了后代。

【译文】

太傅谢安很敬重尚书右仆射邓伯道,曾说:"老天没长眼睛,竟使邓伯道没有了后代。"

141. 谢公与王右军书曰:"敬和栖托好佳。①"

【注释】

①谢公:指谢安,字安石,详见《德行》第33则注③。王右军:指王羲之,字逸少,曾任右军将军,详见《言语》第62则注①。敬和:王洽,字敬和,王导第三子,详见《赏誉》第114则注①。栖托:安身,寄托。

【译文】

谢安给右军将军王羲之的信中说:"敬和的安身之处很是不错。"

142. 吴四姓旧目云①:"张文,朱武,陆忠,顾厚。"

【注释】

①吴四姓:吴郡有张、朱、陆、顾四姓,三国时,四姓人才兴旺。

【译文】

从前评论吴郡四姓说:"张家出文人,朱家出武将,陆家忠诚,顾家敦厚。"

143. 谢公语王孝伯:"君家蓝田,举体无常人事。①"

【注释】

①谢公:指谢安,字安石,详见《德行》第33则注③。王孝伯:王恭,

字孝伯，详见《德行》第 44 则注①。蓝田：指王述，字怀祖，承袭父爵蓝田侯，和王恭同族，详见《文学》第 22 则注③。举体：全身上下。

【译文】

谢安对王孝伯说："你们家族的蓝田侯王述，所做的事全都和普通人不同。"

144. 许掾尝诣简文，尔夜风恬月朗，乃共作曲室中语①。襟怀之咏，偏是许之所长，辞寄清婉，有逾平日②。简文虽契素，此遇尤相咨嗟，不觉造膝，共叉手语，达于将旦③。既而曰："玄度才情，故未易多有许！④"

【注释】

①许掾：即许询，字玄度，善析玄理，曾被征为司徒掾，详见《言语》第 69 则注①。简文：即晋简文帝司马昱，详见《德行》第 37 则注①。尔：那，其。恬：安静。曲室：密室。

②偏：正好，恰巧。辞寄：言辞和寄托情意。清婉：清新婉约。

③契素：向来情趣相投。咨嗟：赞叹。造膝：两人膝相接，表示亲近。叉手：握手，执手。

④未易：不易，难于。许：这样，这般。

【译文】

许玄度曾经去谒见简文帝司马昱，那一夜风静月明，两人就一起到密室中清谈。抒发胸中的情怀，这刚好是许玄度最擅长的，他的言辞和寄托的情意都清新婉约，超过了平时的谈论。简文帝虽然向来和他情趣相投，这次会面却更加赞赏他，两人在言谈时不知不觉中越靠越近，就促膝相谈，手拉着手一起交谈，一直谈到天快亮了。事后简文帝说："许玄度的才华出众，这样的人才不易多得啊！"

145. 殷允出西，郗超与袁虎书云①："子思求良朋，托好足下，勿以开美求之。[2]”世目袁为“开美”，故子敬诗曰：“袁生开美度。[3]”

【注释】

①殷允：字子思，陈郡长平（今河南西华）人，官至太常，著有文集十卷。出西：向西边去，这里指到京都去。郗超：详见《言语》第59则注④。袁虎：即袁宏，字彦伯，小字虎，时称袁虎，详见《言语》第83则注①。

②托好：交好。足下：对对方的尊称。开美：气度豁达。

③目：品评，评论。子敬：王献之，字子敬，王羲之第七子，详见《德行》第39则注①。袁生开美度：指袁虎有“开美”的气度。

【译文】

殷允到京都去，郗超给袁虎写信说：“子思（殷允）要寻找良朋好友，想来和您结交，请您不要用‘开美’，即气度豁达这样的标准来要求他。”世人评论袁虎为“开美”，所以王子敬作诗说：“袁生开美度。”

146. 谢车骑问谢公[1]：“真长性至峭，何足乃重？[2]”答曰：“是不见耳[3]。阿见子敬，尚使人不能已[4]。”

【注释】

①谢车骑：即谢玄，字幼度，谢安之侄，死后追赠车骑将军，详见《言语》第78则注③。谢公：指谢安，字安石，详见《德行》第33则注③。

②真长：即刘惔，字真长，详见《德行》第35则注①。峭：严厉。何足：哪里值得。重：推重，敬重。

③是不见耳：是因为你没有见过他。按：刘真长逝世时，谢玄还是幼年，所以没见过；谢安认为谢玄没见过刘真长，所以这样说。

④阿：我。子敬：王献之，字子敬，详见《德行》第39则注①。

【译文】

车骑将军谢玄问谢安道：“刘真长性情过分严厉，哪里值得如此推重他呢？”谢安回答说：“那是因为你没有见过他罢了。我看见子敬，还使人情不自禁地心生敬重之情呢。”

147. 谢公领中书监，王东亭有事，应同上省[①]。王后至，坐促，王、谢虽不通，太傅犹敛膝容之[②]。王神意闲畅，谢公倾目[③]。还谓刘夫人曰：“向见阿瓜，故自未易有，虽不相关，正是使人不能已已。[④]”

【注释】

①谢公：指谢安，字安石，死后追赠太傅，故下文称太傅，详见《德行》第33则注③。领：兼任。中书监：官名，掌管机要，是中书省的长官。王东亭：王珣，字元琳，王导之孙，封东亭侯，详见《言语》第102则注②。省：中书省。

②促：近，挨着。不通：不相来往。敛膝：收拢腿部。按：王珣兄弟原为谢家女婿，后两家有了摩擦，便断绝婚姻关系，成了仇家。

③神意：神情态度。闲畅：悠闲舒畅。倾目：即注目。

④刘夫人：谢安的夫人，是刘惔的妹妹。向：刚才。阿瓜：指王珣，他的小名，一是法护，一是阿瓜。正是：确实是。已已：第一个“已”意为停止，第二个“已”是语气词，同“矣”。

【译文】

谢安兼任中书监的时候，一次，东亭侯王珣有公事，应该同他一起坐车上中书省。王珣来晚了，由于两人的座位紧挨着，王、谢两家虽然不相来往了，太傅谢安还是收拢腿部留出地方给王珣坐。王珣神情态度悠闲舒畅，使得谢安对他注目不已。后来谢安回到家里对妻子刘夫人说：“刚才看见阿瓜，真是个不易多得的人物，虽然和他不相关了，见了确实还是使人心情不能平静下来啊。”

148. 王子敬语谢公：“公故萧洒。[①]”谢曰：“身不萧洒。君道身最得，身正自调畅。[②]”

【注释】

①王子敬：王献之，字子敬，王羲之第七子，详见《德行》第39则注

①。谢公：即谢安。萧洒：同“潇洒”，洒脱不拘束的样子。

②身：自身。君道：指君子之道，君子是儒家思想中理想的人格标准，人格高尚、道德品行良好的人。得：紧要，重要。身正：自身的行为端正。调畅：指和谐舒畅，豁达开朗。

【译文】

王子敬对谢安说：“您的确是风度潇洒。”谢安回答说：“我自身是不潇洒的。君子之道中自身修养是最重要的。自身的行为端正了，人自然就心情舒畅、豁达开朗了。”

149. 谢车骑初见王文度[1]，曰：“见文度，虽萧洒相遇，其复愔愔竟夕。[2]”

【注释】

①谢车骑：即谢玄，字幼度，谢安之侄，死后追赠车骑将军，详见《言语》第78则注③。王文度：王坦之，字文度，详见《言语》第72则注①。

②愔愔(yīn yīn)：安详和悦的样子。竟夕：通宵，整晚。

【译文】

车骑将军谢玄初次见到王文度，对人说：“文度这人，虽然用洒脱、不拘束的态度来对待他，他也仍旧整晚态度都是安详和悦的。”

150. 范豫章谓王荆州[1]：“卿风流俊望，真后来之秀。[2]”王曰：“不有此舅，焉有此甥！[3]”

【注释】

①范豫章：范宁，又作范甯，字武子，曾任豫章太守，详见《言语》第97则注①。王荆州：王忱，字元达，曾任荆州刺史，详见《德行》第44则注②。

②风流俊望：风雅潇洒，有很高的声望。

③此舅：王忱的母亲是范宁的妹妹，所以王忱称范宁为舅。

【译文】

豫章太守范宁对荆州刺史王忱说：“你风雅潇洒，又有很高的声望，真是后起之秀啊!”王忱回答说:“如果没有您这样的舅舅,怎么会有我这样的外甥!”

151.子敬与子猷书①,道:“兄伯萧索寡会,遇酒则酣畅忘反,乃自可矜。②”

【注释】

①子敬:王献之,字子敬,王羲之第七子,详见《德行》第39则注①。子猷:王徽之,字子猷,王羲之第五子,详见《雅量》第36则注①。

②兄伯:哥哥。萧索:淡漠。寡会:即寡合,指性格很难与世人相合。反:通“返”。可矜:值得矜夸。

【译文】

王子敬给王子猷的信上说:“兄长为人淡漠,做事不随流俗,看到酒便尽情地畅饮,以至于流连忘返,这是值得夸奖的。”

152.张天锡世雄凉州,以力弱诣京师,虽远方殊类,亦边人之杰也①。闻皇京多才,钦羡弥至②。犹在渚住,司马著作往诣之,言容鄙陋,无可观听③。天锡心甚悔来,以遐外可以自固④。王弥有俊才,美誉当时,闻而造焉⑤。既至,天锡见其风神清令,言话如流,陈说古今,无不贯悉⑥。又谙人物氏族中来,皆有证据⑦。天锡讶服。

【注释】

①张天锡:十六国时期前凉最后一位君主,详见《言语》第94则注①。雄:称雄,凭武力统治。殊类:不同的种类,指少数民族。边人:驻守边境的人。桀:同“杰”,杰出的人。按:张天锡继承前凉政权,占据凉州,后投降苻坚,在苻坚的弟弟符融手下任征南司马,淝水之战苻坚大败时,张天锡逃归晋朝,即这里说的“以力弱诣京师”。

②皇京:帝都,即建康。钦羡:敬慕。

③渚(zhǔ):指江边码头。司马著作:事迹未详,可能是姓司马、任著作郎的。

④遐外:边远地区,蛮荒之地。自固:固守自身的地位,确保自己的安全。按:所谓"心甚悔来"并非事实,当时前凉政权已被前秦苻坚所灭,他已投降苻坚,苻坚淝水之战中大败后,不得已随之归顺晋朝。

⑤王弥:即王珉,字季琰,小字僧弥,王导之孙,详见《政事》第24则注③。造:造访。

⑥风神:风采、神态。清令:清新美好。贯悉:洞悉,熟悉。

⑦谙:熟悉。中来:应是"中表",指与祖父、父亲或与祖母、母亲的兄弟姐妹的子女的亲戚关系。

【译文】

张天锡家族世代称雄凉州,后来因为势力衰微,便投奔到京都建康而来,他虽然是远方的异族,却也是驻守边境的人中的杰出人物。他听说帝都人才很多,心中非常敬慕。到了京都,还停留在江边码头上时,司马著作便前去拜访他,司马氏言语庸俗浅薄,容貌丑陋,既不中听,也不中看。张天锡因此很后悔来到这里,认为凭着凉州那样的边远地区还可以固守住自己的地位的。王僧弥才能出众,当时有美好的声誉,听说了这件事,就去拜访张天锡。到那里后,张天锡看见王僧弥风采出众,神态清新美好,言谈流畅敏捷,谈论古今,没有不熟悉贯通的。又熟悉各方人士宗族成员和彼此的亲戚关系,都有真凭实据。张天锡十分惊讶,为之叹服。

153. 王恭始与王建武甚有情①,后遇袁悦之间,遂致疑隙②。然每至兴会,故有相思③。时恭尝行散至京口射堂,于时清露晨流,新桐初引④,恭目之曰:"王大故自濯濯。⑤"

【注释】

①王恭:字孝伯,详见《德行》第44则注①。王建武:王忱,字佛大,也叫阿大,故下文称为王大,曾任建武将军,详见《德行》第44则注②。

②袁悦:又作袁悦之,字元礼,东晋陈郡阳夏(今河南太康)人,曾任

谢玄参军、骠骑咨议，后被会稽王司马道子宠信，建议其专揽朝政，389年被孝武帝司马曜诛杀。间：离间。疑隙：因猜疑而生仇怨。

③兴会：兴致，指兴致到了的时候。

④行散：魏晋南北朝士大夫好服五石散（一名寒食散），服后须行走以散发药性，叫作行散。京口：今镇江一带，王恭曾镇守京口。射堂：古时习射的场所。初引：指刚长出新芽。

⑤目：品评，评论。濯濯：清新、明净的样子。

【译文】

王恭起初和建武将军王忱交情很不错，后来受到袁悦之的挑拨离间，便对对方有了猜疑，两人关系产生了裂痕。可是每当兴致到了的时候，王恭还是会想起王忱。曾经有一次，王恭服药后行散，走到京口的射堂，当时，清晨的露珠在晨光中晶莹闪烁，新生的梧桐开始长出新芽，王恭触景生情，评论说："王大也是如此清新明净啊！"

154. 司马太傅为二王目曰①："孝伯亭亭直上，阿大罗罗清疏。②"

【注释】

①司马太傅：即会稽王司马道子，曾任太傅，详见《言语》第98则注①。二王：指王恭、王忱。王恭，字孝伯，详见《德行》第44则注①；王忱，字佛大，也叫阿大，详见《德行》第44则注②。

②亭亭直上：向上挺拔耸立的样子，形容性情刚烈正直。罗罗清疏：指清朗豁达的样子。

【译文】

太傅司马道子评论王孝伯和王忱说："孝伯性情正直刚烈，阿大个性清朗豁达。"

155. 王恭有清辞简旨，能叙说，而读书少，颇有重出①。有人道孝伯常有新意，不觉为烦。

【注释】

①王恭：字孝伯，详见《德行》第44则注①。清辞：清雅的文辞。简旨：精炼的意旨。重出：重复出现。

【译文】

王恭的言谈有清雅的文辞，精炼的意旨，虽然善于畅谈，可是因为读书少，言辞中多有重复出现的地方。有人说王恭言谈常有新意，使人不觉得烦闷。

156.殷仲堪丧后，桓玄问仲文："卿家仲堪，定是何似人？①"仲文曰："虽不能休明一世，足以映彻九泉。②"

【注释】

①殷仲堪：详见《德行》第40则注①。桓玄：字敬道，详见《德行》第41则注①。仲文：殷仲文，殷仲堪堂弟，详见《言语》第106则注②。定：究竟，到底。

②休明：指德行美好清明。映彻：照临，照射到。九泉：黄泉，阴间。按：殷仲堪生前名望很高，后被桓玄逼迫自杀，所以殷仲文的回答须小心谨慎，正如余嘉锡在《世说新语笺疏》中所分析的那般："过毁过誉，皆不可也。休明一世，意以指玄。言仲堪平生之功业，虽不及玄，然固是一时名士，故身死之后，犹能光景常新。"

【译文】

殷仲堪死后，桓玄问殷仲文："你们家族的仲堪，究竟是个怎么样的人？"殷仲文回答说："他虽然不能一辈子都德行美好清明，可是也足以照射到九泉之下。"

品藻第九

《品藻》是《世说新语》第九门，共88则。品藻指品评、鉴定人物。人物品藻作为一种文化现象，在我国起源甚早，而在三国魏晋时代尤为盛行。人物品藻就是人物评论，一般是指对人从形骨到神明做出审美评价和道德判断。本门主要记载了对当时名士进行品评、鉴定的标准和方法。人物品藻的主要标准包括品德才学、功绩声誉、风度仪表、清谈文采等方面。人物品藻的主要方法就是对比法，将两人或多人进行对比评论，或指出各自优点，或分出高下之别。在人物品藻中所对比的双方多是同时代的人物，个别采用了古今对比。

1. 汝南陈仲举、颍川李元礼二人，共论其功德，不能定先后①。蔡伯喈评之曰②："陈仲举强于犯上，李元礼严于摄下③。犯上难，摄下易。"仲举遂在"三君"之下，元礼居"八俊"之上④。

【注释】

①陈仲举：陈蕃，字仲举，汝南平舆（今河南平舆北）人，详见《德行》第1则注①。李元礼：李膺，字元礼，颍川襄城（今河南襄城）人，详见《德行》第4则注①。

②蔡伯喈（jiē）：蔡邕（yōng），字伯喈，陈留郡圉（yǔ）（今河南开封）人，蔡文姬之父；精通音律、书法，通经史，善辞赋；历任祭酒、尚书、巴郡太守、侍中、左中郎将等职，封高阳乡侯；192年为王允所杀。

③强于：即勇于，敢于。摄：管辖，治理。

④三君：指三个受人敬仰的人。八俊：指同一时代有才望的八人。按：东汉后期时，名士之间依据德行等标准，经过评定划分了不同的等

级，上等的有“三君”，即窦武、刘淑、陈蕃；次一等的有“八俊”，即李膺、荀昱、杜密、王畅、刘佑、魏朗、赵典、朱宇。

【译文】

汝南郡的陈仲举、颍川郡的李元礼这两个人，人们一起评论他们的成就和德行，不能评定排名谁先谁后。蔡伯喈评论他们说：“陈仲举敢于冒犯上司，李元礼严于管辖下属。冒犯上司难，管辖下属容易。”于是陈仲举的名次就排在“三君”之中的末位，李元礼的排名就在“八俊”之中的首位。

2. 庞士元至吴，吴人并友之①。见陆绩、顾劭、全琮②，而为之目曰：“陆子所谓驽马有逸足之用，顾子所谓驽牛可以负重致远。③”或问：“如所目，陆为胜邪？”曰：“驽马虽精速，能致一人耳；驽牛一日行百里，所致岂一人哉？”吴人无以难④。“全子好声名，似汝南樊子昭。⑤”

【注释】

①庞士元：即庞统，字士元，号凤雏，详见《言语》第9则注①。

②陆绩：字公纪，吴郡吴县（今江苏苏州）人，汉末庐江太守陆康之子，博学多识，通晓天文历算，著有《浑天图》《太玄经注》等，官至郁林太守。顾劭：字孝则，详见《雅量》第1则注①。全琮（cóng）：字子璜，吴郡钱唐（今浙江杭州西）人，三国时期吴国名将，娶孙权之女公主孙鲁班；历任奋威校尉、偏将军、绥南将军、徐州牧、右大司马等职，进封钱唐侯。

③目：品评，评论。陆子：指陆绩，子是古时对男子的尊称；下文中顾子（顾劭）、全子（全琮）同理。驽马：劣马，跑不快的马，是对比千里马说的。逸足：疾足，指代步。

④精速：速度很快。难：辩难，反驳。

⑤樊子昭：汝南（今河南上蔡东南）人，初为小商贩，后为名士许劭所荐，得以为官，时年六十，不详所终。

【译文】

庞士元到了吴地，吴人都来和他交朋友。他见到陆绩、顾劭、全琮三人，评论他们三人说：“陆绩君可以说是跑不快的马，但能够用来代步；顾劭君可以说是跑不快的牛，但能够运载重物走很远的路。”有人问道：“如果按照你的评论，是陆绩胜过顾劭吗？”庞士元说：“跑不快的马就算努力跑得快了，也只能载一个人罢了；跑不快的牛一天虽然只能走一百里，可是所能运载的难道只有一个人吗？”吴人中没有谁能反驳他的话。庞士元说：“全琮君有很好的名声，像汝南郡的樊子昭一样。”

3.顾劭尝与庞士元宿语，问曰：“闻子名知人，吾与足下孰愈？①”曰：“陶冶世俗，与时浮沉，吾不如子②。论王霸之余策，览倚仗之要害，吾似有一日之长。③”劭亦安其言。

【注释】

①顾劭：字孝则，详见《雅量》第1则注①。庞士元：即庞统，字士元，号详见《言语》第9则注①。宿语：夜谈。名：以……知名。足下：古时候用于对对方的尊称，同“您”。愈：较好，胜过。

②陶冶：烧造陶器、冶炼金属，比喻教化培育。与时浮沉：跟着时代、世俗走，指能顺应潮流。

③王霸：王道和霸道，指用仁义治天下和用武力治天下的策略。余策：遗策，前代留下的策略。览：观察，考察。倚仗：当为“倚伏”，即互相依存、互相制约；语出《老子》：“祸兮福之所倚，福兮祸之所伏。”有一日之长：比你年纪大一天，指更擅长些。

【译文】

顾劭曾经和庞士元作过一次夜谈，他问庞士元说：“听说您因善于鉴识人才而知名，我和您两人谁更优秀一些？”庞士元说：“在适应社会的风俗习惯、顺应时代潮流这些方面我比不上您。至于谈论历代帝王治理天下采用文治或武治的策略，观察了解事物因果变化的关键之处，这些方面我似乎比你稍微擅长一些。”顾劭也很赞同他的话。

4.诸葛瑾、弟亮及从弟诞，并有盛名，各在一国[①]。于时以为蜀得其龙，吴得其虎，魏得其狗[②]。诞在魏，与夏侯玄齐名；瑾在吴，吴朝服其弘量[③]。

【注释】

①诸葛瑾：字子瑜，琅邪阳都（今山东沂南）人，诸葛亮之兄，诸葛恪之父；在东吴为官，历任绥南将军、左将军、骠骑将军等职，封宛陵侯；229年孙权称帝，封其为大将军、左都护，领豫州牧；241年去世。诸葛亮：字孔明，三国时期蜀汉丞相，详见《方正》第5则注①。诸葛诞：字公休，琅邪阳都（今山东沂南）人，诸葛亮族弟；在曹魏为官，历任尚书郎、荥阳令、扬州刺史、镇东将军等职；255年，与司马师一同平定毌丘俭、文钦的叛乱，获封高平侯，升征东大将军；257年起兵反叛，次年兵败，被大将军司马胡奋所斩，夷三族。

②龙、虎、狗：用来表明才智、品德等级的不同，虎低于龙，狗低于虎。

③夏侯玄：字太初（一作泰初），详见《方正》第6则注①。吴朝：指吴国朝廷官员。

【译文】

诸葛谨和弟弟诸葛亮以及堂弟诸葛诞，三人都有很高的声望，各在一个国家任职。当时，人们认为蜀国得到了三人中的龙，吴国得到了三人中的虎，魏国得到了三人中的狗。诸葛诞在魏国，和夏侯玄齐名；诸葛谨在吴国，吴国朝廷官员都佩服他宽宏的度量。

5.司马文王问武陔[①]："陈玄伯何如其父司空？[②]"陔曰："通雅博畅，能以天下声教为己任者，不如也[③]。明练简至，立功立事，过之[④]。"

【注释】

①司马文王：即司马昭，死后谥文王，详见《德行》第15则注①。武陔（gāi）：字元夏，详见《赏誉》第14则注①。

②陈玄伯：陈泰，字玄伯，详见《方正》第 8 则注②。司空：指陈群，字长文，陈泰之父，官至司空，详见《德行》第 6 则注③。

③通雅博畅：通达高雅，豁达爽快。声教：声威教化。

④明练简至：明察干练，简约扼要。

【译文】

晋文王司马昭问武陔："陈玄伯和他父亲司空陈群比起来，怎么样？"武陔回答说："论及个性通达高雅、豁达爽快，以及把在全国树立君主的声威和推行教化当作自己的责任这些方面，陈玄伯比不上他父亲；至于在做事明察干练，语言简约扼要，以及建功立业这些方面，陈玄伯则要超过他父亲。"

6. 正始中，人士比论，以五荀方五陈①：荀淑方陈寔②，荀靖方陈谌③，荀爽方陈纪④，荀彧方陈群⑤，荀顗方陈泰⑥。又以八裴方八王：裴徽方王祥⑦，裴楷方王夷甫⑧，裴康方王绥⑨，裴绰方王澄⑩，裴瓒方王敦⑪，裴遐方王导⑫，裴頠方王戎⑬，裴邈方王玄⑭。

【注释】

①正始：魏齐王曹芳的第一个年号，公元 240 年—公元 249 年 4 月，共计 10 年。比论：指用对比的方法来评论人物。方：相比，相当，等同。

②荀淑：字季和，详见《德行》第 5 则注①。陈寔(shí)：字仲弓，详见《德行》第 6 则注①。

③荀靖：荀靖，字叔慈，荀淑第三子，详见《德行》第 6 则注④。陈谌(chén)：字季方，陈寔第四子，详见《德行》第 6 则注②。

④荀爽：字慈明，荀淑第六子，详见《德行》第 6 则注⑤。陈纪：字元方，陈寔长子，详见《德行》第 6 则注②。

⑤荀彧(yù)：字文若，荀淑之孙，详见《德行》第 6 则注⑦。陈群：字长文，陈寔之孙，陈纪之子，详见《德行》第 6 则注③。

⑥荀颉(yǐ):字景倩,荀彧第六子,详见《言语》第99注⑤。陈泰:字玄伯,陈群之子,详见《方正》第8则注②。

⑦裴徽:字文秀,详见《文学》第8则注①。王祥:字休徵,详见《德行》第14则注①。

⑧裴楷:字叔则,裴徽之子,详见《德行》第18则注④。王夷甫:王衍,字夷甫,王祥族孙,详见《言语》第23则注②。

⑨裴康:字仲豫,河东闻喜(今山西闻喜)人,裴徽之子,有宏量,曾任太子左率。王绥:字万子,王戎之子,详见《赏誉》第29则注⑧。

⑩裴绰:字仲舒,河东闻喜人,裴楷之弟,曾任黄门侍郎、长水校尉。王澄:字平子,王衍之弟,王戎堂弟,王敦族弟,详见《德行》第23则注①。

⑪裴瓒:字国宝,裴楷之子,才气爽俊,官至中书郎。王敦:字处仲,王导堂兄,详见《言语》第37则注①。

⑫裴遐:字叔道,裴绰之子,详见《文学》第19则注①。王导:字茂弘,详见《德行》第27则注③。

⑬裴頠:字逸民,裴秀之子,详见《言语》第23则注③。王戎:字濬冲,王浑之子,详见《德行》第16则注①。

⑭裴邈:裴邈,字景声,裴頠堂弟,详见《雅量》第11则注①。王玄:字眉子,王衍之子,王澄之侄,详见《识鉴》第12则注①。

【译文】

正始年间,当时的人士用对比的方法来评论人物时,拿荀氏家族中的五位和陈氏家族中的五位来相对比:荀淑相比陈寔,荀靖相比陈谌,荀爽相比陈纪,荀彧相比陈群,荀颉相比陈泰。又拿裴氏家族中的八位和王氏家族中的八位来相对比:裴徽对比王祥,裴楷对比王夷甫,裴康对比王绥,裴绰对比王澄,裴瓒对比王敦,裴遐对比王导,裴頠对比王戎,裴邈对比王玄。

7.冀州刺史杨淮二子乔与髦,俱总角为成器[①]。淮与裴頠、乐广友善,遣见之[②]。頠性弘方,爱乔之有高韵,谓淮曰:"乔当

及卿，髦小减也。[3]”广性清淳，爱髦之有神检，谓淮曰：“乔自及卿，然髦尤精出。[4]”淮笑曰：“我二儿之优劣，乃裴、乐之优劣。”论者评之，以为乔虽高韵，而检不匝，乐言为得[5]。然并为后出之俊。

【注释】

①杨淮：应为杨准，字始立，详见《赏誉》第58则注③。杨乔：字国彦，弘龙华阴人，杨准之子，为人爽朗有远意。杨髦：字士彦，杨准之子，清平有贵识，后被石勒所害。总角：指儿童时期。成器：有成就的人才。

②裴颜：字逸民，详见《言语》第23则注③。乐广：字彦辅，详见《德行》第23则注④。

③弘方：宽宏正直。高韵：高雅的风度。及：赶上，达到。小：通“稍”，稍微。减：亚于，次于。

④清淳：品德高洁而纯朴。神检：高贵的品行和节操。

⑤而检不匝：品行、节操还不完善；检指品行、节操；匝，绕一圈，引申为完整、完善。

【译文】

冀州刺史杨淮的两个儿子杨乔和杨髦，都是在幼年时就有所成就的人才。杨淮和裴颜、乐广两人很友好，就打发两个儿子去见他们。裴颜禀性宽宏正直，所以喜欢杨乔那种高雅的风度，他对杨淮说：“杨乔应当会赶上你，杨髦则要稍微差一点儿。”乐广品德高洁而纯朴，所以喜欢杨髦那种高贵的品行和节操，他对杨淮说：“杨乔自然能赶上你，可是杨髦会更为优秀出色。”杨淮笑道：“我两个儿子的长处和短处，就是裴颜、乐广的长处和短处。”当时的舆论评论这两人的看法，认为杨乔虽然风度高雅，可是品行和节操还不够完善，乐广的评论更为合适。不过两个孩子都是后起之秀。

8.刘令言始入洛[1]，见诸名士而叹曰：“王夷甫太解明[2]，乐彦辅我所敬③，张茂先我所不解④，周弘武巧于用短⑤，杜方叔拙于用长⑥。”

【注释】

①刘令言：刘纳，又作刘讷，字令言，彭城从亭人，史称刘讷善于识人，有“人伦鉴识”美称，官至司隶校尉。

②王夷甫：王衍，字夷甫，详见《言语》第23则注②。解明：精明。

③乐彦辅：乐广，字彦辅，详见《德行》第23则注④。

④张茂先：张华，字茂先，详见《德行》第12则注③。

⑤周弘武：周恢，字弘武，汝南人，“金谷二十四友”之一，官至秦相。

⑥杜方叔：杜育，字方叔，襄城邓陵（今河南襄城）人，“金谷二十四友”之一，著有文集二卷；曾任汝南太守、右将军、国子祭酒等职；永嘉之乱中为敌兵所杀。

【译文】

刘令言初到洛阳，见到了诸多名士，感慨地评价道：“王夷甫过于精明，乐彦辅是我所敬重的人，张茂先是我所不能理解的人，周弘武能巧妙地利用自己的短处，杜方叔则不善于发挥自己的长处。”

9. 王夷甫云：“闾丘冲优于满奋、郝隆①。此三人并是高才，冲最先达②。”

【注释】

①王夷甫：王衍，字夷甫，详见《言语》第23则注②。闾丘冲：字宾卿，高平人，曾任太傅长史、光禄勋等职，死于永嘉之乱中。满奋：字武秋，详见《言语》第20则注①。郝隆：应为郗隆，郝隆是东晋桓温时人。郗隆，字弘始，高平人，太尉郗鉴叔父，历任尚书郎、吏部郎、东郡太守、散骑常侍、扬州刺史等职；301年，赵王司马伦篡位称帝，齐王司马冏传檄讨伐，隆应檄稽留，为参军王邃所杀。

②并：全，全都。先达：德行高、学问深的知名前辈。

【译文】

王夷甫说："闾丘冲胜过满奋和郝隆。这三个人同是优秀的人才，闾丘冲是其中德行最高、学问最深的一个。"

10. 王夷甫以王东海比乐令①，故王中郎作碑云："当时标榜为乐广之俪。②"

【注释】

①王夷甫：王衍，字夷甫，详见《言语》第 23 则注②。王东海：王承，字安期，曾任东海郡太守，详见《政事》第 9 则注①。乐令：乐广，字彦辅，曾任尚书令，详见《德行》第 23 则注④。

②王中郎：王坦之，字文度，曾任北中郎将，王承的孙子，详见《言语》第 72 则注①。标榜：赞扬，称扬。俪：并列。

【译文】

王夷甫把东海太守王承来和尚书令乐广相提并论，所以北中郎将王坦之给祖父王承写的碑文上说："当时人们都称赞他，认为他和乐广齐名。"

11. 庾中郎与王平子雁行①。

【注释】

①庾中郎：庾敳，字子嵩，曾任太傅从事中郎，详见《文学》第 15 则注①。王平子：王澄，字平子，详见《德行》第 23 则注①。雁行：飞雁的行列，指如飞雁一样并列有序，同等。

【译文】

从事中郎庾子嵩和王平子是并列同等的。

12. 王大将军在西朝时，见周侯，辄扇障面不得住①。后度江左，不能复尔②。王叹曰："不知我进伯仁退？"

【注释】

①王大将军：指王敦，字处仲，曾任大将军，详见《言语》第37则注①。西朝：指西晋。周侯：周顗（yǐ），字伯仁，袭父爵武城侯，世称周侯，详见《言语》第30则注②。辄：总是。按：沈约《晋书》载："周顗，王敦素惮之，见辄面热，虽复腊月，亦扇面不休。其惮如此。"所记和这里稍有不同。

②江左：东晋的基业都在江左，故当时人又称其统治下的全部地区为江左。按：渡江后王敦权势渐长，不再忌惮周顗，所以见面时就不再遮脸了。

【译文】

大将军王敦在西晋时期，每次见到武城侯周顗，总忍不住要拿扇子遮住脸。后来到了江左，就不再这样了。王敦感叹道："不知是我有了长进，还是伯仁有了退步？"

13. 会稽虞騑，元皇时与桓宣武同侠，其人有才理胜望[①]。王丞相尝谓騑曰："孔愉有公才而无公望，丁潭有公望而无公才，兼之者其在卿乎！[②]"騑未达而丧[③]。

【注释】

①虞騑（fēi）：字思行，会稽余姚人，曾任吏部郎、吴兴太守、金紫光禄大夫等职，卒。元皇：指晋元帝司马睿，详见《言语》第29则注①。桓宣武：即桓温，谥号宣武，详见《言语》第55则注①。同侠：据余嘉锡《世说新语笺疏》说"同侠盖同僚之误"；同僚，指同在一个官署任职。才理：才思。胜望：美好的声望。按：据《晋书·虞騑传》记载，虞騑和桓宣武（桓温）的父亲宣城太守桓彝俱为吏部郎，交情很好，则桓宣武应为桓宣城。

②王丞相：指王导，字茂弘，官至丞相，详见《德行》第27则注③。孔愉：字敬康，详见《方正》第38则注①。丁潭：字世康，会稽山阴（今浙江绍兴）人，晋朝大臣；曾任东阳太守、散骑常侍、廷尉、左光禄大夫等职，赐爵永安伯；死后追赠侍中，大夫如旧，谥号简。公才、公望：三公的才能、

三公的名望。

③达：显贵。

【译文】

会稽郡虞骓，晋元帝时和桓温是同僚，这个人既有才思，声望又很高。丞相王导曾经对他说过："孔愉有三公的才能，却没有三公的名望；丁潭有三公的名望，却没有三公的才能；这两方面兼而有之的，大概就是你吧！"但是虞骓还没有登上三公之位就死了。

14. 明帝问周伯仁："卿自谓何如郗鉴？①"周曰："鉴方臣，如有功夫。②"复问郗，郗曰："周颉比臣，有国士门风。③"

【注释】

①明帝：即晋明帝司马绍，见《方正》第23则注③。周伯仁：周颉，字伯仁，详见《言语》第30则注②。郗鉴：字道徽，详见《德行》第24则注①。

②方：相比。如：好像，似乎。功夫：造诣，素养。

③国士：一国中才能突出的人物。门风：家风。

【译文】

晋明帝司马绍问周伯仁："你自己认为你和郗鉴相比，谁更胜一筹？"周伯仁回答说："郗鉴和臣相比，似乎更有造诣。"明帝又问郗鉴同样的问题，郗鉴说："周颉和臣相比，他是一国中才能更突出的人物，有着良好的家风。"

15. 王大将军下，庾公问①："闻卿有四友，何者是？"答曰："君家中郎、我家太尉、阿平、胡毋彦国②。阿平故当最劣。"庾曰："似未肯劣。"庾又问："何者居其右？③"王曰："自有人。"又问："何者是？"王曰："噫！其自有公论。"左右蹑公，公乃止④。

【注释】

①王大将军：指王敦，字处仲，曾任大将军，详见《言语》第37则注

①。下：指下到京都。按：王敦当时镇守武昌，在上流，故称建业为下。庾公：指庾亮，字元规，详见《德行》第 31 则注①。

②君家中郎：你家的中郎，即庾敳，字子嵩，曾任太傅从事中郎，庾亮族人，详见《文学》第 15 则注①。我家太尉：指王衍，字夷甫，官至太尉，王敦堂兄，详见《言语》第 23 则注②。阿平：指王澄，字平子，王衍的弟弟，详见《德行》第 23 则注①。胡毋彦国：姓胡毋，名辅之，字彦国，详见《德行》第 23 则注②。

③其右：其上，最优秀，古人以右边为尊位。

④蹑：踩，踏。按：王敦不肯明说，因为他认为自己居右；庾亮一再追问，大概是没有领会或不赞同王敦的意思。

【译文】

大将军王敦从武昌东下建康后，庾亮问他："听说你有四位好友，是哪几位？"王敦答道："你们庾家的从事中郎庾敳、我们王家的太尉王衍、阿平和胡毋彦国。阿平是其中最差的。"庾亮说："似乎未必他最差吧。"庾亮又问："你们几位中哪一位更出众？"王敦说："自然有人。"庾亮又追问道："是哪一位？"王敦说："唉！自然会有公论吧。"手下的人踩了一下庾亮的脚，庾亮就没有再追问下去。

16. 人问丞相："周侯何如和峤？[①]"答曰："长舆嵯櫱。[②]"

【注释】

①丞相：指王导，字茂弘，官至丞相，详见《德行》第 27 则注③。周侯：即周顗(yǐ)，字伯仁，袭父爵武城侯，世称周侯，详见《言语》第 30 则注②。和峤：字长舆，详见《德行》第 17 则注①。

②嵯櫱(cuó niè)：即嵯峨，形容山势高峻。

【译文】

有人问丞相王导："武城侯周顗与和峤相比怎么样？"王导回答说："长舆像高山一样巍峨地屹立在那里。"

17.明帝问谢鲲:"君自谓何如庾亮?[①]"答曰:"端委庙堂,使百僚准则,臣不如亮[②]。一丘一壑,自谓过之[③]。"

【注释】

①明帝:即晋明帝司马绍,见《方正》第23则注③。谢鲲:字幼舆,详见《言语》第46则注②。庾亮:字元规,详见《德行》第31则注①。

②端委:古时礼服,这里指穿着礼服。庙堂:朝廷。准则:以为标准或原则。

③一丘一壑:丘壑本意是山陵和溪谷,隐者所居之地,这里指山水美景,比喻寄情于山水美景之中。

【译文】

晋明帝司马绍问谢鲲:"您认为自己和庾亮相比,谁更胜一筹?"谢鲲回答说:"穿着朝服端立于朝堂之上,成为百官的楷模,使百官有个榜样和准则,这个方面臣不如庾亮;至于寄情于山水美景之中的乐趣,臣自认为超过他。"

18.王丞相二弟不过江,曰颖,曰敞[①]。时论以颖比邓伯道,敞比温忠武[②]。议郎、祭酒者也[③]。

【注释】

①王丞相:指王导,字茂弘,官至丞相,详见《德行》第27则注③。王颖:字茂英,王导弟,官至议郎,年二十卒。王敞:字茂平,王导弟,征为丞相祭酒,不就;袭爵堂邑公,年二十二卒。按:王导的两个弟弟年少时跟王导一样都很有名,两人都死于晋室南渡以前,所以不过江。

②邓伯道:邓攸(yōu),字伯道,详见《德行》第28则注①。温忠武:温峤,谥号忠武,详见《言语》第35则注②。

③议郎:官名,掌管顾问应对。祭酒:官名,是部门之长。

【译文】

丞相王导有两个弟弟一个叫王颖,一个叫王敞,两人因为早亡,没有到江南来。当时的舆论把王颖和邓伯道并列,把王敞和温峤并列,王颖和王敞分别担任议郎和祭酒。

19.明帝问周侯:"论者以卿比郗鉴,云何?①"周曰:"陛下不须牵颉比。②"

【注释】

①明帝:即晋明帝司马绍,见《方正》第23则注③。周侯:周颉(yǐ),字伯仁,袭父爵武城侯,世称周侯,详见《言语》第30则注②。郗鉴:字道徽,详见《德行》第24则注①。按:本则和第14则可能是同一事而记载不同。

②陛下:是对君主的尊称。按:周颉死后,明帝才即位,故周颉不会称他为陛下,此则记载有误。

【译文】

晋明帝司马绍问武城侯周颉:"舆论都拿你和郗鉴相提并论,你认为怎么样?"周颉说:"陛下不必拉着我去做比较。"

20.王丞相云:"顷下论以我比安期、千里,亦推此二人①。唯共推太尉,此君特秀②。"

【注释】

①王丞相:指王导,字茂弘,官至丞相,详见《德行》第27则注③。顷下:应为洛下,即洛阳。安期:王承,字安期,详见《政事》第9则注①。千里:阮瞻,字千里,详见《赏誉》第29则注⑤。推:推重。按:余嘉锡《世说新语笺疏》云:"嘉锡案:《御览》四百四十七引郭子,'顷下'作'雒下','亦推此二人'作'我亦不推此二人',皆于义为长,《世说》传写误耳。"雒,古都邑名,汉光武建都改名雒阳,即今河南洛阳。

②唯:表示希望、祈使。太尉:指王衍,字夷甫,官至太尉,详见《言语》第23则注②。

【译文】

丞相王导说:“洛阳的舆论把我和王安期、阮千里相提并论,我也推重这两个人。希望大家共同推重太尉王衍,这个人才能特别出众。”

21.宋袆曾为王大将军妾,后属谢镇西[①]。镇西问袆:“我何如王?”答曰:“王比使君,田舍贵人耳。[②]”镇西妖冶故也[③]。

【注释】

①宋袆(yī):石崇歌妓绿珠的弟子,有国色,善吹笛;初为王敦妾,后在晋明帝司马绍处,晋明帝病重时赐给阮孚,阮孚病逝后又入谢尚府。王大将军:指王敦,曾任大将军,详见《言语》第37则注①。谢镇西:谢尚,字仁祖,官至镇西将军,详见《言语》第46则注①。

②使君:汉以后用做对州郡长官的尊称。田舍:指农家子。按:宋袆属谢尚时年已老,大概谢尚取之以教歌伎;余嘉锡《世说新语笺疏》云:“袆称尚为使君,必在建元二年以南中郎将领江州刺史之后,上距石崇、绿珠之死,亦四十余年矣。殆因袆善吹笛,故尚取之,以教伎人。”

③妖冶:容貌艳丽。

【译文】

宋袆曾经是大将军王敦的侍妾,后来又归属镇西将军谢尚。谢尚问宋袆:“我和王敦相比怎么样?”宋袆回答说:“王将军和使君相比,就像是拿农家子和贵人相比啊!”这是因为谢尚容貌艳丽的缘故。

22.明帝问周伯仁:“卿自谓何如庾元规?[①]”对曰:“萧条方外,亮不如臣[②]。从容廊庙,臣不如亮。[③]”

【注释】

①明帝:即晋明帝司马绍,见《方正》第23则注③。周伯仁:周顗,字伯仁,详见《言语》第30则注②。庾元规:庾亮,字元规,详见《德行》第31则注①。按:本则为周顗,第17则为谢鲲,但意思相同,大概是传闻

之误。

②萧条：清闲舒适，逍遥自在。方外：世外，世俗之外。

③从容：指周旋应付。廊庙：指朝廷。

【译文】

晋明帝司马绍问周伯仁："你认为自己和庾元规相比，谁更胜一筹？"周伯仁回答说："说到清闲舒适、逍遥自在于世俗之外，庾亮比不上臣。至于在朝廷之上周旋应对，臣比不上庾亮。"

23. 王丞相辟王蓝田为掾，庾公问丞相："蓝田何似？[①]"王曰："真独简贵，不减父祖[②]，然旷澹处故当不如尔。[③]"

【注释】

①王丞相：指王导，字茂弘，官至丞相，详见《德行》第27则注③。辟：征召来授予官职。王蓝田：指王述，字怀祖，承袭父爵蓝田侯，详见《文学》第22则注③。掾：属官。庾公：指庾亮，字元规，详见《德行》第31则注①。

②真独：自然坦率，不同流俗。简贵：简洁高贵。减：亚于，次于。父祖：指王承、王湛。王承，字安期，西晋汝南太守王湛之子，王述之父，被誉为东晋初年第一名士，详见《政事》第9则注①。王湛，字处冲，王述祖父，少有识度，沉静和顺，详见《赏誉》第17则注①。

③旷澹：同"旷淡"，旷达而淡泊，不求名利。

【译文】

丞相王导征召蓝田侯王述来做自己的属官，庾亮问王导："蓝田侯王述这个人怎么样？"王导说："为人自然坦率、不同流俗、简洁高贵，不比他祖父和父亲逊色；可是在旷达淡泊这方面还是比不上长辈们呀。"

24. 卞望之云[①]："郗公体中有三反：方于事上，好下佞己，一反[②]；治身清贞，大修计校，二反[③]；自好读书，憎人学问，三反。"

【注释】

①卞望之：即卞壸(kǔn)，字望之，详见《言语》第48则注④。

②郗公：指郗鉴，字道徽，详见《德行》第24则注①。反：相反，对立，矛盾。方：刚直方正。佞：谄媚。

③治身：修身，即修养身心。清贞：清廉、有节操。修：在意，讲究。计校：计较，计算；这里指对财物斤斤计较。

【译文】

卞望之说："郗公身上有三种矛盾现象：侍奉君主非常刚直方正，却喜欢下级阿谀奉承自己，这是第一个矛盾之处；很注意修养身心，为人清廉有节操，却非常在意计较财物的得失，这是第二个矛盾之处；自己喜欢读书，却憎恶别人做学问，这是第三个矛盾之处。"

25. 世论温太真是过江第二流之高者①。时名辈共说人物，第一将尽之间，温常失色②。

【注释】

①温太真：温峤，字太真，详见《言语》第35则注②。

②名辈：指名士们。说：品评，评论。第一：指第一流，第一等。常：通"尝"，曾，曾经。

【译文】

世人评论温太真是过江而来的第二流人物中名列前茅的人。当时，名士们在一起品评人物，第一流人物快要列举完的时候，温太真曾紧张得脸色都变了。

26. 王丞相云："见谢仁祖，恒令人得上。①"与何次道语，唯举手指地曰："正自尔馨。②"

【注释】

①王丞相：即王导，字茂弘，官至丞相，详见《德行》第27则注③。谢

仁祖：谢尚，字仁祖，详见《言语》第46则注①。

②何次道：何充，字次道，详见《言语》第54则注①。唯：只有，只是。尔馨：魏晋口语，意为如此、这样。按：王导一向推重何次道，并希望他将来能接替自己为相，所以对他的意见多为赞同。

【译文】

丞相王导说："见到谢仁祖，常常使人能够意气高昂。"和何次道谈话时，他只是用手指着地说："正是这样。"

27. 何次道为宰相，人有讥其信任不得其人①。阮思旷慨然曰："次道自不至此。但布衣超居宰相之位，可恨唯此一条而已。②"

【注释】

①何充：字次道，详见《言语》第54则注①。讥：指责，非议。

②阮思旷：阮裕，字思旷，详见《德行》第32则注①。布衣：指平民，古代平民不能衣锦绣，故称布衣。超：指超迁，越级提升。按：阮思旷如此说，大概是出于当时的门阀观念，因为何充不是出身名门望族。

【译文】

何次道升任宰相以后，有人指责他信任了不值得信任的人。阮思旷感慨地说："次道自然不会做错到如此地步。不过一个平民百姓竟然被越级提拔到宰相的地位，这是唯一令人遗憾的一点了。"

28. 王右军少时，丞相云①："逸少何缘复减万安邪！②"

【注释】

①王右军：王羲之，字逸少，曾任右军将军，详见《言语》第62则注①。丞相：指王导，字茂弘，详见《德行》第27则注③。

②何缘：即缘何，为什么，怎么。减：不如，不足。万安：刘绥，字万安，详见《雅量》第24则注②。

【译文】

右军将军王逸少年轻时，丞相王导说："逸少怎么会不如万安呢！"

29. 郗司空家有伧奴，知及文章，事事有意[①]。王右军向刘尹称之，刘问："何如方回？[②]"王曰："此正小人有意向耳，何得便比方回！[③]"刘曰："若不如方回，故是常奴耳。"

【注释】

①郗司空：即郗鉴，字道徽，曾任司空，详见《德行》第24则注①。伧奴：指奴仆是北方人；伧，粗俗、鄙贱之意，晋时南方人讥讽北方人粗鄙，蔑称之为"伧父"。文章：文辞。意：想法，念头。

②王右军：即王羲之，字逸少，曾任右军将军，详见《言语》第62则注①。刘尹：刘惔，字真长，曾任丹阳尹，详见《德行》第35则注①。称：称赞。方回：郗愔(yīn)，字方回，郗鉴长子，王羲之妻弟，详见《言语》第59则注⑨。

③小人：古代指地位低的人。意向：志向。

【译文】

司空郗鉴家有个北方来的仆人，懂得文辞，对什么事都有自己的看法。右军将军王羲之向丹阳尹刘惔称赞这个仆人，刘惔问道："和方回相比，怎么样？"王羲之说："这只是个地位低下的小人物，有那么点志向罢了，哪里就能和方回相比！"刘惔说："如果比不上方回，那仍旧只是个普通的奴仆罢了。"

30. 时人道阮思旷[①]："骨气不及右军[②]，简秀不如真长[③]，韶润不如仲祖[④]，思致不如渊源[⑤]，而兼有诸人之美[⑥]。"

【注释】

①阮思旷：阮裕，字思旷，阮籍族弟，详见《德行》第32则注①。

②骨气：指刚强不屈的人格及操守。右军：王羲之，字逸少，曾任右

军将军，详见《言语》第62则注①。

③简秀：简约内秀。真长：刘惔，字真长，详见《德行》第35则注①。

④韶润：指品性华美柔润。仲祖：王濛，字仲祖，详见《言语》第54则注④。

⑤思致：指人的思想意趣或性情、才思。渊源：殷浩，字渊源，详见《言语》第80则注②。

⑥美：优点，长处。

【译文】

当时的人士评论阮思旷说："在刚直不屈的人格操守方面比不上王右军，论及简约内秀比不上刘真长，在品性华美柔润方面比不上王仲祖，在才思和意趣上比不上殷渊源，可是却能兼有这几个人的长处。"

31.简文云①："何平叔巧累于理②，嵇叔夜俊伤其道③。"

【注释】

①简文：指晋简文帝司马昱，详见《德行》第37则注①。

②何平叔：何晏，字平叔，善于清谈，详见《言语》第14则注①。巧：精巧、巧妙，这里指巧妙的言辞。理：指玄理，魏晋玄学中所推崇的道理。

③嵇叔夜：嵇康，字叔夜，崇尚老庄，详见《德行》第16则注②。俊：杰出，卓越，出众。道：即自然之道，是道家学说中的重要概念。

【译文】

简文帝司马昱说："何平叔巧妙的言辞连累到他所说的玄理，嵇叔夜的卓越出众妨害了他的自然之道。"

32.时人共论晋武帝①出齐王②之与立惠帝③，其失孰多。多谓立惠帝为重。桓温曰："不然，使子继父业，弟承家祀，有何不可！④"

【注释】

①晋武帝：即晋开国皇帝司马炎，详见《德行》第17则注③。

②齐王：司马攸，字大猷(yóu)，小字桃符，河内郡温县(今河南温县)人，晋武帝司马炎同母弟；西晋建立后，封齐王，历任骠骑将军、镇军大将军、司空、大司马等职；282年，武帝身体恶化，因太子软弱，齐王继位的呼声高涨，导致其被排挤出朝，要求回到封国，次年气恨发病而死，谥号献王。

③惠帝：晋惠帝司马衷，字正度，司马炎次子；267年立为太子，290年即位，改元永熙；为人痴不任事，初由太傅杨骏辅政，皇后贾南风杀杨骏，又杀害太子司马遹，引发"八王之乱"，期间赵王司马伦趁乱篡夺帝位，以惠帝为太上皇，齐王司马冏与成都王司马颖等起兵，诛杀司马伦及其党羽，迎惠帝复位，又由诸王辗转挟持，306年东海王司马越将其迎归洛阳；307年去世，谥号孝惠皇帝。

④桓温：字元子，详见《言语》第55则注①。承家祀：指承续王国的祭祀，即回到封国去；家，指所封的王国。

【译文】

当时的人士评论晋武帝司马炎令弟弟齐王司马攸回归封国和让儿子司马衷登上帝位成为晋惠帝这两件事，哪一件事失误更大。大多数都认为让晋惠帝司马衷登上帝位一事失误更大。桓温说："不能这样说，让儿子继承父亲的事业，让弟弟治理自己的封国，有什么不可以的！"

33.人问殷渊源："当世王公以卿比裴叔道，云何？[①]"殷曰："故当以识通暗处。[②]"

【注释】

①殷渊源：殷浩，字渊源，详见《言语》第80则注②。王公：王侯公卿，达官贵人。裴叔道：裴遐，字叔道，详见《文学》第19则注①。

②暗处：指玄理中的隐晦精微之处。

【译文】

有人问殷渊源："当代的王侯公卿们把你和裴叔道相提并论，你觉得怎么样？"殷渊源说："这应当是因为我们都能用识见去疏通玄理中的隐晦精微之处吧。”

34. 抚军问殷浩：“卿定何如裴逸民？[①]”良久答曰：“故当胜耳。”

【注释】

①抚军：指简文帝司马昱，登位前曾任抚军大将军，详见《德行》第37则注①。殷浩：字渊源，详见《言语》第80则注②。定：到底，究竟。裴逸民：裴頠(wěi)，字逸民，详见《言语》第23则注③。

【译文】

抚军问殷浩：“你和裴逸民相比，究竟怎么样啊？”过了很久，殷浩才回答说：“自然应该胜过他呀。”

35. 桓公少与殷侯齐名，常有竞心[①]。桓问殷：“卿何如我？”殷云：“我与我周旋久，宁作我。[②]”

【注释】

①桓公：即桓温，字元子，详见《言语》第55则注①。殷侯：指殷浩，字渊源，详见《言语》第80则注②；侯，是尊称，相当于“君”。

②我与我：《晋书·殷浩传》作“我与君”。周旋：交往，打交道。

【译文】

桓温年轻时和殷浩齐名，所以常常有一种竞争的心态。桓温问殷浩：“你和我相比，谁更胜一筹？”殷浩回答说：“我和我自己长期打交道，宁愿做我自己。”

36. 抚军问孙兴公[①]：“刘真长何如？”曰：“清蔚简令。[②]”“王仲祖何如？”曰：“温润恬和。[③]”“桓温何如？”曰：“高爽迈出。[④]”“谢仁祖何如？”曰：“清易令达。[⑤]”“阮思旷何如？”曰：“弘润通长。[⑥]”“袁羊何如？”曰：“洮洮清便。[⑦]”“殷洪远何如？”曰：“远有致思。[8]”“卿自谓何如?”曰:“下官才能所经,悉不如诸贤;至于斟酌时宜,笼罩当世,亦多所不及[9]。然以不才,时复托怀玄胜,远咏《老》《庄》,萧条高寄,不与时务经怀,自谓此心无所与让也。[10]”

【注释】

①抚军:指简文帝司马昱,登位前曾任抚军将军,详见《德行》第37则注①。孙兴公:孙绰,字兴公,详见《言语》第84则注①。

②刘真长:刘惔,字真长,详见《德行》第35则注①。清蔚:指文采清新华美。简令:简约美好。

③王仲祖:王濛,字仲祖,详见《言语》第54则注④。温润恬和:温和柔顺、安静平和。

④桓温:字元子,详见《言语》第55则注①。高爽:高傲豪爽。迈出:高超,不同凡俗。

⑤谢仁祖:谢尚,字仁祖,详见《言语》第46则注①。清易:清静平易。令达:高雅而通达。

⑥阮思旷:阮裕,字思旷,详见《德行》第32则注①。弘润:宽宏温和。通长:通达深远。

⑦袁羊:袁乔,字彦叔,小字羊,详见《言语》第90则注④。洮洮(táo táo):形容人品高洁。清便:清雅豁达。

⑧殷洪远:殷融,字洪远,殷浩的叔父,详见《文学》第74则注①。致思:情致和才思。

⑨经:指擅长。笼罩:控制,把握,笼络。

⑩玄胜:指超越世俗的境界,即玄理或老庄之道。萧条:指逍遥、闲逸的样子。高寄:寄情高远,实指隐居。与:同“以”。时务:当世大事。

【译文】

抚军将军司马昱问孙兴公:“刘真长这个人怎么样?”孙兴公回答说:“清新华美,简约美好。”又问:“王仲祖怎么样?”孙兴公回答:“温和柔顺,安静平和。”“桓温怎么样?”孙兴公说:“高傲豪爽,不同凡俗。”“谢仁祖怎么样？”孙兴公说：“清静平易，高雅通达。”“阮思旷怎么样？”孙兴公说：“宽宏温和，通达深远。”“袁羊怎么样？”答：“人品高洁，清雅豁达。”“殷洪远怎么样？”答：“有高远的情致和才思。”“你认为你自己怎么样？”孙兴公说：“下官所擅长的才能，全都比不上诸位贤达；至于综合考虑时势的需要，全面把握时局，这也大多赶不上他们。可是以我这个没有什么才能的人而论，时常寄托情怀于超越世俗的境界，歌颂古代的《老子》、《庄子》，逍遥安逸，寄情高远，不让当世的事情打扰到自己的心志，我自认为这种情怀是可排在他们之前的，这一方面没有什么可推让的。”

37. 桓大司马下都①，问真长曰：“闻会稽王语奇进，尔邪？②”刘曰：“极进，然故是第二流中人耳！”桓曰：“第一流复是谁？”刘曰：“正是我辈耳！”

【注释】

①桓大司马：即桓温，字元子，曾任大司马，详见《言语》第 55 则注①。下都：指来到京都。

②真长：刘惔，字真长，详见《德行》第 35 则注①。会稽王：指简文帝司马昱，登位前封为会稽王，详见《德行》第 37 则注①。语：指清谈。

【译文】

大司马桓温来到京都后，问刘真长：“听说会稽王司马昱的清谈有了出人意料的长进，是这样吗？”刘真长说：“是有非常大的长进，不过仍旧是第二流中的人罢了！”桓温说：“第一流的人又是谁呢？”刘真长说：“正是我们这些人呀！”

38. 殷侯既废①，桓公语诸人曰：“少时与渊源共骑竹马，我弃去，己辄取之，故当出我下。②”

【注释】

①殷侯：指殷浩，字渊源，详见《言语》第 80 则注②；侯，是尊称，相当

于"君"。废:废黜,罢官。按:殷浩曾任中军将军,率军北伐,大败;桓温素来忌恨殷浩,乘机上表弹劾,殷浩被废为庶人,流放到东阳。

②桓公:即桓温,详见《言语》第55则注①。竹马:儿童游戏时当马骑的竹竿。

【译文】

殷浩被罢官废为庶人以后,桓温对大家说:"小时候我和殷渊源一起骑竹马玩,我扔掉的竹马,他总是捡来骑,所以知道他应当会不如我。"

39. 人问抚军:"殷浩谈竟何如?①"答曰:"不能胜人,差可献酬群心。②"

【注释】

①抚军:指司马昱,未登上帝位前曾任抚军将军,详见《德行》第37则注①。殷浩:字渊源,详见《言语》第80则注②。谈:指清谈。竟:究竟。

②差:大体上。献酬:本意是饮酒时主客互相敬酒,这里指应酬。

【译文】

有人问抚军将军司马昱:"殷浩的清谈究竟怎么样?"抚军回答说:"不能超过别人,但大体上也能满足大家的预期心理。"

40. 简文云①:"谢安南清令不如其弟②,学义不及孔岩③,居然自胜④。"

【注释】

①简文:即晋简文帝司马昱,详见《德行》第37则注①。

②谢安南:谢奉,字弘道,曾任安南将军,详见《言语》第83则注②。清令:高洁美好,清新美好。其弟:指谢聘,字弘远,谢奉弟,东晋会稽山阴人,历任侍中、廷尉卿等职。

③学义:学问,学识。孔岩:一说为孔严,字彭祖,会稽山阴人,孔坦

之从弟;曾任司徒掾、尚书、丹阳尹、吴兴太守等职,封西阳侯。

④居然:显然。自胜:指有自己的优越之处。

【译文】

简文帝司马昱说:"谢安南在品性清雅美好上不如他的弟弟谢聘,学识上不如孔岩,但是显然有自己的优越之处。"

41.未废海西公时①,王元琳问桓元子②:"箕子、比干,迹异心同,不审明公孰是孰非?③"曰:"仁称不异,宁为管仲。④"

【注释】

①海西公:指晋废帝司马奕,详见《言语》第 59 则注③。按:司马奕 365 年即位,在位 6 年,371 年为桓温所废,降为东海王,后又降封为海西公。

②王元琳:王珣,字元琳,详见《言语》第 102 则注②。桓元子:指桓温,字元子,详见《言语》第 55 则注①。

③箕子、比干:商代纣王的两个叔父;纣王无道,箕子进谏,不被采纳,就披发佯狂,降为奴隶;比干不断进谏,最终被纣王杀死;这两个人都反对纣王的残暴统治,关心国家命运,但做法不同,结果也不同;孔子曾称他们是仁人。明公:对有名位者的尊称。

④管仲:春秋时代齐桓公的宰相,帮助齐桓公称霸诸侯,孔子也称赞过他的仁德。

【译文】

还没有废黜海西公的时候,王元琳问桓元子说:"箕子和比干两人,行事方式不同,但用心一样,不知道您觉得他们两人谁做得对,谁做得不对?"桓元子说:"如果都一样被称为仁人,那么我宁愿做管仲。"

42.刘丹阳、王长史在瓦官寺集①,桓护军亦在坐,共商略西朝及江左人物②。或问:"杜弘治何如卫虎?③"桓答曰:"弘治肤清，卫虎奕奕神令。[④]"王、刘善其言。

【注释】

①刘丹阳：刘惔，字真长，官至丹阳尹，详见《德行》第35则注①。王长史：王濛，字仲祖，官至司徒左长史，详见《言语》第54则注④。瓦官寺：寺庙名，始建于东晋，位于今南京市集庆门附近。集：聚会。

②桓护军：桓伊，字叔夏，官至护军将军，详见《方正》第55则注①。商略：品评，评论。西朝：指西晋。

③杜弘治：杜乂，字弘治，详见《赏誉》第68则注①。卫虎：卫玠，字叔宝，小字虎，详见《言语》第32则注②。

④肤清：指外表清丽。奕奕：精神焕发的样子。神令：精神美好。

【译文】

丹阳尹刘惔和司徒左长史王濛在瓦官寺聚会，护军将军桓伊也在座，一起评价西晋和江左有声望的人士。有人问："杜弘治和卫虎相比，怎么样？"桓伊回答说："弘治是外表清丽，卫虎是神采奕奕。"王濛和刘惔都认为他的评论很恰当。

43. 刘尹抚王长史背曰[①]："阿奴比丞相，但有都长。[②]"

【注释】

①刘尹：刘惔，字真长，官至丹阳尹，详见《德行》第35则注①。王长史：王濛，字仲祖，官至司徒左长史，小字阿奴，详见《言语》第54则注④。

②丞相：指王导，字茂弘，官至丞相，详见《德行》第27则注③。但：仅，只。都长：指容貌俊美、本性淳厚。

【译文】

丹阳尹刘惔拍着司徒左长史王濛的背说："你和王丞相相比，仅仅是容貌比他俊美，本性比他淳厚。"

44. 刘尹、王长史同坐，长史酒酣起舞[①]。刘尹曰："阿奴今日不复减向子期。[②]”

【注释】

①刘尹：刘惔，字真长，官至丹阳尹，详见《德行》第35则注①。王长史：王濛，字仲祖，小字阿奴，官至司徒左长史，详见《言语》第54则注④。

②减：亚于，不如。向子期：向秀，字子期，详见《言语》第18则注②。按：刘惔是指王濛有类似向秀任性率真而不做作的个性。

【译文】

丹阳尹刘惔和司徒左长史王濛坐在一起喝酒，王濛喝到畅快淋漓的时候，就起身跳起舞来。刘惔说："你今天的表现不亚于当年的向子期啊。"

45.桓公问孔西阳："安石何如仲文？[①]"孔思未对，反问公曰："何如？"答曰："安石居然不可陵践其处，故乃胜也。[②]"

【注释】

①桓公：即桓温，字元子，详见《言语》第55则注①。孔西阳：即孔严，字彭祖，封西阳侯，详见《品藻》第40则注①。安石：即谢安，字安石，详见《德行》第33则注③。仲文：即殷仲文，桓温之婿，详见《言语》第106则注②。

②居然：显然。陵践：欺凌。处：决断，处理。

【译文】

桓温问西阳侯孔严："安石和仲文相比，谁更胜一筹？"孔严思考着没有立即回答，并反问桓温道："您认为呢？"桓温回答说："很显然别人不能操控安石的决断，那自然就是安石更胜一筹了。"

46.谢公与时贤共赏说，遏、胡儿并在坐[①]。公问李弘度曰："卿家平阳，何如乐令？[②]"于是李潸然流涕曰："赵王篡逆，乐令亲授玺绶[③]；亡伯雅正，耻处乱朝，遂至仰药[④]。恐难以相比！

此自显于事实，非私亲之言。”谢公语胡儿曰：“有识者果不异人意。”

【注释】

①谢公：指字安石，详见《德行》第 33 则注③。赏说：欣然谈论。遏：指谢玄，字幼度，小字遏，详见《言语》第 78 则注③。胡儿：谢朗，字长度，小名胡儿，详见《言语》第 71 则注②。按：两人都是谢安的侄儿，谢安很注重培养子侄们，经常邀请贤达们一起清谈或评论人物，子侄们经常参与讨论。

②李弘度：李充，字弘度，详见《言语》第 80 则注①。平阳：即李重，字茂曾，江夏钟武（今河南信阳）人，李充伯父，著有文集两卷；历任太子舍人、中书郎、尚书吏部郎、平阳太守等职；公元 300 年，为赵王司马伦相国左司马（一作右司马），知伦有篡位意图，忧愤成疾而死，追赠散骑常侍，谥号成。乐令：指乐广，字彦辅，曾任尚书令，故称乐令，详见《德行》第 23 则注④。

③赵王：指司马伦，详见《德行》第 18 则注②。篡逆：篡夺叛逆。玺绶：皇帝的印和系印的带子。按：晋惠帝永康元年（300 年），赵王司马伦起兵谋反，废贾后，杀司空张华等，自为相国；301 年，逼晋惠帝让位与己，改元建始，由司隶校尉满奋和尚书令乐广等捧着皇帝的印绶进献司马伦，以表示惠帝让位；不久齐王等起兵杀了司马伦，惠帝复位。

④仰药：服毒。按：关于李重的死因，据《晋书·李重传》记载，为“以忧逼成疾而卒”；《晋诸公赞》说指赵王作乱，有病不治，终于病死。

【译文】

谢安和当时贤达人士一起欣然地品评人物，谢玄和谢朗也都在座。谢安问李弘度道：“你家的平阳太守李重和尚书令乐广相比，谁更胜一筹？”李弘度当时听了这个问题就潸然泪下，说：“赵王司马伦叛逆篡位时，乐令亲自进献玉玺和绶带；我死去的伯父为人正直，耻于在叛逆昏乱的朝廷中做官，以至于服毒而死。两人恐怕难以相比！这自有事实来表明，并不是偏袒亲人的话。”谢安于是对谢朗说：“有识之士果然和大家的看法是相同的。”

47.王修龄问王长史[①]:“我家临川何如卿家宛陵?[②]”长史未答,修龄曰:“临川誉贵。”长史曰:“宛陵未为不贵。”

【注释】

①王修龄:王胡之,字修龄,与王羲之同祖父,属琅邪王氏,详见《言语》第81则注①。王长史:即王濛,字仲祖,属太原王氏,官至司徒左长史,详见《言语》第54则注④。

②临川:王羲之,字逸少,曾任临川太守,详见《言语》第62则注①。宛陵:王述,字怀祖,曾任宛陵县令,详见《文学》第22则注③。

【译文】

王修龄问司徒左长史王濛说:“我家的临川太守王羲之和你家的宛陵县令王述相比,谁更胜一筹?”王濛还没有回答,王修龄就又说道:“临川的名声好,而且尊贵。”王濛说:“宛陵也不算不尊贵啊。”

48.刘尹至王长史许清言,时苟子年十三,倚床边听[①]。既去,问父曰:“刘尹语何如尊?[②]”长史曰:“韶音令辞不如我,往辄破的胜我。[③]”

【注释】

①刘尹:即刘惔,字真长,官至丹阳尹,详见《德行》第35则注①。王长史:王濛,字仲祖,小字阿奴,官至司徒左长史,详见《言语》第54则注④。许:处所。苟子:王修,字敬仁,小字苟子,王濛之子,详见《文学》第38则注①。

②尊:对父亲的称呼。

③韶音令辞:优美的音调和言辞。破的:射中箭靶,指说话中肯,能点明要旨。

【译文】

丹阳尹刘惔到司徒左长史王濛家里去清谈,这时王濛的儿子苟子十三岁，靠在坐床边听。刘惔走后，荀子问他父亲道："刘尹的谈论和父亲相比怎么样?"王濛说："要论音调的抑扬顿挫和言辞的优美，他不如我；至于在谈论中能一语中的，点明要旨，这点他比我强。"

49.谢万寿春败后，简文问郗超："万自可败，那得乃尔失士卒情?[①]"超曰："伊以率任之性，欲区别智勇。[②]"

【注释】

①谢万：字万石，谢安之弟，详见《言语》第77则注①。简文：晋简文帝司马昱，详见《德行》第37则注①。郗超：字景兴，详见《言语》第59则注④。乃尔：如此。按：公元358年，谢万任西中郎将、豫州刺史，次年率军北伐，因他平时骄傲自大，不会安抚将士，失了军心，结果未遇敌而兵溃，只身狼狈逃还，后被废为庶人。

②伊：他。率任：任性，放纵。

【译文】

谢万在寿春县失败后，简文帝司马昱问郗超道："谢万自然可能被打败，可是怎么竟会如此失掉士兵们的拥戴之情?"郗超说："他凭着任性放纵的性格，就想把智谋和勇敢区分开。"

50.刘尹谓谢仁祖曰："自吾有四友，门人加亲。[①]"谓许玄度曰："自吾有由，恶言不及于耳。[②]"二人皆受而不恨。

【注释】

①刘尹：即刘惔，字真长，官至丹阳尹，详见《德行》第35则注①。谢仁祖：谢尚，字仁祖，详见《言语》第46则注①。四友：应是"回"字的错写，指孔子的弟子颜回；余嘉锡《世说新语笺疏》："李莼客曰：'四友字当为回，与下句一例，形近故误耳。'"门人：指门生，弟子。

②许玄度：许询，字玄度，详见《言语》第69则注①。由：指孔子的弟子仲由(字子路)。按：《尚书大传》说："孔子曰：'文王有四友，自吾得回

也，门人加亲，是非胥附邪！……自吾得由也，恶言不入于耳，是非御侮邪！……'"这里的"回""由"指孔子的学生颜回和仲由(字子路)；刘惔用颜回比谢仁祖，用仲由来比许玄度，是把孔子对弟子说的话用来对同辈人说了。

【译文】

丹阳尹刘惔对谢仁祖说："自从我有了像颜回一样的你，门生之间就更加亲密了。"又对许玄度说："自从我有了仲由一般的你，不满的话就再也听不到了。"两个人都接受了他的说法，并且没有怨言。

51. 世目殷中军①："思纬淹通，比羊叔子。②"

【注释】

①目：品评，评论。殷中军：即殷浩，字渊源，曾任中军将军，详见《言语》第80则注②。

②思纬：才思学识。淹通：弘广通达。比：相比肩，相提并论。羊叔子：羊祜(hù)，字叔子，详见《言语》第86则注②。

【译文】

世人评论中军将军殷浩，说："殷浩的才思学识弘广通达，可以和羊叔子并驾齐驱。"

52. 有人问谢安石、王坦之优劣于桓公①。桓公停欲言②，中悔，曰："卿喜传人语，不能复语卿。"

【注释】

①谢安石：谢安，字安石，详见《德行》第33则注③。王坦之：字文度，详见《言语》第72则注①。桓公：即桓温，字元子，详见《言语》第55则注①。

②停：正值，正要。

【译文】

有人向桓温问起谢安石和王坦之两人的优劣。桓温正准备评说，中途后悔了，说："你喜欢传别人的话，不能再告诉你。"

53.王中郎尝问刘长沙曰："我何如苟子？[①]"刘答曰："卿才乃当不胜苟子，然会名处多。[②]"王笑曰："痴！"

【注释】

①王中郎：王坦之，曾任北中郎将，详见《言语》第72则注①。刘长沙：刘奭（shì），字文时，彭城人，历任车骑咨议、长沙相、散骑常侍等职。苟子：王修，字敬仁，小字苟子，王濛之子，详见《文学》第38则注①。

②会名：指融会贯通名理；谈论名理是魏晋时代清谈的一个重要内容，即辨析事物名和理的是非同异。

【译文】

北中郎将王坦之曾经问长沙相刘奭："我和苟子相比，怎么样？"刘奭回答说："你的才学没有超过苟子，可是对名理的融会贯通之处却比他多。"王坦之笑着说："傻话！"

54.支道林问孙兴公："君何如许掾？[①]"孙曰："高情远致，弟子蚤已服膺[②]；一吟一咏，许将北面[③]。"

【注释】

①支道林：支遁，字道林，东晋高僧，详见《言语》第45则注②。孙兴公：孙绰，字兴公，善于作文，详见《言语》第84则注①。许掾：许询，字玄度，曾被召为司徒掾，详见《言语》第69则注①。

②高情远致：高远的情趣。弟子：因为支道林是和尚，所以孙兴公谦称弟子。蚤：通"早"。服膺：衷心信服，心服口服。

③一吟一咏：指写诗做文章。北面：拜人为师，行弟子敬师之礼。

【译文】

支道林问孙兴公："您和司徒掾许询相比，怎么样？"孙兴公说："说到情趣高远这方面，弟子对他早已是心服口服；至于写诗做文章这方面，许掾却应该拜我为师。”

55.王右军问许玄度：“卿自言何如安石？①”许未答，王因曰：“安石故相为雄，阿万当裂眼争邪！②”

【注释】

①王右军：王羲之，字逸少，曾任右军将军，详见《言语》第62则注①。许玄度：许询，字玄度，详见《言语》第69则注①。安石：谢安，字安石，详见《德行》第33则注③。

②因：就，便。为雄：指以势力或才能居于一方之上。阿万：谢万，字万石，谢安之弟，详见《言语》第77则注①。裂眼：即裂眦，张目怒视，形容愤怒的样子。

【译文】

右军将军王羲之问许玄度：“你自己说说你和谢安石相比，谁更胜一筹？”许玄度还没有回答，王羲之便又说道：“谢安石才能自然是居于你之上，阿万应当要和你怒目相争吧！”

56.刘尹云：“人言江虨田舍，江乃自田宅屯。①”

【注释】

①刘尹：指刘惔，字真长，官至丹阳尹，详见《德行》第35则注①。江虨(bīn)：字思玄，详见《方正》第25则注③。田舍：指农家子。屯：指囤积。

【译文】

丹阳尹刘惔说：“人们议论说江虨像农家子，土里土气；江虨其实是那种能自营田地、自建房舍，并且大量囤积粮食的农家子。”

57.谢公云：“金谷中苏绍最胜。①”绍是石崇姊夫②，苏则孙③，愉子也④。

【注释】

①谢公：谢安，字安石，详见《德行》第33则注③。金谷：园名，是晋人石崇在洛阳城外金谷涧修建的。苏绍：字世嗣，始平郡人，曾任议郎、常山太守等职，封关中侯。按：石崇曾在金谷园大宴宾客，计三十人，饮酒赋诗，不赋诗的罚酒三杯，事后写成《金谷诗叙》，记载其事，附录其诗。

②石崇：字季伦，小名齐奴，渤海南皮（今河北南皮）人，西晋开国元勋石苞第六子，"金谷二十四友"之一；历任修武县令、城阳太守、荆州刺史、太仆、卫尉等职，封安阳乡侯；公元300年，被赵王司马伦心腹孙秀诬陷为乱党，遭夷三族。

③苏则：字文师，扶风武功人，官至侍中、河东相。

④苏愉：字休豫，苏则次子，官至光禄大夫。

【译文】

谢安说："在金谷园聚会中所写出的诗里，苏绍的诗最出色。"苏绍是石崇的姊夫，苏则的孙子，苏愉的儿子。

58.刘尹目庾中郎①："虽言不愔愔似道，突兀差可以拟道。②"

【注释】

①刘尹：指刘惔，字真长，官至丹阳尹，详见《德行》第35则注①。庾中郎：庾敳，字子嵩，曾任从事中郎，详见《文学》第15则注①。

②愔愔（yīn yīn）：幽深静寂的样子。道：是道家学说中的重要概念，指天地万物的本源。突兀：高耸突出。差：大体上，大致上。

【译文】

丹阳尹刘惔评论从事中郎庾敳说："虽然他的言论不像道义那样幽深静寂，但是其中突出之处大体上能和道相比拟。"

59.孙承公云①："谢公清于无奕②，润于林道③。"

【注释】

①孙承公:孙统,字承公,或丞公,详见《赏誉》第75则注①。

②谢公:谢安,字安石,详见《德行》第33则注③。清:高洁,高尚。无奕:谢奕,字无奕,谢安长兄,详见《德行》第33则注①。

③润:指温和宽厚。林道:陈逵,字林道,颍川许昌(今河南许昌)人,袭封广陵郡公,曾任给事黄门侍郎,后任西中郎将,兼梁、淮南二郡太守,镇守历阳,死后追赠卫将军。

【译文】

孙承公说:"谢安比长兄谢无奕高洁,比陈林道温和宽厚。"

60. 或问林公:"司州何如二谢?①"林公曰:"故当攀安提万。②"

【注释】

①林公:支遁,字道林,世称林公,东晋高僧,详见《言语》第45则注②。司州:王胡之,字修龄,官至司州刺史,参看《言语》第81则注①。

②安:指谢安,字安石,详见《德行》第33则注③。万:指谢万,字万石,谢安之弟,详见《言语》第77则注①。攀安提万:上攀谢安,提携谢万;指介于两人之间,不及谢安,超过谢万。

【译文】

有人问支道林:"司州刺史王胡之和谢家两兄弟相比,怎么样?"支道林说:"司州应当是上攀谢安,提携谢万,介于两谢之间。"

61. 孙兴公、许玄度皆一时名流①。或重许高情,则鄙孙秽行;或爱孙才藻,而无取于许②。

【注释】

①孙兴公:孙绰,字兴公,详见《言语》第84则注①。许玄度:许询,字玄度,详见《言语》第69则注①。

②高情：超然物外的情怀。秽行：丑恶的行为，放荡的行为。才藻：才思文采。

【译文】

孙兴公、许玄度都是当时的社会名流。有人看重许玄度的超然物外的情怀，就鄙视孙兴公的放荡不羁的行为；有人欣赏孙兴公的才思文采，就认为许玄度毫无可取之处。

62. 郗嘉宾道谢公："造膝虽不深彻，而缠绵纶至。[①]"又曰："右军诣嘉宾。[②]"嘉宾闻之云："不得称诣，政得谓之朋耳。[③]"谢公以嘉宾言为得。

【注释】

①郗嘉宾：郗超，字景兴，一字敬舆，小字嘉宾，详见《言语》第59则注④。谢公：指谢安。造膝：促膝交谈，这里指谈论玄理、清谈。缠绵纶(lún)至：指情意特别深厚。

②右军：指王羲之，字逸少，曾任右军将军，详见《言语》第62则注①。诣：指造诣深。按："诣嘉宾"中的"嘉宾"应是衍文，刘孝标注云："凡彻诣者，盖深核之名也。谢不彻，王亦不诣。谢、王于理，相与为朋俦也。"朋俦，同辈的朋友，指不差上下；从刘注可以看出这一则是讲王羲之和谢安两人玄理造诣的高低，与郗嘉宾无关。

③政：同"正"，只，仅仅。朋：指朋辈，即同等，不相上下。

【译文】

郗嘉宾评论谢安说："谈论玄理虽然不很深刻透彻，可是情意特别深厚。"又有人说："右军将军王羲之造诣很深。"嘉宾听到后说："不能说造诣很深，只能说两人不相上下罢了。"谢安认为嘉宾的话说对了。

63. 庾道季云[①]："思理伦和，吾愧康伯[②]；志力强正，吾愧文度[③]。自此以还，吾皆百之。[④]"

【注释】

①庾道季：庾龢(hé)，字道季，详见《言语》第79则注①。

②思理：思辨能力。伦和：条理和谐。康伯：韩伯，字康伯，详见《德行》第38则注④。

③志力：志向能力。强正：刚正不阿。文度：王坦之，字文度，详见《言语》第72则注①。

④以还：以下。百：一百倍。

【译文】

庾道季说："要论思辨能力、条理的清晰和谐，我自愧不如韩康伯；要论志向能力、刚正不阿，我自愧不如王文度。除此以外的人，我都能超过他们一百倍。"

64. 王僧恩轻林公①，蓝田曰："勿学汝兄，汝兄自不如伊。②"

【注释】

①王僧恩：王祎(yī)之，字文劭，小字僧恩，太原晋阳(今山西太原)人，王述次子，娶寻阳公主，官至中书郎，未满三十而卒，后追赠散骑常侍。轻：轻视。林公：支遁，字道林，世称林公，东晋高僧，详见《言语》第45则注②。

②蓝田：指王述，字怀祖，承袭父爵蓝田侯，王祎之的父亲，详见《文学》第22则注③。汝兄：指王坦之，字文度，详见《言语》第72则注①。伊：他，这里指支道林。按：王坦之与支道林合不来，所以王述告诉僧恩"勿学汝兄"。

【译文】

王僧恩轻视支道林，他的父亲蓝田侯王述告诉他："不要学你哥哥，你哥哥本来就比不上他。"

65. 简文问孙兴公："袁羊何似？①"答曰："不知者不负其才，

知之者无取其体。[②]”

【注释】

①简文：晋简文帝司马昱，详见《德行》第37则注①。孙兴公：孙绰，字兴公，详见《言语》第84则注①。袁羊：袁乔，字彦叔，小字羊，详见《言语》第90则注④。

②负：辜负，这里指忽视、忽略。取：取法，效法。体：根本，这里指道德品质。按：孙绰的意思是袁羊有才而无德。

【译文】

简文帝司马昱问孙兴公：“袁羊这个人怎么样？”孙兴公回答说：“不了解他的人也不会忽视他的才能，了解他的人则不会去效法他的道德品质。”

66.蔡叔子云[①]：“韩康伯虽无骨干，然亦肤立。[②]”

【注释】

①蔡叔子：应为蔡子叔，即蔡系，字子叔，司徒蔡谟幼子，详见《雅量》第31则注②。

②韩康伯：韩伯，字康伯，详见《德行》第38则注④。无骨干：指韩康伯身体肥胖，好像没有骨架一样。肤立：立足，指外表、形象能立起来。

【译文】

蔡叔子说：“韩康伯虽然像没有骨架似的，但是体型壮硕，形象也还能立得住。”

67.郗嘉宾问谢太傅曰[①]：“林公谈何如嵇公？[②]”谢云：“嵇公勤著脚，裁可得去耳。[③]”又问：“殷何如支？[④]”谢曰：“正尔有超拔，支乃过殷[⑤]；然亹亹论辩，恐□欲制支[⑥]。”

【注释】

①郗嘉宾：郗超，字景兴，一字敬舆，小字嘉宾，详见《言语》第59则

注④。谢太傅：谢安，字安石，死后追赠太傅，详见《德行》第33则注③。

②林公：支遁，字道林，世称林公，东晋高僧，详见《言语》第45则注②。嵇公：嵇康，字叔夜，详见《德行》第16则注②。

③勤著脚：即努力之意。裁：通“才”。

④殷：指殷浩，字渊源，详见《言语》第80则注②。

⑤正：仅，只。超拔：超尘拔俗，超脱世俗。乃：才。按：谢安的意思是因为支道林是和尚，才能超脱世俗。

⑥亹亹（wěi wěi）：指谈论动人，有吸引力，使人不知疲倦。□：应为“殷”字。按：余嘉锡《世说新语笺疏》中提到程炎震云：“《高僧传》云：‘恐殷制支’，此处□必是殷字，宋初讳殷，后来未及填写耳。”宋初避讳殷字，是因北宋开国皇帝宋太祖赵匡胤与继位者宋太宗赵光义之父名为赵弘殷；此说法比较可信。制：抑制，压制。

【译文】

郗嘉宾问太傅谢安：“支道林的清谈和嵇康相比怎么样？”谢安说：“嵇公要一直努力地向前走，才能赶上林公呀。”郗嘉宾又问：“殷浩比起支道林怎么样？”谢安回答说：“只有在超脱尘俗这一点上，支道林是超过殷浩的；可是在娓娓不倦的辩论才能方面，恐怕殷浩会压制住支道林的。”

68.庾道季云[①]：“廉颇、蔺相如虽千载上死人，懔懔恒如有生气[②]。曹蜍、李志虽见在，厌厌如九泉下人[③]。人皆如此，便可结绳而治，但恐狐狸貒貉啖尽。[④]”

【注释】

①庾道季：庾龢（hé），字道季，详见《言语》第79则注①。

②廉颇、蔺相如：战国时代赵国人，蔺相如功高，拜为上卿，位在廉颇上；廉颇本为大将，不服，想羞侮蔺相如，最后受感动而负荆请罪，与蔺相如成为至交。懔懔：同“凛凛”，可敬畏的样子。

③曹蜍（chú）：曹茂之，字永世，小字蜍，彭城人，官至尚书郎。李志：

字温祖，江夏钟武人，官至员外常侍、南康相。见在：现在还活着。厌厌：形容精神不振。九泉：黄泉，指在阴间，人死之后。

④结绳而治：指在远古时代，因没有文字，用结绳记事的方法来处理政事。貒貉(tuān hé)：野猪和貉子。按：这句的意思是说人如果都像曹蜍、李志一样质朴醇厚，则天下无奸民，可结绳而治；但缺乏才智，则难免葬身于狐狸等野兽之口中，难以取得功业。

【译文】

庾道季说："廉颇和蔺相如虽然是千年以前已经过世的古人，却依旧正气凛然令人敬畏，总是使人感到充满活力。曹蜍、李志虽然现在还活着，却精神不振，像已经逝去的死人一样。如果人人都像曹蜍、李志那样，就可以回到结绳而治的原始时代去，但是恐怕狐狸、野猪、貉子之类的野兽终究会把人都吃光。"

69.卫君长是萧祖周妇兄①。谢公问孙僧奴："君家道卫君长云何？②"孙曰："云是世业人。③"谢曰："殊不尔，卫自是理义人。④"于时以比殷洪远⑤。

【注释】

①卫君长：卫永，字君长，详见《赏誉》第107则注①。萧祖周：萧轮，字祖周，详见《赏誉》第75则注①。

②谢公：指谢安，字安石，详见《德行》第33则注③。孙僧奴：孙腾，字伯海，小字僧奴，太原人，博学多识，历任中庶子、廷尉等职。君家：对对方的敬称，犹您。

③世业人：深陷世俗之事中的人。

④殊：很，甚，根本。理义人：精通名理之人。

⑤殷洪远：殷融，字洪远，善清言，详见《文学》第74则注①。

【译文】

卫君长是萧祖周夫人的兄长。一次谢安问孙僧奴："您说卫君长这个人怎么样？"孙僧奴说："听说是个深陷世俗之事中的人。"谢安说："根本不是这样，卫君长是个精通名理的人。”当时人们把卫君长和殷洪远相提并论。

70. 王子敬问谢公：“林公何如庾公？[①]”谢殊不受，答曰：“先辈初无论，庾公自足没林公。[②]”

【注释】

①王子敬：王献之，字子敬，详见《德行》第39则注①。谢公：指谢安，字安石，详见《德行》第33则注③。林公：支遁，字道林，世称林公，东晋高僧，详见《言语》第45则注②。庾公：指庾亮，字元规，详见《德行》第31则注①。

②殊：很，甚。先辈：对前辈的尊称。初：全，完全。没：淹没，即超过、胜过。

【译文】

王子敬问谢安：“支道林和庾亮相比，怎么样？”谢安很不同意这样对比，回答说：“前辈从来没有这样对比谈论过，庾公自然能够胜过林公。”

71. 谢遏诸人共道竹林优劣[①]，谢公云：“先辈初不臧贬七贤。[②]”

【注释】

①谢遏：谢玄，字幼度，小字遏，谢安之侄，详见《言语》第78则注③。竹林：指“竹林七贤”，即嵇康、阮籍、山涛、向秀、刘伶、王戎及阮咸七人。

②谢公：指谢安，字安石，详见《德行》第33则注③。初：完全。臧贬：褒贬，评论高下优劣。

【译文】

谢玄等人一起谈论竹林七贤的优劣，谢安说：“前辈们从来不评论竹林七贤的高下优劣。”

72. 有人以王中郎比车骑①,车骑闻之曰:"伊窟窟成就。②"

【注释】

①王中郎:即王坦之,字文度,北中郎将,详见《言语》第 72 则注①。车骑:指谢玄,字幼度,死后追赠车骑将军,详见《言语》第 78 则注③。

②窟窟:应作"掘掘",意为"搰搰(hú hú)",用力的样子。按:余嘉锡《世说新语笺疏》中云:"'窟窟'无义,当作'掘掘',以形声相近致讹耳。《说文》:'搰,掘也。掘,搰也。'……云掘掘成就者,言坦之随事辄搰搰用力,故能成就其志业也。"

【译文】

有人把北中郎将王坦之和车骑将军谢玄相提并论,谢玄听说这事后,说道:"他靠着不断的努力取得了很好的成就。"

73. 谢太傅谓王孝伯①:"刘尹亦奇自知,然不言胜长史。②"

【注释】

①谢太傅:指谢安,字安石,死后追赠太傅,详见《德行》第 33 则注③。王孝伯:王恭,字孝伯,王濛之孙,详见《德行》第 44 则注①。

②刘尹:即刘惔,字真长,官至丹阳尹,详见《德行》第 35 则注①。奇自知:非常了解自己。长史:指王濛,字仲祖,官至司徒左长史,详见《言语》第 54 则注④。

【译文】

太傅谢安对王孝伯说:"丹阳尹刘惔也是非常了解自己的,可是他从来不说胜过司徒左长史王濛。"

74. 王黄门兄弟三人俱诣谢公①,子猷、子重多说俗事,子敬寒温而已②。既出,坐客问谢公:"向三贤孰愈?③"谢公曰:"小者最胜。"客曰:"何以知之?"谢公曰:"吉人之辞寡,躁人之辞多④。推此知之。"

【注释】

①王黄门：指王徽之，字子猷，王羲之第五子，曾任黄门侍郎，详见《雅量》第36则注①。谢公：指谢安，字安石，详见《德行》第33则注③。

②子重：王操之，字子重，东晋琅邪临沂（今属山东）人，生于会稽（今浙江绍兴），王羲之第六子，擅长草隶，参加过兰亭会，历任秘书监、侍中、尚书、豫章太守等职。俗事：人世间的日常事务。子敬：王献之，字子敬，王羲之第七子，详见《德行》第39则注①。寒温：即寒暄，指宾主见面时谈天气冷暖之类的应酬话。

③愈：较好，胜过。

④"吉人"句：出自《周易·系辞下》。吉人，善良的人，贤明的人。躁人，急躁的人。

【译文】

黄门侍郎王子猷兄弟三人一同去拜访谢安，子猷和子重大多说些日常事务，子敬不过寒暄几句天气冷暖罢了。三人走了以后，在座的客人问谢安："刚才那三位贤士谁更优秀？"谢安说："小的最优秀。"客人问道："你是怎么知道的呢？"谢安说："贤明的人话少，急躁的人话多。我是从这两句话推断出来的。"

75. 谢公问王子敬①："君书何如君家尊？②"答曰："固当不同。"公曰："外人论殊不尔。"王曰："外人那得知！"

【注释】

①谢公：即谢安，字安石，详见《德行》第33则注③。王子敬：王献之，字子敬，王羲之第七子，详见《德行》第39则注①。

②家尊：令尊，您的父亲，这里指王羲之。按：时人对王羲之、王献之的书法成就有不同看法，谢安擅长书法，也很推崇王羲之的书法，对王献之的书法则不太看重，故有此问；余嘉锡的分析颇有道理，他认为："谢安既自重其书，又甚尊右军，而颇轻子敬。其发问时，盖亦有此意。子敬心不平之，故答之如此。所谓'外人那得知'者，即以隐斥安石，非真与其父

争名也。”

【译文】

谢安问王子敬：“您的书法和您父亲的书法相比，怎么样？”子敬回答说：“本来就是不同的风格。”谢安说：“外面的议论绝不是这样认为的。”王子敬说：“外人哪里会懂得！”

76.王孝伯问谢太傅：“林公何如长史？[①]”太傅曰：“长史韶兴。[②]”问：“何如刘尹？[③]”谢曰：“噫，刘尹秀。”王曰：“若如公言，并不如此二人邪？”谢云：“身意正尔也。[④]”

【注释】

①王孝伯：王恭，字孝伯，王濛之孙，详见《德行》第44则注①。谢太傅：指谢安，字安石，死后追赠太傅，详见《德行》第33则注③。林公：支遁，字道林，世称林公，东晋高僧，详见《言语》第45则注②。长史：即指王濛，字仲祖，官至司徒左长史，详见《言语》第54则注④。

②韶兴：美好的意趣。

③刘尹：即刘惔，字真长，官至丹阳尹，详见《德行》第35则注①。

④身意：自身的意愿。

【译文】

王孝伯问太傅谢安：“支道林和司徒左长史王濛相比，怎么样？”谢安说：“长史的清谈有美好的意趣。”王孝伯又问：“林公和丹阳尹刘惔相比怎么样？”谢安说：“哎！刘尹秀朗。”王孝伯说：“如果像您说的那样，林公是比不上这两个人吗？”谢安说：“我的意思正是这样啊。”

77.人有问太傅：“子敬可是先辈谁比？[①]”谢曰：“阿敬近撮王、刘之标。[②]”

【注释】

①太傅：指谢安，字安石，死后追赠太傅，详见《德行》第33则注③。

子敬：王献之，字子敬，王羲之第七子，详见《德行》第39则注①。可是：可与。先辈：前辈的尊称。

②撮：撮合，聚合，综合。王、刘：指王濛和刘惔。标：指风度，格调。

【译文】

有人问太傅谢安："子敬可以和哪一位前辈相比？"谢安说："从近处说，阿敬综合了王、刘二人的风度。"

78.谢公语孝伯："君祖比刘尹，故为得逮。[①]"孝伯云："刘尹非不能逮，直不逮。[②]"

【注释】

①谢公：指谢安，字安石，详见《德行》第33则注③。孝伯：王恭，字孝伯，王濛之孙，详见《德行》第44则注①。君祖：指王濛，王恭的祖父，详见《言语》第54则注④。刘尹：指刘惔，字真长，官至丹阳尹，详见《德行》第35则注①。逮：达到，赶上。

②直：同"只"，只是。按：王孝伯的意思是说他祖父王濛胜过刘惔。

【译文】

谢安对王孝伯说："您的祖父王濛和丹阳尹刘惔相比，是能够达到他那样的高度的。"王孝伯说："刘尹那样的高度并不是难以达到的，只是祖父没有那样做。"

79.袁彦伯为吏部郎，子敬与郗嘉宾书曰[①]："彦伯已入，殊足顿兴往之气[②]。故知捶挞自难为人，冀小却，当复差耳[③]。"

【注释】

①袁彦伯：袁宏，字彦伯，小字虎，详见《言语》第83则注①。子敬：王献之，字子敬。郗嘉宾：郗超，小字嘉宾，详见《言语》第59则注④。

②已入：已经进入朝廷，这里指担任吏部郎一职。殊：特别，很。顿：舍弃，废弃。兴往：迈进，指勇往直前。

③捶挞：这里指处分官吏的杖刑。冀：希望。小却：稍为推辞一下。差（chài）：病愈，这里指情况好转。按：郎官如果有过错，就会受杖刑，所以曾有人因此不愿担任这一职务，王子敬希望袁彦伯也上表辞让，或者可能停止这一处罚。

【译文】

袁彦伯担任了吏部郎，王子敬写信给郗嘉宾说："彦伯已经入朝就职了，这个职位特别能让人失去勇往直前的志气。原先我就知道，受了杖刑后很难做人，所以希望他能稍为辞让一下，这样情况可能就会好一些呀。"

80.王子猷、子敬兄弟共赏《高士传》人及赞[①]，子敬赏井丹高洁[②]，子猷云："未若长卿慢世。[③]"

【注释】

①王子猷：王徽之，字子猷，王羲之第五子，详见《雅量》第36则注①。子敬：王献之，字子敬，王羲之第七子，详见《德行》第39则注①。《高士传》：指嵇康所著的《圣贤高士传赞》，共记录109个圣贤隐逸之士，现存有三个不同的后人辑本。赞：一种文体，位于人物传记结尾部分，相当于总评，用来褒贬人物。

②井丹：字大春，东汉扶风人，隐士，年轻时学习于太学，通五经，善谈论，为人清高，不屑阿谀奉承、攀龙附凤等行为。

③长卿：司马相如，字长卿，西汉辞赋家，代表作有《子虚赋》《上林赋》等，后人称之为赋圣和辞宗。慢世：怠慢世人世事，傲世，玩世不恭。按：井丹高洁，长卿慢世，都是《高士传》中的赞语。

【译文】

王子猷、子敬兄弟一起欣赏嵇康的《高士传》一书中所记载的人物和所写的《赞》，子敬欣赏井丹高洁的品行，子猷说："不如司马长卿的玩世不恭。"

81. 有人问袁侍中曰："殷仲堪何如韩康伯？[1]"答曰："理义所得，优劣乃复未辨，然门庭萧寂，居然有名士风流，殷不及韩。[2]"故殷作诔云："荆门昼掩，闲庭晏然。[3]"

【注释】

①袁侍中：袁恪之，字元祖，陈郡阳夏人，曾任黄门侍郎、侍中等职。殷仲堪：详见《德行》第 40 则注①。韩康伯：韩伯，字康伯，详见《德行》第 38 则注④。

②理义：指清谈中的名理之辩。居然：显然。风流：风雅潇洒。

③诔：哀悼死者的文章。荆门：柴门，指贫苦人家用木头、树枝等编的门。闲庭：安静的庭院。晏然：安适、安闲的样子。

【译文】

有人问侍中袁恪之："殷仲堪和韩康伯相比，谁更胜一筹？"袁恪之回答说："论及在清谈名理方面的成就，两人的优劣高低还不能够辨明；可是门庭萧然寂静，显然还保存着名士的风雅之情，在这一方面，殷仲堪是赶不上韩康伯的。"所以殷仲堪在哀悼韩康伯的诔文上说："柴门白天也关闭着，安静的庭院悠闲安适。"

82. 王子敬问谢公："嘉宾何如道季？[1]"答曰："道季诚复钞撮清悟[2]，嘉宾故自上[3]。"

【注释】

①王子敬：王献之，字子敬，详见《德行》第 39 则注①。谢公：即谢安，字安石，详见《德行》第 33 则注③。嘉宾：郗超，字景兴，小字嘉宾，详见《言语》第 59 则注④。道季：庾龢（hé），字道季，详见《言语》第 79 则注①。

②诚：实在，的确。钞撮：聚集，综合。清悟：清雅明慧。按：这里指庾道季清谈善于集中别人清雅明慧的优点。

③上：指出众，杰出。按：谢安认为郗嘉宾胜过庾道季。

【译文】

王子敬问谢安："郗嘉宾和庾道季相比，谁更优秀些？"谢安回答说："道季的清谈的确善于综合他人的清雅明慧的优点，嘉宾则是本来就很出众。"

83.王珣疾，临困[1]，问王武冈曰[2]："世论以我家领军比谁？[3]"武冈曰："世以比王北中郎。[4]"东亭转卧向壁，叹曰："人固不可以无年！[5]"

【注释】

①王珣：字元琳，王导之孙，曾因功封东亭侯，故下文称东亭，详见《言语》第102则注②。临困：临死；困，病重。

②王武冈：王谧，字雅远（一说稚远），琅邪临沂（今山东临沂）人，王导之孙，王劭之子；袭父爵武冈侯，曾任中军长史、黄门侍郎、吴国内史等职；桓玄掌权时，官至中书监，领司徒，封武昌县开国公；刘裕攻破桓玄后，以本官加侍中，领扬州刺史、录尚书事；义熙三年卒，追赠侍中、司徒，谥号文恭。

③领军：指王洽，字敬和，王导第三子，王珣之父，曾任中领军，去世时36岁，详见《赏誉》第114则注①。

④王北中郎：王坦之，字文度，曾任北中郎将，46岁时去世，详见《言语》第72则注①。按：王坦之属于太原王氏，王导属于琅邪王氏。

⑤无年：无寿。按：王珣认为他父亲的人品才德超过王坦之，只是因为死得早，所以声望不大，世人才拿他和王坦之相提并论。

【译文】

王珣病重，临死的时候，问武冈侯王谧说："舆论界把我父亲中领军王洽和谁相提并论？"武冈侯说："世人把他和北中郎将王坦之并列。"东亭侯王珣翻身面向墙壁，叹气说："人的确是不能没有长寿呀！"

84.王孝伯道谢公浓至[1]。又曰："长史虚，刘尹秀，谢公融。[2]”

【注释】

①王孝伯：王恭，字孝伯，王濛之孙，详见《德行》第 44 则注①。谢公：指谢安，字安石，详见《德行》第 33 则注③。浓至：指道德深厚到顶点。

②长史：指王濛，字仲祖，官至司徒左长史，详见《言语》第 54 则注④。虚：谦虚。刘尹：即刘惔，字真长，官至丹阳尹，详见《德行》第 35 则注①。秀：优秀出众。融：和乐通达。

【译文】

王孝伯评论说谢安道德最为深厚。又说：“司徒左长史王濛谦虚宽和，丹阳尹刘惔才智出众，谢公和乐通达。”

85. 王孝伯问谢公：“林公何如右军？[1]”谢曰：“右军胜林公。林公在司州前亦贵彻。[2]”

【注释】

①王孝伯：王恭，字孝伯，详见《德行》第 44 则注①。谢公：即谢安，字安石，详见《德行》第 33 则注③。林公：支遁，字道林，世称林公，东晋高僧，详见《言语》第 45 则注②。右军：即王羲之，字逸少，曾任右军将军，详见《言语》第 62 则注①。

②司州：指王胡之，曾任司州刺史，详见《言语》第 81 则注①。贵彻：尊贵通达。按：谢安的意思是说王羲之胜过支道林，支道林胜过王胡之。

【译文】

王孝伯问谢安：“支道林和右军将军王羲之相比，谁更优秀些？”谢安说：“右军胜过林公。可是林公比起司州刺史王胡之来还是尊贵而通达的。”

86. 桓玄为太傅，大会，朝臣毕集[1]。坐裁竟，问王桢之曰：

“我何如卿第七叔？[2]”于时宾客为之咽气[3]。王徐徐答曰：“亡叔是一时之标，公是千载之英。[4]”一坐欢然。

【注释】

①桓玄：字敬道，详见《德行》第41则注①。太傅：应是“太尉”，桓玄曾任太尉。毕集：全部聚集。

②裁：通“才”。竟：终了，完毕。王桢之：字公干，琅邪人，王徽之之子，历任侍中、大司马长史等职。卿第七叔：指王献之，字子敬，王羲之第七子，王徽之之弟，详见《德行》第39则注①。

③咽气：气塞，屏气，这里指紧张得喘不过气来。

④徐徐：指从容的样子。标：榜样。

【译文】

桓玄任太傅的时候，大会宾客，朝中大臣全都来了。大家才入座坐好，桓玄就问王桢之：“我和你七叔王献之相比，谁更胜一筹？”当时在座的宾客都为王桢之紧张得不敢喘气。王桢之从容地回答说：“亡叔是一代的榜样，您是千年以来的英才。”满座的人听了都很开心。

87.桓玄问刘太常曰：“我何如谢太傅？[1]”刘答曰：“公高，太傅深。[2]”又曰：“何如贤舅子敬？[3]”答曰：“楂梨橘柚，各有其美。[4]”

【注释】

①桓玄：字敬道，详见《德行》第41则注①。刘太常：刘瑾，字仲璋，南阳人，其母为王羲之之女；历任尚书、太常卿等职。谢太傅：即谢安，字安石，死后追赠太傅，详见《德行》第33则注③。

②高：高明。深：深奥。

③子敬：王献之，字子敬，王羲之第七子，刘瑾的舅舅，详见《德行》第39则注①。

④楂：山楂。柚：柚子。

【译文】

桓玄问太常卿刘瑾说:“我和太傅谢安比起来,怎么样?”刘瑾回答说:“您高明,太傅深奥。”桓玄又问:“我和你的舅舅王子敬比起来,怎么样?”刘瑾回答说:“山楂、梨子、橘子、柚子,各有各的美味,你们也各有各的长处。”

88.旧以桓谦比殷仲文①。桓玄时,仲文入,桓于庭中望见之,谓同坐曰:“我家中军那得及此也!②”

【注释】

①桓谦:字敬祖,谯国龙亢(今安徽怀远)人,桓冲第三子,桓玄从弟;晋时官至西中郎将、荆州刺史;桓玄掌政时,曾任尚书左仆射、尚书令、卫将军等职,封新安郡王;410年,带兵攻打荆州,兵败被杀。殷仲文:桓玄的姐夫,详见《言语》第106则注②。

②桓玄时:指桓玄攻下建康,自称皇帝时。中军:即桓谦,桓玄掌权时,任用桓谦为尚书左仆射,兼吏部,加中军将军,故称中军。

【译文】

过去总是把桓谦和殷仲文相提并论。桓玄称帝时,仲文入朝觐见,桓玄在厅堂上望见他,对同座的人说:“我家的中军哪里赶得上这个人呢!”

规箴第十

《规箴》是《世说新语》第十门，共27则。规箴指劝勉告诫，即以正义之道劝人改正言行的不当之处。本门主要记载了数则劝勉告诫对方接受意见、改正失当之处的小故事。本门内容依据规箴的主客体双方的不同可以分为三类，其中最多的是臣下对君主或上级提出的谏言，其次是同辈或夫妇之间进行的劝导，还有一则是高僧对弟子，亦即长辈对晚辈谆谆的告诫。进行规箴的方法，或为含蓄委婉，或为直言进谏。规箴所涉及的内容，多为政治国之道，也有待人处事之方。从规箴人提出的建议中，可以看出这个人的识见和气度。

1.汉武帝乳母尝于外犯事，帝欲申宪①，乳母求救东方朔②。朔曰："此非唇舌所争，尔必望济者，将去时，但当屡顾帝，慎勿言。此或可万一冀耳。③"乳母既至，朔亦侍侧，因谓曰："汝痴耳！帝岂复忆汝乳哺时恩邪！"帝虽才雄心忍，亦深有情恋，乃凄然愍之，即敕免罪④。

【注释】

①汉武帝：刘彻，西汉第七位皇帝，16岁登基，开创察举制选拔人才，独尊儒术，首开丝绸之路，首创年号，兴太学等，但在位后期穷兵黩武，又造成了巫蛊之祸，公元前87年去世，享年70岁，谥号孝武皇帝，庙号世宗。犯事：犯法，犯罪。申宪：申明法令，指执行法令。

②东方朔：本姓张，字曼倩，西汉平原厌次（今山东德州）人，性格诙谐，足智多谋，著述甚丰，代表作《答客难》《非有先生论》等，曾任常侍郎、太中大夫等职。按：汉武帝奶妈的子孙在京都长安横行霸道，有司奏请

把奶妈流放到边远地区，武帝批准了。

③济：成功。但：只，只是。万一：万分之一。冀：希望。

④心忍：心狠，心肠坚硬。凄然：形容悲伤。愍：怜悯。

【译文】

汉武帝刘彻的乳母曾经在外面犯了罪，武帝准备要按照法令来治罪，乳母去向东方朔求救。东方朔说："这不是靠唇舌就能争取得来的事，你想要把事情一定办成功的话，临走时，应该接连回头望着汉武帝，千万不要说话。这样也许能有万分之一的希望。"奶妈进来辞行时，东方朔也陪侍在汉武帝身边，奶妈按照东方朔所说那样频频回头看汉武帝，东方朔就对她说："你是犯傻呀！皇上难道还会想起你喂奶时的恩情吗！"汉武帝虽然才智杰出，心肠坚硬，也不免引起深切的依恋之情，心情也感到很凄凉，非常怜悯奶妈，于是立刻下令赦免了她的罪责。

2.京房与汉元帝共论[①]，因问帝："幽、厉之君何以亡？所任何人？[②]"答曰："其任人不忠。"房曰："知不忠而任之，何邪？"曰："亡国之君各贤其臣，岂知不忠而任之！"房稽首曰："将恐今之视古，亦犹后之视今也。[③]"

【注释】

①京房：本姓李，好音律，推律自定为京氏，遂以京为姓，字君明，东郡顿丘（今河南清丰西南）人，开创京氏易学，有《京氏易传》传世；元帝时立为博士，官至魏郡太守，后因劾奏中书令石显专权，为石氏所忌恨，被捕下狱处死，死时年四十一。汉元帝：刘奭（shì），汉宣帝刘询与嫡妻许平君所生之子，西汉第11位皇帝，公元前49年十月继位；善史书，通音律，好儒术，在位期间因宠信宦官，导致朝政混乱，西汉由此走向衰落；公元前33年病逝，谥号孝元皇帝，庙号高宗。

②幽、厉之君：两个暴虐之君；厉指周厉王，西周第十任君主，在位时暴虐无道，滥施杀伐，最终导致百姓反叛，被国人流放；幽指周幽王，周厉王之孙，西周第十二任君主，在位时宠幸妃子褒姒，沉迷酒色，不理国事，

后来外族入侵，兵败被杀，西周灭亡。

③稽（qǐ）首：指古代跪拜礼，为拜礼中最隆重的一种，常为臣子拜见君父时所用；跪下并拱手至地，头也至地。按：汉元帝的亲信中书令石显和尚书令五鹿充宗专权，京房认为他们会犯上作乱，所以借幽、厉二君的事情来向汉元帝进谏。

【译文】

京房和汉元帝在一起讨论时，趁机问汉元帝刘奭："周幽王和周厉王为什么灭亡？他们所任用的是些什么人？"汉元帝回答说："他们任用的人不忠。"京房又问："明知任用的人不忠，还要任用，这是什么原因呢？"元帝说："亡国的君主，每个都认为他的臣子是贤能的，哪里是明知不忠还要任用他呢！"京房于是跪拜匍匐在地，说道："就怕我们现在看古人，也像后代的人看我们现在一样啊。"

3. 陈元方遭父丧，哭泣哀恸，躯体骨立①。其母愍之，窃以锦被蒙上。郭林宗吊而见之，谓曰："卿海内之俊才，四方是则②，如何当丧，锦被蒙上？孔子曰：'衣夫锦也，食夫稻也，于汝安乎？'吾不取也。③"奋衣而去④。自后宾客绝百所日⑤。

【注释】

①陈元方：陈纪，字元方，陈寔长子，详见《德行》第6则注②。骨立：形容人消瘦到极点。

②郭林宗：郭泰，字林宗，详见《德行》第3则注①。吊：吊唁。是则：指效法你，以你为准则。

③"衣夫"句：出自《论语·阳货》，原文作"食夫稻，衣夫锦，于汝安乎？"孔子的弟子宰我问，为父母守孝三年，时间是否太长；孔子认为不到三年守孝期满，就吃大米饭，穿绸缎，会心里不安。不取：即认为这种做法不可取。

④奋衣：振衣，相当于拂袖，甩手。

⑤百所日：百来天。所，大约，用在数量词后面，表示大概的数目。

按：郭林宗先于陈寔离世，此事记载有误；余嘉锡《世说新语笺疏》中说："程炎震云：'林宗之没，乃先于太丘二十余年。范书、蔡集皆明著之，此之诬谤，可谓巨谬。'"

【译文】

陈元方遭遇了父亲的离世，非常悲恸，日夜哭泣，导致身体骨瘦如柴。他母亲很心疼他，在他睡觉的时候，偷偷地用条锦缎被子给他盖上。郭林宗前来吊丧，看见他盖着锦缎被子，就对他说："你是国内的杰出人物，各地的人都以你为准则，你怎么能在服丧期间盖着锦缎被子？孔子说：'穿着锦缎的衣服，吃着大米白饭，你心里踏实吗？'我不认为这种做法是可取的。"说完就拂袖而去。自此以后有一百来天，宾客都不来吊唁了。

4. 孙休好射雉①，至其时，则晨去夕返。群臣莫不止谏："此为小物，何足甚耽！②"休曰："虽为小物，耿介过人，朕所以好之。③"

【注释】

①孙休：字子烈，三国时吴国第三任皇帝，孙权第六子，258—264年在位；初受封为琅邪王；258年九月，孙綝发动政变，罢黜吴帝孙亮为会稽王，迎立其为帝，改元永安，登基后封孙綝为丞相，后除孙綝；在位期间，创建国学，设太学博士制度，诏立五经博士；公元264年去世，谥号为景皇帝。雉：野鸡。

②止谏：一作"上谏"。耽：沉溺，入迷。

③耿介：正直不阿，廉洁自持。按：《周礼・春官・大宗伯》"士执雉"，注："取其守介而死，不失其节。"

【译文】

吴帝孙休喜欢射野鸡，到了射猎野鸡的季节，就早去晚归。群臣都纷纷劝谏，希望他停止这种爱好，说："这是小东西，哪里值得这么沉溺其中！"孙休说："虽然野鸡是种小东西，可是比人还正直不阿，我是因此而喜欢它的。”

5.孙皓问丞相陆凯曰[1]：“卿一宗在朝有几人？”陆曰：“二相、五侯、将军十余人。”皓曰：“盛哉！”陆曰：“君贤臣忠，国之盛也；父慈子孝，家之盛也。今政荒民弊，覆亡是惧，臣何敢言盛！[2]”

【注释】

①孙皓：三国时吴国末代皇帝，详见《言语》第21则注②。陆凯：字敬风，吴郡吴县(今江苏苏州)人，三国时吴国后期重臣，陆逊之侄、陆抗族兄，为人正直，敢于直言劝谏；曾任儋耳太守、建武校尉、巴丘督等职；孙休继位后，拜征北将军，领豫州牧；孙皓即位后，迁任镇西大将军，领荆州牧，进封嘉兴侯，后升左丞相；269年去世。

②覆亡是惧：惧怕覆亡。

【译文】

吴帝孙皓问丞相陆凯说：“你们这个家族在朝中做官的有多少人？”陆凯回答说：“两个丞相、五个侯爵，还有十几个将军。”孙皓说：“真是家族兴旺啊！”陆凯说：“君主贤明，臣子忠诚，这是国家兴旺的象征；父母慈爱，儿女孝顺，这是家庭兴旺的象征。现在政务荒废，百姓疲惫困苦，臣唯恐国家灭亡，还敢说什么家族兴旺啊！”

6.何晏、邓飏令管辂作卦，云：“不知位至三公不。[1]”卦成，辂称引古义，深以戒之[2]。飏曰：“此老生之常谈。”晏曰：“知几其神乎，古人以为难；交疏吐诚，今人以为难[3]。今君一面尽二难之道，可谓‘明德惟馨’[4]。《诗》不云乎：‘中心藏之，何日忘之！[5]’”

【注释】

①何晏：字平叔，详见《言语》第14则注①。邓飏(yáng)：字玄茂，详

见《识鉴》第3则注①。管辂(lù):字公明,平原(今山东德州平原)人,三国时期曹魏术士,被后世奉为卜卦观相的祖师;精通《周易》,善于卜筮、相术,习鸟语,著有《周易通灵诀》《占箕》等。三公:古代朝廷中最显贵的三个官职的合称,各朝代说法不同,魏晋时以太尉、司徒、司空为三公。

②称引:援引,引证。戒:劝诫。按:何晏、邓飏二人依附曹爽,是曹爽的心腹,曹爽被杀后,两人也被诛杀;管辂被举荐为秀才,至首都后,何、邓叫他占卦,他趁机用易理劝诫二人,若想成为三公,需关心国家存亡,尽心辅助君主,安抚百姓。

③几:预兆,事情的苗头。神:神奇,神异。

④明德惟馨:语出《左传·僖公五年》所引《周书》,大意是:光明的德行是芳香的。

⑤中心藏之,何日忘之:心中藏着他,哪一天也不曾忘记他;中心,指心中;语出《诗经·小雅·隰桑》。

【译文】

何晏、邓飏叫管辂给他们占一卦,问道:"不知道我们的官位能不能升到三公?"卦成以后,管辂援引古书的义理,意味深长地劝诫他们。邓飏说:"你这不过是老生常谈。"何晏说:"能够预先察见事物变化的征兆,是很神奇的能力,古人认为这很难做到;交情很疏远而在说话中却能吐露真心,现在的人认为这很难做到。现在您和我们才一面之交,就同时解决了这两个难题,可以说是'明德惟馨'。《诗经》上不是说过吗:'中心藏之,何日忘之!'"

7.晋武帝既不悟太子之愚,必有传后意①。诸名臣亦多献直言。帝尝在陵云台上坐,卫瓘在侧,欲申其怀,因如醉跪帝前,以手抚床曰:"此坐可惜!②"帝虽悟,因笑曰:"公醉邪?"

【注释】

①晋武帝:司马炎,晋开国皇帝,详见《德行》第17则注③。太子:司马衷,即后来的晋惠帝,详见《品藻》第32则注③。按:武帝即位后,立司

马衷为皇太子,朝廷百官都认为他不能亲理政事,所以太子少博卫瓘想奏请废掉太子。

②陵云台:楼台名,在洛阳。卫瓘(guàn):字伯玉,详见《识鉴》第8则注②。此坐可惜:指让太子坐上此座,即登上帝位,就很可惜;坐,通"座"。

【译文】

晋武帝司马炎既然不了解太子司马衷的愚笨,就有意要把帝位传给他。众位名臣也多有直言劝谏的。一次,晋武帝在陵云台上坐着,卫瓘陪侍在旁,想趁机申明自己的心意,便装作喝醉酒一样,跪在武帝面前,用手拍着晋武帝的坐床说:"这个座位可惜了呀!"武帝虽然明白他的用意,但还是笑着说:"你喝醉了吧?"

8.王夷甫妇,郭泰宁女,才拙而性刚,聚敛无厌,干豫人事①。夷甫患之而不能禁②。时其乡人幽州刺史李阳③,京都大侠,犹汉之楼护,郭氏惮之④。夷甫骤谏之⑤,乃曰:"非但我言卿不可,李阳亦谓卿不可。"郭氏小为之损⑥。

【注释】

①王夷甫:王衍,字夷甫,详见《言语》第23则注②。郭泰宁:郭豫,字太宁,太原人,官至相国参军,早卒。厌:满足。干豫:同"干预",过问或参与。

②患:忧虑。禁:禁止。按:王衍的妻子和晋惠帝皇后贾氏是表姐妹,她倚仗贾后的权势,所以王衍不能禁止她的行为。

③李阳:字景祖,西晋高平(今山东巨野)人,为人侠义,为世人所推重,晋武帝时为幽州刺史。

④楼护:字君卿,汉代山东人,精通经传,为人侠义,母死,送葬车三千辆;历任官谏大夫、天水太守等职,封息乡侯。惮:畏惧。

⑤骤:屡次。谏:劝说,规劝。

⑥小：通“稍”。损：减少，减轻。

【译文】

王夷甫的妻子是郭泰宁的女儿，为人笨拙却又性情倔强，对财物贪得无厌，喜欢干涉别人的事。王夷甫对她很是忧虑，却又制止不了她的行为。当时他的同乡幽州刺史李阳，是京都的一个侠义之人，如同汉代的楼护，郭氏很惧怕他。王夷甫常常规劝他妻子，就跟她说：“不是只有我说你不能这样做，李阳也认为你不能这样做。”郭氏这才稍为收敛了一些。

9.王夷甫雅尚玄远，常嫉其妇贪浊，口未尝言“钱”字[①]。妇欲试之，令婢以钱绕床，不得行。夷甫晨起，见钱阂行，呼婢曰：“举却阿堵物！[②]”

【注释】

①王夷甫：王衍，字夷甫，详见《言语》第23则注②。雅：平素，素来。尚：崇尚。玄远：指道的玄妙幽远，玄理。嫉：憎恨。贪浊：贪婪污浊。

②阂(hé)：阻隔不通。举却：拿去，拿走。阿堵：六朝人口语，这，这个。

【译文】

王夷甫素来崇尚玄理，常常憎恨他妻子的贪婪污浊，口里不曾说过“钱”字。他的妻子想试试他，就叫婢女用钱来围着床放了一圈，让他不能走出来。王夷甫早晨起床，看见钱阻隔了自己出行的道路，就招呼婢女说：“把这些东西拿走！”

10.王平子年十四五，见王夷甫妻郭氏贪欲，令婢路上儋粪[①]。平子谏之，并言不可。郭大怒，谓平子曰：“昔夫人临终，以小郎嘱新妇，不以新妇嘱小郎。[②]”急捉衣裾，将与杖[③]。平子饶力，争得脱，逾窗而走[④]。

【注释】

①王平子：王澄，字平子，王夷甫之弟，详见《德行》第23则注①。儋：同“担”，肩挑。

②夫人：指婆婆。小郎：称丈夫的弟弟为小郎，即小叔子。新妇：妇女的自称。

③裾（jū）：衣服的大襟，也指衣服的前后部分。杖：用棒子打。

④饶力：多力，力气大。争：通“挣”，挣扎。

【译文】

王平子十四五岁时，看见王夷甫的妻子郭氏很贪心，叫婢女到路上捡粪担回来。平子规劝她，并且说这样不行。郭氏大怒，对平子说：“以前婆婆临终的时候，把你托付给我，并没有把我托付给你。”说完就一把抓住平子的衣服，要拿棍子打他。平子力气大，用力挣扎，才得以脱身，跳窗逃走了。

11.元帝过江犹好酒，王茂弘与帝有旧，常流涕谏[1]。帝许之，命酌酒一酣，从是遂断[2]。

【注释】

①元帝：晋元帝司马睿，东晋开国皇帝，详见《言语》第29则注①。王茂弘：王导，字茂弘，详见《德行》第27则注③。有旧：过去曾有交往，有老交情。

②酣：指酒喝得很畅快。

【译文】

晋元帝司马睿过江后还是喜欢喝酒，王茂弘和元帝向来很有交情，常常流着泪规劝他，让他少喝酒。晋元帝答应了，就叫手下倒酒来，喝了个痛快，从此以后就戒了酒。

12.谢鲲为豫章太守，从大将军下，至石头[1]。敦谓鲲曰：

"余不得复为盛德之事矣!②"鲲曰:"何为其然?但使自今已后,日亡日去耳。③"敦又称疾不朝,鲲谕敦曰:"近者,明公之举,虽欲大存社稷,然四海之内,实怀未达④。若能朝天子,使群臣释然,万物之心,于是乃服⑤。仗民望以从众怀,尽冲退以奉主上,如斯,则勋侔一匡,名垂千载。⑥"时人以为名言。

【注释】

①谢鲲:字幼舆,详见《言语》第46则注②。大将军:指王敦,字处仲,曾任大将军,详见《言语》第37则注①。石头:即石头城,位于今南京城城西。按:谢鲲曾为大将军王敦的长史,后被王敦降为豫章太守;晋元帝永昌元年(公元322年),王敦以声讨刘隗、清君侧为名起兵反,带着谢鲲一起攻下石头城,杀了刘隗等人后,不朝见晋帝就退兵回武昌。

②盛德之事:品德高尚之事,指出兵清君侧之事。

③日亡日去:应为"日忘日去",《晋书·谢鲲传》和《资治通鉴·晋纪十四》均作"日忘日去",《资治通鉴》注曰:"言日复一日,浸忘前事,则君臣猜嫌之迹亦日去耳。"

④谕:告诉,使人知道。

⑤万物:万人,众人。

⑥仗:凭借,依靠。冲退:谦虚退让。侔(móu):相等。一匡:指一匡天下,使天下一切得到纠正。

【译文】

谢鲲任豫章太守的时候,跟随大将军王敦进军东下,打到了石头城。王敦对谢鲲说:"我不能再做这种道德高尚的事了!"谢鲲说:"为什么要说这样的话?只要从今以后,让君臣之间的猜嫌之心一天天忘掉就是了。"王敦又托病不去朝见晋元帝,谢鲲劝告他说:"近来您的举动虽然是想极力地保卫国家,可是您的真实情怀还没有让全国的人们了解。如果能去朝见天子,使群臣放下心来,众人的心才会敬佩您。依靠人民的愿望来顺从众人的心意,用谦虚退让之心来侍奉君主,这样做,你的功勋就可以和一匡天下的功劳相当，也能够名垂千古。”当时的人认为这是名言。

13. 元皇帝时，廷尉张闿在小市居，私作都门，蚤闭晚开①。群小患之，诣州府诉，不得理；遂至挝登闻鼓，犹不被判②。闻贺司空出，至破冈，连名诣贺诉③。贺曰：“身被征作礼官，不关此事。④”群小叩头曰：“若府君复不见治，便无所诉。⑤”贺未语，令且去，见张廷尉当为及之。张闻，即毁门，自至方山迎贺。贺出见辞之，曰：“此不必见关，但与君门情，相为惜之民。⑥”张愧谢曰：“小人有如此，始不即知，蚤已毁坏。⑦”

【注释】

①元皇帝：晋元帝司马睿（ruì），东晋开国皇帝，谥号元皇帝，详见《言语》第29则注①。张闿（kǎi）：字敬绪，丹阳人；曾任晋陵内史、尚书、廷尉、金紫光禄大夫等职，封爵宜阳伯。小市：小集市。都门：指街巷的门。蚤：通“早”。按：《晋书·贺循传》载：“廷尉张闿住在小市，将夺左右近宅以广其居，乃私作都门，早闭晏开。”

②群小：老百姓，指跟张闿住在一个街坊的人。挝（zhuā）：敲打。登闻鼓：悬挂在朝堂外的一面大鼓。挝登闻鼓：中国古代重要的直诉方式之一，有所谏议或有冤屈者，可以击鼓上达。

③贺司空：贺循，字彦先，死后追赠司空，故称贺司空，详见《言语》第34则注①。连名：指在同一个文书上联合签名，表示共同负责。

④身：自身，本人。作礼官：贺循当时任太常，太常为九卿之一，主管祭祀礼乐，所以说“作礼官”。

⑤府君：对郡相、太守的尊称；因贺循曾任会稽国相、吴国内史等职，故称之为府君。

⑥出见辞之：余嘉锡《世说新语笺疏》以为是“辞见”二字误倒，即应为“出辞见之”，就是“以群小诉词示闿也”，比较合理。门情：世代相交之

情。按：贺循祖父贺齐为东吴将军，张闿曾祖张昭是东吴谋士，官至辅吴将军，两人关系友善，故云门情。

⑦小人：平民百姓。

【译文】

晋元帝时，廷尉张闿居住在小集市上，他私自设置街巷大门，每天关门很早，开门却很晚。附近居住的百姓为这事很发愁，就到州府衙门去告状，衙门却不受理；于是百姓们去击登闻鼓告状，还是得不到裁决。老百姓们听说司空贺循外出，到了破冈，就写好联名状辞到他那里告状。贺循说："我被任命为礼官，是不管理这种事的。"百姓们给他磕头说："如果府君您也不管我们，我们就没有地方可以申诉了。"贺循没有说什么，只叫大家退下去，说以后见到张廷尉一定替大家问起这件事。张闿听说后，立刻把私自设置的都门拆了，而且亲自到方山去迎接贺循。贺循拿出百姓的状辞给他看，说："这件事本用不着我过问，只是因为和你是世交，为了这才舍不得扔掉它。"张闿惭愧地谢罪说："百姓有这样的要求，当初我没有及时了解到，现在门我早已经拆除了。"

14.郗太尉晚节好谈，既雅非所经，而甚矜之①。后朝觐，以王丞相末年多可恨，每见，必欲苦相规诫②。王公知其意，每引作他言。临还镇，故命驾诣丞相，丞相翘须厉色，上坐便言："方当乖别，必欲言其所见。③"意满口重，辞殊不流④。王公摄其次，曰："后面未期，亦欲尽所怀，愿公勿复谈。⑤"郗遂大瞋，冰衿而出，不得一言⑥。

【注释】

①郗太尉：郗鉴，字道徽，官至太尉，详见《德行》第24则注①。经：治理，考虑。矜：自大，自夸。

②朝觐：臣子朝见君主。王丞相：王导，字茂弘，官至丞相，详见《德行》第27则注③。苦：竭力，尽力。规诫：规劝告诫。按：王导渡江后，为

缓和各种矛盾，为政宽松，不拘小节，委任的将领有犯法行为也多作容忍，陶侃和庾亮曾想起兵废掉王导，因郗鉴反对而作罢。

③还镇：回到镇守的地方；郗鉴任太尉时，仍镇守京口。丞相翘须厉色：一说无“丞相”二字，比较合理，翘须厉色的是郗鉴。乖别：分离。

④不流：不流畅，指语无伦次。

⑤摄其次：指整理他语言的顺序；摄，整理。后面：以后再见面，犹后会。未期：无期，指不知何日。尽：穷尽，指说出。

⑥大瞋：大怒。冰衿：板着脸孔，闷不吭声。按：陶侃、庾亮先后想起兵废除王导，皆因郗鉴不许而止，王导应不会如此拒绝郗鉴的谏言，此则或为传言有误。

【译文】

太尉郗鉴晚年喜欢大加谈论，所谈的事既不是他向来所负责治理的，为人又很自负。后来朝见皇帝的时候，因为丞相王导晚年做了许多让人不满意的事，所以郗鉴每次见到王导，总想要苦苦劝诫他。王导知道郗鉴的意图，就常常用别的话来引开话题。后来郗鉴就要回到镇守的地方去，走之前特意坐车去看望王导。他翘着胡子，脸色严肃，一落座就说：“快要分离了，我一定要把我所看到的事说出来。”他要说的话很多，口气也很重，可是话说得特别不顺畅。王导整理好他说话的层次大意，然后说：“我们下次见面不知在什么时候，我也想畅所欲言，说出我的意见，那就是希望您以后不要再谈论这件事了。”郗鉴非常生气，板着脸孔走了，再也没有说一句话。

15. 王丞相为扬州，遣八部从事之职①。顾和时为下传还，同时俱见②。诸从事各奏二千石官长得失，至和独无言③。王问顾曰：“卿何所闻？”答曰：“明公作辅，宁使网漏吞舟，何缘采听风闻，以为察察之政！④”丞相咨嗟称佳，诸从事自视缺然也⑤。

【注释】

①王丞相：王导，字茂弘，官至丞相，详见《德行》第27则注③。为扬州：指任扬州刺史。遣：派遣。部从事：官职名，主管督促文书、察举非法等事。之职：到职，任职。按：扬州当时统领丹阳、会稽等八郡，按当时官制，每郡置部从事一人，所以王导分遣部从事八人。

②顾和：顾和，字君孝，详见《言语》第33则注①。按：王导任扬州刺史时，调顾和任从事，从事和部从事是不同的职务；这里的"下传"，可能顾和以从事身份乘传车（驿车），跟随部从事到部里来。

③二千石：是郡太守的通称；太守的俸禄为二千石，即月俸一百二十斛。

④网漏吞舟：能吞下一条船那样的大鱼逃脱了渔网，这里指为政要宽松，不要捕风捉影。采听：探听。风闻：经传闻而得知的消息。察察：清明。

⑤咨嗟：赞叹。缺然：惭愧的样子。

【译文】

丞相王导任扬州刺史时，派遣八个部从事到下面各郡任职。顾和当时也随着到郡里去，乘坐驿车回来以后，大家一起谒见王导。部从事们分别上奏各郡太守的优劣，唯独顾和没有发言。王导问顾和："你去郡里听到看到什么了？"顾和回答说："明公辅政，宁可让吞舟之鱼漏网，怎么能探听传闻，凭这些传闻来推行清明的政治呢！"王导赞叹着连声说好，众部从事听了也都面有愧色。

16. 苏峻东征沈充[①]，请吏部郎陆迈与俱[②]。将至吴，密敕左右，令入阊门放火以示威[③]。陆知其意，谓峻曰："吴治平未久，必将有乱。若为乱阶，请从我家始。[④]"峻遂止。

【注释】

①苏峻：字子高，详见《方正》第25则注②。沈充：字士居，吴兴武康（今浙江湖州）人；跟随王敦起兵谋反，任车骑将军，领吴国内史，后战败，

被其旧部下吴儒所杀。按:晋明帝太宁二年(公元324年),王敦再次起兵反叛,并任沈充为车骑将军,领兵进攻建康,朝廷召临淮内史苏峻领兵援助京都,大破沈充军。

②陆迈:字功高,吴郡人,曾任振威太守、尚书吏部郎等职。

③敕(chì):嘱咐。阊(chāng)门:苏州城西门。

④治平:政治清明,社会安定。阶:凭借,借口。按:陆迈是吴郡人,反对苏峻在吴地放火,所以如此说。

【译文】

苏峻起兵东下讨伐沈充,请吏部郎陆迈和他一起出征。快要到吴地的时候,苏峻秘密吩咐手下的人,让他们进入阊门,放火烧城来示威。陆迈明白苏峻的意图,对他说:"吴郡刚太平了不长时间,这样做一定会引起社会动乱。如果是为了制造骚乱的借口,请从我家开始放火。"苏峻这才作罢。

17. 陆玩拜司空①,有人诣之,索美酒,得,便自起泻著梁柱间地,祝曰:"当今乏才,以尔为柱石之用,莫倾人栋梁。②"玩笑曰:"戢卿良箴。③"

【注释】

①陆玩:字士瑶,吴郡吴人,详见《政事》第13则注①。

②泻:倾倒。乏才:缺乏好材料,指缺乏人才。按:当时,王导、郗鉴、庾亮等相继离世。柱石:支撑房屋的立柱和石基,借指肩负国家重要使命的人。栋梁:房屋的大梁。

③戢:收藏,记住。良箴:有益的劝诫之言。

【译文】

陆玩就任司空,有位客人去看望他,向他要一杯美酒,酒拿来了后,客人便站了起来,把酒倾倒在房屋的顶梁柱旁边的地上,祝告说:"当今社会缺少好的材料,才用你做柱石,你可千万不要让人家的房梁塌下来。"陆玩听了笑着说:"我会记住你的劝诫之言。"

18.小庾在荆州,公朝大会,问诸僚佐曰:"我欲为汉高、魏武,何如?①"一坐莫答。长史江彪曰:"愿明公为桓、文之事,不愿作汉高、魏武也。②"

【注释】

①小庾:庾翼,字稚恭,庾亮之弟,世称小庾,详见《言语》第53则注①。公朝大会:僚属拜见长官的集会。汉高、魏武:汉高祖刘邦和魏武帝曹操,他们最终夺取了天下。按:庾翼为当时名士,不应狂狷如此,盖传闻有误。

②江彪(bīn):字思玄,详见《方正》第25则注③。桓、文:齐桓公和晋文公,春秋时先后称霸,都主张尊奉周王室,抵御外敌。

【译文】

庾翼在任荆州刺史时,在一次僚属拜见长官的聚会上,问僚属们说:"我想做汉高祖、魏武帝那样的人,你们看怎么样?"满座的人没有谁敢回答。这时长史江彪说:"希望明公效法齐桓公、晋文公的做法,不希望您效法汉高祖、魏武帝的做法。"

19.罗君章为桓宣武从事,谢镇西作江夏,往检校之①。罗既至,初不问郡事,径就谢数日,饮酒而还②。桓公问有何事,君章云:"不审公谓谢尚何似人?③"桓公曰:"仁祖是胜我许人。"君章云:"岂有胜公人而行非者,故一无所问。"桓公奇其意而不责也。

【注释】

①罗君章:罗含,字君章,详见《方正》第56则注①。桓宣武:桓温,字元子,谥号宣武,详见《言语》第55则注①。谢镇西:谢尚,字仁祖,曾任镇西将军,详见《言语》第46则注①。作江夏:指任江夏相。检校:查核察看。

②初：全。

③不审：不知。

【译文】

罗君章任桓温手下的从事，当时镇西将军谢尚任江夏相，桓温派罗君章到江夏检查谢尚的工作。罗君章到江夏后，完全不问郡里的政事，径直到谢尚那里，两人喝了几天酒，罗君章就回来了。桓温问他江夏有什么事，罗君章问道："不知道您认为谢尚是怎样的人？"桓温说："仁祖是胜过我一些的人。"罗君章便说："哪里有胜过您的人而会去做不合理的事呢，所以政事我一点也没问。"桓温认为他的想法很奇特，但也没有责怪他。

20. 王右军与王敬仁、许玄度并善[①]。二人亡后，右军为论议更克[②]。孔岩诫之曰："明府昔与王、许周旋有情，及逝没之后，无慎终之好，民所不取。[③]"右军甚愧。

【注释】

①王右军：即王羲之，字逸少，曾任右军将军，详见《言语》第 62 则注①。王敬仁：王修，字敬仁，详见《文学》第 38 则注①。许玄度：许询，字玄度，详见《言语》第 69 则注①。

②克：刻薄。

③孔岩：一说为孔严，字彭祖，详见《品藻》第 40 则注①。明府：汉魏以来对郡守牧尹的尊称，又称明府君。周旋：交往。慎终：慎重地对待去世的朋友。按：孔岩是会稽郡山阴县人，王羲之曾任会稽内史，所以孔岩尊称王羲之为明府，自称为民。

【译文】

右军将军王羲之和王敬仁、许玄度两人都很友好。两人死后，王羲之对他们的评论却比旁人更加刻薄。孔岩告诫他说："明府您以前和王、许二人有过交往，而且彼此很有情谊，在他们逝世之后，却没有慎重地对待去世的朋友，我认为这是不可取的。"王羲之听了非常惭愧。

21. 谢中郎在寿春败，临奔走，犹求玉帖镫[①]。太傅在军，前后初无损益之言[②]。尔日犹云："当今岂须烦此！[③]"

【注释】

①谢中郎：谢万，字万石，曾任西中郎将，故称谢中郎，谢安之弟，详见《言语》第77则注①。临：在……之前，在即将……的时候。玉帖镫：用玉装饰的马镫。

②太傅：即谢安，字安石，死后追赠太傅，详见《德行》第33则注③。初：全。损益：兴利除弊，批评建议。

③尔日：当天。当今：现在，目前。按：此则故事记载有误，刘孝标注云："按万未死之前，安犹未仕。高卧东山，又何肯轻入军旅邪？《世说》此言，迂谬已甚。"

【译文】

西中郎将谢万率领的军队在寿春溃败，就在即将骑马逃跑时，还在讲究要用贵重的玉帖镫。太傅谢安当时跟随他在军中，从始至终也没有提过什么批评建议。当时只是说："目前哪里还需要为这个烦恼！"

22. 王大语东亭[①]："卿乃复论成不恶，那得与僧弥戏！[②]"

【注释】

①王大：即王忱（chén），字元达，小字佛大，详见《德行》第44则注②。东亭：王珣，字元琳，小字法护，封东亭侯，详见《言语》第102则注②。

②论成：可能指时人品评已有定论。僧弥：王珉，字季琰，小字僧弥，王珣之弟，详见《政事》第24则注③。按：王珉当时名声超过王珣，人们评论说："法护非不佳，僧弥难为兄。"王大意在劝阻王珣，不要去招惹僧弥，以免不胜反而会自降声誉。

【译文】

王大对东亭侯王珣说："世人对你的评论还是不错的，哪能再去和僧弥赌个胜负呢!”

23.殷觊病困,看人政见半面①。殷荆州兴晋阳之甲②,往与觊别,涕零,属以消息所患③。觊答曰:“我病自当差,正忧汝患耳!④”

【注释】

①殷觊:一作殷颛(yǐ),字伯通,殷仲堪堂兄,详见《德行》第41则注④。病困:病笃,病重。政:通“正”,只。

②殷荆州:即殷仲堪,官至荆州刺史,详见《德行》第40则注①。兴晋阳之甲,兴兵,指起兵清君侧。晋阳之甲:晋阳这个地方的甲兵。按:《公羊传·定公十三年》载,春秋时晋国大夫赵鞅用自己封邑晋阳的甲兵,来驱逐国君身边的坏人荀寅和士吉射;晋安帝时,兖州刺史王恭和殷仲堪等联合,以讨伐君主身旁的奸臣王国宝和司马尚之为名两度起兵,故称“兴晋阳之甲”。

③属:通“嘱”,嘱咐。消息:将息,休养。所患:病。

④差(chài):病愈。正:只,只是。按:殷仲堪准备起兵时,请堂兄殷觊同时起兵,殷觊反对起兵解决朝廷是非,所以殷仲堪去探病时,说了这样的话。

【译文】

殷觊病情很严重,看人只能看见半面。荆州刺史殷仲堪当时正准备要起兵清君侧,去和殷觊告别,看见他病成那样,哭了,嘱咐他好好休息养病。殷觊回答说:“我的病自然会好的,只是我担心你的处境呀!”

24.远公在庐山中,虽老,讲论不辍①。弟子中或有堕者,远公曰:“桑榆之光,理无远照,但愿朝阳之晖,与时并明耳!②”执经登坐,讽诵朗畅,词色甚苦③。高足之徒,皆肃然增敬。

【注释】

①远公:即释慧远,俗姓贾氏,历史上著名高僧之一,详见《文学》第

61 则注①。不辍:不止,不绝。

②堕者:同"惰者",懒惰的人。桑榆之光:照在桑树、榆树梢上的落日余晖,比喻老年时光。朝阳之晖:早晨的阳光,比喻年少时光。

③朗畅:声音响亮流畅。词色:同"辞色",言辞和表情。苦:指恳切。

【译文】

慧远和尚住在庐山里,虽然年纪老了,还在不断地宣讲佛经。弟子中有人偷懒,不肯好好学,慧远就说:"我像傍晚照在桑树、榆树上的落日余晖,按理说不会照得久远了;但愿你们像早晨的阳光,随着时间的流逝越来越明亮呀!"于是拿着佛经,登上讲坛,诵经声音响亮而流畅,言辞神态非常恳切。高足弟子们对远公都更加肃然起敬了。

25.桓南郡好猎[①]。每田狩,车骑甚盛,五六十里中,旌旗蔽隰[②]。骋良马,驰击若飞,双甄所指,不避陵壑[③]。或行陈不整,麏兔腾逸,参佐无不被系束[④]。桓道恭,玄之族也,时为贼曹参军,颇敢直言[⑤]。常自带绛绵绳著腰中[⑥],玄问:"此何为?"答曰:"公猎,好缚人士,会当被缚,手不能堪芒也。[⑦]"玄自此小差[⑧]。

【注释】

①桓南郡:桓玄,字敬道,桓温之子,因袭父亲南郡公之职,故世称桓南郡,详见《德行》第 41 则注①。

②田狩:打猎。隰(xí):低湿之地。

③击:追击。双甄:作战时军队的左右两翼称双甄;打猎也像打仗,所以也称两翼为双甄。陵壑:山陵丘壑。

④行陈:即行阵,军队的行列。麏(jūn):同"麇",即獐子。腾逸:腾空跨越,这里指逃脱。系束:捆绑。

⑤桓道恭:字祖猷,曾任淮南太守、桓楚江夏相,桓玄兵败后,被杀。贼曹参军:参军是州府的属官,参军分曹(即分科、分部门)办事,贼曹是

其中的一个部门。

⑥绛:一种颜色,即大红色。绵绳:丝绵做成的绳子。

⑦会当:总有一天会。堪:忍受。芒:刺。按:桓道恭的意思是绑人用粗麻绳,由于绳粗有刺,所以自带绵绳,以免扎手;这是在委婉地劝谏。

⑧小差:指稍有收敛;小,通"稍"。

【译文】

南郡公桓玄喜欢打猎。每逢打猎的时候,跟随的车马非常多,五六十里的地面,旗帜铺天盖地。骑着良马奔驰,像飞一样追击着猎物;侧翼队伍所到之处,不管是山陵还是丘壑,一概不许回避。有时队列不整齐,或者让獐兔等野物逃脱了,下属官吏没有不被捆起来的。桓道恭是桓玄的族人,当时任贼曹参军,颇敢坦率地说出自己的意见。打猎时常常在腰里带着一条大红色的绵绳,桓玄问他:"这是干什么用的?"桓道恭回答说:"您打猎的时候,喜欢捆人,我总有一天也会被捆的,怕两只手受不了那粗绳上的芒刺啊。"从此以后,桓玄在捆人的事上就稍微收敛些了。

26. 王绪、王国宝相为唇齿①,并上下权要②。王大不平其如此,乃谓绪曰:"汝为此欻欻,曾不虑狱吏之为贵乎?③"

【注释】

①王绪:字仲业,太原人,王国宝堂弟,深受会稽王司马道子宠信,曾任辅国将军、琅邪内史,兼会稽王从事中郎;王恭出兵讨伐王国宝时,与王国宝同被司马道子处斩。王国宝:字国宝,太原晋阳(今山西太原)人,中书令王坦之第三子,谢安之婿,司马道子宠臣;曾任琅邪内史、侍中、中书令等职,397年升任尚书左仆射、领选,加后将军、丹阳尹,权重一时;同年,王恭以讨伐王国宝为名起兵,司马道子为平息战事,将其收捕至廷尉,并赐死。唇齿:比喻有共同利害的双方互相依靠。

②上下:一本作"弄",较为合理。弄权要:指凭借职位,滥用权力。按:王绪、王国宝为堂兄弟,时任前将军、青兖二州刺史的王恭憎恨这两人扰乱朝政,联合桓玄、殷仲堪等人起兵声讨,会稽王司马道子为了平息

各州的不满,便杀了王绪,把王国宝交付廷尉治罪,并赐死。

③王大:即王忱(chén),字元达,小字佛大,详见《德行》第44则注②。不平:愤慨,不满。曾:竟,竟然。欻欻(xū xū):忽然,轻举妄动的样子。狱吏之为贵:监狱官吏的尊贵,语出《史记·绛侯周勃世家》。周勃被人诬告谋反,汉文帝把他交给廷尉问罪,周勃出狱后叹道:“吾尝将百万军,然安知狱吏之贵乎!”这里王大是借用这句话来警告王绪的。

【译文】

王绪和王国宝互相勾结,一起凭借权势,滥用权力。王大很不满意他们的所作所为,便对王绪说:“你行为处事这样轻举妄动,竟然没有考虑到终有一天会感受到狱吏的尊贵吗?”

27.桓玄欲以谢太傅宅为营①,谢混曰②:“召伯之仁,犹惠及甘棠;文靖之德,更不保五亩之宅?③”玄惭而止。

【注释】

①桓玄:字敬道,详见《德行》第41则注①。谢太傅:谢安,字安石,死后追赠太傅,详见《德行》第33则注③。营:有围墙的住宅。按:桓玄得势时,谢安已死,他想把谢安旧宅夺过来,遭到谢安孙子谢混的反抗。

②谢混:字叔源,谢安之孙,详见《言语》第105则注①。

③召伯:即召公,周文王的儿子,封于召地,所以又叫召伯,巡视南国时,坐在甘棠树下处理诉讼,他去世后,百姓想念他的恩德,就不忍损伤那棵树。文靖:指谢安,谥号是文靖。

【译文】

桓玄想把太傅谢安的住宅要来作为自己的府第,谢混说:“召伯的仁爱,尚且能给甘棠树带来好处;文靖的恩德,难道竟保不住五亩大小的住宅吗?”桓玄听了后感到很惭愧,就不再提这件事了。

捷悟第十一

《捷悟》是《世说新语》第十一门，共7则。捷悟指敏捷的悟性，即领悟问题迅速、准确。本门记载的7则故事中，主人公都能在面对突发事件时，做出快速而正确的分析和理解，并采取了相应的合适、正确的方法进行了处理。这其中又以记载魏武帝曹操和杨修之间的故事为主。

1.杨德祖为魏武主簿①，时作相国门，始构榱桷②，魏武自出看，使人题门作"活"字，便去。杨见，即令坏之。既竟，曰："门中'活'，'阔'字。王正嫌门大也。③"

【注释】

①杨德祖：杨修，字德祖，东汉末弘农华阴（陕西华阴）人，太尉杨彪之子，学问渊博，性极聪慧，曾任丞相府主簿，后因罪被曹操诛杀。魏武：即曹操，字孟德，曾为魏王，去世后谥号为武王，曹丕称帝后，追尊为武皇帝，详见《言语》第8则注②。

②相国：官职名，朝臣中的最高职务，同丞相，汉代有时设相国，有时设丞相；这里指相国府。构：架构，建造。榱桷（cuī jué）：屋椽。

③竟：终了，完毕。王：指魏王曹操。

【译文】

杨德祖任魏武帝曹操的主簿，当时正在修建相国府的大门，刚架好屋椽，曹操亲自出来查看，看完后让人在门上写了个"活"字，然后就走了。杨德祖看见了，立刻让人把门拆了。拆完之后，他解释说："门里加个'活'字，是'阔'字。魏王正是嫌门太大了。"

2. 人饷魏武一杯酪，魏武啖少许，盖头上题“合”字以示众，众莫能解[①]。次至杨修，修便啖，曰：“公教人啖一口也，复何疑！[②]”

【注释】

①饷：赠送食物。魏武：即曹操，曾为魏王，谥号为武王，详见《言语》第8则注②。啖：吃或给人吃。盖头：覆盖用的丝麻织品。

②次：指依次传至。杨修：字德祖，详见《捷悟》第1则注①。人啖一口：“合”字拆开，就是人、一、口三字，即曹操的意思为一人吃一口。

【译文】

有人送给魏武帝曹操一杯奶酪，曹操吃了一点，就在盖头上写了一个“合”字，然后给大家看，众人都没能看懂是什么意思。传到杨修手里，杨修看后便吃了一口奶酪，说：“曹公是让我们每人吃一口呀，还怀疑什么！”

3. 魏武尝过曹娥碑下，杨修从，碑背上见题作“黄绢幼妇，外孙齑臼”八字[①]。魏武谓修曰：“解不？[②]”答曰：“解。”魏武曰：“卿未可言，待我思之。”行三十里，魏武乃曰：“吾已得。”令修别记所知。修曰：“黄绢，色丝也，于字为绝；幼妇，少女也，于字为妙；外孙，女子也，于字为好；齑臼，受辛也，于字为辞[③]：所谓绝妙好辞也。”魏武亦记之，与修同，乃叹曰：“我才不及卿，乃觉三十里。[④]”

【注释】

①魏武：即曹操，曾为魏王，谥号为武王，详见《言语》第8则注②。曹娥：东汉时期的一个孝女，父亲溺水而死，她为了寻找父亲尸首，投江而死。曹娥碑：是东汉年间人们为颂扬曹娥的美德、纪念她的孝行而立的石碑，邯郸淳撰写碑文，后蔡邕题“黄绢幼妇，外孙齑臼”八字于石碑背面。杨修：字德祖，详见《捷悟》第1则注①。齑臼（jī jiù）：捣姜、蒜、葱等

的器具。

②解：懂得，明白。不：通“否”。

③受辛：指受辛之器，承受有辛辣味的蔬菜的容器。于字为辞：受、辛两个字合起来就是个“辞”字。按：辞的异体字是“辤”。

④乃：竟然。觉：同“较”，相差、相距。

【译文】

魏武帝曹操曾经从曹娥碑旁路过，杨修跟随着他，看见碑的背面写着“黄绢幼妇，外孙齑臼”八个字。曹操就问杨修：“你明白是什么意思吗？”杨修回答说：“明白。”曹操说：“你不要说出来，让我先想一想。”走了三十里路，曹操才说：“我已经想明白了。”他叫杨修把自己理解的意思另外写下来。杨修写道：“黄绢，就是有颜色的丝，色、丝两个字合起来是个‘绝’字；幼妇，是少女的意思，少、女两个字合起来是个‘妙’字；外孙，则是女儿的儿子，女、子两个字合起来是个‘好’字；齑臼，是承受有辛辣味的东西的器皿，受、辛两个字合起来是个辤（辞）字。所以这八个字的意思就是‘绝妙好辞’。”曹操也把自己理解的意思写下来了，结果和杨修写的一样，于是感叹地说：“我的才智赶不上你，竟然和你相差了三十里路啊。”

4.魏武征袁本初[①]，治装，余有数十斛竹片，咸长数寸[②]。众云并不堪用，正令烧除[③]。太祖思所以用之，谓可为竹椑楯，而未显其言，驰使问主簿杨德祖[④]。应声答之，与帝心同。众伏其辩悟[⑤]。

【注释】

①魏武：即曹操，曾为魏王，谥号为武王，详见《言语》第8则注②。征：讨伐。袁本初：袁绍，字本初，汝南汝阳（今河南周口）人，司空袁逢之子；历任中军校尉、司隶校尉、渤海太守、冀州牧、大将军等职；公元200年，在官渡之战中大败于曹操；202年病逝。

②治装：准备或整理装备。斛：容量单位，十斗为一斛。咸：全，都。

③并：皆。不堪：不能。正：正要。

④太祖：即曹操，庙号为太祖。竹椑楯（pí dùn）：椭圆形的竹盾牌；椑，椭圆；楯，通“盾”，盾牌。显：指说出。驰使：派人速去。杨德祖：杨修，字德祖，详见《捷悟》第1则注①。

⑤伏：通“服”，佩服。辩悟：聪明有悟性。

【译文】

魏武帝曹操要讨伐袁本初，大军在整理装备，还剩下了几十斛竹片，都是几寸长的。大家都说这没什么用处了，正要叫人烧掉。曹操在想怎么利用这些竹片，认为可以用来做成椭圆形的竹盾牌，只是还没有把这话说出来。他派人快速前去询问主簿杨德祖如何使用这些竹片，杨德祖随即答复了来人，结果和曹操想的一样。大家都非常佩服杨德祖聪明又有悟性。

5.王敦引军垂至大桁，明帝自出中堂①。温峤为丹阳尹，帝令断大桁，故未断，帝大怒，瞋目，左右莫不悚惧②。召诸公来，峤至，不谢，但求酒炙③。王导须臾至，徒跣下地，谢曰：“天威在颜，遂使温峤不容得谢。④”峤于是下谢，帝乃释然⑤。诸公共叹王机悟名言。

【注释】

①王敦：字处仲，详见《言语》第37则注①。垂：将近。大桁（héng）：大桥，这里指朱雀桥，在建康城南，朱雀门外，跨秦淮河。明帝：晋明帝司马绍，东晋第二位皇帝，详见《方正》第23则注②。中堂：举行朝会等事的厅堂。按：晋明帝时，王敦起兵反叛，但当时他已病重，只派王含和钱凤率军下京都。

②温峤：字太真，详见《言语》第35则注②。丹阳尹：地方官名，东晋南朝时的京畿长官；东晋南朝五朝皆定都于建康（今江苏南京），建康隶属于丹阳郡。按：王敦起兵时，温峤与右将军卞敦守石头城；《晋书·温

峤传》云:“峤烧朱雀桥以挫其锋。帝怒之,峤曰:‘今宿卫寡弱,征兵未至,若贼豕突,危及社稷,陛下何惜一桥?’”与这里所记不同。

③谢:谢罪。炙:烤肉。

④王导:字茂弘,详见《德行》第27则注③。徒跣(xiǎn):光着脚。下地:指伏在地上。天威:天子的威严。颜:脸,这里指眼前。

⑤下谢:退下谢罪。释然:形容怒气消释而心平气和。机悟:机敏颖悟。

【译文】

王敦率领军队东下,将要逼近朱雀桥,晋明帝司马绍亲自走出中堂。温峤当时任丹阳尹,明帝命令他毁掉朱雀桥,结果温峤并没有毁掉,明帝非常生气,怒目圆睁,随从的人都感到惊悚害怕。明帝召集大臣们前来,温峤到后,没有谢罪,只是求赐酒肉请死。王导很快也到了,他光着脚,伏到地上,谢罪说:“天子的威严就在眼前,于是就把温峤吓得不敢谢罪了。”温峤这才退下谢罪,明帝于是也渐渐心平气和了。大臣们都很赞赏王导的言辞,认为是机敏颖悟、善于应对的名言。

6.郗司空在北府,桓宣武恶其居兵权[①]。郗于事机素暗,遣笺诣桓:“方欲共奖王室,修复园陵。[②]”世子嘉宾出行,于道上闻信至,急取笺,视竟,寸寸毁裂,便回[③]。还更作笺,自陈老病,不堪人间,欲乞闲地自养[④]。宣武得笺大喜,即诏转公督五郡、会稽太守。

【注释】

①郗司空:郗愔,字方回,官至司空,详见《言语》第59则注⑨。北府:即京口,别称北府。桓宣武:桓温,谥号宣武,详见《言语》第55则注①。按:桓温北伐前,郗愔任平北将军,兼任徐、兖二州刺史,都督徐、兖、青、幽及扬州诸州军事,镇京口,桓温觊觎京口的军事力量,就把郗愔调为冠军将军、会稽内史,自己则兼任徐、兖二州刺史,统帅京口之兵。

②事机:行事的时机,这里指形势。暗:不明白。遣笺:派人送信。奖:辅佐。修复园陵:指收复中原。园陵,指西晋诸王的陵地,在晋今河南洛阳一带。

③世子:正妻所生的长子。嘉宾:郗超,字嘉宾,郗愔长子,在桓温的大司马府任参军,详见《言语》第59则注④。出行:外出。视竟:看完。

④更:再,重新。陈:陈述。不堪人间:指不能应付俗世公务。闲地:清静之地。

【译文】

司空郗愔镇守京口的时候,桓温不喜欢他掌握兵权。郗愔对当前形势的了解一向不太清楚,还派人送信给桓温说:"正想和您一起辅佐王室,修复被敌人毁坏的先帝陵寝。"当时他的嫡长子郗嘉宾正到外地去,在半路听说送信的人到了,急忙拿过他父亲的信来看,看完了,把信撕得粉碎,就马上返回家去,又代替他父亲另外写了封信,诉说自己年老多病,不能应付世俗公务,想找个清静的地方来自我调养。桓温收到信非常高兴,立刻下令把郗愔调为都督五郡军事、会稽太守。

7.王东亭作宣武主簿①,尝春月与石头兄弟乘马出郊②。时彦同游者连镳俱进③,唯东亭一人常在前,觉数十步,诸人莫之解④。石头等既疲倦,俄而乘舆回。诸人皆似从官,唯东亭奕奕在前⑤。其悟捷如此。

【注释】

①王东亭:王珣,字元琳,封东亭侯,详见《言语》第102则注②。宣武:即桓温,谥号宣武,详见《言语》第55则注①。

②春月:春天。石头:桓熙,字伯道,小名石头,东晋谯国龙亢人,桓温长子,官至豫州刺史。按:桓熙共兄弟六人:桓熙、桓济、桓歆、桓祎、桓伟、桓玄,桓熙为长。

③时彦:当时的名流。连镳(biāo):骑马同行;镳,马勒、马嚼子。

④觉:相差,相距。

⑤奕奕:精神抖擞的样子。

【译文】

东亭侯王珣任桓温的主簿时,曾经在春天和石头兄弟们一起骑马到郊外去游玩。当时一同游玩的社会名流们都一起骑马同行,只有王珣一个人总是走在最前面。后来,石头兄弟等人玩得疲倦了,不久就乘车回去。于是其他人都像侍从官一样骑马跟在后面,只有王珣精神抖擞地走在前面。他就是这样的有悟性而且机敏。

夙惠第十二

《夙惠》是《世说新语》第十二门,共7则。夙惠,同“夙慧”,即早慧,指从小就聪慧过人。本门记载的7则故事,集中展示了汉末魏晋时期一些名士在少年时期的杰出表现。这些少年聪慧过人,遇事沉着冷静,在记忆力、观察力、推理能力、语言表达等方面的才能远远高于一般的少年儿童。

1.宾客诣陈太丘宿,太丘使元方、季方炊①。客与太丘论议,二人进火,俱委而窃听②。炊忘箸箄,饭落釜中③。太丘问:“炊何不馏?④”元方、季方长跪曰:“大人与客语,乃俱窃听,炊忘箸箄,饭今成糜。⑤”太丘曰:“尔颇有所识不?”对曰:“仿佛志之。⑥”二子俱说,更相易夺,言无遗失⑦。太丘曰:“如此,但糜自可,何必饭也!”

【注释】

①陈太丘:即陈寔(shí),字仲弓,曾任太丘长,详见《德行》第6则注①。元方、季方:指陈寔的两个儿子。陈纪为长子,字元方;陈谌(chén)是第四子,字季方,详见《德行》第6则注②。炊:烧火做饭。

②进火:生火煮饭的意思。委:抛下,放下。

③箄(bǐ):即箅子,一种有网眼用以隔物的器具。釜:古代的一种锅。

④馏:把半熟或凉了的食物蒸熟。

⑤长跪:两膝着地,臀部离开足跟,直身而跪。大人:对父母叔伯等

长辈的敬称。糜:粥。

⑥志:记在心里。

⑦更:交替。易夺:改正补充。

【译文】

有位客人到太丘长陈寔家中住宿,陈寔就叫儿子元方和季方生火做饭来招待客人。客人和陈寔在一旁清谈,元方兄弟两人在烧火做饭,却都放下手头的事,去偷听他们的谈话。结果做饭时忘了放上箅子,要蒸的饭都直接落到了锅里。陈寔问他们:“饭为什么没放在箅子上蒸呢?”元方和季方直挺挺地跪着说:“父亲大人和客人清谈,我们两人就一起偷听,蒸饭时忘了放上箅子,于是饭现在就煮成粥了。”陈寔问:“你们可记住什么了吗?”兄弟两人回答说:“似乎还能记住那些话。”于是兄弟俩一起说出听到的内容,并交替对对方的缺漏进行改正补充,一句话也没有漏掉。陈寔说:“既然这样,只吃粥也行,何必一定要米饭呢!”

2. 何晏七岁,明惠若神,魏武奇爱之①。因晏在宫内,欲以为子。晏乃画地令方,自处其中。人问其故,答曰:“何氏之庐也。②”魏武知之,即遣还。

【注释】

①何晏:字平叔,详见《言语》第14则注①。明惠:聪明,聪慧;惠,通“慧”。魏武:即曹操,曾为魏王,谥号为武王,详见《言语》第8则注②。按:何晏的父亲早逝,曹操任司空时,娶了何晏的母亲,并收养了何晏。

②庐:简陋的房屋。按:何晏此举意为不愿改姓做曹操的儿子。

【译文】

何晏七岁的时候,聪明过人,魏武帝曹操特别喜爱他。因为何晏在曹操府第里长大,曹操想认他做儿子。何晏便在地上画个方框,自己站在方框里面。别人问他是什么意思,他回答说:“这是何家的房子。”曹操知道了这件事,于是就把他送回了何家。

3. 晋明帝数岁，坐元帝膝上[①]。有人从长安来，元帝问洛下消息，潸然流涕[②]。明帝问何以致泣，具以东渡意告之[③]。因问明帝："汝意谓长安何如日远？"答曰："日远。不闻人从日边来，居然可知。[④]"元帝异之。明日集群臣宴会，告以此意，更重问之。乃答曰："日近。"元帝失色，曰："尔何故异昨日之言邪？"答曰："举目见日，不见长安。"

【注释】

①晋明帝：司马绍，晋元帝司马睿长子，详见《方正》第 23 则注③。元帝：即晋元帝司马睿，详见《言语》第 29 则注①。

②洛下：指洛阳。按：西晋都城为洛阳，311 年，匈奴攻陷洛阳，掳走晋怀帝司马炽，后将其杀害；318 年，晋元帝司马睿在建康（今江苏南京）即位，建立政权，史称东晋。

③东渡意：指当初渡江到江东，经营一个复兴帝室的基地的意图。

④居然：显然。

【译文】

晋明帝司马绍才几岁的时候，一次，坐在父亲晋元帝司马睿腿上。当时有人从长安来到建康，元帝问起洛阳的情况，忍不住潸然泪下。明帝问父亲什么事导致他哭泣，元帝就把过江到江东来，是为了建立一个复兴帝室的基地的意图告诉他。于是元帝就问明帝："你看长安和太阳相比，哪个更远？"明帝回答说："太阳更远。没听说过有人从太阳那边来，从这里显然可知太阳更远。"元帝对他的回答感到很惊奇。第二天，元帝召集群臣宴饮，就把明帝这个回答告诉大家，并且又重问了他一遍这个问题，不料明帝却回答说："太阳近。"元帝大惊失色，问他："你为什么和昨天说的不一样呢？"明帝回答说："因为现在抬起头就能看见太阳，可是看不见长安。"

4. 司空顾和与时贤共清言[①]。张玄之、顾敷是中外孙，年并七岁，在床边戏[②]。于时闻语，神情如不相属[③]。瞑于灯下，二儿共叙客主之言，都无遗失[④]。顾公越席而提其耳曰："不意衰宗复生此宝![⑤]"

【注释】

①顾和：字君孝，详见《言语》第33则注①。

②张玄之：字祖希，详见《言语》第51则注①。顾敷：字祖根，详见《言语》第51则注②。床：指坐床。戏：玩耍。

③属：通"瞩"，关注。

④瞑(míng)：闭眼。都：全部。

⑤越席：离开席位。衰宗：谦称自己的家族。

【译文】

司空顾和同当时贤士们在一起清谈。张玄之和顾敷是他的外孙和孙子，两人当时都是七岁，在坐床旁边玩耍。当时两人一边玩耍，一边听他们谈论，神情好像一点都不关心。后来客人走了，两个小孩在灯下闭着眼睛，一起复述主客双方说过的话，一句也没有漏掉。顾和听见了，离开座位，拉着他们的耳朵说："想不到我们这个家族还能养出你们这样的宝贝!"

5.韩康伯数岁，家酷贫，至大寒，止得襦[①]。母殷夫人自成之，令康伯捉熨斗[②]。谓康伯曰："且著襦，寻作复裈。[③]"儿云："已足，不须复裈也。"母问其故，答曰："火在熨斗中而柄热，今既著襦，下亦当暖，故不须耳。"母甚异之，知为国器[④]。

【注释】

①韩康伯：韩伯，字康伯，详见《德行》第38则注④。酷：极，甚，程度深。止：仅，只。襦(rú)：短袄。

②殷夫人：韩伯母亲，殷浩之妹。捉：拿，握。

③寻：马上，不久。复裈(kūn)：可夹絮绵的夹裤。

④国器:治国之才。

【译文】

韩康伯几岁时,家境非常贫苦,到了严寒的冬天,也只能穿上一件短袄。短袄是他母亲殷夫人亲手做的,做的时候叫康伯拿着熨斗取暖。母亲告诉康伯说:"暂时先穿上短袄,我马上就给你做夹裤。"康伯说:"这已经够了,不再需要夹裤了。"母亲问他为什么,他回答说:"火在熨斗里面,而熨斗柄也会热;现在我已经穿上了短袄,下身就也会暖和的,所以不需要再做夹裤了。"他母亲听了之后非常惊奇,知道他将来会是个治国的人才。

6. 晋孝武年十二,时冬天,昼日不著复衣,但著单练衫五六重,夜则累茵褥①。谢公谏曰:"圣体宜令有常②。陛下昼过冷,夜过热,恐非摄养之术。③"帝曰:"昼动夜静。④"谢公出,叹曰:"上理不减先帝。⑤"

【注释】

①晋孝武:晋孝武帝司马曜,简文帝司马昱之子,即位时年仅11岁,详见《德行》第46则注②。复衣:夹衣,即有衣里、内可装入棉絮的衣服。单练衫:单薄的丝质衣服;练,白绢,白色的丝织物。累:重叠。茵褥:被褥。

②谢公:指谢安,字安石,详见《德行》第33则注③。有常:有规律。

③摄养:养生,调养。

④昼动夜静:白天活动就不会冷,夜里安静下来就不会热。语意取自《老子》第四十五章:"躁胜寒,静胜热。"

⑤上:皇上,指孝武帝。理:说理,论理。先帝:已经去世的皇帝,这里指孝武帝的父亲简文帝司马昱,善谈玄理,详见《德行》第37则注①。

【译文】

晋孝武帝司马曜十二岁时,在冬天,他白天不穿暖和的夹衣,只穿五六件丝绸做的单衣;夜里却铺着两层被褥睡觉。谢安规劝他说:“圣上应该生活得有规律。陛下您现在这样,会白天过冷,夜里过热,这恐怕不是养生的办法。”孝武帝说:“白天活动着就不会觉得冷,夜里安静下来就不会觉得热。”谢安退出来,感叹道:“皇上说理的水平不比先帝差啊。”

7.桓宣武薨,桓南郡年五岁①。服始除,桓车骑与送故文武别②,因指与南郡:“此皆汝家故吏佐。”玄应声恸哭,酸感傍人③。车骑每自目己坐曰:“灵宝成人,当以此坐还之。④”鞠爱过于所生⑤。

【注释】

①桓宣武:桓温,谥号宣武,详见《言语》第55则注①。薨:指诸侯或有爵位的高官逝去。桓南郡:桓玄,字敬道,小字灵宝,桓温幼子,袭父爵为南郡公,详见《德行》第41则注①。

②服:丧服。除:脱去。桓车骑:桓冲,东晋名将,字幼子,小字买德郎,谯国龙亢(今安徽怀远)人,桓彝第五子,桓温之弟,桓玄之叔;封丰城公,曾任江州刺史、扬州刺史、徐州刺史、车骑将军、荆州刺史等职;384年逝世,追赠太尉,谥号为宣穆;后桓玄称帝,追赠太傅、宣城王。送故:指长官死亡,下属官吏护送灵柩回故乡,这是当时的风气。

③酸:悲痛。傍人:即旁人。

④车骑:即桓冲,曾任车骑将军。目:看着。坐:通“座”,比喻职位。按:桓温原来镇守姑孰,死后,朝廷任桓冲为中军将军、都督扬豫江三州诸军事、扬豫二州刺史,代替桓温镇守姑孰;桓冲说的“以此坐还之”,就是指镇守姑孰的职位。

⑤鞠爱:宠爱,爱抚。

【译文】

桓温去世时,他的儿子南郡公桓玄只有五岁。守孝期满,刚脱下丧服的时候,车骑将军桓冲和前来送葬的文武官员道别,并指着他们告诉桓玄说:“这些人都是你家的老部下。”话音刚落,桓玄就大声恸哭起来,旁人看了都感到悲痛心酸。桓冲经常看着自己的座位,说:“等灵宝长大成人了,我就把这个座位交还给他。”桓冲非常疼爱桓玄,胜过疼爱自己亲生的子女。

豪爽第十三

《豪爽》是《世说新语》第十三门，共13则。豪爽指气度豪迈，性情直爽。魏晋时代，士族阶层推崇豪迈直爽的风姿气度。本门所记载的主要是士族阶层在各个方面的豪爽表现：在战场上，一往无前，敢于径直出入于数万敌兵之中；在行动上，大刀阔斧，气势磅礴；在言谈上，纵论古今，豪情满怀，慷慨激昂；在气概上，坦荡从容，旁若无人；这些正是性格豪爽的表现。

1.王大将军年少时，旧有田舍名，语音亦楚①。武帝唤时贤共言伎艺事，人皆多有所知，唯王都无所关，意色殊恶，自言知打鼓吹②。帝令取鼓与之，于坐振袖而起，扬槌奋击，音节谐捷，神气豪上，傍若无人③。举坐叹其雄爽④。

【注释】

①王大将军：即王敦，字处仲，曾任大将军，详见《言语》第37则注①。田舍：指农家子。楚：中原人把南方看成楚，正如余嘉锡所言："此乃西晋全盛之时，洛下士大夫鄙视外郡，故用秦、汉旧名，概被以楚称耳。"王敦本是琅邪郡临沂人，语音不同于中原，故被说成楚音。

②武帝：晋武帝司马炎，西晋开国皇帝，详见《德行》第17则注③。伎艺：技艺。都无：全无。意色：神情，神色。打鼓吹：这里指打鼓；鼓吹指演奏乐曲。

③谐捷：谐和急促。豪上：豪爽，豪迈。傍若无人：同"旁若无人"。

④雄爽：雄健豪爽。

【译文】

大将军王敦年轻的时候，曾有乡巴佬之称，说话时的口音也是方音很重。一次，晋武帝司马炎召来当时的名流一起谈论有关技艺的事，别人大多都懂得一些，只有王敦一副完全不关心的样子，且脸上的神情显得非常不高兴，自称只懂得打鼓。武帝命人拿鼓给他，他马上从座位上振臂而起，举起鼓槌，精神振奋地击起鼓来，鼓音和谐急促；王敦看上去则气概豪迈，好像身旁没有人一样。满座的人都赞叹他的雄健豪爽。

2. 王处仲，世许高尚之目①。尝荒恣于色，体为之敝②。左右谏之，处仲曰："吾乃不觉尔，如此者，甚易耳。"乃开后阁，驱诸婢妾数十人出路，任其所之③。时人叹焉。

【注释】

①王处仲：王敦，字处仲，详见《言语》第37则注①。目：品评，评论。

②荒恣：放纵。敝：损害。

③阁：大门旁的小门。出路：上路。之：到……去。

【译文】

王处仲，世人以高尚一词来品评赞许他。他曾经放纵沉迷于女色，身体也因此受到损害。身边的人为此规劝他，处仲说："我竟然没有察觉到危害，既然这样，这也是很容易解决的。"于是打开府中的后门，把几十个婢妾都放出去，打发上路，任凭她们到哪里去。当时的人对此都赞叹不已。

3. 王大将军自目高朗疏率①，学通《左氏》②。

【注释】

①王大将军：即王敦，字处仲，曾任大将军，详见《言语》第37则注①。目：品评，评论。高朗：豁达开朗。疏率：爽朗直率。

②《左氏》：即《左传》，全称《春秋左氏传》，是中国第一部编年史著作，相传是春秋末年鲁国史官左丘明根据鲁国国史《春秋》编成。

【译文】

大将军王敦评论自己为豁达开朗，爽朗直率，精通《左传》。

4. 王处仲每酒后，辄咏“老骥伏枥，志在千里；烈士暮年，壮心不已[①]”。以如意打唾壶，壶口尽缺[②]。

【注释】

①王处仲：王敦，字处仲。老骥：年老的骏马。伏枥：马伏在槽上，指畜养在马厩中的马匹。暮年：老年，晚年。“老骥”诗句：语出曹操的《步出夏门行·龟虽寿》诗，大意为：老了的骏马虽然躺在马厩里，它的志向却还是驰骋千里；壮士虽然到了晚年，雄心壮志依旧未减退。

②如意：器物名，用竹、木、玉、石、铜等制成，长三尺许，前端作爪形，用以抓痒，可如人意，因而得名。唾壶：旧时一种小口巨腹的吐痰器皿。

【译文】

王处仲每次喝完酒后，就吟咏曹操的《步出夏门行·龟虽寿》诗：“老骥伏枥，志在千里；烈士暮年，壮心不已。”一边吟诗，一边拿如意敲打着唾壶打拍子，壶口全都被敲缺了。

5. 晋明帝欲起池台，元帝不许[①]。帝时为太子，好养武士。一夕中作池，比晓便成[②]。今太子西池是也[③]。

【注释】

①晋明帝：司马绍，晋元帝司马睿长子，详见《方正》第 23 则注③。池台：池苑楼台。元帝：晋元帝司马睿，东晋开国皇帝，详见《言语》第 29 则注①。

②夕：指晚上，夜里。比：及，等到。

③太子西池：池名，孙吴时代挖成，叫西苑，后来积满了淤泥，司马绍

为太子时又把池子修复，故又称太子西池。

【译文】

晋明帝司马绍想开挖池塘，修建亭台，他父亲晋元帝司马睿不允许他这么做。当时明帝还是太子，喜欢蓄养武士。于是在一天夜里，让这些武士一起来挖池塘，到天亮时便已经挖成了。这就是现在的太子西池。

6. 王大将军始欲下都，处分树置，先遣参军告朝廷，讽旨时贤①。祖车骑尚未镇寿春，瞋目厉声语使人曰②："卿语阿黑，何敢不逊！催摄面去③！须臾不尔，我将三千兵槊脚令上。④"王闻之而止。

【注释】

①王大将军：即王敦，字处仲，曾任大将军，详见《言语》第37则注①。下都：指领兵东下京都。处分：处理。树置：栽培，扶植。讽旨：指暗示自己的意图。

②祖车骑：祖逖，字士稚，死后追赠车骑将军，详见《赏誉》第43则注①。瞋目：瞪着眼睛。使人：使者，奉命出使的人。按：祖逖当时任奋威将军、豫州刺史，屡建战功，在太兴二年(319年)，败于后赵石虎，退屯淮南郡首府寿春。

③阿黑：指王敦，小字为阿黑。逊：谦恭。摄面：收起脸面，指收起嚣张跋扈的样子。

④槊(shuò)：长矛。上：指溯江而上。按：王敦当时镇守武昌，位置在建康上游，所以这里说"上"。

【译文】

大将军王敦起初想领兵东下京都，处理朝臣，扶植亲信，便先派遣参军去报告朝廷，并且向当时的贤达们暗示自己的意图。那时车骑将军祖逖还没有去镇守寿春，他听到消息后，瞪大双眼，声色俱厉地告诉王敦的使者说："你回去告诉阿黑，他怎么敢这样傲慢无礼！让他收起嚣张跋扈的样子赶紧走开！如果不马上离开，我就要率领三千兵马，用长矛戳他的脚，把他赶回上游去。"王敦听说后，就打消了东下京都的念头。

7. 庾稚恭既常有中原之志，文康时，权重未在已[①]。及季坚作相[②]，忌兵畏祸，与稚恭历同异者久之，乃果行[③]。倾荆、汉之力，穷舟车之势，师次于襄阳[④]。大会参佐，陈其旌甲，亲授弧矢，曰："我之此行，若此射矣！[⑤]"遂三起三叠[⑥]。徒众属目，其气十倍[⑦]。

【注释】

①庾稚恭：庾翼，字稚恭，庾亮五弟，详见《言语》第53则注①。中原之志：指北伐入侵的外族、收复中原之志。文康：即庾亮，字元规，谥号文康。详见《德行》第31则注①。权重：指权力，大权。按：晋成帝时，庾亮受命辅佐朝政，掌握朝廷大权，当时庾翼任南蛮校尉、南郡太守，镇守江陵，权位不重；庾亮死后，庾翼任都督六州诸军事，安西将军、荆州刺史，假节，代庾亮镇守武昌，手握重兵。

②季坚：庾冰，字季坚，庾亮二弟，庾翼的哥哥，详见《方正》第41则注①。按：丞相王导死后，庾冰任中书监、扬州刺史，录尚书事，掌握朝政。

③同异：指对待北伐的态度有不同意见。果行：贯彻实行。按：据《晋书》记载，晋康帝即位后，庾翼想率师北伐，迁师襄阳，举朝谓之不可，只有兄长庾冰赞同，并请求出任都督七州军事，作为庾翼的后援；此文说季坚和稚恭"历同异"，则在史书里没有反映。

④次：驻扎。按：庾翼北伐时，征调所统六州奴仆和车牛驴马，并移镇襄阳。

⑤大会：大规模地汇合。旌甲：旌旗与铠甲。授：一本作"援"，比较合理；援为持，拿起之意。弧矢：弓箭。射：指射箭。

⑥三起三叠：即三发三中。叠，指小击鼓。徐震谔《世说新语校笺》

说:“凡军中阅射,中的则以击鼓为号。”

⑦徒众:指兵众。属目:同“瞩目”,即注目。

【译文】

庾稚恭一直就有北伐入侵的外族、收复中原的志向,可是他大哥庾亮当政时,军事大权不在自己手里。等到二哥庾季坚作丞相时,害怕兵祸之灾,和稚恭经历了长时间的是否北伐的争论,才决定出兵北伐。庾稚恭出动荆州、汉水一带的全部力量,调集了所有的车船,率领军队驻扎于襄阳。在襄阳,召集所有下属开会,摆开军队的阵势,亲自拿起弓箭,准备拉弓射箭,说:“我这一次出征,结果如何,就看我射出的箭了!”于时连发三箭,三发三中。士兵们全神贯注地观看,大为振奋,士气顿时增长了十倍。

8.桓宣武平蜀,集参僚置酒于李势殿,巴、蜀缙绅莫不来萃①。桓既素有雄情爽气,加尔日音调英发,叙古今成败由人,存亡系才,其状磊落,一坐叹赏②。既散,诸人追味余言,于时寻阳周馥曰:“恨卿辈不见王大将军!③”

【注释】

①桓宣武:桓温,字元子,谥号宣武,详见《言语》第55则注①。置酒:指摆下酒宴。李势:字子仁,十六国时期成汉最后一位皇帝,详见《识鉴》第20则注②。缙绅:指官宦。萃:聚集,聚会。按:公元347年,桓温率军讨伐李势,攻入成都,李势兵败投降,成汉灭亡;桓温将李势及其亲族十多人迁往晋都建康,封李势为归义侯。

②尔日:当天。英发:英气勃发。磊落:指仪态俊伟。

③周馥:字湛隐,寻阳(今湖北黄梅)人,有将略,曾为王敦的属官。恨:遗憾。王大将军:王敦,字处仲,曾任大将军,详见《言语》第37则注①。

【译文】

桓温平定蜀地后,在李势原先的宫殿里摆下酒宴,和下属聚会,巴、蜀一带的官宦们没有不来参加聚会的。桓温一向有豪放的性情、豪爽的气概，加上当天他谈话时语调英气勃发，畅谈古今，认为成败在人，存亡的关键在于人才，而且他仪态俊伟，满座的人对他都非常赞叹欣赏。聚会结束以后，大家还在回忆玩味他的话，这时寻阳人周馥说："遗憾的是你们这些人都没有见过王大将军！"

9.桓公读《高士传》[①]，至於陵仲子[②]，便掷去，曰："谁能作此谿刻自处！[③]"

【注释】

①桓公：指桓温，字元子，详见《言语》第55则注①。《高士传》：晋皇甫谧著，采尧、舜、夏、商、周、秦、汉、魏古今八代"身不屈于王公，名不耗于终始"之士，立91传，共计96人。

②於（yú）陵仲子：陈仲子，战国时齐国的隐士，因居於陵，故称；据《高士传》记载，陈仲子哥哥任齐国丞相，他认为哥哥的俸禄是不义之财，分文不取；一次有人送他哥哥一只鹅，他母亲杀给他吃，当他知道是别人送他哥哥的，就立刻吐了出来；楚王想请他出任丞相，他便和妻子逃到别处去给人做工。

③谿刻：指行事苛刻不近情理。

【译文】

桓温读《高士传》，当读到於陵仲子的传记时，便把书扔到一边去，说："谁能用这种苛刻、不近情理的做法来对待自己！"

10.桓石虔[①]，司空豁之长庶也[②]，小字镇恶。年十七八，未被举，而童隶已呼为镇恶郎[③]。尝住宣武斋头[④]。从征枋头，车骑冲没陈，左右莫能先救[⑤]。宣武谓曰："汝叔落贼，汝知不？"石虔闻之，气甚奋，命朱辟为副，策马于数万众中，莫有抗者，径致冲还，三军叹服[⑥]。河朔后以其名断疟[⑦]。

【注释】

①桓石虔:字不详,小字镇恶,谯国龙亢(今安徽怀远)人,桓豁庶长子,桓温之侄,以勇猛矫捷闻名;曾任竟陵太守、南平太守、豫州刺史等职;388 年去世,追赠右将军,追封作塘侯。

②司空豁:桓豁,字朗子,谯国龙亢(今安徽怀远)人,桓彝第三子,桓温之弟;曾任抚军从事中郎、吏部郎、右将军等职,后接替桓温任荆州刺史,兼南蛮校尉,官至征西大将军,死后赠司空,谥号为敬。长庶:妾所生的长子。

③举:立,指正式承认庶出子女的身份地位。童隶:童仆。郎:仆人对主人的一种尊称。

④斋头:书房。

⑤枋头:地名,位于今河南省鹤壁市。车骑冲:桓冲,字幼子,桓温之弟,曾任车骑将军,详见《夙惠》第 7 则注②。没陈:没入敌阵;陈,同“阵”,战斗队列。按:枋头之战在公元 369 年,桓温第三次率军北伐前燕时,一直打到枋头,后粮尽退兵,被燕将乘机追击,大败,但此时桓冲已是江州刺史,没有跟从出征;《晋书·石虔传》云:“从温入关,冲为苻健所围。石虔跃马赴之,拔冲于数万众之中而还。”此事在 354 年,桓冲跟随桓温率军北伐前秦,当时石虔尚年少,文中事情应发生在此时。

⑥朱辟:事迹不详。径:指径直冲入敌营。三军:军队的统称。

⑦河朔:指黄河以北的地区。断疟:指吓退疟鬼,治愈疟疾。按:古人认为疟疾是疟鬼在作祟,由于桓石虔勇猛过人,当时的人以为对患疟疾的人大喊“桓石虔来”,能把疟鬼吓跑,病就会好。

【译文】

桓石虔是司空桓豁的庶出长子,小名叫镇恶。十七八岁时,虽然身份地位还没有得到正式承认,而奴仆们已经称呼他为镇恶郎了。他曾住在伯父桓温家里,后来跟随桓温出征北伐,一直打到枋头。在一次战斗中,他的叔父车骑将军桓冲陷入敌阵,他手下的人没有谁能抢先去救他。桓温告诉石虔说:“你叔父陷入敌人阵中,你知道吗?”石虔听了,斗志昂扬，命令朱辟做副手，策马扬鞭，冲入几万敌军的重重包围之中，没有人能抵挡得住他。他径直冲入敌阵，把桓冲救了回来，全军战士都十分惊叹佩服。后来黄河以北的居民就拿他的名字来吓退疟鬼。

11.陈林道在西岸，都下诸人共要至牛渚会[①]。陈理既佳，人欲共言折[②]。陈以如意拄颊，望鸡笼山叹曰[③]："孙伯符志业不遂![④]"于是竟坐不得谈[⑤]。

【注释】

①陈林道：陈逵，字林道，颍川人，袭父爵封为广陵公，曾任给事黄门中郎，349年任西中郎将，兼梁、淮南二郡太守，驻守历阳；曾两度跟随褚裒、殷浩参与北伐，均未成功；死后追赠卫将军。西岸：淮南郡包括今江苏、安徽一带，在长江北岸，即这里所说的西岸。要：同"邀"，邀请。牛渚：牛渚山，在今安徽省当涂县，临长江南岸。

②折：折服，指驳倒。

③如意：器物名，用竹、木、玉铜等制成，柄端作手指形，用以搔痒，可如人意，因而得名。拄：撑着。鸡笼山：在今江苏省江宁县。

④孙伯符：孙策，字伯符，吴郡富春(今浙江富阳)人，孙坚长子，孙权长兄，被封为吴侯；早期为继承父亲孙坚的遗业而屈事袁术，后脱离袁术，统一江东；在一次狩猎中为刺客所伤，不久后身亡，年仅26岁；其弟孙权接掌势力，在称帝后，追谥其为长沙桓王。志业：志向和事业。

⑤竟坐：全部在座的人；坐，通"座"。不得谈：指不好意思继续谈论玄理。

【译文】

陈林道驻守在长江北岸，京都诸友人一起邀请他到牛渚山聚会。陈林道擅长谈论玄理，大家准备一同和他辩论，想要驳倒他。陈林道却用如意托着腮，远望鸡笼山，感叹地说："孙伯符志向、事业都没有实现啊!"于是满座的人都不好意思继续谈论玄理了。

12. 王司州在谢公坐①，咏“入不言兮出不辞，乘回风兮载云旗②”。语人云：“当尔时，觉一坐无人。③”

【注释】

①王司州：王胡之，字修龄，曾任司州刺史，详见《言语》第81则注①。谢公：指谢安，字安石，详见《德行》第33则注③。

②回风：旋风。云旗：以云为旗。“入不”两句：引自屈原《九歌·少司命》，意为：进来时不说话，离去时不告辞，乘着旋风，驾着云旗。

③尔时：当时，那时。一坐：满座。

【译文】

司州刺史王胡之有一次在谢安家作客，朗诵起屈原《九歌·少司命》中的诗句“入不言兮出不辞，乘回风兮载云旗”。他告诉别人说：“在那个时候，就觉得好像满座空无一人。”

13. 桓玄西下，入石头①。外白：“司马梁王奔叛。②”玄时事形已济，在平乘上笳鼓并作，直高咏云③：“箫管有遗音，梁王安在哉！④”

【注释】

①桓玄：字敬道，详见《德行》第41则注①。西下：指带兵西下京都。石头：石头城，位于今南京清凉山一带。按：公元402年，桓玄为都督荆、司等七州军事、后将军、荆州刺史，从江陵举兵东下，攻入建康，自为丞相，杀会稽王司马道子，403年废晋安帝为平固王，自称皇帝，改元“永始”，次年兵败身死；桓玄攻入建康时，梁王司马珍之出逃到寿阳，桓玄败后，才返回朝廷。

②白：禀报。司马梁王：司马珍之，字景度，东晋宗室，晋元帝司马睿玄孙，梁王司马和之子，嗣梁王，曾任游击将军、左卫、太常卿等职；后被刘裕诬以罪名杀害。奔叛：这里指逃跑。

③时：当时。事形：事态，局势。已济：已成。平乘：大船名，又名平

乘舫。笳(jiā):胡笳,类似笛子的乐器。笳鼓:笳声与鼓声,借指军乐。直:通“只”。

④“箫管”两句:出自阮籍《咏怀》,诗句大意是:箫管奏出的乐曲里还有魏国时的音调,可是魏王又在哪里呢!梁王,即魏王,因魏都在大梁,故又称梁王;桓玄在这里借用了“梁王”的字面意义,来指代梁王司马珍之。

【译文】

桓玄带兵西下,攻入石头城。外面的人禀报说:“梁王司马珍之叛逃了。”当时桓玄觉得大局已定,正在大船上欣赏鼓乐齐鸣的军乐,并不在意梁王的逃亡,只是高声朗诵道:“箫管有遗音,梁王安在哉!”

容止第十四

《容止》是《世说新语》第十四门，共 39 则。容止指仪容举止。仪容举止是魏晋风流的重要组成部分之一。本门主要记载了当时士族阶层所推崇的仪容举止。文中的故事有的偏重仪容，记载了一些仪容出众的魏晋名士，如卫玠、潘岳、裴楷、王濛等，他们大都具有容貌俊秀、肤色白净、眼睛有神、仪表出众等优点；有的故事则偏重举止，记载了一些举止出众的名士，如嵇康、刘伶、司马昱、谢尚等，他们具有或庄重、或悠闲、或质朴天然、或超然世外的举止风姿等等，当然也有两者兼而记之的。记叙方式或是整体概括描写，或是用侧面烘托法，或是用对比的手法进行描写。从本门记载的故事，可以看出魏晋时期士人的审美情趣及精神状态。

1. 魏武将见匈奴使①。自以形陋，不足雄远国，使崔季珪代，帝自捉刀立床头②。既毕，令间谍问曰③："魏王何如?"匈奴使答曰："魏王雅望非常，然床头捉刀人，此乃英雄也。"魏武闻之，追杀此使④。

【注释】

①魏武：曹操，生前封魏王，谥号是武王，曹丕登帝后，追尊为武帝，故下文称帝、魏王，详见《言语》第 8 则注②

②雄：即称雄，显示威严之意。崔季珪：崔琰（yǎn），字季珪，清河东武城（今山东德州武城）人；初为袁绍谋事，后为曹操别驾从事、尚书、中尉等职；建安二十一年（216 年）被曹操赐死。捉刀：握着刀，拿着刀。按：据刘孝标注云："武王姿貌短小，而神明英发"；而崔琰"声姿高畅，眉

目疏朗，须长四尺，甚有威重”。

③间谍：密探。

④“魏武”句：曹操认为匈奴使识破了他的野心，所以把使臣杀了。按：余嘉锡《世说新语笺疏》载：“程炎震云：‘建安二十一年五月，操晋爵为魏王。其时代郡乌丸行单于普富卢与侯王来朝。七月，匈奴南单于呼厨泉将其名王来朝。殆此时事。然其年琰即诛死，恐非实也。’”故此说不大可信。

【译文】

魏武帝曹操将要接见匈奴的使节。他自认为外形丑陋，不能对远方国家显示出自己的威严，便叫崔季珪代替自己去接见使者，自己却握着刀站在崔季珪的坐床边。接见完毕后，曹操派密探去问匈奴使者说：“你觉得魏王怎么样？”匈奴使者回答说：“魏王的仪表威严非同一般，可是床边握刀的人，这才是位英雄啊。”曹操听说后，派人去追上这个使者，把他杀了。

2. 何平叔美姿仪，面至白①。魏明帝疑其傅粉，正夏月，与热汤饼②。既啖，大汗出，以朱衣自拭，色转皎然③。

【注释】

①何平叔：何晏，字平叔，详见《言语》第 14 则注①。姿仪：容貌，仪表。

②魏明帝：曹叡，魏文帝曹丕长子，详见《言语》第 13 则注①。傅粉：搽粉。夏月：即夏天。汤饼：水煮的面食。

③朱衣：红色的衣服。皎然：明亮洁白的样子。

【译文】

何平叔相貌俊美，脸上的皮肤非常白。魏明帝曹叡怀疑他搽了粉，想验证一下，当时正好是夏天，就给他吃热的汤面。何平叔吃完后，大汗淋漓，便随手用身上穿的红色的衣服来擦自己的脸，脸色反而更加光洁白皙。

3.魏明帝使后弟毛曾与夏侯玄共坐①，时人谓蒹葭倚玉树②。

【注释】

①魏明帝：曹叡，魏文帝曹丕长子，详见《言语》第13则注①。毛曾：河内人，曹叡妻子明悼毛皇后之弟，曾任郎中、驸马都尉、散骑常侍等职。夏侯玄：字太初，详见《方正》第6则注①。

②蒹葭倚玉树：蒹葭即芦苇，比喻微贱、貌丑之人；玉树指传说中的仙树或珍宝做成的树，比喻品貌极美之人；此处指两个品貌极不相称的人在一起。

【译文】

魏明帝曹叡让毛皇后的弟弟毛曾和夏侯玄并排坐在一起，当时的人评论说，两个人在一起就像是芦苇倚靠着玉树。

4.时人目夏侯太初朗朗如日月之入怀①，李安国颓唐如玉山之将崩②。

【注释】

①目：品评，评论。夏侯太初：夏侯玄，字太初，详见《方正》第6则注①。朗朗：明亮的样子。

②李安国：李丰，字安国，冯翊东县（今陕西大荔）人，以品评人物名显海内，曾任黄门侍郎、给事中、尚书仆射、中书令等职；公元254年，因与张缉等谋诛司马师，事败后被杀。颓唐：指精神萎靡不振的样子。玉山：用玉石堆成的山，用来形容仪容美好。

【译文】

当时的人评论夏侯太初就像怀里揣着日月一样明亮照人，李安国精神萎靡不振，像玉山将要崩塌一样。

5.嵇康身长七尺八寸，风姿特秀①。见者叹曰："萧萧肃肃，

爽朗清举。[2]”或云：“肃肃如松下风，高而徐引。[3]”山公曰：“嵇叔夜之为人也，岩岩若孤松之独立[4]；其醉也，傀俄若玉山之将崩。[5]”

【注释】

①嵇康：字叔夜，详见《德行》第16则注②。七尺八寸：汉末魏晋时期，一市尺约合现代的23—24厘米，七尺八寸相当于现在的一米八到一米九之间。

②萧萧肃肃：萧洒脱俗、清静淡定。清举：清俊挺拔。

③肃肃：象声词，形容风声。徐引：舒缓悠长。

④山公：山涛，字巨源，详见《言语》第78则注①。岩岩：形容高峻挺拔。

⑤傀俄：同“巍峨”，形容高大雄伟。

【译文】

嵇康身高七尺八寸，风度姿态秀美出众。见到他的人都赞叹说：“他举止潇洒脱俗，个性清净淡定，为人豪爽开朗，外形清俊挺拔。”有人说：“他像松树间沙沙作响的风声，高远而舒缓悠长。”山涛评论他说：“嵇叔夜的为人，像高大挺拔的孤松一般傲然独立；他喝酒后的醉态，像高大雄伟的玉山快要倒塌一样。”

6. 裴令公目王安丰[1]：“眼烂烂如岩下电。[2]”

【注释】

①裴令公：裴楷，字叔则，曾任中书令，故称裴令公，详见《德行》第18则注④。目：品评，评论。王安丰：王戎，字濬冲，因功封安丰县侯，详见《德行》第16则注①。

②眼烂烂：指目光闪闪发亮；烂烂，光亮闪耀的样子。

【译文】

中书令裴楷评论安丰县侯王戎说：“王戎的目光闪闪发亮，好像山岩下划过的闪电一般。”

7.潘岳妙有姿容,好神情[①]。少时挟弹出洛阳道,妇人遇者,莫不连手共萦之[②]。左太冲绝丑,亦复效岳游遨,于是群妪齐共乱唾之,委顿而返[③]。

【注释】

①潘岳:即潘安,字安仁,详见《言语》第 107 则注④。神情:神态风度。

②萦:围绕。按:《语林》说,潘岳外出,妇女们都围着他,抛果子给他,常常抛满一车。

③左太冲:左思,字太冲,详见《文学》第 68 则注①。效:效仿。游遨:嬉游,游逛。妪:妇女。委顿:疲乏,憔悴。

【译文】

潘岳有俊美的容貌和美好的神态风度。年轻时拿着弹弓走在洛阳的大街上,妇人们遇到他,没有不手拉手地围住他的。左太冲长得非常丑陋,他也效仿潘岳那样到处游逛,但是遇到的妇女们都向他乱吐唾沫,以至于他回来时狼狈不堪。

8.王夷甫容貌整丽,妙于谈玄,恒捉白玉柄麈尾,与手都无分别[①]。

【注释】

①王夷甫:王衍,字夷甫,详见《言语》第 23 则注②。麈尾:是魏晋清谈家经常用来拂秽清暑、显示身份的一种工具,外形如树叶,下部靠柄处常为平直状。

【译文】

王夷甫容貌端庄秀丽,善于谈玄,平常总是拿着白玉柄麈尾,白玉的颜色和他的手的颜色一点也没有分别。

9.潘安仁、夏侯湛并有美容[①],喜同行,时人谓之连璧[②]。

【注释】

①潘安仁:潘岳,字安仁,详见《言语》第107则注④。夏侯湛:字孝若,详见《言语》第65则注②。

②连璧:璧是一种玉器,连璧指并连的两块璧玉,比喻并美的人或事物。

【译文】

潘安仁和夏侯湛两人长得都很英俊潇洒,而且喜欢一同出行,当时人们评论说他们是连璧。

10.裴令公有俊容姿[①]。一旦有疾,至困,惠帝使王夷甫往看[②]。裴方向壁卧,闻王使至,强回视之[③]。王出,语人曰:"双眸闪闪,若岩下电;精神挺动,体中故小恶。[④]"

【注释】

①裴令公:裴楷,字叔则,曾任中书令,故称裴令公,详见《德行》第18则注④。容姿:仪容姿态。

②一旦:一天。困:疲乏。惠帝:晋惠帝司马衷,详见《品藻》第32则注③。王夷甫:王衍,字夷甫,详见《言语》第23则注②。

③方:正,正在。强:勉强。

④挺动:动摇,晃动,这里指精神分散。小恶:稍微有点不舒服。

【译文】

中书令裴楷仪容俊美、姿态优雅。有一天生病了,非常疲乏,晋惠帝司马衷派王夷甫前去看望他。这时裴楷正向着墙躺着,听说王夷甫奉命来探望他,就勉强回过头来看看他。王夷甫告辞出来后,告诉别人说:"裴令公双眼闪闪发亮,好像山岩下的闪电;可是精神没法集中,身体确实有点不舒服。"

11.有人语王戎曰:“嵇延祖卓卓如野鹤之在鸡群。[1]”答曰:“君未见其父耳!”

【注释】

①王戎:字濬冲,详见《德行》第16则注①。嵇延祖:嵇绍,字延祖,嵇康之子,详见《德行》第43则注⑦。卓卓:形容超群出众,气度不凡。

【译文】

有人对王戎说:“嵇延祖气度不凡,卓越超群,站在人群中就像野鹤站在鸡群中一样。”王戎回答说:“那是因为您没有见过他的父亲嵇康罢了!”

12.裴令公有俊容仪,脱冠冕,粗服乱头皆好,时人以为玉人[1]。见者曰:“见裴叔则,如玉山上行,光映照人。”

【注释】

①裴令公:裴楷,字叔则,曾任中书令,故称裴令公,详见《德行》第18则注④。冠冕:古代帝王、官员所带的礼帽。粗服:粗陋的衣服。玉人:比喻容貌俊美、皮肤白皙的人。

【译文】

中书令裴楷容貌俊美,仪表出众,即使脱下礼帽,穿着粗陋的衣服,头发蓬乱,也还是很美,当时人们说他像玉人一样容貌俊美、皮肤白皙。见到他的人都说:“看见裴叔则,就好像在玉山上行走,感到光彩照人。”

13.刘伶身长六尺[1],貌甚丑悴,而悠悠忽忽,土木形骸[2]。

【注释】

①刘伶:字伯伦,详见《文学》第69则注①。六尺:汉末魏晋时期,一市尺约合现代的23—24厘米,六尺相当于现在四尺多一点,即身材比较矮小。

②悴:憔悴。悠悠忽忽:形容悠闲懒散或神志恍惚的样子。土木形

骸:把身体当成土木一般,即头发蓬乱,穿着粗布衣服,不加任何修饰,状态自然。

【译文】

刘伶身高六尺,相貌丑陋,模样憔悴,可是他悠闲懒散,把身体当成土木一样,整日头发蓬乱,穿着粗布衣服,不加任何修饰,质朴天然。

14.骠骑王武子是卫玠之舅,俊爽有风姿①。见玠,辄叹曰:"珠玉在侧,觉我形秽!②"

【注释】

①王武子:王济,字武子,死后追赠骠骑将军,详见《言语》第 24 则注①。卫玠:字叔宝,详见《言语》第 32 则注②。

②形秽:形态鄙俗、丑陋,多作谦词。

【译文】

骠骑将军王武子是卫玠的舅舅,容貌俊秀清爽,风度仪态都非常好。但是他每见到卫玠时,总是感叹道:"珠玉在身边时,就觉得我自己的外形变得丑陋了!"

15.有人诣王太尉,遇安丰、大将军、丞相在坐①;往别屋,见季胤、平子②。还,语人曰:"今日之行,触目见琳琅珠玉。③"

【注释】

①王太尉:王衍,字夷甫,官至太尉,详见《言语》第 23 则注②。安丰:王戎,字濬冲,因功封安丰县侯,详见《德行》第 16 则注①。大将军:王敦,字处仲,曾任大将军,详见《言语》第 37 则注①。丞相:王导,字茂弘,详见《德行》第 27 则注③。按:王戎是王衍堂兄,王敦和王导是王衍堂弟。

②季胤:王诩,字季胤,琅邪人,王衍之弟,官至修武令。平子:王澄,字平子,王衍之弟,详见《德行》第 23 则注①。

③触目：目光所及，眼睛所看到的。琳琅：美玉，比喻人物俊逸出众。

【译文】

有人去拜访太尉王衍，遇到安丰侯王戎、大将军王敦、丞相王导在座；到另一个房间去，又见到王季胤、王平子。回家后，告诉别人说："今天到王家走这一趟，满眼看到的都是珠宝美玉一样的人物啊！"

16. 王丞相见卫洗马①，曰："居然有羸形，虽复终日调畅，若不堪罗绮。②"

【注释】

①王丞相：王导，字茂弘，官至丞相，详见《德行》第 27 则注③。卫洗马：卫玠，官至太子洗马，体弱多病，详见《言语》第 32 则注②。

②居然：显然。羸形：指形体瘦弱。调畅：豁达开朗。罗绮：指丝绸衣裳。

【译文】

丞相王导看见太子洗马卫玠，说："卫玠身体显然很瘦弱，虽然为人始终都很豁达开朗，但身体好像甚至不能承受丝绸衣服的重量。"

17. 王大将军称太尉①："处众人中，似珠玉在瓦石间。"

【注释】

①王大将军：王敦，字处仲，曾任大将军，详见《言语》第 37 则注①。称：称赞。太尉：指王衍，字夷甫，官至太尉，详见《言语》第 23 则注②。

【译文】

大将军王敦称赞太尉王衍说："他处在众人之间时，就像是把珠玉放在瓦砾石块中间一样。"

18. 庾子嵩长不满七尺，腰带十围，颓然自放①。

【注释】

①庾子嵩：庾敳(ái)，字子嵩，详见《文学》第 15 则注①。七尺：汉末

魏晋时期，一市尺约合现代的23—24厘米，那时的七尺相当于现在五尺左右。十围：两手的拇指和食指合拢起来的圆周长是一围，腰宽十围就是很粗的了。颓然：颓放不羁的样子。自放：指自我放纵，不拘礼法。

【译文】

庾子嵩身高不足七尺，腰围却有十围大小，可是他性格放纵不羁，不拘礼法。

19.卫玠从豫章至下都，人久闻其名，观者如堵墙[①]。玠先有羸疾，体不堪劳，遂成病而死[②]。时人谓看杀卫玠。

【注释】

①卫玠：字叔宝，详见《言语》第32则注②。下都：即陪都，于京都之外，择地别建的另一都城，这里指京都建康，因西晋旧都为洛阳，所以后来称新都为下都。

②羸疾：衰弱多病。按：刘孝标注云："按《永嘉流人名》曰：'玠以永嘉六年五月六日至豫章 ，其年六月二十日卒。'此则玠之南度豫章四十五日，岂暇至下都而亡乎？且诸书皆云玠亡在豫章，而不云在下都也。"此则故事概为流传有误。

【译文】

卫玠从豫章郡到京都时，因为人们早已听到过他的名声，所以来看他的人非常多，围得像一堵墙。卫玠本来身体就羸弱多病，身体受不了这种劳累，于是生病了，最终病重而死。当时的人说是因为太多人的观看导致了卫玠的死亡。

20.周伯仁道桓茂伦[①]："嵚崎历落可笑人。[②]"或云谢幼舆言[③]。

【注释】

①周伯仁：周颛(yǐ)，字伯仁，详见《言语》第30则注②。桓茂伦：桓

彝，字茂伦，详见《德行》第30则注①。

②嵚崎（qīn qí）：险峻不平，比喻人品格卓异。历落：指洒脱磊落。可笑：可喜。

③谢幼舆：谢鲲，字幼舆，详见《言语》第46则注②。

【译文】

周伯仁称赞桓茂伦："品格卓异，举止洒脱，为人光明磊落，是个招人喜爱的人。"有人说这是谢幼舆说的话。

21.周侯说王长史父①："形貌既伟，雅怀有概，保而用之，可作诸许物也。②"

【注释】

①周侯：周顗（yǐ），字伯仁，袭父爵武城侯，世称周侯，详见《言语》第30则注②。王长史：王濛，字仲祖，官至司徒左长史，详见《言语》第54则注④。王长史父：指王濛的父亲王讷，字文开，太原人，曾任新淦令。

②形貌：外形，容貌。有概：有风度。保：保持。用：使用，发挥。诸许物：指一切事情，许多事情。

【译文】

武城侯周顗评论司徒左长史王濛的父亲王讷说："他的身形既魁梧，又有高雅的情怀、不凡的风概，保持并发挥这些优点，是可以办成一切事情的。"

22.祖士少见卫君长①，云："此人有旄仗下形。②"

【注释】

①祖士少：祖约，字士少，详见《雅量》第15则注①。卫君长：卫永，字君长，详见《赏誉》第107则注①。

②旄仗：旗帜和仪仗。

【译文】

祖士少见到卫君长，说："这个人有旄旗仪仗下那种将帅的风度。"

23.石头事故，朝廷倾覆[①]。温忠武与庾文康投陶公求救[②]。陶公云："肃祖顾命不见及[③]。且苏峻作乱，衅由诸庾，诛其兄弟，不足以谢天下。"于时庾在温船后，闻之，忧怖无计。别日，温劝庾见陶，庾犹豫未能往。温曰："溪狗我所悉，卿但见之，必无忧也。[④]"庾风姿神貌，陶一见便改观；谈宴竟日，爱重顿至[⑤]。

【注释】

①石头事故：指苏峻作乱之事。按：晋成帝咸和二年（327年），庾亮辅政时，欲解除历阳内史苏峻兵权，征为大司农，召其进京，苏峻以讨庾亮为名起兵反，攻陷建康，自掌朝政，第二年又把晋帝迁到石头城；后陶侃、温峤、庾亮等起兵讨伐苏峻，数月后，苏峻败死。

②温忠武：温峤，字太真，谥号忠武，详见《言语》第35则注②。庾文康：庾亮，字元规，谥号文康，详见《德行》第31则注①。陶公：即陶侃，字士衡，详见《言语》第47则注①。按：苏峻作乱时，温峤任平南将军、江州刺史，驻扎寻阳；陶侃为征西大将军、荆州刺史，镇守江陵；庾亮战败后，逃到温峤处，温劝庾亮去见陶侃，并共推陶侃为盟主，起兵讨伐苏峻。

③肃祖：即晋明帝司马绍，庙号肃祖，详见《方正》第23则注③。顾命：指君主临终的命令。不见及：没有提及我。按：晋明帝病重时，庾亮、王导、温峤等同受顾命，辅佐幼主晋成帝；陶侃因自己不在受顾命之列，深以为憾。

④溪狗：即傒狗；晋南北朝时，南方人把江西一带的人叫傒狗，称北方人为伧父，皆含鄙薄意；陶侃本鄱阳人，所以也得此称谓。但：只管，尽管。

⑤谈宴：边宴饮边叙谈。竟日：终日，整天。爱重：爱慕推重。至：极，最，到达顶点。

【译文】

石头城事变发生后，朝廷被倾覆了。温峤和庾亮去投奔陶侃，并向他求救。陶侃说："先帝肃祖的遗诏中并没有提到我。再说苏峻之所以发动叛乱，事端是由庾家的人挑起的，就是杀了庾家兄弟，也不足以向天下人谢罪。”当时庾亮正在温峤的船后，听见陶侃这些话，既发愁，又害怕，不知道该怎么办。第二天，温峤劝庾亮去见一见陶侃，庾亮很犹豫，不敢去。温峤说：“这个江西佬我很了解，你只管去见他，一定不会出什么事情的。”庾亮不凡的风度仪表，使得陶侃一见便改变了原来对他的看法，并和庾亮畅谈欢宴了一整天，对庾亮的爱慕和推重一下达到了顶点。

24. 庾太尉在武昌，秋夜气佳景清，使吏殷浩、王胡之之徒登南楼理咏①。音调始遒，闻函道中有屐声甚厉，定是庾公②。俄而率左右十许人步来，诸贤欲起避之。公徐云：“诸君少住，老子于此处兴复不浅。③”因便据胡床，与诸人咏谑，竟坐甚得任乐④。后王逸少下，与丞相言及此事⑤。丞相曰：“元规尔时风范，不得不小颓。⑥”右军答曰：“唯丘壑独存。⑦”

【注释】

①庾太尉：庾亮，即下文的庾公，字元规，死后追赠太尉，详见《德行》第31则注①。使吏：一本作“佐吏”，《晋书·庾亮传》也作“佐吏”，指地方长官的僚属。殷浩：字渊源，详见《言语》第80则注②。王胡之：字修龄，详见《言语》第81则注①。理咏：即吟咏，作诗吟唱。按：公元334年六月，朝廷任庾亮为都督江、荆、豫、益、梁、雍六州诸军事，兼领江、荆、豫三州刺史，进号征西将军、开府仪同三司、假节；庾亮推辞开府之职，移镇武昌。

②遒：高昂。函道：楼梯。

③老子：老人自称，等于老夫。

④胡床：又称交床，是椅腿交叉，能折叠的一种轻便坐具。谑：开玩笑。竟坐：满座。任乐：尽情欢乐。

⑤王逸少：王羲之，字逸少，详见《言语》第62则注①。丞相：即王导，字茂弘，官至丞相，详见《德行》第27则注③。

⑥风范：风度，气派。颓：低落，收缩。

⑦丘壑：指山峰与河谷，山野幽静之地，比喻深远的意境。

【译文】

太尉庾亮驻守在武昌的时候，一个秋天的夜晚，天气凉爽，景色清幽，他的属官殷浩、王胡之一众人等登上南楼，一起来作诗吟唱。正在大家兴致高昂之时，听见楼梯上传来很重的木板鞋的声音，这肯定是庾亮来了。一会儿，庾亮就带着十来个随从走过来，大家就准备起身回避。庾亮慢慢地说道："诸君暂且留步，老夫在这方面的兴趣也不浅。"于是就坐在胡床上，和大家一起吟咏谈笑，满座的人都在一起尽情欢乐。后来，王逸少东下建康，和丞相王导谈到这件事。王导说："元规那时候的气派也不得不收敛一点。"王逸少回答说："唯独深远的意境还保留着。"

25．王敬豫有美形[①]。问讯王公，王公抚其肩曰："阿奴，恨才不称。[②]"又云："敬豫事事似王公。"

【注释】

①王敬豫：即王恬，字敬豫，王导次子，少时疾学尚武，不被父亲王导喜爱，详见《德行》第29则注③。

②问讯：问安。王公：指王导，字茂弘，详见《德行》第27则注③。阿奴：尊长对卑幼者的昵称，这里指王恬。称：相称。

【译文】

王敬豫长相俊美。有一次去向父亲王导请安，王导拍着他的肩膀说："遗憾的是你的才能和形貌并不相称啊！"有人评价说："敬豫样样都像他父亲王导。"

26．王右军见杜弘治，叹曰："面如凝脂，眼如点漆，此神仙中人。[①]"时人有称王长史形者，蔡公曰："恨诸人不见杜弘治耳！[②]"

【注释】

①王右军：王羲之，字逸少，曾任右军将军，详见《言语》第62则注①。杜弘治：杜乂，字弘治，详见《赏誉》第68则注①。凝脂：凝固的油脂，形容白嫩。

②王长史：王濛，字仲祖，曾任司徒左长史，详见《言语》第54则注④。蔡公：蔡谟，字道明，详见《方正》第40则注②。

【译文】

右军将军王羲之见到杜弘治，赞叹说："脸像凝脂一样又白又嫩，眼珠像点上漆一样又黑又亮，这是神仙一般的人啊。"当时有人称赞司徒左长史王濛的相貌，司徒蔡谟说："遗憾的是这些人没有见过杜弘治啊！"

27. 刘尹道桓公[①]："鬓如反猬皮，眉如紫石棱[②]，自是孙仲谋、司马宣王一流人[③]。"

【注释】

①刘尹：刘惔，字真长，官至丹阳尹，详见《德行》第35则注①。桓公：即桓温，字元子，详见《言语》第55则注①。

②反猬皮：指刺猬毛四散竖起的样子。紫石棱：紫色石头的棱角。

③孙仲谋：孙权，字仲谋，吴郡富春（今浙江富阳）人，三国时东吴开国君主；208年，与刘备联盟，在赤壁之战中击败曹操军队；222年，被魏文帝曹丕封为吴王，229年正式称帝；晚年在继承人问题上反复无常，导致党争不断；252年病逝，谥号大皇帝，庙号太祖。司马宣王：即司马懿，为晋朝的建立奠定了基础；司马昭封晋王后，追封司马懿为宣王；司马炎称帝后，追尊司马懿为宣皇帝，详见《方正》第4则注⑥。

【译文】

丹阳尹刘惔评论桓温说："双鬓像刺猬毛一般四散竖起，眉形像紫石棱一样有棱有角，确实是孙仲谋、司马宣王一类的人物。"

28. 王敬伦风姿似父[①]，作侍中，加授桓公公服，从大门入②。桓公望之,曰:“大奴固自有凤毛。③”

【注释】

①王敬伦:王劭,字敬伦,小字大奴,王导第五子,详见《雅量》第26则注①。风姿:风度仪态。

②加授桓公:桓温也加授侍中一职;加指加官,在原有官职外加领其他官职,据《晋书·哀帝本纪》载,兴宁元年,加征西大将军桓温侍中、大司马。公服:就是官吏的制服,即官服。

③凤毛:凤毛是珍稀之物,比喻有父辈的才华、风采。

【译文】

王敬伦仪表风度很像他的父亲,被任为侍中,奉旨授予桓温升职的官服,从大门走进官署。桓温远远望着他,说:“大奴的确很有他父亲的风采。”

29.林公道王长史①:“敛衿作一来,何其轩轩韶举!②”

【注释】

①林公:支遁,字道林,世称林公,东晋高僧,详见《言语》第45则注②。王长史:王濛,字仲祖,曾任司徒左长史,详见《言语》第54则注④。

②敛衿(jīn):即敛衽,指整理衣襟,表示恭敬。来:语气词。轩轩:形容仪态轩昂。韶举:优美的举止。

【译文】

高僧支道林评论司徒左长史王濛说:“严肃认真起来,做事专一时,仪态多么轩昂,举止多么优美啊!”

30.时人目王右军:“飘如游云,矫若惊龙。①”

【注释】

①目:品评,评论。王右军:王羲之,字逸少,曾任右军将军,详见《言语》第62则注①。按:据《晋书·王羲之传》记载,“飘如游云,矫若惊龙”

是评论王羲之的书法笔势的。

【译文】

当时的人评论右军将军王羲之说："像天上的游云一样飘逸，像海里的惊龙一样矫捷。"

31. 王长史尝病，亲疏不通[①]。林公来，守门人遽启之曰[②]："一异人在门，不敢不启。"王笑曰："此必林公。"

【注释】

①王长史：即王濛，字仲祖，曾任司徒左长史，详见《言语》第54则注④。尝：曾经。通：通报，传达。

②林公：即支遁，字道林，世称林公或支公，东晋高僧，详见《言语》第45则注②。遽：急忙，立刻。启：通报，禀报。

【译文】

司徒左长史王濛有一次生了病，前来探病的人无论亲疏远近，都不许通报。一天，高僧支道林来了，守门人立刻去禀报王濛说："有一个相貌特别的人来到门口，我不敢不来禀报。"王濛笑道："这一定是林公！"

32. 或以方谢仁祖，不乃重者[①]。桓大司马曰："诸君莫轻道，仁祖企脚北窗下弹琵琶，故自有天际真人想。[②]"

【注释】

①方：比拟，比方。谢仁祖：谢尚，字仁祖，详见《言语》第46则注①。不乃重者：不太尊重，看不起的意思。按：余嘉锡《世说新语笺疏》中说："言有比人为谢尚者，其意乃实轻之，若曰'某不过谢仁祖之流耳'。"

②桓大司马：桓温，字元子，曾任大司马，详见《言语》第55则注①。轻道：轻易评论。企脚：指跷起腿。真人：修真得道的人，泛指仙人。按：谢仁祖通晓音乐，善于弹奏琵琶、古筝等；《艺文类聚》四十四引《俗说》曰："谢仁祖为豫州主簿，在桓温阁下。桓闻其善弹筝，便呼之。既至，取

筝令弹，谢即理弦抚筝，因歌秋风，意气甚遒。桓大以此知之。”

【译文】

有人拿别人来和谢仁祖相提并论，有不太尊重谢仁祖的意思。大司马桓温说：“诸位不要轻易这样评论，仁祖跷起脚在北窗下弹琵琶的时候，确实有天上仙人的那种飘飘欲仙的意境。”

33. 王长史为中书郎，往敬和许①。尔时积雪，长史从门外下车，步入尚书，著公服②。敬和遥望，叹曰：“此不复似世中人！”

【注释】

①王长史：即王濛，字仲祖，曾任司徒左长史，详见《言语》第54则注④。中书郎：官名，三国魏始置，属中书省，为编修国史之任。敬和：王洽，字敬和，王导第三子，详见《赏誉》第114则注①。许：处所。

②尚书：指尚书省，官署名。公服：指官服。

【译文】

司徒左长史王濛任中书郎的时候，一次到王敬和那里去。那时连日下雪，一片白茫茫，王濛在门外下车，走入尚书省，穿着官服。王敬和远远地望见王濛，赞叹说：“此情此景中的此人，不像是尘世中人啊！”

34. 简文作相王时，与谢公共诣桓宣武①。王珣先在内②，桓语王：“卿尝欲见相王，可住帐里。”二客既去，桓谓王曰：“定何如？③”王曰：“相王作辅，自然湛若神君，公亦万夫之望，不然，仆射何得自没！④”

【注释】

①简文：晋简文帝司马昱，未登帝位时，以会稽王身份任丞相，所以称相王，详见《德行》第37则注①。谢公：谢安，字安石，详见《德行》第33则注③。桓宣武：桓温，字元子，谥号宣武，详见《言语》第55则注①。

②王珣：字元琳，详见《言语》第102则注②。

③定：究竟，到底。

④辅：辅相，丞相。湛：清澈，指洞悉一切。神君：神灵、神仙。仆射：指谢安，谢安曾任尚书仆射。自没：指甘心居于人后。

【译文】

简文帝司马昱任丞相时，和谢安一起去看望桓温。这时王珣已经先在桓温那里，桓温对王珣说："你过去曾经想看看相王，现在可以躲在帷幔后面去观察。"两位客人走了以后，桓温问王珣说："相王究竟怎么样？"王珣说："相王任丞相，自然像神灵一样清澈，洞悉一切。桓公您也是万民的希望，不然，谢仆射怎么会甘心居于人后呢！"

35．海西时[①]，诸公每朝，朝堂犹暗，唯会稽王来，轩轩如朝霞举[②]。

【注释】

①海西：海西公司马奕，东晋第七位皇帝，371年为桓温所废，降为东海王，后又降封为海西公，详见《言语》第59则注③。

②会稽王：即简文帝司马昱，曾被封会稽王，司马奕在位时，司马昱任丞相，详见《德行》第37则注①。轩轩：仪态轩昂的样子。举：升起。

【译文】

海西公司马奕在位期间，大臣们每次早朝时，殿堂都还很暗，只有会稽王司马昱到来时，气宇不凡，仪态轩昂，使得整个朝堂好像朝霞高高升起一样明亮起来。

36．谢车骑道谢公[①]："游肆复无乃高唱，但恭坐捻鼻顾睐，便自有寝处山泽间仪。[②]"

【注释】

①谢车骑：谢玄，字幼度，谢安之侄，死后追赠车骑将军，详见《言语》

第78则注③。谢公:指谢安,字安石,详见《德行》第33则注③。

②游肆:尽情游乐。但:只,仅。恭坐:端坐。捻鼻:堵住或捏住鼻子;谢安因有鼻疾,故讽咏时发音浊,即这里所说捻鼻。顾睐(lài):左右顾盼。寝处:坐卧,居住,栖息。

【译文】

车骑将军谢玄评价谢安说:"他出外纵情游玩时,无须放声高唱,只要端坐下来,大声吟咏,顾盼自如,就会有栖息于山水草泽间的仪态。"

37.谢公云:"见林公双眼,黯黯明黑。①"孙兴公:"见林公棱棱露其爽。②"

【注释】

①谢公:指谢安,字安石,详见《德行》第33则注③。林公:即支遁,字道林,世称林公或支公,东晋高僧,详见《言语》第45则注②。黯黯明黑:指眼眸黑白分明。

②孙兴公:孙绰,字兴公,详见《言语》第84则注①。李慈铭注:"'孙兴公'下当有'亦云'二字。"棱棱:形容威严正直的样子。

【译文】

谢安说:"我觉得支道林的一双眼睛,黑白分明,深邃明亮。"孙兴公也说:"林公威严的眼神里透露出豪爽的个性。"

38.庾长仁与诸弟入吴,欲住亭中宿①。诸弟先上,见群小满屋,都无相避意②。长仁曰:"我试观之。"乃策杖将一小儿,始入门,诸客望其神姿,一时退匿②。

【注释】

①庾长仁:庾统,字长仁,庾亮之侄,详见《赏誉》第69则注②。亭:设在道边供旅客停宿的公房。

②群小:指社会地位低下的人,一般指名门望族以外的庶民。

③策杖：拄杖。将：扶着。退匿：退避藏匿。

【译文】

庾长仁和诸位弟弟们过江到吴地，途中想在驿亭里住宿。几个弟弟先进去，看见满屋子都是平民百姓，这些人一点回避的意思也没有。长仁说："我试着进去看看。"于是就拄着拐杖，扶着一个小孩，刚进门，满屋子的旅客看见他出众的仪表风采，一下子都四处躲开了。

39.有人叹王恭形茂者，云："濯濯如春月柳。①"

【注释】

①王恭：字孝伯，详见《德行》第44则注①。形茂：容貌美好。濯濯(zhuó zhuó)：形容有光泽，明净。春月：春天。

【译文】

有人赞叹王恭容貌美好，说："就像春天的杨柳一样明净有光泽。"

自新第十五

《自新》是《世说新语》第十五门，共2则，是全书记事则数最少的一门。自新指自觉改正错误，重新做人。本门的2则故事，主要是说明有错误要及时改正，有才能要用到正道上，而后必定会有所成就。

1.周处年少时，凶强侠气，为乡里所患①。又义兴水中有蛟，山中有邅迹虎，并皆暴犯百姓，义兴人谓为“三横”，而处尤剧②。或说处杀虎斩蛟，实冀三横唯余其一。处即刺杀虎，又入水击蛟。蛟或浮或没，行数十里，处与之俱。经三日三夜，乡里皆谓已死，更相庆③。竟杀蛟而出。闻里人相庆，始知为人情所患，有自改意④。乃自吴寻二陆，平原不在，正见清河⑤。具以情告，并云：“欲自修改，而年已蹉跎，终无所成。⑥”清河曰：“古人贵朝闻夕死⑦，况君前途尚可。且人患志之不立，亦何忧令名不彰邪！⑧”处遂改励，终为忠臣孝子⑨。

【注释】

①周处：字子隐，义兴阳羡（今江苏宜兴）人，吴国鄱阳太守周鲂之子；在晋朝历任新平太守、广汉太守、散骑常侍、御史中丞等职；因为人刚正不阿，得罪权贵，被派往西北讨伐氐羌叛乱，战死沙场，后追赠为平西将军。凶强：凶暴强横。侠气：豪侠的气概，指讲义气。

②邅（zhān）迹虎：跛足的老虎；邅，难于行走的样子。暴犯：侵害，危害。横：指残暴的东西。剧：厉害。

③更相：相继，相互。

④里人:同里的人,同乡。人情:人心,众人的情绪、愿望。

⑤自吴:《晋书·周处传》作“入吴”,即到吴地去,比较合理。二陆:指陆机、陆云兄弟二人,吴人;陆机曾任平原郡内史,陆云曾任清河郡内史,所以下文称陆机为平原,称陆云为清河。按:陆机比周处年轻二十多岁,周处弱冠之年 ,陆机尚未出生,所以周处年少时不可能寻访二陆。

⑥修改:指改正错误,重新做人。蹉跎:虚度光阴。

⑦朝闻夕死:出自《论语·里仁》“朝闻道,夕死可矣”,大意是:早上听到了真理,就算晚上死去也不算虚度此生。

⑧令名:美名。彰:显露。

⑨改励:即改正错误,振奋精神;励,同“砺”,磨炼,振奋。

【译文】

周处年轻时,凶暴强横,讲义气,乡里人认为他是个祸害。加上义兴郡河里有一条蛟龙,山上有一只跛脚虎,都危害百姓的安危,义兴人把他们叫作“三横”,而三者中周处危害最大。有人劝说周处去杀死老虎,斩杀蛟龙,其实是希望“三横”只剩下一个。周处立刻上山刺杀了老虎,又下河去斩杀蛟龙。蛟龙时而浮出水面,时而潜入水中,游了几十里,周处始终和蛟龙在一起搏斗,经过了三天三夜,乡亲们都认为他已经死了,于是互相庆贺。没想到周处竟然杀死了蛟龙,从水里出来了。他听说乡亲们互相庆贺,才知道自己是人们心中所痛恨的人,就有了改过自新的打算。于是他到吴郡寻找陆机、陆云兄弟,平原内史陆机不在家,只见到清河内史陆云。周处就把事情一五一十地告诉了陆云,并且说:“我想改正错误,重新做人,可是已经虚度了很多光阴,恐怕终究不会有什么成就。”陆云说:“古人尚且认为早上听到了真理,就算晚上死去也不算虚度此生,何况您的前途还很远大。再说,一个人就怕不能立志,又何必担心美名不能彰显呢!”于是周处便改正错误,振作起来,终于成了忠臣孝子。

2.戴渊少时①,游侠不治行检,尝在江、淮间攻掠商旅②。陆机赴假还洛,辎重甚盛,渊使少年掠劫③。渊在岸上,据胡床指麾左右，皆得其宜[4]。渊既神姿峰颖，虽处鄙事，神气犹异[5]。机于船屋上遥谓之曰："卿才如此，亦复作劫邪？[6]"渊便泣涕，投剑归机。辞厉非常，机弥重之，定交，作笔荐焉[7]。过江，仕至征西将军。

【注释】

①戴渊：字若思，晋广陵郡（今江苏扬州）人，善书法，西晋时曾任太傅东海王司马越军谘祭酒、豫章太守、散骑侍郎等职，封秣陵侯；东晋时历任前将军、尚书、中护军、征西将军等职；王敦之乱时，任骠骑将军，率军勤王，兵败被杀，后追赠右光禄大夫，谥号简。

②游侠：指豪爽、轻生重义的人。治：约束、整顿。行检：品行。攻掠：袭击、抢劫。

③陆机：字士衡，详见《言语》第26则注①。辎重：行李。

④胡床：一种可以折叠的轻便坐具。指麾：同"指挥"。

⑤峰颖：挺拔突出。《太平御览》引作"锋颖"，是。鄙事：指坏事。

⑥船屋：指船舱。劫：强盗。

⑦定交：结交，结为朋友。笔：书信。

【译文】

戴渊年轻时，豪爽讲义气，不约束自己的品行，曾在长江、淮河间袭击抢劫商人和旅客。陆机度假后回洛阳，行李很多，戴渊便指使一帮少年去抢劫。他在岸上，坐在胡床上指挥手下的人，安排得井井有条。戴渊原本就是风度仪态挺拔不凡，虽然是处理抢劫这种坏事，神态气度仍然与众不同。陆机在船舱里远远地对他说："你有这般突出的才能，却还要做强盗吗？"戴渊听了，有所触动，眼泪也流了出来，便扔掉手中的剑投靠了陆机。他的言语谈吐非同一般，陆机更加看重他，和他结为朋友，并写信向朝廷推荐了他。过江以后，戴渊的官职一直升到了征西将军。

企羡第十六

《企羡》是《世说新语》第十六门，共6则。企羡，意为企望羡慕，敬仰思慕。企羡对象既包括才能出众、超尘脱俗的人物，也包括已随时光逝去、难以追及的往事。本门主要记载了6则晋时名士或企慕身处同一时代的他人、或追忆往事的故事。

1. 王丞相拜司空，桓廷尉作两髻、葛裙、策杖，路边窥之①。叹曰："人言阿龙超，阿龙故自超！②"不觉至台门③。

【注释】

①王丞相：王导，字茂弘，小字赤龙，官至丞相，详见《德行》第27则注③。桓廷尉：桓彝，字茂伦，死后追赠廷尉，详见《德行》第30则注①。两髻：把头发分向两边梳成两个发髻。葛裙：葛布做的裙。策杖：拄着拐杖。按：东晋太兴四年(321年)，王导被拜司空。

②超：卓越，出众。

③台门：指官府大门。

【译文】

丞相王导被委任为司空，就任的时候，廷尉桓彝梳起两个发髻，穿着葛裙，拄着拐杖，在路边观看。桓彝赞叹说："人们说阿龙卓越出众，阿龙确实很出众！"不觉一路跟随到了官府大门口。

2. 王丞相过江，自说昔在洛水边，数与裴成公、阮千里诸贤共谈道①。羊曼曰："人久以此许卿，何须复尔！②"王曰："亦不言我须此,但欲尔时不可得耳![3]"

【注释】

①王丞相:即王导,字茂弘,官至丞相,详见《德行》第 27 则注③。洛水:指西晋都城洛阳的洛河。数:屡次。裴成公:即裴頠,字逸民,谥号成,详见《言语》第 23 则注③。阮千里:阮瞻,字千里,详见《赏誉》第 29 则注⑤。道:这里指老庄学说。

②羊曼:字延祖,详见《雅量》第 20 则注②。许:称许,赞许。

③但:只,只是。欲:刘孝标注云:"一本作'叹'。"尔时:那时,当时。

【译文】

丞相王导过江以后,自己说起以前在洛水岸边,经常和裴頠、阮千里等诸位贤士一起谈论老庄学说的往事。羊曼说:"人们早就因为这件事称赞过你,哪里还需要再说呢!"王导说:"也不是说我需要这样做,只是感叹那样畅快的时光不会再有啊!"

3.王右军得人以《兰亭集序》方《金谷诗序》[1],又以己敌石崇,甚有欣色[2]。

【注释】

①王右军:王羲之,字逸少,曾任右军将军,详见《言语》第 62 则注①。《兰亭集序》:晋穆帝永和九年(353 年),王羲之和谢安等四十一人在兰亭聚会,饮酒赋诗,后来王羲之把这些诗汇编成集,并写了一篇序,就是《兰亭集序》。方:并列,相当。《金谷诗序》:晋惠帝元康六年(296 年),刘琨、陆机、左思等三十余人在石崇的金谷园聚会并赋诗,石崇为之作序,即为《金谷诗序》。

②敌:匹敌,相当。石崇:字季伦,详见《品藻》第 57 则注②。

【译文】

右军将军王羲之得知人们把《兰亭集序》和《金谷诗序》相提并论,又认为自己和石崇相当,脸上露出了非常欣喜的神色。

4. 王司州先为庾公记室参军，后取殷浩为长史[1]。始到，庾公欲遣王使下都，王自启求住，曰："下官希见盛德，渊源始至，犹贪与少日周旋。[2]"

【注释】

①王司州：王胡之，字修龄，曾被征为司州刺史，详见《言语》第 81 则注①。庾公：庾亮，字元规，详见《德行》第 31 则注①。殷浩：字渊源，详见《言语》第 80 则注②。

②下都：到京都去。住：指暂时留下。盛德：指有高尚品德的人。少日：几日。周旋：交往，相处。

【译文】

司州刺史王胡之先担任庾亮的记室参军，后来庾亮又调殷浩来任长史。殷浩刚到时，庾亮正准备派王胡之到京都去，王胡之自己向庾亮请求暂时留下，说："下官很少见到品德高尚的人，渊源刚来到这里，我还贪恋着和他相处几天呢。"

5. 郗嘉宾得人以己比苻坚，大喜[1]。

【注释】

①郗嘉宾：郗超，字景兴，一字敬舆，小字嘉宾，详见《言语》第 59 则注④。苻坚：十六国时期前秦的君主，详见《言语》第 94 则注②。

【译文】

郗嘉宾得知人们把自己比做苻坚，非常高兴。

6. 孟昶未达时，家在京口[1]。尝见王恭乘高舆，被鹤氅裘[2]。于时微雪，昶于篱间窥之，叹曰："此真神仙中人！"

【注释】

①孟昶(chǎng)：字彦达，详见《文学》第 104 则注⑤。达：发达，指地位显贵。

②王恭：字孝伯，详见《德行》第 44 则注①。被：同“披”，披着，穿着。鹤氅(chǎng)裘：用鸟羽制成的裘，是外套，就是斗篷、披风之类的御寒长外衣。按：太元十五年(390 年)，王恭任都督兖、青、冀、幽、并、徐及扬州之晋陵诸军事，前将军，兖、青二州刺史，假节，镇守京口。

【译文】

孟昶还没有发达显贵时，家住在京口。有一次看见王恭坐在高高的马车上，穿着鹤氅裘。当时下着零星小雪，孟昶在篱笆后面偷偷地看着王恭，不由得赞叹道：“这真是神仙中人啊！”

伤逝第十七

《伤逝》是《世说新语》第十七门,共19则。伤逝指怀念已经故去的人。本门记载的内容主要是魏晋时士族阶层的名士们深切怀念逝去的故人,表达出了深切的哀思之情。伤逝的对象或为知音挚友,或为兄弟子女,或为同僚佐吏,其中有一则是哀悼君主。此外,本门还记载了对逝去故人的种种悼念做法,有的依照故人的生前爱好,或学驴鸣,或演奏乐器,或送麈尾等等,以祭奠逝者;有的追忆往事,感慨满怀;有的痛哭流涕,悲痛到失礼甚至损害身体。文中感情真挚动人,读之令人伤感不已。

1.王仲宣好驴鸣①。既葬,文帝临其丧,顾语同游曰②:"王好驴鸣,可各作一声以送之。"赴客皆一作驴鸣。

【注释】

①王仲宣:王粲,字仲宣,山阳高平(今山东微山)人;为"建安七子"之冠,与曹植并称"曹王",为蔡邕所赏识,获赠藏书六千余卷;初依附刘表,后归附曹操,历任丞相掾、侍中等职,赐爵关内侯;216年,随军南征孙权,次年北还途中病逝。

②文帝:魏文帝曹丕,曹魏开国皇帝,详见《言语》第10则注②。临其丧:亲临他的丧礼。同游:互相交往的人。

【译文】

王仲宣生前喜欢听驴叫。到安葬时,魏文帝曹丕亲自去参加他的葬礼,回头对王粲往日交往的友人们说:"王粲喜欢听驴叫,大家可以各学一声驴叫来为他送别。"于是前来吊丧的客人都学了一声驴叫。

2.王濬冲为尚书令，著公服，乘轺车，经黄公酒垆下过[1]。顾谓后车客："吾昔与嵇叔夜、阮嗣宗共酣饮于此垆[2]。竹林之游，亦预其末[3]。自嵇生夭、阮公亡以来，便为时所羁绁[4]。今日视此虽近，邈若山河[5]。"

【注释】

①王濬冲：王戎，字濬冲，"竹林七贤"之一，详见《德行》第16则注①。著：通"着"，穿着。公服：指官服。轺(yáo)车：驾一匹马的轻便马车。酒垆：卖酒处安置酒瓮的砌台，亦借指酒肆、酒店。

②嵇叔夜：嵇康，字叔夜，"竹林七贤"之一，详见《德行》第16则注②。阮嗣宗：阮籍，字嗣宗，"竹林七贤"之一，详见《德行》第15则注②。

③预：参加。其末：王戎在"竹林七贤"中年龄最小，所以这样说。

④羁绁(jī xiè)：束缚。

⑤邈：远。

【译文】

王濬冲任尚书令时，一日穿着官服，坐着轻便的马车，从黄公酒垆旁经过。他回头对后面车里的客人说："我从前和嵇叔夜、阮嗣宗一起在这个酒垆里开怀畅饮过。竹林中的交游，我也参与其中，跟在他们的后面。自从嵇生早逝、阮公亡故以来，我就被时事纠缠束缚住了。今天看着这间酒垆虽然离我很近，回忆种种过往，却像隔着山河一样遥远。"

3.孙子荆以有才，少所推服，唯雅敬王武子[1]。武子丧时，名士无不至者。子荆后来，临尸恸哭，宾客莫不垂涕。哭毕，向灵床曰[2]："卿常好我作驴鸣，今我为卿作。"体似真声，宾客皆笑。孙举头曰："使君辈存，令此人死！"

【注释】

①孙子荆：孙楚，字子荆，详见《言语》第24则注②。推服：推许佩服。王武子：王济，字武子，详见《言语》第24则注①。

②灵床：入殓前停放尸体的床铺。

【译文】

孙子荆因为很有才能，恃才傲物，很少有他推重并佩服的人，唯独很敬重王武子。王武子去世后，有名望的人没有不来吊丧的。孙子荆是后来到的，他对着遗体痛哭，宾客都感动得跟着流泪。他哭完后，朝着灵床说："你平时喜欢听我学驴叫，现在我学给你听。"他学得驴叫很像真的驴叫的声音，宾客们都笑了。孙子荆抬起头说："让你们这种人活着，却让这个人死了！"

4. 王戎丧儿万子，山简往省之，王悲不自胜[①]。简曰："孩抱中物，何至于此！[②]"王曰："圣人忘情，最下不及情；情之所钟，正在我辈。[③]"简服其言，更为之恸。

【注释】

①王戎：字濬冲，"竹林七贤"之一，详见《德行》第 16 则注①。万子：王绥，字万子，年十九卒。详见《赏誉》第 29 则注⑧。山简：字季伦，山涛第五子，详见《赏誉》第 29 则注④。省：看望。

②孩抱：孩提，婴儿。按：万子年十九卒，应不能说"孩抱中物"，据《晋书・王衍传》记载："衍尝丧幼子，山简吊之"，说的是王戎的堂弟王衍曾失去幼儿，大概本书将两事合为一事了。

③忘情：无喜怒哀乐之情。最下：最下等的人。钟：集中，专一。

【译文】

王戎的儿子万子死了，山简去探望他，王戎悲伤得不能自持。山简说："一个怀抱中的婴儿罢了，怎么能悲痛到这个地步！"王戎说："圣人看破红尘，无喜怒哀乐之情；最下等的人为生活所迫，谈不上有感情；感情最集中的，正是我们这一类人啊。"山简很佩服他的话，更加为他感到悲痛。

5. 有人哭和长舆，曰："峨峨若千丈松崩。[①]"

【注释】

①哭：吊唁。和长舆：和峤，字长舆，详见《德行》第 17 则注①。峨峨：形容高、巍峨。崩：倒塌。

【译文】

有人哭吊和长舆，说："好像巍峨的千丈青松倒塌下来了。"

6. 卫洗马以永嘉六年丧，谢鲲哭之，感动路人①。咸和中，丞相王公教曰②："卫洗马当改葬。此君风流名士，海内所瞻，可修薄祭，以敦旧好。③"

【注释】

①卫洗马：卫玠，字叔宝，官至太子洗马，详见《言语》第 32 则注②。永嘉六年：即公元 312 年。谢鲲：字幼舆，详见《言语》第 46 则注②。

②咸和：晋成帝司马衍的第一个年号，从 326 年 2 月到 334 年。王公：王导，字茂弘，官至丞相，详见《德行》第 27 则注③。教：上对下的告谕、批示、命令等称之为教。

③风流：杰出不凡。薄祭：菲薄的祭品，这里是对死者的谦词。敦：深厚。旧好：旧情，故交。按：卫玠初葬于南昌，咸和中改葬江宁。

【译文】

太子洗马卫玠在永嘉六年去世，谢鲲去吊丧，哭声感动了路人。咸和年间，丞相王导发表文告说："卫洗马现今应当改葬。此君是杰出不凡的名士，受到民众敬仰，大家应该准备一些微薄的祭品，来加深我们对这位老友的怀念之情。"

7. 顾彦先平生好琴，及丧，家人常以琴置灵床上①。张季鹰往哭之，不胜其恸，遂径上床鼓琴，作数曲竟②，抚琴曰："顾彦先颇复赏此不？"因又大恸，遂不执孝子手而出③。

【注释】

①顾彦先：顾荣，字彦先，详见《德行》第 25 则注①。灵床：为死者虚

设的坐卧之具。

②张季鹰:张翰,字季鹰,详见《识鉴》第10则注①。竟:完毕。

③"遂不"句:吊丧临走时,礼节上应与主人握手,表示慰问;这里说不执孝子手,是说伤痛之极,以至于忘了礼数。

【译文】

顾彦先平生喜欢弹琴,当他死后,家人常把琴放在灵座上。张季鹰去吊丧,非常悲痛,便径直坐在灵座上弹琴,弹完了几曲,抚摸着琴说道:"顾彦先还能再欣赏这个吗?"说到这里又感到悲痛至极,竟没有和孝子握手就出去了。

8.庾亮儿遭苏峻难遇害[①]。诸葛道明女为庾儿妇,既寡,将改适,与亮书及之[②]。亮答曰:"贤女尚少,故其宜也。感念亡儿,若在初没。[③]"

【注释】

①庾亮:字元规,详见《德行》第31则注①。庾亮儿:指庾会,庾亮长子,字会宗,死于苏峻之乱。苏峻:字子高,详见《方正》第25则注②。

②诸葛道明:诸葛恢,字道明,详见《方正》第25则注①。改适:改嫁。及:提及。

③感念:思念。初没:指刚刚去世。

【译文】

庾亮的儿子庾会在苏峻的叛乱中被杀害。诸葛道明的女儿是庾会的妻子,既然成为了寡妇,后来即将要改嫁了,诸葛道明便写信给庾亮,谈到这件事。庾亮回信说:"您的女儿还年轻,这样做自然是理所应当的。只是我思念那死去的儿子,就像他刚刚去世一样。"

9.庾文康亡,何扬州临葬云[①]:"埋玉树著土中,使人情何能已已![②]"

【注释】

①庾文康:庾亮,字元规,谥号文康,详见《德行》第31则注①。何扬州:何充,字次道,曾任扬州刺史,详见《言语》第54则注①。临:到,来。

②玉树:传说中的仙树,比喻宝贵的人才。已已:已即休止,叠用以加重语气。

【译文】

庾文康去世了,扬州刺史何充前去送葬,说:"把玉树一样宝贵的人物埋到土里,这使人的感情无法平静下来啊!"

10.王长史病笃,寝卧灯下,转麈尾视之,叹曰:"如此人,曾不得四十![①]"及亡,刘尹临殡,以犀柄麈尾著柩中,因恸绝[②]。

【注释】

①王长史:王濛,字仲祖,善于清谈,官至司徒左长史,卒年三十九,详见《言语》第54则注④。麈尾:古人清谈时执以驱虫、掸尘的一种工具,为名流雅器。曾:竟然。

②刘尹:刘惔,字真长,官至丹阳尹,详见《德行》第35则注①。临殡:亲临殡殓。柩:棺材。恸绝:因悲哀过度而昏厥。按:刘惔和王濛齐名,又是至交,感情深厚;两人都擅长谈玄理,清谈者经常手执麈尾,所以刘惔把麈尾放在棺材里。

【译文】

司徒左长史王濛病重的时候,在灯下躺着,用手转动着麈尾,看着麈尾,不由得叹息道:"像我这样的人,竟然连四十岁都活不到!"他死了之后,丹阳尹刘惔来参加殡殓,把一个犀角柄的麈尾放进棺材里,并且痛哭得昏厥过去。

11.支道林丧法虔之后,精神霣丧,风味转坠[①]。常谓人曰:"昔匠石废斤于郢人[②],牙生辍弦于钟子[③],推己外求,良不虚也。冥契既逝，发言莫赏，中心蕴结，余其亡矣！[④]"却后一年，支遂殒[⑤]。

【注释】

①支道林：支遁，字道林，东晋高僧，详见《言语》第45则注②。法虔：支道林的同学，很有才华，支道林非常重视他。實（yǔn）丧：指精神萎靡不振，颓丧消沉。风味：指风度，风采。

②匠石：一位名叫石的工匠。废：停止，不再使用。斤：斧子。郢人：郢都的人，实指楚人。按：故事出自《庄子·徐无鬼》，匠石用斧子飞快地替郢人削掉鼻尖上的白土，而没有碰伤鼻子，郢人则始终面不改色，一动不动地站着，后来郢人死了，匠石失去了配合对象，神技也就无法施展了；比喻神妙的技术，也需要双方默契配合，才能发挥作用。

③牙生：指著名的琴师伯牙。辍弦：指停止弹琴。钟子：指钟子期。按：此事出自《韩诗外传》，伯牙弹琴，志在泰山，钟子期听见便说："巍巍乎若泰山！"志在流水，钟子期便说："洋洋乎若流水！"所以伯牙把钟子期当作知音；钟子期死后，伯牙失去了知音，终身不再弹琴。

④冥契：默契，指意气相投的知音好友。中心：指心中。其：也许，大概。

⑤却后：过后。陨：死。

【译文】

支道林在法虔去世以后，精神萎靡不振，风度也日渐丧失。他常对人说："从前有一位叫石的工匠，因为和他配合默契的郢人死去了，就不再用斧子；伯牙因为知音钟子期去世，就终身不再弹琴。推己及人，这确实不假啊！默契的知己已经去世，说出的话再也无人欣赏，心中感到郁结难解，我大概快要死了！"过后一年，支道林果然也离世了。

12. 郗嘉宾丧，左右白郗公："郎丧。[①]"既闻，不悲，因语左右："殡时可道。"公往临殡，一恸几绝[②]。

【注释】

①郗嘉宾：郗超，字景兴，一字敬舆，小字嘉宾，郗愔长子，详见《言语》第 59 则注④。白：禀报。郗公：郗愔，字方回，详见《言语》第 59 则注⑨。郎：称别人的儿子。

②临殡：亲临殡殓。几：几乎。

【译文】

郗嘉宾死了，手下的人禀告他的父亲郗愔说："您的长子离世了。"郗愔听了，脸上没有悲伤的神色，只是告诉手下人说："入殓时可以告诉我。"郗愔去参加殡殓时，心情万分哀痛，几乎昏厥过去。

13. 戴公见林法师墓[①]，曰："德音未远，而拱木已积[②]。冀神理绵绵，不与气运俱尽耳[③]！"

【注释】

①戴公：戴逵，字安道，详见《雅量》第 34 则注①。林法师：即支遁，字道林，东晋高僧，详见《言语》第 45 则注②。法师，指精通佛经并能讲解佛法的高僧。

②德音：善言，有德者的话，用来尊称别人的言谈。拱木：两手合围那样粗的树，也指墓上的树。

③冀：希望。绵绵：连续不断的样子。气运：气数，命运，这里指人的寿命。

【译文】

戴逵看见支道林法师的坟墓，说："有益之言还留在耳边，可是墓上的树木已经长成大树连成一片了。希望您那精湛的玄理能绵延不断地流传下去，不会和您的寿命一起完结！"

14. 王子敬与羊绥善[①]。绥清淳简贵，为中书郎，少亡[②]。王深相痛悼，语东亭云[③]："是国家可惜人！"

【注释】

①王子敬:王献之,字子敬,详见《德行》第39则注①。羊绥:字仲彦,泰山人,官至中书侍郎。

②清淳简贵:指品德高洁纯朴、为人简约尊贵。

③东亭:王珣,字元琳,因功封东亭侯,详见《言语》第102则注②。

【译文】

王子敬和羊绥关系很好。羊绥品德高洁纯朴,个性简约尊贵,曾任中书郎,年纪轻轻时就去世了。王子敬心情非常沉痛地悼念着他,曾对东亭侯王珣说:“他是国内值得惋惜的人!”

15.王东亭与谢公交恶[①]。王在东闻谢丧,便出都诣子敬,道欲哭谢公[②]。子敬始卧,闻其言,便惊起曰:“所望于法护。”王于是往哭。督帅刁约不听前[③],曰:“官平生在时,不见此客。[④]”王亦不与语,直前,哭甚恸,不执末婢手而退[⑤]。

【注释】

①王东亭:王珣,字元琳,小字法护,因功封东亭侯,详见《言语》第102则注②。谢公:谢安,字安石,详见《德行》第33则注③。交恶:关系恶化,即互相憎恨仇视。按:王珣兄弟原来都是谢家的女婿,王珣娶谢万之女,弟王珉娶谢安之女,后因猜忌产生摩擦,都离了婚,两家便成了仇人。

②出都:到京都去。子敬:王献之,字子敬,王珣的族兄,甚得谢安赏识,详见《德行》第39则注①。

③督帅:领兵的官。刁约:生平不详,曾为谢安手下督帅。不听前:指不允许上前。

④官:下属称长官为官,是敬称。

⑤末婢:谢琰,字瑗度,小字末婢,陈郡阳夏人,谢安次子,谢玄从弟;历任辅国将军、会稽内史、尚书仆射、护军将军、徐州刺史等职,封望蔡

公;400年,因轻敌兵败,死于孙恩叛乱中,后追赠侍中、司空,谥为忠肃公。按:吊丧临走时,礼节上应与主人握手,表示慰问;这里说不执末婢手,是表示王珣伤痛之极,以至于忘了礼数。

【译文】

东亭侯王珣和谢安双方因事结怨,双方关系恶化。王珣在东边的时候听说谢安去世了,就到京都去见王子敬,说他想去哭吊谢安。子敬起初还躺着,听了他的话,就惊喜地站起来,说:“我对你的希望也是这样的。”王珣于是就去谢家哭吊。谢安帐下的督帅刁约不让他上前,说:“大人活着的时候,从来不见这个客人。”王珣也不理他,径直上前哭吊,哭得非常伤心,因为过于哀痛,没有按常礼握谢琰的手就退出来了。

16.王子猷、子敬俱病笃,而子敬先亡①。子猷问左右:“何以都不闻消息?此已丧矣!”语时了不悲②。便索舆来奔丧,都不哭③。子敬素好琴,便径入坐灵床上,取子敬琴弹,弦既不调④,掷地云:“子敬,子敬,人琴俱亡!”因恸绝良久⑤。月余亦卒。

【注释】

①王子猷:王徽之,字子猷,王羲之第五子;详见《雅量》第36则注①。子敬:王献之,字子敬,王羲之第七子,详见《德行》第39则注①。病笃:病重。

②了:完全。

③都:全。

④灵床:为死者虚设的坐卧之具。不调:指无法调好。

⑤恸绝:因悲哀过度而昏厥。

【译文】

王子猷和王子敬都病得很重,子敬先去世了。一天,子猷问身边侍候的人说:“为什么一点也没有听到子敬的消息?他这是已经离世了吧!"说话时脸上没有一点悲伤的神色,却立即命手下备车前去奔丧,但始终没有哭。子敬平时喜欢弹琴,子猷一进去便径直坐到灵座上,取出子敬的琴来弹,琴弦却怎么也调不好,就把琴扔到地上说:"子敬,子敬,人和琴都不在了呀!"说完就悲痛得昏了过去,很久才醒过来。过了一个多月他也去世了。

17. 孝武山陵夕,王孝伯入临[①],告其诸弟曰:"虽榱桷惟新,便自有《黍离》之哀。[②]"

【注释】

①孝武:即晋孝武帝司马曜,详见《德行》第 46 则注②。山陵:帝王或皇后的坟墓,这里指山陵崩,即帝王去世。夕:傍晚祭奠君主。王孝伯:王恭,字孝伯,晋孝武帝皇后的哥哥,详见《德行》第 44 则注①。入临:入朝哭灵。

②榱桷(cuī jué):椽子,这里指孝武帝陵墓上的建筑。《黍离》:《诗经》中的一篇,出自《诗经·王风》,作者为一位周朝士大夫,在西周灭亡后路过旧都,见昔日宫殿尽为禾黍,不胜感慨而作此诗,借以表达王室衰微、心里忧伤。按:晋孝武帝死时,会稽王司马道子掌管朝政,宠信小人,并委以重任,王恭担心国家将有祸乱,非常忧虑,所以有《黍离》之叹。

【译文】

晋孝武帝司马曜驾崩了,举行夕祭的时候,王孝伯进京哭灵,告诉他的几个弟弟说:"虽然陵墓是新的,却让人心里生出《黍离》那样的悲哀之情。"

18. 羊孚年三十一卒[①],桓玄与羊欣书曰[②]:"贤从情所信寄,暴疾而殒;祝予之叹,如何可言![③]"

【注释】

①羊孚:字子道,曾为桓玄记室参军,详见《言语》第 104 则注①。

②桓玄：字敬道，详见《德行》第41则注①。羊欣：字敬元，泰山南城人，王献之之甥，美姿容，长于草隶；桓玄为平西将军时，任平西参军、主簿等职，后任新安太守、中散大夫等职。

③贤从：贤从兄弟，指羊孚。按：羊孚是羊欣的同祖堂兄。信寄：信赖、寄托。祝予：断绝我、亡我之意；语出《公羊传·哀公十四年》："子路死，子曰：'噫，天祝予！'"

【译文】

羊孚三十一岁时就病逝了，桓玄给羊欣写信说："贤堂兄是我所信赖的、可以寄托友情的人，却突然暴病而死；天将亡我的这种悲叹之情，又怎么能用言语表达出来！"

19.桓玄当篡位，语卞鞠云[①]："昔羊子道恒禁吾此意[②]。今腹心丧羊孚，爪牙失索元[③]，而匆匆作此诋突，讵允天心[④]？"

【注释】

①桓玄：字敬道，详见《德行》第41则注①。卞鞠：卞范之，字敬祖，小名鞠，济阴宛句人，初任丹阳丞、始安太守等职，后依附桓玄，为其谋士，历任丹阳尹、散骑常侍、侍中、尚书仆射等职，封爵临汝县公；404年，桓玄败死后，在江陵被杀。

②羊子道：羊孚，字子道，曾为桓玄记室参军，详见《言语》第104则注①。

③爪牙：动物的尖爪和利牙，引申为助手、亲信。索元：字天保，敦煌郡人，曾任征虏将军、历阳太守等职，后病死。

④诋突：唐突，冒犯。讵(jù)：岂，怎。允：合乎。天心：天意。

【译文】

桓玄将要篡位的时候，对卞鞠说："以前羊子道总是不容许我有这种意图。现在我的心腹里死了羊孚，亲信里又失去了索元，在这种情况下，却要匆匆忙忙做这种冒犯君上的事，又怎么能合乎天意？"

栖逸第十八

《栖逸》是《世说新语》第十八门，共17则。栖逸，指隐遁不出仕。本门主要记载了魏晋时期的隐士们的生活状态和隐居志向。本门所记载的隐士可以分为四类：第一种是求于道术，所以绝弃喧嚣，隐居于山林；第二种是崇尚老庄之道、追慕虚静，所以不谈俗事、寄情于山水，这与魏晋之时盛行的清谈之风有着密切的联系；第三种是为了逃避仕途风险，或隐于尘世之中，或隐居山水间，但绝不出仕，这与当时动荡不安的政治局势和复杂的党派纷争有着必然的联系；第四种是为了沽名钓誉，人虽隐在山林，但朝廷一旦征召，则即刻出仕。前三种是真正的隐士，第四种只能称之为伪隐士。

1. 阮步兵啸，闻数百步①。苏门山中，忽有真人，樵伐者咸共传说②。阮籍往观，见其人拥膝岩侧；籍登岭就之，箕踞相对③。籍商略终古，上陈黄、农玄寂之道，下考三代盛德之美，以问之，仡然不应④。复叙有为之教、栖神导气之术以观之，彼犹如前，凝瞩不转⑤。籍因对之长啸。良久，乃笑曰："可更作。"籍复啸。意尽，退，还半岭许，闻上啾然有声，如数部鼓吹，林谷传响⑥。顾看，乃向人啸也。

【注释】

①阮步兵：即阮籍，字嗣宗，曾任步兵校尉，世称阮步兵，详见《德行》第15则注②。啸：即吹口哨。步：中国旧制长度单位，一步等于五尺。

②苏门山：又名苏岭，太行山支脉，在今河南省新乡市。真人：指存

养本性或修真得道的人，亦泛称“成仙”之人。咸：全，都。

③拥膝：抱膝。就：走近，靠近。箕踞：伸开两腿坐着，像个簸箕，是一种不拘礼节的坐法。

④商略：品评，评论。终古：往昔，自古以来。陈：陈述。黄、农：指黄帝、神农时代。玄寂之道：道家玄妙虚无的道理。考：考究，考索。三代：指夏、商、周三代。仡（yì）然：屹然不动的样子。

⑤有为：有所作为，指儒家的学说。栖神导气之术：凝神专一，摄气运息之术，是道家保其根本、养其元神之术，指道家的学说。

⑥啫然：即啾（jiū）然，形容声音众多。鼓吹：汉魏六朝开始盛行的一个重要乐种，指用鼓、萧、笳等在一起演奏。

【译文】

步兵校尉阮籍吹口哨，声音能传数百步那么远。苏门山里忽然来了个得道的真人，上山砍柴的樵夫们都这么传说。阮籍便去苏门山查探情况，看见那个人抱膝坐在山岩上，于是就登上山岭去见他，两人都伸开两腿对坐着。阮籍评论自古以来的事，往上述说黄帝、神农时代玄妙虚无的道理，往下考究夏、商、周三代深厚的美德，并拿这些来问他，那人屹然不动，也不回答他的问题。阮籍又另外说到儒家有所作为的主张，道家凝神专一、摄气运息的方法，来看他的反应，他还是像先前那样，目不转睛地凝视着阮籍，一言不发。阮籍便对着他吹了个长长的口哨儿。过了好一会儿，他才笑着说：“可以再吹一次。”阮籍又吹了一次。待到意兴已尽，阮籍便下山回去，大约退回到半山腰处，听到山顶上众音齐鸣，好像几架乐器在进行合奏，树林山谷中也传来了回声。阮籍回头一看，原来是刚才那个人在吹口哨。

2. 嵇康游于汲郡山中①，遇道士孙登②，遂与之游③。康临去，登曰：“君才则高矣，保身之道不足。”

【注释】

①嵇康：字叔夜，详见《德行》第16则注②。汲郡山：汲郡（今河南辉

县)的山,即苏门山。

②孙登:字公和,号苏门先生,道家重玄学派学者、妙真道大宗师,魏国汲郡共(今河南辉县)人;长年隐居苏门山,博才多识,熟读《易经》《老子》《庄子》等书,会弹一弦琴,善于长啸。

③游:交游,交往,结为朋友。

【译文】

嵇康到汲郡的山里游玩,遇见道士孙登,便和他结为朋友。嵇康临走时,孙登说:“您的才情是非常杰出的,可是保全自身的方法还欠缺些。”

3.山公将去选曹①,欲举嵇康,康与书告绝②。

【注释】

①山公:山涛,字巨源,详见《言语》第78则注①。去:指离任。选曹:官名,主管选拔官吏事务。

②举:举荐。嵇康:字叔夜,详见《德行》第16则注②。书:书信,即《与山巨源绝交书》。告绝:宣告绝交。按:山涛曾任吏部郎(即选曹郎),后升任散骑常侍,就推荐好友嵇康代其原职;嵇康不愿做官,就写信给山涛,宣告绝交。

【译文】

山涛将不再担任选曹郎,准备推荐嵇康代替他担任选曹郎一职。嵇康知道了,就写了一封信给他,宣告与他绝交。

4.李廞是茂曾第五子,清贞有远操,而少羸病,不肯婚宦①。居在临海,住兄侍中墓下②。既有高名,王丞相欲招礼之,故辟为府掾③。廞得笺命,笑曰:“茂弘乃复以一爵假人。④”

【注释】

①李廞(xīn):字宗子,江夏钟武(今河南信阳)人,李重第五子,腿残

不能行坐，好学，善于弹琴和草隶；曾为二府征辟，故号李公府，均未就任；永和中卒。茂曾：李重，字茂曾，详见《品藻》第46则注②。

②兄侍中：即李式，字景则，江夏钟武人，李廞长兄，善楷隶；东晋时曾任临海太守、侍中等职。

③王丞相：王导，字茂弘，官至丞相，详见《德行》第27则注③。招礼：招请礼遇。府掾：府署辟置的僚属。

④假：雇佣。

【译文】

李廞是李茂曾的第五个儿子，品性清白坚贞，有高远的节操，可是从小就瘦弱多病，所以不肯结婚做官。他居住在临海郡，住在他兄长侍中李式的陵园里。因为他有很高的名望，丞相王导想招请并礼待他，所以征召他来做丞相府的属官。李廞拿到王导的任命文书，笑着说："茂弘竟然拿一个官爵来雇佣人。"

5.何骠骑弟以高情避世，而骠骑劝之令仕①。答曰："予第五之名，何必减骠骑！②"

【注释】

①何骠骑：何充，字次道，曾任骠骑将军，详见《言语》第54则注①。何骠骑弟：指何准，字幼道，庐江郡灊县(今属安徽霍山)人，排行第五，晋穆帝司马聃穆章皇后之父；高尚寡欲，弱冠知名，州府征辟均不就任，年四十七卒；后追赠金紫光禄大夫，封晋兴县侯，其子何惔以父素行高洁，上表推让不受。高情：高隐超然物外之情。

②予：同"余"，我。何必：用反问的语气表示未必。减：不如，亚于。

【译文】

骠骑将军何充的弟弟何准因为品性高隐、超然物外而远避尘世，何充劝导他，要他出来做官。他回答说："我何家老五的名望，未必比你骠骑将军更低！"

6.阮光禄在东山，萧然无事，常内足于怀[1]。有人以问王右军，右军曰："此君近不惊宠辱，虽古之沈冥，何以过此。[2]"

【注释】

①阮光禄：阮裕，字思旷，曾任金紫光禄大夫，详见《德行》第32则注①。萧然：清静悠闲的样子。无事：无世事打扰。

②王右军：王羲之，字逸少，曾任右军将军，详见《言语》第62则注①。沈冥：幽居匿迹，这里指沉冥的人，即隐居的人，隐士。

【译文】

光禄大夫阮裕早期隐居东山，清静悠闲，无世事相扰，内心一直很知足。有人以此问右军将军王羲之，王羲之说："这位先生已近于不因荣辱而动心的境界，就是古时的隐士，在这一方面也未必能超过他啊！"

7.孔车骑少有嘉遁意，年四十余，始应安东命[1]。未仕宦时，常独寝，歌吹，自箴诲，自称孔郎，游散名山[2]。百姓谓有道术，为生立庙[3]。今犹有孔郎庙。

【注释】

①孔车骑：孔愉，字敬康，死后追赠车骑将军，详见《方正》第38则注①。嘉遁：对隐居的美称。安东：即晋元帝司马睿，曾任安东将军，详见《言语》第29则注①。

②歌吹：歌唱、吹奏乐器。箴诲：规劝教导。游散：游历散心。

③生立庙：指在某人活着时给他立庙来纪念他。按：据《晋书·孔愉传》记载："东还会稽，入新安山中，改姓孙氏。以稼穑读书为务，信著乡里。后忽舍去，皆谓为神人，而为之立祠。"

【译文】

车骑将军孔愉年轻时有隐居的志向，到四十多岁，才接受安东将军司马睿的任命出来做官。在没有做官时，一直是独自住在山中，放声高歌，吹奏乐器，告诫自己要谨言慎行，并自称孔郎，在名山大川间游历散心。百姓认为他很有道术，在他还活着时就给他立了个庙。现在还有孔郎庙。

8.南阳刘驎之，高率善史传，隐于阳岐①。于时苻坚临江，荆州刺史桓冲将尽讦漠之益，征为长史，遣人船往迎，赠贶甚厚②。驎之闻命，便升舟，悉不受所饷，缘道以乞穷乏，比至上明亦尽③。一见冲，因陈无用，翛然而退④。居阳岐积年，衣食有无，常与村人共⑤。值己匮乏，村人亦如之。甚厚为乡闾所安⑤。

【注释】

①刘驎(lín)之：字子骥(一字遗民)，南阳安众人，东晋著名隐士。高率：高洁质朴。史传：史册，历史。阳岐：村名，离荆州二百里。

②苻坚：十六国时期前秦的君主，曾发动淝水之战，详见《言语》第94则注②。桓冲：桓温之弟，详见《夙惠》第7则注②。讦谟(xū mó)：远大宏伟的谋划。赠贶(kuàng)：赠送。

③升舟：指上船。悉：全部。乞：给。穷乏：指贫困的人。比至：及至，到。上明：地名，桓冲当时镇守于此。按：《晋书·桓冲传》记载："孱陵县界，地名上明，北枕大江，西接三峡。于是移镇上明。"据《资治通鉴》记载，太元二年(377年)，桓冲为了阻止苻坚南侵，自江陵移镇到上明。

④陈：陈述。翛(xiāo)然：无拘无束的样子，超脱的样子。

⑤积年：多年，累年。

⑥乡闾：乡亲，同乡。

【译文】

南阳人刘驎之，高洁质朴，历史知识很丰富，在阳岐村隐居。当时，苻坚南侵，已经逼近长江，荆州刺史桓冲想尽力实现打败苻坚的这个宏图大略，就聘请刘驎之任长史，派人和船前去迎接他，赠送的礼物也很丰富。刘驎之听到命令，就上船出发，但桓冲所送的礼物一点也没有接受，而是沿途拿来送给贫困的人，等走到上明，东西也全送光了。他一见到桓冲，便陈述自己没有什么才能，然后就超脱地离去了。他在阳岐住了很多年，衣服食物等不论有无，向来是和村民们共用的。碰到自己短缺了，村民们也同样帮助他。乡亲们都对他非常满意。

9. 南阳翟道渊与汝南周子南少相友，共隐于寻阳①。庾太尉说周以当世之务，周遂仕；翟秉志弥固②。其后周诣翟，翟不与语。

【注释】

①南阳：一本作“寻阳”，更为合理，因为东晋时以今九江、广济间长江两岸地置寻阳郡，以寻阳为治所，而翟汤是九江一带人，属于寻阳郡。翟道渊：翟汤，字道渊，柴桑县（今江西九江）人，为人敦厚纯朴，终身隐居，多次被征辟，均未就任，终于家。周子南：周邵，字子南，汝南（今河南驻马店）人，初隐居，后经庾亮劝说出仕，历任镇蛮护军、西阳太守等职。

②庾太尉：庾亮，字元规，死后追赠太尉，详见《德行》第31则注①。秉志：指坚持自己的志向。按：庾亮曾前去拜访翟道渊，并推荐其为国子博士，但他不肯赴任。

【译文】

南阳人翟道渊和汝南人周子南从小关系就很友善，两人一起在寻阳隐居。太尉庾亮曾以当时的天下形势来劝说并最终说服了周子南，于是周子南出来做官了；翟道渊却更加坚定了自己隐居的志向。后来周子南去看望翟道渊，翟道渊却完全不和他说话了。

10. 孟万年及弟少孤，居武昌阳新县①。万年游宦，有盛名当世②。少孤未尝出，京邑人士思欲见之，乃遣信报少孤云：“兄病笃。”狼狈至都，时贤见之者，莫不嗟重③。因相谓曰：“少孤如此，万年可死。”

【注释】

①孟万年：孟嘉，字万年，详见《识鉴》第16则注①。少孤：孟陋，字少孤，武昌人，孟嘉之弟，博学多通，长于《三礼》，并为《论语》作注；会稽王司马昱辅政时曾招为参军，托病推辞，后以寿终。

②游宦：外出求官。

③嗟重：赞叹敬重。

【译文】

孟万年和他弟弟孟少孤，住在武昌郡阳新县。后来万年外出做官，在当时享有盛名。孟少孤没有外出做过官，京都知名人士想见见他，便派信使给少孤报信，说："你哥哥病得很重。"少孤慌慌张张地赶到了京都，见到他的当代贤士们，没有不赞叹、敬重他的。于是他们互相议论说："少孤是这样出众，万年可以死而无憾了。"

11. 康僧渊在豫章，去郭数十里，立精舍，旁连岭，带长川，芳林列于轩庭，清流激于堂宇①。乃闲居研讲，希心理味②。庾公诸人多往看之，观其运用吐纳，风流转佳③。加已处之怡然，亦有以自得，声名乃兴④。后不堪，遂出⑤。

【注释】

①康僧渊：东晋名僧，曾在豫章山建寺，详见《文学》第47则注①。郭：城郭，在城的外围加筑的城墙，这里指城镇。精舍：僧人修炼的住所。长川：长的河流。轩庭：庭院。堂宇：家庭，指整座房子。

②闲居：避人独居。研讲：研究讲习。希心：向往仰慕，倾心。理味：指其中的义理情趣。

③庾公：庾亮，字元规，详见《德行》第31则注①。吐纳：言谈，谈吐。风流：风度。

④加已：加以。怡然：形容安适自在，愉快。

⑤不堪：指不堪盛名。按：据《高僧传》记载，康僧渊后来死在庙里，

和这里所说不同。

【译文】

康僧渊在豫章时，在离城几十里远的地方修建居所，旁边连着山岭，一条长长的大河像衣带一样围绕着它，庭院前有花草繁茂的树林，清清的河水在房前激起浪花。康僧渊于是避人独居于此，研究解释佛经，倾心于其中的义理旨趣。庾亮等人常常去看望他，看到他运用出色的言谈，使风度变得更加美好，加上他安适自在地对待这一切，并且他自己也能够有更深刻的心得体会，于是名声便大了起来。后来他忍受不了这种名声大噪的生活，便离开了那里。

12. 戴安道既厉操东山①，而其兄欲建式遏之功②。谢太傅曰："卿兄弟志业，何其太殊？③"戴曰："下官不堪其忧，家弟不改其乐。④"

【注释】

①戴安道：戴逵，字安道，在会稽郡东山隐居终身，详见《雅量》第34则注①。厉操：磨炼情操，使情操高尚，指隐居。

②其兄：指戴逯，字安丘，谯国（今安徽亳州）人，以武勇显名，因功封广陵侯，官至大司农。式遏：防卫、抵御，指保卫国家；语出《诗经·大雅·民劳》："式遏寇虐"，式是句首语气词，遏是阻止，虐指残害，句意指阻止坏人侵犯残害百姓。

③谢太傅：谢安，字安石，死后追赠太傅，详见《德行》第33则注③。志业：志向与事业。殊：不同。

④"下官"句：语出《论语·雍也》，孔子说："贤哉回也！一箪食，一瓢饮，在陋巷，人不堪其忧，回也不改其乐。"

【译文】

戴安道在东山隐居，磨炼情操，他哥哥戴逯却想保卫国家，建功立业。太傅谢安对他哥哥说："你们兄弟二人的志向和事业，差异为什么那么大呢？"戴逯回答说："下官受不了隐居的那种忧愁，舍弟却改不了隐居的那种乐趣。”

13. 许玄度隐在永兴南幽穴中，每致四方诸侯之遗①。或谓许曰：“尝闻箕山人似不尔耳。②”许曰：“筐篚苞苴，故当轻于天下之宝耳。③”

【注释】

①许玄度：许询，字玄度，终生不仕，隐居永兴西山，详见《言语》第69则注①。每：经常，常常。致：招致，引来。诸侯：指掌握军政大权的地方长官。遗(wèi)：赠送。

②或：有人。箕山人：指尧时的隐士许由，相传许由在箕山隐居，尧想把君位让给他，后来又想任他为九州长，他都拒绝了。不尔：不如此。

③筐篚(fěi)：盛物竹器，方曰筐，圆曰篚，这里用作动词，指用筐篚装着。苞苴(jū)：本意为包装鱼肉等用的草袋，这里指馈赠的礼物。天下之宝：指天子之位。按：许玄度的意思是指许由尚且招来尧的让位，自己得到这些薄礼与之相比不算什么。

【译文】

许玄度在会稽郡永兴县南幽深的岩洞中隐居，常常引来四面八方的高官贵人对他进行馈赠。有人对许玄度说：“我曾听说过居住箕山的隐士许由的事迹，他似乎不是这样做的呀！”许玄度说：“我得到的不过是用竹筐装着的礼物，这应当比天子之位要轻微很多呀。”

14. 范宣未尝入公门①。韩康伯与同载，遂诱俱入郡，范便于车后趋下②。

【注释】

①范宣：字宣子，以讲授儒学为业，终身未仕，详见《德行》第38则注①。公门：官署，衙门。

②韩康伯：韩伯，字康伯，详见《德行》第38则注④。同载：一同坐

车。郡:指郡的官署。按:范宣住在豫章郡,而韩康伯曾任豫章郡太守。

【译文】

范宣不曾进过官署。有一次豫章太守韩康伯和他一起坐车,就想诱骗他一起进入豫章郡官府,范宣便急忙从车后溜下跑了。

15. 郗超每闻欲高尚隐退者,辄为办百万资,并为造立居宇①。在剡为戴公起宅,甚精整②。戴始往旧居,与所亲书曰:"近至剡,如官舍。③"郗为傅约亦办百万资,傅隐事差互,故不果遗④。

【注释】

①郗超:详见《言语》第59则注④。高尚:指崇尚高远之志。居宇:住宅。

②戴公:戴逵,字安道,在会稽郡剡县东山隐居终身,详见《雅量》第34则注①。精整:精致完备。

③往旧居:《太平御览》引《世说》无"旧"字,这样句意比较合理。官舍:指官府。

④傅约:生平不详。隐事:隐居之事。差互:差错,错过时机。果:确实,当真。遗:馈赠。

【译文】

郗超每逢听说有人因崇尚高远之志而隐退的时候,就为他们筹措百万钱,并且给他们建造住房。在会稽郡剡县给戴安道盖了房子,非常精致完备。戴安道刚去居住时,给亲友写信说:"最近到了剡地的居住之处,就好像住进了官府一样。"郗超也为傅约筹措了百万钱,后来由于傅约隐居之事错过了机会,所以最后钱没有送成。

16. 许掾好游山水,而体便登涉①。时人云:"许非徒有胜情,实有济胜之具。②"

【注释】

①许掾：许询，字玄度，曾被召为司徒掾，故称许掾，详见《言语》第69则注①。体便：身体健壮，行动敏捷。登涉：爬山蹚水。

②徒：仅，只。胜情：高雅的情趣。济胜之具：指游览山水胜境所需要的条件，这里指身体。

【译文】

司徒掾许玄度喜欢游山玩水，而且身体健壮，行动敏捷，善于爬山蹚水。当时的人说："许玄度不只是有高雅的情趣，而且的确具备游览山水胜境的好身体。"

17.郗尚书与谢居士善①，常称："谢庆绪识见虽不绝人，可以累心处都尽。②"

【注释】

①郗尚书：郗恢，字道胤，小名阿乞，高平金乡（今山东金乡）人，太尉郗鉴之孙，北中郎将郗昙之子；曾任散骑侍郎、雍州刺史、秦州刺史、尚书等职；399年，被殷仲堪遣人暗杀，后朝廷追赠为镇军将军。谢居士：谢敷，字庆绪，会稽人（今浙江绍兴），散骑常侍谢石次子，谢安之侄；沉静寡欲，入太平山修行十余年，郗愔曾召他为主簿和博士，皆不就。居士，指在家信佛的人。

②识见：见识，见解。绝：超过。累心处：劳心处，即操心世俗之事。尽：完毕，没有。

【译文】

尚书郗恢与居士谢庆绪关系很好，常常称赞他说："谢庆绪的见识虽然不比别人高明多少，可是他需要操心的世俗之事是一点都没有啊！"

贤媛第十九

《贤媛》是《世说新语》第十九门，共32则。贤媛，指德才兼备的贤良女子。传统儒家礼仪要求妇女具备四种美德，即妇德、妇言、妇容、妇功。本门所记叙的女子，选取标准则以有德行、有才智为主。本门主要记载了魏晋时期24位德才兼备的贤媛的事迹。她们或者品格高洁、深明大义、德行兼备；或者性格刚强、气度非凡、机敏善辩；或者才智过人、见识出众、遇事有远见卓识。从本门记叙中，可以看出魏晋时期人们最为看重的女性美德，也可以一睹当时杰出女子的风采。

1. 陈婴者，东阳人，少修德行，著称乡党①。秦末大乱，东阳人欲奉婴为主，母曰："不可！自我为汝家妇，少见贫贱，一旦富贵，不祥。不如以兵属人②。事成，少受其利③；不成，祸有所归。"

【注释】

①陈婴：秦末东阳县（今江苏盱眙）人，初任东阳令史，很有名望，秦末大乱，东阳人打算立其为主，被其母阻止，后率众投奔项梁，共立熊心为楚怀王，被任命为上柱国，封五县；后又投靠刘邦，封堂邑侯；公元前183年去世，谥号安侯。乡党：乡里。

②属：同"嘱"，嘱咐，托付。

③少：通"稍"。

【译文】

陈婴是东阳县人，从小就注意加强道德品行的修养，在乡里中很有名望。秦朝末年，天下大乱，东阳人想拥护陈婴做首领，陈婴的母亲对陈婴说："这样是不可以的！自从我做了你们陈家的媳妇后，从年轻时起陈家就一直贫贱，一旦突然得到富贵，是不吉利的。不如把军队托付给别人。事情如果成功了，可以稍微得些好处；如果失败了，灾祸也自有他人承担。"

2.汉元帝宫人既多，乃令画工图之，欲有呼者，辄披图召之①。其中常者，皆行货赂②。王明君姿容甚丽，志不苟求，工遂毁为其状③。后匈奴来和，求美女于汉帝，帝以明君充行。既召见而惜之，但名字已去，不欲中改，于是遂行④。

【注释】

①汉元帝：刘奭，西汉第十一位皇帝，谥号孝元皇帝，详见《规箴》第2则注①。宫人：后宫嫔妃、宫女的通称，这里指嫔妃。图：指画图。披图：展阅图籍、图画等。

②常者：指相貌平庸之辈。货赂：贿赂。

③王明君：即王昭君，名嫱，字昭君，南郡秭归（今湖北宜昌）人，中国古代四大美女之一；汉元帝建昭元年（前38年）入宫，竟宁元年（前33年），奉命嫁与匈奴呼韩邪单于，号为宁胡阏氏，育有一子；建始二年（前31年），呼韩邪单于去世，汉成帝敕令"从胡俗"，复嫁单于长子复株累单于，育有二女；去世后，葬于呼和浩特市南郊；晋时，为避司马昭讳，改称明君，史称明妃。苟求：无原则地求取。状：形状，这里指容貌。

④中改：指中途更改。

【译文】

汉元帝刘奭后宫的妃嫔太多了，于是就派画工去画下她们的模样，想要召唤她们时，就翻看画像册，按图像来决定召见谁。妃嫔中那些相貌一般的人，都向画工进行贿赂。王昭君容貌非常美丽，不愿意用不正当的手段去乞求画工，于是画工在为她画像时，就丑化了她的容貌。后来匈奴前来求和，向汉元帝请求赐予美女，汉元帝便拿王昭君充当美女，令她嫁去匈奴。临行前，元帝召见了王昭君，看见她容貌出众，于是又很惋惜不舍，但是名字已经告知了匈奴，不想中途更改，于是昭君终于还是远嫁去了匈奴。

3.汉成帝幸赵飞燕[1]，飞燕谗班婕妤祝诅，于是考问[2]。辞曰："妾闻死生有命，富贵在天。修善尚不蒙福，为邪欲以何望[3]！若鬼神有知，不受邪佞之诉；若其无知，诉之何益！故不为也。"

【注释】

①汉成帝：刘骜(áo)，西汉第十二位皇帝，汉元帝刘奭与孝元皇后王政君嫡子，公元前33年—公元前7年在位；即位后，荒于酒色，外戚擅政，大政几乎全部为太后一族王氏掌握，为王莽篡汉埋下了祸根；终年44岁，谥号孝成皇帝，庙号统宗。赵飞燕：赵氏，号飞燕，舞女出身，汉成帝刘骜第二任皇后，公元前16年立为皇后；公元前7年，汉哀帝继位后，为皇太后；公元前1年，汉平帝继位后，先被贬为孝成皇后，不久废为庶人，当日自杀。

②班婕妤(jié yú)：名不详，汉成帝刘骜妃子，善诗赋，有美德；初为少使，立为婕妤，曾受宠，后为避开赵飞燕姐妹陷害，自请前往长信宫侍奉王太后；汉成帝逝后，自求守墓以终其生；现存作品三篇，即《自伤赋》《捣素赋》和《怨歌行》(亦称《团扇歌》)。祝诅：诅咒；祝，通"咒"。考问：拷问。

③辞：供词。"死生"句：语出《论语·颜渊》。修善：行善。蒙福：指蒙受福泽。为邪：指做坏事。

【译文】

汉成帝刘骜很宠爱赵飞燕，飞燕诬陷班婕妤，说她诅咒皇帝，于是成帝下令拷问班婕妤。班婕妤供述说："我听说生死由命运来决定，富贵由天意来安排。做好事尚且不一定能蒙受福泽，那我做坏事又想得到什么呢！如果鬼神有知觉，就不会接受那种邪恶谄佞的祷告；如果鬼神没有知觉，向它祷告又有什么用处呢！所以我是不会做这种事的。"

4.魏武帝崩，文帝悉取武帝宫人自侍[①]。及帝病困，卞后出看疾[②]。太后入户，见直侍并是昔日所爱幸者[③]。太后问："何时来邪？"云："正伏魄时过。[④]"因不复前而叹曰："狗鼠不食汝余，死故应尔！[⑤]"至山陵，亦竟不临[⑥]。

【注释】

①魏武帝：即曹操，字孟德，曾为魏王，后追尊为武皇帝，故称魏武帝，详见《言语》第8则注②。文帝：即曹丕，字子桓，曹操长子，谥号为文皇帝，详见《言语》第10则注②。

②病困：病重。卞后：即魏武帝曹操的王后卞氏，琅邪开阳（今山东临沂）人，魏文帝曹丕、任城威王曹彰、陈思王曹植、萧怀王曹熊的生母；曹丕继位后尊其为皇太后，曹叡继位后尊其为太皇太后；230年去世，与曹操合葬高陵。

③户：指内室。直侍：随侍帝王左右的人员。

④伏魄：伏通"复"，古人认为人刚死时魂魄离体未久，可持死者衣物登上屋顶，北面三呼，招其魂魄归体，即为复魄；这里指曹操刚死之时。

⑤"狗鼠"句：比喻其行为不如禽兽。

⑥山陵：指山陵崩，即皇帝去世。临：即哭临，帝后死后召集众人定时举哀叫哭临。

【译文】

魏武帝曹操死后，魏文帝曹丕把武帝的宫人全都留下来侍奉自己。到文帝病重的时候，他母亲卞太后去探望他的病情。卞太后一进内室，看见侍奉的宫人都是从前曹操所宠爱的人。卞太后就问她们："什么时候到这里来的？"她们回答说："在武帝正招魂时过来的。"卞太后便不再上前去探望曹丕，而是叹息道："狗鼠之类也不吃你吃剩的东西，确实是该死呀！"一直到魏文帝去世，卞太后最终也没有去哭吊。

5.赵母嫁女[①]，女临去，敕之曰："慎勿为好！[②]"女曰："不为好，可为恶邪？”母曰：“好尚不可为，其况恶乎！”

【注释】

①赵母：桐乡令东郡虞韪之妻，颍川赵氏女；虞韪去世后，孙权敬其文才，诏入宫省；曾为《列女传》作解。

②敕：告诫。慎勿为好：千万不要做好事。按：余嘉锡《世说新语笺疏》中解释说：“盖古之教女者之意，特不愿其遇事表暴，斤斤于为善之名，以招人之妒嫉，而非禁之使不为善也。”即古人认为特意做好事，会受人妒忌，因为人们不喜欢别人超过自己，而不是禁止做好事。

【译文】

赵母嫁女儿，女儿临出门时，她告诫女儿说：“千万不要做好事！”女儿问道：“不做好事，可以做坏事吗？”赵母回答说：“好事尚且不能做，何况是坏事呢！”

6.许允妇是阮卫尉女，德如妹，奇丑①。交礼竟，允无复入理，家人深以为忧②。会允有客至，妇令婢视之，还答曰：“是桓郎。”桓郎者，桓范也③。妇云：“无忧，桓必劝入。”桓果语许云：“阮家既嫁丑女与卿，故当有意，卿宜察之。”许便回入内，既见妇，即欲出。妇料其此出无复入理，便捉裾停之④。许因谓曰：“妇有四德，卿有其几？⑤”妇曰：“新妇所乏唯容尔。然士有百行，君有几？⑥”许云：“皆备。”妇曰：“夫百行以德为首，君好色不好德，何谓皆备！”允有惭色，遂相敬重。

【注释】

①许允：字士宗，详见《赏誉》第139则注⑥。阮卫尉：阮共，字伯彦，陈留郡（今河南杞县）人，魏时官至卫尉卿。德如：阮侃，字德如，阮共少子，官至河内太守。

②交礼：指婚礼中的交拜礼。竟：完毕。理：理由，这里指打算、意图。

③桓范：字元则，沛国（治今安徽濉溪）人，善于绘画，著有《世要论》（即《桓范新书》）；历任中领军、尚书、东中郎将、兖州刺史、大司农等职；249年，高平陵政变后，与曹爽等人同为司马懿所杀。

④裾：衣服的大襟，也指衣服的前后部分。

⑤四德：即妇德、妇言、妇容、妇功。

⑥百行：指各种好的品行。

【译文】

许允的妻子是卫尉卿阮共的女儿，阮德如的妹妹，长相特别丑。两人新婚行完交拜礼后，许允没有再进新房的打算，家里人都十分担忧。正好有位客人来拜访许允，新娘便叫婢女去打听是谁，婢女回报说："是桓郎。"桓郎就是桓范。新娘说："不用担心，桓范一定会劝他进来的。"桓范果然劝许允说："阮家既然嫁个丑女给你，想必是有一定想法的，你应该再观察一下。"许允便进入新房，看见新娘，立刻就又想转身退出。新娘料定他这一走再也不可能进来了，就拉住他的衣襟让他留下。许允便问她说："女子有四种美德：妇德、妇言、妇容、妇功，你有其中的几种？"新娘说："我所缺少的只是容貌罢了。可是读书人应该具有各种好的品行，您有几种？"许允说："我样样都有。"新娘说："各种好品行里首要的就是德。可是您爱色不爱德，怎么能说样样都有！"许允听了，脸有愧色，从此夫妇俩便相敬如宾。

7. 许允为吏部郎，多用其乡里，魏明帝遣虎贲收之[①]。其妇出诫允曰："明主可以理夺，难以情求。[②]"既至，帝核问之[③]。允对曰："'举尔所知'。臣之乡人，臣所知也。陛下检校为称职与不，若不称职，臣受其罪。[④]"既检校，皆官得其人，于是乃释。允衣服败坏，诏赐新衣。初，允被收，举家号哭，阮新妇自若，云："勿忧，寻还。[⑤]"作粟粥待[⑥]。顷之，允至[⑦]。

【注释】

①许允：字士宗，详见《赏誉》第139则注⑥。乡里：指同乡。魏明

帝：曹叡，曹丕长子，谥号明皇帝，详见《言语》第13则注①。虎贲：官名，负责侍卫君主和保卫王宫，将领叫虎贲中郎将。收：收捕，拘捕。

②以理夺：即以理服人。

③核问：核查审问，查问。

④举尔所知：举荐你所了解的人。语出《论语·子路》："仲弓为季氏宰，问政。……曰：'焉知贤才而举之？'子曰：'举尔所知。'"检校：考核查看。

⑤举家：全家。新妇：媳妇，指许允妻阮氏。寻：很快，不久。

⑥粟粥：小米粥。

⑦顷之：顷刻，片刻，不久。

【译文】

许允担任吏部郎的时候，任用的人大多是他的同乡，魏明帝曹叡知道后，就派虎贲去拘捕他。许允的妻子跟出来，劝诫他说："对英明的君主只能用道理来说服他，难以用求情的方法去打动他。"许允被押到后，魏明帝查问他任用同乡的原因。许允回答说："孔子说'提拔你所了解的人'。臣的同乡，就是臣所了解的人。陛下可以考核查看他们是称职还是不称职，如果不称职，臣愿承担应得的责罚。"经过考核查看以后，知道各个职位任用的人员都很得当，于是就释放了他。许允穿的衣服已经损坏了，明帝就下令赏赐他一套新衣服。起初，许允被逮捕时，全家都号啕大哭，只有他的妻子阮氏神态自若，说："不要担心，很快就会回来的。"并且煮好小米粥等着他。不久以后，许允果然就回来了。

8.许允为晋景王所诛，门生走入告其妇[①]。妇正在机中，神色不变，曰："蚤知尔耳！[②]"门人欲藏其儿，妇曰："无豫诸儿事。[③]"后徙居墓所，景王遣钟会看之，若才流及父，当收[④]。儿以咨母，母曰："汝等虽佳，才具不多，率胸怀与语，便无所忧。不须极哀，会止便止。又可少问朝事。[⑤]"儿从之。会反，以状对，卒免。

【注释】

①许允：字士宗，详见《赏誉》第139则注⑥。晋景王：司马师，字子元，司马昭受封晋王时，追尊其为晋景王，详见《言语》第16则注①。按：魏王曹芳时，李丰、张缉等密谋推翻抚军大将军司马师，改以夏侯玄为大将军。事情泄露，司马师杀了李丰、张缉、夏侯玄等。许允和李丰、夏侯玄一向很友好，受到怀疑，也被害。

②妇：指许允妻阮氏。机中：指正在织布。蚤：通"早"。

③门人：门生，弟子。无豫：无关。按：许允有两个儿子，长子许奇，字子太；次子许猛，字子豹。

④钟会：字士季，司马氏亲信，详见《言语》第11则注②。才流：才能等级；流，流品，等级。收：收捕。

⑤才具：才能，才干。率：顺着。止：指停止哭泣。按礼节，钟会慰问家属时，当哭。少：通"稍"。

【译文】

许允被晋景王司马师杀害了，他的门生跑进来告诉他的妻子。他妻子阮氏正在织布机上织布，听到消息后，神色不变，说："早就知道会有这样的结果！"门生想把许允的儿子藏起来，许允妻子说："这不关孩子们的事。"后来全家迁到许允的墓地旁居住，景王派亲信钟会去看他们，并吩咐说，如果儿子们的才能等级赶得上他们的父亲，则应该逮捕他们。许允的两个儿子去和母亲商量如何应对钟会，母亲阮氏说："你们虽然都不错，可是才能并不高，可以顺着心中所想正常和他交谈，这样就没有什么可担心的。也不必哀伤过度，钟会不哭了，你们也就不哭了。还可以稍微问及朝廷上的事。"儿子们按照母亲的吩咐去做了。钟会回去后，把详细的情况回报给景王，许允的儿子也终于免于祸患。

9. 王公渊娶诸葛诞女①。入室，言语始交，王谓妇曰："新妇神色卑下，殊不似公休。②"妇曰："大丈夫不能仿佛彦云，而令妇人比踪英杰！③”

【注释】

①王公渊：王广，字公渊，太原祁（今山西祁县）人，曹魏太尉王凌之子，有风度才学，名重当世；曾劝阻王凌不要谋反，不听，后父子二人同被诛杀。诸葛诞：字公休，详见《品藻》第4则注①。

②新妇：指新娘子。卑下：低劣。殊：特别，很。

③仿佛：相似，近似。彦云：王凌，字彦云，王广之父，详见《方正》第4则注②。比踪：指德行事迹并列、相当。英杰：才智杰出的人，英豪。

【译文】

王公渊娶诸葛诞的女儿为妻。进入新房，夫妻刚交谈不久，王公渊就对妻子说：“新娘子神情面色不太高贵，这点很不像你父亲诸葛公休啊。”他妻子说：“你身为男子汉大丈夫，不能和你父亲王彦云相比肩，却要求我一个妇人和英雄豪杰并驾齐驱！”

10. 王经少贫苦，仕至二千石①。母语之曰：“汝本寒家子，仕至二千石，此可以止乎！”经不能用。为尚书，助魏，不忠于晋，被收②。涕泣辞母曰：“不从母敕，以至今日！”母都无戚容③，语之曰：“为子则孝，为臣则忠；有孝有忠，何负吾邪！”

【注释】

①王经：字彦纬，冀州清河郡（今河北邢台）人，曾任江夏太守、雍州刺史、司隶校尉、尚书等职；260年被司马昭所杀。二千石：汉魏时官员的等级以年俸米石的多少来定高低，司隶校尉、州牧、郡太守等都是二千石。

②助魏，不忠于晋：指忠于魏帝曹髦，不忠于司马昭。收：收捕。按：260年，魏帝曹髦因司马昭专权，召见王沈、王经、王业等，谋划讨伐司马昭，王经劝阻未果，后事情泄露，曹髦被杀，王经因没向司马昭告密，和其母一同被逮捕处死。

③都：全。

【译文】

王经年少时家境贫苦，后来做官做到年俸二千石的职位，他母亲对他说："你本来是贫寒人家的子弟，现在做到二千石这么高的官，这就可以止步了吧！"王经没有采纳母亲的意见。后来担任尚书，因帮助魏帝曹髦，对司马氏不忠，被逮捕了。他流着泪辞别母亲说："没有听从母亲的劝导，以至于落到今天这样的下场！"他母亲脸上一点悲伤的神色也没有，对他说："做儿子就要求能够孝顺，做臣子就要求能够忠诚；现在你既孝顺又忠诚，哪里还有什么辜负我的呢！"

11. 山公与嵇、阮一面，契若金兰[①]。山妻韩氏，觉公与二人异于常交，问公。公曰："我当年可以为友者，唯此二生耳！[②]"妻曰："负羁之妻亦亲观狐、赵，意欲窥之，可乎？[③]"他日，二人来，妻劝公止之宿，具酒肉。夜穿墉以视之，达旦忘反[④]。公入曰："二人何如？"妻曰："君才致殊不如，正当以识度相友耳。[⑤]"公曰："伊辈亦常以我度为胜。"

【注释】

①山公：山涛，字巨源，详见《言语》第78则注①。嵇：指嵇康，字叔夜，详见《德行》第16则注②。阮：指阮籍，字嗣宗，详见《德行》第15则注②。契若金兰：契指相合、相投，比喻朋友之间情意相投；语出《周易·系辞上》："二人同心，其利断金；同心之言，其臭如兰。"

②当年：指有生之年。

③负羁：即僖负羁，又名釐负羁，春秋时期曹国大夫。狐、赵：指狐偃、赵衰；狐偃，字子犯，春秋时晋国国卿，晋文公重耳之舅，随重耳逃亡在外19年，后帮助晋文公改革内政，平定外乱，协助晋文公当上霸主；赵衰，即赵成子，名衰（cuī），字子余，一曰子馀，是辅佐晋文公称霸的五贤士之一。按：狐偃、赵衰等人跟随晋公子重耳流亡时经过曹国，曹大夫僖

负羁的妻子经过观察,认为狐偃、赵衰等是相国之才,能辅助重耳回国为君,建议丈夫私下接待重耳等人,以免将来得祸。

④具:备办。墉:墙壁。反:通“返”。

⑤才致:才情,才华。殊:特别,很。正:只,只是。识度:见识与气度。

【译文】

山涛和嵇康、阮籍见一次面后,就情意相投。山涛的妻子韩氏,发现山涛和嵇康、阮籍两人的交情很不一般,就问山涛。山涛说:“我有生之年可以看成朋友的人,只有这两位先生罢了!”他妻子说:“僖负羁的妻子曾亲自观察过狐偃和赵衰,我也想偷偷观察一下嵇康和阮籍,可以吗?”有一天,他们两人来了,山涛的妻子韩氏就劝山涛留他们住下来,并且为他们准备好酒肉。到夜里,就在墙上挖个洞来观察他们,一直看到天亮,都忘了回去。山涛进入里屋问道:“这两个人怎么样?”他妻子说:“您的才华远远比不上他们,只能靠见识、气度和他们相交为友罢了。”山涛说:“他们也常常认为我的见识气度更胜一筹。”

12. 王浑妻钟氏生女令淑①,武子为妹求简美对而未得②。有兵家子,有俊才,欲以妹妻之,乃白母③。曰:“诚是才者,其地可遗,然要令我见。④”武子乃令兵儿与群小杂处,使母帷中察之。既而母谓武子曰:“如此衣形者,是汝所拟者非邪?”武子曰:“是也。”母曰:“此才足以拔萃,然地寒,不有长年,不得申其才用。观其形骨,必不寿,不可与婚。⑤”武子从之。兵儿数年果亡。

【注释】

①王浑:字玄冲,详见《赏誉》第17则注⑨。钟氏:钟琰,一说钟琰之,颍川(今河南许昌)人,太傅钟繇曾孙女,黄门侍郎钟徽之女,王浑之妻,聪慧文雅,有文集五卷。令淑:指令姿淑德,即容貌美丽,德行贤良。

②武子：王济，字武子，王浑次子，详见《言语》第 24 则注①。求简：选求。简，选择。美对：指好的配偶。

③兵家子：指军人家庭的儿子。白：禀告。

④地：门第。遗：抛开。

⑤地寒：门第寒微。长年：指长的寿命。申：施展，发挥。才用：才能，才干。不寿：指没有长寿。

【译文】

王浑的妻子钟氏，生了个女儿，容貌美丽、德行贤良，王武子想给妹妹挑选一个好的配偶，还没有找到。有个军人家庭的儿子，才能出众，武子想把妹妹嫁给他，就向母亲钟氏禀告了这件事。他母亲说："如果那人确实是有才能，对他的门第可以抛开不计，可是要让我先看一看。"武子便叫那个军人的儿子和平民百姓混杂在一起，让母亲在帷幕里观察他。事后他母亲对武子说："穿着这样的衣服、长着这样的相貌的人，就是你所拟定的那个人吗？"武子说："是的。"他母亲说："这个人，才能足以出类拔萃，可是由于门第寒微，如果没有长的寿命，就很难得到机会去施展他的才能。可是看他的相貌骨骼，一定不能长寿，不能和他结为亲家。"武子听从了母亲的意见。几年后，那个军人的儿子果然死了。

13. 贾充前妇，是李丰女，丰被诛，离婚徙边[①]。后遇赦得还，充先已取郭配女[②]。武帝特听置左右夫人[③]。李氏别住外，不肯还充舍。郭氏语充，欲就省李，充曰："彼刚介有才气，卿往不如不去。[④]"郭氏于是盛威仪，多将侍婢[⑤]。既至，入户，李氏起迎，郭不觉脚自屈，因跪再拜。既反，语充，充曰："语卿道何物！[⑥]"

【注释】

①贾充：字公闾，详见《政事》第 6 则注①。李丰：字安国，详见《容止》第 4 则注②。李丰女：即李婉，字淑文，冯翊东县（今陕西大荔）人，李

丰之女，贾充之妻，淑美有才行，有文集一卷。按：公元254年，李丰等因密谋废除抚军大将军司马师，事泄后被杀，女儿李婉受其牵连，流放乐浪，公元265年，晋武帝司马炎即帝位，大赦天下，才得以返回。

②郭配：字仲南，太原阳曲（今山西太原）人，东汉雁门太守郭缊之子，曹魏大将军郭淮之弟，有重名，官至曹魏城阳郡太守。郭配女：即郭槐，字媛韶，太原阳曲人，郭配之女，以善妒出名；257年嫁给贾充作继室，生二女二子，长女贾南风为晋惠帝皇后；晋惠帝即位后，封其为广城君，后改封为宜城君；卒年60岁，谥号宣。

③武帝：即晋武帝司马炎，详见《德行》第17则注③。听：听许，听凭。

④省：探望，问候。刚介：刚强正直。

⑤威仪：指服饰仪表。将：带领。

⑥反：通“返”。何物：什么。

【译文】

贾充的前妻是李丰的女儿李婉，在李丰被杀后，两人离了婚，李婉被流放到边远地区。后来遇到天下大赦，李婉得以回来，可是贾充在这之前已经娶了郭配的女儿郭槐。晋武帝司马炎特别准许他有两个正妻，分别为左夫人和右夫人。李氏另外住在外面，不肯回到贾充的住宅。郭氏告诉贾充说，想去探望李氏，贾充说：“她性格刚强正直，又很有才华，你去了还不如不去。”郭氏于是精心装扮，盛装出行，并且还带了很多侍婢一起去。到了李氏家，进入内室，李氏站起迎接，郭氏不自觉地腿脚就自然弯曲，便跪下再行拜礼。郭氏回家后，把经过告诉了贾充，贾充说：“我之前告诉你什么来着！”

14.贾充妻李氏作《女训》，行于世①。李氏女，齐献王妃②；郭氏女，惠帝后③。充卒，李、郭女各欲令其母合葬，经年不决。贾后废，李氏乃祔，葬遂定④。

【注释】

①李氏：即贾充妻李婉，字淑文，详见《贤媛》第13则注①。按：李婉有两个女儿，徙乐浪时，留给两个女儿《典式》八篇，又名《女训》。

②李氏女：指贾褒，一名贾荃，平阳襄陵（今山西襄汾）人，贾充与李婉长女，齐王司马攸正妃。齐献王：即司马攸，西晋建立后，封齐王，死后谥献王，详见《品藻》第32则注②。

③郭氏：贾充第二个妻子郭槐，字媛韶，详见《贤媛》第13则注②。郭氏女：即贾南风，小字旹（shí），平阳襄陵（今山西襄汾）人，贾充与郭槐长女，晋惠帝司马衷的皇后；272年被册立为太子妃，290年被封为皇后；因晋惠帝懦弱无能，一度专权，矫诏废皇太后杨氏为庶人，又设计废除并杀害太子司马遹，引发"八王之乱"；300年，死于赵王司马伦之手。惠帝：晋惠帝司马衷，司马炎之子，详见《品藻》第32则注③。

④贾后废：因贾后设计废除并杀害太子司马遹，公元300年赵王司马伦废贾后，并杀了她。祔（fù）：合葬。

【译文】

贾充的妻子李氏写了《女训》一书，流传于当世。李氏的女儿是齐献王司马攸的王妃；郭氏的女儿是晋惠帝司马衷的皇后。贾充死后，李氏、郭氏的女儿各自都想让自己的母亲和贾充合葬，好多年这个问题都解决不了。后来贾后被废，李氏才能与贾充合葬，下葬之事终于确定了下来。

15.王汝南少无婚，自求郝普女[①]。司空以其痴，会无婚处，任其意，便许之[②]。既婚，果有令姿淑德。生东海，遂为王氏母仪[③]。或问汝南何以知之，曰："尝见井上取水，举动容止不失常，未尝忤观，以此知之。[④]"

【注释】

①王汝南：王湛，字处冲，官至汝南内史，青少年时话少，不喜交游，被认为痴，详见《赏誉》第17则注①。郝普：字道匡，太原襄城人，官至洛

阳太守。

②司空：王昶，字文舒，太原郡晋阳县（今山西太原）人，王湛之父；少时知名，著有《治论》《兵书》等；曾任洛阳典农、兖州刺史、征南大将军、骠骑将军、司空等职，封京陵侯；259年去世，谥号穆侯。

③东海：王承，字安期，王湛之子，曾任东海太守，详见《政事》第9则注①。母仪：做母亲们的典范。

④容止：仪容举止。忤观：指不顺眼。

【译文】

汝南内史王湛年轻时没人给他提亲，便自己提出要娶郝普的女儿为妻。他的父亲司空王昶因为觉得他有些痴傻，会无人提亲，便顺从他的心意，答应了他。婚后，郝氏果然有美丽的姿容，且贤良淑德。后来生了儿子东海太守王承，郝氏也成了王家母亲们的典范。有人问王湛当初是怎么识别出郝氏的出众的，王湛说："我曾经看见她到水井那里打水，举止仪容不失常态，也没有看不顺眼的地方，我是根据这个判断出来的。"

16. 王司徒妇，钟氏女，太傅曾孙，亦有俊才女德①。钟、郝为娣姒，雅相亲重②。钟不以贵陵郝，郝亦不以贱下钟③。东海家内，则郝夫人之法；京陵家内，范钟夫人之礼④。

【注释】

①王司徒：王浑，字玄冲，王昶之子，王湛之兄，曾任司徒，袭父爵京陵侯，详见《赏誉》第17则注⑨。王司徒妇：司徒王浑的妻子钟琰，是太傅钟繇曾孙女，详见《贤媛》第12则注①。太傅：钟繇，字元常，官至太傅，详见《言语》第11则注③。

②郝：即15则所说郝普之女。娣姒（dì sì）：妯娌；兄妻为姒，弟妻为娣。按：王浑、王湛为兄弟，钟氏为王浑妻，郝氏为王湛妻，故为妯娌。

③陵：侵犯，欺侮。下：居人之下。

④东海：即王承，王湛之子，曾任东海太守。则：效法。京陵：即王浑，袭父爵京陵侯。范：以……为榜样。

【译文】

司徒王浑的妻子是钟家的女儿，太傅钟繇的曾孙女，也具备出众的文才、女性的美德。钟氏和郝氏是妯娌，两人关系非常亲密，又互相敬重。钟氏不会因为自己门第高贵而欺负郝氏，郝氏也不会因为自己门第卑微而自认为屈于钟氏之下。在东海太守王承一家，都效法郝夫人的治家方法；在京陵侯王浑一家，都以钟夫人的礼法为榜样。

17. 李平阳，秦州子，中夏名士，于时以比王夷甫[①]。孙秀初欲立威权[②]，咸云："乐令民望不可杀，减李重者又不足杀。[③]"遂逼重自裁。初，重在家，有人走从门入，出髻中疏示重[④]。重看之色动，入内示其女，女直叫"绝"，了其意，出则自裁[⑤]。此女甚高明，重每咨焉。

【注释】

①李平阳：李重，字茂曾，曾任平阳太守，详见《品藻》第46则注②。秦州：指李秉，字玄胄，南阳宛人，李重之父，官至曹魏秦州刺史。中夏：指中原地区。王夷甫：王衍，字夷甫，详见《言语》第23则注②。

②孙秀：字俊忠，琅邪(今山东临沂)人，赵王司马伦心腹，为其谋划以离间计除太子，杀贾后，登帝位；司马伦篡位后，任中书令，掌握大权；301年，被齐王司马冏所诛。

③乐令：乐广，字彦辅，曾任尚书令，详见《德行》第23则注④。减：不足，不如。不足：指不值得。

④走：跑，奔跑。疏：书信。

⑤直：通"只"。了：明了，明白。按：据《资治通鉴》卷八十三记载，赵王司马伦于公元300年杀了贾后，阴谋篡位，便想收买人心，选用名流，于是任李重为相国左长史；李重知赵王伦有异志，忧愤成病而死，与这一则所述不同。

【译文】

平阳太守李重是秦州刺史李秉的儿子，是中原地区的名士，在当时，人们把他和名望很高的王夷甫相提并论。孙秀刚掌握大权时,想杀一儆百,以树立自己的威望和权势,下面的人都说:"尚书令乐广众望所归,不可杀;不如李重的人又不值得杀。"于是就逼迫李重自杀。当初,李重在家时,有人从门外跑进来,从发髻里拿出一封信给李重看;李重看了后,脸上就变了颜色,将信拿到内室给他女儿看,他女儿只是叫到:"完了,完了!"李重明白她的意思,出来后就自杀了。李重这个女儿见识非常高明,李重遇事经常跟她商量。

18.周浚作安东时,行猎,值暴雨,过汝南李氏①。李氏富足,而男子不在。有女名络秀,闻外有贵人,与一婢于内宰猪羊,作数十人饮食,事事精办,不闻有人声②。密觇之,独见一女子,状貌非常③。浚因求为妾,父兄不许。络秀曰:"门户殄瘁,何惜一女!若连姻贵族,将来或大益。④"父兄从之。遂生伯仁兄弟⑤。络秀语伯仁等:"我所以屈节为汝家作妾,门户计耳。汝若不与吾家作亲亲者,吾亦不惜余年!⑥"伯仁等悉从命。由此李氏在世,得方幅齿遇⑦。

【注释】

①周浚:字开林,汝南安成人,少府卿周裴之子;初仕曹魏,历任尚书郎、御史中丞、扬州刺史等职,封射阳侯;西晋建立后,封成武侯,历任侍中、少府、将作大匠、安东将军等职;卒于任上。过:经过。

②络秀:李络秀,汝南人,周浚妻。精办:指细致周到。

③觇(chān):偷看。状貌:外貌,相貌。

④门户:门第。殄瘁(tiǎn cuì):凋谢,衰微。益:好处。

⑤伯仁:周顗(yǐ),字伯仁,详见《言语》第30则注②。伯仁兄弟:指周家三兄弟,周顗、周嵩、周谟,后来三兄弟皆登显贵之位。

⑥亲亲:亲戚。不惜余年:不爱惜剩下的日子,指不准备活下去了。

⑦方幅:规模方正,公正。齿遇:礼遇,平等相待。按:刘孝标据《周

氏谱》称周浚娶同郡李伯宗女，李氏应为正室；且周浚任安东将军时，周伯仁已有二十余岁，故本则故事记载有误。

【译文】

周浚任安东将军时，一次外出打猎，碰上下暴雨，当时正好经过汝南李氏家。李氏家境富有，只是当时家中男人都不在家。李家有个女儿，名叫络秀，听说外面来了贵人，就和一个婢女在后院杀猪宰羊，准备几十人的饮食，事事都做得很细致周到，却没听见有人声。周浚觉得奇怪，就去偷看，只看见一个女子，相貌非同一般。过后，周浚就向李家请求娶李络秀为妾，络秀的父亲和兄长都不答应。络秀说："我们家门第衰微，为什么舍不得一个女儿！如果和贵族联姻，将来也许会有很大的好处。"父亲和兄长就听从了她的意见。后来李氏生了周伯仁三兄弟。李络秀对伯仁兄弟说："我之所以降低身份给你们周家做妾，就是为我李家的门第着想罢了。你们周家如果不肯和我李家做亲戚，我也不会爱惜我剩下的日子！"伯仁兄弟全都听从了母亲的吩咐。因此，李氏家族在当时成为了门第高贵的家族，得到公正的礼遇。

19. 陶公少有大志，家酷贫，与母湛氏同居①。同郡范逵素知名，举孝廉，投侃宿②。于时冰雪积日，侃室如悬磬，而逵马仆甚多③。侃母湛氏语侃曰："汝但出外留客，吾自为计。"湛头发委地，下为二髲，卖得数斛米④。斫诸屋柱，悉割半为薪，剉诸荐以为马草⑤。日夕，遂设精食，从者皆无所乏⑥。逵既叹其才辩，又深愧其厚意。明旦去，侃追送不已，且百里许⑦。逵曰："路已远，君宜还。"侃犹不返。逵曰："卿可去矣。至洛阳，当相为美谈。"侃乃返。逵及洛，遂称之于羊晫、顾荣诸人，大获美誉⑧。

【注释】

①陶公：陶侃，字士行，出身贫寒，详见《言语》第 47 则注①。酷贫：

极其贫困。湛氏：新淦人，陶丹妻，陶侃母。

②范逵：鄱阳人，曾举孝廉，生平事迹不详。举孝廉：是汉朝的一种由下向上推选人才为官的制度；孝廉，即孝子廉吏。

③悬磬：悬挂着的磬，比喻空无所有，很贫穷；磬，乐器，中间是空的。

④委地：拖落于地上，指头发很长。髲(bì)：假发。斛：古代容量单位，一斛本为十斗，南宋末年改为五斗。

⑤斫(zhuó)：砍，削。剉(cuò)：铡切。荐：草垫。

⑥日夕：傍晚。精食：精美的食物。

⑦追送：跟随送行。

⑧羊晫(zhuó)：鄱阳人，陶侃的同乡，很有名望，当时任豫章国郎中令。顾荣：字彦先，详见《德行》第25则注①。

【译文】

陶侃年少时就胸怀大志，家境却极其贫困，和母亲湛氏住在一起。同郡人范逵一向很有名望，被举荐为孝廉，有一次到陶侃家借宿。当时，冰雪天气已经持续好几天了，陶侃家里一无所有，可是范逵的车马仆从很多。陶侃的母亲湛氏对陶侃说："你只管到外面去留下客人，我自己来想办法。"湛氏头发很长，一直拖到地上，她剪下来做成两条假发，卖掉后换了几斛米。又把屋子里每根柱子都削下一半来做柴烧火，把草垫子都剁了做草料喂马。到傍晚，便摆上了精美的饮食，随从的人也都不缺乏什么。范逵既赞赏陶母的才智和应变能力，又对陶家的盛情款待非常感动。第二天早晨，范逵告辞，陶侃跟随着送了一程又一程，快要送到百里左右。范逵说："路已经走得很远了，您应该回去了。"陶侃还是不肯回去。范逵说："你可以放心地回去了。我到了京都洛阳，一定会给你极力美言一番的。"陶侃这才回去。范逵到了洛阳，就在羊晫、顾荣等人面前大力称赞陶侃，使他得到了极高的好名声。

20.陶公少时作鱼梁吏①，尝以坩鲊饷母②。母封鲊付使，反书责侃曰："汝为吏，以官物见饷，非唯不益，乃增吾忧也。③"

【注释】

①陶公:陶侃,字士行,详见《言语》第47则注①。鱼梁:拦截水流以捕鱼的设施,以土石筑堤横截水中。按:《晋书·列女传》载,陶侃任寻阳县吏时,曾监管鱼梁。

②坩(gān):陶器,瓦罐。鲊(zhǎ):鱼制品,如腌鱼、糟鱼之类。饷:同"飨",指请人受用。

③反书:指回信;反,通"返"。官物;即公家的物品。

【译文】

陶侃年轻时曾做监管鱼梁的小吏,曾经送去一罐腌鱼给母亲享用。他母亲又把腌鱼封好,交给来人带回去,并且回信责备陶侃说:"你作为官吏,却拿公家的东西送给我,这不只是没有任何好处,反而增加了我的忧虑。"

21.桓宣武平蜀,以李势妹为妾,甚有宠,常著斋后①。主始不知,既闻,与数十婢拔白刃袭之②。正值李梳头,发委藉地,肤色玉曜,不为动容③。徐曰:"国破家亡,无心至此;今日若能见杀,乃是本怀。④"主惭而退。

【注释】

①桓宣武:桓温,字元子,谥号宣武,详见《言语》第55则注①。李势:十六国时期成汉最后一位皇帝,详见《识鉴》第20则注②。斋:指书斋。按:347年,东晋大司马桓温率军讨伐李势攻入成都,李势兵败投降,成汉灭亡;桓温将李势及其亲族十多人迁往晋都建康,封李势为归义侯。

②主:即南康公主司马兴男,晋明帝司马绍嫡长女,母明穆皇后庾文君;初封遂安县主,后封南康公主,下嫁桓温。

③委:放下,垂下。曜(yào):光芒。

④见杀:被杀。本怀:自己本来的心愿。

【译文】

桓温平定了蜀地后，娶了李势的妹妹做妾，很宠爱她，经常是把她安置在书斋后面居住。桓温的妻子南康公主起初不知道这件事，后来听说了，就带着几十个婢女带着刀，准备去杀了她。到了那里，正遇见李氏在梳头，头发垂下来铺到地上，肤色像白玉一样光彩照人，看见公主带着刀来脸色也没有任何改变。她从容不迫地说道："国破家亡，我本来就不愿意到这里来；今天如果能被公主杀死，这倒正是我本来的心愿。"公主听了很惭愧，就退出去了。

22. 庾玉台，希之弟也①。希诛，将戮玉台②。玉台子妇，宣武弟桓豁女也，徒跣求进，阍禁不内③。女厉声曰："是何小人！我伯父门，不听我前！④"因突入，号泣请曰："庾玉台常因人，脚短三寸，当复能作贼不？⑤"宣武笑曰："婿故自急。"遂原玉台一门⑥。

【注释】

①庾玉台：庾友，字惠彦，小字玉台，颍川鄢陵（今河南鄢陵）人，庾冰第三子，曾任中书郎、东阳太守等职。庾希：字始彦，庾冰长子，详见《雅量》第 26 则注②。

②希诛：指庾希被诛杀。按：公元 371 年，桓温操纵废立后，对朝中的异己力量大加废徙，颍川庾氏是名门望族，当时庾希兄弟六人皆为朝中显贵，被诬陷谋反，杀之，三弟庾友因其子娶桓氏女得免，大哥庾希、六弟庾邈逃跑；后庾希在京口（今江苏镇江）举兵讨伐桓温，兵败后，庾希、庾邈及子侄五人被杀。

③玉台子妇：庾友长子庾宣的妻子，桓豁之女，一说为桓秘（桓温四弟）之女，桓温侄女。宣武：桓温，谥号宣武，详见《言语》第 55 则注①。桓豁：字朗子，桓温三弟，详见《豪爽》第 10 则注②。徒跣（xiǎn）：光着脚步行，这里形容急忙慌张的样子。阍（hūn）：守门人。内：通"纳"，接纳。

④不听：即不允许。

⑤因人：指需要依靠他人。

⑥婿：指侄女婿，即庾玉台的儿子庾宣。原：赦罪。

【译文】

庾玉台是庾希的弟弟。庾希被杀以后，将要杀玉台。玉台的儿媳妇，是桓温弟弟桓豁的女儿，她匆忙之间光着脚就去求见桓温，守门人挡着不让她进去。她大声斥责说："这是哪个奴才！我伯父的家，竟敢不让我进去！"说着便冲了进去，哭喊着请求说："我公公庾玉台常常要扶着人才能走路，因为他的一条腿比另一条腿短了三寸，这样的人还会谋反吗？"桓温笑着说："侄女婿自然应该为这事着急。"于是就赦免了庾玉台这一家。

23. 谢公夫人帏诸婢，使在前作伎，使太傅暂见，便下帏[①]。太傅索更开，夫人云："恐伤盛德。[②]"

【注释】

①谢公：谢安，字安石，死后追赠太傅，故下文称太傅，详见《德行》第33则注③。谢公夫人：刘氏，沛国人，刘惔之妹。帏：指设置帷幕，也指帷幕。伎：歌舞。

②索：索求，要求。盛德：高尚的品德。

【译文】

谢安的妻子刘夫人挂起帷幕，把众婢女都围在里面，叫她们在自己面前表演歌舞，也让谢安看了一会，便放下了帷幕。谢安要求再打开帷幕，夫人说："恐怕会有损你的高尚的品德。"

24. 桓车骑不好著新衣[①]。浴后，妇故送新衣与，车骑大怒，催使持去。妇更持还[②]，传语云："衣不经新，何由而故？"桓公大笑，著之。

【注释】

①桓车骑：桓冲，桓温之弟，曾任车骑将军，详见《夙惠》第7则注②。著：通“着”，穿着，穿上。

②妇：桓冲夫人，王氏，琅邪王恬之女，王导孙女，字女宗。

【译文】

车骑将军桓冲不喜欢穿新衣服。有一次洗完澡，他妻子故意叫下人把新衣服送给他穿，桓冲大怒，催下人把新衣服拿走。他妻子又叫人再拿回来，并且传话说：“衣服不经过新的，怎么能变成旧的呢？”桓冲听了大笑，就穿上了新衣。

25. 王右军郗夫人谓二弟司空、中郎曰①：“王家见二谢，倾筐倒庋②；见汝辈来，平平尔。汝可无烦复往。”

【注释】

①王右军：王羲之，字逸少，曾任右军将军，详见《言语》第62则注①。郗夫人：郗璿（xuán）（也作郗璇），字子房，高平金乡（今属山东省）人，郗鉴之女，郗愔、郗昙的姐姐，王羲之的夫人，王羲之七子一女均为郗璿所生。司空：指郗愔，字方回，郗鉴长子，死后追赠司空，详见《言语》第59则注⑨。中郎：指郗昙，字重熙，高平金乡（今山东金乡）人，郗鉴少子，郗愔之弟；曾任中书侍郎、尚书吏部郎、御史中丞等职，358年任北中郎将，领徐、兖二州刺史，次年与谢万同时领兵攻伐前燕，大败，降为建威将军；361年去世，谥号为简。

②二谢：指谢安、谢万兄弟。倾筐倒庋（guǐ）：把竹筐、架子里的东西全都倒出来，比喻倾其所有，盛情款待；庋，放器物的架子。按：王家、谢家是豪门望族，而郗家并非士族，故王家以门第观念看不起郗家。

【译文】

右军将军王羲之的妻子郗夫人对她的两个弟弟司空郗愔、北中郎将郗昙说：“王家人见谢家兄弟来，几乎要倾其所有来盛情款待他们；见你们来，不过平平常常罢了。你们可以不必再来了。”

26. 王凝之谢夫人既往王氏，大薄凝之[①]。既还谢家，意大不说。太傅慰释之曰："王郎，逸少之子，人材亦不恶，汝何以恨乃尔？[②]"答曰："一门叔父，则有阿大、中郎[③]；群从兄弟，则有封、胡、遏、末[④]。不意天壤之中，乃有王郎！[⑤]"

【注释】

①王凝之：字叔平，王羲之次子，详见《言语》第 71 则注④。谢夫人：即谢道韫，谢奕之女，谢安侄女，王凝之之妻，长于诗文，详见《言语》第 71 则注③。往：指嫁到。薄：鄙薄，轻视。

②太傅：谢安，字安石，死后追赠太傅，详见《德行》第 33 则注③。慰释：宽慰开解。王郎：即王凝之。逸少：王羲之，字逸少，详见《言语》第 62 则注①。人材：人品、才学。乃尔：如此。

③阿大：应是谢尚，字仁祖，谢安堂兄，详见《言语》第 46 则注①。中郎：指谢万，字万石，谢安之弟，曾任西中郎将，详见《言语》第 77 则注①。

④群从兄弟：同族的堂兄弟。封、胡、遏、末：谢韶、谢朗、谢玄、谢渊四人的小字，四人都是谢家有才学的人。谢韶，字穆度，小字封，陈郡阳夏（今河南周口太康）人，谢安弟谢万之子，少有名气，官至车骑司马，早卒。谢朗，字长度，小字胡儿，谢安次兄谢据长子，详见《言语》第 71 则注②。谢玄，字幼度，小字遏，谢安长兄谢奕之子，详见《言语》第 78 则注③。谢渊，字叔度，小字遏末，谢安长兄谢奕第二子，官至义兴太守，早卒。

⑤天壤：天和地。乃：竟，竟然。

【译文】

王凝之的妻子谢夫人嫁到王家后，非常轻视王凝之。回到谢家后，心里非常不高兴。太傅谢安宽慰开解她说："王郎是逸少的儿子，人品和才学也不错，你为什么竟不满意到这个程度？"谢夫人回答说："同一家族的叔父里头，有阿大、中郎这样的人物；同族的堂兄弟中，有封、胡、遏、末这样的人物。没想到天地之间，竟然还有王郎这种人！"

27.韩康伯母隐古几毁坏[①]，卞鞠见几恶，欲易之[②]。答曰："我若不隐此，汝何以得见古物！"

【注释】

①韩康伯：韩伯，字康伯，详见《德行》第38则注④。隐：倚靠。古几：旧的小桌子。

②卞鞠：卞范之，字敬祖，小名鞠，详见《伤逝》第19则注①。恶：坏，破旧。易：指换掉。按：卞鞠是韩母的外孙，生活奢靡，平生所使用的物品力求新异，韩母的回答是对卞鞠的一种讥讽。

【译文】

韩康伯的母亲平日总倚靠着的那张旧的小桌子坏了，卞鞠看见小桌子很坏掉了，就想换掉它。韩母回答说："我如果不倚靠着这张小桌子，你又怎么能见到古物！"

28.王江州夫人语谢遏曰[①]："汝何以都不复进？为是尘务经心，天分有限？[②]"

【注释】

①王江州：王凝之，曾任江州刺史，详见《言语》第71则注④。夫人：即谢道韫，谢玄的姐姐，详见《言语》第71则注③。谢遏：谢玄，字幼度，小字遏，详见《言语》第78则注③。

②进：进步，长进。为是：还是，表选择的连词。经心：烦心，劳心。

【译文】

江州刺史王凝之的夫人谢道韫，责问她弟弟谢遏，说："你为什么都不再有所长进了？是因为世俗杂务烦心，还是因为天资有限？"

29.郗嘉宾丧，妇兄弟欲迎妹还，终不肯归[①]。曰："生纵不得与郗郎同室，死宁不同穴！[②]"

【注释】

①郗嘉宾：郗超，字景兴，一字敬舆，小字嘉宾，42岁时病逝，详见

《言语》第59则注④。妇：郗超之妻，周氏，汝南人，周闵之女，周颛孙女，名马头。

②宁：岂，难道。

【译文】

郗嘉宾死了，他妻子的兄弟想把妹妹接回去，他妻子周氏却始终不肯返回娘家。周氏说："纵使活着的时候不能再和郗郎同居一室，死了岂能不和他同葬一穴！"

30.谢遏绝重其姊，张玄常称其妹，欲以敌之①。有济尼者，并游张、谢二家，人问其优劣②。答曰："王夫人神情散朗，故有林下风气；顾家妇清心玉映，自是闺房之秀。③"

【注释】

①谢遏：谢玄，字幼度，小字遏，详见《言语》第78则注③。张玄：字祖希，与谢玄并称二玄，详见《言语》第51则注①。敌：并列。

②济尼：一个叫济的尼姑。

③王夫人：即谢道韫，王凝之妻，谢玄姐。散朗：飘逸爽朗。林下：指竹林名士，即"竹林七贤"之类的名士。风气：风采气度。顾家妇：顾家的媳妇，张玄的妹妹。清心玉映：指心思纯净，洁白无瑕。

【译文】

谢遏非常推重自己的姐姐谢道韫，张玄常常称赞自己的妹妹，想把她和谢道韫相提并论。有个叫济尼的尼姑，和张、谢两家都有交往，有人问她这两个人的高下。她回答说："王夫人神态风度飘逸爽朗，确实有竹林名士一般的风采和气度；顾家媳妇心思纯净，洁白无瑕，自然是女子中的优秀者。"

31.王尚书惠尝看王右军夫人，问："眼耳未觉恶不？①"答曰："发白齿落，属乎形骸；至于眼耳，关于神明，那可便与人隔！[②]”

【注释】

①王尚书惠：王惠，字令明，琅邪临沂人，丞相王导曾孙，曾任从事中郎、征虏长史、郎中令、吴兴太守、吏部尚书等职，元嘉三年(426年)卒，追赠太常卿。王右军：即王羲之，字逸少，王导之侄，曾任右军将军，详见《言语》第62则注①。王右军夫人：即郗璿，详见《贤媛》第25则注①。恶：不好，这里指视力、听力衰退。

②形骸：人的身体。神明：精神。隔：隔开，分开。

【译文】

吏部尚书王惠曾经去看望过右军将军王羲之的夫人郗氏，问她说："眼睛、耳朵还没有觉得不好吧？"郗氏回答说："头发白了，牙齿掉了，这是属于身体的衰老，是不可抗拒的；至于视力和听力，和人的精神状态有关，哪能那么快就和人分开呢！"

32. 韩康伯母殷，随孙绘之之衡阳[①]，于阖庐洲中逢桓南郡[②]。卞鞠是其外孙，时来问讯[③]。谓鞠曰："我不死，见此竖二世作贼！[④]"在衡阳数年，绘之遇桓景真之难也[⑤]，殷抚尸哭曰："汝父昔罢豫章，征书朝至夕发；汝去郡邑数年，为物不得动，遂及于难，夫复何言！[⑥]"

【注释】

①韩康伯：韩伯，字康伯，详见《德行》第38则注④。母殷：韩伯的母亲殷氏，是殷浩的姐姐。绘之：韩绘之，字季伦，颍川长社(今河南长葛)人，韩伯之子，官至衡阳太守。之衡阳：到衡阳去。

②阖庐洲：地名，不知具体所在位置。桓南郡：桓玄，袭父亲南郡公之职，故世称桓南郡，详见《德行》第41则注①。

③卞鞠：卞范之，字敬祖，小名鞠，详见《伤逝》第19则注①。问讯：问候。

④竖：小子，是对人的蔑称。二世：指桓温和温玄父子。按：桓温久怀篡夺之志，事未成而死；桓玄在公元 398 年起兵反帝室，402 年举兵东下建康，掌管朝政；韩母可能在此期间遇见他，当时卞鞠是桓玄的谋士，担任其长史。

⑤桓景真：桓亮，字景真，谯国龙亢（今安徽怀远）人，桓温之孙，桓玄之侄，桓济之子；追随叔父桓玄谋反，桓玄兵败被杀后，仍四处领兵扰袭荆、湘等地；405 年，自号镇南将军、湘州刺史，出兵湘中，杀死衡阳前太守韩绘之等郡内官员，后兵败被杀。

⑥罢豫章：指离任豫章太守一职。征书：指征召或征调的文书。去郡邑：指离任衡阳郡太守一职。为物：为了别人；物，指人。

【译文】

韩康伯的母亲殷氏，跟随孙子韩绘之到衡阳去，途中在阖庐洲上遇见南郡公桓玄。桓玄的长史卞鞠是殷氏的外孙，当时来向殷氏问安。殷氏对卞鞠说："我活到现在还没死，就看到了这小子两代人都做乱臣贼子！"在衡阳住了几年后，韩绘之在桓景真发动的叛乱中被害，殷氏抚尸痛哭道："你父亲以前离任豫章太守一职时，征调的文书早晨到了，他傍晚就上路了；你离任已经几年了，却为着别人未能动身，终于遭此大难，这让人还能说什么呢！"

术解第二十

《术解》是《世说新语》第二十门，共11则。术解，指精通技艺或方术。技艺指富于技巧性的技能，方术指医学、卜筮等术。本门记载的主要是几位精通技艺或方术的魏晋时期名士的故事。其中4则故事记载的是一些有特殊技能的事例，包括精通音律、品鉴食物、善于品酒、相马等。其余7则属于通晓方术，其中又以著名方术士郭璞的事迹为主，从中可以看出方术在士族阶层还是有一定影响力的。

1.荀勖善解音声，时论谓之“暗解”①。遂调律吕，正雅乐②。每至正会，殿庭作乐，自调宫商，无不谐韵③。阮咸妙赏，时谓“神解”④。每公会作乐，而心谓之不调⑤。既无一言直勖，意忌之，遂出阮为始平太守⑥。后有一田父耕于野，得周时玉尺，便是天下正尺。荀试以校己所治钟鼓、金石、丝竹，皆觉短一黍，于是伏阮神识⑦。

【注释】

①荀勖：字公曾，曾经掌管音乐，校正音律，详见《言语》第99则注⑤。暗解：自然而然地领会。

②律吕：音律。正：校正。雅乐：古代帝王用于祭祀、朝贺、宴享等大典的乐曲，要求中正和平、典雅纯正，故称雅乐。按：据《晋后略》记载：“钟律之器，自周之末废，而汉成、哀之间，诸儒修而治之。至后汉末，复隳矣……于是世祖命中书监荀勖依典制，定钟律。”荀勖受命重新制作了正音的律管，因为古今尺寸标准不同，所以不易和古律相应。

③正会：皇帝元旦这一天朝会群臣、接受朝贺的礼仪。宫商：五音中的宫音与商音，泛指音律。谐韵：押韵，协调。

④阮咸：字仲容，精通音律，详见《赏誉》第12则注①。神解：指有极高的悟性。

⑤公会：因公事集会。不调：不协调。

⑥直：使之直，即纠正，矫正。

⑦钟鼓、金石、丝竹：即各种乐器。钟鼓，古代礼乐器；金石，指钟磬一类乐器；丝竹，弦乐器与竹管乐器之总称。黍：黄米，我国古代把一百粒黍排列起来的长度当作一尺，叫黍尺。伏：佩服，信服。神识：高明的见识。

【译文】

荀勖善于辨别乐音，当时的舆论认为他能自然而然地领会乐音的正确与否，是“暗解”。他于是负责调整音律，校正雅乐。每到元旦当天举行朝贺礼时，殿堂上演奏音乐，他亲自调整音律，音调无不和谐。阮咸对音乐有很高的鉴赏水平，当时的舆论认为他对乐律有极高的悟性，是“神解”。每逢朝廷集会奏乐，他心里都认为音律不协调。他没有提出一点意见来纠正荀勖，荀勖心里很忌恨他，于是将他调离京都，出任始平太守。后来有一个农民在地里干活时，得到周代一把玉尺，这就是天下的标准尺。荀勖试着用它来校对自己所调试的钟鼓、金石、丝竹等各种乐器的律管，都比标准尺短了一粒米的长度，于是这才佩服阮咸见识确实高明。

2. 荀勖尝在晋武帝坐上食笋进饭[1]，谓在坐人曰：“此是劳薪炊也。[2]”坐者未之信，密遣问之，实用故车脚[3]。

【注释】

①荀勖：字公曾，详见《言语》第99则注⑤。晋武帝：司马炎，西晋开国皇帝，详见《德行》第17则注③。进饭：吃饭。

②在坐：同“在座”。劳薪：以使用过度的木材为柴火。

③故车脚：旧的车轮。

【译文】

荀勖曾经在晋武帝司马炎的宴席上一边吃笋一边吃饭，他对在座的人说："这是拿使用过度的木材作柴火烹饪而成的。"在座的人都不相信，暗中派人去问厨师，原来确实是用旧的车轮作柴火烹饪而成的。

3. 人有相羊祜父墓，后应出受命君①。祜恶其言，遂掘断墓后以坏其势。相者立视之，曰："犹应出折臂三公。②"俄而祜坠马折臂，位果至公。

【注释】

①羊祜：字叔子，详见《言语》第86则注②。受命君：指受天之命的君主，这里是指祖坟有帝王之气。

②三公：三公为古官名，其说法各异，晋代的三公指太尉、司徒、司空，另有一说认为三公指太师、太傅、太保。按：羊祜官至征南大将军，死后追赠太傅，属于三公。

【译文】

有个会看风水的人看了羊祜父亲的坟墓，说后代应该出真命天子。羊祜很厌恶他说的话，就把坟墓后面挖断，以便破坏坟墓的气脉。看风水的人马上又去看，说道："还是应该能出个断了手臂的三公。"不久羊祜从马背上跌落下来，摔断了手臂，后来官职也果然升到了三公的位置。

4. 王武子善解马性①。尝乘一马，著连钱障泥，前有水，终日不肯渡②。王云："此必是惜障泥。"使人解去，便径渡。

【注释】

①王武子：王济，字武子，详见《言语》第24则注①。

②连钱：一种花饰，花纹、形状似相连的铜钱。障泥：垫马鞍的垫子，下垂至马腹，用来挡泥土。终日：整日。

【译文】

王武子善于了解马的脾性。他曾经骑马外出，马背上的马鞍下面垫着有连钱花纹的障泥，碰到前面有条小河，马一整天都不肯渡水过河。王武子说："这一定是因为马爱惜障泥的缘故。"命人解下障泥，马果然就径直渡水过去了。

5. 陈述为大将军掾，甚见爱重[①]。及亡，郭璞往哭之，甚哀，乃呼曰："嗣祖，焉知非福！[②]"俄而大将军作乱，如其所言[③]。

【注释】

①陈述：字嗣祖，颍川许昌人，很有名望，曾任大将军王敦的属官。爱重：欣赏和重视。

②郭璞：字景纯，是著名的方术士，曾为王敦记室参军，以卜筮不吉阻王敦谋反，被杀，详见《文学》第76则注①。焉知非福：取自《淮南子·人间训》中塞翁失马的故事，比喻祸与福互相依存，可以互相转化。按：郭璞已预知王敦要起兵叛乱，陈述早亡，反而避免了更大的灾祸。

③大将军：王敦，字处仲，曾任大将军，详见《言语》第37则注①。

【译文】

陈述任大将军王敦的属官，王敦对他特别地欣赏重视。他死后，郭璞去哭丧，哭得非常悲痛，并且哭喊着说："嗣祖，也许这样反而是件好事儿啊！"不久王敦起兵作乱，正像郭璞之前所预测的那样。

6. 晋明帝解占冢宅[①]。闻郭璞为人葬，帝微服往看，因问主人："何以葬龙角？此法当灭族！[②]"主人曰："郭云此葬龙耳，不出三年，当致天子。"帝问："为是出天子邪？[③]"答曰："非出天子，能致天子问耳。"

【注释】

①晋明帝：司马绍，东晋第二位皇帝，详见《方正》第23则注③。解：

了解，懂得。占冢宅：指按风水选择坟地；占，占卜；冢宅，坟墓，坟地。

②郭璞：字景纯，善长方术，详见《文学》第 76 则注①。微服：指改穿便服以隐藏身份。龙角：看风水的人以山势为龙，山的起伏连绵的脉络为龙脉；此处指墓穴选择在龙角的位置上。

③为是：抑或，还是。

【译文】

晋明帝司马绍懂得按风水选择坟地的知识。他听说郭璞为别人选了一块坟地，就换上便服前去察看，看了之后问墓地主人："为什么安葬在龙角上？这种葬法将会有灭族之灾的！"主人说："郭璞说这是葬在龙耳上，不出三年，就会引来天子。"明帝问："是引来天子，还是出个天子？"主人回答说："不是出个天子，是能引得天子前来询问呀。"

7. 郭景纯过江，居于暨阳[①]。墓去水不盈百步，时人以为近水[②]。景纯曰："将当为陆。"今沙涨，去墓数十里皆为桑田[③]。其诗曰："北阜烈烈，巨海混混；垒垒三坟，唯母与昆。[④]"

【注释】

①郭景纯：即郭璞，字景纯，详见《文学》第 76 则注①。按：永嘉中，郭璞知天下将乱，便结伴避乱过江，住在暨阳(今江苏江阴)。

②墓：据《晋书·郭璞传》记载："璞以母忧去职，卜葬地于暨阳，去水百步许。"则此墓应为郭母墓，但从下文"唯母与昆"来看，又可能是指郭母和两个哥哥的墓。去：距离。不盈：不满。

③桑田：指农田。

④诗：此诗是郭璞所作。北阜：北面的山冈。烈烈：形容山的高峻险阻。混混：同"滚滚"，形容大水翻腾。垒垒：形容堆积的样子。昆：指哥哥。诗句大意为：北面的山冈险峻陡峭，大海波涛翻滚；三座坟墓高高堆起，那就是母亲和两个哥哥的坟墓。

【译文】

郭景纯过江后，住在暨阳县。他母亲的坟墓离江边距离不到一百步，当时有人认为离江水太近了。郭景纯却说："那里将来会成为陆地。"现在泥沙已经增高了，距离坟墓几十里远的地方都变成了农田。郭景纯曾经作诗说："北阜烈烈，巨海混混；垒垒三坟，唯母与昆。"

8.王丞相令郭璞试作一卦，卦成，郭意色甚恶，云："公有震厄。①"王问："有可消伏理不？②"郭曰："命驾西出数里，得一柏树，截断如公长，置床上常寝处，灾可消矣。"王从其语。数日中，果震柏粉碎，子弟皆称庆。大将军云："君乃复委罪于树木！③"

【注释】

①王丞相：王导，字茂弘，官至丞相，详见《德行》第27则注③。意色：神情，神色。震：响雷。厄：灾难。

②消伏：消除。

③大将军：王敦，字处仲，曾任大将军，王导堂兄，详见《言语》第37则注①。委罪：推委罪责。

【译文】

丞相王导叫郭璞试着为他占卜一卦，卦象得出来后，郭璞的脸色很不好看，说："您有要遭受雷击的灾难。"王导问："有没有可以消除灾难的方法？"郭璞说："坐车往西走几里地，那里有一棵柏树，截下一段和您一样高的树干，放在床上您经常睡的那个位置，灾难就可以消除了。"王导按照他说的那样去做了。过了几天，雷电果然把床上的柏木击得粉碎，子侄们都纷纷向王导表示庆贺。大将军王敦对郭璞说："你竟然把罪责推给树木！"

9.桓公有主簿，善别酒，有酒辄令先尝①。好者谓"青州从事"，恶者谓"平原督邮"②。青州有齐郡，平原有鬲县；"从事"言到脐，"督邮"言在鬲上住③。

【注释】

①桓公：桓温，字元子，详见《言语》第55则注①。别：鉴别。

②从事、督邮：都是官名，分别是州、郡的属官。按：这里是用某地某官代表酒的等级。

③齐郡：齐、脐相通，脐古亦作“齐”。到脐：到肚脐处。鬲上：即膈膜上；鬲，通“膈”，膈膜，是胸腔和腹腔间的膜状组织。住：停住。

【译文】

桓温有一位主簿，擅长品酒，有酒总是让他先品尝。好酒，他就说是“青州从事”，不好的酒，他就说是“平原督邮”。这是因为青州有个齐郡，平原郡有个鬲县。所谓“从事”，说明酒力能达到齐（即肚脐）下；所谓“督邮”，说明酒力到鬲（即胸腔和腹腔之间的膈膜）上就停住了。

10.郗愔信道甚精勤[①]。常患腹内恶，诸医不可疗。闻于法开有名，往迎之[②]。既来，便脉云：“君侯所患，正是精进太过所致耳。[③]”合一剂汤与之。一服即大下，去数段许纸如拳大；剖看，乃先所服符也。

【注释】

①郗愔：字方回，详见《言语》第59则注⑨。道：指天师道，又称“五斗米道”，从其受道者须纳五斗米而得名，天师道相信喝符水可以治病，无病也可服符。精勤：专心勤勉。

②于法开：晋代僧人，精通医术，详见《文学》第45则注①。

③君侯：对列侯和尊贵者的尊称。精进：佛教用语，指专心无杂念，毫不懈怠，这里指对道教的虔诚。

【译文】

郗愔信奉天师道非常虔诚。他经常肚子不舒服，很多医生都治疗不好这个毛病。听说于法开有精通医术的名气，就去接他来看病。于法开来了后便先给他把脉，把完脉说：“君侯得的病，恰恰是因为太过于虔诚而引起的呀!”于是就配了一副汤药给郗愔。郗愔一服下药之后就大泻,拉出几堆像拳头那么大的纸团;把纸团剖开一看,原来都是先前所服用的纸符。

11.殷中军妙解经脉,中年都废[①]。有常所给使,忽叩头流血[②]。浩问其故,云:“有死事,终不可说。”诘问良久,乃云:“小人母年垂百岁,抱疾来久,若蒙官一脉,便有活理。讫就屠戮无恨。[③]”浩感其至性,遂令舁来,为诊脉处方[④]。始服一剂汤,便愈。于是悉焚经方[⑤]。

【注释】

①殷中军:殷浩,字渊源,曾任中军将军,详见《言语》第80则注②。经脉:中医所指人体内气血运行的通路,这里泛指医术。废:停止。

②给使:服侍,供人役使,指供使唤的仆人。

③诘问:追问。垂:接近。官:下属称长官为官,是敬称。讫(qì):完结。屠戮:杀戮。

④舁(yú):抬。

⑤经方:医书。

【译文】

中军将军殷浩精通医术,但是到中年后就停止研究医术了。有一个常使唤的仆人,忽然给他磕头,一直磕到头破血流。殷浩问他为什么这样,他说:“有件人命关天的事,不过论理终究是不应该说的。”殷浩追问了很久,仆人才说道:“小人的母亲年纪将近百岁,从生病到现在已经很长时间了,如果承蒙大人能为她诊一次脉,她便有活下去的可能。事情结束以后,我就算被杀死也毫无遗憾了。”殷浩被他至诚的孝心所感动,就让他把母亲抬来,给他母亲诊脉开了药方。才服了一副药,他母亲病就好了。然后殷浩把医书全都烧毁了。

巧艺第二十一

《巧艺》是《世说新语》第二十一门，共 14 则。巧艺，指精巧的技艺。本门中描述的技艺主要是指棋琴书画、建筑、骑射等。文中主要记载了魏晋时期士大夫阶层具备某项或某几项高超的巧艺，其中以对画家，尤其是顾恺之的描述和赞扬为主，可以看出当时绘画艺术的发展水平和绘画重在传神的特点。本门中有一则记载了能工巧匠的高超精巧的建筑艺术，可以看出我国古代建筑技术达到的高度成就，这也是《世说新语》中少见的未提及士族名士的一则故事。

1. 弹棋始自魏宫内，用妆奁戏①。文帝于此戏特妙，用手巾角拂之，无不中②。有客自云能，帝使为之。客著葛巾角，低头拂棋，妙逾于帝③。

【注释】

①弹棋：一种赌输赢的棋类游戏，并非始自魏宫内，相传起源于西汉，最初主要在宫廷和士大夫中间盛行，玩法是以自己的棋子击弹对方的棋子。妆奁(lián)：女子梳妆用的镜匣，指当时的宫女们用金钗、玉梳等在镜匣上作弹棋游戏。

②文帝：即魏文帝曹丕，详见《言语》第 10 则注②。

③葛巾：用葛布做的头巾。

【译文】

弹棋是从魏代后宫中开始出现的，用梳妆的镜匣来游戏。魏文帝曹丕对这种游戏特别精通，能用手巾角去弹起棋子，没有弹不中的。有位客人自称善于玩弹棋，文帝就叫他试一试。客人戴着葛巾，就低着头用葛巾角去拨动棋子，比文帝做得更妙。

2.陵云台楼观精巧，先称平众木轻重，然后造构，乃无锱铢相负揭[①]。台虽高峻，常随风摇动，而终无倾倒之理。魏明帝登台，惧其势危，别以大材扶持之，楼即颓坏[②]。论者谓轻重力偏故也。

【注释】

①陵云台：楼台名，在洛阳。楼观：即楼台。造构：建造，构筑。锱铢：旧制锱为一两的四分之一，铢为一两的二十四分之一；比喻极其微小的数量。负揭：指秤杆的下垂与翘起。

②魏明帝：曹叡，曹丕长子，曹魏第二位皇帝，详见《言语》第13则注①。大材：指大的木材。

【译文】

陵云台楼台精巧，建造之前先称过所有木材的轻重，使四面所用木材的重量相等，然后才构筑楼台，因此四面木材的重量没有一分一毫的差别。楼台虽然高耸峻拔，常随风摇动，可是始终不会有倒塌的可能。魏明帝曹叡登上陵云台，害怕楼台情况危险，就命令另外用大的木材支撑着它，结果楼台随即就倒塌了。当时的舆论都认为是因为重心偏向一边的缘故。

3.韦仲将能书[①]。魏明帝起殿，欲安榜，使仲将登梯题之[②]。既下，头鬓皓然。因敕儿孙勿复学书[③]。

【注释】

①韦仲将：韦诞，字仲将，书法家，详见《方正》第62则注③。

②魏明帝：曹叡，曹魏第二位皇帝，详见《言语》第13则注①。起殿：指建造宫殿。榜：匾。按：据传魏明帝建陵云殿，匾额还没有题字，就误钉上去了，于是叫擅长书法的大臣韦仲将登梯题匾。

③头鬓：指头发。皓然：白的样子。敕：告诫。

【译文】

韦仲将擅长书法。魏明帝建成宫殿后，想挂个匾，就派仲将登上梯子去题写匾额。韦仲将题完字从梯子上下来后，头发全白了。因此他便告诫子孙不要再学习书法。

4. 钟会是荀济北从舅，二人情好不协[①]。荀有宝剑，可直百万，常在母钟夫人许[②]。会善书，学荀手迹，作书与母取剑，仍窃去不还。荀勖知是钟而无由得也，思所以报之。后钟兄弟以千万起一宅，始成，甚精丽，未得移住[③]。荀极善画，乃潜往画钟门堂，作太傅形象，衣冠状貌如平生[④]。二钟入门，便大感恸，宅遂空废。

【注释】

①钟会：字士季，太傅钟繇次子，钟毓之弟，详见《言语》第11则注②。荀济北：荀勖，晋武帝即位时，封为济北郡公，固辞降为济北郡侯，详见《言语》第99则注⑤。从舅：母亲的叔伯兄弟。情好：感情，交情。不协：不和，不一致。

②直：通“值”，价值。许：处所。

③钟兄弟：指钟会、钟毓兄弟二人。起：建造，建起。

④潜：偷偷地，暗中。门堂：门和厅堂，指家里。太傅：指钟繇，字元常，官至曹魏太傅，钟毓、钟会之父，详见《言语》第11则注③。平生：这里指生前。

【译文】

钟会是济北郡公荀勖的叔伯舅父，两人感情不和。荀勖有一把宝剑，价值可达百万，经常放在他母亲钟夫人那里。钟会擅长书法，就模仿荀勖的笔迹，写了一封信给他母亲要取回宝剑，于是就这样把宝剑偷走了，并且不还回来。荀勖知道是钟会干的事，可是没有办法要回来，就想办法去报复他。后来钟家两兄弟花了一千万建造了一所住宅,刚建成,非常精美华丽,还没有搬进去住。荀勖非常擅长绘画,就偷偷地到钟会的新宅子里去,画上钟繇的像,衣帽、相貌都和生前一模一样。钟毓和钟会兄弟俩进门看见父亲的画像,就大为感伤哀痛,不能住进去,房子于是就被闲置不用了。

5.羊长和博学工书,能骑射,善围棋[①]。诸羊后多知书,而射、奕余蓺莫逮[②]。

【注释】

①羊长和:羊忱,字长和,详见《方正》第19则注①。工、能、善:都是善于、擅长之意。书:指书法。

②知书:指懂得、善于书法。奕:同“弈”,围棋。蓺:同“艺”,技艺。逮:赶上。

【译文】

羊长和学识渊博,长于书法,善于骑马射箭,还擅长下围棋。羊家后代大多懂得书法,可是射箭、下棋这些技能,却没有谁能赶上羊长和。

6.戴安道就范宣学[①],视范所为,范读书亦读书,范抄书亦抄书。唯独好画,范以为无用,不宜劳思于此。戴乃画《南都赋图》,范看毕咨嗟,甚以为有益,始重画[②]。

【注释】

①戴安道:戴逵,字安道,详见《雅量》第34则注①。就:靠近、走进,这里指跟随。范宣:字宣子,博通典籍,详见《德行》第38则注①。

②《南都赋》:汉代张衡作,记述了汉朝旧都南阳的盛况。咨嗟:赞叹。

【译文】

戴安道跟随范宣学习,时时处处学习范宣的做法。范宣读书,他也读书;范宣抄书,他也抄书。唯独对于戴安道喜欢绘画的事儿,范宣认为没有用处,不应该在这方面费心劳神。戴安道于是画了《南都赋图》,范宣看了,赞叹不已,认为会绘画很有好处,这才开始重视绘画。

7. 谢太傅云[①]:"顾长康画,有苍生来所无。[②]"

【注释】

①谢太傅:谢安,字安石,死后追赠太傅,详见《德行》第33则注③。

②顾长康:顾恺之,字长康,详见《言语》第85则注④。苍生:人类。

【译文】

太傅谢安说:"顾长康的画,是自有人类以来所没有的。"

8. 戴安道中年画行像甚精妙[①]。庾道季看之,语戴云:"神明太俗,由卿世情未尽。[②]"戴云:"唯务光当免卿此语耳。[③]"

【注释】

①戴安道:戴逵,字安道,详见《雅量》第34则注①。行像:即行乐图,作游玩娱乐状的人像图画。

②庾道季:庾龢(hé),字道季,详见《言语》第79则注①。神明:指人的精神和智慧,即神韵。世情:世俗之情。

③务光:古代的隐士,商汤要讨伐夏桀时和他商量,他认为此事与他无关,后来汤要把天下让给他,他认为是种耻辱,负石自沉于水。

【译文】

戴安道中年时画行乐图,画得非常精妙神似。庾道季看了他的画,对他说:"画中人物的神韵画得太俗气,这是由于你还没有完全摆脱世俗之情的缘故。"戴安道说:"只有务光才能避免受到你这样的评论啊!"

9. 顾长康画裴叔则,颊上益三毛[①]。人问其故,顾曰:"裴楷俊朗有识具,正此是其识具。[②]"看画者寻之,定觉益三毛如有神明，殊胜未安时[③]。

【注释】

①顾长康：顾恺之，字长康，详见《言语》第 85 则注④。裴叔则：裴楷，字叔则，详见《德行》第 18 则注④。益：增加。

②俊朗：俊逸爽朗。识具：才识。

③寻：寻思，探究。定：确实。神明：神韵。殊：特别，很。

【译文】

顾长康给裴叔则画像，脸颊上多画了三根胡子。有人问他是什么原因，顾长康说："裴楷俊逸爽朗，才识过人，这恰恰是用于表现他的才识。"看画的人认真探究起画像来，确实觉得增加了三根胡子就如同增添了神韵，远远胜过还没有添上的时候。

10. 王中郎以围棋是坐隐[①]，支公以围棋为手谈[②]。

【注释】

①王中郎：王坦之，字文度，曾任北中郎将，详见《言语》第 72 则注①。坐隐：指下围棋时，对弈者正襟危坐、运神凝思时的神态，如同僧人参禅入定。

②支公：支遁，字道林，世称支公或林公，东晋高僧，详见《言语》第 45 则注②。手谈：指下围棋时，对弈双方仅靠一只手的中指、食指，运筹棋子在棋盘上来斗智斗勇，如同在棋局中以手语交谈一般。

【译文】

北中郎将王坦之认为下围棋是坐隐，即如同坐在座上参禅入定；支道林把下围棋看作是手谈，即用手交谈。

11. 顾长康好写起人形[①]。欲图殷荆州，殷曰："我形恶，不烦耳。[②]"顾曰："明府正为眼尔。但明点童子，飞白拂其上，使如轻云之蔽日。[③]"

【注释】

①顾长康:顾恺之,字长康,详见《言语》第 85 则注④。写起人形:指画人物写生图。

②图:画。殷荆州:殷仲堪,官至荆州刺史,详见《德行》第 40 则注①。形恶:指相貌不好看。按:殷仲堪一只眼睛是瞎的,所以不愿画像。

③明府:汉魏以来对郡守牧尹的尊称,又称明府君。正:只,只是。童子:瞳子,瞳仁。飞白:中国画中一种枯笔露白的线条。

【译文】

顾长康喜欢画人物写生图。他想画荆州刺史殷仲堪,殷仲堪说:“我的相貌不好看,就不麻烦你了。”顾长康说:“明府只是因为眼睛罢了。画像时只要明显地点出瞳仁,用飞白笔法轻轻掠过其上,让它像一抹轻云遮住太阳一样就行了。”

12.顾长康画谢幼舆在岩石里[①]。人问其所以,顾曰:“谢云:‘一丘一壑,自谓过之。[②]’此子宜置丘壑中。”

【注释】

①顾长康:即顾恺之,字长康,详见《言语》第 85 则注④。谢幼舆:谢鲲,字幼舆,详见《言语》第 46 则注②。

②“谢云”句:可参看《品藻》第 17 则。丘壑本意是山陵和溪谷,这里指山水美景,比喻寄情山水,隐处于岩壑之中。

【译文】

顾长康所作的谢幼舆的画像,是把他安置在山崖巨石之间。有人问他什么原因,顾长康说:“谢幼舆说过:‘在山水美景间游玩欣赏,自以为超过他。’这位先生就该安置在山陵和溪谷之间。”

13.顾长康画人,或数年不点目精[①]。人问其故,顾曰:“四体妍蚩,本无关于妙处[②];传神写照,正在阿堵中[③]。”

【注释】

①顾长康：顾恺之，字长康，详见《言语》第85则注④。目精：眼珠。

②四体：四肢，这里泛指形体。妍蚩（chī）：同“妍媸”，美丑。

③传神：指生动地表现出人物的神情意态。写照：摹画人像。阿堵：六朝人口语，犹这、这个，此处指眼珠。

【译文】

顾长康画人像，有的画像几年都没有画上眼睛。有人问他什么原因，他说：“人的形体的美丑，本来和神妙之处没有什么关系；摹画人像要能生动地表现出人物的神情意态，正是在这眼珠里面。”

14. 顾长康道画：“手挥五弦易，目送归鸿难。①”

【注释】

①顾长康：顾恺之，字长康，详见《言语》第85则注④。“手挥”句：取自嵇康《赠秀才入军诗》：“目送归鸿，手挥五弦，俯仰自得，游心泰玄。”五弦，形似琵琶而小，有五根弦，用木片或手指拨弹。归鸿，归雁，南飞的大雁，诗文中多用来寄托归思。

【译文】

顾长康谈论作画时说：“要画出用手指拨动五弦琴的动作很容易，要画出目送南飞的大雁流露出的思归的神态就很难。”

宠礼第二十二

《宠礼》是《世说新语》第二十二门，共6则。宠礼，即宠幸和礼遇之意，指得到帝王将相、王公重臣等的厚待。西晋灭亡后，政权南迁，在江南建立东晋王朝。朝廷内部皇权软弱，士族力量强大；外部与北方的五胡十六国并存，外族虎视眈眈。为了稳定政权、扩张势力，各级统治者都需要延揽人才、笼络人心，而宠礼是其中简单有效的方法之一。本门主要记载了东晋时期皇上恩宠臣子或者上级厚待下级的故事，从中可以映射出封建等级制度下人们的生活和心理状态。

1. 元帝正会①，引王丞相登御床，王公固辞，中宗引之弥苦②。王公曰："使太阳与万物同晖，臣下何以瞻仰！③"

【注释】

①元帝：晋元帝司马睿，庙号中宗，故下文称中宗，详见《言语》第29则注①。正会：指皇帝元旦当天朝会群臣、接受朝贺的礼仪。

②王丞相：王导，字茂弘，官至丞相，详见《德行》第27则注③。御床：即御座，皇帝用的坐卧之具。按：司马睿为琅邪王时，王导就全力辅佐他；司马睿登帝位后，王导任侍中、司空，录尚书事，领中书监，辅助司马睿稳定东晋政权，维持偏安局面。

③同晖：同时发光。臣下：即下臣，臣对君的谦称，指朝臣们。瞻仰：怀着崇高的敬意看。

【译文】

晋元帝司马睿在元旦当天举行朝贺礼时，拉着丞相王导登上御座，让他和自己坐在一起，王导坚决推辞，元帝更加恳切地拉着他一起坐。

王导说："如果太阳和万物同时发光，朝臣们应该怀着敬意看什么呢！"

2. 桓宣武尝请参佐入宿[①]，袁宏、伏滔相次而至[②]。莅名，府中复有袁参军，彦伯疑焉，令传教更质[③]。传教曰："参军是袁、伏之袁，复何所疑！"

【注释】

①桓宣武：桓温，字元子，谥号宣武，详见《言语》第55则注①。参佐：部下，僚属。入宿：入府值宿。

②袁宏：字彦伯，详见《言语》第83则注①。伏滔：字玄度，详见《言语》第72则注②。按：袁宏很有才华，和伏滔一起任大司马桓温的参军，同时受到桓温的器重，温府中的人称二人为袁、伏。相次：次第，相继。

③莅名：指签到。传教：传达教令的郡吏，指传令官。更质：指再次问明。

【译文】

桓温曾经请他的属官入府值宿，袁宏和伏滔相继来到桓府。签到时，因为府中还有个袁参军，袁宏怀疑签到名单上的袁参军不是自己，便叫传令官再次问明一下。传令官说："参军就是袁、伏的袁参军，还怀疑什么！"

3. 王珣、郗超并有奇才，为大司马所眷拔[①]。珣为主簿，超为记室参军。超为人多须，珣状短小。于时荆州为之语曰："髯参军，短主簿；能令公喜，能令公怒。"

【注释】

①王珣：字元琳，详见《言语》第102则注②。郗超：字景兴，详见《言语》第59则注④。大司马：指桓温，字元子，曾任大司马，详见《言语》第55则注①。眷拔：器重和提拔。

【译文】

王珣和郗超都有特殊的才能，受到大司马桓温的器重和提拔。王珣担任主簿，郗超担任记室参军。郗超这个人胡子很多，王珣身材矮小。当时荆州人民给他们编了几句歌谣，说："大胡子的参军，矮个子的主簿；能令桓公欢喜，也能令桓公发怒。"

4. 许玄度停都一月，刘尹无日不往①，乃叹曰："卿复少时不去，我成轻薄京尹！②"

【注释】

①许玄度：许询，字玄度，详见《言语》第69则注①。刘尹：刘惔，字真长，官至丹阳尹，详见《德行》第35则注①。

②京尹：京兆尹，京都的长官，相当于今日首都的市长；刘真长为丹阳尹，丹阳郡的首府就是东晋的京都建康。

【译文】

许玄度在京都停留了一个月，丹阳尹刘真长没有哪一天不去看望他，于是叹息说："你过些日子还没离去，我就成了轻薄的京尹了！"

5. 孝武在西堂会，伏滔预坐①。还，下车呼其儿，语之曰："百人高会，临坐未得他语②，先问：'伏滔何在？在此不？'此故未易得。为人作父如此，何如？"

【注释】

①孝武：即晋孝武帝司马曜（yào），详见《德行》第46则注②。伏滔：字玄度，详见《言语》第72则注②。预坐：入座。

②高会：指大规模地聚会。临坐：在坐下之前，在即将就座的时候。

【译文】

晋孝武帝司马曜在西堂会见群臣，伏滔也在座。伏滔回到家后，一下车就叫他儿子来，告诉儿子说："举行上百人的盛会，皇上在即将就坐的时候，还来不及说别的话，就先问：'伏滔在哪里？在这里吗？'这种荣誉本是不容易得到的，我这个做父亲的能达到这样，你觉得怎么样？"

6. 卞范之为丹阳尹，羊孚南州暂还，往卞许，云：“下官疾动，不堪坐。[①]”卞便开帐拂褥，羊径上大床，入被须枕。卞回坐倾睐，移晨达莫[②]。羊去，卞语曰：“我以第一理期卿，卿莫负我！[③]”

【注释】

①卞范之：字敬祖，小名鞠，详见《伤逝》第19则注①。羊孚：字子道，详见《言语》第104则注①。南州：指姑孰。许：处所。疾动：疾病发作。

②倾睐：注视。莫：同“暮”。

③第一理：最高的期望。

【译文】

卞范之担任丹阳尹的时候，羊孚从姑孰暂时回到京都，到卞范之家去看望他，说：“下官疾病发作，不能坐。”卞范之就拉开帐子，把被褥掸干净，羊孚径直上了大床躺着，盖上被子，靠着枕头。卞范之返回座位坐着，注视着他，从早晨一直陪到傍晚。羊孚要走了，卞范之对他说：“我对你有着最高的期望，你可不要辜负了我！”

任诞第二十三

《任诞》是《世说新语》第二十三门，共 54 则。任诞，指任性放纵，不受约束。魏晋时期，盛行清谈、玄学，崇尚自然，强调个性自由，于是任诞就成了魏晋名士们生活方式的主要表现之一。本门主要记载了魏晋时期士大夫阶层的各种任诞行为，主要表现在以下三个方面：首先，蔑视礼教，不拘礼法；其次，在任何场合、任何时间地点都饮酒作乐，或以酒为生活的唯一乐趣；再次，言行举止随心所欲、不加约束等等。魏晋时期，名士们的任诞言行对反礼教来说有一定意义，但从今天的眼光来看，多数任诞行为是并不可取的，有的甚至可以说是一种不负责任的无赖做派。

1.陈留阮籍、谯国嵇康、河内山涛，三人年皆相比，康年少亚之①。预此契者②：沛国刘伶、陈留阮咸、河内向秀、琅邪王戎③。七人常集于竹林之下，肆意酣畅，故世谓“竹林七贤”④。

【注释】

①阮籍：字嗣宗，陈留（今属河南）尉氏人，详见《德行》第 15 则注②。嵇康：字叔夜，谯国铚县（今安徽濉溪）人，详见《德行》第 16 则注②。山涛：字巨源，河内郡怀县（今河南武陟）人，详见《言语》第 78 则注①。相比：相近，差不多。少：通“稍”，稍微。亚：次于，这里指年龄小一些。

②预：参与。契：契会，聚会。

③刘伶：字伯伦，沛国（治今安徽宿州）人，详见《文学》第 69 则注①。阮咸：字仲容，陈留尉氏（今河南开封尉氏县）人，详见《赏誉》第 12 则注①。向秀：字子期，河内怀县（今河南武陕西）人，详见《言语》第 18 则注②。王戎：字濬冲，琅玡临沂（今山东临沂）人，详见《德行》第 16 则注①。

④肆意：放肆地，无所顾忌地。酣畅：尽情畅饮。

【译文】

陈留郡的阮籍、谯国的嵇康、河内郡的山涛，这三个人年纪都相仿，嵇康的年纪比他们俩稍小些。经常参与他们聚会的人还有：沛国的刘伶、陈留郡的阮咸、河内郡的向秀、琅邪郡的王戎。这七个人经常在竹林之下聚会，毫无顾忌地开怀畅饮，所以世人把他们叫作“竹林七贤”。

2. 阮籍遭母丧，在晋文王坐进酒肉①。司隶何曾亦在坐②，曰：“明公方以孝治天下，而阮籍以重丧显于公坐饮酒食肉，宜流之海外，以正风教。③”文王曰：“嗣宗毁顿如此，君不能共忧之，何谓！且有疾而饮酒食肉，固丧礼也！④”籍饮啖不辍，神色自若。

【注释】

①阮籍：字嗣宗，详见《德行》第15则注②。晋文王：司马昭，生前曾封晋王，死后谥文王，详见《德行》第15则注①。进：吃、喝。

②何曾：字颖考，曹魏太子太傅何夔之子；袭其父爵位阳武亭侯，魏时，历散骑常侍、河内太守、司隶校尉、司徒等职，封朗陵侯；晋朝建立，历任太尉、太保、太傅、太宰等职，晋封为朗陵公；278年卒，先谥为孝，太康末改谥号为元。

③明公：旧时对有名位者的尊称。方：正在，正当。重丧：重大的丧事，指父母之死。显：显露，公开。流：指流放。风教：风俗教化。

④毁顿：因居丧过哀而致精神委顿。固丧礼也：本来就合乎丧礼。按：《礼记·曲礼上》云：“居丧之礼……有疾则饮酒食肉，疾止复初。”可见饮酒食肉并不违反丧礼。

【译文】

阮籍在为母亲服丧期间，在晋文王司马昭的宴席上喝酒吃肉。司隶校尉何曾当时也在座，对晋文王说：“您正在用孝道治理天下，可是阮籍身居重丧，却公然在您的宴席上喝酒吃肉，应该把他流放到海外的荒漠之地，以端正风俗教化。”文王说：“嗣宗因为居丧期间过于哀伤，而导致精神委顿到如此地步，您不能和我一道为他担忧，还说什么呢！再说有病而喝酒吃肉，这本来就合乎丧礼啊！”阮籍一边听着，一边吃肉喝酒都不停歇，而且神情脸色毫无异样。

3. 刘伶病酒，渴甚，从妇求酒①。妇捐酒毁器，涕泣谏曰：“君饮太过，非摄生之道，必宜断之！②”伶曰：“甚善。我不能自禁，唯当祝鬼神，自誓断之耳。便可具酒肉。③”妇曰：“敬闻命。”供酒肉于神前，请伶祝誓。伶跪而祝曰：“天生刘伶，以酒为名；一饮一斛，五斗解酲④。妇人之言，慎不可听。”便引酒进肉，隗然已醉矣⑤。

【注释】

①刘伶：字伯伦，性好酒，曾作《酒德颂》，详见《文学》第 69 则注①。病酒：饮酒过量醉倒，醒后困乏如病，叫病酒。

②捐：舍弃，倒掉。摄生：养生。

③祝：祷告，向鬼神求福。具：备办。

④一斛：十斗。斗指酒斗，古代的盛酒器。解酲：醒酒，消除酒病。酲(chéng)，酒醒后神志不清有如患病的状态。

⑤引：取过来，拿出。进：吃、喝。隗(wěi)然：颓然，醉倒的样子。

【译文】

刘伶饮酒过量大醉，刚刚醒来，口渴得厉害，就向妻子要酒喝。妻子把酒倒掉，把装酒的酒器也毁掉了，哭着劝告他说：“您喝酒喝得太过分了，这不符合养生之道，一定要把酒戒掉！”刘伶说：“你说得非常好。不过单靠我自己是不能戒掉酒的，只有在鬼神面前祷告发誓才能戒掉啊。你赶快去准备酒肉。”他妻子说：“好的，听从您的吩咐。”于是把酒肉供在神像前，请刘伶祷告发誓。刘伶跪着祷告说：“上天生出我刘伶，靠喝酒出名；一喝就十斗，五斗可消除酒病。妇人家的话，千万不要听。”说完就拿过酒来，一边喝一边吃肉，一会儿就又喝得醉醺醺地倒下了。

4.刘公荣与人饮酒，杂秽非类，人或讥之[1]。答曰：“胜公荣者不可不与饮，不如公荣者亦不可不与饮，是公荣辈者又不可不与饮。[2]”故终日共饮而醉。

【注释】

①刘公荣：刘昶，字公荣，沛国人，为人通达，官至兖州刺史。杂秽：杂乱不纯。非类：不是同类的人，这里指身份、门第不同类的人。讥：指责，非议。

②辈：同一类别、等级。

【译文】

刘公荣和别人喝酒时，会和不同身份、不同地位的人在一起喝，人员杂乱不纯，有人因此指责他。他回答说：“胜过我的人，我不能不和他一起喝；不如我的人，我也不能不和他一起喝；和我同等的人，更不能不和他一起喝。”所以他整天都会因为和别人一起饮酒而醉倒。

5.步兵校尉缺，厨中有贮酒数百斛，阮籍乃求为步兵校尉[1]。

【注释】

①步兵校尉：官名，汉代京师置屯兵八校尉，步兵校尉掌管上林苑屯兵。厨：指步兵营的厨房，其酒为犒劳军队而酿造的。阮籍：字嗣宗，详见《德行》第15则注②。

【译文】

步兵校尉的职位空出来了，步兵营的厨房中储存着的酒有几百斛之多，阮籍就请求调去做步兵校尉。

6. 刘伶恒纵酒放达，或脱衣裸形在屋中，人见讥之[①]。伶曰："我以天地为栋宇，屋室为裈衣，诸君何为入我裈中！[②]"

【注释】

①刘伶：字伯伦，详见《文学》第69则注①。放达：豪放豁达，不拘礼俗。讥：指责。

②栋宇：指房屋。裈(kūn)：裤子。

【译文】

刘伶经常不加节制地喝酒，个性豪放豁达，不拘礼俗，有时在家里赤身裸体，有人看见了就责备他。刘伶说："我把天地当作我的房子，把屋子当作我的上衣和裤子，诸位为什么跑进我裤子里来！"

7. 阮籍嫂尝还家，籍见与别，或讥之[①]。籍曰："礼岂为我辈设也？[②]"

【注释】

①阮籍：字嗣宗，详见《德行》第15则注②。别：指道别。或讥之：有人指责他。按：《礼记·曲礼》云："叔嫂不通问。"通问，指相互问候或互通音信；所以时人因阮籍不遵礼法而指责他。

②我辈：指我们这类人。

【译文】

阮籍的嫂子有一次回娘家，阮籍去看望她，并且在走的时候向她道别，有人因此责怪阮籍不合礼仪。阮籍说："礼法难道是为我们这类人制订的吗？"

8. 阮公邻家妇，有美色，当垆酤酒[①]。阮与王安丰常从妇饮酒，阮醉，便眠其妇侧[②]。夫始殊疑之，伺察，终无他意[③]。

【注释】

①阮公：指阮籍，详见《德行》第15则注②。当垆：对着酒垆，在酒垆

前。垆,古时酒店里安放酒瓮的土台子。酤酒:卖酒。

②王安丰:王戎,曾封安丰县侯,详见《德行》第16则注①。

③殊:特别,很。伺察:观察,探察。

【译文】

阮籍邻居家的主妇,容貌很漂亮,在酒垆旁卖酒。阮籍和安丰侯王戎常常到这家主妇那里买酒喝,阮籍喝醉了,就睡在那位主妇身旁。那家的丈夫最初特别怀疑阮籍,注意观察他的行为,但自始至终也没有发现他有别的意图。

9.阮籍当葬母,蒸一肥豚,饮酒二斗,然后临诀,直言:"穷矣!"①都得一号,因吐血,废顿良久②。

【注释】

①阮籍:字嗣宗,详见《德行》第15则注②。豚:小猪,亦泛指猪。临诀:瞻仰遗容,最后告别。直:通"只"。穷:穷尽。

②都:总共。号:指号哭。废顿:指身体损伤,精神萎顿。

【译文】

阮籍在安葬母亲的时候,蒸熟一个小肥猪,喝了两斗酒,然后去向母亲的遗体做最后的告别,口中只是叫"完了!"总共只号哭了一声,就口吐鲜血,身体因哀伤受损,精神萎顿了很久。

10.阮仲容、步兵居道南,诸阮居道北①。北阮皆富,南阮贫。七月七日,北阮盛晒衣,皆纱罗锦绮②。仲容以竿挂大布犊鼻裈于中庭③。人或怪之,答曰:"未能免俗,聊复尔耳!"

【注释】

①阮仲容:阮咸,字仲容,阮籍之侄,详见《赏誉》第12则注①。步兵:指阮籍,字嗣宗,曾任步兵校尉,详见《德行》第15则注②。

②盛:盛大地,大张旗鼓地。按:七月七日晒衣裳、书籍是古时候的

习俗，据说这样就会防止虫蛀。

③大布：指麻制的粗布。犊鼻裈(dú bí kūn)：一种齐膝的短裤，形如犊鼻（牛鼻），故有此名。中庭：庭中，庭院之中。

【译文】

阮仲容、步兵校尉阮籍住在道路的南边，其他阮姓诸人住在道路的北边。住在道路北边的阮家人都很富有，住在道路南边的阮家人比较贫穷。七月七日那天，道路北边的阮家大张旗鼓地晾晒衣服，晒的都是华贵的绫罗绸缎。阮仲容也用竹竿挂起一条用棉麻粗布做成的短裤，晒在庭院之中。有人对他这样的做法感到奇怪，问他原因，他回答说："我还不能免除世俗之情，姑且也这样做做罢了！"

11.阮步兵丧母，裴令公往吊之①。阮方醉，散发坐床，箕踞不哭②。裴至，下席于地，哭；吊唁毕，便去③。或问裴："凡吊，主人哭，客乃为礼。阮既不哭，君何为哭？"裴曰："阮方外之人，故不崇礼制；我辈俗中人，故以仪轨自居。④"时人叹为两得其中。

【注释】

①阮步兵：阮籍，字嗣宗，曾任步兵校尉，详见《德行》第15则注②。裴令公：裴楷，字叔则，曾任中书令，详见《德行》第18则注④。吊：吊唁。

②方：刚刚，刚才。床：指坐床。箕踞：即随意张开两腿坐着，形似簸箕。按：依据丧礼，阮籍坐在坐床上是离了丧位，箕踞而坐，是不合礼法的；下文客人席于地，而孝子坐在床上，也是不合礼法的。

③席于地：即席地而坐，在地上铺席用来坐。吊唁：同"吊唁"。

④方外之人：指言行超脱于世俗礼教之外的人。仪轨：指礼法，礼制。

【译文】

步兵校尉阮籍的母亲去世了，中书令裴楷前去吊唁。阮籍刚喝醉，披头散发，张开两腿坐在坐床上，没有哭。裴楷到后，退下来垫个座席坐在地上哭泣；吊唁完毕，就走了。有人问裴楷："大凡吊唁之礼，主人哭，客人才行哭礼。既然阮籍没有哭，您为什么哭呢?"裴楷说："阮籍是超脱于世俗礼教之外的人，所以不尊崇礼制；我们这种人是世俗中人，所以自己要遵守礼制准则。"当时的人很赞赏这个回答，认为对双方都处理得很恰当。

12.诸阮皆能饮酒，仲容至宗人间共集①，不复用常杯斟酌，以大瓮盛酒，围坐相向大酌②。时有群猪来饮，直接去上，便共饮之。

【注释】

①仲容：阮咸，字仲容，阮籍之侄，详见《赏誉》第12则注①。宗人：同一家族的人。集：聚会。

②斟酌：倒酒；倒酒不满曰斟，太过曰酌。大酌：畅饮。

【译文】

阮姓这一族的人都能喝酒，阮仲容来到族人中聚会时，就不再用普通的杯子倒酒喝，而用大酒瓮装酒，大家坐成个圆圈，面对面尽情畅饮一番。当时有一群猪也来喝酒，他们直接把面上的一层酒舀掉，就又一起喝起来。

13.阮浑长成，风气韵度似父，亦欲作达①。步兵曰："仲容已预之，卿不得复尔!②"

【注释】

①阮浑：字长成，阮籍之子，详见《赏誉》第29则注②。作达：指作放达、不拘礼法之人。

②步兵：即阮籍，曾任步兵校尉。仲容：阮咸，字仲容，阮籍之侄。预：参与。

【译文】

阮浑长大成人了，风采、气度都很像父亲，他也想学做父亲那样放达的人。他父亲步兵校尉阮籍对他说："仲容已经加入了我们这一流了，你不能再这样做了！"

14. 裴成公妇，王戎女[①]。王戎晨往裴许，不通径前[②]。裴从床南下，女从北下，相对作宾主，了无异色。

【注释】

①裴成公：即裴頠（wěi），字逸民，谥号为成，详见《言语》第23则注③。王戎：字濬冲，详见《德行》第16则注①。

②许：处所。通：指通报。

【译文】

裴頠的妻子，是王戎的女儿。王戎一天清早到裴家去，不经通报就径直进去了。裴頠看见他来，从床前下床，他妻子从床后下床，和王戎宾主相对，没有一点难为情的样子。

15. 阮仲容先幸姑家鲜卑婢[①]。及居母丧，姑当远移，初云当留婢，既发，定将去[②]。仲容借客驴，著重服自追之，累骑而返[③]。曰："人种不可失。[④]"即遥集之母也[⑤]。

【注释】

①阮仲容：阮咸，字仲容，详见《赏誉》第12则注①。幸：宠爱。鲜卑：古代住在东北、内蒙古一带的游牧民族。

②定：到底，究竟。将去：带走。

③重服：最重的孝服，即为父母丧而穿的孝服。累骑：重骑，这里指两人同乘一驴。

④人种：传宗接代的人，这里指鲜卑婢已怀孕。

⑤遥集：阮孚，字遥集，阮咸之子，详见《文学》第76则注③。

【译文】

阮仲容之前就很宠爱姑姑家那个鲜卑族的婢女。在给母亲守孝期间,他姑姑要搬到很远的地方去,起初说要留下这个婢女,起程时,到底还是把她带走了。仲容知道了,借了客人的驴,穿着孝服亲自去追她,然后两人一起骑着驴回来了。仲容说:"传宗接代的人可不能丢掉。"这个婢女就是阮遥集的母亲。

16. 任恺既失权势,不复自检括①。或谓和峤曰:"卿何以坐视元裒败而不救?②"和曰:"元裒如北夏门,拉攞自欲坏,非一木所能支。③"

【注释】

①任恺:字元裒(póu),一说元褒,乐安博昌人,曹魏太常卿任昊之子,娶魏明帝曹叡之女齐长公主为妻,魏时历任中书侍郎、员外散骑常侍等职,封昌国县侯;在晋朝历任太子少傅、吏部尚书、光禄勋、太仆、太常等职;因与宠臣贾充不和,仕途不顺,太康年间抑郁而死。检括:约束,检点。

②和峤:字长舆,详见《德行》第17则注①。按:和峤在晋武帝时任中书令,得到武帝的器重,又和任恺很亲密,所以有人责备他不救。

③北夏门:洛阳城北的一座门楼,是洛阳众门楼中最高大雄伟的。拉攞(luó):断裂,崩塌。

【译文】

任恺失去权势以后,不再自我检点约束。有人问和峤说:"你为什么眼看着元裒被搞垮而袖手不管呢?"和峤说:"元裒就好比北夏门,本来就要崩塌了,不是一根木头所能支撑得了的。"

17. 刘道真少时,常渔草泽,善歌啸,闻者莫不留连①。有一老妪,识其非常人,甚乐其歌啸,乃杀豚进之②。道真食豚尽,了不谢[③]。妪见不饱,又进一豚。食半余半,乃还之。后为吏部郎,妪儿为小令史,道真超用之[④]。不知所由,问母,母告之。于是赍牛酒诣道真[⑤],道真曰:"去,去!无可复用相报。"

【注释】

①刘道真:刘宝,字道真,详见《德行》第22则注①。渔:捕鱼。

②妪:老年妇女。豚:小猪。进:奉上,呈上。

③了不:完全不,全然不。

④超:提拔,擢升。

⑤赍(jī):携带。

【译文】

刘道真年轻时,常常到草泽中去打鱼,他擅长用口哨吹曲子,听到的人都流连忘返。有一个老妇人,知道他不是一个普通的人,而且很喜欢听他吹曲子,就杀了个小猪送给他吃。道真吃完了小猪,全然不道谢。老妇人看见他还没吃饱,又送上个小猪。刘道真吃了一半,剩下一半,就退回给老妇人。后来刘道真担任吏部郎,老妇人的儿子是个职位低下的令史,道真就提拔了他。令史不知道是什么原因,去问母亲,母亲告诉了他事情的缘由。于是他带上牛肉酒食去拜见道真,道真说:"走吧,走吧!不用再来报答我。"

18.阮宣子常步行,以百钱挂杖头,至酒店,便独酣畅[①]。虽当世贵盛[②],不肯诣也。

【注释】

①阮宣子:阮修,字宣子,详见《文学》第18则注①。酣畅:尽情畅饮。

②贵盛:指高贵显赫的人物。

【译文】

阮宣子常常步行外出,拿一百钱挂在手杖上,到酒店里,就独自尽情地畅饮。即使是当时的高贵显赫的人物,他也不肯主动登门拜访。

19.山季伦为荆州,时出酣畅[1]。人为之歌曰:“山公时一醉,径造高阳池[2]。日莫倒载归,茗艼无所知[3]。复能乘骏马,倒著白接篱[4]。举手问葛强,何如并州儿[5]?”高阳池在襄阳。强是其爱将,并州人也。

【注释】

①山季伦:山简,字季伦,山涛第五子,309 年出任征南将军,都督荆、湘、交、广四州诸军事,镇守襄阳,详见《赏誉》第 29 则注④。酣畅:尽情畅饮。

②径造:径直造访。高阳池:本名习家池,原是汉侍中习郁于襄阳岘山养鱼之所,山简镇守襄阳时,称之为高阳池,大概取自汉代郦食其高阳酒徒(郦食其即高阳人,曾对刘邦自称“高阳酒徒”)之意,此池由此改名。诗句大意:山简经常径直到高阳池去游玩,总是一醉方休。

③日莫:日暮,天黑;莫,通“暮”。倒载:倒卧车中。茗艼:同“酩酊”,形容大醉。诗句大意:天晚了,倒卧在车上回家,喝得酩酊大醉,一无所知。

④著:通“着”,戴着。白接篱:用白鹭的羽毛做装饰的帽子。诗句大意:不久又能骑骏马,只是白头巾戴颠倒了。按:这里指酒半醒了又能骑马,只是醉态朦胧,连头巾都戴歪了。

⑤葛强:并州人,山简手下爱将,其余不详。并州:约当今山西大部和河北、内蒙古的一部。诗句大意:举起手问葛强,我和你这个并州儿相比怎么样?

【译文】

山季伦都督荆州、镇守襄阳时,经常出游,并尽情畅饮。人们给他编了一首歌,说:“山公时一醉,径造高阳池。日莫倒载归,茗艼无所知。复能乘骏马,倒著白接篱。举手问葛强,何如并州儿?”高阳池在襄阳。葛强是山简的爱将,是并州人。

20. 张季鹰纵任不拘，时人号为"江东步兵"[①]。或谓之曰："卿乃可纵适一时，独不为身后名邪？[②]"答曰："使我有身后名，不如即时一杯酒！"

【注释】

①张季鹰：张翰，字季鹰，吴郡吴县（今江苏苏州）人，详见《识鉴》第10则注①。纵任：放纵，听任。江东：即江左，吴郡在江左。步兵：指阮籍，字嗣宗，曾任步兵校尉，详见《德行》第15则注②。

②乃可：同"那可"，哪可，岂可。纵适：恣意安适。身后：婉辞，与生前相对，指死后，过世之后。

【译文】

张季鹰放诞不羁，不拘礼仪，当时的人称他为"江东步兵"。有人对他说："你怎么可以恣意安逸一时，难道不考虑过世之后的名声吗？"季鹰回答说："与其让我死后有好的名声，还不如现在喝上一杯酒！"

21. 毕茂世云[①]："一手持蟹螯，一手持酒杯，拍浮酒池中，便足了一生。[②]"

【注释】

①毕茂世：毕卓，字茂世，东晋新蔡鲖阳（今安徽临泉鲖城）人，太兴末为吏部郎，常饮酒废职，过江后任温峤平南长史，卒于官。

②蟹螯（áo）：螃蟹前面的一对钳子。拍浮：击水浮游，游泳。

【译文】

毕茂世说："一只手拿着蟹螯，一只手拿着酒杯，在酒池里尽情畅游，这样就足以了结这一辈子了。"

22. 贺司空入洛赴命，为太孙舍人，经吴阊门，在船中弹琴[①]。张季鹰本不相识，先在金阊亭，闻弦甚清，下船就贺，因共语，便大相知说[②]。问贺："卿欲何之？"贺曰："入洛赴命，正尔进路。[③]"张曰:"吾亦有事北京。[④]"因路寄载,便与贺同发[⑤]。初不告家,家追问乃知[⑥]。

【注释】

①贺司空:贺循,字彦先,死后追封司空,详见《言语》第34则注①。赴命:前去接受任命。吴:指吴郡,今江苏省一带。阊(chāng)门:苏州城门名。按:贺循曾任太子(即愍怀太子)舍人,永康元年,愍怀废死,其子立为皇太孙,贺循可能转为太孙舍人。

②张季鹰:张翰,字季鹰,详见《识鉴》第10则注①。金阊亭:亭名,旧址在今苏州市阊门内。说:通"悦"。

③进路:上路出发。

④北京:指洛阳;贺、张二人都是江浙一带的南方人,当时南方人称洛阳为北京。

⑤寄载:指搭乘别人的交通工具。发:出发。

⑥初:完全。

【译文】

司空贺循到京都洛阳去接受任命,担任太孙舍人,经过吴地的阊门时,在船上弹琴。张季鹰原本不认识他,这时候正在金阊亭上,听见琴声非常清朗动人,循声下到船上找到贺循,于是两人就一起谈论起来,很快就成为知心好友,彼此都非常高兴。张季鹰问贺循:"你要到哪里去?"贺循说:"到洛阳去就职,正准备上路出发了。"张季鹰说:"我也有事要到洛阳。"于是便顺路搭乘贺循的船只,和贺循一同出发上路。他完全没有告诉家里这件事,后来家里追寻起来,才知道这回事。

23.祖车骑过江时,公私俭薄,无好服玩[①]。王、庾诸公共就祖,忽见裘袍重叠,珍饰盈列[②]。诸公怪问之,祖曰:"昨夜复南塘一出。[③]"祖于时恒自使健儿鼓行劫钞,在事之人亦容而不问[④]。

【注释】

①祖车骑:祖逖,字士稚,死后追赠车骑将军,详见《赏誉》第43则注①。公私:公家和私人。俭薄:微薄,不宽裕。服玩:服饰器用和玩赏的物品。

②王:指王导,字茂弘,详见《德行》第27则注③。庾:指庾亮,字元规,详见《德行》第31则注①。就祖:到祖逖那里去。

③南塘:秦淮河南岸,是当时富户聚集区;塘,堤岸。一出:一番,一回。

④鼓行:击鼓行进,指大张声势地、公然地做。劫钞:抢劫。在事:居官任事。

【译文】

车骑将军祖逖过江到南方时,官府和个人都很不宽裕,没有什么名贵的服饰器用和玩赏物品。有一次,王导、庾亮等人一起去看望祖逖,忽然看见皮袍一叠一叠的,珍宝服饰排得满满当当的。王导等人感到很奇怪,就问祖逖,祖逖回答说:“昨天夜里又到南塘走了一趟。”祖逖当时经常亲自派手下的勇士公然去抢劫,居官任事的人也容许默许了,没有去追究他的责任。

24. 鸿胪卿孔群好饮酒①。王丞相语云:“卿何为恒饮酒?不见酒家覆瓿布,日月糜烂?②”群曰:“不尔。不见糟肉,乃更堪久?③”群尝书与亲旧:“今年田得七百斛秫米,不了曲糵事。④”

【注释】

①鸿胪卿:官职名,大鸿胪(官署名)的主官,掌管朝祭礼仪等。孔群:字敬休,详见《方正》第36则注②。

②王丞相:王导,字茂弘,官至丞相,详见《德行》第27则注③。瓿(bù):小瓮,青铜或陶制,用以盛酒或水。日月:指时间短。

③糟肉:用酒或酒糟腌制的肉。

④亲旧:亲戚和故交旧友。斛:古代常用容量单位,十斗为一斛。秫

(shú)米:高粱米。曲糵(niè):酒曲,这里指用酒曲酿酒。

【译文】

鸿胪卿孔群喜欢喝酒。丞相王导对他说:“你为什么经常喝酒?你难道没看见酒店里面盖酒坛的布,过不了多少时间就会腐烂了吗?”孔群说:“不能这样说。您难道没看见用酒腌制而成的糟肉,反而能放置更久吗?”孔群曾经给亲戚旧友写信说:“今年田地里只收到七百斛高粱米,不够酿酒用的。”

25.有人讥周仆射:与亲友言戏,秽杂无检节①。周曰:“吾若万里长江,何能不千里一曲?②”

【注释】

①讥:指责,非议。周仆射:周顗(yǐ),字伯仁,官至尚书左仆射,详见《言语》第30则注②。戏:开玩笑。检节:检点节制。

②曲:弯曲,拐弯。

【译文】

有人指责尚书左仆射周顗:和亲友聊天开玩笑时,言行粗野杂乱,没有检点节制,周顗说:“我好比万里长江,怎么可能一泻千里,中间没有一个拐弯儿呢?”

26.温太真位未高时,屡与扬州、淮中估客樗蒱,与辄不竞①。尝一过,大输物,戏屈,无因得反②。与庾亮善,于舫中大唤亮曰③:“卿可赎我!”庾即送直,然后得还④。经此数四。

【注释】

①温太真:温峤,字太真,详见《言语》第35则注②。估客:即商人。樗蒱(chū pú):一种赌博游戏。不竞:指竞争失利,不胜。

②一过:一次。物:指财物,即钱。戏屈:游戏屈服于对方,这里指在樗蒲游戏中输了。反:通“返”。

③庾亮：字元规，详见《德行》第31则注①。舫：船。

④直：同“值”，代价，钱。

【译文】

温太真官职还不高的时候，屡次和扬州、淮中的客商赌博，每次玩总是赢不过对方。有一次，他又去了，又在樗蒲游戏中败给对方，大大地输了一笔钱，以至于没法回去。他和庾亮关系很好，就在船上大声招呼庾亮说：“你该来赎我了！”庾亮立刻把钱送过去，然后他才能够回来。这种事他做过很多次。

27. 温公喜慢语，卞令礼法自居[①]。至庾公许，大相剖击[②]。温发口鄙秽，庾公徐曰：“太真终日无鄙言。[③]”

【注释】

①温公：温峤，字太真，详见《言语》第35则注②。慢语：轻慢放肆之语。卞令：即卞壸(kǔn)，字望之，两度为尚书令，故称卞令，平素以礼法自居，意图纠正当世，详见《言语》第48则注④。

②庾公：庾亮，字元规，详见《德行》第31则注①。许：处所。剖击：指辩论与反击。

③发口：开口。按：魏晋时有以傲慢放纵为放达的风气，庾亮这样说，是因为看重太真。

【译文】

温太真喜欢说些轻慢放肆的话，尚书令卞壸以礼法之士自居。两人到庾亮那里去，双方互相辩论，并大力回击。温大真开口语言庸俗、粗鄙，庾亮却慢悠悠他说：“太真整日出言不俗。”

28. 周伯仁风德雅重，深达危乱[①]。过江积年，恒大饮酒，尝经三日不醒[②]，时人谓之“三日仆射”。

【注释】

①周伯仁：周顗(yǐ)，字伯仁，官至尚书左仆射，详见《言语》第30则

注②。达：通晓。

②积年：历年，多年。大饮：指饮酒过量。

【译文】

周伯仁风格德行高尚庄重，深切了解国家的危乱。过江以后，多年都是经常大量饮酒，曾经一连三天都没醒酒。当时的人把他叫作“三日仆射”。

29. 卫君长为温公长史，温公甚善之[1]。每率尔提酒脯就卫，箕踞相对弥日[2]。卫往温许亦尔。

【注释】

①卫君长：卫永，字君长，详见《赏誉》第107则注①。温公：温峤，字太真，详见《言语》第35则注②。善：赞许。

②率尔：随便的样子。脯：干肉。箕踞：两脚张开，两膝微曲地坐着，形状像箕。弥日：终日。

【译文】

卫君长任温峤的长史，温峤非常欣赏他。温峤经常随随便便地提着酒肉到卫君长那里去，两人伸开腿面对面坐着，一喝就是一整天。卫君长到温峤那里去时也是这样。

30. 苏峻乱，诸庾逃散[1]。庾冰时为吴郡，单身奔亡，民吏皆去，唯郡卒独以小船载冰出钱塘口，蘧篨覆之[2]。时峻赏募觅冰，属所在搜检甚急[3]。卒舍船市渚，因饮酒醉还，舞棹向船曰[4]：“何处觅庾吴郡，此中便是！”冰大惶怖，然不敢动。监司见船小装狭，谓卒狂醉，都不复疑[5]。自送过淛江，寄山阴魏家，得免[6]。后事平，冰欲报卒，适其所愿。卒曰：“出自厮下，不愿名器。少苦执鞭，恒患不得快饮酒。使其酒足余年，毕矣，无所复须。[7]”冰为起大舍，市奴婢，使门内有百斛酒，终其身[8]。时谓此卒非唯有智，且亦达生[9]。

【注释】

①苏峻：字子高，详见《方正》第25则注②。苏峻乱：327年，庾亮想解除苏峻兵权，征其为大司农，召入京，苏峻以讨庾亮为名，与祖约起兵反晋，次年攻入建康，专擅朝政，大赦天下，唯独不赦庾氏，不久温峤、陶侃起兵讨伐，苏峻战败被杀。

②庾冰：字季坚，庾亮之弟，曾任吴国内史，即文中的吴郡，详见《方正》第41则注①。蘧篨(qú chú)：用苇或竹编成的粗席。

③属：通“嘱”，叮嘱，告诫。所在：到处，各处。搜检：搜索检查。

④市渚：市镇岸边，埠头。棹(zhào)：划船的一种工具，形状和桨差不多。

⑤监司：负责监察的官员。都：全。

⑥淛(zhè)江：浙江的古名。寄：寄住。

⑦厮：杂役，差役。名器：官爵和车服等标志名位、等级的器物。执鞭：拿鞭子赶车，泛指为他人服役。

⑧大舍：指大房子。市：买。

⑨达生：指看透人生的一种豁达乐观的处世态度。

【译文】

苏峻起兵发动叛乱时，庾姓一族的人都四下逃散了。庾冰当时任吴郡内史，单身逃亡，百姓官吏都离开他跑了，只有郡衙里一个差役独自用艘小船载着他逃到钱塘口，用粗竹席子盖在他身上遮掩着他。当时苏峻悬赏募集人来搜捕庾冰，要求各处加紧搜查，催得非常紧急。那个差役把船停在市镇码头上走了，后来喝醉了回来，舞着船桨指着船说：“还到哪里去找庾吴郡，这里面就是！”庾冰听了，非常恐惧，可是又不敢动。监司看见船很小，船舱又很狭窄，认为是差役烂醉后胡说八道，对这艘船没有产生一点儿怀疑。自从送过浙江，庾冰寄住在山阴县魏家以后，才得以脱险。后来平定了苏峻叛乱，庾冰想要报答那个差役，满足他的要求。差役说：“我是差役出身，不羡慕那些官爵器物。只是从小就苦于为他人服役，经常发愁不能痛快地喝酒。如果让我这后半辈子能有足够的酒喝，这就行了，不再需要别的什么了。”庾冰给他修了一所大房子，买来奴婢，让他家里经常有多达百斛的酒，就这样供养了他一辈子。当时的人认为这个差役不只有智谋，而且对人生也很豁达乐观。

31.殷洪乔作豫章郡，临去，都下人因附百许函书①。既至石头，悉掷水中，因祝曰②：“沉者自沉，浮者自浮，殷洪乔不能作致书邮！”

【注释】

①殷洪乔：殷羡，字洪乔，东晋陈郡长平(今河南西华)人，殷浩之父，历任长沙相、豫章太守、光禄勋等职。作豫章郡：指出任豫章太守一职。

②石头：即石头城，故址在今南京市清凉山。祝：祷告。

【译文】

殷洪乔出任豫章太守，临走时，京都人士趁便托他代送书信，多达一百来封。他走到石头城时，把信全都扔到江里，接着祷告说：“要沉的自己沉下去，要浮的自己浮起来，我殷洪乔不能做送信的邮差！”

32.王长史、谢仁祖同为王公掾①。长史云：“谢掾能作异舞。”谢便起舞，神意甚暇。王公熟视，谓客曰：“使人思安丰。②”

【注释】

①王长史：王濛，字仲祖，官至司徒左长史，详见《言语》第54则注④。谢仁祖：谢尚，字仁祖，详见《言语》第46则注①。王公：指王导，字茂弘，详见《德行》第27则注③。掾：属官。

②熟视：注目细看。安丰：王戎，字濬冲，曾封安丰县侯，详见《德行》第16则注①。

【译文】

司徒左长史王濛和谢仁祖同是王导的属官。王濛说：“谢掾会跳一种特殊的舞。"谢仁祖就起身跳舞，神情意态非常悠闲自得。王导注目细看他，对客人说："他让人想起了安丰县侯王戎。"

33.王、刘共在杭南，酣宴于桓子野家①。谢镇西往尚书墓还，葬后三日反哭②。诸人欲要之，初遣一信，犹未许，然已停车③。重要，便回驾④。诸人门外迎之，把臂便下。裁得脱帻著帽，酣宴半坐，乃觉未脱衰⑤。

【注释】

①王：指王濛，字仲祖，详见《言语》第54则注④。刘：指刘惔，字真长，详见《德行》第35则注①。杭南：即朱雀桁南，指乌衣巷，东晋时，王、谢诸名族聚居在这里。桓子野：桓伊，字叔夏，小字子野，详见《方正》第55则注①。

②谢镇西：谢尚，字仁祖，曾任镇西将军，详见《言语》第46则注①。尚书：即谢裒(póu)，字幼儒，谢安之父，谢尚叔父，曾任吏部尚书，详见《方正》第25则注⑤。反哭：古丧礼仪式，葬后迎死者神主回祖庙，并哭祭。

③要：通"邀"，邀请。

④重要：再次邀请。

⑤裁：通"才"。帻(zé)：头巾。帽：指便帽，日常戴的帽子。衰(cuī)：古代用粗麻布制成的毛边丧服。

【译文】

王濛和刘惔一同在乌衣巷桓子野家开怀畅饮。这时，镇西将军谢尚从他叔父、尚书谢裒的陵墓回来，他是在谢裒安葬后三天奉神主回祖庙哭祭。大家想邀请他来一起喝酒，开头派个送信人去请，他还没有答应，可是已经把车停下了。再次派人去请，谢尚便掉转车头来了。大家都到门外去迎接，他就拉着别人的手下了车。进门后，刚刚才脱下头巾，戴上便帽就入座了，喝酒一直喝到中途，才发觉还没有脱掉孝服。

34.桓宣武少家贫,戏大输,债主敦求甚切,思自振之方,莫知所出[①]。陈郡袁耽,俊迈多能,宣武欲求救于耽[②]。耽时居艰,恐致疑,试以告焉,应声便许,略无慊吝[③]。遂变服,怀布帽随温去,与债主戏[④]。耽素有蓺名,债主就局曰:“汝故当不办作袁彦道邪?[⑤]”遂共戏。十万一掷,直上百万数。投马绝叫,傍若无人[⑥]。探布帽掷对人曰:“汝竟识袁彦道不?[⑦]”

【注释】

①桓宣武:桓温,字元子,谥号宣武,详见《言语》第55则注①。戏:指赌博游戏。敦:催促。自振:自救。

②袁耽:字彦道,陈郡阳夏(今河南太康)人,年轻有才气,倜傥不羁;因平苏峻之乱有功,受封秭归男,拜建威将军、历阳太守,官至司徒从事中郎。

③居艰:居丧,守孝。略无:全无,毫无。慊吝:因不满意而为难。

④变服:指换了孝服。

⑤蓺:同“艺”,技能,这里指赌博的技巧。不办:不会。

⑥马:筹码,计数的用具,古代常用于赌博。绝叫:大叫,以此虚张声势。

⑦探:取出。竟:到底。

【译文】

桓温年轻时家里很贫困,有一次赌博输得很惨,债主催他还债又催得很急,他考虑着自救的办法,却又想不出来。陈郡的袁耽英俊豪迈,多才多艺,桓温想去向他求救。当时袁耽正在守孝,桓温担心引起疑虑,试着把自己的想法告诉他,没料到他随口就答应了,没有丝毫的不满意和为难。袁耽于是换了孝服,把戴的布帽揣进怀里,就跟随桓温走了,去和债主赌博。袁耽赌博的技巧一向很出名,债主不认识他,临开局时说:“你想必不会是袁彦道吧?”便和他一起赌。一次就押十万钱做赌注,一直升到一次百万钱。每掷筹码就大声喊叫,旁若无人。赢够了,他才伸手从怀里摸出布帽来,掷向对手说:“你到底认识不认识袁彦道?”

35.王光禄云:“酒正使人人自远。[①]”

【注释】

①王光禄:王蕴,字叔仁,死后追赠左光禄大夫,详见《识鉴》第26则注②。自远:疏远自己,忘掉自己。

【译文】

光禄大夫王蕴说:“酒正好能让每个人忘掉自己的一切。”

36.刘尹云:“孙承公狂士,每至一处,赏玩累日,或回至半路却返。[①]”

【注释】

①刘尹:刘惔,字真长,官至丹阳尹,详见《德行》第35则注①。孙承公:孙统,字承公,详见《赏誉》第75则注①。狂士:狂放的人。却返:返回。

【译文】

丹阳尹刘惔说:“孙承公是个狂放的人,每到一个风景胜地,就一连几天地赏玩,有时已经回到半路了,却又返回去。”

37.袁彦道有二妹:一适殷渊源,一适谢仁祖[①]。语桓宣武云:“恨不更有一人配卿![②]”

【注释】

①袁彦道:袁耽,字彦道,详见《任诞》第34则注②。适:旧称女子出嫁。殷渊源:殷浩,字渊源,详见《言语》第80则注②。谢仁祖:谢尚,字仁祖,详见《言语》第46则注①。

②桓宣武:桓温,谥号宣武,详见《言语》第55则注①。配:许配。

【译文】

袁彦道有两个妹妹:一个嫁给殷渊源,一个嫁给谢仁祖。有一次他对桓温说："遗憾的是没有另一个妹妹许配给你！"

38.桓车骑在荆州，张玄为侍中，使至江陵，路经阳岐村[1]。俄见一人，持半小笼生鱼，径来造船，云："有鱼，欲寄作脍。[2]"张乃维舟而纳之[3]。问其姓字，称是刘遗民[4]。张素闻其名，大相忻待[5]。刘既知张衔命，问："谢安、王文度并佳不？[6]"张甚欲话言，刘了无停意。既进脍，便去，云："向得此鱼，观君船上当有脍具，是故来耳。"于是便去。张乃追至刘家。为设酒，殊不清旨，张高其人，不得已而饮之[7]。方共对饮，刘便先起，云："今正伐荻，不宜久废。[8]"张亦无以留之。

【注释】

①桓车骑：桓冲，字幼子，桓温之弟，曾任车骑将军、荆州刺史等职，详见《夙惠》第7则注②。张玄：字祖希，详见《言语》第51则注①。

②径：径直，直接。造船：到达船边。寄：托付。脍：细切的鱼，这里指生鱼片。

③维舟：系船停泊。

④刘遗民：刘驎之，字子骥（一字遗民），隐士，详见《栖逸》第8则注①。

⑤忻：同"欣"。

⑥衔命：奉命。谢安：字安石，详见《德行》第33则注③。王文度：王坦之，字文度，详见《言语》第72则注①。按：刘遗民是个隐士，知道张玄是官场中人，不愿和他深谈。

⑦清旨：清澈味美。高：尊崇，敬重。

⑧荻：芦苇一类的水草。废：停止，中止。

【译文】

车骑将军桓冲任荆州刺史时，镇守江陵，当时张玄任侍中，奉命到江陵出差，坐船路经阳岐村。忽然看见一个人拿着半小筐活鱼，径直走到船旁来，说："有点鱼，想拜托你们帮忙切成生鱼片。"张玄就叫人拴好船让他把鱼拿上来。问他的姓名，他自称是刘遗民。张玄之前听到过他的大名，就非常高兴地接待了他。刘遗民知道张玄是奉命出差以后，只是问道："谢安和王文度都好吗？"张玄很想和他谈论一下，刘遗民却完全没有停留的意思。等到把生鱼片切好拿进来，他就要走，说："刚才得到这点鱼，估计您的船上一定有刀具可以切鱼，因此才来的。"于是就走了。张玄就跟着送到刘家。刘遗民摆上酒，酒并不清澈，味道也很不好，可是张玄敬重他的为人，不得已喝下去。刚和他一起对饮，刘遗民就先站起来，说："现在正是收割荻草的时候，不宜停工太久。"张玄也没有办法再停留下去了。

39. 王子猷诣郗雍州[①]，雍州在内，见有毾㲪，云："阿乞那得此物！[②]"令左右送还家。郗出觅之，王曰："向有大力者负之而趋。"郗无忤色。

【注释】

①王子猷：王徽之，字子猷，详见《雅量》第36则注①。郗雍州：郗恢，字道胤，小名阿乞，曾任雍州刺史，详见《栖逸》第17则注①。

②毾㲪(tà dēng)：有花纹的细毛毯，此物当时很少，所以珍贵。

【译文】

王子猷去拜访雍州刺史郗恢，郗恢还在里屋，王子猷看见厅上有块有花纹的细毛毯，说："阿乞怎么得到了这样好的东西！"便叫随从送回自己家里。郗恢出来寻找毛毯，王子猷说："刚才有个大力士背着它跑了。"郗恢脸上也没有露出不满的神色。

40. 谢安始出西戏，失车牛，便杖策步归[①]。道逢刘尹，语曰："安石将无伤！[②]"谢乃同载而归。

【注释】

①谢安：字安石，详见《德行》第33则注③。戏：指赌博。杖策：拄着

手杖。

②刘尹：刘惔，字真长，官至丹阳尹，详见《德行》第35则注①。将无：莫非。伤：指伤气，犹言丧气。

【译文】

谢安当初到西边去赌博，输掉了车子和驾车的牛，只好拄着手杖走回家去。半路上碰见丹阳尹刘惔，刘惔说道："安石莫非是丧气了吧！"谢安就搭上他的车子一起回去了。

41.襄阳罗友有大韵，少时多谓之痴①。尝伺人祠，欲乞食，往太蚤，门未开②。主人迎神出见，问以非时，何得在此，答曰："闻卿祠，欲乞一顿食耳。"遂隐门侧。至晓，得食便退，了无怍容③。为人有记功，从桓宣武平蜀，按行蜀城阙，观宇内外，道陌广狭，植种果竹多少，皆默记之④。后宣武漂洲与简文集，友亦预焉⑤。共道蜀中事，亦有所遗忘，友皆名列，曾无错漏⑥。宣武验以蜀城阙簿，皆如其言，坐者叹服。谢公云："罗友讵减魏阳元！⑦"后为广州刺史，当之镇，刺史桓豁语令莫来宿，答曰："民已有前期，主人贫，或有酒馔之费，见与甚有旧，请别日奉命。⑧"征西密遣人察之，至日乃往荆州门下书佐家，处之怡然，不异胜达⑨。在益州，语儿云："我有五百人食器。"家中大惊。其由来清，而忽有此物，定是二百五十沓乌樏⑩。

【注释】

①罗友：字宅仁(一说字它仁)，东晋襄阳人，出身寒门，曾任桓温的幕僚、襄阳太守、广州刺史、益州刺史等职。大韵：突出的气度、情趣。

②祠：祭祀。蚤：通"早"。

③了无：全无，完全没有。怍(zuò)容：羞愧的脸色。

④记功：记忆力。桓宣武：桓温，字元子，谥号宣武，详见《言语》第55则注①。按行：巡视。城阙：都城，这里指李势所盘踞的成都。道陌：

街道，道路。

⑤漂州：当作溧州，因形近而误，《晋书·桓温传》作“洌州”。简文：晋简文帝司马昱，详见《德行》第37则注①。集：集会，聚合。预：参与。按：桓温在晋穆帝时（公元347年）平定蜀地，至哀帝末年（公元365年）简文帝司马昱辅政，会桓温于洌州，其中间隔将近20年。

⑥名列：按名目列出。曾无：不曾。

⑦谢公：指谢安，字安石，详见《德行》第33则注③。讵：岂，怎。减：不足，不如。魏阳元：魏舒，字阳元，详见《赏誉》第17则注11。

⑧桓豁：字朗子，桓温之弟，曾接替桓温任荆州刺史，官至征西大将军，故下文称征西，详见《豪爽》第10则注②。之：往，到。莫：同“暮”。前期：指先有约定。酒馔：指酒食。

⑨至日：一本作“至夕”，比较合理。书佐：刺史的属官，主管起草文书等事。胜达：名流和显贵。

⑩由来：历来，自始以来。清：清白。沓：一沓指一套。乌樏（léi）：古代一种黑色食盒，中分格子，多用于清贫之家。一沓乌樏可供两人用，所以二百五十沓乌樏就是五百人的食器。

【译文】

襄阳人罗友有突出的风度和情趣，年轻时人们大多认为他傻。有一次他打听到有人要举行祭祀，想去讨点酒饭，不料去得太早了，那家大门还没开。后来那家主人出来迎神，看见他，就问：“还不到时候，怎么在这里等着？”他回答说：“听说你要祭神，想讨一顿酒饭罢了。”便来到门边躲着。到天亮，得到了吃的食物便走了，一点也不感到羞愧。他为人处事记忆力非常强，曾随从桓温平定蜀地，攻占成都后，他巡视整个都城，把宫殿楼阁的里里外外，道路的宽窄，所种植的果树、竹林的多少，都默默记在心里。后来桓温在溧洲和简文帝司马昱进行会谈，罗友也参加了。在会谈中谈及蜀地的情况，桓温也有所遗忘，这时罗友都能按名目一一列举出来，没有一点儿错漏。桓温拿蜀地记载都城情况的簿册来验证，都和他说的一样，在座的人都很赞叹佩服。谢安说：“罗友岂能不如魏阳元!”后来罗友出任广州刺史,当他要到镇守地赴任的时候,荆州刺史桓豁和他说,让他晚上来自己家中住宿,他回答说:“我已经先有了约会,那家主人很贫困,也许已经破费钱财置办了酒食,他和我有很深的老交情,我不能不赴约,请允许我以后再遵命。”桓豁暗中派人观察他,到了晚上,他竟然是到荆州刺史的属官书佐家去,而且在那里处得很愉快,和对待名流显贵没有什么两样。任益州刺史时,对他儿子说:“我有五百人的食具。”家里人大吃一惊。他一向清白,却突然有这么多物品,后来才知道原来是二百五十套黑食盒。

42. 桓子野每闻清歌,辄唤:“奈何!”[①]谢公闻之[②],曰:“子野可谓一往有深情。”

【注释】

①桓子野:桓伊,字叔夏,小字子野,详见《方正》第55则注①。清歌:指没有乐器伴奏的唱歌。奈何:据《古今乐录》记载:“奈何,曲调之遗音也”,即一人唱,众人喊“奈何”帮腔相和。

②谢公:指谢安,字安石,详见《德行》第33则注③。

【译文】

桓子野每逢听到别人清歌,总是帮腔呼喊:“奈何!”谢安听见了,说:“子野可以说是一往情深。”

43. 张湛好于斋前种松柏[①]。时袁山松出游,每好令左右作挽歌[②]。时人谓:“张屋下陈尸,袁道上行殡。[③]”

【注释】

①张湛:字处度,高平人,小字驎;少年有为,撰有《养生要集》《庄子注》《列子注》等;官至中书侍郎、光禄勋。斋:房屋。

②袁山松:详见《德行》第45则注⑤。挽歌:送葬时唱的歌。

③行殡:出殡。按:时人如此说,是因为松柏可制棺材,一说是坟墓

前必栽松柏，出殡时必唱挽歌。

【译文】

张湛喜欢在房屋前栽种松柏。当时袁山松外出游赏时，常常喜欢叫随从唱挽歌。当时人们评论说："张湛是在房前停放尸首，袁山松是在道上出殡。"

44. 罗友作荆州从事①，桓宣武为王车骑集别②，友进坐良久，辞出。宣武曰："卿向欲咨事，何以便去？"答曰："友闻白羊肉美，一生未曾得吃，故冒求前耳，无事可咨。今已饱，不复须驻。"了无惭色。

【注释】

①罗友：曾担任荆州刺史桓温的从事，详见《任诞》第41则注①。

②桓宣武：桓温，字元子，谥号宣武，详见《言语》第55则注①。王车骑：指王洽，字敬和，王导第三子，详见《赏誉》第114则注①。集别：指聚会送别。

【译文】

罗友任荆州刺史桓温的从事，有一次桓温把大家召集在一起给车骑将军王洽送别，罗友进来坐了很久，才告辞退出。桓温问他："你刚才不是准备商量什么事吗，为什么这就走呢？"罗友回答说："我听说白羊肉味道很美，一辈子还没有机会吃过，所以冒昧地请求前来罢了，其实没有什么事要商量的。现在已经吃饱了，就没有必要再留下了。"说话时，全然没有一点羞愧的样子。

45. 张驎酒后挽歌甚凄苦①。桓车骑曰："卿非田横门人，何乃顿尔至致？②"

【注释】

①张驎：张湛，小名驎，详见《任诞》第43则注①。挽歌：送葬时唱

的歌。

②桓车骑：桓冲，字幼子，曾任车骑将军，详见《夙惠》第7则注②。田横：秦末人，在楚汉之争中，曾自立为齐王，后来逃亡至海岛；汉高祖刘邦定天下后，田横来投降，未至洛阳，羞惭自杀，随从人员唱挽歌表示哀悼。顿尔：突然。

【译文】

张驎酒后唱起了挽歌，听着非常凄苦。车骑将军桓冲说："你又不是田横的门客，怎么突然就凄苦到了极点？"

46.王子猷尝暂寄人空宅住，便令种竹[①]。或问："暂住何烦尔！"王啸咏良久，直指竹曰："何可一日无此君！"

【注释】

①王子猷：王徽之，字子猷，详见《雅量》第36则注①。

【译文】

王子猷曾经暂时借住别人的空房，随即便让家人种上竹子。有人问他："暂时住一下而已，何必这样麻烦！"王子猷吹口哨吹了好一会，才指着竹子说："怎么可以一天没有这位君子！"

47.王子猷居山阴[①]。夜大雪，眠觉，开室，命酌酒[②]。四望皎然，因起彷徨，咏左思《招隐》诗[③]。忽忆戴安道，时戴在剡，即便夜乘小船就之[④]。经宿方至，造门不前而返[⑤]。人问其故，王曰："吾本乘兴而行，兴尽而返，何必见戴！"

【注释】

①王子猷：王徽之，字子猷，详见《雅量》第36则注①。山阴：县名，今浙江省绍兴县。按：王子猷弃官东归后，住在山阴县。

②眠觉(jué)：睡醒了。

③四望：眺望四方。彷徨：同"徘徊"，来回走动。左思：字太冲，详见

《文学》第 68 则注①。《招隐》诗：主要写寻访隐士和对隐居生活的羡慕。

④戴安道：戴逵，字安道，著名画家，终生未仕，详见《雅量》第 34 则注①。剡：剡县，今浙江嵊州，有剡溪可通往山阴县。

⑤方：才。造门：到了门口。

【译文】

王子猷住在山阴县。有一夜下大雪，他一觉醒来，打开房门，叫家人斟酒来喝。他眺望四方，一片皎洁，于是起身来回走动，朗诵左思的《招隐》诗。忽然想起隐士戴安道，当时戴安道住在剡县，他立即连夜坐小船到戴家去。船行了一夜才到，到了戴家门口，没有进去，就又原路返回了。别人问他是什么原因，王子猷说："我本是趁着一时兴致去的，兴致没有了就回来，为什么一定要见到戴安道呢！"

48.王卫军云："酒正自引人著胜地。①"

【注释】

①王卫军：王荟，字敬文，王导第六子，死后追赠卫将军，详见《雅量》第 26 则注①。按：这一则可以和第 35 则互相参照。

【译文】

卫将军王荟说："酒正好把人引入一种美妙的境界。"

49.王子猷出都，尚在渚下①。旧闻桓子野善吹笛，而不相识②。遇桓于岸上过，王在船中，客有识之者，云是桓子野。王便令人与相闻③，云："闻君善吹笛，试为我一奏。"桓时已贵显，素闻王名，即便回下车，踞胡床，为作三调④。弄毕，便上车去⑤。客主不交一言。

【注释】

①王子猷：王徽之，字子猷，详见《雅量》第 36 则注①。出都：到京都去。渚下：指码头。

②桓子野：桓伊，字叔夏，小字子野，详见《方正》第55则注①。按：《晋书》本传说桓子野“善音乐，尽一时之妙，为江左第一”。

③相闻：互通信息。

④踞：坐。胡床：一种可以折叠的轻便坐具。三调：指三支曲子。

⑤弄：演奏。

【译文】

王子猷坐船进京，还停泊在码头上，没有上岸。过去曾听说过桓子野擅长吹笛子，可是并不认识他。这时正碰上桓子野从岸上经过，王子猷在船中，听到有个认识桓子野的客人说，那是桓子野。王子猷便派人替自己传个话给桓子野，说：“听说您擅长吹笛子，请试着为我吹奏一曲。”桓子野当时已经做了大官，一向也听到过王子猷的名声，立刻就掉头下车，上船坐在胡床上，为王子猷吹了三支曲子。吹奏完毕，就上车走了。宾主双方一句话也没有交谈。

50. 桓南郡被召作太子洗马，船泊荻渚[①]。王大服散后已小醉，往看桓[②]。桓为设酒，不能冷饮，频语左右：“令温酒来！”桓乃流涕呜咽，王便欲去[③]。桓以手巾掩泪，因谓王曰：“犯我家讳，何预卿事！[④]”王叹曰：“灵宝故自达！”

【注释】

①桓南郡：桓玄，字敬道，小字灵宝，桓温之子，曾任太子洗马，因袭其父南郡公之职，故称桓南郡，详见《德行》第41则注①。荻渚：小洲名，近秦淮河。

②王大：即王忱，字元达，小字佛大，详见《德行》第44则注②。服散：服用五石散(一名寒食散)。按：魏晋南北朝士大夫好服五石散，服用后要用喝温酒、脱衣裸袒、运动出汗等方式来发散药力。

③“桓乃”句：晋人的习俗，听到已死尊长的名讳必须哭，这是一种礼节；王大叫“温酒”，犯了桓玄父亲桓温的名讳，所以桓玄要哭。

④家讳：指古时候避开父、祖名字的做法，与国讳相对，也叫私讳。

【译文】

南郡公桓玄应召出任太子洗马，坐船前去赴任，船停在荻渚。王大服五石散后已经有点醉了，这时去探望桓玄。桓玄为他安排酒食，他这时不能喝冷酒，连连告诉随从说："叫他们把酒温热后再拿来！"桓玄于是低声哭泣，王大就想告辞离开。桓玄拿手巾擦着眼泪，对王大说："我哭是因为犯了我的家讳，关你什么事！"王大赞叹说："灵宝的确旷达！"

51. 王孝伯问王大①："阮籍何如司马相如？②"王大曰："阮籍胸中垒块，故须酒浇之。③"

【注释】

①王孝伯：字孝伯，详见《德行》第44则注①。王大：王忱，字元达，小字佛大，详见《德行》第44则注②。

②阮籍：嗣宗，详见《德行》第15则注②。司马相如：字长卿，是汉代著名的辞赋家，《高士传》说他"仕宦不慕高爵，常托疾不与公卿大事。终于家"。

③垒块：比喻胸中堆积的不平之气。

【译文】

王孝伯问王大："阮籍比起司马相如怎么样？"王大说："阮籍心里堆积着很多不平之气，所以需要借酒浇愁。"

52. 王佛大叹言："三日不饮酒，觉形神不复相亲。①"

【注释】

①王佛大：王忱，字元达，小字佛大，也称王大，详见《德行》第44则注②。形神不复相亲：比喻魂不守舍。

【译文】

王佛大叹息说："三天不喝酒，就觉得身体和精神不再互相依附了。"

53.王孝伯言:“名士不必须奇才,但使常得无事,痛饮酒,熟读《离骚》,便可称名士。①”

【注释】

①王孝伯:字孝伯,详见《德行》第44则注①。按:王恭官至前将军、青兖二州刺史,曾先后两度起兵讨伐朝臣,但在第二次起兵时因刘牢之叛变而兵败,后被捕并被处死。余嘉锡在《世说新语笺疏》中说:“赏誉篇云:‘王恭有清辞简旨,而读书少。’此言不必须奇才,但读《离骚》,皆所以自饰其短也。恭之败,正坐不读书。故虽有忧国之心,而卒为祸国之首,由其不学无术也。”

【译文】

王孝伯说:“做名士不一定需要具备特殊的才能,只要能经常无事,尽情地喝酒,熟读《离骚》,就可以称为名士。”

54.王长史登茅山,大恸哭曰:“琅邪王伯舆,终当为情死!①”

【注释】

①王长史:王廞(xīn),字伯舆,琅邪人,王导之孙,王荟之子,曾任司徒左长史。茅山:位于江苏省的一座道教名山。按:王恭起兵讨伐王国宝时,王廞正逢母丧,王恭任他为吴国内史,他起兵响应,并趁机诛杀异己;不久王恭罢兵,命令他回去服丧,他大怒,回军讨伐王恭;兵败后不知所在。

【译文】

司徒左长史王伯舆登上茅山,非常伤心地痛哭道:“琅邪王伯舆,终归要为情而死!”

简傲第二十四

《简傲》是《世说新语》第二十四门，共17则。简傲，即简慢高傲，也就是在与人交往时傲慢失礼。本门主要记载了魏晋士族名士们在接人待物时简傲无礼的故事。这17则故事可以分为两类，第一类记叙了名士们看淡权势、不屈从权贵、鄙薄功名利禄之徒的言谈举止，这是真名士风流的表现；第二类描绘了名士们狂妄自大、举止轻浮、不近人情的行径举动，这与魏晋时期门阀制度盛行、士族阶层享有各种特权有关。这种行为，尤其是第二类，在今天看来是没有礼貌的表现，是不可取的。

1. 晋文王功德盛大，坐席严敬，拟于王者①。唯阮籍在坐，箕踞啸歌，酣放自若②。

【注释】

①晋文王：即司马昭，字子上，生前曾封晋王，死后谥文王，详见《德行》第15则注①。坐席：座位，这里指满座的人。严敬：尊敬，敬重。

②阮籍：字嗣宗，详见《德行》第15则注②。箕踞：两脚张开，两膝微曲地坐着，形状像箕，这是一种轻慢傲视对方的姿态。啸歌：长啸吟咏。酣放：酣饮狂放。

【译文】

晋文王司马昭功劳卓著，德行深厚，座上客人对他都很敬重，把他比拟为王。只有阮籍在座上时，伸开两腿坐着，长啸吟咏，尽情畅饮，举止狂放，神态自若。

2. 王戎弱冠诣阮籍，时刘公荣在坐①。阮谓王曰："偶有二斗美酒，当与君共饮，彼公荣者无预焉。”二人交觞酬酢，公荣遂不得一杯[2]；而言语谈戏，三人无异。或有问之者，阮答曰：“胜公荣者，不得不与饮酒；不如公荣者，不可不与饮酒；唯公荣可不与饮酒。[3]”

【注释】

①王戎：字濬冲，详见《德行》第 16 则注①。弱冠：指男子二十左右的年纪。阮籍：字嗣宗，详见《德行》第 15 则注②。刘公荣：刘昶，字公荣，详见《任诞》第 4 则注①。按：阮籍比王戎大 24 岁，但两人为知交好友。

②交觞：互相敬酒；觞，酒杯。酬酢（zuò）：宾主双方互相敬酒。

③“胜公荣”句：这里是借用刘公荣的话来开玩笑，可参看《任诞》第 4 则。

【译文】

王戎年轻时去拜访阮籍，当时刘公荣也在座。阮籍对王戎说：“偶然间得到两斗好酒，应该和您一起来享用，那个公荣不要参加进来。”两人频频举杯，互相敬酒，刘公荣始终没有得到一杯；可是三个人言谈玩笑，还和平常一样。有人问阮籍为什么这样做，阮籍回答说：“胜过公荣的人，我不能不和他一起喝酒；比不上公荣的人，又不可不和他一起喝酒；只有公荣这个人，可以不和他一起喝酒。”

3. 钟士季精有才理，先不识嵇康[1]。钟要于时贤俊之士，俱往寻康[2]。康方大树下锻，向子期为佐鼓排[3]。康扬槌不辍，傍若无人，移时不交一言[4]。钟起去，康曰：“何所闻而来？何所见而去？”钟曰：“闻所闻而来，见所见而去。”

【注释】

①钟士季：钟会，字士季，详见《言语》第 11 则注②。才理：才思。阮籍：字嗣宗，详见《德行》第 15 则注②。

②要：通“邀”，邀请。贤俊：才能德行出众。

③方：正在。锻：把金属放在火里烧，然后用锤子打。向子期：向秀，字子期，详见《言语》第18则注②。佐：辅助，帮助。鼓排：拉风箱；排，鼓风吹火的工具。

④不辍：不止，不停。移时：经历一段时间。

【译文】

钟士季有精深的才思，先前不认识嵇康。一天，他邀请当时一些才能德行出众的人士一起去寻访嵇康。嵇康当时正在大树下打铁，向子期在帮忙拉风箱。嵇康继续挥动铁槌打铁，没有停下，旁若无人，过了好长时间也没有和钟士季说一句话。后来，钟士季起身要走了，嵇康才问他：“听到了什么就来了？看到了什么要走了？”钟士季说：“听了所听到的就来了，看了所看到的就走了。”

4. 嵇康与吕安善，每一相思，千里命驾①。安后来，值康不在，喜出户延之，不入，题门上作“凤”字而去②。喜不觉，犹以为欣。故作凤字，凡鸟也。

【注释】

①吕安：字仲悌，山东东平人，魏晋时名士。

②后：后来。值：正值，碰巧。喜：嵇喜，字公穆，谯国铚县（今安徽濉溪）人，嵇康兄长，曾任卫将军司马、江夏太守、徐州刺史、扬州刺史等职。延：迎接，邀请。凤：繁体字作“鳳”，是由凡、鸟两个字组成的；凡鸟比喻平凡的人物。按：嵇喜有济世之才，但与嵇康相比，比较世俗一些，故不为当时清流所重。

【译文】

嵇康和吕安关系很好，每次一想念对方，即使相隔千里，也会立刻乘车出发，前去与对方见面。后来有一次，吕安来找嵇康时，正巧碰上嵇康不在家，嵇康的兄长嵇喜出门来邀请吕安到自己家里去，吕安没有进门，只是在门上题了个“凤”字，然后就走了。嵇喜没有明白过来，还因此感到很高兴。吕安之所以写个凤字，是因为它分开来写，就是凡、鸟二字。

5. 陆士衡初入洛，咨张公所宜诣，刘道真是其一[①]。陆既往，刘尚在哀制中，性嗜酒[②]。礼毕，初无他言，唯问："东吴有长柄壶卢，卿得种来不？[③]"陆兄弟殊失望，乃悔往[④]。

【注释】

①陆士衡：陆机，字士衡，吴人，吴亡后与其弟陆云入晋，详见《言语》第26则注①。张公：张华，字茂先，学识渊博，德高望重，详见《德行》第12则注③。诣：前往，即拜访。刘道真：刘宝，字道真，详见《德行》第22则注①。

②在哀制中：指在守孝期内。

③初：全。东吴：三国时的吴国，所统治地区又居于三国之东，故亦称东吴；吴地也称东吴。壶卢：同"葫芦"。

④陆兄弟：指陆机、陆云两兄弟。殊：特别。按：居丧期间嗜酒不止是不守礼法的表现，而士衡兄弟是吴中旧族，习于礼法，所以对刘道真非常失望。

【译文】

陆士衡两兄弟初到京都洛阳时，前去咨询张华应该去拜访哪些人，刘道真就是张华所推荐拜访的人员之一。陆氏兄弟前去拜访时，刘道真还在守孝期内，生性喜欢喝酒。行过见面礼后，刘道真并没有谈及别的话题，只是问："东吴有一种长柄的葫芦，你带种子过来没有？"陆家兄弟俩感到特别失望，于是很后悔去这一趟。

6. 王平子出为荆州，王太尉及时贤送者倾路[①]。时庭中有大树，上有鹊巢。平子脱衣巾，径上树取鹊子，凉衣拘阂树枝，便复脱去[②]。得鹊子，还下弄，神色自若，旁若无人。

【注释】

①王平子：王澄，字平子，太尉王衍之弟，曾任荆州刺史，详见《德行》

第23则注①。王太尉：王衍，字夷甫，官至太尉，详见《言语》第23则注②。倾路：指满路，比喻全部出动。

②凉衣：贴身的内衣。拘阂：拘碍，束缚阻碍。

【译文】

王平子要调离京都，出任荆州刺史，太尉王衍和当时的名士们全都来为他送行。当时庭院中有棵大树，树上有个喜鹊窝。王平子脱去上衣和头巾，直接爬上树去掏小喜鹊，贴身的内衣有些碍事，挂住了树枝，就又把内衣脱掉了。王平子掏到了小喜鹊，就拿下树来继续玩耍，神态自若，旁若无人。

7. 高坐道人于丞相坐，恒偃卧其侧①。见卞令，肃然改容，云："彼是礼法人。②"

【注释】

①高坐：西域和尚名，西晋永嘉年间到中国，详见《言语》第39则注①。道人：晋时和尚的称谓，《石林燕语》中记载："晋宋间佛教初行，未有僧称，通曰道人。"丞相：指王导，字茂弘，详见《德行》第27则注③。偃卧：仰卧；偃，仰面倒下，放倒。

②卞令：即卞壶(kǔn)，字望之，两度为尚书令，故称卞令，平素以礼法自居，意图纠正当世，详见《言语》第48则注④。礼法：指讲究礼仪法度。

【译文】

高坐和尚在丞相王导家做客时，常常是仰卧在王导身边。但是一见到尚书令卞壶，就变得神态恭敬端庄，说道："他是个讲究礼仪法度的人。"

8. 桓宣武作徐州，时谢奕为晋陵，先粗经虚怀，而乃无异常①。及桓还荆州，将西之间，意气甚笃，奕弗之疑，唯谢虎子妇王悟其旨②，每曰："桓荆州用意殊异，必与晋陵俱西矣。"俄而引奕为司马。奕既上，犹推布衣交，在温坐，岸帻啸咏，无异常日③。宣武每曰："我方外司马。"遂因酒，转无朝夕礼④。桓舍入内，奕辄复随去。后至奕醉，温往主许避之⑤。主曰："君无狂司马，我何由得相见！"

【注释】

①桓宣武：桓温，字元子，谥号宣武，曾任徐州刺史、荆州刺史等职，详见《言语》第55则注①。谢奕：字无奕，曾任晋陵（今江苏常州）太守，谢安长兄，详见《德行》第33则注①。粗：略微。虚怀：谦逊退让。

②意气：恩义、情谊。笃：厚实，深厚。谢虎子：谢据，字据石，又字元通，小名虎子，东晋陈郡阳夏人，谢安二哥，早卒。虎子妇：王氏，太康王韬女，名绥。

③上：荆州地处长江上游，所以西入荆州叫"上"。布衣：贫贱之交，这里指老交情。岸帻（zé）：推起头巾，露出前额，形容态度洒脱。

④方外：世俗礼法之外。朝夕礼：朝见暮见的礼节，指日常礼节。

⑤主：指南康公主，晋元帝的女儿司马兴男，晋明帝司马绍嫡长女，下嫁桓温，详见《贤媛》第21则注②。许：处所。

【译文】

桓温任徐州刺史时，谢奕任晋陵郡太守，起初两人在交往中略微谦逊退让，而没有不同寻常的交情。到桓温调任荆州刺史，将要到西边去赴任之际，桓温对谢奕的情谊就特别深厚了，谢奕对此也没有产生什么怀疑。只有二弟谢虎子的妻子王氏领会了桓温的意图，常常说："桓荆州用意很特别，一定是要和大哥晋陵太守一起到西边去了。"不久桓温就任用谢奕担任自己的司马。谢奕来到荆州以后，还是很看重和桓温的老交情，在桓温那里作客时，总是推起头巾，露出前额，长啸吟唱，态度洒脱，和往常没有什么不同。桓温常说："谢奕是我的世俗礼法之外的司马。"谢奕因为好喝酒，渐渐就没有了晋见上级时该有的日常礼节。桓温如果丢下他走进内室,谢奕就也跟着进去。后来一到谢奕喝醉时,桓温就到妻子南康公主司马兴男那里去躲避他。公主说:"您如果没有一个狂放的司马,我怎么能有机会见到您呢!"

9.谢万在兄前,欲起索便器①。于时阮思旷在坐,曰:"新出门户,笃而无礼。②"

【注释】

①谢万:字万石,谢奕、谢安之弟,详见《言语》第77则注①。

②阮思旷:阮裕,字思旷,详见《德行》第32则注①。门户:门第。笃:甚,深。

【译文】

谢万在兄长面前,想起身找便壶。当时阮思旷也在座,说:"到底是兴起未久的门第,实在是太无礼了!"

10.谢中郎是王蓝田女婿①。尝著白纶巾,肩舆径至扬州听事见王,直言曰:"人言君侯痴,君侯信自痴。②"蓝田曰:"非无此论,但晚令耳。③"

【注释】

①谢中郎:谢万,字万石,曾任西中郎将,故称谢中郎,详见《言语》第77则注①。王蓝田:王述,字怀祖,承袭父爵蓝田侯,曾任扬州刺史,详见《文学》第22则注③。

②纶巾:用丝带做的头巾。肩舆:轿子。听事:官署的大厅。君侯:对达官贵人的敬称。信:确实,果然。

③但:只,仅。晚令:指成名比较晚;令,指好名声。按:王述性格沉静,年轻时不为人所知,有人认为他痴,后来得到王导等人的赞扬,名声渐起,所以有晚令的说法。

【译文】

西中郎将谢万是蓝田侯王述的女婿。他曾经戴着白纶巾,坐着轿子，径直到扬州府大厅去见王述，直言不讳地说："别人都说君侯您痴，君侯您确实是痴。"王述说："不是没有这种议论，那只是因为我成名比较晚罢了。"

11. 王子猷作桓车骑骑兵参军[①]。桓问曰："卿何署？"答曰："不知何署，时见牵马来，似是马曹。[②]"桓又问："官有几马？"答曰："不问马，何由知其数！[③]"又问："马比死多少？[④]"答曰："未知生，焉知死？[⑤]"

【注释】

①王子猷：王徽之，字子猷，王羲之第五子，详见《雅量》第36则注①。桓车骑：桓冲，字幼子，桓温之弟，曾任车骑将军，详见《夙惠》第7则注②。

②马曹：管理马匹的官署；曹，是分科办事的官署。

③不问马：不过问马的事情；语出《论语·乡党》："厩焚。子退朝，曰：'伤人乎？'不问马。"

④比：比来，近来。

⑤"未知"句：语出《论语·先进》："子路问死。孔子曰：'未知生，焉知死？'"按：王子猷为官不理公事，用此典故是表示超脱世务。

【译文】

王子猷担任车骑将军桓冲的骑兵参军。一次桓冲问他："你在哪个官署办公？"他回答说："不知道是什么官署，只是时常见到牵马进来，好像是管理马匹的官署。"桓冲又问："官署里有多少匹马？"他回答说："我都不过问马的事情，怎么能知道马的数量！"桓冲又问："马匹近来死了多少？"他回答说："活着的还不知道，哪能知道死了的！"

12. 谢公尝与谢万共出西[①]。过吴郡，阿万欲相与共萃王恬许，太傅云："恐伊不必酬汝，意不足尔。[②]"万犹苦要，太傅坚不回，万乃独往③。坐少时，王便入门内，谢殊有欣色，以为厚待己。良久，乃沐头散发而出，亦不坐，乃据胡床，在中庭晒头，神气傲迈，了无相酬对意④。谢于是乃还，未至船，逆呼太傅。安曰："阿螭不作尔。⑤"

【注释】

①谢公：指谢安，字安石，死后追赠太傅，故下称太傅，详见《德行》第33则注③。谢万：字万石，谢安之弟，详见《言语》第77则注①。出西：指到西边的京都建康去；谢安、谢万寓居会稽郡，在建康之东，所以到建康叫出西。

②萃：聚集。王恬：字敬豫，小字螭虎（下文作阿螭），王导之子，当时任吴郡内史，为人傲慢放诞，不拘礼法，详见《德行》第29则注③。不必：没有一定，未必。酬：应对，接待。不足：不值得，不必。

③要：通"邀"，邀请。不回：指不改变想法。

④乃：竟然。据：占据，这里指坐着。胡床：一种可以折叠的轻便坐具。了无：全无。

⑤作：做作，作假。按：谢安明知王恬不会接待谢万，如果接待了，就是装假；江左王、谢齐名，是在谢安建立功名以后，此时谢氏兄弟虽有盛名，而其先并非士族，故上文阮裕讥为新兴门户，王恬出身名门，所以对谢氏不礼貌。

【译文】

谢安曾经和谢万一起坐船到西边的京都建康去。经过吴郡时，谢万想和谢安一起到吴郡太守王恬那里去，太傅谢安说："恐怕他不一定接待你，我认为不值得去拜访他。"谢万还是极力邀哥哥一起去，谢安坚决不改变主意，谢万只好一个人去了。到王恬家坐了一会儿，王恬就进里面去了，谢万非常高兴，以为他会热情招待自己。过了很久，王恬竟然洗完头披散着头发出来，也不陪客人坐，就坐在胡床上，在院子里晒头发，神情高傲豪放，完全没有应酬客人的意思。谢万于是只好回去，还没有回到船上，就先大声喊他哥哥。谢安说："阿螭没有作假啊。"

13. 王子猷作桓车骑参军[①]。桓谓王曰："卿在府久，比当相料理。[②]"初不答，直高视，以手板拄颊云："西山朝来，致有爽气。[③]"

【注释】

①王子猷：王徽之，字子猷，详见《雅量》第36则注①。桓车骑：桓冲，字幼子，曾任车骑将军，详见《夙惠》第7则注②。

②比：比来，近来。料理：指处理政务。

③直：通"只"，只是。高视：向高处看。手板：即笏(hù)，古时大臣朝见时，用以指画或记事的狭长板子。西山：指首阳山，借用伯夷、叔齐隐居首阳山之事，武王灭商后，伯夷、叔齐耻食周粟，隐居首阳山，作歌说："登彼西山兮，采其薇矣。"按：王子猷借用伯夷、叔齐之事以表示自己超脱尘世之意。

【译文】

王子猷担任车骑将军桓冲的参军。桓冲对他说："你到府中已经很久了，近来应该开始处理政务了。"王子猷并没有回答，只是看着高处，用手板托着脸颊说："西山的早晨空气很清爽呀。"

14. 谢万北征，常以啸咏自高，未尝抚慰众士[①]。谢公甚器爱万，而审其必败，乃俱行[②]。从容谓万曰："汝为元帅，宜数唤诸将宴会，以说众心。"万从之。因召集诸将，都无所说，直以如意指四坐云："诸君皆是劲卒。[③]"诸将甚忿恨之。谢公欲深著恩信，自队主将帅以下，无不身造，厚相逊谢[④]。及万事败，军中因欲除之。复云："当为隐士。[⑤]"故幸而得免。

【注释】

①谢万：字万石，谢安之弟，详见《言语》第77则注①。按：升平三年(359年)，谢万时任西中郎将、豫州刺史，与北中郎将郗昙兵分两路，北伐前燕，后大败而还，被废为庶人，豫州治下许昌、颍川等郡县皆陷落。

②谢公：指谢安，字安石，详见《德行》第 33 则注③。审：知道。

③都无：全无。直：通“只”。劲卒：精锐的兵。按：《资治通鉴·晋纪》胡三省注云：“凡奋身行伍者，以兵与卒为讳；既为将矣，而称之为卒，所以益恨也。”所以下文写到诸将都非常生气。

④队主：一队之主，队长；古代军队的编制是一百人为一队。身造：指亲自登门。逊谢：道歉谢罪。

⑤隐士：指谢安。按：谢安曾在会稽郡山阴县之东山隐居多年，40岁左右才出仕。

【译文】

谢万率兵北伐时，常常以长啸、吟唱来显示自己的清高，未曾安抚慰问过众将士。谢安非常喜欢并且看重谢万，却很清楚他一定会失败，就和他一同出征。谢安从容地对谢万说：“你身为主帅，应该常常请将领们来聚会宴饮，让大家都心情舒畅。”谢万答应了。于是就召集众将领前来，可是什么话也没有说，只是拿如意指着满座的将领们说：“诸位都是精锐的兵！”将领们听了，都感到非常愤怒和怨恨。谢安对众将领想多施恩惠，加强信任，从队长、将帅以下，无不亲自登门拜访，向众人诚恳地道歉谢罪。谢万北伐失败以后，军队内部想趁机除掉谢万。后来又说：“应该为隐士谢安着想。”所以谢万侥幸地逃过一死。

15.王子敬兄弟见郗公，蹑履问讯，甚修外生礼①。及嘉宾死，皆著高屐，仪容轻慢②。命坐，皆云：“有事，不暇坐。”既去，郗公慨然曰：“使嘉宾不死，鼠辈敢尔！”

【注释】

①王子敬：王献之，字子敬，王羲之第七子，详见《德行》第 39 则注①。郗公：指郗愔，字方回，王羲之妻弟，详见《言语》第 59 则注⑨。蹑履：穿着鞋子，表示恭敬。外生：外甥。

②嘉宾：郗超，字景兴，一字敬舆，小字嘉宾，郗愔之子，生前深得征西大将军桓温的信任，权重一时，详见《言语》第 59 则注④。高屐：高底

的木屐，不属于正服。轻慢：轻视怠慢。

【译文】

王子敬兄弟去拜见舅舅郗愔时，都要穿好鞋子前来问候，很遵守外甥的礼节。到郗嘉宾死后，再去见郗愔时，都穿着高底的木屐，态度也变得轻视怠慢。郗愔让他们坐会儿，都说："有事，没时间多坐了。"他们走后，郗愔愤慨地说道："如果嘉宾还没有死，鼠辈哪敢如此这般！"

16. 王子猷尝行过吴中，见一士大夫家极有好竹[①]。主已知子猷当往，乃洒扫施设，在听事坐相待[②]。王肩舆径造竹下[③]，讽啸良久，主已失望，犹冀还当通，遂直欲出门。主人大不堪，便令左右闭门，不听出[④]。王更以此赏主人，乃留坐，尽欢而去。

【注释】

①王子猷：王徽之，字子猷，王羲之第五子，详见《雅量》第 36 则注①。

②施设：布置安排。听事：厅堂，本是官府治事之所，后亦指私宅大厅。

③肩舆：乘坐轿子。径造：直接来到。

④不听：不允许。

【译文】

王子猷有一次到外地去，经过吴中，知道一个士大夫家中有个很好的竹园。竹园主人已经知道王子猷会来，就先安排洒水扫地打扫干净，好好布置一番，然后在正厅里坐着等他。王子猷却坐着轿子直接来到竹林里，讽诵长啸了很久，主人已经感到失望，还希望他返回时会派人来通报一下，可他竟然准备直接出门离去。主人完全忍受不了，就叫手下的人去关上大门，不允许他出去。王子猷却因此更加赏识主人，于是留步坐下，与主人尽欢而散。

17. 王子敬自会稽经吴，闻顾辟疆有名园，先不识主人，径往其家[①]。值顾方集宾友酣燕，而王游历既毕，指麾好恶，旁若无人[②]。顾勃然不堪曰："傲主人，非礼也；以贵骄人，非道也。失此二者，不足齿之，伧耳！[③]"便驱其左右出门。王独在舆上，回转顾望，左右移时不至[④]。然后令送著门外，怡然不屑。

【注释】

①王子敬：王献之，字子敬，王羲之第七子，详见《德行》第39则注①。顾辟疆：吴郡吴(今江苏苏州)人，历任郡功曹、平北将军参军等职；顾家花园当时号称吴中第一。

②方：正在，正当。酣燕：通"酣宴"，纵情饮宴。指麾：同"指挥"，指点。

③伧：吴人称中州人为伧，含鄙薄意。

④舆：车中装载东西的部分，后泛指车。移时：经历一段时间。

【译文】

王子敬从会稽郡外出，经过吴郡，听说顾辟疆有个名园，之前并不认识这个名园的主人，还是径直到顾家去了。碰上顾辟疆正在和宾客朋友们设宴畅饮，而王子敬游遍了整个园子后，只是在那里指指点点，评论优劣，旁若无人。顾辟疆勃然大怒，难以忍受，说道："对主人傲慢，是没有礼貌的表现；因身份高贵就藐视别人，是没有道德的表现。失去了这两方面，这种人只是个不值一提的伧父罢了！"就把他的随从都赶出门去。王子敬独自坐在轿子里，回头左右看，随从很久也没有跟上来。然后顾辟疆叫人把他送到门外，王子敬却依然是怡然自得，毫不在意。

排调第二十五

《排调》是《世说新语》第二十五门，共65则。排调，指戏弄嘲笑。魏晋时期，士族阶层在交往时特别讲究言辞的应对，这不仅表现在正式的清言谈玄过程中，在日常交谈时，也要求做到语言简练得体、机变有锋、反击得力等，这也是魏晋风度的一个方面。本门主要记载了魏晋时期士族之间日常言语应对中的许多有关排调的小故事，其中多数为善意的调侃，也有少数恶意的挑衅。从双方的言语交流中可以看出他们或具备高超的应变能力，或具备深厚的才学知识，或具备宽广的胸襟，或具备幽默风趣的性格，或兼而有之。言语双方实际是在进行才智、捷悟、思辨、文采等方面的比拼，读起来妙趣横生，很有韵味。此外，本门也记载了当时的名士对某些人物、事件的评论和调侃。

1. 诸葛瑾为豫州，遣别驾到台①，语云："小儿知谈，卿可与语。"连往诣恪，恪不与相见②。后于张辅吴坐中相遇，别驾唤恪："咄咄郎君！③"恪因嘲之曰："豫州乱矣，何咄咄之有？"答曰："君明臣贤，未闻其乱。"恪曰："昔唐尧在上，四凶在下。④"答曰："非唯四凶，亦有丹朱。⑤"于是一坐大笑。

【注释】

①诸葛瑾：字子瑜，诸葛亮之兄，曾任豫州牧，详见《品藻》第4则注①。别驾：官名，为州府中总理众务之官，因其地位较高，出巡时不与刺史同车，别乘一车，故名别驾。台：中央机关的官署。

②恪：诸葛恪，字元逊，琅邪阳都（今山东沂南）人，诸葛亮之侄，诸葛瑾长子；历任骑都尉、丹阳太守、大将军、太傅等职，封为阳都侯；253年

被东吴宗室孙峻设计杀害，夷灭三族。

③张辅吴：张昭，字子布，徐州彭城（今江苏徐州）人；历任孙策长史、绥远将军、辅吴将军等职，封娄侯；236 年去世，谥号文侯。咄咄：感叹声，表示感慨或惊诧。郎君：尊称贵公子或上司的子弟为郎君。

④唐尧：传说是远古的贤明君主。四凶：指四个凶暴的人，即尧时的浑敦、穷奇、梼杌、饕餮（tāo tiè），是四个部族的首领；一说指舜时的共工、驩（huān）兜、三苗、鲧。

⑤丹朱：尧的长子，名朱，因受封于丹水而得名，性情傲慢，相传因为丹朱不肖，尧把首领之位禅让给了舜。

【译文】

诸葛瑾任豫州牧的时候，派遣别驾到朝廷去，并告诉他说："我的儿子善于言谈，你可以和他谈论谈论。"别驾到达后，接连去拜访诸葛瑾之子诸葛恪，诸葛恪都不和他见面。后来在辅吴将军张昭家中作客时两人相遇，别驾招呼诸葛恪："哎呀呀，公子！"诸葛恪于是嘲笑他说："豫州出乱子了吗，有什么好惊叹的？"别驾回答说："君主圣明，臣子贤良，没有听说那里出了什么乱子。"诸葛恪说："古时上面虽然有贤明君主唐尧，下面却仍有四个凶狠残暴的人。"别驾回答说："不仅有四个凶狠残暴的人，还有不肖子丹朱呢。"于是满座的人都大笑起来。

2. 晋文帝与二陈共车①，过唤钟会同载，即驶车委去②。比出，已远③。既至，因嘲之曰："与人期行，何以迟迟？望卿遥遥不至。④"会答曰："矫然懿实，何必同群！⑤"帝复问会："皋繇何如人？⑥"答曰："上不及尧、舜，下不逮周、孔，亦一时之懿士。⑦"

【注释】

①晋文帝：即司马昭，字子上，生前曾封晋王，死后谥文王，其子司马炎称帝后，追谥为文帝，详见《德行》第 15 则注①。二陈：指陈骞和陈泰。陈骞，字休渊，曹魏司徒陈矫之子，详见《方正》第 7 则注②。陈泰，字玄伯，东汉名士陈寔（shí）之孙，司空陈群之子，详见《方正》第 8 则注②。

②过：经过。钟会：字士季，太傅钟繇次子，详见《言语》第 11 则注②。委去：委弃而离去，不顾而去。

③比：及，等到。

④期行：约定时间一起走。遥遥：形容时间长久。按：因为钟会的父亲名繇，而繇和遥同音，所以用"遥遥"来戏弄钟会。

⑤矫然：形容高超出众。懿实：指有美德实才的人；懿指美好。按：陈骞的父亲是陈矫，晋文帝司马昭的父亲是司马懿，陈泰的父亲是陈群，祖父为陈寔；钟会在回答时或者直用其名，或者用同音字，以此来反击他们三人。

⑥皋繇：舜时掌管刑法的理官。按："繇"和钟会父亲钟繇的名字同字同音。

⑦尧、舜：古时两位德才兼备的部落联盟首领。周、孔：指古时两位圣人周公和孔子。懿士：有懿德（美德）的人。按："懿"是司马昭父亲司马懿的名字。

【译文】

晋文帝司马昭和陈骞、陈泰一起乘车，当车子经过钟会家时，招呼钟会一同乘车，还没等他出来，就不管他即刻驾车前行了。等钟会出来时，车子已经走远了。钟会赶上他们以后，晋文帝借机嘲笑他说："和别人约定时间一起走，你为什么迟迟不出来？大家都盼着你，你却遥遥无期，一直不到。"钟会回答说："才能矫然出众，又具有懿德的人，何必一定要和大家同为一群！"文帝又问钟会："皋繇是怎样一个人？"钟会回答说："比上不如尧、舜，比下不如周公和孔子，但也是当时的懿德之士。"

3. 钟毓为黄门郎，有机警，在景王坐燕饮[①]。时陈群子玄伯、武周子元夏同在坐，共嘲毓[②]。景王曰："皋繇何如人？"对曰："古之懿士。[③]"顾谓玄伯、元夏曰："君子周而不比，群而不党。[④]"

【注释】

①钟毓：字稚叔，钟繇长子，钟会之兄，详见《言语》第11则注①。景王：即司马师，字子元，司马懿长子，司马昭受封晋王时，追尊其为晋景王，详见《言语》第16则注①。

②陈群：字长文，陈寔之孙，陈纪之子，详见《德行》第6则注③。玄伯：陈泰，字玄伯，陈群之子，详见《方正》第8则注②。武周：字伯南，沛国竹邑人，官至光禄大夫，封南昌侯。元夏：武陔(gāi)，字元夏，武周之子，详见《赏誉》第14则注①。

③皋繇：舜时掌管刑法的理官。懿士：有美德之士；懿，美好之意，多指品德。按："繇"和钟会父亲的名字钟繇，"懿"和司马师父亲的名字司马懿，都是同字同音。

④"君子"两句："君子周而不比"，出自《论语·为政》，意指君子团结，却不互相勾结；"群而不党"，出自《论语·卫灵公》，意指合群，而不互相袒护。按：这两句的"周"、"群"，和武元夏父亲的名字武周、陈玄伯父亲的名字陈群，不仅同音同字，而且语意双关。

【译文】

钟毓任黄门侍郎，为人机智灵敏。有一次在景王司马师那里宴饮，当时陈群的儿子陈玄伯、武周的儿子武元夏一同在座，他们一起戏弄钟毓。景王问："皋繇是怎样的一个人？"钟毓回答说："是古代的懿德之士。"又回过头对玄伯、元夏说："君子周而不比，群而不党。"

4. 嵇、阮、山、刘在竹林酣饮[①]，王戎后往，步兵曰："俗物已复来败人意！[②]"王笑曰："卿辈意亦复可败邪？"

【注释】

①嵇、阮、山、刘：指嵇康、阮籍、山涛、刘伶。嵇康，字叔夜，详见《德行》第16则注②。阮籍，字嗣宗，曾任步兵校尉，故下文称步兵，详见《德行》第15则注②。山涛，字巨源，详见《言语》第78则注①。刘伶，字伯伦，详见《文学》第69则注①。

②王戎：字濬冲，详见《德行》第 16 则注①。俗物：魏晋时名士以脱离世务为清高，常以俗物骂那些和自己不相合的人。败人意：败坏人意，扫兴，败兴。按：刘孝标注云："《魏氏春秋》曰：'时谓王戎未能超俗也。'"

【译文】

嵇康、阮籍、山涛、刘伶四人在竹林中酣畅的饮酒，后来王戎也到了，步兵校尉阮籍说："俗物又来败坏人的兴致！"王戎笑着说："你们的兴致也能被败坏吗？"

5.晋武帝问孙皓："闻南人好作《尔汝歌》，颇能为不？[①]"皓正饮酒，因举觞劝帝而言曰："昔与汝为邻，今与汝为臣。上汝一杯酒，令汝寿万春！[②]"帝悔之[③]。

【注释】

①晋武帝：司马炎，字安世，晋朝开国皇帝，谥号武皇帝，史称晋武帝，详见《德行》第 17 则注③。孙皓：字元宗，三国时吴国末代皇帝，吴国被灭后，投降西晋，被封为归命侯，详见《言语》第 21 则注②。尔汝歌：当时的民歌；尔、汝，都相当于"你"，古代尊长对卑幼者的称呼。

②举觞(shāng)：举杯饮酒；觞，中国古代的一种盛酒器具。上：进献，送上。令：表祝愿。寿万春：长寿万年，即健康长寿。

③悔之：非常后悔；"尔、汝"是尊长对卑幼者的称呼，晋武帝让降臣以"尔、汝"称呼自己，是自取羞辱，所以后悔。

【译文】

晋武帝司马炎问东吴降帝孙皓："听说南方人喜欢作《尔汝歌》，你可会作吗？"孙皓当时正在饮酒，于是举杯向武帝劝酒，并且作《尔汝歌》道："昔与汝为邻，今与汝为臣。上汝一杯酒，令汝寿万春！"晋武帝很后悔让孙皓作《尔汝歌》。

6.孙子荆年少时欲隐，语王武子"当枕石漱流"[①]，误曰"漱石枕流”。王曰:“流可枕,石可漱乎?”孙曰:“所以枕流,欲洗其耳;所以漱石,欲砺其齿。②”

【注释】

①孙子荆:孙楚,字子荆,详见《言语》第24则注②。隐:指隐居。王武子:王济,字武子,详见《言语》第24则注①。枕石漱流:比喻隐居山林;枕石,用石头做枕头;漱流,用流水来漱口。

②洗其耳:比喻不愿意过问世事;传说尧想召隐士许由为九州长,许由认为这听脏了自己的耳朵,就到河里洗耳。砺:磨炼。

【译文】

孙子荆年轻时想要隐居,告诉王武子说“准备枕石漱流”,口误说成“漱石枕流”。王武子说:“流水可以当枕头,石头可以用来漱口吗?”孙子荆说:“之所以用流水当枕头,是想要洗干净自己的耳朵;之所以用石头来漱口,是想要磨砺自己的牙齿。”

7.头责秦子羽云①:“子曾不如太原温颙②、颍川荀寓③、范阳张华④、士卿刘许⑤、义阳邹湛⑥、河南郑诩⑦。此数子者,或謇吃无宫商,或尪陋希言语,或淹伊多姿态,或讙哗少智谞,或口如含胶饴,或头如巾齑杵⑧。而犹以文采可观,意思详序,攀龙附凤,并登天府⑨。”

【注释】

①头责秦子羽:晋张敏所作,子羽为一虚构人物,在《头责子羽文》一文中,作者假托子羽的头颅来谴责子羽的身体,讽刺当时趋炎附势的行为。张敏,太原人,历任平南参军、太子舍人、济北长史等职。

②曾:竟,竟然。温颙:字长仁,太原人,与张华同朝为官。

③荀寓:字景伯,颍川(今河南许昌)人,年少知名,仕晋,官至尚书。

④张华:字茂先,范阳方城(今河北固安)人,详见《德行》第12则注③。

⑤士卿：即宗正卿，为九卿之一，掌管皇族事务。刘许：字文生，范阳人，惠帝时为宗正卿。按：刘许和张华同为范阳人，所以省去籍贯。

⑥邹湛：字润甫，义阳新野(今河南新野)人，少以才学知名；魏时曾任通事郎、太学博士等职；晋时历任太子中庶子、渤海太守、太傅杨骏长史、侍中、少府等职；元康末卒。

⑦郑诩：字思渊，荥阳开封人，曾任卫尉卿。

⑧謇(jiǎn)吃：口吃，言辞不流利。无宫商：指说话没有音乐美感，语不成调。尪(wāng)陋：瘦弱丑陋；尪，孱弱、瘦弱。希：同"稀"，少。淹伊：阿谀逢迎的样子。讙哗：同"喧哗"，大声说笑或叫喊。智谞(xū)：才智，智谋。胶饴：又软又粘的糖浆。巾齑杵(jī chǔ)：拿头巾包着的用于捣碎东西的棒槌，用来比喻头小而尖；齑是调味用的姜、蒜等碎末儿；杵，舂米或捶衣的木棒。

⑨意思：指文章的思想内容。详序：完备有条理。攀龙附凤：比喻依附帝王以成就功业，也比喻依附有声望的人以立名，即趋炎附势。天府：天子的府库，比喻朝廷。

【译文】

头谴责秦子羽，说："你竟比不上太原的温颙，颍川的荀寓，范阳的张华和士卿刘许，义阳的邹湛，河南的郑诩。这几个人有的口吃，语不成调；有的瘦弱丑陋，沉默寡言；有的阿谀逢迎，扭捏作态；有的喜欢大声喧哗，缺少智谋；有的口齿不清，像嘴里含着又软又粘的糖浆；有的外形怪异，脑袋像包着头巾的棒槌一样小而尖。然而，他们还是因为文辞值得观赏，文章的思想内容完备又有条理，为人又很会趋炎附势，结果都能一齐入朝为官。"

8. 王浑与妇钟氏共坐，见武子从庭过[①]，浑欣然谓妇曰："生儿如此，足慰人意。"妇笑曰："若使新妇得配参军，生儿故可不啻如此。[②]"

【注释】

①王浑：字玄冲，详见《赏誉》第 17 则注⑨。妇钟氏：王浑的妻子钟琰，一说钟琰之，详见《贤媛》第 12 则注①。武子：王济，字武子，王浑之子，详见《言语》第 24 则注①。

②新妇：已婚妇女对公婆、丈夫及夫家长辈、平辈亲属谦卑的自称。参军：王伦（一作王沦），字太冲，王浑之弟，好老、庄之学，曾任大将军参军，卒年二十五。不啻：不止。

【译文】

王浑和妻子钟氏在一起坐着，看见他们的儿子武子从庭院中走过，王浑高兴地对妻子说："生出个这样的儿子，足以让人心满意足了。"他的妻子笑着说："如果我能和参军婚配，生的儿子本来可以不止是这样的。"

9. 荀鸣鹤、陆士龙二人未相识，俱会张茂先坐①。张令共语，以其并有大才，可勿作常语，陆举手曰："云间陆士龙。②"荀答曰："日下荀鸣鹤。③"陆曰："既开青云睹白雉，何不张尔弓，布尔矢？④"荀答曰："本谓云龙骙骙，定是山鹿野麋；兽弱弩强，是以发迟。⑤"张乃抚掌大笑。

【注释】

①荀鸣鹤：荀隐，字鸣鹤，颍川（今河南许昌）人，曾任太子舍人、廷尉平等职，早卒。陆士龙：陆云，字士龙，详见《方正》第 18 则注④。会：会面，见面。张茂先：张华，字茂先，详见《德行》第 12 则注③。

②举手：指拱手，是古时候的交际礼节，见面时双手合抱举前向对方致意。"云间"句：陆士龙名云，字士龙；云间之龙，既含陆云的名和字，也是暗喻其高。

③"日下"句：日下指京都洛阳，当时洛阳是西晋都城，古时候以帝王比日，以皇帝所在之地为日下，故称洛阳为日下；荀鸣鹤是颍川人，靠近洛阳，日下之鹤既包含荀鸣鹤的故乡和字，也用来暗喻其高。

④青云：青色的云，指高空的云。白雉：鸟名，白色羽毛的野鸡；此处意指荀不是鹤，而是白雉。尔：你，你的。布尔矢：指射出你的箭；矢，箭。

⑤骙骙(kuí kuí)：形容强壮。定：到底，究竟。麋：即麋鹿，比牛大，毛淡褐色，雄的有角，角像鹿，尾像驴，蹄像牛，颈像骆驼，俗称“四不像”；此处意指陆士龙并不是龙，而是麋鹿。

【译文】

荀鸣鹤、陆士龙两人原来并不相识，一次，两人同时在张茂先家中作客时碰见了。张茂先让他们一起谈论一番，而且因为他们都有高超的才学，让他们不要说平常的言语。陆士龙拱手说道：“我是云间陆士龙。”荀鸣鹤回答说：“我是日下荀鸣鹤。”陆士龙说：“已经拨开高空中的云朵，看见了白色的野鸡，为什么不张开你的弓，射出你的箭？”荀鸣鹤回答说：“我本来以为是威武强壮的云中飞龙，可到底是只山野麋鹿；野兽瘦弱不堪，而弓弩强劲有力，因此迟迟不敢射出弓箭。”张茂先于是拍手大笑。

10. 陆太尉诣王丞相，王公食以酪①。陆还遂病。明日，与王笺云：“昨食酪小过，通夜委顿②。民虽吴人，几为伧鬼。③”

【注释】

①陆太尉：陆玩，字士瑶，吴郡吴县人，死后获赠太尉，详见《政事》第13则注①。王丞相：王导，字茂弘，官至丞相，详见《德行》第27则注③。食：使之食，即请他吃。

②笺：书信。小：通“稍”。通夜：通宵，整夜。委顿：疲乏困顿。

③伧鬼：晋南北朝时，南人轻侮北人为“伧”；伧鬼，犹言北方之鬼；这里是因为南方人不吃酪，所以这样说。

【译文】

太尉陆玩去拜访丞相王导，王导请他吃奶酪。陆玩回家后就病倒了。第二天，他给王导写信说：“昨天吃的奶酪稍微过量了些，以至于整夜精神都非常疲乏困顿。小民虽然是南方的吴人，却差点成了北方之鬼。”

11.元帝皇子生,普赐群臣①。殷洪乔谢曰:"皇子诞育,普天同庆。臣无勋焉,而猥颁厚赉。②"中宗笑曰:"此事岂可使卿有勋邪!"

【注释】

①元帝:即晋元帝司马睿,字景文,东晋开国皇帝,谥号元皇帝,庙号中宗,详见《言语》第29则注①。

②殷洪乔:殷羡,字洪乔,详见《任诞》第31则注①。诞育:生育,出生。猥:谦词,表示谦卑。赉(lài):赏赐。

【译文】

晋元帝司马睿的皇子出生了,大臣们普遍都得到了赏赐。殷洪乔谢赏时说:"皇子诞生,是值得普天之下共同庆贺的事情。微臣没有功劳,却得到了丰厚的赏赐。"晋元帝笑着说:"这事岂能让你有功劳!"

12.诸葛令、王丞相共争姓族先后①。王曰:"何不言葛、王,而云王、葛?②"令曰:"譬言驴马,不言马驴,驴宁胜马邪!③"

【注释】

①诸葛令:指诸葛恢,字道明,曾任尚书令,详见《方正》第25则注①。王丞相:王导,字茂弘,官至丞相,详见《德行》第27则注③。

②葛:诸葛氏原为葛氏,后称诸葛氏。

③宁:岂,难道。按:这里指两人争辩姓氏排列的先后顺序,以定高低,其实孰先孰后只是习惯说法,并没有什么实际意义,正如余嘉锡在《世说新语笺疏》中说的那样:"凡以二名同言者,如其字平仄不同,而非有一定之先后,如夏商、孔颜之类,则必以平声居先,仄声居后,此乃顺乎声音之自然,在未有四声之前,固已如此。故言王葛、驴马,不言葛王、马驴,本不以先后为胜负也。"

【译文】

尚书令诸葛恢和丞相王导两人一起争论两家姓氏的排名先后。王导说："人们为什么说的不是葛、王，而是王、葛？"诸葛恢反击道："譬如说人们总是说驴、马，而不说马、驴，驴难道胜过马吗？"

13. 刘真长始见王丞相①，时盛暑之月，丞相以腹熨弹棋局，曰："何乃渹！②"刘既出，人问见王公云何，刘曰："未见他异，唯闻作吴语耳。"

【注释】

①刘真长：刘惔，字真长，详见《德行》第35则注①。王丞相：王导，字茂弘，琅玡临沂（今山东临沂）人，官至丞相，详见《德行》第27则注③。

②熨：按压，紧贴。弹棋局：指弹棋的棋盘。渹（qìng）：冰冷、凉爽之意，是吴地的方言。

【译文】

刘真长第一次见丞相王导，当时是在盛夏酷热的月份，丞相把腹部压在弹棋的棋盘上，说："多么凉爽啊！"刘真长告辞出来以后，有人问他见到王导，感觉怎么样，刘真长说："没有看出他有什么特别的地方，只是听到他说吴地的方言罢了。"

14. 王公与朝士共饮酒，举琉璃碗谓伯仁曰："此碗腹殊空，谓之宝器，何邪？①"答曰："此碗英英，诚为清彻，所以为宝耳。②"

【注释】

①王公：指王导，字茂弘，详见《德行》第27则注③。朝士：朝廷之士，泛称朝廷官员。伯仁：周顗（yǐ），字伯仁，详见《言语》第30则注②。殊：特别。按：王导是以碗来比喻周伯仁，暗嘲他腹中空洞无物。

②英英：光彩鲜明的样子。诚：确实，的确。

【译文】

王导和朝廷的官员一起喝酒，他举起琉璃碗对周伯仁说："这个碗腹内特别空，还称它是宝器，为什么呢？"周伯仁回答说："这个碗光彩照人，确实是晶莹透彻，所以是个宝器啊。"

15. 谢幼舆谓周侯曰[①]："卿类社树，远望之，峨峨拂青天[②]；就而视之，其根则群狐所托，下聚溷而已[③]。"答曰："枝条拂青天，不以为高；群狐乱其下，不以为浊。聚溷之秽，卿之所保，何足自称！[④]"

【注释】

①谢幼舆：谢鲲，字幼舆，详见《言语》第46则注②。周侯：周𫖮，字伯仁，袭父爵武城侯，世称周侯，详见《言语》第30则注②。

②类：相似，好像。社树：社坛周围的树。峨峨：形容高峻的样子。

③就：凑近，靠近。聚溷(hùn)：聚集污秽。

④保：占有，拥有。自称：自我称扬，即自夸。

【译文】

谢幼舆对武城侯周𫖮说："你就像社坛周围的大树，远远望去，好像高耸入云；走近去认真察看，树的根部却是群狐所依托居住的地方，下面聚集着污秽的东西罢了。"周𫖮回答说："树枝高耸入云，我不认为很高；群狐在它下面的根部捣乱，我也不认为污浊。至于藏污纳秽这样的事，是你所拥有的，哪里值得自夸呢！"

16. 王长豫幼便和令，丞相爱恣甚笃[①]。每共围棋，丞相欲举行，长豫按指不听[②]。丞相笑曰："讵得尔，相与似有瓜葛。[③]"

【注释】

①王长豫：王悦，字长豫，王导长子，详见《德行》第29则注①。和令：温和善良。丞相：即王导，字茂弘，官至丞相，详见《德行》第27则注③。爱恣：疼爱，溺爱。

②不听：不允许。

③讵：岂。相与：互相，相互。瓜葛：本意为蔓生植物，需攀附在别的物体上，比喻有一定牵连的关系。

【译文】

王长豫小时候性格就很温和善良，他父亲丞相王导非常疼爱他。每次一起下围棋，王导要举起棋子走动时，长豫就按着他的手指不让动。王导笑着说："你怎么能这样做，我们相互间好像还有点关系吧！"

17. 明帝问周伯仁："真长何如人？①"答曰："故是千斤犗特。②"王公笑其言③。伯仁曰："不如卷角牸，有盘辟之好。④"

【注释】

①明帝：晋明帝司马绍，东晋第二位皇帝，详见《方正》第23则注③。周伯仁：周顗，字伯仁，详见《言语》第30则注②。真长：刘惔，字真长，详见《德行》第35则注①。

②千斤犗（jiè）特：阉割过的有千斤之力的公牛，指性格顺服且力大无穷。

③王公：指王导，字茂弘，详见《德行》第27则注③。

④卷角牸（zì）：卷角的老母牛；牛老则卷角，因筋力已尽，不能快走，喻指不能有大的作为。盘辟：盘旋，回旋进退，指为人处世灵活、圆滑。按：周伯仁戏称王导是卷角牸，嘲笑他年老无所作为，但为人灵活圆滑。

【译文】

晋明帝司马绍问周伯仁："真长是个怎么样的人？"周伯仁回答说："自然是个有千斤之力的阉牛。"王导嘲笑他说的话。周伯仁说："当然比不上卷角的老母牛，灵活圆滑，善于回旋进退。"

18. 王丞相枕周伯仁膝①，指其腹曰："卿此中何所有？"答曰："此中空洞无物，然容卿辈数百人。"

【注释】

①王丞相：王导，字茂弘，官至丞相，详见《德行》第27则注③。周伯

仁：周顗，字伯仁，详见《言语》第30则注②。

【译文】

丞相王导头枕着周伯仁的腿，用手指着他的肚子说："你这里面有什么东西？"周伯仁回答说："这里面空空如也，没有任何东西，可是能容纳下几百个像你这样的人。"

19. 干宝向刘真长叙其《搜神记》①，刘曰："卿可谓鬼之董狐。②"

【注释】

①干宝：字令升，新蔡（今河南新蔡）人，精通史学、易学，著有《周易注》《晋纪》《搜神记》等；封关内侯，历任佐著作郎、山阴县令、始安太守、司徒右长史、散骑常侍等职；351年去世，追赠尚书令。真长：刘惔，字真长，详见《德行》第35则注①。《搜神记》：晋干宝所著，所记多为古代神怪灵异故事，被称作中国志怪小说的鼻祖。

②董狐：春秋时晋国太史，亦称史狐，敢于坚持史官的记事原则，素有"良史"之称。

【译文】

干宝向刘真长叙说他写的《搜神记》，刘真长说："你可以说是鬼神的董狐啊。"

20. 许文思往顾和许，顾先在帐中眠。许至，便径就床角枕共语①。既而唤顾共行，顾乃命左右取枕上新衣，易己体上所著。许笑曰："卿乃复有行来衣乎？②"

【注释】

①许文思：许琛，字文思，其余不详。顾和：字君孝，详见《言语》第33则注①。许：处所。就床：上床，到床上去。角枕：用兽角做装饰的枕头。

②行来衣：出门所穿的体面衣服；行来，即往来、出入之意。

【译文】

许文思来到顾和的府上，顾和之前正在帐子里睡觉。许文思来到后，就径直到床上去，靠着角枕跟顾和交谈。不久又招呼顾和一起出去，顾和便叫随从去拿枕头边的新衣，换下自己身上所穿着的衣服。许文思笑着说："你竟然还有专门出门穿的衣服吗？"

21.康僧渊目深而鼻高，王丞相每调之①。僧渊曰："鼻者面之山，目者面之渊。山不高则不灵，渊不深则不清。"

【注释】

①康僧渊：东晋名僧，祖先为西域人，生于长安，详见《文学》第47则注①。王丞相：王导，字茂弘，官至丞相，详见《德行》第27则注③。调：挑逗，戏弄。

【译文】

康僧渊眼窝深陷，鼻梁高挺，丞相王导常常因此戏弄他。僧渊说："鼻子是面部的山，眼睛是面部的渊。山不高，就不会有神灵；渊不深，就不会清澈。"

22.何次道往瓦官寺礼拜甚勤①。阮思旷语之曰："卿志大宇宙，勇迈终古。②"何曰："卿今日何故忽见推？"阮曰："我图数千户郡，尚不能得；卿乃图作佛，不亦大乎？③"

【注释】

①何次道：何充，字次道，详见《言语》第54则注①。瓦官寺：佛寺名，位于南京市集庆门附近。礼拜：向神佛行礼。勤：经常。

②阮思旷：阮裕，字思旷，详见《德行》第32则注①。大：大于，大过。迈：超过。终古：往昔，自古以来。

③图：图谋，谋划。乃：竟然。

【译文】

何次道经常去瓦官寺拜佛求神。阮思旷对他说："你的志向比宇宙还大，勇气超过了古人。"何次道说："你今天为什么忽然推重起我来？"阮思旷说："我图谋几千户的小郡郡守的职位，尚且不能得到；你竟然图谋成佛，这个志向不是很大吗？"

23. 庾征西大举征胡，既成行，止镇襄阳①。殷豫章与书，送一折角如意以调之②。庾答书曰："得所致，虽是败物，犹欲理而用之。③"

【注释】

①庾征西：庾翼，字稚恭，曾任征西将军，详见《言语》第53则注①。成行：指军队已经出发。镇：镇守，驻守。按：晋康帝建元元年(343年)，征西将军、荆州刺史庾翼率军北伐，驻扎襄阳；次年，晋康帝司马岳和兄长庾冰相继病逝，庾翼因为家事国事难以兼顾，便还镇夏口。

②殷豫章：殷羡，字洪乔，曾任豫章太守，详见《任诞》第31则注①。书：指书信。折角如意：指如意的一角折断了，有残缺的如意；如意，古代用以搔痒的器物，可如人意，因而得名。调：挑逗，戏弄。按：殷羡送折角如意，暗喻北伐未必圆满如意。

③败物：毁坏了的物品。理：修理，修缮。按：庾翼意指虽然北伐有可能失败，但是也要全力付出，争取成功的可能。

【译文】

征西将军庾翼大举出兵北伐，征讨胡人，军队出发以后，停留在襄阳进行驻守。豫章太守殷羡给他写了封信，并送他一个折断了角的如意来戏弄他。庾翼回信说："收到了你送来的礼物，虽然是毁坏了的东西，我还是想修理好它来用。"

24. 桓大司马乘雪欲猎，先过王、刘诸人许①。真长见其装束单急，问："老贼欲持此何作？[②]"桓曰："我若不为此，卿辈亦那得坐谈？[③]"

【注释】

①桓大司马：桓温，字元子，曾任大司马，详见《言语》第55则注①。王：指王濛，字仲祖，详见《言语》第54则注④。刘：指刘惔，字真长，详见《德行》第35则注①。许：处所，地方。

②单急：指单薄贴身、适合急行军的衣服。老贼：朋友间的戏称。

③"我若"句：桓温意指身着戎装，作为军人保家国平安，王、刘等人才有可以放心清谈的环境。

【译文】

大司马桓温趁着下雪要去打猎，先经过了王仲祖、刘真长等人的家。刘真长看见他穿着单薄贴身、适合急行军的衣服，问道："你这个老贼，穿着这身衣服要做什么？"桓温说："我如果不穿这身衣服，你们这些人又哪能安心地坐在这里清谈？"

25. 褚季野问孙盛："卿国史何当成？[①]"孙云："久应竟，在公无暇，故至今日。[②]"褚曰："古人'述而不作'，何必在蚕室中！[③]"

【注释】

①褚季野：即褚裒，字季野，详见《德行》第34则注②。孙盛：字安国，详见《言语》第49则注①。国史：指《晋阳秋》一书，晋孙盛所著，主要记叙两晋史事。何当：何日，何时。

②竟：完成。

③述而不作：语出《论语·述而》，意思指写史书只是传述史实，而不是创作。蚕室：指执行宫刑和受宫刑后调养的狱室。按：西汉司马迁因李陵事件被判宫刑，之后忍辱负重，完成了从上古到汉武帝期间的史书《史记》；褚季野意在讽刺孙盛"在公无暇"之说。

【译文】

褚季野问孙盛："你写的国史什么时候能完成？"孙盛回答说："早就

应该完成了。只是由于公务缠身，没有太多闲暇时间，所以拖到今天还没完成。”褚季野说：“古人说写史书只是传述史实，而不是创作，你何必一定要在蚕室之中才能完成呢！”

26. 谢公在东山，朝命屡降而不动[①]。后出为桓宣武司马，将发新亭，朝士咸出瞻送[②]。高灵时为中丞，亦往相祖[③]。先时，多少饮酒，因倚如醉，戏曰：“卿屡违朝旨，高卧东山，诸人每相与言：‘安石不肯出，将如苍生何！’今亦苍生将如卿何？[④]”谢笑而不答。

【注释】

①谢公：指谢安，字安石，曾隐居会稽东山，详见《德行》第 33 则注③。

②桓宣武：桓温，字元子，谥号宣武，详见《言语》第 55 则注①。新亭：亭名，故址在今江苏省江宁县南。朝士：朝廷之士，泛称朝廷官员。瞻送：瞻仰欢送。

③高灵：指高崧，字茂琰，小名阿酃（líng），非“灵”字，详见《言语》第 82 则注②。中丞：御史台长官，掌管公卿奏事、察举非法等事。祖：出行时祭路神，引申为送行。

④苍生：指百姓。

【译文】

谢安在东山隐居，朝廷多次下令征召他出来做官，他都没有就任。后来出任桓温的司马，将要从新亭出发，朝中官员都来看望他，并为他送行。高灵当时任御史中丞，也前去为他送行。在这之前，高灵已经多多少少喝了些酒，于是就借着这点酒意，像喝醉了一样，开玩笑说：“你多次违抗朝廷的旨意，在东山高枕无忧地躺着，大家常常在一起交谈说：‘安石不肯出来做官，天下的老百姓将怎么办呢！’现在百姓对你又会怎么看呢？”谢安笑着没有回答。

27.初，谢安在东山居布衣时，兄弟已有富贵者，翕集家门，倾动人物①。刘夫人戏谓安曰②："大丈夫不当如此乎?"谢乃捉鼻曰："但恐不免耳。③"

【注释】

①谢安：字安石，曾隐居会稽东山，详见《德行》第33则注③。布衣：指平民百姓穿的粗布衣服，代指平民。翕(xī)集：聚集。家门：家族。倾动：震动，倾倒。按：谢安一族之中，堂兄谢尚、哥哥谢奕、弟弟谢万都为朝廷高官。

②刘夫人：谢安的夫人刘氏，刘惔的妹妹。

③捉鼻：指捻着鼻子。不免：指不免要像众兄弟一样出来做官。按：谢安意指自己虽有隐居之志，可是名声已显，恐为时势所逼，不得不出仕。

【译文】

当初，谢安在东山隐居还是个平民百姓时，兄弟之中已经有做到大官的，集中在他这一家族，让当时的人士为之倾倒。谢安的妻子刘夫人对谢安开玩笑说："大丈夫不应该这样吗?"谢安便捻着鼻子说："只怕避免不要像众兄弟一样了呢。"

28.支道林因人就深公买印山①，深公答曰："未闻巢、由买山而隐。②"

【注释】

①支道林：支遁，字道林，东晋高僧，详见《言语》第45则注②。因人：通过他人。就：到，前往。深公：即竺法深，名潜，或称道潜，字法深，俗姓王，东晋名僧，详见《德行》第30则注②。印山：当为岇(áng)山，即今浙江东部新昌东岇山；《高僧传·竺道潜传》云："支遁遣使求买岇山之侧沃洲小岭，欲为幽栖之处。"

②巢、由：巢父、许由，是传说中尧舜时的远古隐士；巢父，因筑巢而

居，故称巢父，详见《言语》第9则注⑦；许由，详见《言语》第1则注④。

【译文】

支道林通过他人向竺法深买印山，竺法深回答说："没有听说过巢父、许由买座山来隐居。"

29.王、刘每不重蔡公①。二人尝诣蔡，语良久，乃问蔡曰："公自言何如夷甫？②"答曰："身不如夷甫。③"王、刘相目而笑曰④："公何处不如？"答曰："夷甫无君辈客。"

【注释】

①王、刘：指王濛和刘惔。王濛，字仲祖，详见《言语》第54则注④。刘惔，字真长，详见《德行》第35则注①。每：经常，常常。重：尊重，敬重。蔡公：指蔡谟，字道明，详见《方正》第40则注②。

②夷甫：王衍，字夷甫，详见《言语》第23则注②。

③身：自身，指本人。

④相目：四目相对，相视。

【译文】

王仲祖、刘真长常常不太尊重蔡谟。两人曾经去看望蔡谟，谈了很久，然后问蔡谟说："您自己说说您和王夷甫相比怎么样？"蔡谟回答说："我不如夷甫。"王仲祖和刘真长听了，相视而笑，又问道："您什么地方不如他？"蔡谟回答说："夷甫没有像你们这样的客人。"

30.张吴兴年八岁，亏齿①。先达知其不常，故戏之曰："君口中何为开狗窦？②"张应声答曰："正使君辈从此中出入。"

【注释】

①张吴兴：张玄之，字祖希，曾任吴兴太守，详见《言语》第51则注①。亏齿：指掉了牙齿。

②先达：有德行学问的前辈。不常：指不平常，不平凡。狗窦：狗洞，

戏称牙齿缺的样子；窦，孔、洞之意。

【译文】

吴兴太守张玄之八岁那年，掉了牙齿，前辈贤达知道他不平凡，故意戏弄他说："你嘴里为什么开个狗洞？"张玄之应声回答说："正是让你们这样的人从这里出入。"

31.郝隆七月七日出日中仰卧①，人问其故，答曰："我晒书。②"

【注释】

①郝隆：字佐治，汲郡（今河南卫辉）人，生性诙谐，饱览群书，曾任征西将军桓温的参军。

②晒书：古时候的民间风俗，七月七日晒经书和衣裳；郝隆此言是戏称自己满肚子经书，故也需要晒晒。

【译文】

郝隆在七月七日那天，到太阳地里脸朝上躺着，有人问他在干什么，他回答说："我在晒我肚子里的书。"

32.谢公始有东山之志，后严命屡臻，势不获已，始就桓公司马①。于时人有饷桓公药草，中有远志②。公取以问谢："此药又名小草，何一物而有二称？"谢未即答。时郝隆在坐，应声答曰："此甚易解，处则为远志，出则为小草。③"谢甚有愧色。桓公目谢而笑曰："郝参军此过乃不恶，亦极有会。④"

【注释】

①谢公：指谢安，字安石，曾隐居会稽东山，详见《德行》第33则注③。东山之志：隐居东山的志向。严命：对君主、尊长的命令的敬称。臻：到，来到。不获已：不得已。就：就任。桓公：指桓温，详见《言语》第55则注①。

②饷:赠送。远志:中药名,根的名字叫远志,苗的名字叫小草,均可入药。

③郝隆:字佐治,当时任征桓温的参军。处、出:字面意思指埋在土中和露出地面,暗指出仕和隐居,语意双关,以讥笑谢安的出仕。

④过:《太平御览》《渚宫旧事》作“通”,疏通,剖析阐释之意。不恶:不错。会:兴会,意趣。

【译文】

谢安起初有隐居山林的志向,后来朝廷征召的命令多次下达,势不得已,这才就任桓温属下的司马。这时,有人送给桓温草药,其中有远志。桓温拿来问谢安:“这种药又叫小草,为什么一种东西却有两个名称呢?”谢安还没来得及回答,当时郝隆也在座,就应声回答说:“这非常容易解释,埋在深处的就是远志,出来露在地面之外的就是小草。”谢安听了深感惭愧。桓温看着谢安笑着说:“郝参军这个解释不错,也极有意趣。”

33.庾园客诣孙监[①],值行,见齐庄在外,尚幼,而有神意[②]。庾试之,曰:“孙安国何在?”即答曰:“庾稚恭家。[③]”庾大笑曰:“诸孙大盛,有儿如此!”又答曰:“未若诸庾之翼翼。[④]”还,语人曰:“我故胜,得重唤奴父名。[⑤]”

【注释】

①庾园客:庾爰(yuán)之,字仲真,小字园客,征西将军庾翼次子,详见《识鉴》第19则注②。孙监:孙盛,字安国,曾任秘书监,详见《言语》第49则注①。

②值:碰上。齐庄:孙放,字齐庄,孙盛次子,详见《言语》第49则注②。神意:灵气。

③庾稚恭:庾翼,字稚恭,详见《言语》第53则注①。按:庾园客直呼对方父亲的名字,这是不敬的,所以齐庄也直呼庾园客的父亲庾翼的名字来反击。

④翼翼：形容旺盛众多的样子。按：因有两个“翼”字，所以下文齐庄说：“得重唤奴父名。”

⑤奴：对人的鄙称，相当于“家伙”。

【译文】

庾园客去拜访秘书监孙盛，碰上孙盛外出了，看见孙盛的儿子齐庄在外面，年纪还小，看上去却很机灵。庾园客就考验他一下，问道：“孙安国在什么地方？”齐庄马上回答说：“在庾稚恭家。”庾园客听了之后大笑，说道：“孙氏家族非常强盛啊，能有个这样的儿子！”齐庄又回答说：“不如庾氏家族那样翼翼，旺盛众多。”齐庄回家后，告诉别人说：“当然是我胜了，我得以多叫了一次那家伙的父亲的名字。”

34.范玄平在简文坐[①]，谈欲屈，引王长史曰[②]：“卿助我！”王曰：“此非拔山力所能助。”

【注释】

①范玄平：范汪，字玄平，南阳顺阳（今河南内乡）人；封武兴县侯，曾任武陵内史、东阳太守、中领军、本州大中正等职，简文帝为相时，任安北将军、徐兖二州刺史；372年卒于家，追赠散骑常侍，谥号穆。简文：即晋简文帝司马昱，字道万，详见《德行》第37则注①。

②屈：理屈，即辩不过对方。引：拉，牵，挽。王长史：王濛，字仲祖，官至司徒左长史，详见《言语》第54则注④。

【译文】

范玄平在简文帝司马昱那里作客，和人清谈就要辩不过对方了，于是把司徒左长史王濛拉过来，说：“你快帮帮我！”王濛说：“这不是拔山的力量所能帮助的。”

35.郝隆为桓公南蛮参军[①]。三月三日会，作诗，不能者罚酒三升[②]。隆初以不能受罚，既饮，揽笔便作一句云：“娵隅跃清池。[3]"桓问："娵隅是何物？"答曰："蛮名鱼为娵隅。"桓公曰："作诗何以作蛮语？"隆曰："千里投公，始得蛮府参军，那得不作蛮语也！"

【注释】

①郝隆：字佐治，汲郡（今河南卫辉）人，生性诙谐。桓公：指桓温，字元子，详见《言语》第55则注①。按：桓温曾任南蛮校尉，即专门管理荆楚一带蛮族等少数民族事务的武官，郝隆当时任参军。

②三月三日会：即上巳（sì）节，在汉代以前定为三月上旬的巳日，曹魏以后定在农历的三月三日，这一天人们到水边洗濯污垢，祭祀祖先，也借此宴饮、郊游。

③娵隅（jū yú）：古时南方的民族称鱼为娵隅。本句大意：鱼儿在清澈的水池中跳跃。

【译文】

郝隆任桓温南蛮校尉府的参军。在三月三日的聚会上，要求大家作诗，写不出诗的，要罚酒三升。郝隆开始因为作不出诗而受罚，喝完酒，提起笔来就写出了一句："娵隅跃清池。"桓温问："娵隅是什么东西？"郝隆回答说："南蛮把鱼叫作娵隅。"桓温说："作诗为什么要用蛮语呢？"郝隆说："我从千里之外来投奔您，才得到南蛮校尉府的参军一职，哪能不说蛮语呢！"

36. 袁羊尝诣刘恢，恢在内眠未起[1]。袁因作诗调之曰："角枕粲文茵，锦衾烂长筵。[2]"刘尚晋明帝女，主见诗不平，曰："袁羊，古之遗狂！[3]"

【注释】

①袁羊：袁乔，字彦叔，小字羊，详见《言语》第90则注④。刘恢：应是刘惔，字真长，详见《德行》第35则注①。

②调：调戏，戏弄。角枕：用兽角作装饰的枕头。文茵：本指车中的

虎皮坐褥，后泛称有花纹的褥席。锦衾：锦缎的被子。长筵：宽长的竹席。粲、烂：均为灿烂之意。诗句大意为：兽角装饰的枕头在华丽的褥子上，看上去灿烂夺目；锦缎的被子在宽大的席子上，看上去光辉灿烂。按：诗句语出《诗经·唐风·葛生》："角枕粲兮，锦衾烂兮。"这是一首描写丈夫出征生死不明，妻子在家思念的诗，故庐陵公主见诗不平。

③尚：指娶公主为妻。晋明帝：司马绍，字道畿，谥号明皇帝，详见《方正》第23则注③。主：指晋明帝的女儿庐陵公主，刘惔之妻。

④遗狂：指狂放之徒的后代。

【译文】

袁羊有一次去拜访刘惔，刘惔当时正在内室睡觉，还没有起床。袁羊于是作诗戏弄他说："角枕粲文茵，锦衾烂长筵。"刘惔的妻子是晋明帝的女儿庐陵公主，庐陵公主看见袁羊的诗，感到愤愤不平，说："袁羊，是古代狂放之徒的后人！"

37.殷洪远答孙兴公诗云①："聊复放一曲。②"刘真长笑其语拙，问曰："君欲云那放？③"殷曰："榼腊亦放，何必其鎗铃邪？④"

【注释】

①殷洪远：殷融，字洪远，详见《文学》第74则注①。孙兴公：孙绰，字兴公，详见《言语》第84则注①。

②聊：姑且。放：指放声高歌。诗句大意：姑且再放声高歌一曲。

③刘真长：刘惔，字真长，详见《德行》第35则注①。

④榼(tà)腊：象声词，指鼓声。放：指放出，发出。铯(qiāng)铃：钟铃声，金石声。按：殷洪远意在说明自己的诗虽然不工整，但足以表情达意，也是诗的一种；正如鼓声，虽然比不上金石声清脆悦耳，但也是音乐的一种。

【译文】

殷洪远答孙兴公的诗说："聊复放一曲。"刘真长笑话他用词拙劣，问道："您想要怎么放？"殷洪远说："鼓声也可以是放出，为什么放出的一定要是金石声呢？"

38. 桓公既废海西，立简文[①]。侍中谢公见桓公，拜[②]。桓惊笑曰："安石，卿何事至尔？"谢曰："未有君拜于前，臣立于后。[③]"

【注释】

①桓公：指桓温，字元子，详见《言语》第55则注①。海西：指司马奕，字延龄，东晋第七位皇帝，后为桓温所废，降为东海王，又降封为海西公，详见《言语》第59则注③。简文：即晋简文帝司马昱，字道万，详见《德行》第37则注①。按：桓温在晋太和六年（371年）废晋帝司马奕，立会稽王司马昱为帝，即简文帝，并乘机诛杀异己，威势显赫，故下文谢安见而遥拜。

②谢公：即谢安，字安石，详见《德行》第33则注③。拜：表示敬意的礼节。

③君：即可以用来尊称在上位者，也可以用来指代君主。臣：既可以是自己的谦称，也可以用来指臣子。按：谢安语义双关，讽刺桓温有想当君主之意。

【译文】

桓温废黜晋帝司马奕为海西公后，立司马昱为简文帝。侍中谢安见到桓温，对他行了个拜礼，桓温惊讶地笑道："安石，你为什么要这样做呢？"谢安回答说："没有君在前面行拜礼，臣在后面站着的道理。"

39. 郗重熙与谢公书[①]，道："王敬仁闻一年少怀问鼎[②]。不知桓公德衰，为复后生可畏[③]？"

【注释】

①郗重熙：郗昙，字重熙，详见《贤媛》第25则注①。谢公：即谢安，

字安石，详见《德行》第33则注③。

②王敬仁：王修，字敬仁，详见《文学》第38则注①。问鼎：篡位，夺取天下。按：先秦时代把九鼎当作传国之宝，据《史记》记载，楚庄王观兵于周郊时，曾问鼎的大小轻重，有夺取天下之意。

③桓公：指齐桓公，春秋五霸之一，在伐蔡途中以苞茅不贡为借口顺道伐楚，故说其德行衰微；这里是以齐桓公来暗喻当代的君主。为复：还是，或是。后生可畏：指年轻人势必要超过前辈，令人敬畏；后生，指年轻人，语出《论语·子罕》："后生可畏，焉知来者之不如今也？"

【译文】

郗重熙写信给谢安，说："王敬仁曾听说一个年轻人心中怀有篡夺王位的意图。不知是因为桓公的德行日渐衰微呢，还是因为年轻人变得令人敬畏了？"

40. 张苍梧是张凭之祖[①]，尝语凭父曰："我不如汝。"凭父未解所以[②]。苍梧曰："汝有佳儿。"凭时年数岁，敛手曰："阿翁，讵宜以子戏父！[③]"

【注释】

①张苍梧：张镇，字义远，吴国吴郡人，泰安中任苍梧太守，后因讨王含有功，封兴道县侯。张凭：字长宗，详见《文学》第53则注①。

②所以：原因，缘故。

③敛手：拱手，两手在胸前相抱，表示恭敬。讵：岂，怎。

【译文】

苍梧太守张镇是张凭的祖父，他曾经对张凭的父亲说："我比不上你。"张凭的父亲没有明白他这么说是什么缘故，张镇解释说："因为你有个出色的儿子啊。"当时张凭只有几岁，听了这话，向爷爷一拱手，说："爷爷，怎么可以拿儿子来开父亲的玩笑呢！"

41. 习凿齿、孙兴公未相识，同在桓公坐[①]。桓语孙："可与习参军共语。”孙云：“‘蠢尔蛮荆’，敢与大邦为仇！[2]”习云：“‘薄伐猃狁’，至于太原。[3]”

【注释】

①习凿齿：字彦威，荆州襄阳人，时任荆州刺史桓温的户曹参军，详见《言语》第72则注③。孙兴公：孙绰，字兴公，太原中都（今山西平遥）人，详见《言语》第84则注①。桓公：指桓温，详见《言语》第55则注①。

②“蠢尔”句：语出《诗经·小雅·采芑》“蠢尔荆蛮，大邦为仇”，大意是：粗野落后的楚国蠢蠢欲动，竟然想和我们大国为敌；蛮荆，本是贬称春秋时代南方的楚国，蛮即粗蛮落后的意思。按：因为习凿齿来自南方的荆州，孙兴公借此嘲笑他是南蛮之人。

③“薄伐”句：语出《诗经·小雅·六月》“薄伐猃狁，以奏肤公”，大意是：讨伐北方的猃狁，以建立大功；薄伐，征伐、讨伐之意，猃狁（xiǎn yǔn）是古代北方的一个少数民族，又称北夷。按：孙兴公是北方的太原人，所以习凿齿也借《诗经》嘲笑他来自北夷所处之地。

【译文】

习凿齿和孙兴公之前互相不认识，一次，两人一起在桓温家作客，桓温对孙兴公说：“你可以和习参军一起谈谈。”孙兴公引用《诗经》，说道：“‘蠢尔蛮荆’，竟然敢和我们大国做对头！”习凿齿也引用《诗经》，反击道：“‘讨伐猃狁’，结果一直打到了太原。”

42. 桓豹奴是王丹阳外生，形似其舅，桓甚讳之[1]。宣武云[2]：“不恒相似，时似耳！恒似是形，时似是神。”桓逾不说。

【注释】

①桓豹奴：桓嗣，字恭祖，小名豹奴，车骑将军桓冲之子，曾任江州刺史、西阳襄城二郡太守，卒于官，追赠南中郎将，谥号靖。王丹阳：王混，字奉正，中军将军王恬之子，王导之孙，官至丹阳尹。外生：外甥。

②宣武：即桓温，字元子，谥号宣武，桓嗣伯父，详见《言语》第55则

注①。

【译文】

桓豹奴是丹阳尹王混的外甥，外形长得很像他的舅舅，桓豹奴非常忌讳这点。桓温说："不是经常和他相似，只不过是有时候和他相似罢了！经常和他相似的是外貌，有时和他相似的是神态。"桓豹奴听了更加不高兴。

43.王子猷诣谢万，林公先在坐，瞻瞩甚高[①]。王曰："若林公须发并全，神情当复胜此不?"谢曰："唇齿相须，不可以偏亡。须发何关于神明![②]"林公意甚恶，曰："七尺之躯，今日委君二贤。[③]"

【注释】

①王子猷：王徽之，字子猷，详见《雅量》第36则注①。谢万：字万石，详见《言语》第77则注①。林公：支遁，字道林，世称林公，东晋高僧，详见《言语》第45则注②。瞻瞩：观看，注视，这里指眼光。

②相须：互相依存，互为凭借。神明：指人的精神、心思。

③七尺之躯：身高七尺，魏晋时一尺大约是现在的24.2厘米，七尺是成人正常的身高。

【译文】

一次，王子猷到谢万家去，高僧支道林先已在座，他的眼光很高，神情高傲。王子猷说："如果林公胡须、头发都齐全，神态风度会比现在更胜一筹吗?"谢万说："嘴唇和牙齿是互相依存的，不可以缺少其中任何一部分。胡须、头发和人的精神又有什么关系呢!"支道林听了，心里很不高兴，说："我这堂堂七尺身躯，今天就托付给你们二位贤士了。"

44.郗司空拜北府，王黄门诣郗门拜[①]，云："应变将略，非其所长。[②]"骤咏之不已[③]。郗仓谓嘉宾曰："公今日拜，子猷言语殊不逊，深不可容！[4]”嘉宾曰：“此是陈寿作诸葛评。人以汝家比武侯，复何所言！[5]”

【注释】

①郗司空：郗愔，字方回，王羲之妻弟，死后追赠司空，详见《言语》第59则注⑨。拜北府：指郡愔就任徐州刺史；刘孝标注云：“《南徐州记》曰：‘旧徐州都督以东为称。晋氏南迁，徐州刺史王舒加北中郎将。北府之号，自此起也。’”按：太和二年（367年），郗愔迁任平北将军，都督徐兖青幽及扬州之晋陵诸军事，领徐、兖二州刺史，假节，镇京口。王黄门：王徽之，字子猷，郗愔外甥，曾任黄门侍郎，为人放荡不羁，详见《雅量》第36则注①。

②将略：用兵的谋略。“应变”句：语出《三国志·蜀书·诸葛亮传》：“然连年动众，未能成功，盖应变将略，非其所长欤！”是作者陈寿对诸葛亮的评价之语。

③骤：屡次。

④郗仓：郗融，字景山，小字仓，郗愔第二子，辟琅邪王文学，不就，早卒。嘉宾：郗超，字景兴，一字敬舆，小字嘉宾，郗愔长子，详见《言语》第59则注④。公：即家公，指自己的父亲。殊：特别。

⑤汝家：你家，这里指其父郗愔。武侯：诸葛亮，曾封武乡侯，死后追谥忠武侯。

【译文】

司空郗愔就任北府长官，黄门侍郎王子猷登门祝贺，说：“随机应变和用兵谋略两方面，并不是他所擅长的。”并不停地反复朗诵这两句。郗愔次子郗仓对兄长嘉宾说：“父亲今天上任，子猷却说话特别无礼，是很难能被宽容的！”嘉宾说：“这句话是陈寿给诸葛亮所作的评语。人家把你父亲比作诸葛亮，你还说什么呢！”

45. 王子猷诣谢公，谢曰：“云何七言诗？[1]”子猷承问，答曰：“昂昂若千里之驹，泛泛若水中之凫。[2]”

【注释】

①王子猷：王徽之，字子猷，详见《雅量》第 36 则注①。谢公：指谢安，字安石，详见《德行》第 33 则注③。七言诗：古代诗歌体裁，全诗每句七字或以七字句为主，起源于先秦和汉代的汉族民间歌谣。

②承问：受到提问。“昂昂”两句：语出《楚辞·卜居》：“宁昂昂若千里之驹乎，将泛泛若水中之凫乎？”昂昂指器宇轩昂、气度不凡的样子；泛泛指荡漾浮动的样子，引申为随波逐流；诗句大意是：是像千里马那样器宇轩昂呢，还是像野鸭子那样随波荡漾？

【译文】

王子猷去拜访谢安，谢安问道：“什么是七言诗？”王子猷被问到这个问题，就引用《楚辞·卜居》回答说：“七言诗或者像千里马那样器宇轩昂，或者像野鸭子那样随波逐流。”

46. 王文度、范荣期俱为简文所要①。范年大而位小，王年小而位大。将前，更相推在前。既移久，王遂在范后。王因谓曰：“簸之扬之，糠秕在前。②”范曰：“洮之汰之，沙砾在后。③”

【注释】

①王文度：王坦之，字文度，详见《言语》第 72 则注①。范荣期：范启，字荣期，详见《文学》第 86 则注①。简文：即晋简文帝司马昱，字道万，详见《德行》第 37 则注①。要：通“邀”，邀请。

②簸（bǒ）：指用簸（bò）箕颠动米粮，以扬去糠秕和灰尘。糠秕（kāng bǐ）：即稻谷的壳、皮和瘪的谷子，比喻没有价值或无用的东西。

③洮：同“淘”，洗去杂质。汰：淘洗。沙砾：沙子和小石块。

【译文】

王文度和范荣期一起得到简文帝司马昱的邀请。范荣期年纪大而职位低，王文度年纪小而职位高。到了简文帝那里，将要进去的时候，两人互相推让，要对方走在前面。已经推让了很长时间，王文度还是走在范荣期的后面。王文度于是开玩笑说：“用簸箕颠动摇晃稻谷，把糠和秕子扬在前面。”范荣期回击道：“用水将米淘洗干净，把沙子和小石子淘汰在后面。”

47. 刘遵祖少为殷中军所知，称之于庾公[①]。庾公甚忻然，便取为佐[②]。既见，坐之独榻上与语[③]。刘尔日殊不称，庾小失望，遂名之为“羊公鹤”[④]。昔羊叔子有鹤善舞，尝向客称之[⑤]。客试使驱来，氃氋而不肯舞[⑥]。故称比之。

【注释】

①刘遵祖：刘爰之，字遵祖，沛郡（今安徽淮北）人，少有才学，能言理，曾任中书郎、宣城太守等职。殷中军：殷浩，字渊源，曾任中军将军，详见《言语》第80则注②。庾公：指庾亮，字元规，详见《德行》第31则注①。

②忻：同“欣”，喜悦。佐：指佐官，下属。

③独榻：一人坐的榻；尊敬的宾客坐独榻。

④尔日：当日。殊：特别。不称：不相称。小：通“稍”。羊公鹤：指名不副实的人。

⑤羊叔子：羊祜，字叔子，详见《言语》第86则注②。

⑥氃氋（tóng méng）：羽毛松散、没有精神的样子。

【译文】

刘遵祖年轻时为中军将军殷浩所赏识，殷浩在庾亮面前对他大加称赞。庾亮听了之后很高兴，就请他来做自己的僚属。见面后，让他坐在独榻上和他交谈。刘遵祖那天的表现却和他的名望特别不相称，庾亮稍微有些失望，于是把他称为“羊公鹤”。从前羊叔子养了一只鹤，善于跳舞，羊叔子曾经向客人大力称赞这只鹤。客人试着叫人把鹤赶上前来，鹤却是一副羽毛松散、无精打采的样子，不肯跳舞。所以庾亮把刘遵祖比拟成羊公鹤，以此来称呼他。

48.魏长齐雅有体量，而才学非所经[①]。初宦当出，虞存嘲之曰："与卿约法三章：谈者死，文笔者刑，商略抵罪。[②]"魏怡然而笑，无忤于色[③]。

【注释】

①魏长齐：魏颉，字长齐，官至山阴令。雅：极，甚。体量：气量，器度。经：指擅长。

②虞存：字道长，详见《政事》第17则注②。文笔：文章、文辞，这里指写文章，舞弄文笔。商略：品评，品鉴。抵罪：有罪，治罪。

③怡然：愉快的样子。忤：抵触。

【译文】

魏长齐非常有气量，可是才学不是他所擅长的。刚开始做官要前去赴任时，虞存嘲笑他说："和你约法三章：清谈玄理的处死，舞弄文笔的判刑，品鉴人物的治罪。"魏长齐听了后，和悦地笑了，脸上没有一点抵触、不开心的神色。

49.郗嘉宾书与袁虎[①]，道戴安道、谢居士云："恒任之风，当有所弘耳。[②]"以袁无恒，故以此激之。

【注释】

①郗嘉宾：郗超，字景兴，一字敬舆，小字嘉宾，详见《言语》第59则注④。袁虎：袁宏，字彦伯，小字虎，时称袁虎，详见《言语》第83则注①。

②戴安道：戴逵，字安道，终生不仕，详见《雅量》第34则注①。谢居士：谢敷，字庆绪，曾入太平山修行十余年，详见《栖逸》第17则注①。居士，对在家信佛的人的泛称。恒任：恒心和担当。弘：发扬，光大。

【译文】

郗嘉宾写信给袁虎，评论戴安道、谢敷居士说："持之以恒和勇于担当的风气，应当有所发扬啊。"因为袁虎没有恒心，所以用这句话来激励他。

50.范启与郗嘉宾书曰[①]："子敬举体无饶，纵掇皮无余润。[②]"郗答曰："举体无余润，何如举体非真者？"范性矜假多烦，故嘲之[③]。

【注释】

①范启：字荣期，详见《文学》第86则注①。郗嘉宾：郗超，小字嘉宾，详见《言语》第59则注④。

②子敬：王献之，字子敬，详见《德行》第39则注①。举体：指全身。饶：指肌肤丰满。掇(duō)皮：去掉皮，剥皮。余润：指丰润的肌肉。

③矜假：骄矜虚伪；矜，自大、自负。

【译文】

范启给郗嘉宾写信说道："子敬全身干瘦没有多余的肉，即使扒下他的皮，也没有丰润的肌肉。"郗嘉宾说："全身干瘦，比起全身上下都没有真的，哪样好？"范启品性骄矜虚伪，烦乱多事，所以嘲笑他。

51.二郗奉道[①]，二何奉佛[②]，皆以财贿。谢中郎云："二郗谄于道，二何佞于佛。[③]"

【注释】

①二郗：指郗愔和郗昙兄弟。郗愔，字方回，详见《言语》第59则注⑨。郗昙，字重熙，郗愔之弟，详见《贤媛》第25则注①。奉道：指两人信奉天师道，又称五斗米道（因入道者须交五斗米，故名），为早期道教流派之一。

②二何：何充和何准兄弟。何充，字次道，详见《言语》第54则注①。何准，字幼道，何充之弟，详见《栖逸》第5则注①。奉佛：指何充、何准二人信奉佛教。

③谢中郎：谢万，字万石，曾任西中郎将，故称谢中郎，详见《言语》第77则注①。谄：巴结，奉承。佞：巧言谄媚。

【译文】

郗愔和弟弟郗昙信奉天师道，何充和弟弟何准信奉佛教，都花进去了很多财物。西中郎将谢万说:“二郗是在阿谀奉承道教,二何是在巧言谄媚佛教。”

52.王文度在西州[①],与林法师讲[②],韩、孙诸人并在坐[③]。林公理每欲小屈,孙兴公曰:“法师今日如著弊絮在荆棘中,触地挂阂。[④]”

【注释】

①王文度:王坦之,字文度,详见《言语》第72则注①。西州:指扬州。按:王文度的父亲王述曾任扬州刺史。

②林法师:指支遁,字道林,东晋高僧,详见《言语》第45则注②。法师,指精通佛经并能讲解佛法的高僧。

③韩:指韩伯,字康伯,详见《德行》第38则注④。孙:指孙绰,字兴公,详见《言语》第84则注①。坐:通“座”。

④著:通“着”,穿着。弊絮:破旧的棉絮衣服。触地:遍地,到处。挂阂:挂碍,阻碍。

【译文】

王文度在西州,和支道林法师一起清谈玄理,当时韩康伯和孙兴公等人也在座。支道林每逢要稍微理亏时,孙兴公就说:“法师今天就像穿着破旧的棉絮衣服走在荆棘中,到处都受到牵制阻碍。”

53.范荣期见郗超俗情不淡[①],戏之曰:“夷、齐、巢、许,一诣垂名,何必劳神苦形、支策据梧邪?[②]”郗未答,韩康伯曰:“何不使游刃皆虚?[③]”

【注释】

①范荣期:范启,字荣期,详见《文学》第86则注①。郗超:字景兴,一字敬舆,小字嘉宾,详见《言语》第59则注④。俗情:世俗之情。

②夷、齐、巢、许:伯夷、叔齐、巢父、许由,都是上古时代著名的隐士。

垂名：流传声名。支策据梧：语出《庄子·齐物论》："昭文之鼓琴也，师旷之枝策也，惠子之据梧也，三子之知，几乎皆其盛者也，故载之末年。"这是说春秋时郑国昭文弹琴，晋国乐师师旷持杖敲击乐器，战国时宋人惠子倚着梧桐树辩论，他们的技艺、学识几乎是登峰造极，故载誉于晚年。

③韩康伯：指韩伯，字康伯，详见《德行》第 38 则注④。游刃皆虚：指刀刃在骨节的间隙切割，以喻顺应环境，保全自己；语出《庄子·养生主》的庖丁解牛，庖丁懂得牛的结构，刀刃在骨节间的活动余地很大，不会损坏刀刃。

【译文】

范荣期看到郗超世俗之情不淡，戏弄他说："伯夷、叔齐、巢父、许由这些隐士们一举成名，名垂千古；你为什么一定要劳心费神，像师旷、惠子那样苦苦地追求登峰造极呢？"郗超还没有回答，韩康伯就回答说："为什么不让自己顺应环境、处事游刃有余呢？"

54. 简文在殿上行，右军与孙兴公在后①。右军指简文语孙曰："此啖名客。②"简文顾曰："天下自有利齿儿。③"后王光禄作会稽，谢车骑出曲阿祖之④。王孝伯罢秘书丞在坐⑤，谢言及此事，因视孝伯曰："王丞齿似不钝。"王曰："不钝，颇亦验。⑥"

【注释】

①简文：即晋简文帝司马昱，字道万，详见《德行》第 37 则注①。右军：王羲之，字逸少，曾任右军将军，详见《言语》第 62 则注①。孙兴公：指孙绰，字兴公，详见《言语》第 84 则注①。

②啖名客：指好名之士；啖，本意为吃，这里指喜好、爱好。按：余嘉锡认为"右军指简文语孙"应为"右军指孙语简文"，"啖名"应为"啖石"，因为道家有啖石法，"右军以兴公善于持论，然多强词夺理，故戏之为啖石客"，故下文简文帝也以"利齿儿"来戏弄孙兴公；且王羲之非狂妄之徒，应不敢戏弄简文帝。此说法比较合理。

③利齿儿：牙齿坚利的人。

④王光禄：王蕴，字叔仁，曾任会稽内史，死后追赠左光禄大夫，详见《识鉴》第26则注②。谢车骑：字幼度，死后追赠车骑将军，详见《言语》第78则注③。曲阿：江苏省丹阳市的古称。祖：出行时祭路神，引申为送行。

⑤王孝伯：字孝伯，王蕴之子，详见《德行》第44则注①。坐：通"座"。

⑥验：灵验。

【译文】

简文帝司马昱在大殿上行走，右军将军王羲之和孙兴公在后面跟随着。王羲之指着简文帝对孙兴公说："这是啖名之人。"简文帝回头说："天下自有牙齿坚利的人。"后来光禄大夫王蕴出任会稽内史，车骑将军谢玄在曲阿为他设宴送行。这时，王蕴之子王孝伯刚离任秘书丞一职，也在座，谢玄谈起"啖名"一事，顺便看着王孝伯说："王丞的牙齿好像不钝。"王孝伯说："不钝，还相当灵验。"

55. 谢遏夏月尝仰卧，谢公清晨卒来，不暇著衣，跣出屋外，方蹑履问讯①。公曰："汝可谓'前倨而后恭'。②"

【注释】

①谢遏：即谢玄，字幼度，小字遏，谢安之侄，详见《言语》第78则注③。谢公：即谢安，字安石，详见《德行》第33则注③。卒：通"猝"，突然。跣(xiǎn)：光着脚，不穿鞋袜。蹑履：穿鞋。问讯：指问安。

②前倨而后恭：先前倨傲不逊，后来变得恭恭敬敬；语出《战国策》，苏秦之前游说秦惠王失败，妻不为下机，嫂不为炊；后为从约长，六国之相，昆弟妻嫂侧目不敢视，苏秦问其嫂曰："何先倨而后恭？"

【译文】

谢遏在夏天的一个夜晚，脸朝上睡着，他的伯父谢安在清晨突然来到，谢遏来不及穿上衣服，光着脚先跑出屋外，穿好鞋子才来请安。谢安说："你可以说是'前倨而后恭'啊！"

56.顾长康作殷荆州佐,请假还东[1]。尔时例不给布帆,顾苦求之,乃得发[2]。至破冢,遭风大败[3]。作笺与殷云:“地名破冢,真破冢而出[4]。行人安稳,布帆无恙[5]。”

【注释】

①顾长康:即顾恺之,字长康,晋陵(今江苏常州)人,曾任殷仲堪的参军,详见《言语》第85则注④。殷荆州:殷仲堪,官至荆州刺史,详见《德行》第40则注①。还东:回东边去,这里指回家。按:顾长康是晋陵人,古属扬州,在荆州东边。

②布帆:布做的船帆,也指帆船。

③破冢:地名,在今湖北江陵县东南长江东岸。

④破冢而出:指死里逃生;冢,坟墓。

⑤安稳:稳当,平稳。无恙:平安,没有疾病。按:本句应当为:“布帆安稳,行人无恙”。但因帆已经坏了,不能说安稳,所以交换了主语,既可以形容风浪中人船颠倒,同时也显得诙谐幽默。

【译文】

顾长康任荆州刺史殷仲堪的参军,请假回东边的家乡。那时,按照惯例是不提供帆船的,顾长康极力恳求殷仲堪,才得到了船。乘船行至破冢,遇到狂风,船帆被破坏地很严重。顾长康写信给殷仲堪说:“地名叫破冢,我们真的是破冢而出、死里逃生啊!万幸的是行人安稳,布帆无恙。”

57.苻朗初过江[1],王咨议大好事[2],问中国人物及风土所生,终无极已[3]。朗大患之。次复问奴婢贵贱,朗云:“谨厚有识中者,乃至十万;无意为奴婢问者,止数千耳。[4]”

【注释】

①苻朗:字元达,氐族,略阳临渭(今甘肃秦安)人,前秦宣昭帝苻坚的堂兄之子,性情豁达,好谈玄学,著有《苻子》数十篇流行于世;在前秦

任镇东将军、青州刺史，封爵乐安男；384年投降晋朝，加封员外散骑侍郎；后遭王国宝诬陷被杀。

②王咨议：王肃之，字幼恭，琅邪临沂（今山东临沂）人，王羲之第四子，曾任中书郎、骠骑咨议等职。

③中国：指中原地区。风土所生：指风土人情和物产。

④次：然后，后来。谨厚：谨慎、忠厚。识中：知识。无意：无见识。为奴婢问：指提出关于奴婢的问题。止：仅，只。

【译文】

苻朗刚投降晋朝南渡过江来，骠骑咨议王肃之非常喜欢多事，不断询问中原地区的人物和风土人情、物产等问题，问个没完没了。苻朗对他非常心烦。后来又问到奴婢价钱的高低，苻朗说："谨慎忠厚、有见识的，可以达到十万钱；没有见识，总是提出关于奴婢问题的，只不过几千钱罢了。"

58.东府客馆是版屋①。谢景重诣太傅，时宾客满中，初不交言，直仰视云②："王乃复西戎其屋。③"

【注释】

①东府：指会稽王司马道子的住宅。客馆：招待宾客的处所。版屋：用木板修筑的房子。

②谢景重：谢重，字景重，谢安二哥谢据之孙，详见《言语》第98则注③。太傅：指司马道子，初封琅邪王，后徙封会稽王，曾任太傅，详见《言语》第98则注①。初不：全不。直：通"只"。

③王：指司马道子。西戎其屋：把屋子装饰成了西方少数民族的房子的样子；西戎人通常住的是木板修筑的房子。按：谢景重无视满屋宾客，并以西戎板屋来调侃东府客馆，似有对宾客的嘲讽。

【译文】

东府的客馆是用木板修建的房子。谢景重去拜访太傅司马道子，当时宾客满座，他并没有和别人交谈，只是抬头望着房顶说："会稽王竟然把客馆建成了西戎的木板屋的样子。”

59.顾长康啖甘蔗,先食尾[①]。人问所以,云:“渐至佳境。[②]”

【注释】

①顾长康:即顾恺之,字长康,详见《言语》第85则注④。尾:指甘蔗梢部。

②佳境:美妙的境界。按:甘蔗的根部最甜,从梢部吃起,会越吃越甜,所以说渐至佳境。

【译文】

顾长康吃甘蔗,先从甘蔗的梢部吃起。有人问他是什么原因,他说:“这样可以渐渐进入美妙的境界。”

60.孝武属王珣求女婿[①],曰:“王敦、桓温,磊砢之流,既不可复得,且小如意,亦好豫人家事,酷非所须[②]。正如真长、子敬比,最佳[③]。”珣举谢混[④]。后袁山松欲拟谢婚,王曰:“卿莫近‘禁脔’。[⑤]”

【注释】

①孝武:即晋孝武帝司马曜,字昌明,详见《德行》第46则注②。属:通“嘱”,嘱咐。王珣:字元琳,详见《言语》第102则注②。

②王敦:字处仲,娶晋武帝司马炎女襄城公主为妻,详见《言语》第37则注①。桓温:娶晋明帝司马绍女南康公主,详见《言语》第55则注①。磊珂:比喻人有奇特的才能。小:通“稍”,稍微。豫:通“预”,干预。酷:极,很。

③真长:刘惔,字真长,娶晋明帝司马绍女庐陵公主,详见《德行》第35则注①。子敬:王献之,字子敬,娶简文帝司马昱女新安公主,详见《德行》第39则注①。比:比肩。

④举：举荐，推荐。谢混：字叔源，谢安之孙，娶孝武帝司马曜女晋陵公主，详见《言语》第105则注①。

⑤袁山松：详见《德行》第45则注⑤。

⑥禁脔：比喻独自占有，不容别人分享的东西；脔，切成块的肉。按：《晋书·谢混传》记载，元帝初镇建业时，公私窘罄，每次得到猪肉，都以为珍膳，猪脖子上的肉尤其美味，专门献给元帝，于时呼为禁脔；故王珣以此戏称谢混为“禁脔”。

【译文】

晋孝武帝司马曜嘱托王珣帮忙选个女婿，说：“王敦、桓温，这种才能卓越的人，既不可能再得到，而且这种人稍为一得意，就喜欢干涉别人的家事，不是我所需要的人。能和真长、子敬这样的人相比肩的，最为理想。”王珣就推荐了谢混。后来袁山松打算把女儿嫁给谢混，王珣就对袁山松说：“你不要靠近‘禁脔’。”

61.桓南郡与殷荆州语次，因共作了语①。顾恺之曰：“火烧平原无遗燎。②”桓曰：“白布缠棺竖旒旐。③”殷曰：“投鱼深渊放飞鸟。④”次复作危语⑤。桓曰：“矛头淅米剑头炊。⑥”殷曰：“百岁老翁攀枯枝。”顾曰：“井上辘轳卧婴儿。”殷有一参军在坐，云：“盲人骑瞎马，夜半临深池。”殷曰：“咄咄逼人！⑦”仲堪眇目故也⑧。

【注释】

①桓南郡：即桓玄，字敬道，承袭父爵南郡公，详见《德行》第41则注①。殷荆州：殷仲堪，官至荆州刺史，详见《德行》第40则注①。语次：谈话之间。了语：一种语言游戏，说出了结之事。

②顾恺之：字长康，详见《言语》第85则注④。遗燎：指遗漏而未被焚烧之处。诗句大意：烈火烧光了整个平原，一点遗漏之处也没有。

③旒旐(liú zhào)：招魂幡，出殡时在棺材前引路的旗子。诗句大意：

用白布裹着棺材，竖起了招魂幡出殡。

④诗句大意：把鱼放回深渊，把飞鸟放回山林。

⑤次：依次，接着。危语：列举出危险之事的话。

⑥淅(xī)米：淘米。诗句大意：在矛尖上淘米，在剑尖上煮饭。

⑦咄咄逼人：形容盛气凌人，令人难堪。

⑧眇(miǎo)目：瞎了一只眼睛。

【译文】

南郡公桓玄和荆州刺史殷仲堪一起交谈时，顺便一同作了语，即用诗句说出表明一切都终了的事。顾恺之说："火烧平原无遗燎。"桓玄说："白布缠棺竖旒旐。"殷仲堪说："投鱼深渊放飞鸟。"接着又作危语，即用诗句说出处于险境的事。桓玄说："矛头淅米剑头炊。"殷仲堪说："百岁老翁攀枯枝。"顾恺之说："井上辘轳卧婴儿。"殷仲堪手下有一个参军也在座，说："盲人骑瞎马，夜半临深池。"殷仲堪说："这实在是盛气凌人、令人难堪啊！"因为殷仲堪一只眼睛是瞎的。

62. 桓玄出射，有一刘参军与周参军朋赌，垂成，唯少一破[①]。刘谓周曰："卿此起不破，我当挞卿。[②]"周曰："何至受卿挞！"刘曰："伯禽之贵，尚不免挞，而况于卿！[③]"周殊无忤色。桓语庾伯鸾曰："刘参军宜停读书，周参军且勤学问。[④]"

【注释】

①桓玄：字敬道，详见《德行》第41则注①。朋赌：指分组赌射箭，一朋等于一组。垂成：将要成功。破：指破的，中箭靶。

②此起：这一发，这一箭；起，发射。

③伯禽：周朝周公旦长子，周朝诸侯国鲁国第一任国君；周公辅佐周成王处理国政，成王有罪时，周公就鞭打伯禽。按：这是用父亲打儿子一事来戏弄对方。

④庾伯鸾：庾鸿，字伯鸾，颍川人，左卫将军庾楷之子，官至辅国内史。按：桓玄认为刘参军滥引古书故事，比拟不伦不类，所以说"宜停读

书”;周参军被骂而无忤色,大概是不知道伯禽为何人,所以说“且勤学问”。

【译文】

桓玄在外面组织射箭活动,有一位刘参军和周参军分成一组,和别人比赛射箭,快要成功了,只差射中最后一箭。刘参军对周参军说:“你这一箭如果射不中,我就要鞭打你。”周参军说:“哪至于要受到鞭打!”刘参军说:“伯禽那样尊贵,还不免受到鞭打,何况你呢!”周参军一点不满的表情也没有。桓玄对庾伯鸾说:“刘参军应该停止读书,周参军还需要勤奋学习。”

63.桓南郡与道曜讲《老子》,王侍中为主簿,在坐①。桓曰:“王主簿可顾名思义。②”王未答,且大笑。桓曰:“王思道能作大家儿笑。③”

【注释】

①桓南郡:即桓玄,字敬道,承袭父爵南郡公,详见《德行》第41则注①。道曜:生平事迹不详。王侍中:指王桢之,字公干,小字思道,王羲之之孙,曾任侍中,详见《品藻》第86则注②。

②王主簿:即王桢之。按:《老子》认为“道”是万物之源,全书着重论述阐明“道”;王桢之小名思道,所以桓玄说他可以顾名思义。

③大家儿:士族豪门的子弟。按:王思道属于琅邪王氏,是当时的士族大家;这一句是讥讽他放纵失礼。

【译文】

南郡公桓玄和道曜一起研讨《老子》,侍中王桢之当时担任桓玄的主簿,也在座。桓玄说:“王主簿可以从自己的名字联想到道的含义。”王桢之没有回答,而且放声大笑。桓玄说:“王思道能发出大家子弟的笑声。”

64.祖广行恒缩头①。诣桓南郡,始下车,桓曰:“天甚晴朗,祖参军如从屋漏中来。②”

【注释】

①祖广：字渊度，范阳人，官至护军长史。

②桓南郡：即桓玄，字敬道，承袭父爵南郡公，故称桓南郡，详见《德行》第41则注①。屋漏：破旧的漏雨的屋子。

【译文】

祖广走路经常缩着脑袋。他去拜访南郡公桓玄，刚一下车，桓玄就说道：“天气很晴朗，怎么祖参军像是从破旧的漏雨的屋子里出来一样。”

65.桓玄素轻桓崖①。崖在京下有好桃，玄连就求之，遂不得佳者。玄与殷仲文书，以为嗤笑曰②：“德之休明，肃慎贡其楛矢③；如其不尔，篱壁间物亦不可得也④。”

【注释】

①桓玄：字敬道，详见《德行》第41则注①。桓崖：桓修，字承祖，小字崖，谯国龙亢(今安徽怀远)人，车骑将军桓冲之子，娶晋简文帝司马昱之女武昌公主为妻，曾任左卫将军、中护军、江州刺史等职；桓玄执政后，任右将军、徐兖二州刺史，后升任抚军大将军，封安成王；404年，为刘裕所杀。

②殷仲文：字仲文，桓玄的姐夫，详见《言语》第106则注②。

③休明：美善清明。肃慎：古代东北一带的民族，是满族的祖先，善于狩猎。楛矢(hù shǐ)：肃慎族的特产，用长白山区的楛木做杆的箭。按：据《国语》记载，周武王克商，肃慎族进贡楛矢。

④篱壁间物：篱笆底下的东西，这里指桃子。

【译文】

桓玄一向轻视桓崖。桓崖在京都的家里种有好桃子，桓玄接连几次去要，还是没有得到最好的桃子。桓玄写信给殷仲文，就这件事嘲笑自己说：“如果道德美善清明，连肃慎这样的边远民族都会来进贡弓箭；如果不是这样，就连篱笆底下产出的东西也是得不到的。”

轻诋第二十六

《轻诋》是《世说新语》第二十六门，共33则。轻诋，即轻视诋毁。本门与《赏誉》门所记载内容可互为对比，名士之间有彼此互相欣赏的，自然也会有彼此互相轻视的。本门所记载内容皆为晋朝名士之间互相轻视诋毁的轶事。名士之间轻诋对方的原因，往往是多方面的，或是言行举止，或是文章文采，或是禀性胸怀，或者外貌语音、或者出身门第，等等。名士之间轻诋的形式不一，或是直接批评，或是当面责问，或是冷嘲热讽。

1. 王太尉问眉子[①]："汝叔名士，何以不相推重？[②]"眉子曰："何有名士终日妄语！"

【注释】

①王太尉：即王衍，字夷甫，曾任太尉，详见《言语》第23则注②。眉子：王玄，字眉子，王衍之子，详见《识鉴》第12则注①。

②汝叔：即王澄，字平子，王衍之弟，详见《德行》第23则注①。按：王澄以善于品评人物知名于世，曾评价眉子"志大其量，终当死坞壁间"。

【译文】

太尉王衍问儿子眉子说："你叔父王澄是名士，你为什么不推重他？"眉子说："哪有名士整天胡言乱语的呢！"

2. 庾元规语周伯仁："诸人皆以君方乐。[①]"周曰："何乐？谓乐毅邪？[②]"庾曰："不尔，乐令耳。[③]"周曰："何乃刻画无盐，以唐突西子也？[④]”

【注释】

①庾元规：庾亮，字元规，详见《德行》第31则注①。周伯仁：周顗，字伯仁，详见《言语》第30则注②。方：等同，相当。

②乐毅：战国时燕国人，燕昭王时任上将军，曾率五诸侯国之兵征伐齐国，大破齐军，封为昌国君。

③乐令：乐广，字彦辅，西晋时期名士，因曾任尚书令，故称乐令，详见《德行》第23则注④。

④刻画：描摹、描绘，这里指美化。无盐：指钟离春，战国时齐国无盐邑之女，传说中的丑女。唐突：冒犯，亵渎。西子：即西施，春秋时越国的美女。按：此句意思是指用丑妇来比美女，比拟不伦不类，很不恰当；乐广虽然名重当时，却门第寒微；而周伯仁门第高贵，又袭父爵武城侯，故轻视乐广。

【译文】

庾元规告诉周伯仁说：“大家都拿你和乐氏相提并论。”周伯仁问道：“是哪个乐氏？指的是战国时的乐毅吗？”庾元规说：“不是的，是尚书令乐广啊。”周伯仁说：“怎么要美化丑女无盐，来亵渎美女西施呢？”

3. 深公云[①]：“人谓庾元规名士，胸中柴棘三斗许！[②]”

【注释】

①深公：即竺法深，名潜，或称道潜，字法深，俗姓王，东晋名僧，详见《德行》第30则注②。

②庾元规：庾亮，字元规，详见《德行》第31则注①。柴棘：枯枝和荆棘，比喻有心计，胸怀不坦荡。

【译文】

竺法深说：“大家都认为庾元规是名士，可是他胸怀不够坦荡，心里隐藏的枯枝和荆棘，恐怕有三斗之多！”

4.庾公权重，足倾王公[①]。庾在石头，王在冶城坐[②]。大风扬尘，王以扇拂尘曰："元规尘污人。"

【注释】

①庾公：即庾亮，字元规，详见《德行》第31则注①。倾：超过，胜过。王公：即王导，字茂弘，详见《德行》第27则注③。

②石头：指石头城，古城名，故址在今南京市清凉山。冶城：故址在今南京清凉山附近；当时属丹阳郡，王导在西晋末年曾任丹阳太守，大概其驻守地为冶城。坐：驻守。

【译文】

庾元规位高权重，足以超过王导。庾元规领兵驻扎在石头城时，王导在冶城驻守。一次，大风扬起了尘土，王导用扇子扇掉尘土，说："从元规那里吹来的尘土把人都弄脏了。"

5.王右军少时甚涩讷[①]。在大将军许，王、庾二公后来，右军便起欲去[②]。大将军留之，曰："尔家司空、元规，复可所难！[③]"

【注释】

①王右军：王羲之，字逸少，曾任右军将军，详见《言语》第62则注①。涩讷：羞涩木讷；讷，指语言迟钝。

②大将军：王敦，字处仲，曾任大将军，王导堂兄，王羲之堂伯父，详见《言语》第37则注①。许：处所。王、庾二公：指王导和庾亮。王导，字茂弘，王羲之堂伯父，曾任司空，故下文称司空，详见《德行》第27则注③。庾亮，字元规，详见《德行》第31则注①。

③可所难：即何所难。

【译文】

右军将军王羲之年少时很羞涩，而且不善长说话。一次，他在大将军王敦府上时，王导和庾元规两人后来也来了，王羲之便站起身来要离开。王敦留住他，说："是你家的司空和元规这两个人，又有什么可为难的呢！"

6. 王丞相轻蔡公[①]，曰："我与安期、千里共游洛水边[②]，何处闻有蔡充儿！[③]"

【注释】

①王丞相：即王导，字茂弘，官至丞相，详见《德行》第27则注③。蔡公：蔡谟，字道明，蔡充之子，详见《方正》第40则注②。按：《妒记》云："丞相曹夫人性甚忌，禁制丞相，不得有侍御……王公不能久堪，乃密营别馆，众妾罗列，儿女成行……曹氏闻，惊愕大恚。命车驾，将黄门及婢二十人，人持食刀，自出寻讨。王公亦遽命驾，飞辔出门，犹患牛迟。乃以左手攀车栏，右手捉麈尾，以柄助御者打牛，狼狈奔驰，劣得先至。蔡司徒闻而笑之，乃故诣王公，谓曰：'朝廷欲加公九锡，公知不？'王谓信然，自叙谦志。蔡曰：'不闻余物，唯闻有短辕犊车，长柄麈尾。'王大愧。后贬蔡曰：'吾昔与安期、千里，共在洛水。'"

②安期：王承，字安期，被誉为东晋初年第一名士，详见《政事》第9则注①。千里：阮瞻，字千里，阮咸之子，详见《赏誉》第29则注⑤。洛水：指洛阳市的洛河。

③蔡充：一作蔡克，字子尼，陈留雍丘人，蔡谟之父；曾任成都王司马颖记室督、东曹掾、车骑将军司马腾从事中郎等职；后被汲桑所害。按：此句是指西晋时的旧事，当时京都在洛阳，王导、王承、阮瞻均已出任官职，且名声很大，而蔡谟到东晋时才出任官职。

【译文】

丞相王导看不起蔡谟，说："我和王安期、阮千里一起在洛水之滨游玩时，哪里听说过什么蔡充的儿子呢！"

7. 褚太傅初渡江，尝入东，至金昌亭，吴中豪右燕集亭中[①]。褚公虽素有重名，于时造次不相识，别敕左右多与茗汁，少著粽，汁尽辄益，使终不得食[②]。褚公饮讫，徐举手共语云[③]："褚季野。"于是四坐惊散，无不狼狈。

【注释】

①褚太傅：即褚裒，字季野，死后追赠太傅，详见《德行》第34则注②。东：对建康来说，吴郡、会稽为东。金昌亭：亭名，在苏州城西门附近。豪右：豪门大族。燕集：宴饮聚会。

②造次：匆忙。茗汁：茶水。粽：指蜜饯果品，设之以佐茶。益：增加。

③讫：完结，终了。举手：指拱手作揖。

【译文】

太傅褚季野刚过江时，曾经向东到吴郡去，到了金昌亭，吴地的豪门大族，正在亭中举行聚会宴饮。褚季野虽然一向有很高的名声，可是当时那些豪门大族匆忙之中还不认识他，就另外吩咐手下人给他多添茶水，少摆蜜饯果品，茶喝完了就添上，让他最终也没有吃上蜜饯果品。褚季野喝完茶，从容地向大家拱手作揖，说道："我是褚季野。"于是满座的人都惊慌地四处散开，个个都感到狼狈不堪。

8. 王右军在南，丞相与书，每叹子侄不令[①]，云："虎豘、虎犊，还其所如。[②]"

【注释】

①王右军：王羲之，字逸少，曾任右军将军，详见《言语》第62则注①。丞相：即王导，字茂弘，王羲之堂伯父，官至丞相，详见《德行》第27则注③。不令：不善、不贤、不好。

②虎豘：王彭之，字安寿，琅邪临沂（今山东临沂）人，小字虎豘，尚书右仆射王彬之子，宰相王导堂侄，官至黄门侍郎。虎犊：王彪之，字叔虎，小字虎犊，王彭之三弟；曾任廷尉、吏部尚书、尚书左仆射、会稽内史、尚书令等职，377年逝世，追赠光禄大夫，谥号为简。按：豘为小猪，犊为小

牛;王导意思是指两人才质低下,正如各自的小名一样。

【译文】

右军将军王羲之在南方,丞相王导给他写信,常常慨叹子侄们才质不够出众,说:"虎豚、虎犊,两人都才质低下,正如同他们的名字一样。"

9. 褚太傅南下,孙长乐于船中视之[①]。言次,及刘真长死,孙流涕,因讽咏曰:"人之云亡,邦国殄瘁。[②]"褚大怒曰:"真长平生何尝相比数,而卿今日作此面向人![③]"孙回泣向褚曰:"卿当念我!"时咸笑其才而性鄙。

【注释】

①褚太傅:即褚裒,字季野,死后追赠太傅,详见《德行》第34则注②。南下:指北伐后赵失败后,回到南方镇守京口。孙长乐:孙绰,字兴公,袭父爵为长乐侯,详见《言语》第84则注①。视:指看望、探望。

②言次:指言谈之间。刘真长:刘惔,字真长,详见《德行》第35则注①。人之云亡,邦国殄瘁:语出《诗经·大雅·瞻卬》,人指贤人,殄(tiǎn)瘁指陷入绝境;诗句大意:贤德的人都逃亡了,国家就要陷入绝境了。

③比数:并列在一起来计算,这里指和礼法之士相提并论。

【译文】

太傅褚季野到南方去镇守京口,长乐侯孙绰到船上去看望他。言谈之间说到刘真长之死,于是孙绰流着眼泪,背诵《诗经》中的诗句道:"人之云亡,邦国殄瘁。"褚季野听了之后大怒,说:"真长平生何尝和贤德之人相提并论过,而你今天却在我面前做出这副面孔!"孙绰收回眼泪对褚季野说:"你应该多为我想想!"当时的人都笑话孙绰虽然有很高的才学,但品性太过低劣。

10. 谢镇西书与殷扬州,为真长求会稽[①]。殷答曰:"真长标同伐异,侠之大者[②]。常谓使君降阶为甚,乃复为之驱驰邪[③]?"

【注释】

①谢镇西：谢尚，字仁祖，曾任镇西将军，详见《言语》第46则注①。殷扬州：殷浩，字渊源，曾任扬州刺史，详见《言语》第80则注②。真长：刘惔，字真长，详见《德行》第35则注①。

②标同伐异：称赞同道而攻击异己，相当于"党同伐异"。侠：通"狭"，狭隘，气量小。

③使君：对州郡长官的尊称。降阶：走下台阶相迎，以示恭敬。驱驰：奔走，效劳。

【译文】

镇西将军谢尚写信给扬州刺史殷浩，推荐刘真长任会稽郡内史。殷浩回信说："真长称赞同道而攻击异己，是个气量十分狭隘之人。我常常觉得你对他已经是过分地谦恭了，你怎么竟然还为他奔走效劳呢？"

11. 桓公入洛，过淮、泗，践北境，与诸僚属登平乘楼，眺瞩中原[①]，慨然曰："遂使神州陆沉，百年丘墟，王夷甫诸人不得不任其责！[②]"袁虎率而对曰："运自有废兴，岂必诸人之过？[③]"桓公懔然作色，顾谓四坐曰："诸君颇闻刘景升不[④]？有大牛重千斤，啖刍豆十倍于常牛，负重致远，曾不若一羸牸[⑤]。魏武入荆州，烹以飨士卒，于时莫不称快[⑥]。"意以况袁[⑦]。四坐既骇，袁亦失色。

【注释】

①桓公：指桓温，字元子，详见《言语》第55则注①。践：踩，踏。北境：北边的区域。平乘楼：指大船的船楼。眺瞩：登高远望。按：桓温入洛是永和十二年伐姚襄时；过淮水、泗水，登平乘楼，是太和四年征慕容𬀩时；袁宏得罪桓温被免官，据刘孝标注，也是在太和四年；故这一则大概指太和四年伐前燕一事。

②陆沉：比喻国家动乱，国土沦陷。丘墟：废墟，荒地。王夷甫：王

衍，字夷甫，位至三公，喜好清谈，《晋书·王衍传》说他“不以经国为念，而思自全之计”，详见《言语》第 23 则注②。

③袁虎：袁宏，字彦伯，小字虎，时称袁虎，曾任大司马桓温府记室，详见《言语》第 83 则注①。率：轻率地，冒失地。运：指国运。

④懔然：令人生畏的样子。刘景升：刘表，字景升，山阳郡高平（今山东微山）人，汉鲁恭王刘余之后，汉末群雄之一；任镇南将军、荆州牧，封成武侯；208 年病逝，其子刘琮举州投降曹操。

⑤刍（chú）豆：草料和豆，指牛马的饲料。曾：竟，还。羸牸（zì）：瘦弱的母牛。

⑥魏武：即曹操，字孟德，在世时封为魏王，谥号为武王，其子曹丕称帝后，追尊为武皇帝，详见《言语》第 8 则注②。飨：用酒食招待客人，泛指请人受用。

⑦况：比方，比拟。

【译文】

桓温带兵进入洛阳，经过淮水、泗水，踏上北方地区，和下属们登上船楼，从高处遥望中原，桓温不禁感慨地说道：“使国土沦陷，成为百年的废墟，王夷甫等人不能不承担这一罪责！”袁虎冒失地回答说：“国家的命运本来有兴有衰，岂能说这一定是他们的过错？”桓温神色威严，面露怒容，环顾满座的人，说：“诸位都听说过刘景升吧？他有一头千斤重的大牛，吃的饲料比普通的牛多十倍，可是论起负载重物走远路，却连一头瘦弱的母牛都不如。魏武帝曹操进入荆州后，把大牛杀了来犒劳士兵，当时没有人不拍手称快的。”桓温的意思是用大牛来比拟袁虎。满座的人都感到很惊骇，袁虎听了也大惊失色。

12. 袁虎、伏滔同在桓公府①。桓公每游燕，辄命袁、伏。袁甚耻之，恒叹曰：“公之厚意，未足以荣国士；与伏滔比肩，亦何辱如之！②”

【注释】

①袁虎：袁宏，字彦伯，小字虎，时称袁虎，曾任大司马桓温府记室，详见《言语》第83则注①。伏滔：字玄度，曾任大司马桓温参军，详见《言语》第72则注②。桓公：指桓温，详见《言语》第55则注①。

②国士：国中才能最优秀的人物。比肩：并肩，并列，比喻声望地位相等。

【译文】

袁虎和伏滔一同在桓温的大司马府中任职。桓温每逢游乐宴饮，就叫袁虎和伏滔陪同。袁虎对此感到非常羞耻，常常对桓温叹息说："您的深厚情意，不足以使国士感到光荣；把我和伏滔同等看待，还有什么耻辱比得上这个呢！"

13.高柔在东，甚为谢仁祖所重①。既出，不为王、刘所知②。仁祖曰："近见高柔大自敷奏，然未有所得。③"真长云："故不可在偏地居，轻在角觸中，为人作议论。④"高柔闻之，云："我就伊无所求。⑤"人有向真长学此言者，真长曰："我实亦无可与伊者。"然游燕犹与诸人书："可要安固。⑥"安固者，高柔也。

【注释】

①高柔：高柔，字世远，临海乐安（今浙江仙居）人，曾任安固县令，故下文称安固，详见《言语》第84则注⑤。谢仁祖：谢尚，字仁祖，详见《言语》第46则注①。按：乐安和安固县属扬州临海郡，在建康东部，所以说高柔在东。

②王、刘：指王濛和刘惔。王濛，字仲祖，小字阿奴，详见《言语》第54则注④。刘惔，字真长，详见《德行》第35则注①。

③大自：大力、极力。敷奏：陈奏，向君主进言。

④轻：随便，随意。角觸（nuò）：屋角、角落，这里指偏僻的地方。

⑤就伊：亲近他，和他交往。按：伊指刘真长，从上文看，大概谢仁祖

曾推荐高柔与王濛、刘真长相识，但未得到他们的赏识。

⑥游燕：同"游宴"，交游宴饮。要：通"邀"，邀请。

【译文】

高柔在东边时，深受谢仁祖器重。到京都后，没有得到王濛、刘真长的赏识。仁祖说："近来看见高柔多次向朝廷呈上奏章，提了很多建议，然而没有什么效果。"刘真长说："本来就不能在偏僻的地方居住，随便地住在一个偏僻的角落里，不过是被人当作议论的对象。"高柔听到这句话，说："我和他交往并不图什么。"有人把这句话学给刘真长听，刘真长说："我确实也没有什么东西可以给他的。"然而刘真长在游乐宴饮时，还是给各位写信说："可以邀请安固。"安固，就是曾任安固县令的高柔。

14. 刘尹、江虨、王叔虎、孙兴公同坐[①]，江、王有相轻色。虨以手歙叔虎云："酷吏！[②]"词色甚强。刘尹顾谓："此是瞋邪？非特是丑言声，拙视瞻。[③]"

【注释】

①刘尹：刘惔，字真长，官至丹阳尹，详见《德行》第35则注①。江虨：字思玄，详见《方正》第25则注③。王叔虎：王彪之，字叔虎，详见《轻诋》第8则注②。孙兴公：孙绰，字兴公，详见《言语》第84则注①。

②歙(xī)：戳，捅。

③瞋：发怒，生气。非特：非但，不但。言声：吭声，说话。视瞻：指顾盼的神态。

【译文】

丹阳尹刘惔、江虨、王叔虎、孙兴公坐在一起，江虨和王叔虎互相露出轻视对方的神色。江虨用手捅了一下王叔虎，说："凶狠残暴的官吏！"言辞和神态都很强硬。刘惔看着他说："这是生气了吗？不但是说话难听，眼神也很难看啊！"

15. 孙绰作《列仙·商丘子赞》[①]，曰："所牧何物？殆非真猪。傥遇风云，为我龙攄。[2]”时人多以为能。王蓝田语人云：“近见孙家儿作文，道‘何物’、‘真猪’也。[3]”

【注释】

①孙绰，字兴公，详见《言语》第84则注①。《列仙传》：是中国最早且较有系统地叙述古代神仙事迹的著作，记载了从赤松子（神农时雨师）至玄俗（西汉成帝时仙人）71位仙家的姓名、身世和事迹，传记体例，首为众仙传记，记后各有四言赞语，篇末总赞；商丘子是其中一位仙人，喜欢吹竽放猪，到70岁也不显老；孙绰曾为《列仙传·商丘子》作赞，即作总评。

②傥：假使，如果。龙攄（shū）：如龙之飞腾上天，指羽化登仙；攄，舒展，伸展。

③王蓝田：王述，字怀祖，承袭父爵蓝田侯，详见《文学》第22则注③。按：王述意在讥讽孙兴公文字粗俗。

【译文】

孙绰写了《列仙传·商丘子赞》，其中写道：“商丘子所放牧的是什么？恐怕不是真正的猪啊！如果遇到风起云涌，也许所放牧的猪会就像龙一样，载着我飞腾而去吧！”当时的人大都认为他很有才能。蓝田侯王述告诉别人说：“近来看见孙家那小子写文章，说什么‘何物’、‘真猪’呢！”

16.桓公欲迁都，以张拓定之业[1]。孙长乐上表谏，此议甚有理[2]。桓见表心服，而忿其为异，令人致意孙云：“君何不寻《遂初赋》，而强知人家国事！[3]”

【注释】

①桓公：指桓温，字元子，详见《言语》第55则注①。拓定：指扩展国土，安定国家。按：东晋穆帝永和十二年（356年），桓温上表请求把京都由建康迁回洛阳。

②孙长乐：孙绰，字兴公，袭父爵为长乐侯，详见《言语》第84则注①。按：刘孝标注云：“孙绰表谏曰：‘中宗龙飞，实赖万里长江，画而守之耳。不然，胡马久已践建康之地，江东为豺狼之场矣。’”

③《遂初赋》：孙绰所写，他早年在会稽住了十多年，游山玩水，就作此文，以表明自己隐居的心愿。知：主持，管理，这里指干预。家国事：国事，政务。

【译文】

桓温想迁都洛阳，以推进扩展疆土、安定国家的事业。长乐侯孙绰上奏章进行劝阻，他的论述很有道理。桓温看到奏章以后心里很服气，可是对他敢于持有异议非常愤怒，就叫人向孙绰传话，说：“你为什么不遵循自己当初作《遂初赋》时隐居的心愿，而非要去干预别人的家国大事呢！”

17. 孙长乐兄弟就谢公宿，言至款杂[①]。刘夫人在壁后听之，具闻其语[②]。谢公明日还，问昨客何似，刘对曰：“亡兄门未有如此宾客。[③]”谢深有愧色。

【注释】

①孙长乐：孙绰，字兴公，袭父爵为长乐侯，详见《言语》第84则注①。谢公：即谢安，字安石，详见《德行》第33则注①。款杂：空泛杂乱。

②刘夫人：谢安的夫人刘氏，刘惔的妹妹。具：同“俱”，都，完全。

③明日：第二日，次日。亡兄：指已故的兄长刘惔，字真长，善于清谈，详见《德行》第35则注①。

【译文】

长乐侯孙绰兄弟到谢安家住宿，言辞非常空泛杂乱。谢安的妻子刘夫人在隔壁听他们谈话，他们的对话全都听到了。谢安第二天回到内室，问刘夫人昨晚的客人怎么样，刘夫人回答说：“亡兄家里从来没有过这样的宾客。”谢安听了，感觉很惭愧。

18.简文与许玄度共语①,许云:“举君、亲以为难。②”简文便不复答,许去后而言曰:“玄度故可不至于此。”

【注释】

①简文:即晋简文帝司马昱,字道万,详见《德行》第37则注①。许玄度:许询,字玄度,详见《言语》第69则注①。

②举:选举,选择。君亲:指君主和父母,这里指尽忠和尽孝。

【译文】

简文帝司马昱和许玄度在一起谈话,许玄度说:“我认为选择尽忠还是选择尽孝,是件很困难的事。”简文帝不赞同这个观点,就没有回答。许玄度离开以后,简文帝说:“玄度本来可以不说这种话的。”

19.谢万寿春败后①,还,书与王右军云:“惭负宿顾。②”右军推书曰:“此禹、汤之戒。③”

【注释】

①谢万:字万石,详见《言语》第77则注①。按:升平三年(359年),谢万与郗昙一同北伐前燕,大败而回,使得豫州大部沦陷,被废为庶人。

②王右军:王羲之,字逸少,曾任右军将军,详见《言语》第62则注①。宿顾:已往的关照。按:《晋书·王羲之传》云:“万为豫州都督,羲之遗书诫之曰:‘愿君每与士之下者同,则尽善矣。’万不能用,果败。”所以此处谢万说“惭负宿顾”。

③禹、汤之戒:语出《左传·庄公十一年》“禹、汤罪己,其兴也勃焉”,即说上古帝王夏禹、商汤遇事归罪于己,所以国家就兴旺起来;这里是说谢万并没有真正认识到错误,只是表面上认错而已。

【译文】

谢万在寿春打了败仗,回来以后,给右军将军王羲之写信说:“我很惭愧,辜负了你之前对我的关怀照顾。”王羲之推开信说:“这只是夏禹、商汤那种警诫自己的场面话而已。”

20.蔡伯喈睹睐笛椽[1],孙兴公听妓,振且摆折[2]。王右军闻,大嗔曰:“三祖寿乐器,虺瓦吊!孙家儿打折。[3]”

【注释】

①蔡伯喈:蔡邕,字伯喈,东汉人,详见《品藻》第1则注②。睹睐:看见,发现。笛椽(chuán):指用竹椽子所做的笛子;椽,装于屋顶以支持屋顶盖材料的杆子。按:史载蔡邕避难江南时,看到客舍以竹为椽,认为是好竹,就用来做笛子,果然声音美妙;东晋时这支笛子传至桓伊手中;这里的笛椽,大概是指此笛。

②孙兴公:孙绰,字兴公,详见《言语》第84则注①。听妓:听伎乐。振:兴起。

③王右军:王羲之,字逸少,曾任右军将军,详见《言语》第62则注①。虺(huī)瓦吊:含义不明,疑是骂人的话;虺指毒蛇、蜥蜴之类,瓦指泥瓦之类。

【译文】

蔡伯喈发现了用好的竹子做成的椽子,并且用这竹椽做了一个笛子。后来孙兴公听伎乐时,一时兴起,用这个竹笛来打拍子,结果被摆弄断了。右军将军王羲之听说后,非常生气,说:“祖上三代保存的乐器,竟被孙家那小子给打断了。”

21.王中郎与林公绝不相得[1]。王谓林公诡辩,林公道王云:“著腻颜帢,缟布单衣,挟《左传》,逐郑康成车后[2]。问是何物尘垢囊[3]!”

【注释】

①王中郎:王坦之,字文度,曾任北中郎将,详见《言语》第72则注①。林公:支遁,字道林,世称林公,东晋高僧,详见《言语》第45则注②。相得:彼此合得来。

②著:通“着”,即戴着。腻颜帢(qià):油腻过时的帽子;颜帢是曹魏

时士人戴的一种便帽，前面横缝着，后来晋时渐渐去掉缝儿，叫无颜帢；因颜帢是旧的款式，所以林公讥讽为腻。緰布：大概是指粗葛布。郑康成：郑玄，字康成，东汉时经学大师，详见《文学》第1则注①。

③尘垢囊：装灰尘和污垢的口袋，用来比喻王坦之。

【译文】

北中郎将王坦之和支道林非常合不来。王坦之认为支道林只会诡辩，支道林批评王坦之说："戴着油腻过时的帽子，穿着粗布单衣，夹着《左传》，跟在郑康成的车子后面跑。试问这是个装什么灰尘污垢的口袋！"

22. 孙长乐作王长史诔①，云："余与夫子，交非势利；心犹澄水，同此玄味。②"王孝伯见曰："才士不逊，亡祖何至与此人周旋！③"

【注释】

①孙长乐：孙绰，字兴公，袭父爵为长乐侯，详见《言语》第84则注①。王长史：王濛，字仲祖，官至司徒左长史，详见《言语》第54则注④。诔：哀悼死者的一种文体。

②夫子：古时对男子的尊称。诗句大意是：我和您的交往并非势利之交；我们的心如同水一样清，都有喜欢谈玄的趣味。

③王孝伯：王恭，字孝伯，王濛之孙，详见《德行》第44则注①。才士：这里指孙绰。亡祖：指已经过世的祖父王濛。

【译文】

长乐侯孙绰给司徒左长史王濛作了一篇诔文，文中写道："余与夫子，交非势利；心犹澄水，同此玄味。"王孝伯看后说："这个文人太无礼了，亡祖何至于跟这样的人交往！"

23. 谢太傅谓子侄曰："中郎始是独有千载。①"车骑曰："中郎衿抱未虚，复那得独有！[②]”

【注释】

①谢太傅：谢安，字安石，死后追赠太傅，详见《德行》第33则注③。中郎：指谢万，字万石，曾任西中郎将，谢安之弟，详见《言语》第77则注①。

②车骑：即谢玄，字幼度，死后追赠车骑将军，谢安之侄，详见《言语》第78则注③。衿抱：襟怀，怀抱，胸怀。虚：即虚怀，指胸襟宽大，虚心谦退。

【译文】

太傅谢安对子侄们说："西中郎将谢万是千百年来独一无二的。"车骑将军谢玄说："中郎的胸怀不够宽大，又怎么能算是独一无二的！"

24.庾道季诧谢公曰[①]："裴郎云[②]：'谢安谓裴郎乃可不恶，何得为复饮酒！'裴郎又云：'谢安目支道林如九方皋之相马，略其玄黄，取其俊逸。'[③]"谢公云："都无此二语，裴自为此辞耳。"庾意甚不以为好，因陈东亭《经酒垆下赋》[④]。读毕，都不下赏裁，直云[⑤]："君乃复作裴氏学！"于此《语林》遂废。今时有者，皆是先写，无复谢语[⑥]。

【注释】

①庾道季：庾龢，字道季，庾亮之子，详见《言语》第79则注①。诧：告诉。谢公：即谢安，字安石，死后追赠太傅，详见《德行》第33则注③。

②裴郎：裴启，曾撰《语林》一书，搜集汉至魏晋间名士的言语应对，此书已佚；裴郎云，即指《语林》一书所记。

③支道林：支遁，字道林，世称林公，东晋高僧，详见《言语》第45则注②。九方皋之相马：指观察事物时，能抓住本质特征，不为表面现象所迷惑；九方皋是春秋时代善于相马的人，曾为秦穆公寻找千里马，他说找到了一匹黄色的公马，牵来一看，却是黑色的母马。略：忽略，忽视。

④陈：述说。东亭：王珣，字元琳，小字法护，王导之孙，曾因功封东亭侯，详见《言语》第102则注②。《经酒垆下赋》：参看《伤逝》第2则，王珣为之作赋。按：庾道季读这篇赋，是要告诉谢安《语林》记载了王珣作《经酒垆下赋》之事，《语林》所记并非都是假的，可是谢安因与王珣关系交恶，故仍坚持裴启所记不实。

⑤都：完全。赏裁：鉴赏评价。直：通"只"。

⑥先写：指之前的抄本。

【译文】

庾道季告诉谢安说："裴启说：'谢安说裴启确实不错，怎么会又喝酒了！'裴启又说：'谢安评论支道林说他如同九方皋相千里马一样，忽略掉马的毛色，只以马超群非凡的奔跑速度为取舍标准。'"谢安说："我根本没有说过这两句话，是裴启自己编造出来的话罢了。"庾道季心里很不以为然，便读起东亭侯王珣的《经酒垆下赋》。赋朗读完了，谢安完全不对此文进行评价鉴赏，只是说："你竟然又做起裴氏的学问！"从此裴启的《语林》便不再流传了。现在流传下来的，都是之前的抄本，上面也不再有谢安的话。

25.王北中郎不为林公所知[①]，乃著论《沙门不得为高士论》[②]。大略云："高士必在于纵心调畅。沙门虽云俗外，反更束于教，非情性自得之谓也。[③]"

【注释】

①王北中郎：指王坦之，字文度，曾任北中郎将，详见《言语》第72则注①。林公：支遁，字道林，世称林公，东晋高僧，详见《言语》第45则注②。知：赏识。

②沙门：梵语的音译，出家的佛教徒的总称，也指佛门。高士：志向和品行高洁的人，多指隐士。

③纵心：纵任心意。调畅：和谐舒畅。俗外：俗世之外。

【译文】

北中郎将王坦之不被支道林所赏识，便写了一篇文章《沙门不得为高士论》。文章大致说："高士一定处在可以随心所欲、心境和谐舒畅的境界。佛门子弟虽然说是置身于俗世之外，反而更加受到宗教的约束，并不能说明他们的本性是悠然自得的。"

26. 人问顾长康："何以不作洛生咏？①"答曰："何至作老婢声！②"

【注释】

①顾长康：顾恺之，字长康，详见《言语》第 85 则注④。洛生咏：指洛下(即洛阳)书生的讽咏声，音色重浊；东晋士大夫多中原旧族，故盛行洛生咏。

②老婢声：洛生咏的语音重浊，即低沉粗重，所以说是老婢声。按：顾长康是晋陵郡无锡人，南方人，习惯语音轻浅，所以不喜欢洛生咏。

【译文】

有人问顾长康："为什么不模仿洛阳书生读书的声音来咏诗呢？"顾长康回答说："为什么要去模仿老奴婢的声音！"

27. 殷觊、庾恒并是谢镇西外孙①。殷少而率悟，庾每不推②。尝俱诣谢公，谢公熟视殷，曰："阿巢故似镇西。③"于是庾下声语曰："定何似？④"谢公续复云："巢颊似镇西。"庾复云："颊似，足作健不？⑤"

【注释】

①殷觊：字伯通，小字阿巢，详见《德行》第 41 则注④。庾恒：字敬则，颍川鄢陵(今河南鄢陵北)人，庾亮之孙，庾龢之子，官至尚书仆射。谢镇西：谢尚，字仁祖，曾任镇西将军，详见《言语》第 46 则注①。按：刘孝标注云："《谢氏谱》曰：'尚长女僧要适庾龢，次女僧韶适殷歆。'"

②率悟：思维敏捷。推：推重。

③谢公：即谢安，字安石，详见《德行》第33则注③。熟视：注目细看。故：还是。

④下声：放低声音，小声。定：到底、究竟。

⑤作健：做健儿，成为强者。

【译文】

殷颉、庾恒都是镇西将军谢尚的外孙。殷颉年少时就思维敏捷，但庾恒却常常并不推重他。有一次他们一起去拜访谢安，谢安仔细看着殷颉说："阿巢还是很像外公镇西将军谢尚的。"于是庾恒低声问道："到底哪里像？"谢安接着又说："阿巢的脸长得很像镇西。"庾恒又问："脸长得像，就足以成为强者吗？"

28.旧目韩康伯："将肘无风骨[①]。"

【注释】

①韩康伯：韩伯，字康伯，详见《德行》第38则注④。将肘：肥胖的胳膊肘；将，壮、大之义。风骨：指刚健遒劲的气概。按：韩康伯较为肥胖，刘孝标注云："范启云：'韩康伯似肉鸭。'"

【译文】

过去人们评论韩康伯，说他是："胳膊肘肥胖，没有刚健遒劲的气概。"

29.苻宏叛来归国[①]，谢太傅每加接引[②]。宏自以有才，多好上人，坐上无折之者[③]。适王子猷来，太傅使共语[④]。子猷直孰视良久，回语太傅云："亦复竟不异人。[⑤]"宏大惭而退。

【注释】

①苻宏：氐族人，略阳临渭（今甘肃秦安）人，前秦宣昭帝苻坚之子；357年封为太子，385年投降东晋，官至辅国将军；桓玄篡位后，任其为凉

州刺史，405年被晋将檀祇所讨灭。按：太元九年(384年)前燕慕容冲、羌人姚苌等起兵反叛前秦，次年慕容冲进逼长安，苻坚留太子苻宏守城，帅骑数百出奔五将山，后被姚苌擒杀，苻宏亦不敌，长安失守，同年十月苻宏归降东晋。

②谢太傅：谢安，字安石，死后追赠太傅，详见《德行》第33则注③。接引：接待推荐。

③上：凌驾，高出。折：折服。

④王子猷：王徽之，字子猷，详见《雅量》第36则注①。

⑤直：通“只”。孰视：注目细看。亦复：也，又。竟：终了，终究。

【译文】

苻宏从前秦都城长安逃跑出来归降晋国，太傅谢安常常对他热情接待，并引荐给他人。苻宏自认为才华出众，经常喜欢凌驾于他人之上，座上宾客没有人能折服他。一次，恰好王子猷也来了，谢安让他们俩一起交谈。王子猷只是仔细打量了他好久，然后回头对谢安说：“终究也和别人没有什么不同。”苻宏听了感到非常惭愧，便起身告辞了。

30. 支道林入东，见王子猷兄弟[①]。还，人问：“见诸王何如？”答曰：“见一群白颈乌，但闻唤哑哑声。[②]”

【注释】

①支道林：支遁，字道林，东晋高僧，详见《言语》第45则注②。王子猷：王徽之，字子猷，王羲之第五子，详见《雅量》第36则注①。

②白颈乌：王氏兄弟多穿白衣领服装，故支道林讥为白颈乌。但：仅，只。哑哑声：象声词，形容乌鸦的叫声。按：哑哑声是支道林讥笑王氏兄弟不说官话雅音，而去学作吴音，就讥之为鸟语。

【译文】

支道林到东边的会稽去，见到了王子猷兄弟。他回到京都后，有人问他：“你见到了王氏兄弟，感觉他们怎么样？”支道林回答说：“我看见了一群白脖子乌鸦，只听到了哑哑的鸟叫声。”

31.王中郎举许玄度为吏部郎[①],郗重熙曰:"相王好事,不可使阿讷在坐。[②]"

【注释】

①王中郎:指王坦之,字文度,曾任北中郎将,详见《言语》第72则注①。许玄度:许询,字玄度,小字阿讷,详见《言语》第69则注①。

②郗重熙:郗昙,字重熙,详见《贤媛》第25则注①。相王:指晋简文帝司马昱,他未登帝位时,以会稽王身份任丞相,所以称相王,详见《德行》第37则注①。按:郗昙是指许玄度不能胜任此职。

【译文】

北中郎将王坦之推荐许玄度任吏部郎,郗重熙说:"相王司马昱喜欢管事,不可以让阿讷在他身边。"

32.王兴道谓谢望蔡[①]:"霍霍如失鹰师。[②]"

【注释】

①王兴道:王和之,字兴道,琅邪临沂人,司州刺史王胡之之子,历任永嘉太守、正员常侍等职。谢望蔡:谢琰,字瑗度,因功封望蔡公,详见《伤逝》第15则注⑤。

②霍霍:原指鸟急飞的声音,此指来去匆匆的样子。师:驯鹰的人。

【译文】

王兴道评论望蔡公谢琰说:"来去都是匆匆忙忙的样子,像个丢了鹰的驯鹰师。"

33.桓南郡每见人不快[①],辄嗔云:"君得哀家梨,当复不烝食不?[②]"

【注释】

①桓南郡:指桓玄,字敬道,承袭父爵南郡公,详见《德行》第41则注

①。不快:指办事不爽快。

②哀家梨:相传汉时秣陵哀仲家的梨,大而味美,时人称为哀家梨。烝:同“蒸”。按:刘孝标注云:“秣陵有哀仲家梨甚美,大如升,入口消释。言愚人不别味,得好梨烝食之也。”桓玄是批评他人办事愚蠢、不知变通。

【译文】

南郡公桓玄每当看见别人办事不爽快,就生气地说:“你得到秣陵哀仲家的梨,该不会也要蒸着吃吧?”

假谲第二十七

《假谲》是《世说新语》第二十七门，共14则。假谲，即虚假诡诈。本门主要记载了魏晋时期，一些名士们采用了各种假谲的手段以达到自己最终目的的故事，其中记载最多的就是曹操。从故事中主人公最终想要得到的结果来看，有一些假谲的手段属于是阴谋诡计、玩弄手段，充满了恶意，这类假谲是让人深恶痛绝的；而另一些则是为了解决某一难题而使用的一种权宜之计，并无恶意，而且能在假谲中看出主人公机智灵活、心思缜密、甚有谋略，有值得后人效仿之处。

1. 魏武少时，尝与袁绍好为游侠[①]。观人新婚，因潜入主人园中，夜叫呼云："有偷儿贼！"青庐中人皆出观，魏武乃入，抽刃劫新妇[②]。与绍还出，失道，坠枳棘中，绍不能得动[③]。复大叫云："偷儿在此！"绍遑迫自掷出，遂以俱免[④]。

【注释】

①魏武：即曹操，字孟德，在世时为魏王，谥号为武王，详见《言语》第8则注②。袁绍：字本初，详见《捷悟》第4则注①。游侠：重义气、勇于救人急难的人。

②青庐：指位于门旁的用青布做成的帐幕，新婚夫妇在这里面行交拜礼，是当时的婚俗。

③还：通"旋"，迅速。失道：指迷路。枳（zhǐ）：落叶灌木或小乔木，小枝多刺。按：枳树和棘树都是多刺的树。

④遑迫：惶恐急迫。掷：腾跃，跳。

【译文】

魏武帝曹操年轻时，和袁绍两人常常喜欢做游侠之事。一次，他们去看别人结婚，乘机偷偷进入主人的园子里，在夜里大喊大叫道："有小偷！"青庐里面的人都跑出来察看情况，曹操便进入青庐，拔出刀来，将新娘子劫持出去。接着和袁绍迅速跑出来，中途迷了路，袁绍掉进了荆棘丛中，动弹不了。曹操又大喊道："小偷在这里！"袁绍惶恐急迫中，竟然自己跳了出来，两人终于都得以逃脱。

2. 魏武行役，失汲道，军皆渴[①]。乃令曰："前有大梅林，饶子，甘酸，可以解渴。[②]"士卒闻之，口皆出水。乘此得及前源。

【注释】

①魏武：即曹操，字孟德，在世时为魏王，谥号为武王，详见《言语》第8则注②。汲道：取水的通道。

②饶子：果实很多。

【译文】

魏武帝曹操带军队行进途中，一直没找到水源，士兵们都很口渴。于是曹操便传令说："前面有大片的梅树林子，梅子很多，味道又甜又酸，可以解渴。"士兵们听了这番话，口水都流出来了。于是利用这个办法，队伍得以继续行进，最终找到了前边的水源。

3. 魏武常言："人欲危己，己辄心动。[①]"因语所亲小人曰："汝怀刃密来我侧，我必说心动。执汝使行刑，汝但勿言其使，无他，当厚相报。[②]"执者信焉，不以为惧，遂斩之[③]。此人至死不知也。左右以为实，谋逆者挫气矣[④]。

【注释】

①魏武：即曹操，字孟德，在世时为魏王，谥号为武王，详见《言语》第8则注②。常：通"尝"，曾经。危：危害，谋害。心动：指心跳异常。

②但：只要。无他：没有别的，无害。

③执者：指被逮捕的人。

④挫气：挫伤了勇气，丧气。

【译文】

魏武帝曹操曾经说过："如果有人要谋害我，我立刻就会心跳异常。"于是他对身边亲近的侍从说："你怀中揣着刀偷偷地来到我的身边，我一定会说我的心跳异常。然后命人逮捕你，并对你执行刑罚，你只要不说出是我指使的，就会没事儿，事后我一定会重重地酬谢你。"那个侍从相信了他的话，被抓起来了也不觉得害怕，于是就这样被杀了。这个人到死也没有醒悟过来。手下的人都认为这是真的，意图谋反的人也丧失了勇气。

4.魏武常云："我眠中不可妄近，近便斫人，亦不自觉。左右宜深慎此。[①]"后阳眠，所幸一人窃以被覆之，因便斫杀[②]。自尔每眠，左右莫敢近者。

【注释】

①魏武：即曹操，字孟德，在世时为魏王，谥号为武王，详见《言语》第8则注②。常：通"尝"，曾经。斫(zhuó)：砍。

②阳：通"佯"，假装。所幸：宠幸的人，亲信。因便：顺便，趁机。

【译文】

魏武帝曹操曾经说过："我睡觉的时候不要随便靠近我，一靠近，我就会杀人，而且自己也不知道。身边的人应该对这点要非常小心。"后来有一天，曹操假装睡着了，有个亲信偷偷地拿条被子给他盖上，曹操趁机把他杀死了。从此以后，每次睡觉的时候，身边的人没有谁敢靠近他。

5.袁绍年少时，曾遣人夜以剑掷魏武，少下，不著[①]。魏武揆之，其后来必高，因帖卧床上[②]。剑至果高。

【注释】

①袁绍：字本初，详见《捷悟》第4则注①。魏武：即曹操，在世时为魏王，谥号为武王，详见《言语》第8则注②。少：通"稍"。

②揆：揣测。帖：通"贴"，紧挨。

【译文】

袁绍年轻的时候，曾经派人在夜里以投掷剑的方法来刺杀曹操，第一次投掷的剑稍微偏低了一些，没有刺中。曹操揣测第二次投掷来的剑一定会偏高一些，于是就紧贴着床躺着。后来剑又被投掷进来时，果然偏高了一些。

6.王大将军既为逆，顿军姑孰①。晋明帝以英武之才，犹相猜惮。乃著戎服，骑巴賨马，赍一金马鞭，阴察军形势②。未至十余里，有一客姥居店卖食③。帝过愒之，谓姥曰："王敦举兵图逆，猜害忠良，朝廷骇惧，社稷是忧。故劬劳晨夕，用相觇察，恐形迹危露，或致狼狈。追迫之日，姥其匿之。④"便与客姥马鞭而去。行敦营匝而出⑤，军士觉，曰："此非常人也！"敦卧心动，曰："此必黄须鲜卑奴来！⑥"命骑追之，已觉多许里⑦。追士因问向姥："不见一黄须人骑马度此邪？"姥曰："去已久矣，不可复及。"于是骑人息意而反。

【注释】

①王大将军：王敦，字处仲，曾任大将军，详见《言语》第37则注①。顿军：驻扎军队。按：太宁元年(323年)，大将军王敦任扬州牧，镇守姑孰(今安徽当涂)，次年起兵反叛，同年病逝。

②晋明帝：即司马绍，东晋第二位皇帝，详见《方正》第23则注③。猜惮：疑忌畏惧。巴賨(cóng)马：巴州賨人所进贡的马；賨人是秦汉时居住在四川、湖南一带的民族。赍(jī)：携带，带着。阴：暗中。

③客姥(mǔ)：客居此乡的老妇人。

④愒(qì):同“憩”,休息。劬(qú)劳:劳累,劳苦。用:以。觇(chān)察:偷偷地侦察。危露:将暴露。其:表祈使语气,相当于还是、可。

⑤匝(zā):一周,绕一圈。

⑥黄须:黄色的胡子。鲜卑奴:对晋明帝的蔑称。按:晋明帝生母荀氏是燕代(今河北一带)人,为鲜卑族,而明帝相貌也像外族人,所以王敦以此称之。

⑦觉(jiào):相差,相距。

【译文】

大将军王敦起兵发动叛乱,把军队驻扎在姑孰。晋明帝司马绍虽然有出众的文才武略,但是对王敦还是有所疑忌畏惧。于是晋明帝穿上戎装,骑着巴赍马,拿着一条金马鞭,暗中去察看王敦军队的情况。离王敦的军营还有十多里,有一个客居此处的老妇人在店里卖食物。晋明帝经过那里时,停下来休息,对她说:“王敦起兵图谋反叛,猜忌、陷害忠良之臣,朝廷中对此既是惊骇又恐惧,国家的命运令人担忧啊。所以我从早到晚辛勤劳累,忙于国事。今天来侦察王敦军队的动向,恐怕行踪会暴露出来,或许会陷于狼狈的困境之中。我被追赶逼迫的时候,希望老人家能为我隐瞒行踪。”于是把金马鞭送给这位外乡的老妇人,然后就离开了。晋明帝沿着王敦的营区侦查了一圈,然后撤出来了。不巧被王敦手下的士兵发现了,说:“这不是普通人啊!”王敦当时正躺在床上,忽然心跳加速,说:“这一定是那位黄胡子的鲜卑奴亲自来了!”下令骑兵去追赶他,可是和晋明帝已经相距很远了。追赶明帝的士兵就问刚才那位老妇人:“没有看见一个黄胡子的人骑马从这里经过吗?”老妇人回答说:“已经走了很久了,恐怕追不上了。”于是骑兵打消了继续追赶的念头,就返回去了。

7. 王右军年减十岁时,大将军甚爱之,恒置帐中眠①。大将军尝先出,右军犹未起。须臾,钱凤入,屏人论事,都忘右军在帐中,便言逆节之谋②。右军觉,既闻所论,知无活理,乃剔吐污头面被褥，诈孰眠[3]。敦论事造半，方意右军未起，相与大惊曰[4]："不得不除之。"及开帐，乃见吐唾从横，信其实孰眠，于是得全[5]。于时称其有智。

【注释】

①王右军：王羲之，字逸少，王敦之侄，曾任右军将军，详见《言语》第62则注①。减：少于。大将军：即王敦，字处仲，曾任大将军，详见《言语》第37则注①。按：《晋中兴书》《晋书》《太平御览》等书皆云此是王允之（也是王敦之侄）事，而此言王羲之，恐记载有误。

②钱凤：字世仪，王敦的参军，是王敦的谋主；王敦叛乱失败后，亦被杀。屏人：叫别人避开。逆节：叛逆。

③觉：睡醒。剔：一本作"阳"，比较合理；阳，通"佯"，假装。孰：通"熟"。

④造：到。方：才。相与：共同，一起。

⑤从横：即"纵横"，此指到处流淌。

【译文】

右军将军王羲之不满十岁的时候，大将军王敦很喜爱他，常常把他安置在自己的帐中睡觉。有一次王敦先从帐里出来，王羲之还没有起床。一会儿，钱凤进来了，王敦便屏退手下的人，开始商议事情，两人都没有想起王羲之还在床上，就说起叛乱的计划。王羲之醒来后，听到了他们的谈话，知道难以活命了，于是假装流口水，把头脸和被褥弄脏了都不知道，装作睡得很熟的样子。王敦商量事情商量到中途，才想起王羲之还没有起床，两人都大惊失色，说："不得不把他杀了。"等到掀开帐子，看见他口水流得到处都是，就相信他真的睡得很熟，于是王羲之才得以保全了性命。当时人们都称赞他很有智谋。

8. 陶公自上流来赴苏峻之难，令诛庾公，谓必戮庾，可以谢峻[1]。庾欲奔窜，则不可；欲会，恐见执，进退无计[2]。温公劝庾诣陶，曰：“卿但遥拜，必无它，我为卿保之。[③]”庾从温言诣陶，至便拜。陶自起止之，曰：“庾元规何缘拜陶士行？”毕，又降就下坐。陶又自要起同坐[④]。坐定，庾乃引咎责躬，深相逊谢，陶不觉释然[⑤]。

【注释】

①陶公：指陶侃，字士行，详见《言语》第47则注①。苏峻：字子高，详见《方正》第25则注②。庾公：指庾亮，字元规，详见《德行》第31则注①。谢峻：指向苏峻谢罪。按：晋成帝咸和二年（327年），庾亮参辅朝政时，因想削夺苏峻兵权，苏峻起兵反，攻陷建康，庾亮逃到寻阳，投奔温峤；当时陶侃任荆州刺史，起兵东下讨伐苏峻，兵至寻阳；时论认为，苏峻造反，责任在庾亮，故应杀掉庾亮，向苏峻谢罪，可以平息叛乱。

②奔窜：奔走逃窜。见执：被抓。

③温公：字泰真，一作太真，详见《言语》第35则注②。但：只，仅。

④自要：亲自邀请；要，通“邀”。

⑤引咎：归罪自己。责躬：反躬自责，即回过头来责备自己。逊谢：道歉谢罪。

【译文】

陶侃从上游荆州赶到京都，来平定苏峻的叛乱，他下令杀掉庾亮，认为一定要杀掉庾亮，才可以向苏峻谢罪，以平息叛乱。庾亮想要奔走逃亡，却不可以了；想要去见陶侃，又怕被抓起来，顿时进退两难、无计可施了。温峤劝庾亮去拜见陶侃，说：“你只要远远就向他下拜行礼，一定没什么事儿，我来给你担保。”庾亮听从了温峤的意见，前去拜访陶侃，一见到陶侃就行了个大礼。陶侃亲自站起来不让他行礼，说：“庾元规为什么要拜我陶士行呢？”庾亮行完大礼，又退下来坐在下座。陶侃又亲自邀请他起来，和自己一起就座。坐定之后，庾亮就把苏峻叛乱的原因归罪于自己，深深地自责，诚恳地表示道歉谢罪，陶侃不知不觉消除了对庾亮的怨气，变得心平气和了。

9.温公丧妇[①]。从姑刘氏,家值乱离散,唯有一女,甚有姿慧,姑以属公觅婚[②]。公密有自婚意,答云:“佳婿难得,但如峤比,云何?[③]”姑云:“丧败之余,乞粗存活,便足慰吾余年,何敢希汝比。[④]”却后少日,公报姑云:“已觅得婚处,门地粗可,婿身名宦,尽不减峤。[⑤]”因下玉镜台一枚[⑥]。姑大喜。既婚,交礼,女以手披纱扇,抚掌大笑曰:“我固疑是老奴,果如所卜。[⑦]”玉镜台是公为刘越石长史北征刘聪所得[⑧]。

【注释】

①温公:字泰真,一作太真,详见《言语》第35则注②。

②从姑:父亲的叔伯姐妹。有姿慧:漂亮、聪明。属:同“嘱”。

③但:只,仅。比:比肩,并列,同等。云何:如何。

④丧败之余:兵荒马乱后的幸存者。粗:大体上,马马虎虎。

⑤却后:过后。尽:都,全。减:不足,不如。

⑥下:指下聘,即男家向女家送订婚的财礼。玉镜台:玉制镜座,用以承托圆形的铜镜。

⑦交礼:指婚礼中的交拜礼。纱扇:新娘用来遮脸的用具,疑是盖头一类。老奴:为轻诋笑骂之词。卜:预料,猜测。

⑧刘越石:刘琨,字越石,详见《言语》第35则注①。刘聪:一名刘载,字玄明,匈奴族,新兴(今山西忻州)人,汉赵(前赵)光文帝刘渊第四子,十六国时期汉赵君主;310—318年在位,在位期间,先后派兵攻破洛阳和长安,俘虏并杀害晋怀帝及晋愍帝,覆灭西晋政权;318年去世,谥为昭武皇帝,庙号烈宗。

【译文】

温峤的妻子过世了。温峤的堂姑母刘氏,因为碰上战乱,家人都离散了,家中只剩一个女儿,非常漂亮、聪明,堂姑母嘱托温峤帮忙找个女婿。温峤私下有自己娶她为妻的打算,就回答说:“称心如意的女婿不容易找到,找个只和我差不多的人,怎么样?”姑母说:“经过兵荒马乱活下来的幸存者，现在只求大体上能够存活下去，就足以让我晚年觉得很宽慰了，哪里还敢希望找个和你差不多的女婿啊！”过后没几天，温峤回复姑母说：“已经找到一户可以结亲的人家，门第大体上还过得去，女婿本人的名声、官位，全都不比我差。”于是送上一个玉镜台做聘礼。姑母非常高兴。等到结婚，行了交拜礼以后，新娘用手拨开纱扇，看见新郎后，不由得拍手大笑说：“我本来就疑心是你这个老家伙，果然和我预料的一样。”玉镜台是温峤做刘越石的长史时，跟随刘越石前去北伐刘聪时得到的。

10.诸葛令女，庾氏妇，既寡，誓云不复重出①。此女性甚正强，无有登车理②。恢既许江思玄婚，乃移家近之③。初，诳女云：“宜徙于是。”家人一时去，独留女在后，比其觉，已不复得出④。江郎莫来，女哭詈弥甚，积日渐歇⑤。江虨暝入宿，恒在对床上⑥。后观其意转帖，虨乃诈厌，良久不悟，声气转急⑦。女乃呼婢云：“唤江郎觉！⑧”江于是跃来就之，曰：“我自是天下男子，厌，何预卿事，而见唤邪？既尔相关，不得不与人语。⑨”女默然而惭，情义遂笃。

【注释】

①诸葛令：诸葛恢，字道明，曾任尚书令，详见《方正》第25则注①。重出：指改嫁。按：诸葛恢长女为庾亮长子庾会之妻，庾会死于苏峻之乱。

②登车：指女人出嫁乘车。

③江思玄：江虨，字思玄，详见《方正》第25则注③。移家：搬家，迁移住地。

④一时：同一时候，一起。比：及，等到。觉：发觉。

⑤江郎：即江虨。莫：同“暮”。哭詈(lì)：又哭又骂。积日：累日，连日。

⑥暝(míng):日落,天黑。对床:指对面的床。

⑦帖:安定。厌:同"魇",梦魇,指在睡眠时,因梦中受惊吓而喊叫;或觉得有什么东西压在身上,不能动弹。不悟:没有醒过来。

⑧觉:睡醒。

⑨就:凑近,靠近。相关:关心我。

【译文】

尚书令诸葛恢的长女,是庾家的媳妇,守寡后,发誓说不会再改嫁。这个女儿性格非常正直倔强,没有自愿登车改嫁他人的可能。诸葛恢答应了江思玄的求婚后,就把家搬到靠近江思玄的地方住下。起初他欺骗女儿说:"应该搬到这里来。"后来家里人一下子同时都走了,单单把女儿留在后面。等到她发觉真相时,已经不能再出去了。江思玄晚上进来时,她哭骂得更加厉害,过了好些天才渐渐不再哭喊了。江思玄天黑来过夜时,总是睡在对面床上。后来看她的心情变得安定下来了,江思玄就假装梦魇了,好久也没能醒来,叫声和呼吸变得更加急促。诸葛氏于是招呼侍女说:"快去把江郎叫醒!"江思玄于是跳起来,凑到她跟前说:"我原是世上的普通男子,梦魇了,和你有什么关系,你为什么要叫醒我呢?你既然这样关心我,就不能再不和我说话了。"诸葛氏默不作声,感到很羞愧,从此两人的情义才渐渐深厚起来。

11.愍度道人始欲过江,与一伧道人为侣[①]。谋曰:"用旧义在江东,恐不办得食。[②]"便共立"心无义"[③]。既而此道人不成渡,愍度果讲义积年。后有伧人来,先道人寄语云:"为我致意愍度,'无义'那可立!治此计,权救饥尔,无为遂负如来也![④]"

【注释】

①愍度道人:支愍度,又作支敏度,晋代僧人,为般若学派六家七宗之一"心无宗"之创始者;永嘉之乱时,渡江避乱;著有《合首楞严经记》《经论都录》等。伧道人:指北方地区的和尚,当时南方人蔑称北方人为伧父、伧人;伧,粗俗、鄙贱之意。为侣:为伴。

②旧义：佛家原来的教义。不办：不能。

③心无义：佛教的一种教义。

④无义：指上文的心无义。权：权且，姑且，暂且。无为：不要。

【译文】

愍度和尚起初想过江到江东，当时和一个北方来的和尚为伴。两人商量说："在江东宣讲旧教义，恐怕难以糊口。"就一起创立了"心无义"。后来，这个和尚没有过江来，愍度和尚果然在江北宣讲了多年的"心无义"。后来有个北方人过江来，先前的那个和尚请他传话说："请替我问候愍度，告诉他，'心无义'说怎么可以成立呢！当初想出这个办法，只是姑且用来度过饥寒得以糊口罢了，不要最终违背了如来佛祖呀！"

12.王文度弟阿智，恶乃不翅，当年长而无人与婚[①]。孙兴公有一女，亦僻错，又无嫁娶理[②]。因诣文度，求见阿智。既见，便阳言："此定可，殊不如人所传，那得至今未有婚处！我有一女，乃不恶，但吾寒士，不宜与卿计，欲令阿智娶之。[③]"文度欣然而启蓝田云："兴公向来，忽言欲与阿智婚。[④]"蓝田惊喜。既成婚，女之顽嚚，欲过阿智[⑤]。方知兴公之诈。

【注释】

①王文度：王坦之，字文度，详见《言语》第72则注①。阿智：王处之，字文将，小字阿智，太原晋阳（今山西太原）人，王坦之之弟，曾辟州别驾，不就职。不翅：不啻，不止，不仅。

②孙兴公：孙绰，字兴公，详见《言语》第84则注①。僻错：怪僻、不近情理。

③阳：通"佯"，假装。定：到底。殊：特别，很。

④启：告诉。蓝田：王述，字怀祖，承袭父爵蓝田侯，王坦之之父，详见《文学》第22则注③。向：刚才。

⑤顽嚚(yín)：愚妄奸诈。

【译文】

王文度的弟弟阿智，不仅仅是品性不端，所以虽然年龄已经很大了，却没有人愿意和他结亲。孙兴公有一个女儿，也很怪僻、不近情理，没有办法嫁得出去。他便去拜访文度，要求见见阿智。见过之后，便假意说："这孩子到底还是可以的，很不像人们所传言的那样，哪能到现在还没有成亲！我有一个女儿，也还不错，只不过我是个出身寒微之人，本不应和你商议婚事，但我还是想让阿智娶我女儿。"文度很高兴地告诉父亲蓝田侯王述说："兴公刚才来过，忽然说起要把女儿嫁给阿智。"王述听了惊喜万分。结婚以后，才发现女方的愚妄奸诈快要超过阿智。王家这才知道孙兴公欺诈了他们。

13. 范玄平为人，好用智数，而有时以多数失会[①]。尝失官居东阳，桓大司马在南州，故往投之[②]。桓时方欲招起屈滞，以倾朝廷[③]。且玄平在京，素亦有誉，桓谓远来投已，喜跃非常。比入至庭，倾身引望，语笑欢甚[④]。顾谓袁虎曰："范公且可作太常卿。[⑤]"范裁坐，桓便谢其远来意[⑥]。范虽实投桓，而恐以趋时损名，乃曰："虽怀朝宗，会有亡儿瘗在此，故来省视。[⑦]"桓怅然失望，向之虚伫，一时都尽[⑧]。

【注释】

①范玄平：范汪，字玄平，详见《排调》第 34 则注①。智数：谋术，心计。多数：多智术、多心计。会：时机，机会。

②桓大司马：桓温，字元子，曾任大司马，详见《德行》第 41 则注①。南州：指姑孰。按：桓温曾兼任扬州牧，镇守姑孰，上文的东阳也属扬州。

③屈滞：久居下位之人，指被委屈、埋没的人才。倾：胜过，超过。

④比：等到，及。倾身：身体向前倾，多形容对人谦卑恭顺。引望：引颈而望，远望。

⑤袁虎：袁宏，字彦伯，小字虎，时称袁虎，详见《言语》第 83 则注①。

且：暂且。

⑥裁：通“才”。

⑦朝宗：指下属进见长官。会：恰巧，碰巧。瘗(yì)：埋葬，掩埋。省(xǐng)视：察看，探望。

⑧向：刚才。虚伫(zhù)：虚心期待。

【译文】

范玄平为人处世爱用谋术，可是有时却因为多用心计而失去良机。他曾经失掉官职，住在东阳郡，大司马桓温当时镇守姑孰，范玄平便特意前去投奔桓温。桓温当时正想招揽起用不得志的人才，以胜过朝廷。而且范玄平在京都时，一向也很有声誉。桓温认为范玄平是远道来投奔自己，非常欢欣喜悦。等到他进入院内，桓温便身体向前倾，伸长脖子向前远望，说说笑笑，非常高兴。桓温还回头对袁虎说：“范公暂且可以任太常卿。”范玄平才刚刚坐下，桓温就感谢他远道而来的好意。范玄平虽然确实是来投奔桓温，可是又怕人家说他趋炎附势，有损自己的名声，便说：“我虽然是有心拜见您，也恰巧我有个儿子埋葬在这里，所以特意前来看望一下。”桓温听了，怅然若失，大失所望，刚才那种虚心期待的心情，一时之间全都消散了。

14. 谢遏年少时，好著紫罗香囊，垂覆手①。太傅患之，而不欲伤其意②。乃谲与赌，得即烧之③。

【注释】

①谢遏：谢玄，字幼度，小字遏，谢安之侄，详见《言语》第78则注③。香囊：盛香料的小囊，佩于身或悬于帐以为饰物；晋代的男子有带香囊的风尚。覆手：手巾一类的东西。

②太傅：即谢安，字安石，死后追赠太傅，详见《德行》第33则注③。患：忧虑，担忧。

③谲(jué)：欺诈，玩弄手段。

【译文】

谢遏年少时，喜欢佩戴紫罗香囊，挂着覆手。太傅谢安为这事很担忧，又不想伤他的心。于是就设计和他打赌，把他的香囊赢过来之后，马上就烧掉了。

黜免第二十八

《黜免》是《世说新语》第二十八门，共9则。黜免，指降职或罢免官职。本门记载了9则晋时朝臣被罢免官职或降职的故事，文中或详细说明了黜免的缘由，或如实记录了被黜免后的反应，或兼而有之。罢黜的缘由，多为官场上的钩心斗角、权势之争，也有少数例外，如第2则、第4则，因为肝肠寸断的母猿和餐桌上袖手旁观而免职，可以看出当权者的人情味和治军思想。这9则故事多与桓温、桓玄父子有关，从中也反映出了晋时王室政权衰微、大权旁落的状况。

1.诸葛厷在西朝，少有清誉，为王夷甫所重，时论亦以拟王①。后为继母族党所谗，诬之为狂逆②。将远徙，友人王夷甫之徒，诣槛车与别③。厷问："朝廷何以徙我?"王曰："言卿狂逆。"厷曰："逆则应杀，狂何所徙!"

【注释】

①诸葛厷：字茂远，详见《文学》第13则注①。西朝：指西晋。王夷甫：王衍，字夷甫，详见《言语》第23则注②。

②族党：同族亲属。狂逆：狂妄悖逆。

③之徒：之流，众人。槛车：囚车。

【译文】

诸葛厷在西晋时，年纪轻轻时就有了美好的声誉，受到王夷甫的推重，当时的舆论也拿他和王夷甫相提并论。后来诸葛厷被他继母家族的同族亲属所陷害，诬告他狂妄悖逆。朝廷将要把他流放到边远地区，他的朋友王夷甫等人到囚车前和他告别，诸葛厷问："朝廷为什么要流放我?”王夷甫说:“说你狂妄悖逆。”诸葛厷说:“忤逆就应当斩首,狂妄又为什么要流放呢!”

2.桓公入蜀[1],至三峡中,部伍中有得猿子者,其母缘岸哀号,行百余里不去,遂跳上船,至便即绝[2]。破视其腹中,肠皆寸寸断。公闻之,怒,命黜其人。

【注释】

①桓公:即桓温,字元子,详见《言语》第55则注①。按:晋穆帝永和二年(346年),桓温西伐蜀汉李势,次年攻占成都。

②部伍:部队行伍,即军队。缘岸:沿着江岸。绝:气绝。

【译文】

桓温率兵讨伐蜀地,到达三峡时,军队中有个人抓到一只小猿,母猿一直沿着江岸悲哀地号叫,跟着船走了一百多里也不肯离开,后来终于跳上了船,但刚跳上船就气绝身亡了。剖开母猿的肚子看,肠子都一寸一寸地断开了。桓温听说这事后,大怒,下令罢免了那个抓了小猿猴的人的军职。

3.殷中军被废,在信安,终日恒书空作字[1]。扬州吏民寻义逐之,窃视,唯作“咄咄怪事”四字而已[2]。

【注释】

①殷中军:殷浩,字渊源,曾任中军将军,详见《言语》第80则注②。书空作字:用手指在空中虚写文字。按:晋穆帝永和九年(353年),殷浩以中军将军受命北伐,结果大败而回,被桓温奏请废为庶人,迁居扬州东阳郡信安县。

②咄咄怪事:形容令人惊讶的怪事。

【译文】

中军将军殷浩被免官以后,住在信安县,一天到晚总是用手指对着空中写字。扬州的官吏和百姓沿着他的笔顺跟着他写，暗中察看，发现他写的只是“咄咄怪事”四个字而已。

4. 桓公坐有参军椅烝薤[1]，不时解[2]，共食者又不助，而椅终不放，举坐皆笑。桓公曰：“同盘尚不相助，况复危难乎！”敕令免官。

【注释】

①桓公：即桓温，字元子，详见《言语》第55则注①。椅：《太平御览》作“猗”，通“攲”，意为用筷子夹菜。烝薤(xiè)：烝，通“蒸”；薤，一种蔬菜类植物。按：余嘉锡《世说新语笺疏》中提到，《齐民要术·素食篇》有薤白蒸，其做法是“米薤同蒸，调以油豉，蒸熟后必凝结，故夹取较难耳”。

②不时解：不能在一时分解开。

【译文】

在桓温举办的宴会上，有个参军用筷子夹烝薤，因黏在一起一时分解不开，没能一下子夹起来，同桌一起用餐的人又不帮助他，而他还用筷子夹着，没有放下，满座的人就都笑起来。桓温说：“同在一个盘子里用餐，尚且不能互相帮助，更何况处于危急困难的时候呢！”便下令罢免了在座的人的官职。

5. 殷中军废后，恨简文曰[1]：“上人著百尺楼上，儋梯将去。[2]”

【注释】

①殷中军：殷浩，字渊源，曾任中军将军，详见《言语》第80则注②。简文：晋简文帝司马昱，详见《德行》第37则注①。按：简文帝司马昱辅政时，曾重用殷浩以和桓温抗衡；殷浩北伐兵败后，桓温上表请罢免他，司马昱不得已，废其为庶人。

②儋：同“担”，扛着。

【译文】

中军将军殷浩被罢官以后，抱怨晋简文帝司马昱，说："把人送到百尺高楼上，却扛起梯子走了。"

6. 邓竟陵免官后赴山陵，过见大司马桓公①。公问之曰："卿何以更瘦？"邓曰："有愧于叔达，不能不恨于破甑！②"

【注释】

①邓竟陵：邓遐，字应远，陈郡（今河南淮阳）人，勇力绝人，时人比之樊哙；曾为桓温参军，多次跟随桓温征伐，历任冠军将军、竟陵太守等职，死后追赠庐陵太守。山陵：帝王或皇后的坟墓，这里指简文帝司马昱的葬礼。桓公：即桓温，曾任大司马，详见《言语》第55则注①。按：太和四年(369年)，桓温北伐，大败于枋头，心中深怀耻忿，而且忌惮邓遐的勇猛果敢，于是免去了邓遐的官职。

②叔达：即孟敏，字叔达，东汉时期巨鹿人，为人豁达正直，有一次到市场买甑，失手打破后，就径直走开了，因为他认为既已打破，看也没有什么用处。恨：遗憾。甑(zèng)：古代蒸饭的一种瓦器。

【译文】

竟陵太守邓遐被免去官职后去参加皇帝的葬礼，然后去拜见了大司马桓温，桓温问道："你为什么更加消瘦了？"邓遐说："我有愧于叔达，不能做到像他那样豁达大度，不为打破的饭甑而感到遗憾。"

7. 桓宣武既废太宰父子①，仍上表曰："应割近情，以存远计。若除太宰父子，可无后忧。"简文手答表曰："所不忍言，况过于言。②"宣武又重表，辞转苦切。简文更答曰："若晋室灵长，明公便宜奉行此诏③；如大运去矣，请避贤路④。"桓公读诏，手战流汗，于此乃止。太宰父子，远徙新安。

【注释】

①桓宣武：桓温，字元子，谥号宣武，详见《言语》第55则注①。太宰

父子:指司马晞和他的儿子司马综;司马晞,字道叔,简文帝司马昱异母兄,曾任太宰,因受大司马桓温忌恨,被诬陷将谋反,在咸安元年(371年)被废黜官职,全家流放至新安郡。

②简文:晋简文帝司马昱,详见《德行》第37则注①。手答:亲笔批复。

③更:再次。灵长:绵延长久。明公:对地位尊贵者的敬称。

④避贤路:让位避开,为贤者让路;这里指把皇位让给桓温。

【译文】

桓温罢免了太宰司马晞父子的官职后,仍然上奏章说:"应该割断这种亲近的兄弟私情,以考虑长远大计。如果除掉太宰父子,就可以没有后顾之忧了。"简文帝司马昱在奏章上亲手批示说:"这种话我都不忍心说,何况你所请求的更超过了这所说的。"桓温又重新上奏章,言辞越发诚恳迫切。简文帝再次批示说:"如果晋朝的国运绵延长久,你就应该奉行这个诏令;如果晋朝国运已去,那么就请让我逊位,为贤者让路。"桓温读了诏书,害怕得手发抖,身上直流汗,这才停止上奏。太宰父子于是被流放到遥远的新安郡。

8.桓玄败后,殷仲文还为大司马咨议,意似二三,非复往日[①]。大司马府听前有一老槐,甚扶疏[②]。殷因月朔,与众在听,视槐良久,叹曰:"槐树婆娑,无复生意![③]"

【注释】

①桓玄:字敬道,桓温之子,详见《德行》第41则注①。殷仲文:桓玄的姐夫,详见《言语》第106则注②。二三:时二时三,不专一,反复无定。按:晋安帝元兴元年(402年),桓玄起兵反帝室,攻入建康,第二年称帝,后刘裕起兵讨桓玄,桓玄败逃,殷仲文随桓玄出逃;桓玄兵败被杀后,殷仲文回到京都,上表请罪,得到晋安帝的谅解,任大司马咨议。

②听:通"厅",厅堂,古时候的官府办公处。扶疏:枝叶茂盛,高低疏密有致的样子。

③月朔:阴历每月初一。婆娑:形容枝叶杂乱而散落的样子。生意:生机。

【译文】

桓玄兵败以后,殷仲文回到京都担任大司马咨议,心情似乎反复不定,不再是以前那样了。大司马府的厅堂前面有一棵老槐树;枝叶非常繁茂盛多。殷仲文由于月初集会,和众人一起在大司马府的厅堂上,他对着槐树看了很久,叹息说:"槐树枝叶杂乱无章,散散落落,不再有以前那样的生机勃勃了!"

9.殷仲文既素有名望,自谓必当阿衡朝政[①]。忽作东阳太守,意甚不平[②]。及之郡,至富阳,慨然叹曰:"看此山川形势,当复出一孙伯符。[③]"

【注释】

①殷仲文:字仲文,详见《言语》第106则注②。阿衡:商代官名,师保之官,引申为任国家辅弼之任,宰相之职,这里指辅佐。

②东阳太守:属扬州,在今浙江省金华市。按:殷仲文脱离桓玄归朝廷后,任大司马咨议,后调离京都,出任扬州东阳郡太守,这实为降职,故深感不平。刘孝标注云:"《晋安帝纪》曰:'仲文后为东阳,愈愤怨,乃与桓胤谋反,遂伏诛。'"

③之:到。富阳:位于今杭州市的西南。孙伯符:孙策,字伯符,吴郡富春(今浙江富阳)人,曾任会稽太守,平定江东,为他弟弟孙权创立吴国奠定了基础,详见《豪爽》第11则注④。

【译文】

殷仲文既一向很有名望,就自认为一定会担任国家的重臣,辅佐朝政。忽然被调离京都,出任东阳太守,殷仲文心里感到非常不平。当他到东阳郡上任,经过富阳时,感叹道:"看这里的山川地理形势,应当会再出一个孙伯符样的人物啊!"

俭啬第二十九

《俭啬》是《世说新语》第二十九门，共9则。俭啬，指节俭吝啬。本门与后面《汰侈》门所记载内容互为对比，主要记述了士族阶层中的部分名士在对待金钱、财物方面的性格特征和种种表现，共描绘了六个特色鲜明的守财奴形象。节俭本是中华民族的传统美德，是值得大力颂扬的；但是节俭过度，变成了吝啬，就不可取了。

1. 和峤性至俭，家有好李，王武子求之，与不过数十①。王武子因其上直，率将少年能食之者，持斧诣园，饱共啖毕，伐之，送一车枝与和公②。问曰："何如君李？"和既得，唯笑而已。

【注释】

①和峤：字长舆，详见《德行》第17则注①。王武子：王济，字武子，和峤的妻弟，勇力过人，详见《言语》第24则注①。

②因：趁机，趁着。上直：当值，值班。率将：带领。

【译文】

和峤本性极为吝啬，家中有上好的李子树，王武子问他要些李子，只给了不过几十个而已。王武子趁他去官署值班的时候，带领一群特别能吃李子的少年人，拿着斧子到果园里去，大家一起尽情地吃饱肚子以后，就把李子树砍掉了，给和峤送去一车树枝，并且问和峤说："这和你家的李子树相比，怎么样？"和峤收下了树枝，只是笑一笑罢了。

2. 王戎俭吝，其从子婚，与一单衣，后更责之①。

【注释】

①王戎：字濬冲，详见《德行》第16则注①。俭吝：悭吝，吝啬。从子：侄儿。更：再，又。责：索取。

【译文】

王戎为人十分吝啬，他的侄儿结婚时，他只送了一件单衣，过后竟然又要回去了。

3. 司徒王戎，既贵且富，区宅、僮牧，膏田、水碓之属，洛下无比①。契疏鞅掌，每与夫人烛下散筹算计②。

【注释】

①区宅：房屋。僮牧：奴仆和放牧的仆人，仆役。膏田：肥沃的田地。水碓(duì)：利用水力舂米的器械。洛下：指洛阳城。

②契疏：契约、账簿。鞅掌：原指事情纷扰繁忙，这里指众多、繁多；语出《诗经·小雅·北山》："或栖迟偃仰，或王事鞅掌。"筹：筹码，计数用的工具。算计：计数、计算。

【译文】

司徒王戎，地位既显贵，家中又很富有，房屋住宅、仆役奴婢、肥沃的农田、用于舂米的水碓等等这些东西，洛阳城里没有一家能比得上他家。因为契约、账簿有很多，王戎常常和妻子一起在烛光下摆开筹码来认真计算。

4. 王戎有好李，卖之，恐人得其种，恒钻其核①。

【注释】

①钻：钻孔，打眼儿。

【译文】

王戎家有上好的李子树，卖李子时，害怕别人得到他家李子树的种子，总是先把李子的核钻个孔，然后再卖。

5. 王戎女适裴頠，贷钱数万①。女归，戎色不说；女遽还钱，乃释然。

【注释】

①王戎：字濬冲，详见《德行》第16则注①。适：出嫁。裴頠：字逸民，详见《言语》第23则注③。贷钱：借债。

②归：回娘家。说：通“悦”。遽：立刻，马上。

【译文】

王戎的女儿嫁给了裴頠，裴頠曾向王戎借了几万钱。后来，女儿回到娘家时，王戎的脸色就很不高兴；女儿马上把钱还给了他，王戎这才心平气和了。

6. 卫江州在寻阳①，有知旧人投之，都不料理，唯饷王不留行一斤②。此人得饷，便命驾。李弘范闻之，曰：“家舅刻薄，乃复驱使草木。③”

【注释】

①卫江州：卫展，字道舒，晋河东安邑（今山西夏县）人，曾任尚书郎、南阳太守、江州刺史、廷尉等职，卒后追赠光禄大夫。寻阳：江州官署所在地，在今九江一带。

②知旧：知己和旧友。投：投奔，投靠。都：全，完全。料理：照顾，帮助。王不留行：药草名。按：卫展送此物，是暗示不留客。

③李弘范：李轨，字弘范，江夏人，官至尚书郎，著有文集八卷。家舅：对人称自己的舅父。

【译文】

江州刺史卫展在寻阳时，有一位知交老友前来投奔他，他完全不提供帮助，只是送了一斤中草药王不留行。这个人得到了这样礼物，明白了卫展的意思，就起身驾车离去了。李弘范听到这件事，说：“我舅父太刻薄了，竟然使用草木来驱逐客人。”

7.王丞相俭节，帐下甘果盈溢不散[①]。涉春烂败，都督白之，公令舍去，曰："慎不可令大郎知！[②]"

【注释】

①王丞相：王导，字茂弘，官至丞相，详见《德行》第27则注③。俭节：节约，节省。帐下：营帐中。盈溢：充裕，满盈。散：分给。

②都督：官名，统领军队的军事长官。白：禀告，报告。大郎：父称长子为大郎，这里指王导长子王悦，字长豫，详见《德行》第29则注①。

【译文】

丞相王导性格节俭，营帐中的美味水果都堆得满满的，他也不分给大家。到了春天，水果都腐烂了，都督将情况向王导禀告后，王导让他扔掉水果，并嘱咐说："千万不要让大郎知道这件事！"

8.苏峻之乱，庾太尉南奔见陶公，陶公雅相赏重[①]。陶性俭吝，及食，啖薤，庾因留白[②]。陶问："用此何为？"庾云："故可种。"于是大叹庾非唯风流，兼有治实[③]。

【注释】

①苏峻：字子高，详见《方正》第25则注②。庾太尉：庾亮，字元规，死后追赠太尉，详见《德行》第31则注①。陶公：即陶侃，详见《言语》第47则注①。赏重：欣赏、重视。按：327年，庾亮想解除苏峻兵权，征其为大司农，召入京，苏峻以讨庾亮为名，起兵反晋，次年攻入建康，庾亮逃至温峤处，和温峤共推陶侃为盟主，平定苏峻之乱。

②薤(xiè)：草本植物，地下有鳞茎，可以吃，也可以再种；靠近根部的薤头是薤白，也叫白。因：趁着，乘便。

③风流：风度，仪表。治实：治国的实际才能。

【译文】

苏峻起兵叛乱时，太尉庾亮向南边逃去，前去投奔陶侃。陶侃十分欣赏看重庾亮。陶侃生性很俭省，到吃饭的时候，庾亮吃薤时顺手留下了薤白。陶侃问他:"要这东西做什么?"庾亮回答说:"因为薤白还可以种啊!"于是陶侃大力赞叹庾亮不仅风度超群,同时也兼有治国的实际才能。

9.郗公大聚敛,有钱数千万,嘉宾意甚不同[①]。常朝旦问讯,郗家法,子弟不坐,因倚语移时,遂及财货事[②]。郗公曰:"汝正当欲得吾钱耳!"乃开库一日,令任意用。郗公始正谓损数百万许,嘉宾遂一日乞与亲友,周旋略尽[③]。郗公闻之,惊怪不能已已[④]。

【注释】

①郗公:指郗愔,字方回,详见《言语》第59则注⑨。聚敛:指搜刮钱财。嘉宾:郗超,字景兴,一字敬舆,小字嘉宾,郗愔长子,喜交游,详见《言语》第59则注④。

②常:通"尝",曾经。朝旦:早晨。问讯:问候,问安。移时:过了很久。

③正:只,仅。许:左右,表示约略估计。乞与:给与。周旋:交际应酬。略尽:将尽。

④惊怪:惊讶,惊异。已已:已,休止;叠用以加重语气。

【译文】

郗愔大肆搜刮钱财,家中积攒了有几千万钱,儿子郗嘉宾很不赞同他这样做。有一次,嘉宾早晨来向父亲问安,按照郗家的规矩,晚辈问安时不能坐着,于是嘉宾便站着和父亲谈了好长时间,终于谈到钱财方面的事情。郗愔说:"你只不过是想要我的钱罢了!"于是就打开钱库一天,让嘉宾随意使用。郗愔开始只认为会损失几百万左右,没想到嘉宾竟然在一天内忙于交际应酬,将钱送给亲朋好友,几乎把钱都用尽了。郗愔听说了之后,惊讶得不知道说什么好。

汰侈第三十

《汰侈》是《世说新语》第三十门，共12则。汰侈，指骄纵奢侈。跟上一门《俭啬》相反，本门记载的是晋朝时候生活上骄纵奢侈的豪门贵族的故事，其中记载最多的是石崇、王恺的故事。从文中可以看出，一方面，这些上层贵族在生活中极尽奢侈之能事，并大张旗鼓地互相斗富，造成人力物力的浪费；另一方面，又可以看出这些贵族名士性格残酷暴虐，视人命如儿戏。不论在什么时代，这种不良习气都是应该被谴责、被摒弃的。

1. 石崇每要客燕集，常令美人行酒，客饮酒不尽者，使黄门交斩美人①。王丞相与大将军尝共诣崇，丞相素不能饮，辄自勉强，至于沉醉②。每至大将军，固不饮，以观其变。已斩三人，颜色如故，尚不肯饮。丞相让之③，大将军曰："自杀伊家人，何预卿事！"

【注释】

①石崇：字季伦，详见《品藻》第57则注②。要：通"邀"。燕集：宴饮聚会；燕，通"宴"。行酒：依次斟酒，劝酒。黄门：阉人，可以在内庭侍候的奴仆。交：接连，交替。

②王丞相：王导，字茂弘，官至丞相，详见《德行》第27则注③。大将军：王敦，字处仲，曾任大将军，王导堂兄，详见《言语》第37则注①。沉醉：大醉。

③让：责备，谴责。

【译文】

石崇每次邀请客人宴饮聚会时，经常让美人来劝酒，如果有客人不喝尽杯中的酒，就叫家奴接连杀掉劝酒的美人。丞相王导和大将军王敦曾经一同到石崇家参加宴会，丞相虽然一向不善于喝酒，这时也勉强自己尽力喝下，一直喝到大醉。每当轮到大将军喝酒时，他坚持不喝酒，来观察接下来情况的变化。石崇已经连续杀了三个美人，大将军却依旧神色不变，仍然不肯喝酒。丞相责备他，大将军却说："他杀他自己家里的人，干你什么事！"

2. 石崇厕，常有十余婢侍列，皆丽服藻饰，置甲煎粉、沉香汁之属，无不毕备[①]。又与新衣著令出，客多羞不能如厕。王大将军往，脱故衣，著新衣，神色傲然[②]。群婢相谓曰："此客必能作贼！[③]"

【注释】

①石崇：字季伦，详见《品藻》第 57 则注②。侍列：排列侍立，指排列在不同的位置上侍候。藻饰：修饰，装饰，打扮。甲煎粉：一种香粉。沉香汁：沉香木制成的香水。属：类别。

②王大将军：王敦，字处仲，曾任大将军，详见《言语》第 37 则注①。傲然：高傲的样子。

③作贼：指作乱，造反。

【译文】

石崇家的厕所，经常有十多个婢女排列在不同的位置上侍候，婢女们都穿着华丽的衣服，装扮靓丽。厕所里放有甲煎粉、沉香汁等一类物品，各种东西都准备得很齐全。又让上厕所的宾客换上新衣服出来，客人们大多因为难为情，不好意思上厕所。但大将军王敦上厕所时，自然地脱掉原来的衣服，穿上新衣服，面色从容，神情高傲。婢女们互相评论说："这个客人一定能犯上作乱！"

3.武帝尝降王武子家[①]。武子供馔,并用琉璃器[②]。婢子百余人,皆绫罗绔䙁,以手擎饮食[③]。烝豚肥美,异于常味[④]。帝怪而问之,答曰:"以人乳饮豚。"帝甚不平,食未毕,便去。王、石所未知作[⑤]。

【注释】

①武帝:司马炎,字安世,谥号武皇帝,史称晋武帝,详见《德行》第17则注③。降:临幸,指皇帝到某处去。王武子:王济,字武子,娶晋武帝女常山公主,生活奢侈,详见《言语》第24则注①。

②供馔:指宴饮时所陈设的食品。并用:全都使用,一同使用。琉璃器:有色半透明的器皿,在当时十分昂贵。

③绫罗:泛指丝织品。绔:同"裤"。䙁(luó):女人上衣。擎:托着。

④烝:通"蒸"。豚:小猪。

⑤王、石:指王恺、石崇。王恺,字君夫,文明皇后王文姬之弟,晋武帝司马炎之舅;封山都县公,历任龙骧将军、射声校尉、后将军等职;死后谥为丑公。石崇,字季伦,详见《品藻》第57则注②。

【译文】

晋武帝司马炎曾经到王武子家里去。王武子设宴招待武帝,宴席上用的全都是琉璃器皿。有一百多个婢女,全身穿的都是绫罗绸缎,用手托着食物。蒸的小猪又肥嫩又鲜美,和平常所吃的小猪的味道都不一样。武帝感到奇怪,问他为什么会这样,王武子回答说:"这是用人乳喂养的小猪。"武帝听了,非常生气,饭还没有吃完,就走了。这是连王恺、石崇也不知道的做法。

4.王君夫以饴糒澳釜,石季伦用蜡烛作炊[①]。君夫作紫丝布步障、碧绫里四十里,石崇作锦步障五十里以敌之[②]。石以椒为泥,王以赤石脂泥壁[③]。

【注释】

①王君夫:王恺,字君夫,详见《汰侈》第3则注⑤。饴糒(bèi):麦芽

糖和干粮。澳釜：擦洗锅子。石季伦：石崇，字季伦，详见《品藻》第 57 则注②。炊：烧火做饭。

②紫丝布：用紫色的丝织成的布。步障：古代贵族出行，于道旁设置用来遮避风尘或禁止人们窥视的幕布。碧绫里：青绿色的丝织品作衬里。锦：有彩色花纹的丝织品。

③椒：指花椒，其种子可用来和泥涂墙，有香味，且保温。赤石脂：风化石的一种，砂石中硅酸类的含铁陶土，多呈粉红色，可用作中药，也可用来涂饰墙壁。

【译文】

王君夫用麦芽糖和着干饭来擦洗锅子，石季伦用蜡烛当柴火来做饭。王君夫用紫色的丝织成的布来做出行时遮蔽风尘的布障，以青绿色的丝织品来作衬里，长达四十里。石季伦则用锦缎来做步障，长达五十里，以此来和他抗衡。石季伦用花椒来和泥刷墙，王君夫则用赤石脂来涂饰墙壁。

5. 石崇为客作豆粥，咄嗟便办①。恒冬天得韭萍齑②。又牛形状气力不胜王恺牛，而与恺出游，极晚发，争入洛城，崇牛数十步后，迅若飞禽，恺牛绝走不能及③。每以此三事为扼腕，乃密货崇帐下都督及御车人，问所以④。都督曰："豆至难煮，唯豫作熟末，客至，作白粥以投之⑤。韭萍齑是捣韭根，杂以麦苗尔。"复问驭人牛所以驶⑥。驭人云："牛本不迟，由将车人不及制之尔⑦。急时听偏辕，则驶矣⑧。"恺悉从之，遂争长⑨。石崇后闻，皆杀告者。

【注释】

①石崇：字季伦，详见《品藻》第 57 则注②。咄嗟：指呼吸之间，即迅速，顷刻之间。

②韭萍齑(píng jī)：用韭菜、艾蒿等捣碎制成的腌菜；这种菜通常在

夏天有，冬天就很难得。

③王恺：字君夫，详见《汰侈》第3则注⑤。绝走：拼命奔跑。

④货：贿赂。帐下都督：指府中的总管。所以：原因。

⑤豫：预先，事前。末：末子，细碎的东西。

⑥驶：指牛、马快速奔跑。

⑦迟：缓慢。将车：驾驭车辆。制：约束，管束。

⑧急时：指牛快速奔跑时。听：任凭，随。偏辕：辕是车前驾牲畜的两根直木，指让车的重心偏向一根辕木，另一个车轮和地面的摩擦就轻，车就走得快。

⑨争长：争胜。

【译文】

石崇府上给客人做豆粥，顷刻之间就能做好。石家也常常在冬天能吃上用韭菜、艾蒿等捣碎制成的腌菜。另外，石崇家的牛外形、力气都赶不上王恺家的牛，他和王恺出外游玩，返回时，他比王恺晚了很久才坐牛车起程出发，两人争着先进入洛阳城，石崇的牛走了几十步后，就快得像飞鸟一样，王恺的牛拼命奔跑也追不上。王恺常常因为这三件事扼腕叹息，就暗中贿赂石崇府中的总管和驭牛人，询问为什么会这样。总管说："豆子是最难煮烂的，只有事先将豆子煮熟，做成豆末，客人到了之后，煮好白粥，然后把豆末加进去就可以了。韭蓱齑是把韭菜根捣碎，再掺杂上麦苗罢了。"又问驭牛人，牛为什么跑得那么快。驭牛人说："牛本来就跑得不慢，只是由于驭牛人跟不上牛的速度，而对牛加以控约束制罢了。牛快速奔跑时，就任凭车的重心偏向一根辕木，那么牛就会跑得飞快了。"王恺全部按照他们所说的去做了，然后终于可以和石崇一争高下了。石崇后来听说了其中事情的缘由，就把泄密的人都杀了。

6.王君夫有牛，名八百里驳，常莹其蹄角①。王武子语君夫："我射不如卿，今指赌卿牛，以千万对之。②"君夫既恃手快，且谓骏物无有杀理，便相然可，令武子先射③。武子一起便破的，却据胡床，叱左右："速探牛心来。④"须臾，炙至，一脔便去⑤。

【注释】

①王君夫：王恺，字君夫，详见《汰侈》第3则注⑤。八百里驳：牛名。八百里，指其可日行八百里，善于奔驰。莹：珠玉的光彩，这里指磨得晶莹光洁。

②王武子：王济，字武子，详见《言语》第24则注①。射：指射箭技术。

③手快：技术好。骏物：这里指好牛，跑得快的牛。然可：许可。

④一起：一次。破的：射中靶子。却：退却，返回。据胡床：坐在胡床上；胡床，一种可以折叠的轻便坐具。探：取出。

⑤炙：烤肉。脔(luán)：切成小块的肉。

【译文】

王君夫有一头牛，名叫八百里驳，他常常把牛蹄、牛角磨得晶莹发亮。有一次，王武子对王君夫说："我射箭的技术没有你好，今天想指定你的牛做赌注，和你赌射箭，我押上一千万钱来赌你这头牛。"王君夫既仗着自己射箭技术好，又认为这么出众的千里牛没有轻易舍得杀掉的道理，就答应了他，并且让王武子先射。王武子一箭就射中了箭靶，退下来坐在胡床上，大声喝令随从："赶快把牛心取来。"一会儿，烤牛心送来了，王武子吃了一块就走了。

7.王君夫尝责一人，无服余衵，因直内著曲阁重闺里，不听人将出①。遂饥经日，迷不知何处去②。后因缘相为，垂死，乃得出③。

【注释】

①王君夫：王恺，字君夫，详见《汰侈》第3则注⑤。衵(rì)：贴身的内衣。曲阁重闺：指隐僻的弯曲相连的深宫内室。听：允许。将：带领，

扶助。

②经日：过了几天。

③因缘：机会。

【译文】

王君夫曾经责罚一个人，一件衣服都不准他穿，就直接把他关在隐僻的深宫内院里，不允许别人将他带出来。这个人饿了好几天，整个人精神恍惚，不知该往哪里去。后来趁着一个机会，都快死了，才得以出来。

8. 石崇与王恺争豪，并穷绮丽以饰舆服①。武帝，恺之甥也，每助恺②。尝以一珊瑚树高二尺许赐恺，枝柯扶疏，世罕其比③。恺以示崇，崇视讫，以铁如意击之，应手而碎④。恺既惋惜，又以为疾己之宝，声色甚厉。崇曰："不足恨，今还卿。"乃命左右悉取珊瑚树，有三尺、四尺，条干绝世，光彩溢目者六七枚，如恺许比甚众⑤。恺惘然自失。

【注释】

①石崇：字季伦，详见《品藻》第 57 则注②。王恺：字君夫，详见《汰侈》第 3 则注⑤。豪：豪华，阔绰。穷：穷尽。舆服：车舆、冠服与各种仪仗。

②武帝：司马炎，字安世，谥号武皇帝，史称晋武帝，详见《德行》第 17 则注③。每：常常，经常。按：司马炎生母王元姬，是王恺的姐姐。

③枝柯：枝条。扶疏：枝叶繁茂的样子。比：并列，相当。

④讫：完结，终了。应手：随手，顺手。

⑤绝世：冠绝当代，举世无双。许：这样。

【译文】

石崇和王恺争比阔绰，两人都用尽最鲜艳华丽的东西来装饰车舆、冠服与各种仪仗。晋武帝司马炎是王恺的外甥，常常帮助王恺比富。他曾经把一棵二尺高左右的珊瑚树送给王恺，这棵珊瑚树枝条繁茂，世上很少有能和它相媲美的。王恺把珊瑚树拿给石崇看，石崇看了之后，用铁如意去敲打它，随手就把它打碎了。王恺既惋惜，又认为石崇是妒忌自己的宝物，于是声色俱厉地指责石崇。石崇说："这没什么值得遗憾的，我现在就赔给你。"于是就叫手下的人把家里的珊瑚树全都拿出来，有三尺高的，也有四尺高的，树干、枝条举世无双，而且光彩夺目的有六七棵，和王恺那棵水平相当的就更多了。王恺看了，惘然若失。

9. 王武子被责，移第北邙下[①]。于时人多地贵，济好马射，买地作埒，编钱匝地竟埒[②]。时人号曰金沟。

【注释】

①王武子：王济，字武子，详见《言语》第24则注①。第：府第，古时候贵族高官的大宅子。北邙：山名，即邙山，在河南洛阳东北。按：王济曾为侍中，后出为河南尹，尚未到任，经过王官时，鞭打了王府官吏，被免官，于是移居北邙山下。

②埒(liè)：矮墙，场地四周的土围墙；这里指马埒，即跑马射箭的场所，四周用矮墙围着，使之不致跑出场外。编钱：指把钱串起来。匝：环绕一圈。竟：从头到尾。

【译文】

王武子受到责罚被免官，就移居北邙山下。当时人多，而且地价昂贵，王济喜欢骑马射箭，就买了一块地做跑马场，所花掉的钱可以用绳子串起来围着跑马场环绕一圈。当时的人把这里叫作金沟。

10. 石崇每与王敦入学戏，见颜、原象而叹曰[①]："若与同升孔堂，去人何必有间！[②]"王曰："不知余人云何，子贡去卿差近。[③]"石正色云："士当令身名俱泰，何至以瓮牖语人！[④]"

【注释】

①石崇：字季伦，详见《品藻》第57则注②。每：经常，常常。王敦：字处仲，详见《言语》第37则注①。学：学校；《晋书·石崇传》作大学，即设在京城的最高学府。颜、原：颜指颜回，字子渊；原指原宪，字子思，两人都是孔子的弟子，皆好学而安贫乐道。

②去：距离，差别。有间：有距离，有差别。

③子贡：端木赐，字子贡，孔子的弟子。差近：比较近。按：子贡曾任鲁国、卫国之相，且善于经商之道，曾经经商于曹国、鲁国之间，富致千金，为孔子弟子中首富，故王敦有此说。

④泰：平安，安定。瓮牖(yǒu)：用破瓮做窗户，比喻贫寒之家；据说原宪家是蓬户瓮牖，上漏下湿，生活极其清苦。语人：告诉别人，这里指四处宣扬。

【译文】

石崇常常和王敦去学校游玩，看见颜回、原宪的画像，石崇感叹道："如果我和他们一起登上孔子的厅堂，成为孔子的弟子，那么我和这些人又怎么会有差别呢！"王敦说："不知道孔门其余弟子怎么样，我看子贡和你比较相像。"石崇神色严肃地说："读书人应当使自己的生活安定，名位安稳，怎么能把用破瓮做窗户那样的贫困生活来四处宣扬呢！"

11.彭城王有快牛①，至爱惜之。王太尉与射②，赌得之。彭城王曰："君欲自乘，则不论；若欲啖者，当以二十肥者代之。既不废啖，又存所爱。③"王遂杀啖。

【注释】

①彭城王：司马权，字子舆，河内温县人，司马懿四弟司马馗长子，在曹魏时袭父亲爵，为东武城侯，拜冗从仆射；司马炎建立西晋后，被封为彭城王，任北中郎将、都督邺城守诸军事；275年去世，谥穆王。

②王太尉：王衍，字夷甫，官至太尉，详见《言语》第23则注②。

③废：停止、中止，这里指没有吃的。

【译文】

彭城王司马权有一头跑得很快的牛，他非常爱惜这头牛。太尉王衍和他赌射箭，把牛赢走了。彭城王说："如果您是想要用它来驾车，自己乘用，我就不说什么了；如果是想把它杀了吃掉，我可以用二十头肥牛来替代它。这样既不会让您没有牛肉吃，又能留下我所喜爱的牛。"但王衍最终还是把牛杀掉吃了。

12. 王右军少时，在周侯末坐，割牛心啖之①。于此改观。

【注释】

①王右军：王羲之，字逸少，曾任右军将军，详见《言语》第62则注①。周侯：周顗，字伯仁，袭父爵武城侯，世称周侯，详见《言语》第30则注②。坐：通"座"。按：周顗当时名望很高，王羲之年幼时还未出名，13岁时去拜谒周顗，周顗看出他不比寻常，当时人们看重烤牛心这道好菜，吃饭时周顗特意先切一块烤牛心给王羲之吃，由此王羲之声名鹊起。

【译文】

右军将军王羲之小的时候，去武城侯周顗家作客，坐在最后的一个座位上。大家一起就餐时，周顗切了一块牛心，先给王羲之吃了。从此人们改变了对王羲之的看法。

忿狷第三十一

《忿狷》是《世说新语》第三十一门，共8则。忿狷，指胸襟狭窄、性情急躁、易动怒。本门记叙的是魏晋时期士族阶层中一些具备忿狷性格的人物在生活中的表现。文中所记载的8则故事中，主人公多是因一件小事而动怒，他们或怒形于色，或迁怒于他物，或以性命相搏，甚至残害他人性命。从文中也可以看出当时士族阶级轻视寒门阶层，门阀界限严格的情况。

1. 魏武有一妓，声最清高，而情性酷恶①。欲杀则爱才，欲置则不堪②。于是选百人一时俱教。少时还有一人声及之，便杀恶性者③。

【注释】

①魏武：即曹操，字孟德，在世时为魏王，谥号为武王，故称魏武，详见《言语》第8则注②。妓：指歌妓。情性：即性情，性格。酷恶：极其恶劣。

②置：留下。不堪：无法忍受。

③少时：一会儿，指过了不久。还：景宋本作“果”，相比更为合理。及：至，达到，赶上。

【译文】

魏武帝曹操有一名歌妓，她的歌声最为清脆高亮，可是性情极其恶劣。曹操想杀了她，却又爱惜她歌唱的才能；想留下她，却又难以忍受她的脾气。于是就挑选了一百名歌妓同时接受培养教导。过了不久，果然有一名歌妓的歌声赶上了那个性情恶劣的歌姬的水平，曹操便把那个性情恶劣的歌妓杀了。

2.王蓝田性急[①]。尝食鸡子,以箸刺之,不得,便大怒,举以掷地[②]。鸡子于地圆转未止,仍下地以屐齿碾之,又不得[③]。瞋甚,复于地取内口中,啮破,即吐之[④]。王右军闻而大笑,曰:“使安期有此性,犹当无一豪可论,况蓝田邪![⑤]”

【注释】

①王蓝田:王述,字怀祖,承袭父爵蓝田侯,详见《文学》第22则注③。

②鸡子:鸡蛋。箸(zhù):筷子。

③屐:木板鞋;鞋子底部前后有两块突出的木头,即为屐齿。

④瞋:发怒,生气。内:同“纳”,放入。啮(niè):咬。

⑤王右军:王羲之,字逸少,曾任右军将军,详见《言语》第62则注①。安期:王承,字安期,王述之父,清虚寡欲,为政宽恕,有很高的名望,详见《政事》第9则注①。豪:通“毫”,丝毫之意。

【译文】

蓝田侯王述性情很急躁。有一次他吃鸡蛋,用筷子去戳鸡蛋时,没有戳进去,于是大怒,拿起鸡蛋就扔到了地上。鸡蛋掉地上后仍转个不停,他就下地用木屐齿去踩鸡蛋,却又没有踩到。他生气极了,再从地上把鸡蛋捡起来放到口中,把鸡蛋咬破后,就吐了出来。右军将军王羲之听说了这件事后,大笑起来,说:“假使安期有这种性格,尚且没有一点可取之处,更何况是蓝田呢!”

3.王司州尝乘雪往王螭许[①]。司州言气少有牾逆于螭,便作色不夷[②]。司州觉恶,便舆床就之,持其臂曰:“汝讵复足与老兄计![③]”螭拨其手曰:“冷如鬼手馨,强来捉人臂![④]”

【注释】

①王司州:王胡之,字修龄,曾任司州刺史,详见《言语》第81则注

①。王螭:王恬,字敬豫,小名螭虎,是王胡之堂弟,详见《德行》第29则注③。许:处所。

②言气:言语和态度。少:通“稍”。牾(wǔ)逆:违逆,触犯。作色:脸上变色。不夷:不平和,不愉快。

③舆床:抬着坐床。就:凑近,靠近。讵:岂,怎。计:计较。

④馨:助词,作用同“样”。

【译文】

司州刺史王胡之有一次在下雪的时候,前去王螭府上。王胡之说话时的言谈、态度稍微触犯了王螭,王螭便脸上变了颜色,不高兴了。王胡之发觉他脸色有些不对,就把坐床挪到王螭身边,拉着他的手臂说:“你怎么还要和老兄计较!”王螭拨开他的手说:“手冰凉得像鬼手一样,还硬要来拉人家的胳膊!”

4.桓宣武与袁彦道樗蒲[①]。袁彦道齿不合,遂厉色掷去五木[②]。温太真云:“见袁生迁怒,知颜子为贵。[③]”

【注释】

① 桓宣武:桓温,字元子,谥号宣武,详见《言语》第55则注①。袁彦道:袁耽,字彦道,详见《任诞》第34则注②。樗蒲(chū pú):古代一种赌博棋戏,以掷五木决胜负;五木是棋戏用具,最初用樗木制成,一套是五枚,故称五木,类似色子,游戏时以五木掷采,然后按所掷采数,手执棋子在棋盘上走棋。

②齿不合:齿指博齿,即色子,齿不合可能指所掷采数与心中所期望的不一致。

③温太真:温峤,字太真,详见《言语》第35则注②。颜子:指颜回,孔子的高足弟子。按:孔子曾说过:“有颜回者好学,不迁怒,不贰过。”温峤是说袁彦道迁怒于博齿,为人比不上颜回。

【译文】

桓温和袁彦道一起玩樗蒲游戏,袁彦道掷出的博齿的采数与心中所期望的不一致，竟然满面怒容地把博齿扔掉了。温太真说：“看见袁生把怒气转移并发泄到博齿上，才知道颜子的可贵啊。”

5.谢无奕性粗强[1]。以事不相得，自往数王蓝田，肆言极骂[2]。王正色面壁不敢动[3]。半日，谢去良久，转头问左右小吏曰：“去未？”答云：“已去。”然后复坐。时人叹其性急而能有所容。

【注释】

① 谢无奕：谢奕，字无奕，详见《德行》第33则注①。粗强：粗暴蛮横。

②相得：彼此投合。数：数说，数落。王蓝田：王述，字怀祖，承袭父爵蓝田侯，详见《文学》第22则注③。肆言极骂：肆意攻击，极力谩骂。

③正色：神色庄重，态度严肃。面壁：脸对着墙。

【译文】

谢无奕性情粗暴蛮横。一次，因为一件事处理得不合他的心意，他亲自前去数落蓝田侯王述，对他进行了肆意地攻击和谩骂。王述表情严肃地转身面对着墙壁，一动也不敢动。过了好半天，而且当时谢无奕已经走了很久了，他才回过头问身旁的小官吏说：“他走了没有？”小官吏回答说：“他已经走了。”然后王述才转过身来，坐回原处。当时的人都赞叹王述虽然性情急躁，可是却能容忍别人。

6.王令诣谢公，值习凿齿已在坐，当与并榻[1]。王徙倚不坐，公引之与对榻[2]。去后，语胡儿曰：“子敬实自清立，但人为尔多矜咳，殊足损其自然。[3]”

【注释】

① 王令：王献之，字子敬，曾任中书令，详见《德行》第39则注①。谢公：指谢安，字安石，详见《德行》第33则注③。习凿齿：字彦威，详见

《言语》第 72 则注③。并榻：并排坐在同一张坐榻上。榻，狭长而较矮的床形坐具。

②徙倚：徘徊。引：牵引，拉着。按：王献之不肯和习凿齿并榻而坐，一是可能处于门阀偏见，因为王出身士族，而习凿齿虽然人才学问出众，却出自寒门，晋代看重门阀等级，士庶不同座；另一个原因，可能是个性使然，刘谦之《晋纪》曰："王献之性甚整峻，不交非类。"

③胡儿：谢朗，字长度，小名胡儿，谢安之侄，详见《言语》第 71 则注②。清立：清高、特立。尔多：如此多，这样多。矜咳：傲慢固执之意。殊：特别，很。

【译文】

中书令王子敬去拜访谢安，正遇上习凿齿也在那里，而且已经先入座，按理说王子敬本应和习凿齿并排坐在同一张坐榻上，但王子敬却来回徘徊，不肯就座，谢安拉着他在习凿齿的对面的坐塌上坐下。客人走后，谢安对侄子胡儿说道："子敬确实是清高特立，不过人为地保持这样多的傲慢固执，会大大地损害他自已的天然本性。"

7. 王大、王恭尝俱在何仆射坐[①]。恭时为丹阳尹，大始拜荆州[②]。讫将乖之际，大劝恭酒，恭不为饮，大逼强之，转苦，便各以裙带绕手[③]。恭府近千人，悉呼入斋[④]。大左右虽少，亦命前，意便欲相杀。何仆射无计，因起排坐二人之间，方得分散[⑤]。所谓势利之交，古人羞之。

【注释】

① 王大：即王忱(chén)，字元达，小字佛大，曾任荆州刺史，详见《德行》第 44 则注②。王恭：字孝伯，曾任丹阳尹，详见《德行》第 44 则注①。何仆射：何澄，字子玄，清正有器望，曾任尚书左仆射。按：王大、王恭两人是同族叔侄关系，但是两人素有矛盾，所以会发生下文所述之事。

②丹阳尹：地方官名，为东晋京畿长官，建康隶于原丹阳郡。拜荆

州：指被任命为荆州刺史。

③讫：通“迄”，到。乖：分离，分别。以裙带绕手：裙指古人穿的下装，把裙带绕在手上，指在做格斗前的准备。

④悉：全部。斋：屋舍，多指书房。

⑤排坐：并排坐，指坐到两人中间。

【译文】

王大和王恭曾经一起在尚书左仆射何澄家作客。王恭当时任丹阳尹，王大刚被任命为荆州刺史。到他们快要分别的时候，王大劝王恭喝酒，王恭不肯喝，王大却坚持让他喝，并且催逼得越来越急迫，于是两人便各自拿起裙带缠在了手上，准备动武了。王恭府中有近千人，全都叫来何澄家中；王大的随从虽然少，但也叫他们前来，双方都准备要打起来了。何澄没有办法，只好站起来插入两人中间坐着，才把两人分开。这就是所谓的凭借权势和财富而建立起来的交情，古人认为这样是可耻的。

8.桓南郡小儿时，与诸从兄弟各养鹅共斗[①]。南郡鹅每不如，甚以为忿。乃夜往鹅栏间，取诸兄弟鹅悉杀之。既晓，家人咸以惊骇，云是变怪，以白车骑[②]。车骑曰：“无所致怪，当是南郡戏耳！[③]”问，果如之。

【注释】

① 桓南郡：即桓玄，字敬道，因曾袭父亲南郡公之职，故世称桓南郡，详见《德行》第41则注①。从兄弟：堂兄弟。

②变怪：灾变怪异现象，指有妖物作怪。白：禀告，报告。车骑：桓冲，字幼子，桓玄叔父，曾任车骑将军，详见《夙惠》第7则注②。

③戏：戏谑，恶作剧。

【译文】

南郡公桓玄小时候，和堂兄弟们各自养鹅，然后一起来斗鹅。桓玄的鹅常常都斗输了，他为此非常生气。于是在一天夜间，他来到鹅栏里，把堂兄弟的鹅全部抓出来，并杀掉。天亮以后，家里的人全都被这事吓住了，说这是有妖物在作怪，并去告诉车骑将军桓冲。桓冲说："没有什么可能会引来妖物作怪，应当是桓玄开的玩笑罢了！"大家一问桓玄，事实果然如此。

谗险第三十二

《谗险》是《世说新语》第三十二门，共4则。谗险，指为人奸诈阴险，善于进谗言诽谤别人。本门所记载的4则故事，主要讲述了佞臣袁悦的生平及下场，王国宝、王绪等或进谗言，或用奸计来陷害他人；同时也记载了面对谗险小人，如何用智谋来保全自己的手段。第一则王平子事与谗险关系不大。

1.王平子形甚散朗，内实劲侠[①]。

【注释】

①王平子：王澄，字平子，详见《德行》第23则注①。散朗：飘逸爽朗。劲侠：据刘孝标注云，邓粲《晋纪》作“劲狭”，指刚烈、心胸狭隘。

【译文】

王平子外形看上去非常飘逸爽朗，内心却是非常刚烈、狭隘。

2.袁悦有口才，能短长说，亦有精理[①]。始作谢玄参军，颇被礼遇[②]。后丁艰，服除还都，唯赍《战国策》而已[③]。语人曰：“少年时读《论语》《老子》，又看《庄》《易》，此皆是病痛事，当何所益邪！天下要物，正有《战国策》。[④]”既下，说司马孝文王，大见亲待，几乱机轴[⑤]。俄而见诛[⑥]。

【注释】

①袁悦：字元礼，详见《赏誉》第153则注②。短长说：指战国时代纵横家那种合纵连横的言论。精理：精微的义理。

②谢玄：字幼度，详见《言语》第78则注③。

③丁艰：旧时遭父母之丧叫丁艰，又叫丁忧，其子女要在家守丧三年。服除：指居丧期满。赍(jī)：携带。《战国策》：是汇编而成的历史著作，记事年代起于战国初年，止于秦灭六国，主要记述了战国时期的游说之士的政治主张和言行策略，由西汉刘向编定而成。

④病痛：身体的小毛病，比喻小事。正：仅，只。

⑤下：下都，回到京都，指从上游下至建康。说(shuì)：游说。司马孝文王：应是司马文孝王，即会稽王司马道子，死后谥号文孝王，详见《言语》第98则注①。机轴：织机上卷布帛的部件，比喻重要的部门或职位，这里指朝政大权。

⑥俄而：不久，顷刻。按：袁悦颇受会稽王司马道子宠信，经常劝说司马道子专揽朝政，并挑拨朝臣关系，于太元十四年(389年)被孝武帝司马曜杀死。

【译文】

袁悦很有口才，擅长战国时代纵横家的那种游说之术，言语中也有精辟的义理。最初任谢玄的参军，得到谢玄颇为隆重的待遇。后来，因为父母的丧事，在家守孝，服丧期满后回到京都，随身携带的只有一部《战国策》罢了。他告诉别人说："年轻时读了《论语》《老子》，又看了《庄子》《周易》，觉得这些书讲的都是一些小事，读了这些书会有什么好处呢！天下最重要的书籍，只有《战国策》罢了。"袁悦到了京都以后，去游说会稽王司马道子，受到了特别亲切的款待，几乎扰乱了朝政。不久之后，袁悦就被晋孝武帝司马曜下令诛杀了。

3. 孝武甚亲敬王国宝、王雅[①]。雅荐王珣于帝，帝欲见之[②]。尝夜与国宝、雅相对，帝微有酒色，令唤珣。垂至，已闻卒传声，国宝自知才出珣下，恐倾夺要宠[③]，因曰："王珣当今名流，陛下不宜有酒色见之，自可别诏也。"帝然其言，心以为忠，遂不见珣。

【注释】

①孝武：即晋孝武帝司马曜，字昌明，详见《德行》第46则注②。王国宝：字国宝，详见《规箴》第26则注①。王雅：字茂建，一说字茂达，东海郯（今山东郯县）人，甚得孝武帝宠信，曾任侍中、太子少傅、尚书左仆射等职。

②王珣：字元琳，详见《言语》第102则注②。

③垂：接近，快要。倾夺：争夺，竞争。要宠：显要职务和宠幸。

【译文】

晋孝武帝司马曜非常亲近器重王国宝和王雅。王雅向孝武帝推荐了王珣，孝武帝想要召见他。有一天夜里，孝武帝和王国宝、王雅坐在一起喝酒，孝武帝脸上略微带点酒色，下令召见王珣。王珣马上就要到了，已经听到了传令官传话的声音，王国宝知道自己的才能在王珣之下，恐怕会被王珣夺去自己的显要职务和皇上的宠幸，于是就对孝武帝说："王珣是当今的社会名流，陛下带着酒色召见他恐怕不是很合适，可以另外特意召见他。"孝武帝认为他的话说得对，心里认为他很忠心，于是就没有召见王珣。

4. 王绪数谗殷荆州于王国宝[①]。殷甚患之，求术于王东亭[②]。曰："卿但数诣王绪，往辄屏人，因论它事。如此，则二王之好离矣。[③]"殷从之。国宝见王绪，问曰："比与仲堪屏人何所道？[④]"绪云："故是常往来，无它所论。"国宝谓绪于己有隐，果情好日疏，谗言以息[⑤]。

【注释】

①王绪：字仲业，王国宝堂弟，深受会稽王司马道子宠信，详见《规箴》第26则注①。数：数次，屡次。馋：进谗言，即说诽谤或挑拨离间的话。殷荆州：殷仲堪，官至荆州刺史，详见《德行》第40则注①。

②患：担忧，忧虑。王东亭：王珣，字元琳，曾因功封东亭侯，详见《言

语》第102则注②。

③但:仅,只,只要。屏人:指让人回避。离:离散,指疏远。

④比:近来。

⑤果:果然。情好:交情,友情。息:平息,停止。

【译文】

王绪屡次在王国宝面前说荆州刺史殷仲堪的坏话。殷仲堪对这事很是担忧,向东亭侯王珣请教对付王绪的办法。王珣说:“你只要多次去拜访王绪,一去就叫手下的人回避,然后却只是谈别的事情;这样,二王的交情就会慢慢疏远了。”殷仲堪按照他所说的去做了。后来王国宝见到王绪,问道:“你近来和殷仲堪在一起,总是让随从们回避开,都在说些什么?”王绪回答说:“只不过是一般往来,没有谈其他的什么事。”王国宝认为王绪对自己有所隐瞒,果然两人的感情日渐疏远了,王绪对殷仲堪进谗言的事才平息下来。

尤悔第三十三

《尤悔》是《世说新语》第三十三门，共17则。尤悔包括两个方面，尤指过失、罪过，悔指悔恨、懊恼。本门所记载内容，多数涉及魏晋时期统治阶级内部政治上的斗争，少数是士族阶层在生活上的事情。本门所记载的内容，大致可以分为三类：首先，记载了当事人的过失或罪过，如第1则、第4则等；其次，记载了当事人的悔恨和懊恼，如第2则、第3则等；再次，记载的内容，既有过失或罪过，又有悔恨或懊恼，如第7则、第15则等。从这些故事中当事人的过失和后悔中，既能看出当事人的个性特征与才智能力，也可以反映出魏晋时期统治阶级内部政治斗争的残酷性。

1. 魏文帝忌弟任城王骁壮①。因在卞太后阁共围棋，并啖枣，文帝以毒置诸枣蒂中，自选可食者而进②。王弗悟，遂杂进之。既中毒，太后索水救之，帝预敕左右毁瓶罐。太后徒跣趋井，无以汲，须臾遂卒③。复欲害东阿④，太后曰："汝已杀我任城，不得复杀我东阿！"

【注释】

①魏文帝：即曹丕，字子桓，曹魏开国皇帝，谥号文皇帝，详见《言语》第10则注②。任城王：曹彰，字子文，沛国谯县（今安徽亳州）人，曹丕同母弟，曹植同母兄；其胡须黄色，被曹操称为"黄须儿"，武艺过人，不善文章；216年，封鄢陵侯；218年，任北中郎将，征讨乌桓大获全胜；221年晋爵为公，次年被封为任城王；223年，到洛阳朝见，患病薨于府邸，谥号为威。骁壮：健壮骁勇。

②卞太后：魏武宣皇后卞氏，魏文帝曹丕、任城威王曹彰、陈思王曹植、萧怀王曹熊之母，曹丕继位后尊其为皇太后，详见《贤媛》第 4 则注②。

③徒跣(xiǎn)：赤足步行；跣，光着脚，不穿鞋袜。汲：从井里打水。

④东阿：即曹植，字子建，卞太后第三子，曹丕同母弟，曾被封为东阿王，详见《文学》第 66 则注①。按：曹植封东阿王是曹丕死后之事，卞太后此处称曹植为东阿，应是记述有误。

【译文】

魏文帝曹丕的弟弟任城王曹彰健壮骁勇，曹丕对他很是猜忌。趁着两人都在母亲卞太后的房里下围棋一起吃枣的机会，文帝提前把毒药放置在枣蒂里，自己挑那些没放毒的枣吃。任城王没有察觉到，就把有毒、没毒的都混着吃了。发现中毒以后，卞太后要找水来解救他，可是文帝事先命令手下的人把装水的瓶瓶罐罐都打碎了。卞太后匆忙间光着脚赶到井边，却没有东西可以用来打水，不久任城王就死了。魏文帝后来又要害东阿王曹植，卞太后说："你已经杀死了我的任城王，不能再杀害我的东阿王了！"

2. 王浑后妻，琅邪颜氏女①。王时为徐州刺史，交礼拜讫，王将答拜，观者咸曰："王侯州将，新妇州民，恐无由答拜。②"王乃止。武子以其父不答拜③，不成礼，恐非夫妇，不为之拜，谓为颜妾。颜氏耻之，以其门贵，终不敢离。

【注释】

①王浑：字玄冲，承袭父亲京陵侯，故下文称王侯，曾任徐州刺史，详见《赏誉》第 17 则注⑨。

②交礼：指婚礼中的交拜礼。讫：完结，终了。答拜：回拜。州将：晋代州刺史往往掌握军权，王浑当时是扬烈将军、徐州刺史，所以称州将。州民：琅邪郡属徐州管辖，颜氏女是琅邪郡人，所以是州民。

③武子：即王济，字武子，王浑次子，详见《言语》第 24 则注①。

【译文】

王浑继取的妻子，是琅邪郡颜家的女儿。王浑当时任徐州刺史，举行婚礼时，颜氏行完交拜礼，王浑刚准备要回拜，旁观的人都说："王侯是州将，新娘是本州的州民，恐怕没有回拜之理。"王浑于是就没有回拜。王武子认为自己的父亲没有回拜，就还不算已经成婚，恐怕不算正式的夫妻，也就不拜后母，只称呼她为颜妾。颜氏认为这是极大的耻辱，但是因为王家门第高贵，终究不敢提出离婚。

3. 陆平原河桥败，为卢志所谗，被诛①。临刑叹曰："欲闻华亭鹤唳，可复得乎！②"

【注释】

①陆平原：陆机，字士衡，曾任平原内史，详见《言语》第26则注①。河桥：古桥，故址在今河南孟州市西南、孟津东北黄河上。卢志：字子道，当时任成都王司马颖的左长史，详见《方正》第18则注①。按：太安二年(303年)，司马颖起兵讨伐长沙王司马乂，任命陆机代理后将军、河北大都督，进兵洛阳，在河桥大败，被卢志等诬陷有异志，最终被司马颖杀害。

②华亭：在今上海市松江区，是陆机的故乡，其地出鹤。唳：鹤、雁等鸟高亢的鸣叫。按：陆机说华亭鹤唳，表达了其怀念故土、感慨生平、悔入仕途等复杂心情。

【译文】

平原内史陆机在河桥兵败后，由于受到卢志的谗言，被杀害。临刑前，陆机叹息说："想再听一听故乡华亭的鹤的鸣叫声，还能听得到吗？"

4. 刘琨善能招延，而拙於抚御①。一日虽有数千人归投，其逃散而去亦复如此，所以卒无所建。

【注释】

①刘琨：字越石，详见《言语》第35则注①。招延：招募延揽。抚御：

安抚和控制驾驭。按：刘琨在元嘉元年（307年）春到达晋阳（今山西太原），出任并州刺史一职，当时的晋阳历经战乱，为一座空城，且寇盗四起，刘琨在如此环境下安抚流民，发展生产，加强防御，使晋阳成为晋在中原的少数几个存留抵抗势力之一；316年败于后赵石勒，丢失并州。

【译文】

刘琨擅长招募延揽人才，却不善于安抚和控制驾驭他们。一天之内虽然能有几千人前来投奔他，可是逃跑的也有这个数目，因此他最终也没有什么大的建树。

5. 王平子始下[①]，丞相语大将军："不可复使羌人东行。[②]"平子面似羌。

【注释】

①王平子：王澄，字平子，详见《德行》第23则注①。始下：指王平子从荆州到京都建康。

②丞相：指王导，字茂弘，官至丞相，详见《德行》第27则注③。大将军：王敦，字处仲，王导堂兄，曾任大将军，详见《言语》第37则注①。羌人：羌族人，是古代少数民族，住在西北一带；这里指王平子。按：西晋惠帝末年王平子出任荆州刺史，后来晋元帝召他为军谘祭酒，路过豫章，去探望族兄弟王敦，被王敦杀害，但此事应不是王导的主意；刘孝标注云："按王澄自为王敦所害，丞相名德，岂应有斯言也。"

【译文】

王平子刚从荆州出发准备到建康，丞相王导告诉大将军王敦说："不能再让那个羌人到东边来。"王平子的脸长得像羌人的脸。

6. 王大将军起事，丞相兄弟诣阙谢[①]。周侯深忧诸王，始入，甚有忧色[②]。丞相呼周侯曰："百口委卿！[③]"周直过不应。既入，苦相存救。既释，周大说，饮酒[④]。及出，诸王故在门，周曰："今年杀诸贼奴，当取金印如斗大系肘后。[⑤]"大将军至石头，问丞相曰："周侯可为三公不？[⑥]"丞相不答。又问："可为尚书令不？"又不应。因云："如此，唯当杀之耳！"复默然。逮周侯被害，丞相后知周侯救己，叹曰："我不杀周侯，周侯由我而死，幽冥中负此人！[⑦]"

【注释】

①王大将军：王敦，字处仲，王导堂兄，曾任大将军，详见《言语》第37则注①。起事：起兵。丞相：指王导，字茂弘，官至丞相，详见《德行》第27则注③。阙：皇宫门前两边的楼台，泛指皇宫、朝廷。谢：谢罪。按：永昌元年(322年)，王敦在镇守地武昌起兵反叛，以诛刘隗为名，直下建康；当时王导任司空、录尚书事，每天带着同宗族的人到朝廷待罪；刘隗则劝晋元帝杀王氏。

②周侯：周顗，字伯仁，袭父爵武城侯，世称周侯，王敦之乱时被王敦杀害，详见《言语》第30则注②。入：指入宫。

③百口：一百多人，指全家族。委：托付。按：这句指希望周侯保全其家族。

④释：消除，解决。说：通"悦"，高兴。

⑤故：仍旧，还是。贼奴：对贼寇、仇敌的称呼，这里指王敦。

⑥石头：即石头城，在南京的清凉山西麓。三公：古代朝廷中最尊显的三个官职的合称，说法各异，东汉以太尉、司徒、司空为三公。

⑦逮：到，及。幽冥：暗昧，昏庸，糊涂。

【译文】

大将军王敦起兵作乱，王敦的堂弟丞相王导带着他的兄弟们一起到朝廷请罪。武城侯周顗特别担忧王氏一家的安危，刚进宫时，表情很忧虑。王导喊住周顗，说："我一家一百多口就都拜托你了！"周顗径直从他面前走过去，没有回答。但周顗进宫后，极力营救王导家族。事情解决以后，周顗非常高兴，喝起酒来。等到他出宫时，王氏一家仍然在宫门口等候，周顗故意说："今年把乱臣贼子消灭了后，应当可以得到一枚斗大的金印，系在胳膊肘上。"王敦攻陷石头城后，问王导说："周侯可以做三公吗？"王导不回答。又问："可以做尚书令吗？"王导又不回答。王敦就说："这样，只有杀了他罢了！"王导还是默不作声。等到周顗被害以后，王导才知道周顗曾经竭力营救过自己，他叹息说："我不杀周侯，周侯却是因为我而死，我在稀里糊涂中辜负了这个人啊！"

7. 王导、温峤俱见明帝①，帝问温前世所以得天下之由。温未答，顷，王曰："温峤年少未谙，臣为陛下陈之。②"王乃具叙宣王创业之始，诛夷名族，宠树同己③，及文王之末，高贵乡公事④。明帝闻之，覆面著床曰："若如公言，祚安得长！⑤"

【注释】

①王导：字茂弘，详见《德行》第 27 则注③。温峤：字太真，详见《言语》第 35 则注②。明帝：指晋明帝司马绍，详见《方正》第 23 则注③。

②顷：少顷，短时间。谙：熟悉，精通。陈：陈述。

③宣王：指司马懿，字仲达，其子司马昭封晋王后，追封司马懿为宣王，详见《方正》第 4 则注⑥。诛夷：杀戮，诛杀。诛夷名族：指司马懿为了夺权，发动高平陵政变，把皇族曹爽和曹操之婿何晏等杀掉，并抓捕魏朝诸王公等事。宠树：加恩扶植。宠树同己：指太尉蒋济追随司马懿发动高平陵政变，被晋封为都乡侯之事。

④文王：司马昭，字子上，死后谥文王，详见《德行》第 15 则注①。高贵乡公事：指曹髦被弑杀事件；曹髦为曹魏第四任皇帝，即位前为高贵乡公，在位期间，司马昭继承哥哥司马师的职位，专国政，自为相国，曹髦想除掉他，却被司马昭知晓，在司马昭心腹贾充的指使下，曹髦被武士成济所弑，年仅 20 岁。

⑤祚：通"阼"，帝位。

【译文】

王导和温峤一起拜见晋明帝司马绍，明帝问温峤自己的前代是怎样得到天下的。温峤还没有回答，过了一会儿，王导说："温峤年轻，还不熟悉那一段时期的事，请允许臣为陛下陈述说明。"王导就详细叙说了晋宣王司马懿开创基业的时候，诛杀有名望的家族，宠幸并扶植赞成自己的人，以及文王司马昭晚年杀害高贵乡公曹髦的事情。晋明帝听后，把脸遮盖住，趴在坐床上，说："如果像你说的那样，晋朝的皇位又怎么能够长久呢！"

8. 王大将军于众坐中曰："诸周由来未有作三公者。①"有人答曰："唯周侯邑五马领头而不克。②"大将军曰："我与周，洛下相遇，一面顿尽③。值世纷纭，遂至于此④！"因为流涕。

【注释】

①王大将军：王敦，字处仲，曾任大将军，详见《言语》第37则注①。由来：自始以来。三公：古代朝廷中最尊显的三个官职的合称，说法各异，东汉以太尉、司徒、司空为三公。

②周侯：周顗，字伯仁，袭父爵武城侯，世称周侯，详见《言语》第30则注②。邑：余嘉锡《世说新语笺疏》中说："'邑'疑'已'字之误。"此说法比较合理。五马领头：五个筹码处于领头位置，指棋局马上就要获胜。马，赌博用的筹码。不克：不胜。按：此处以赌博为喻，指周顗将作三公而被杀害，故王敦有下面的话。

③顿尽：指立刻推心置腹；顿，立刻。

④"值世"句：公元322年，王敦以诛刘隗为名，起兵进军建康，周顗奉命领兵抵抗，兵败后被杀；据《晋书·周顗传》载，王敦说此话是在他杀了周顗之后。

【译文】

大将军王敦在大庭广众中说："周氏一族自始以来就没有人官位能到达三公的。"有人回答说："只有武城侯周顗已经拿到五个处于领头位置的筹码，却未能最终取胜。"王敦说："我和周顗曾在洛阳相遇，第一次见面，就能立刻对彼此推心置腹。只是赶上世事纷纭，没想到最后竟然是这样的结局！”说完后，为周顗流下泪来。

9.温公初受刘司空使劝进[①]，母崔氏固驻之，峤绝裾而去[②]。迄于崇贵，乡品犹不过也[③]。每爵，皆发诏。

【注释】

①温公：温峤，字太真，详见《言语》第35则注②。刘司空：刘琨，字越石，曾任司空，详见《言语》第35则注①。劝进：指劝登帝位。按：西晋灭亡时，刘琨仍在北方，便派其左长史温峤到建康上表向司马睿劝进。

②固：执意，坚决地。驻：停留，止住，指阻止。绝裾：扯断衣襟，表示去意坚决；裾，衣服的前后襟。

③迄：到，至。崇贵：尊贵，显贵。乡品：本乡的品评。不过：不能通过。按：魏晋时乡评是加官晋爵的重要依据；温峤的母亲在江北去世时，温峤无法回去安葬其母，所以乡人对他的评价不高，在被升为散骑常侍时，朝中因此意见不一，后来晋元帝发布诏令直接任命。

【译文】

温峤当初受司空刘琨委派，准备过江劝说晋元帝司马睿登上帝位，他的母亲崔氏坚决阻止他去江南，温峤扯断衣襟不顾一切地走了。一直到他地位显贵以后，乡里对他的评论还是不能通过。每当给他晋升官爵时，都要由皇帝发布诏令来任命。

10.庾公欲起周子南，子南执辞愈固[①]。庾每诣周，庾从南门入，周从后门出。庾尝一往奄至，周不及去，相对终日[②]。庾从周索食，周出蔬食，庾亦强饭，极欢，并语世故，约相推引，同佐世之任[③]。既仕，至将军二千石，而不称意[④]。中宵慨然曰：“大丈夫乃为庾元规所卖！[⑤]”一叹，遂发背而卒[⑥]。

【注释】

①庾公：指庾亮，字元规，详见《德行》第31则注①。起：起用。周子

南:周邵,字子南,经庾亮劝说出仕,曾任镇蛮护军、西阳太守等职,详见《栖逸》第9则注①。固:坚决,坚定。

②尝:曾经。奄至:突然到访;奄,突然,忽然。终日:整日。

③蔬食:指粗食,即粗茶淡饭。强饭:尽力进餐。世故:世事变故。推引:推荐引进。

④二千石(dàn):汉、魏晋时内自九卿、郎将,外至郡守、尉,俸禄皆为二千石,其中又分三等:中二千石、二千石、比二千石,约相当于后世的三品官,地位并不显赫;后来便将郎将、郡守、知府等称为"二千石"。

⑤中宵:中夜,半夜。乃:竟,竟然。

⑥发背:指背部生毒疮。

【译文】

庾亮想要起用周子南做官,周子南却执意推辞,而且态度越来越坚决。庾亮每次去拜访周子南时,从南门进来,周子南就从后门出去。有一次庾亮突然到访,周子南来不及躲开,只好和庾亮面对面坐了一整天。庾亮向周子南要吃的东西,周子南就拿出粗茶淡饭,庾亮也吃得很香,特别高兴。庾亮告诉周子南许多外面的世事变故,并约定推荐他出来为官,共同担负起辅助国家的重任。周子南出来做官后,只做到将军、郡守,感到很不称心如意。夜半时分,周子南感慨道:"身为大丈夫,竟被庾元规出卖了!"一声长叹,后来因背部毒疮发作而离世。

11. 阮思旷奉大法,敬信甚至①。大儿年未弱冠,忽被笃疾②。儿既是偏所爱重,为之祈请三宝,昼夜不懈③。谓至诚有感者,必当蒙佑,而儿遂不济④。于是结恨释氏,宿命都除⑤。

【注释】

①阮思旷:即阮裕,字思旷,详见《德行》第32则注①。大法:指大乘佛法,是佛教的一派,泛指佛法。敬信:尊重信奉。甚至:至极,达到极点。

②大儿:指阮牖,字彦伦,阮裕长子,官至州主簿。弱冠:指20岁左

右。被：遭遇，遭受。笃疾：重病，不治之病。

③偏：很，最，特别。三宝：佛教称佛、法、僧为三宝；佛指已经成就圆满佛道的一切诸佛，法即佛教教义，僧指继承和宣扬佛教教义的僧徒。

④不济：不成功，指未能挽救。

⑤释氏：释是释迦牟尼的简称，释氏泛指佛教。宿命：佛教用语，指前世的善恶决定今世的命运。

【译文】

阮思旷信奉佛教，信奉得非常虔诚。大儿子还未到二十岁时，忽然得了重病。这个儿子是阮裕特别喜爱和看重的，于是阮裕为他祈请三宝，昼夜都坚持不懈。他认为最虔诚的信仰之心能感动佛祖，儿子必定能得到佛祖的庇佑。可是大儿子最终也还是没救过来。于是阮裕就痛恨起佛教来，把以往信奉的宿命论全都抛弃了。

12. 桓宣武对简文帝，不甚得语①。废海西后，宜自申叙，乃豫撰数百语，陈废立之意②。既见简文，简文便泣下数十行。宣武矜愧，不得一言③。

【注释】

①桓宣武：桓温，字元子，谥号宣武，详见《言语》第55则注①。简文帝：司马昱，字道万，东晋第八位皇帝，谥号简文皇帝，详见《德行》第37则注①。

②海西：即海西公司马奕，字延龄，东晋第七位皇帝，371年为桓温所废，降为东海王，后又降封为海西公，史称废帝，又称海西公，详见《言语》第59则注③。申叙：指陈述事情。豫：同“预”，预先，事前。陈：陈述。按：公元371年，桓温把晋帝司马奕废为海西公，后立司马昱为帝，即为简文帝。

③矜愧：怜悯，羞愧。

【译文】

桓温回答简文帝司马昱的问话时，总是不能说得很尽人意。废黜海西公后，他应当向简文帝亲自陈述说明详情，便事先构思好几百句话，陈说废黜旧君、拥立新君的本意。见到简文帝后，简文帝就泪流不止。桓温既怜悯又羞愧，一句话也说不出来。

13. 桓公卧语曰："作此寂寂，将为文、景所笑。[1]"既而屈起坐曰："既不能流芳后世，亦不足复遗臭万载邪！[2]"

【注释】

①桓公：即桓温，字元子，详见《言语》第55则注①。寂寂：寂静无声的样子，指未能做出一番惊天动地的事业，即登上帝位。文、景：指晋文帝司马昭和晋景帝司马师，这两人都曾废旧主，立新君，为子孙篡位打下了基础。

②屈起：突然起身；屈，通"崛"。流芳：流传美好的名声。遗臭：死后留下的恶名。载：年，岁。

【译文】

桓温躺在床上说道："做这种寂寂无闻的事，将会被文帝、景帝所耻笑。"接着，一下坐起身来，说："既然不能有个美好的名声流传到后世，难道也不能在死后留个恶名遗传万年吗！"

14. 谢太傅于东船行，小人引船，或迟或速，或停或待；又放船从横，撞人触岸，公初不呵谴[1]。人谓公常无嗔喜。曾送兄征西葬还，日莫雨，驶小人皆醉，不可处分[2]。公乃于车中手取车柱撞驭人，声色甚厉[3]。夫以水性沈柔，入隘奔激，方之人情，固知迫隘之地，无得保其夷粹[4]。

【注释】

①谢太傅：谢安，字安石，死后追赠太傅，详见《德行》第33则注③。小人：平民百姓，这里指船夫。放船：指让船任意漂荡，不加牵引。从横：即"纵横"，任意行驶。初不：完全不。呵谴：斥责。

②征西：应为镇西，指谢奕，字无奕，谢安长兄，死后追赠镇西将军，详见《德行》第 33 则注①。日莫：即日暮；莫，通“暮”。处分：处理，处置。

③车柱：疑是支撑车篷的柱子。

④沈柔：沉静、柔和。隘：险要的地方。奔激：奔腾激荡。方：比拟。夷粹：平和纯正。

【译文】

太傅谢安坐船往东边去，船工撑船前行，船走得有时慢，有时快，有时停下，有时等候一会儿；有时又任由船任意飘荡，或者撞着别人的船，或者碰着河岸，谢安也从不斥责船夫。人们认为谢安经常都没有喜怒哀乐之情。有一次给他哥哥镇西将军谢奕送葬回来，正赶上天晚下雨，赶车的车夫又喝醉了，驾不好车子。谢安于是从车厢中拿下车柱，使劲去撞车夫，当时是声色俱厉。水的本性是很沉静、柔和的，可是一流入狭窄险要的地方就会奔腾激荡，拿水和人之常情来相比，自然会懂得人处在危险的境况下，就没有可能保持自己平常那种平和纯正的心态。

15.简文见田稻[①]，不识，问是何草，左右答是稻。简文还，三日不出，云：“宁有赖其末，而不识其本！[②]”

【注释】

①简文：即简文帝司马昱，字道万，东晋第八位皇帝，详见《德行》第 37 则注①。

②赖：依赖，依靠。末：末梢，指谷穗。本：指禾苗。按：此句意指依靠谷米生活，却不识其根本，简文帝因不认识稻子而自责。

【译文】

简文帝司马昱看见田里的稻子，不认识，问是什么草，他身边的人回答是稻子。简文帝回到宫里以后，三天没有出门，说：“哪有依靠它末端的谷穗活命，却不认识禾苗本身的呢！”

16.桓车骑在上明畋猎，东信至，传淮上大捷[①]。语左右云："群谢年少，大破贼!"因发病薨[②]。谈者以为此死贤于让扬之荆[③]。

【注释】

①桓车骑：桓冲，字幼子，曾任车骑将军，详见《夙惠》第7则注②。畋(tián)猎：打猎。淮上大捷：指公元383年淝水之战的胜利。按：据《续晋阳秋》记载，东晋时，前秦的符坚出兵直下淮水、淝水，桓冲派三千精兵来保卫京都，当时谢安部署已定，便令桓冲兵退还，桓冲以为谢安没有将才，必败；不久后，听说谢玄大捷，很羞惭，发病而死。

②薨：古代称诸侯或有爵位的大官死去。

③让扬之荆：让出扬州刺史一职，去出任荆州刺史。按：桓冲原为中军将军、都督扬豫江三州诸军事、扬豫二州刺史，因为自认为德量不如谢安，于是主动提出把掌握京畿、权位极重的扬州让给谢安，自己出镇徐州；后来桓豁离世后，才代为荆州刺史，非自扬之荆。

【译文】

车骑将军桓冲在上明打猎时，从东边建康来的信使到了，送来了淮上大捷的消息。桓冲对随从们说："谢家的那群年轻人大败贼寇!"不久桓冲就生病去世了。当时的舆论认为这样死，比让出扬州刺史一职去出任荆州刺史更好些。

17.桓公初报破殷荆州[①]，曾讲《论语》，至"富与贵，是人之所欲，不以其道得之，不处[②]"，玄意色甚恶。

【注释】

①桓公：即桓玄，字敬道，详见《德行》第41则注①。破：打败。殷荆州：即殷仲堪，官至荆州刺史，详见《德行》第40则注①。按：晋安帝隆安二年(398年)，江州刺史桓玄、荆州刺史殷仲堪联合起兵反晋室，第二年桓玄又攻占荆州，杀殷仲堪。

②曾：应当是“會（会）”，两字字形相近，正好、恰巧之意。不处：不接受，不受用。“富与贵”句：出自《论语·里仁》，大意是：富裕和显贵是人人都想要得到的，但不用正当的方法得到它，君子是不接受的。

【译文】

桓玄刚刚接到打败荆州刺史殷仲堪的消息时，正在听人讲解《论语》，正好讲到“富与贵，是人之所欲，不以其道得之，不处”这一句，桓玄听了后，心情和脸色都很不好。

纰漏第三十四

《纰漏》是《世说新语》第三十四门，共8则。纰漏，指因疏忽而产生的错误疏漏。本门所记载的8则故事，多是晋时皇帝和士族名士在日常生活中，由于言谈举止上的疏忽而造成的纰漏，结果或伤及自己的身体，或为他人所嘲笑，或给他人造成了情感上巨大的伤害。

1. 王敦初尚主，如厕，见漆箱盛干枣，本以塞鼻，王谓厕上亦下果，食遂至尽①。既还，婢擎金澡盘盛水，琉璃碗盛澡豆，因倒著水中而饮之，谓是干饭②。群婢莫不掩口而笑之。

【注释】

①王敦：字处仲，详见《言语》第37则注①。尚主：娶公主为妻。下果：摆设果品。按：王敦娶晋武帝司马炎之女舞阳公主。

②擎：向上托，举。澡盘：古代盥洗用具。澡豆：古代洗沐用品，用猪胰磨成糊状，合豆粉、香料等，经自然干燥而制成的块状物，有去污和营养皮肤的作用。著：通“着”。

【译文】

王敦刚和公主结婚时，去上厕所，看见漆箱里装着干枣，这本来是用来堵塞鼻子的，王敦以为帝王家厕所里也摆设果品，竟然把干枣都吃光了。出来时，侍女们端着装着水金澡盘和装着澡豆的琉璃碗，供洗漱时使用。王敦却把澡豆倒入水里，喝了，以为是干粮。侍女们都捂着嘴偷笑他。

2. 元皇初见贺司空，言及吴时事①，问：“孙皓烧锯截一贺头，是谁？[②]”司空未得言，元皇自忆曰：“是贺劭。[③]”司空流涕曰：“臣父遭遇无道，创巨痛深，无以仰答明诏。[④]”元皇愧惭，三日不出。

【注释】

①元皇：晋元帝司马睿，字景文，东晋开国皇帝，谥号元皇帝，详见《言语》第29则注①。贺司空：贺循，字彦先，会稽山阴（今浙江绍兴）人，死后追封司空，详见《言语》第34则注①。

②孙皓：字元宗，三国时吴国末代皇帝，详见《言语》第21则注②。按：孙皓为人残暴自负，因中书令贺邵上书劝谏，便下令烧锯锯断他的头。

③贺劭：字兴伯，贺循之父，被吴末帝孙皓所枉杀，其家族被流放到临海郡，详见《政事》第4则注①。

④无道：指不行正道的暴君。创：创伤，伤口。仰答：指回答尊者问话。明诏：英明的诏示。

【译文】

晋元帝司马睿第一次召见司空贺循，谈到吴国的一些往事，问道：“孙皓曾经烧红一把锯，锯下一个姓贺的人的头颅，这个人是谁？”贺循没有马上回答，元帝自己想起来，说：“是贺劭。”贺循流着泪说：“臣的父亲碰上一个无道昏君，臣的心理创伤巨大，悲痛之情万分深重，无法回答陛下英明的问话。”元帝听了，非常羞愧，连续三天都没有出门。

3.蔡司徒渡江，见彭蜞，大喜曰：“蟹有八足，加以二螯。[①]”令烹之。既食，吐下委顿，方知非蟹[②]。后向谢仁祖说此事，谢曰：“卿读《尔雅》不熟，几为《劝学》死！[③]”

【注释】

①蔡司徒：蔡谟，字道明，曾任司徒，详见《方正》第40则注②。彭蜞：又称“蟛蜞”，螃蟹的一种，体小，穴居近海地区江河沼泽的泥岸中，夏

天的蟛蜞不能吃，一般被捉来当肥料。“蟹有”句：出自蔡邕《劝学篇》，蔡邕是蔡谟的堂曾祖辈。螯：螃蟹前面的一对夹钳。

②吐下：呕吐下泻。委顿：疲乏，憔悴。

③谢仁祖：谢尚，字仁祖，详见《言语》第46则注①。《尔雅》：是辞书之祖，第一部分类解释词义的字书，其中《尔雅·释鱼》记载：“蜎蠌，小者蝣，即彭蜎也，似蟹而小。”几：几乎，差点儿。《劝学》：指蔡邕的《劝学篇》，取义于《大戴礼记·劝学篇》。

【译文】

司徒蔡谟避乱渡江后，见到彭蜞，非常高兴地背诵蔡邕的《劝学篇》中的诗句：“蟹有八足，加以二螯。”命人把彭蜞煮来吃。吃完以后，上吐下泻，整个人被折腾得非常憔悴，这才知道吃的不是螃蟹。后来蔡谟向谢仁祖说起这件事，谢仁祖说：“你读《尔雅》读得不熟，差点儿被《劝学篇》害死了。”

4.任育长年少时，甚有令名[①]。武帝崩，选百二十挽郎，一时之秀彦，育长亦在其中[②]。王安丰选女婿，从挽郎搜其胜者，且择取四人，任犹在其中[③]。童少时，神明可爱，时人谓育长影亦好[④]。自过江，便失志[⑤]。王丞相请先度时贤共至石头迎之，犹作畴日相待，一见便觉有异[⑥]。坐席竟，下饮，便问人云：“此为茶，为茗？[⑦]”觉有异色，乃自申明云：“向问饮为热为冷耳。[⑧]”尝行从棺邸下度，流涕悲哀[⑨]。王丞相闻之，曰：“此是有情痴。”

【注释】

①任育长：任瞻，字育长，乐安人，曾任仆射、都尉、天门太守等职。令名：好名声。

②武帝：即晋武帝司马炎，字安世，详见《德行》第17则注③。挽郎：出殡时牵引灵柩唱挽歌的人。秀彦：德才出众的人。

③王安丰：王戎，字濬冲，因功封安丰县侯，详见《德行》第16则注

①。且：暂且。

④神明：指人的精神，心思。影：形象。

⑤失志：失去神志，头脑糊涂。

⑥王丞相：王导，字茂弘，官至丞相，详见《德行》第 27 则注③。度：通“渡”，指渡江。石头：石头城，故址在今南京清凉山。畴日：昔日，从前。

⑦竟：结束，完毕。下饮：设茶，上茶。茶、茗：早采的为“茶”，晚采的为“茗”。

⑧申明：重申，辩解。向：刚才。

⑨棺邸：棺材铺。

【译文】

任育长年轻时，有很好的名声。晋武帝司马炎死后，挑选了一百二十人做挽郎，这些人都是当时德才出众的人，任育长也在其中。安丰侯王戎要挑选女婿，从挽郎里面寻找其中最优秀的人，暂且挑出四个人，任育长仍然在其中。少年时代，任育长就很聪明可爱，当时的人认为他形象也好。自从避乱过江以后，就有些头脑糊涂了。任育长到江南时，丞相王导邀请先前渡江的贤达们一起到石头城迎接他，还是像过去一样对待他，可是一见面便发现他和以前不一样了。安排好座席后，摆上茶来，任育长就问别人道：“这是茶还是茗？”刚一问，发现别人表情不对，自己就改口说：“刚才问茶是热的还是冷的罢了。”有一次，他从棺材铺前走过，悲痛地流下了眼泪。王导丞相听说了这件事，说道：“这是个深情成痴的人啊。”

5.谢虎子尝上屋熏鼠①。胡儿既无由知父为此事，闻人道痴人有作此者，戏笑之，时道此，非复一过②。太傅既了己之不知，因其言次，语胡儿曰：“世人以此谤中郎，亦言我共作此。③”胡儿懊热，一月日闭斋不出④。太傅虚托引己之过，以相开悟，可谓德教⑤。

【注释】

①谢虎子：谢据，字据石，又字元通，小名虎子，谢安的二哥，早卒，详见《简傲》第8则注②。

②胡儿：谢朗，字长度，小名胡儿，谢据长子，详见《言语》第71则注②。一过：一次。

③太傅：谢安，字安石，死后追赠太傅，详见《德行》第33则注③。了：明了。因：趁着，乘便。言次：言谈之间。中郎：次子；指谢据，谢安兄弟六人，谢安排行第三，谢据第二。

④懊热：悔恨烦躁。一月日：一个月。斋：书房。

⑤虚托：假托。开悟：启发，开导。德教：以德教人。

【译文】

谢虎子曾经上房熏老鼠。谢胡儿既无从知道父亲做过这种事，又听人说有个傻子这样做过，就把这件事情作为笑料，时常说起这种事，而且不只说过一次。太傅谢安明白胡儿并不知道他父亲做过这种事，趁他再次谈论此事之际，告诉他说："有些人拿这件事情来毁谤你父亲，并且说是我和你父亲一起做这件事儿的。"胡儿听了，感到很是悔恨和焦躁，把自己关在书房里，一个多月都不出来。谢安假托说是自己的过错来开导他，使他明白过来，这可以说是以德教人。

6. 殷仲堪父病虚悸，闻床下蚁动，谓是牛斗①。孝武不知是殷公，问仲堪："有一殷，病如此不？②"仲堪流涕而起曰："臣进退唯谷。③"

【注释】

①殷仲堪父：殷师，字师子，陈郡长平(今河南西华)人，官至骠骑咨议。虚悸：因虚弱引起的心跳加速、心神不宁的病症。

②孝武：即晋孝武帝司马曜，详见《德行》第46则注②。殷公：指殷仲堪的父亲殷师。

③进退唯谷：即进退维谷，前进和后退均已穷尽而无所适从，形容处

境艰难，这里指不知如何应对。

【译文】

殷仲堪的父亲生病了，并且因身体虚弱而心跳加速，心神不宁，听到床下有蚂蚁活动，认为是牛在斗架。晋孝武帝司马曜不知道是殷仲堪的父亲得了这种病，便问殷仲堪："有一位姓殷的，病情是如此这般的，是吗？"殷仲堪流着泪站起来回答说："臣不知怎么回答好。"

7.虞啸父为孝武侍中①。帝从容问曰："卿在门下，初不闻有所献替。②"虞家富春，近海，谓帝望其意气，对曰："天时尚暖，鲫鱼虾鲊未可致，寻当有所上献。③"帝抚掌大笑。

【注释】

①虞啸父：东晋会稽余姚人，曾任侍中、吴国内史、吴兴太守、尚书、会稽内史等职；义熙初去职，卒于家。孝武：即晋孝武帝司马曜，详见《德行》第46则注②。

②门下：官署名，即门下省，其长官为侍中，是皇帝的侍从、顾问机构。初：全。献替：进献可行者，废去不可行者；指对君主进谏，劝善规过。

③富春：地名，在今浙江杭州一带，晋代为避简文帝生母太后郑阿春讳，更名为富阳。意气：馈送财礼。鲫（zhì）鱼：鱼名，可以制酱。鲊（zhǎ）：经过加工腌制的鱼类食品。寻：顷刻，不久。

【译文】

虞啸父担任晋孝武帝司马曜的侍中。一次，孝武帝态度很从容地问他："你在门下省，怎么从来也没有听到过你有所献替之言。"虞家在富春一带，靠近海边，虞啸父误认为这是孝武帝希望他进贡一些海鲜，就回答说："现在天气还很暖和，鱼、虾类制品还不能得到，不久以后将会有所奉献。"孝武帝听了之后，不由得拍手大笑。

8.王大丧后，朝论或云国宝应作荆州[1]。国宝主簿夜函白事云："荆州事已行。[2]"国宝大喜，而夜开阁唤纲纪话势，虽不及作荆州，而意色甚恬[3]。晓遣参问，都无此事[4]。即唤主簿数之曰[5]："卿何以误人事邪？"

【注释】

①王大：即王忱(chén)，字元达，小字佛大，曾任荆州刺史，详见《德行》第44则注②。国宝：王国宝，字国宝，详见《规箴》第26则注①。按：荆州是当时的重镇，地理位置重要，当时会稽王司马道子想让王国宝接任荆州刺史，最终孝武帝却任用了殷仲堪。

②白事：报告，是文书的一种。已行：已经定下来了。按：王国宝误会了主簿所白的内容。

③阁(gé)：大门旁边的小门。纲纪：官职名，掌理文书事务的主簿。话势：谈论时局形势问题。及：谈及。恬：安然，坦然。

④参问：询问。都：完全。

⑤数：数落，指责。

【译文】

王大死后，朝廷中有人议论说王国宝应该接任荆州刺史。有一天夜里，王国宝的主簿封好一份报告送上来，说："荆州刺史的人选已经定下来了。"王国宝非常高兴，当天夜里就打开侧门，让纲纪进来谈论时局形势问题，虽然没有说到出任荆州刺史的事，可是神情态度很坦然。天亮后，派人去询问打探此事，却完全没有这回事。王国宝立即叫主簿来，并数落他说："你为什么要耽误别人的事情呢！"

惑溺第三十五

《惑溺》是《世说新语》第三十五门，共7则。惑溺，指受到诱惑而沉迷于其中。文中共记载了7则魏晋士人与女子的故事，他们或惑溺于美色之中，或惑溺于情爱之中，不能自拔，为时人所讥笑。从文中的描述可以看出，作者对文中故事是持以否定的态度的。但以今人的眼光来看，本门中的有些故事并非惑溺，如荀粲以身体为妻子降温，王安丰夫妻间卿卿我我，韩寿与贾午自由恋爱，文中的男女双方有着真挚深厚的感情，实则是颇为生动感人的爱情故事。

1. 魏甄后惠而有色①，先为袁熙妻②，甚获宠。曹公之屠邺也，令疾召甄，左右白："五官中郎已将去。③"公曰："今年破贼正为奴。④"

【注释】

①魏甄后：姓甄，又称甄夫人，中山无极（今河北无极）人，上蔡令甄逸之女，魏明帝曹叡生母；建安年间，嫁给袁绍次子袁熙，袁熙出任幽州刺史时，留其在邺城；204年曹军攻破邺城时，被曹丕纳为妾室，后封为夫人；221年被曹丕赐死，曹叡即位后追尊为文昭皇后。

②袁熙：袁熙，字显奕，一说字显雍，袁绍次子；199年任幽州刺史，207年被辽东太守公孙康所杀。

③屠邺：指公元204年，曹操大破袁尚，夺取邺城。白：禀告，报告。五官中郎：指曹丕，曾任五官中郎将。将：携带。

④奴：指曹丕。

【译文】

魏甄后既贤惠又容貌出众，原先是袁熙的妻子，很受袁熙的宠爱。曹操攻陷邺城后，立即下令召见甄氏，侍从禀告说："五官中郎已经把她带走了。"曹操说："今年打败贼寇，正是为了这小子。"

2. 荀奉倩与妇至笃，冬月妇病热，乃出中庭自取冷，还以身熨之①。妇亡，奉倩后少时亦卒，以是获讥于世②。奉倩曰："妇人德不足称，当以色为主。"裴令闻之，曰："此乃是兴到之事，非盛德言，冀后人未昧此语。③"

【注释】

①荀奉倩：荀粲，字奉倩，详见《文学》第9则注②。至笃：指感情非常深厚。中庭：庭院，庭院之中。熨：紧贴。

②少时：稍后一段时间；少，通"稍"。

③裴令：裴楷，字叔则，曾任中书令，详见《德行》第18则注④。兴到：兴致所到。冀：希望。

【译文】

荀奉倩和妻子的感情非常深厚，有一年冬天他妻子发烧了，他亲自到院子里把身体冻得冰冷，然后回到屋中，用自己的身体紧贴着妻子，给她降温。但妻子还是去世了，之后不久，荀奉倩也去世了，因此受到世人的讥讽。荀奉倩曾经说过："妇女的德行不值得称赞，应当以姿色为主。"中书令裴楷听说这句话后，说道："这只是他一时兴致所至而说的话，不是德行高尚的人应该说的话，希望后人不会被这句话弄糊涂。"

3. 贾公闾后妻郭氏酷妒①。有男儿名黎民，生载周，充自外还，乳母抱儿在中庭，儿见充喜踊，充就乳母手中呜之②。郭遥望见，谓充爱乳母，即杀之。儿悲思啼泣，不饮它乳，遂死。郭后终无子。

【注释】

①贾公闾：贾充，字公闾，详见《政事》第6则注①。郭氏：即郭槐，字媛韶，贾充继室，详见《贤媛》第13则注②。酷：极，甚，程度深。

②载周：周岁。中庭：庭院，庭院之中。喜踊：欢喜跳跃，形容极度高兴。呜：亲吻。

【译文】

贾充的后妻郭氏妒忌心非常强。她有一个儿子，名叫黎民，出生才满一周岁，一次贾充从外面回来，乳母正抱着他儿子在院子里玩耍，他儿子一看见父亲，就高兴得欢蹦乱跳，贾充走过去在乳母的手里亲了儿子一下。郭氏远远望见了，认为贾充爱上了乳母，立刻就把乳母杀了。小孩想念乳母，悲伤地不停啼哭，又不肯吃别人的奶，终于饿死了。郭氏后来到底没有再生出儿子。

4.孙秀降晋[①]，晋武帝厚存宠之，妻以姨妹蒯氏，室家甚笃[②]。妻尝妒，乃骂秀为貉子[③]。秀大不平，遂不复入。蒯氏大自悔责，请救于帝。时大赦，群臣咸见。既出，帝独留秀，从容谓曰："天下旷荡，蒯夫人可得从其例不？[④]"秀免冠而谢，遂为夫妇如初[⑤]。

【注释】

①孙秀：字彦才，吴郡富春(今浙江富阳)人，长水校尉孙泰之子、孙权侄孙，任孙吴前将军、夏口督，因被吴末帝孙皓忌惮，在270年投奔晋国，任骠骑将军、交州牧，封会稽公，后降职为伏波将军；永宁年间去世，死后追赠骠骑将军。

②晋武帝：司马炎，字安世，晋朝开国皇帝，谥号武皇帝，史称晋武帝，详见《德行》第17则注③。存：关心，关怀。姨妹：妻子的妹妹。室家：指夫妇。笃：感情深厚。

③尝：曾经。乃：竟，竟然。貉(háo)子：一种动物，外形像狐，比狐

小;这里是骂人的话,魏晋时北方人轻视、辱骂南方人的口头语。

④旷荡:宽宥,从宽论处。

⑤免冠:脱下帽子。谢:谢罪。按:古人免冠是表示谢罪。

【译文】

孙秀投降了晋国,晋武帝司马炎对他特别关怀,也很宠信他,并把姨妹蒯氏嫁给他,夫妻间平时感情很好。蒯氏曾经因为忌妒,竟然骂孙秀是貉子。孙秀听了非常生气,就不再进卧室。蒯氏感到非常悔恨自责,又没有什么办法,就向晋武帝请求帮助。当时正值大赦天下,群臣都受到召见。召见完毕,群臣离开时,晋武帝单独把孙秀留下,从容地对他说道:"国家都实行大赦从宽论处了,蒯夫人是否也可以依例得到宽恕呢?"孙秀听了,向武帝脱帽谢罪,于是夫妻俩和好如初。

5.韩寿美姿容,贾充辟以为掾①。充每聚会,贾女于青琐中看,见寿,说之,恒怀存想,发于吟咏②。后婢往寿家,具述如此,并言女光丽。寿闻之心动,遂请婢潜修音问③。及期往宿。寿跻捷绝人,逾墙而入,家中莫知④。自是充觉女盛自拂拭,说畅有异于常⑤。后会诸吏,闻寿有奇香之气,是外国所贡,一著人,则历月不歇⑥。充计武帝唯赐已及陈骞,余家无此香,疑寿与女通,而垣墙重密,门阁急峻,何由得尔⑦!乃托言有盗,令人修墙。使反曰⑧:"其余无异,唯东北角如有人迹,而墙高,非人所逾。"充乃取女左右婢考问,即以状对⑨。充秘之,以女妻寿。

【注释】

①韩寿:字德真,南阳人,曹魏司徒韩暨曾孙,娶贾充之女贾午,官至散骑常侍、河南尹;贾后被杀后,与妻贾午皆被杀。贾充:字公闾,详见《政事》第6则注①。辟:征召来授予官职。掾:属官,佐吏。

②贾女:指贾午,平阳襄陵(今山西襄汾)人,贾充之女,晋惠帝皇后贾南风的同母妹,贾谧之母;因和其姐贾后谋划废除并杀害太子,引发

“八王之乱”,被杀。青琐:镂刻成格并涂上青色的窗户。说:通“悦”。

③潜修:偷偷地传递。音问:音讯,书信。

④蹻捷:指动作矫健敏捷。逾墙:跳越墙垣。

⑤拂拭:指梳妆打扮。说畅:欢欣舒畅;说,同“悦”。

⑥著:同“着”,附着。

⑦陈骞:字休渊,西晋开国八公之一,详见《方正》第7则注②。垣(yuán)墙:围墙,院墙。重密:重叠严密。閤(gé):大门旁的小门。急峻:严密高大。

⑧使:指派去修建院墙的人。反:通“返”。

⑨考问:同“拷问”,拷打审问。

【译文】

韩寿的相貌非常俊美,贾充征召他来做自己的属官。贾充每次与下属聚会,他的小女儿都从窗格子中偷看,一看见韩寿,就喜欢上了他,心里常常想念着他,并且在咏唱中表露出来。后来她的婢女到韩寿家里去,把这些情况详细地告诉了韩寿,并说贾女长得艳丽夺目,很漂亮。韩寿听说了,不觉动心,就托这个婢女偷偷地传递音信给贾女,到了约定的日期就到贾女那里过夜。韩寿身手矫健敏捷,超越常人,他跳墙进去,贾家没有人知道。从此以后,贾充发觉女儿越发用心地修饰打扮,心情十分欢悦舒畅,不同于往常。后来贾充会见下属,闻到韩寿身上有一种异香味,这种香味来自于一种外国的贡品香料,一旦沾到身上,几个月香味也不会消散。贾充思量着晋武帝只把这种香料赏赐给了自己和陈骞,其余人家没有这种香,就怀疑韩寿和女儿私通,但是家中的围墙重叠严密,门户又严紧高大,韩寿能从哪里偷偷进来呢!于是借口有小偷,派人修理围墙。派去的人回来禀告说:“其他地方没有什么可疑之处,只有东北角好像有人跨过的痕迹,可是围墙很高,并不是人所能跨过的。”贾充就把女儿身边的婢女叫来拷打审问,婢女随即把情况说了出来。贾充秘而不宣,然后把女儿嫁给了韩寿为妻。

6. 王安丰妇，常卿安丰[①]。安丰曰："妇人'卿'婿，于礼为不敬，后勿复尔。"妇曰："亲卿爱卿，是以卿'卿'；我不卿'卿'，谁当卿'卿'！[②]"遂恒听之[③]。

【注释】

①王安丰：王戎，字濬冲，因功封安丰县侯，详见《德行》第 16 则注①。卿安丰：称安丰为卿。按：称对方为"卿"是平辈间表示亲热而不拘礼法的称呼，相当于"你"。

②卿卿：称呼你为"卿"；第一个"卿"为动词，即称呼为"卿"，第二个卿为名词，意为"你"。按：按礼法，夫妻要相敬如宾，所以称对方为"卿"不合礼法；而王妻认为夫妻相亲相爱，不用讲客套，坚持称对方为"卿"。

③听：任凭，随。

【译文】

安丰侯王戎的妻子常常称王戎为"卿"。王戎说："妻子称丈夫为'卿'，从礼节上来说是不敬重，以后不要再这样称呼我了。"妻子说："因为亲你爱你，因此称你为'卿'；如果我不称你为'卿'，那么谁该称你为'卿'！"于是王戎索性任凭她这样称呼。

7. 王丞相有幸妾姓雷，颇预政事，纳货[①]。蔡公谓之雷尚书[②]。

【注释】

①王丞相：即王导，字茂弘，官至丞相，详见《德行》第 27 则注③。幸妾：受宠爱的妾。预：干预。纳货：接受贿赂。

②蔡公：蔡谟，字道明，详见《方正》第 40 则注②。尚书：官名，掌管文书奏章，协助皇帝处理政务。

【译文】

丞相王导有个非常受宠爱的妾，姓雷，经常干预朝政上的事，并且收受他人的贿赂。蔡谟戏称她为"雷尚书"。

仇隙第三十六

《仇隙》是《世说新语》第三十六门，共8则。仇隙，指仇怨、嫌隙。本门记载了8则晋时士族统治阶层内部各种结怨的故事，大多结构完整，既有双方结怨的起因，又有解决的方式和最终结果。结怨原因或为个人恩怨，或为争权夺势，或为政见不同。解决方式或为栽赃诬陷，或为暗中加害，或为直面相搏，或为以理辩驳。事情的最终结果多为你死我活；或者因种种原因报仇失败，仇人逃脱。文中的这些内容，反映出了当时社会动荡不安的现状和统治阶层内部存在的尖锐矛盾。

1. 孙秀既恨石崇不与绿珠①，又憾潘岳昔遇之不以礼②。后秀为中书令，岳省内见之，因唤曰："孙令，忆畴昔周旋不？③"秀曰："中心藏之，何日忘之！④"岳于是始知必不免。后收石崇、欧阳坚石，同日收岳⑤。石先送市，亦不相知⑥。潘后至，石谓潘曰："安仁，卿亦复尔邪？"潘曰："可谓'白首同所归'。"潘《金谷集》诗云："投分寄石友，白首同所归。⑦"乃成其谶⑧。

【注释】

①孙秀：字俊忠，因善谄媚，为赵王司马伦所宠信，司马伦篡位后，任其为中书令，详见《贤媛》第17则注②。石崇：字季伦，因孙秀索要其宠妾绿珠不果，被诬陷为乱党，遭夷三族，详见《品藻》第57则注②。绿珠：石崇的爱妾，善吹笛舞蹈，姿容绝世，石崇被捕时，跳楼而死。

②憾：怨恨。潘岳：即潘安，字安仁，和石崇均为"金谷二十四友"之一，孙秀当政后，诬陷他和石崇追随淮南王司马允等作乱，被夷三族。

按:据王隐《晋书》记载,潘岳之父潘芘任琅邪太守时,孙秀是其下属小吏,当时潘岳因不齿孙秀为人,多次鞭笞侮辱他。

③中书令:官名,中书省最高长官。省:指中书省,古代皇帝直属的中枢官署之名,是掌管机要、发布皇帝诏书、中央政令的最高机构。畴昔:往昔,从前。周旋:交往,交际应酬。

④"中心"句:引自《诗经·小雅·隰桑》,这里指心中存着这件事,哪一天能忘记。中心,心中。

⑤收:收捕,逮捕。欧阳坚石:欧阳建,字坚石,西晋渤海南皮(今河北南皮)人,石崇之甥;历任山阳令、尚书郎、冯翊太守等职;赵王司马伦专权时,劝淮南王司马允诛杀司马伦,事泄,被杀。

⑥市:东市,指刑场,汉代在长安东市处决判死刑的犯人,后以东市泛指刑场。

⑦《金谷集》:元康六年(296年),石崇在金谷园举行盛宴,邀集苏绍、潘岳等30位名士,以为文酒之会,所作诗歌汇聚成集,即为《金谷集》,石崇为之作序。投分:志同道合,知交。石友:比喻像金石一样坚贞的朋友。"投分"句大意为:寄语志同道合、情比金坚的朋友,白头之后一同归去,同生共死。

⑧谶(chèn):预兆,预言。

【译文】

孙秀既怨恨石崇不肯把绿珠送给他,又为潘岳从前对自己的不礼貌行为而心怀怨恨。后来孙秀做了中书令,潘岳在中书省的官署里见到他,就招呼他说:"孙令,还记得我们过去的交往吗?"孙秀引用《诗经》中的诗句回答说:"中心藏之,何日忘之!"潘岳于是知道免不了灾祸了。后来孙秀逮捕了石崇、欧阳坚石,在同一天也逮捕了潘岳。石崇先被押送到刑场,还不知道潘岳被捕的事情。潘岳后来也被押到了刑场,石崇对他说:"安仁,你也落得个和我一样的下场吗?"潘岳说:"咱们可以说是'白首同所归'啊。"潘岳曾在《金谷集》中的诗中写道:"投分寄石友,白首同所归。"没想到这竟真成了他们的谶语。

2. 刘玙兄弟少时为王恺所憎，尝召二人宿，欲默除之①。令作坑，坑毕，垂加害矣②。石崇素与玙、琨善③，闻就恺宿，知当有变，便夜往诣恺，问二刘所在。恺卒迫不得讳，答云："在后斋中眠。④"石便径入，自牵出，同车而去，语曰："少年何以轻就人宿！⑤"

【注释】

①刘玙：一说刘舆，字庆孙，中山魏昌（今河北无极县）人，司空刘琨之兄，因功封定襄侯，曾任散骑侍郎、中书侍郎、颍川太守、魏郡太守等职，后深受东海王司马越宠信，任其左长史，47岁时病逝，追赠骠骑将军，谥号贞。刘玙兄弟：指刘玙和刘琨兄弟二人。刘琨，字越石，详见《言语》第35则注①。王恺：字君夫，详见《汰侈》第3则注⑤。

②垂：接近，快要。

③石崇：字季伦，详见《品藻》第57则注②。善：亲善，友好。

④卒迫：仓促紧迫；卒：同"猝"。讳：隐讳，隐瞒。斋：屋舍。

⑤轻：轻率。就：到，靠近。

【译文】

刘玙兄弟俩年轻时为王恺所憎恨，王恺曾经请他们兄弟两人到家里过夜，想要不声不响地除掉他们。王恺命令手下人提前挖坑，坑挖好了，就要准备动手杀害刘玙兄弟俩了。石崇向来和刘玙、刘琨关系很要好，听说两人到王恺家过夜，知道会有变故发生，就连夜去拜访王恺，问刘玙、刘琨两兄弟在什么地方。王恺仓促紧迫间没法隐瞒，只得回答说："他们俩在后面房间里睡觉。"石崇就径直走进后面的房间，亲自把刘家两兄弟拉出来，一同坐车返回了，并且告诫两人说："年轻人为什么这么轻率地到别人家过夜！"

3. 王大将军执司马愍王①，夜遣世将载王于车而杀之②，当时不尽知也。虽愍王家亦未之皆悉，而无忌兄弟皆稚③。王胡之与无忌，长甚相昵[④]。胡之尝共游，无忌入告母，请为馔[⑤]。母流涕曰："王敦昔肆酷汝父，假手世将[⑥]。吾所以积年不告汝者，王氏门强，汝兄弟尚幼，不欲使此声著，盖以避祸耳[⑦]。"无忌惊号，抽刃而出，胡之去已远。

【注释】

①王大将军：王敦，字处仲，曾任大将军，详见《言语》第37则注①。执：逮捕，抓住。司马愍王：司马丞（一说作司马承），字元敬（一说字敬才），谯王司马逊次子，后袭封谯王；曾任奉车都尉、屯骑校尉、辅国将军、湘州刺史等职，王敦之乱中起兵讨伐王敦，后被王敦所害，动乱平定后，追赠车骑将军，谥为愍王。

②世将：王廙（yì），字世将，琅邪临沂（今山东临沂）人，王敦从弟；封武陵县侯，历任尚书郎、散骑常侍、左卫将军等职；永昌元年（322年），被王敦任命为平南将军、荆州刺史；同年十月卒，享年47岁，谥号康。

③无忌：字公寿，河内温县（今河南温县）人，谯愍王司马承之子，袭封谯王，曾任御史中丞、长沙相、南郡太守、河东太守等职；永和六年（350年）逝世，追赠卫将军，谥为烈王。

④王胡之：字修龄，王廙次子，详见《言语》第81则注①。长：长大。相昵：彼此亲昵，指关系亲密。

⑤馔（zhuàn）：陈设饮食，这里指置办饭食。

⑥肆酷：放肆地残害。假手：借他人之手来达到自己的目的。

⑦积年：积累了很长时间，多年。门：家族。声著：声张，张扬。

【译文】

大将军王敦抓住了愍王司马丞，夜里派遣王世将把他弄到车里杀死了，当时知道这件事的人不多，即使是愍王家里的人也不是都了解内幕，而司马丞的儿子司马无忌兄弟们又都年幼。王胡之和司马无忌两人，长大以后关系非常亲密。有一次，王胡之和司马无忌在一起游玩，无忌回家告诉母亲，请她准备饭食来招待王胡之。母亲流着泪说："王敦从前肆意地残害你父亲，借王世将的手把你父亲杀了。我多年来一直没有告诉你们，是因为王氏家族势力强大，你们兄弟都还年幼，我不想把这件事张扬开来，是为了避祸啊。”无忌听了很震惊，号啕大哭，拔出刀就跑出去，准备杀了王胡之，可是王胡之已经走远了。

4.应镇南作荆州①，王修载、谯王子无忌同至新亭与别②。坐上宾甚多，不悟二人俱到。有一客道：“谯王丞致祸，非大将军意，正是平南所为耳。③”无忌因夺直兵参军刀，便欲斫④。修载走投水，舸上人接取，得免⑤。

【注释】

①应镇南：应詹，字思远，汝南南顿（今河南项城）人，曾任南平太守、益州刺史、吴国内史、光禄勋、江州刺史等职，封观阳县侯，咸和六年（331年）卒，追赠镇南大将军，谥号烈。荆州：应为“江州”，应詹未曾担任过荆州刺史。

②王修载：王耆之，字修载，平南将军王廙第三子，详见《赏誉》第122则注②。谯王：指司马丞，袭封谯王，在王敦之乱中被王廙所害，详见《仇隙》第3则注①。无忌：即司马无忌，司马丞之子，详见《仇隙》第3则注②。新亭：地名，三国吴所筑，东晋名士常游宴于此，旧址在今南京市南。

③谯王丞：即谯王司马丞。大将军：指王敦，字处仲，曾任大将军，详见《言语》第37则注①。平南：王廙，字世将，曾任平南将军，详见《仇隙》第3则注②。

④因：于是，就。直兵参军：王公府里的属官。斫(zhuó)：用刀、斧等砍劈。

⑤走：逃跑。舸(gě)：大船。接取：指从水中救起来。

【译文】

镇南大将军应詹出任荆州刺史时，王修载和谯王司马丞的儿子司马无忌同时到新亭给他送行。座上宾客很多，没想到这两人都来了。有一位客人说：“谯王司马丞遇难，不是大将军王敦的意思，而是平南将军王廙一手所为罢了。”司马无忌听了之后，于是夺过旁边直兵参军的刀，就想要杀了王修载。王修载匆忙逃跑，急切间跳入水中，船上的人救了他，才得以免除一死。

5.王右军素轻蓝田，蓝田晚节论誉转重，右军尤不平①。蓝田于会稽丁艰，停山阴治丧②。右军代为郡，屡言出吊，连日不果③。后诣门自通，主人既哭，不前而去，以陵辱之④。于是彼此嫌隙大构。后蓝田临扬州，右军尚在郡，初得消息，遣一参军诣朝廷，求分会稽为越州⑤。使人受意失旨，大为时贤所笑。蓝田密令从事数其郡诸不法，以先有隙，令自为其宜⑥。右军遂称疾去郡，以愤慨致终⑦。

【注释】

①王右军：王羲之，字逸少，曾任会稽内史、右军将军等职，详见《言语》第62则注①。素：向来。轻：轻视。蓝田：王述，字怀祖，承袭父爵蓝田侯，曾任会稽内史、扬州刺史等职，详见《文学》第22则注③。晚节：晚年。论誉：评论和声誉。

②于会稽：指在会稽内史任上。丁艰：又称丁忧，指遭遇父母丧事，这里指王蓝田母亲去世了。山阴：县名，属于会稽郡，在今浙江绍兴地区。

③代为郡：指代替王述任会稽郡内史。出吊：去吊唁。不果：不成，不能实现。

④陵辱：凌辱，侮辱。

⑤临：监临，治理。按：王述服丧期满后，出任扬州刺史。越州：古地名，今浙江省绍兴市。按：会稽郡属于扬州，王羲之不愿在王述管辖之下，所以请求把会稽从扬州分出去并升级为州。

⑥数：一一列举。

⑦去：离去，指辞职。

【译文】

右军将军王羲之向来都很轻视蓝田侯王述，但王述晚年时得到的评价和声誉越来越好，王羲之尤其不满。王述在会稽内史任上时遭遇母丧，留在山阴县办理丧事。王羲之接替他出任会稽内史，他屡次说要前去吊唁，可是一连多天也没有去成。后来他亲自登门通知前来吊唁，等到主人依礼哭起来后，他又不上灵堂就走了，以此来侮辱王述。于是双方的仇怨越结越深。后来王述服丧期满，出任扬州刺史，当时王羲之仍然任会稽郡内史，刚得到王述任扬州刺史的消息，就派一名参军去朝廷，请求把会稽从扬州划分出来，另外设置为越州。使者接受任务时领会错了意图，事情没办成功，王羲之也深受当时社会名流的讥笑。王述也暗中派从事到会稽郡调查，一一列举查到的会稽郡各种不法行为，因为两人先前有矛盾，王述就叫王羲之自己找个合适的办法来解决问题。王羲之于是以身体不适为由辞去了会稽内史一职，后来因为内心愤慨而死。

6. 王东亭与孝伯语，后渐异①。孝伯谓东亭曰："卿便不可复测？"答曰："王陵廷争②，陈平从默③，但问克终云何耳④。"

【注释】

①王东亭：王珣，字元琳，因功封东亭侯，详见《言语》第 102 则注②。孝伯：指王恭。详见《德行》第 44 则注①。按：王恭因为中书令王国宝专擅朝政，想杀王国宝，而东亭侯王珣以为时机未到，极力劝止；后来王珣又劝王国宝辞职，以缓和矛盾；这里所谓后渐异，大概指此。

②王陵：西汉初年大臣，汉惠帝时，任右丞相。廷争：在朝堂上据理力争。按：汉惠帝死后，吕后要封吕氏一族为王，事下朝议时，受到王陵强力反对，吕后于是拜王陵为太傅，变相夺其相权。

③陈平：西汉开国功臣之一，汉惠帝时，任左丞相。从默：依从，不说话。按：吕后就封诸吕为王一事问陈平，陈平回答可以；吕后死后，陈平与太尉周勃合谋平定诸吕之乱，迎立代王为文帝，安定了刘氏天下。

④但：只。克终：结果，末了。

【译文】

东亭侯王珣和王孝伯两人谈论过，后来，两人的观点逐渐不一样了。王孝伯对王珣说："你怎么让人感觉不可捉摸了？"王珣回答说："关于吕后封诸吕姓为王一事，王陵不赞同，在朝廷上据理力争；陈平也不赞同，但当时不说话，依从了吕后。这都不重要，只是看最后结果怎么样啊。"

7.王孝伯死，县其首于大桁①。司马太傅命驾出至标所，孰视首，曰："卿何故趣欲杀我邪？②"

【注释】

①王孝伯：王恭，字孝伯，详见《德行》第44则注①。县：通"悬"，悬挂。大桁(héng)：即朱雀桥，横跨于秦淮河上。按：晋安帝时，太傅司马道子专权，最初宠信王国宝，机要朝权都交给王国宝，引起王恭不满，397年起兵讨伐王国宝，司马道子赐死王国宝，王恭退兵；后司马道子又引王愉、司马尚之为心腹，隆安二年(398年)，王孝伯以讨伐王愉等为名，再次起兵反，兵败被杀。

②司马太傅：司马道子，孝武帝司马曜同母弟，曾任太傅，详见《言语》第98则注①。标所：立柱子悬首示众的地方。孰视：注目细看。趣：通"促"，急促。

【译文】

王孝伯死后，他的头被悬挂在朱雀桥上示众。太傅司马道子乘车来到悬首示众的地方，仔细地看着王孝伯的头，说道："你为什么要急着杀我呢？"

8.桓玄将篡，桓修欲因玄在修母许袭之①。庾夫人云："汝等近，过我余年，我养之，不忍见行此事。②"

【注释】

①桓玄：字敬道，桓温之子，详见《德行》第41则注①。桓修：字承

祖，太尉桓冲之子，详见《排调》第65则注①。因：趁机，乘便。许：处所。按：桓玄和桓修是堂兄弟，桓修年幼时常受到桓玄的欺侮，所以怀恨在心，想暗地里把他除掉。

②庾夫人：颍川庾蔑之女，字姚，桓冲之妻，桓修之母。近：指近亲。按：桓玄幼时丧父，叔父桓冲将其养大。

【译文】

桓玄将要篡夺帝位，桓修想趁桓玄在桓修母亲那里时偷袭他。桓修的母亲庾夫人说："你们是近亲，等我过完了我的晚年再说吧。我养大了他，不忍心看到你做这种事。"

图书在版编目(CIP)数据

世说新语译注评 / 郭辉注译.
—武汉 : 崇文书局, 2017.1（2018.6 重印）
ISBN 978-7-5403-4284-5

Ⅰ. ①世…
Ⅱ. ①郭…
Ⅲ. ①笔记小说－中国－南朝时代②《世说新语》－注释③《世说新语》－译文
Ⅳ. ① I242.1

中国版本图书馆 CIP 数据核字 (2016) 第 272357 号

世说新语译注评

责任编辑　王重阳
责任印制　李佳超
出版发行　长江出版传媒 | 崇文书局
地　　址　武汉市雄楚大街 268 号 C 座 11 层
电　　话　(027)87293001　邮政编码　430070
印　　刷　中印南方印刷有限公司
开　　本　880mm×1230mm　　1/32
印　　张　25.625
字　　数　490 千
版　　次　2017 年 1 月第 1 版
印　　次　2018 年 6 月第 2 次印刷
定　　价　56.00 元
(如发现印装质量问题，影响阅读，请与承印厂调换)